XX – My Sinner, my Saint
Von Don Both und Maria O'Hara
Deutsche Erstausgabe Mai 2020

Kontakt: https://www.facebook.com/DonBothMariaOHara/
Trailer zum Buch: https://youtu.be/utlv5su93Qw
Mit besonderem Dank an Kerstin Patze und Nicole Zdroiek
Cover: Marie Grasshoff
Erschienen in der A.P.P.-Verlags GmbH
St. Gallerstrasse 49
9100 Herisau
Schweiz
Mobi: 978-3-96115-653-5
E-Pub: 978-3-96115-654-2
Print: 978-3-96115-655-9

Don Both & Maria O'Hara

XX

My Sinner, My Saint

A.P.P.
Romance

Vorwort

XX

Seht das hier bitte, wie eine Fernseh-Serie.

Die Hauptcharaktere sind nach wie vor Sergio & Rosalie und Zayden & Irina.

Alle anderen – wie zum Beispiel Ilian und Catalina, die wir nun auch kennen lernen werden – werden um sie herum spielen. Sie werden in diesem Teil mehr und in den anderen Teilen weniger Auftritte haben.

Also viel Spaß beim lieben, hassen, verzweifeln, ausrasten, weinen und lachen.

Viel Spaß – bei der totalen Eskalation.

Und sagt nicht, wir hätten euch nicht gewarnt!

Denn das haben wir – und ab jetzt fallen wir ...

Eure Ober-Bros ;)

Maria & Don

PROLOG

XX

Von all den Sünden, die ich begangen habe, warst du meine größte, Tesoro.

Aber du hast unser Band nicht losgelassen – und jetzt komme ich zurück zu dir.

Bist du bereit für mich?

Bist du bereit für das Licht?

Bist du bereit, meine Königin zu sein?

Jetzt und für immer. Denn für immer beginnt jetzt.

* * *

Ich habe dir gesagt, du sollst mich aufhalten.

Ich habe dir gesagt, dass du dich an mir verbrennen wirst.

Du hast mich nicht aufgehalten.

Jetzt brennst du, Babygirl. Und es gibt keinen, der dich noch retten kann.

Schachmatt.

Jetzt gehörst du mir. Und das für immer.

1. Zwei Jahre, sieben Monate, Rosalie

XX

Sergio

Das Wichtigste ist, dass du alles, was du fühlst und was dich ablenken könnte, oben in deinem Schlafzimmer lässt, wenn du es verlässt. Dein Kopf muss ein völlig leerer Raum sein, wenn du in dieser Welt bei diesen Männern bestehen willst. Du darfst dich nicht davon leiten lassen, ob du dich vielleicht davor mit irgendwem gestritten hast, ob jemand gestorben ist, ob du jemanden verletzen könntest. Du musst völlig leer in jegliche Situation reingehen. Weil du Dinge tun wirst, die du nicht überstehst, wenn du Emotionen zulässt. Weil du Entscheidungen treffen musst, die dich zerstören werden, wenn du weiter darüber nachdenkst. Du tust, was du tun musst, und wenn du wieder dein Schlafzimmer betrittst, tust du so, als wäre das nicht geschehen. In jeder Situation. Das waren mitunter die letzten Worte, die mein Vater zu mir gesagt hat. Vor zwei Jahren, sieben Monaten, vier Tagen, neun Stunden, dreizehn Minuten. Die letzten Worte, bevor er gegangen ist. Ich wiederhole sie jeden Morgen wie ein Mantra, während ich mich anziehe und dann mein Schlafzimmer verlasse, ohne die Gedanken mit mir zu nehmen. Ich muss. Alles andere würde mir den Boden unter den Füßen wegreißen. Also ist es egal, wie ich das alles persönlich finde. Ich muss danach leben.

Zwei Jahren, sieben Monate, vier Tage, neun Stunden. Jeden Tag das Gleiche.

Vor zwei Jahren, sieben Monaten, vier Tagen, neun Stunden hätte ich vieles nicht getan, was ich heute tue. Vieles nicht entschieden, was ich heute entscheide. Ich habe bemerkt, dass man in manchen Belangen nicht auf sein Herz hören kann. Dass man hier ausschließlich mit dem Kopf denken muss. Ja, ich bin abgestumpft. Ich tue Dinge, von denen ich nie gedacht hätte, dass ich sie fertigbringe, und ich empfinde nichts dabei, weil alles andere mein Genickbruch wäre. Die meiste Zeit empfinde ich nichts. Keine Freude, keine Trauer, kein Gar nichts, ich bin völlig leer.

Hätte ich in den letzten zwei Jahren, sieben Monaten, vier Tagen und neun Stunden auch nur einen Hauch von dem empfunden, was mich zuvor ausmachte, hätte ich nichts von dem umsetzen können, was nötig war, und das Imperium, das meinem Vater alles bedeutet hat, wäre in sich zusammengestürzt.

Ich habe es fertiggebracht, all diese Dinge zu tun, und einiges dafür geopfert, was nie wieder zurückkommen wird. Von mir selbst, von anderen, *andere*. Der Mensch trifft täglich bis zu zwanzigtausend Blitzentscheidungen. In meiner Position ist es etwa das Doppelte. Und ich kann mir bei keiner davon ein Herz oder ein Gewissen leisten. Das habe ich schon lange aufgegeben. Als ich zwanzig wurde, waren die Grenzen bereits so hart verwischt, dass ich heute gar nicht mehr weiß, was moralisch korrekt ist und was nicht. Ich mache mir auch keine Gedanken darum. Es ist nicht relevant und raubt mir Zeit. Stattdessen funktioniere ich einfach nur.

Ich achte nicht darauf, ob ich es jemandem recht mache bei dem, was ich entscheide. Ich sage, was ich sagen muss, und dann tue ich, was ich zu tun habe. Tue, was ich tun muss.

Momentan bin ich unterwegs, weil ich seit Langem mal wieder etwas selbst erledigt habe. Ich musste ein paar Stunden raus aus dem Büro. Normalerweise sitze ich dann am Steg und lasse meine Gedanken schweifen. Aber heute hat das nicht gereicht, also habe ich Salva von seinem Auftrag abgezogen, um ihn selbst durchzuführen. Nun bin ich auf dem Rückweg.

Ich lehne meinen Kopf an den Sitz und öffne das Fenster einen Spalt, sodass die eisige Luft ins Auto dringt. Es ist November und die Stadt in Kälte und Schnee erstarrt, wie in der Schneekugel, die meinem Vater gehört hat. Erstarrt und perfekt für immer unterhalb einer künstlichen Schneeschicht. Alles ist stehen geblieben, nur ich nicht. Wir alle nicht.

Alles, was früher war, kommt mir vor wie ein weit entfernter Traum. Mein Vater in seinem Büro hinter dem Schreibtisch. Die Erinnerung verblasst jeden Tag ein bisschen mehr. Ich war bis heute nicht an seinem Grab. Ich kann nicht. Ich will nicht. Ich tue es nicht.

Zwei Jahre, sieben Monate, vier Tage, neun Stunden. Ich muss gestehen, ich habe nie akzeptiert, dass er gestorben ist. Es gab eine Zeit, in der ich es versucht habe, bis auf einmal diese Uhr auf meinem Schreibtisch lag. Dann ist alles wieder hochgekommen. Zweifel, Hoffnung, aber auch Wut. Seitdem glaube ich nicht mehr an seinen Tod und habe wieder angefangen, zu suchen. Dabei habe ich mir das so strikt verboten. Doch der Teil in mir, der sich sicher ist, der es spürt, der nicht lockerlassen will, gibt einfach keine Ruhe.

Vielleicht bin ich ja irre. Ganz sicher bin ich das. Jede Geschichte, die über mich erzählt wird, stimmt. Ich bin ein irrer, grenzenloser, völlig durchgedrehter, gewissenloser Bastard. Blablabla. Aber besser so, als ein Weichei, das jedem seine Gefühle vor die Füße kotzt. So überlebst du hier nicht. Keiner der nennenswerten Männer, die ich kenne, hat Gefühle gezeigt, wenn es darauf ankam. Was sie jedoch in ihren Schlafzimmern machen, steht auf einem anderen Blatt und ist ihnen überlassen. Und ich brauche diesen Schein. Ich brauche ihn mehr, als ich sonst etwas in meinem Leben brauche. Genau wie die Maske.

Diese Maske lasse ich jetzt ein wenig locker, weil ich allein bin. Heute hatte ich eine wirklich schwerwiegende Entscheidung zu treffen. Ich brauche eine Verbindung, und zwar mit der arabischen Familie. Allerdings habe ich die Regelung durchgesetzt, dass Ehen keine Voraussetzung für

Koalitionen sind, auch wenn es sich lohnen könnte. Diese Araber wollen aber was anderes. Sie wollen eine Hochzeit und dafür steht nur meine Schwester zur Verfügung, die wird nämlich bald siebzehn und wäre, würde ich den Deal eingehen, ab jetzt versprochen. Das stellt keine Option für mich dar, deshalb habe ich es auch gar nicht erst angeboten und noch immer nicht das Geheimnis ihrer Herkunft gelüftet. Niemand weiß – zumindest nicht von außen –, dass sie eine de Luca ist. Nein, ich verhökere meine kleine Schwester nicht. Nach wie vor nicht. Und doch brauche ich diese Scheißverbindung, also muss ich mir was einfallen lassen.

Eins weiß ich: Wenn mein Vater das jetzt mitbekommen würde, würde er sie sofort verheiraten. Ich weiß aber auch, dass er es bereuen würde. Außerdem weiß ich, dass ich nicht mein Vater bin. Und egal, wie sehr ich mein Gewissen abgestellt habe, egal, wie gut ich klarkomme, so als lebende Leiche, es gibt Grenzen, die ich nicht überschreite, und das Wohl meiner Familie liegt nach wie vor an erster Stelle.

Dad hat seine Entscheidungen immer ohne Rücksicht auf Verluste getroffen. Immer mit dem Kopf durch die Wand. Immer passend für das Geschäft. Ich wollte eigentlich nicht so sein, aber man hat oftmals keine andere Wahl, das habe ich jetzt auch eingesehen und mich dem gebeugt. Inzwischen bin ich ja nicht nur der Boss einer Familie, sondern gleich verantwortlich für ganz Chicago, und das macht einen fatalen Unterschied. Trotzdem bleibt die Familie die Familie und die ist unantastbar.

Unser schwarzes Tor gleitet auf und ich rolle über den Kies und halte auf meinem Parkplatz, bevor ich aussteige. Auch hier ist alles gefroren. Die Engel und die

Teufelsstatuen auf dem Brunnen sind von Schneemassen bedeckt. Eiszapfen haben sich an den Fensterrahmen gebildet und etwas Schnee wird vom Wind verweht. Durch das kleine Fenster der Kapelle sehe ich die vier flackernden Kerzen, während ich über den Platz und die Treppe nach oben gehe, wobei ich über etliche vereiste Fußspuren steige. Savio, Giovannis Sohn, folgt mir. Wie immer salutiere ich locker mit zwei Fingern vor Dorian de Lucas und Dads Gemälde im Eingangsbereich. Mein Onkel, den ich nie kennengelernt habe, weil er erschossen wurde, als ich noch nicht auf der Welt war. Von wem auch immer. Bei all den Geschichten, die ich über ihn gehört habe, gab es sicher einige Leute, die ihn gern tot gesehen hätten. Mom und Carter-Dad allen voran. Und vielleicht sogar sein eigener Bruder. Grund hatten sie alle. Dieser Dorian war angeblich ein echter Bastard, aber das spielt für mich keine Rolle. Ich gebe nichts auf Gerüchte. Aktion und Reaktion. So läuft das Leben. Und wenn er vor mir stünde, würde ich mir mein eigenes Bild machen, so wie bei Ramon, was ich nie bereut habe.

Ich schließe mein Büro auf und betrete es. Savio positioniert sich vor der Tür.

Wie jeden Tag streife ich meinen Mantel ab und schmeiße ihn über den dunkelbraunen Ledersessel links neben der Tür, der zur Sofagarnitur gehört, bevor ich den Schal von meinem Nacken ziehe und dasselbe mit ihm tue. Dann gehe ich mit feuchten Sohlen über den dunklen Parkettboden vorbei an den deckenhohen, gefüllten Regalen, umrunde den dunkelbraunen Mahagonitisch und setze mich dahinter, bevor ich den Computer anmache. Ich habe mich jetzt schon länger, als ich es normalerweise getan hätte, mit diesem Verbindungsthema auseinandergesetzt, und es hat mich genug Zeit gekostet, mit diesen Arabern zu verhandeln. Mein Kopf raucht immer noch.

Ich kremple die Ärmel meines weißen Pullovers nach oben und mache es mir in dem dunkelbraunen Ledersessel hinter dem Tisch gemütlich.

Es klopft, als ich mich gerade dem Monitor zuwenden will, in einem altbekannten Takt.

»Komm rein, Ramon«, sage ich abgelenkt. Er ist mein Großcousin. Er ist ein kranker Motherfucker, scheinbar, und genau deshalb habe ich ihn nie gehen lassen. Ich konnte nicht. Ich brauche ihn hier, auch wenn er oft unterwegs ist. Er hält sich viel in New Orleans auf, wo er herkommt, aber ohne meinen Vater ist es wichtig, jemanden hier zu haben, der noch kranker ist als ich. Und obwohl er echt gestört ist, ist er zu hundert Prozent loyal, so viel weiß ich. Loyal und tiefgründig, was er niemals zeigt, so wie wir alle. Um es zu erkennen, müsste man hinter die Fassade schauen. Aber das tun nur wenige. Und das ist unser Glück. Ich tue es bei ihm auch jetzt, als ich ihn prüfend mustere, um zu sehen, ob er wieder abgefuckt ist.

Er schiebt sich ins Büro. »Amore!«, säuselt er, bevor er die Tür hinter sich schließt und hektisch schnieft, weil er anscheinend mal wieder gekokst hat. Dann schwingt er sich auf einen der Stühle gegenüber von meinem Schreibtisch. Seine schwarzen Haare sind chaotisch und seine dunkelbraunen Augen unfokussiert, wobei sie fast schwarz wirken, weil seine Pupillen so geweitet sind. Sein kantiger Kiefer ist von einem dunklen Bartschatten bedeckt und ein

Ärmel seines schwarzen Pullovers ist weiter hochgekrempelt als der andere. Er schwingt einen Ellbogen locker über die Rückenlehne und die silberne Uhr blitzt an seinem Handgelenk, genau wie das silberne Kreuz um seinen Hals.

»Schwul mich nicht an, Ramon«, murmle ich, wie immer müde. Ihm mache ich nie was vor. Er darf hinter meine Maske sehen.

Ich zünde mir eine Zigarette an und er nimmt sich die Schneekugel vom Tisch, die Chicago im Kleinformat zeigt, und lässt den Kunstschnee über die Dächer rieseln, während er sie mit schief gelegtem Kopf betrachtet. Sie steht hier schon, seit ich mich zurückerinnern kann, als ich als kleiner Scheißer auf dem Schoß meines Vaters saß und selbst damit gespielt habe.

»Und? Warst du bei den Rushs?« Er hasst die Rushs. Aus so vielen Gründen. Ich lasse mich davon nicht beeinflussen und er akzeptiert, dass ich seine Denkweise nicht teile. »Schön Kaffee getrunken, Pläuschchen geführt, Rosalie gevögelt?«

Ich klicke auf meine Maus und scrolle durch eine Liste von Waffenlieferanten und deren Preislisten. »Nein, nein, schön wär's.« Ich klicke. Er kann mich schon lange nicht mehr mit so was reizen, auch wenn er es versucht. Ich habe ihm das ein oder andere Mal die Fresse poliert, als er so von dir gesprochen hat, Rosalie, aber dann ist mir aufgefallen, dass er genau das will. Er liebt Schmerzen und bestraft sich auf so viele Arten. Er liebt es, bis aufs Blut zu reizen. Er liebt es, in den Wunden zu bohren. Also fasse ich ihn nicht mehr an. Denn ich bin nicht darauf aus, ihm zu helfen, sich zu bestrafen.

»So langweilig.« Er schüttelt bedauernd den Kopf und ich verdrehe die Augen.

»Und du? Was von Ariana gehört in letzter Zeit?«, reize nun ich ihn seufzend.

Ariana Bianchi ist Ramons Verflossene, mit der er was am Laufen hatte, als er erst sechzehn war. Jetzt ist er neununddreißig und liebt sie immer noch. Aber er hat sie zu sehr verletzt und nun hält er sich von ihr fern. Das letzte Mal hat er sie vor drei Jahren in Italien gesehen. Das ist bei uns de Lucas so, Rosalie.

Wenn wir einmal lieben dann für immer.

Ramon stellt die Schneekugel auf den Tisch. Etwas zu ruckartig. »Nein. Leider nicht«, sagt er angepisst. »Willst du sie nicht mal herholen? Befehl vom großen *Oberboss*?«

Das könnte ich, denn die Bianchis sind nach wie vor Partner von uns – ein Vertrag, den mein Vater vor seinem Fortgang geschlossen hat. Das werde ich aber nicht, denn Ramon würde sich damit nur selbst ficken. Und so weit ist er momentan nicht.

»Ich kann dir sagen, was sie macht«, schlage ich ihm vor und lächle humorlos. Ich weiß immer, was die Leute machen, mit denen ich zu tun habe. Es gibt da die ein oder andere Person, die ich expliziter überwachen lassen. Ariana Bianchi ist eine davon. Wegen Ramon. Aber das weiß er nicht.

Mir ist klar, wie quälend es sein kann, so für jemanden zu empfinden und sich fernzuhalten. Nicht zu wissen, was sie tut, treibt ihn sicher zum Wahnsinn.

Seine Augen blitzen. »Was macht sie denn?«, fragt er skeptisch und lauernd. Er verengt die Augen ein bisschen, während seine Faust sofort pumpt und die Sehnen an seinen Unterarmen etwas hervortreten. Unter normalen Umständen würde ich ihm das jetzt nicht erzählen, denn er ist nicht bereit für einen Menschen wie sie, das ist nicht seine Zeit. Doch vielleicht ist diese Information ein guter Grund für ihn, sich weiterhin von ihr fernzuhalten. Seine tiefen Gefühle jetzt zuzulassen, würde ihn völlig überrennen. Davon musste ich ihn immer wieder alle paar Monate abbringen.

»Sie hat heute ihr fünftes Date mit Rocco Destino. Sie gehen in eine Pianobar an der Upper East Side.« Denn Ariana Bianchi lebt in New York. Dem rattenverseuchten New York.

Seine dunklen Augen blitzen noch heftiger und seine Faust bleibt jetzt geschlossen. »Aha«, meint er noch angepisster.

»Japp.« Ich scrolle, beobachte ihn aber aus dem Augenwinkel.

»Lass mich ihn killen!«, schlägt er vor, als wäre das die Idee des Jahrhunderts. Ist sie natürlich nicht, Rosalie. Diese Idee ist scheiße.

Ich sehe kurz zu ihm. »Nein.«

Er glotzt mich an wie ein Fisch. »Er hat Dates mit ihr! Wieso nicht?«, fragt er ehrlich entrüstet.

»Weil er ein Destino ist. Weil ich dann echte Probleme bekomme. Und weil du willst, dass sie glücklich ist.« Eindringlich und beschwörend sehe ich Ramon an und nicke, um meine Worte zu bekräftigen.

Erst beim letzten Argument bemerke ich, dass es zündet. »Scheiß drauf. Ich sag, du weißt von nichts. Na gut«, beantwortet er die drei Argumente zischend und ich hebe einen Mundwinkel. Wir halten kurz Blickkontakt und er blinzelt viel zu oft, weil er viel zu viel gekokst hat und seine Augen trocken sind.

»Du hältst einfach deine Füße still«, beschwöre ich ihn weiter.

»Gut!« Er springt auf. »Dann eben nicht. Kein toter Rocco. Kein glücklicher Ramon! Kein Amore mehr für Sergio!« Er rauscht aus dem Büro und ich sehe kurz die halb geöffnete Tür ausdruckslos an. Solche Anfälle hat er manchmal, das ist okay. Ich komme mit ihm in jeder Lebenslage klar.

»Savio, mach die Tür zu«, meine ich unbeeindruckt und schaue wieder zum Bildschirm.

»Okay, Boss«, antwortet er mit sicherlich gerunzelter Stirn und schließt leise die Tür. Ich arbeite eine Weile in Ruhe und trinke gerade meinen dritten Whisky, als es wieder an der Tür klopft.

»Komm rein, Giovanni«, sage ich, weil ich mittlerweile alle Schritte und Arten, zu klopfen, zuordnen kann. Passiert, wenn man den ganzen Tag hier sitzt.

Giovanni Guerra tritt ein. Er ist dieser typische zwei Meter-Riese, der immer die Ruhe bewahrt und weiß, was zu tun ist. Ich sehe an seinem Gesicht, dass er mir was sagen will, was mir nicht gefallen wird, also wende ich mich vom PC ab und ihm zu.

Ich habe ihn schon lange durchschaut, was den vermeintlichen Tod meines Vaters angeht, und das weiß er. Aber wir sprechen nicht darüber, zumindest nicht offen. Sollten wir das aber irgendwann tun, müsste ich ihn leider erschießen, und das will ich nicht.

Er legt die Hände vor seinem Schoß übereinander. »Mr. Parker wurde tot in seinem Hotelzimmer aufgefunden, Sir«, verkündet er glatt und emotionslos.

Unbeeindruckt lasse ich meine Schläfe gegen meine Faust sinken. War ja klar. Das ist jetzt der dritte Mann in sechs Monaten. Echt radikal. »Ach ja?«

»Ja, Sir.« Er nickt einmal, ich nicke mit ihm gemeinsam.

Dann trinke ich einen Schluck Whisky, stelle mein Glas ab und ziehe vom silbernen Tablett ein zweites, leeres heran, das ich Giovanni bis zur Hälfte fülle und über den Tisch schiebe. Dann greife ich nach einem der massiven Kugelschreiber.

Mr. Parker sollte *jemanden* für mich finden. Jetzt ist Mr. Parker tot. Zufälle gibt es, die gibt es gar nicht, Rosalie.

»Was für ein Zufall Giovanni, nicht wahr?«, frage ich weich und lege den Kopf schief.

Er nimmt das Glas und trinkt einen Schluck, wobei ich ihn genauestens beobachte.

»In der Tat.« Giovanni nickt stoisch und ich nicke erneut mit ihm.

»Wie erklärst du dir, dass Mr. Parker tot ist?«, bohre ich pseudointeressiert nach und stütze mein Kinn auf meine Faust. Ich sehe zu ihm hoch, als könnte er mir die Welt erklären. Dabei habe ich ihn so was von durchschaut. Auch, wenn er so verschlossen ist und keine Miene verzieht.

»Ich denke, Mr. Parker hatte einige Feinde und hat vielleicht an den falschen Ecken die falschen Fragen gestellt, Sir«, erklärt er ruhig und mit hochgezogenen Brauen.

Ich tippe mir mit dem Stift gegen die Lippen, als würde ich nachdenken. Aber das tue ich nicht. Es ist eher eine künstlerische Pause. Ich vermute, zu wissen, was das hier wird, aber ich werde es noch nicht laut aussprechen. Das habe ich die ganzen letzten Jahre nicht nochmal getan. Es ist wie ein Spiel zwischen Giovanni, mir und d*er unbekannten bekannten dritten Person* geworden. Wie Schach. Wir müssen unsere Züge gut kalkulieren. Alle. Das war seiner. Jetzt bin ich wieder dran. »In Washington?«

»Ja, Sir.«

»Dann sollten wir da noch einen Mann hinschicken. Die Spur scheint heiß zu sein, denn dort sind schon drei gestorben, die ich losgeschickt habe. Drei, Giovanni.« Ich deute eine Drei mit den Fingern und starre ihn bedeutungsvoll an.

»Das ist äußerst bedauerlich, Sir.«

»Das sollte es auch sein. Es sind deine Männer«, erinnere ich ihn, weil er der Boss der Bodyguards ist, der alle einteilt, einstellt, durchcheckt und die Verantwortung für sie hat.

»Das ist es, Sir.« Etwas blitzt in seinen Augen, dann nickt er. »Ich kümmere mich darum.« Ich muss fast lachen, als er das sagt, aber ich verkneife es mir. Wenn der nächste Mann auch stirbt, weiß ich, wer dafür verantwortlich ist. Und dann schicke ich Savio, Giovannis Sohn. Mal sehen, wie er das findet und ob dieser dann auch getötet wird.

»Falls du mit der Person, die meine Männer erschießt, Kontakt haben solltest, dann sag *dieser Person* doch bitte, dass anschießen reicht, er muss sie nicht alle umbringen, weil sie nach ihm suchen«, deute ich großzügig an.

»Ich würde es sehr gerne ausrichten, Sir.«

Der Kugelschreiber, den ich vor- und zurückwippen lassen habe, stockt kurz. Dann nicke ich langsam. Aha, habe ich es doch gewusst.

»Dann sag dieser Person doch bitte auch, dass die Entscheidung, die er damals getroffen hat, die schlechteste seiner täglichen zwanzigtausend war.« Ich bin nicht überrascht, gar nicht, nur noch ein bisschen unsicher, aber das wird sich bald legen.

»Schlecht ist immer Ansichtssache, Sir.«

Ich deute mit dem Stift auf ihn. »Stimmt. Nennen wir die Entscheidung doch einfach *feige*.« Ich lasse meinen Blick zu dem Porträt meines Vaters schweifen, das nun neben dem meines Opas im Büro hinter mir hängt, und wieder zu Giovanni. »*Feige*. Sag ihm das. Du darfst gehen.«

»Schönen Tag noch, Sir.« Seine Augen funkeln ein bisschen verspielt, darauf verdrehe ich meine und winke ihn genervt raus.

Er geht und schließt die Tür leise hinter sich.

Ich lasse mich in den Sessel zurücksinken und atme zittrig aus. Zwei Jahre, sieben Monate, vier Tage, zehn Stunden.

So lange hat es gedauert, um diesen Verdacht zu erhärten. Jetzt brauche ich nur noch die Bestätigung, dass ich mich nicht in etwas verrannt habe, denn keiner der anderen glaubt so fest daran wie ich.

Ich schwinge meine Füße auf den Schreibtisch und schaue wieder hoch zu dem Gemälde, wo mein Vater mich mit seinen hellblauen Augen amüsiert anblitzt. Dann lache ich ungläubig und schüttle leicht den Kopf, bevor ich mit dem Kugelschreiber Richtung Porträt deute. »Schach«, sage ich zu dem Bild und drehe mich wieder mit einem Ruck zum Computer.

Es ist eine irre Welt, in der wir leben, Rosalie. Und ich führe sie an.

2. *Was tust du, Sergio?*

Rosalie

Ich hätte dieses Törtchen gestern wirklich nicht essen sollen, denke ich, während ich die Cellulite des Todes an meinem Oberschenkel betrachte. Ich sitze auf der weißen Couch im Arbeitszimmer meines Vaters. Vor mir auf dem Couchtisch sind Papiere ausgebreitet. Meine Füße habe ich auf die Tischkante gestützt und mustere missmutig die kleinen Dellen unter der Strumpfhose. Sie kamen über Nacht. In einem Moment hatte ich einen straffen Arsch, zumindest mehr oder weniger, und dann hatte ich überhaupt keinen mehr, weil alles zu einer puddingähnlichen Masse zerflossen ist und sich über meinen gesamten Körper ausgebreitet hat. Ich sehe aus wie *Jabba the Hut*. Es schlägt Wellen. Wenn ich eine Stelle berühre, schlägt es Wellen bis nach unten in meine Waden, die wiederum an kurze, aufgedunsene Pfähle erinnern. Pfähle, Sergio. Ohne Kontur, nur schwammig.

Also sollte ich vielleicht mal dieses Fitness-Abo in Anspruch nehmen, das ich vor vier Monaten mit Irina voller Elan geschlossen habe. Zwei Wochen lang war ich jeden Tag da und habe mich beinahe zu Tode trainiert. Danach nie wieder. Fitnessstudios sind gruslig. Alle sehen dich scheinbar an, während du dich schwitzend und stinkend vor dem deckenhohen Fenster verausgabst, an dem die Leute vorbeigehen und Eis essen. Du strampelst dich auf dem Fahrrad ab und fragst dich, was das überhaupt bringen soll, wenn man nach zwei quälenden Folter-Wochen immer noch keine Änderung sieht. Nicht zu vergessen die eigene Mutter, die ständig kocht und dir irgendwas zum Probieren ins Zimmer stellt. Törtchen. Kuchen. Muffins. Cupcakes. Pancakes mit Nutella. Pancakes mit NUTELLA und AHORNSIRUP. Als würde sie mich mästen wollen. Vielleicht will sie das ja. Vielleicht will sie, dass ich für alle Zeit hier in meinem Zimmer bleibe, irgendwann nicht mehr durch die Tür passe, auf einem sicherheitsverstärkten Bett liege und nie wieder die frische Luft spüre. Das ist mein Schicksal. Und das alles beginnt mit dieser Cellulite an meinen schwabbligen Oberschenkeln.

Ich drücke ein bisschen meine Haut zusammen und mustere skeptisch das Ergebnis.

»Probleme?«, fragt mein Vater vom Schreibtisch aus.

Ich nicke langsam und schaue zu ihm. Er sitzt da. Zurückgelehnt, in seinem Schreibtischstuhl. Die schwarzen Haare liegen perfekt nach hinten an. Er hat eine dunkle

Braue gehoben und sieht mich durch die schwarzumrandeten Gläser seiner Lesebrille an.

»Du hättest das Törtchen gestern einfach nicht essen sollen«, bemerkt er. Seine Augen blitzen amüsiert, als ich meinen Mund schockiert aufklappe und die Augen aufreiße. Wie kann er es wagen, mir das auch noch zu sagen? Er grinst, das macht ihm Spaß. Aber es hat ihm schon immer Spaß gemacht, mich zu triezen, wo es nur ging.

»Dad«, erwidere ich pseudostreng.

»Ja, Babygirl?«

»Sei nicht fies zu mir. Ich habe Krater im Oberschenkel, das reicht schon!« Ich mustere ihn sehr eindringlich. »Das ist eine Mondlandschaft, gleich kommt ein Mondfahrgefährt und erkundet die Gegend.« Sein Grinsen wird immer breiter und seine Augen blitzen immer amüsierter.

»Soll ich die NASA anrufen?«, fragt er weich und ich schmeiße den Kugelschreiber nach ihm. Er duckt sich weg und der Stift fliegt haarscharf an seiner Schläfe vorbei und knallt an die schräge Fensterfront hinter ihm.

»Schweig!«, sage ich in meinem dämonischsten Tonfall.

»Oder ich frage deine Mutter, ob sie noch einen Muffin hochbringt.«

»Gut, aber dann schweig.« Ich kann zu einem Muffin nicht nein sagen. Er lacht und nimmt sein Handy, bevor er darauf tippt. Ich grinse in mich hinein und widme mich wieder den Papieren. Seit zwei Jahren helfe ich meinem Vater mit seiner Buchhaltung und den organisatorischen Dingen im Rush-Mafia-Universum. Das ist gut. So bin ich beschäftigt. Am Anfang habe ich das nur ab und zu gemacht, aber dann saß ich immer öfter hier oben und mein Dad hat mir immer mehr Arbeit gegeben. Ich glaube, damit wollte er mich ablenken. Jetzt hat er mich eingestellt, ohne es auszusprechen. Ich kriege keine Bezahlung, nur Törtchen, aber das ist besser als Geld.

Es klopft an der Tür.

»Komm rein, Zayden«, sagt mein Vater, der natürlich schon am Klopfen erkennt, wer vor seiner Tür steht. Außerdem zeigt ihm das auch die Kamera. Davon gibt es einige auf dem Grundstück, teilweise auch im Foyer und im Salon. Mein Dad hat ziemlich stalkerische Tendenzen, aber das weiß man nur, wenn man oben mit ihm zusammenarbeitet.

Die Tür öffnet sich und mein Cousin tritt ein. Auf einem Arm hält er Rowan Rush. Ich überblicke Zayden kurz, weil er in letzter Zeit immer ziemlich gestresst ist. Seine tiefschwarzen Haare liegen nach hinten an. Seine türkisen Augen zeigen nicht wirklich, was er empfindet. Er ist noch etwas maskuliner und markanter geworden. Seine scharf geschnittenen Züge sind glatt rasiert. Der dunkelgrüne Pullover spannt sich um seine trainierten Muskeln und die schwarze Jeans sitzt perfekt. Rowan ist einer seiner Zwillinge. Die sind zwei Jahre alt und sehen beinahe genauso aus wie Zayden auf seinen Kinderfotos. Es gibt nur ein paar Abweichungen, zum Beispiel bei den Augen. Sie sind eine Mischung aus Irinas dunklem Grün und seinem Türkis. Es kommt darauf an, wie das Licht darauf fällt. Ansonsten sind die beiden genauso schwarzhaarig und teuflisch wie er. Rowan ist auf den ersten Blick der etwas Ruhigere und ein totales Papakind. Rayen hingegen ist ein kleiner Wirbelwind und hält uns alle auf Trab. Er vergöttert

Irina. Es ist alles sehr gut aufgeteilt bei den beiden. Zumindest was die Kinder betrifft. Was ihre Ehe angeht, kriselt es, seit die beiden Jungs da sind und Zayden so viel Verantwortung übernommen hat, während Irina nicht weiß, wann sie noch schlafen soll.

»Ich habe mich mit Steven getroffen«, verkündet Zayden und kommt etwas weiter in den Raum. Rowan spielt unterdessen mit dessen goldener Kreuzkette und macht keine Anstalten, von Zaydens Arm zu wollen. Er liebt es, getragen zu werden. In seinem weißen Body wirkt der Windelpopo noch dicker. Ich liebe ihn. Ich könnte den ganzen Tag eins dieser beiden kleinen Kinder bei mir haben und mit ihnen kuscheln und sie kitzeln und mit ihnen singen und total durchdrehen. Rowan summt geistesabwesend eine Melodie und bewegt dabei seinen Kopf. Ich bewege meinen automatisch mit. Seine Augen schweifen zu mir und fangen an zu strahlen, als er mich entdeckt. Er lacht aufgeregt und zappelt. Ich schmelze gleich von dieser Couch auf den Boden und ende als Pfütze.

»Doda«, ruft er. Das bin ich. Bei ihm heißt das Rosalie. Es klingt ja auch fast identisch.

Ich strecke die Hände nach ihm aus und Zayden reicht ihn mir abwesend, weil er auf meinen Vater konzentriert ist. Ich setze das kleine dicke Bündel auf meine Oberschenkel, während Zayden sich dem Schreibtisch nähert und sich über die Schulter meines Vaters beugt – eine Hand auf seine Rückenlehne gestützt. Er murmelt ihm was zu, was ich nicht hören kann. Rowan quietscht begeistert und greift nach meiner Hand.

Ich nehme sie, wie auch die andere.

»Und? Was tun wir jetzt?«, frage ich ihn. Er sieht zu mir hoch, als hätte er mich noch nie sprechen gehört. Der Sabber rinnt über sein speckiges Kinn. »Hast du eine Idee?«, will ich interessiert wissen und schwenke ihn ein bisschen hin und her, während er meine Zeigefinger fest umklammert hält.

»Auto ...« Er hebt auffordernd die Brauen, während Zayden und mein Vater leise murmeln. Rowan ist noch müde und da lässt er sich nie zu vielen Worten herab.

»Willst du das Auto da haben?«, frage ich und sehe zu der Spielzeugkiste, die sich hier befindet, weil mein Dad es sich natürlich nicht nehmen lässt, die zwei auf alle erdenklichen Arten zu schulen. Außerdem erinnert er meinen Onkel jeden Tag aufs Neue daran, dass dieser jetzt OPA ist. Onkel Carter mag das nicht. Gar nicht. Er ist eitel in dieser Hinsicht. Man darf ihn auch nicht OPA nennen, weswegen es alle erst recht tun. Wir haben ja sonst nichts zu lachen. Rowan strampelt aufgeregt auf meinem Schoß herum. Er will dieses Auto so sehr, aber natürlich kriegt er das nicht einfach so.

»Okay, gib mir einen Kuss.« Sofort reckt er sich mir entgegen, packt meine Wangen und klatscht mir einen klitschnassen Kuss auf den Mund. Ich liebe dieses Kind, ehrlich.

»Okay, das lass ich durchgehen.« Er quietscht erfreut und ich strecke mich über die Couch und nehme den schwarzen BMW aus der Spielzeugkiste, den ich ihm feierlich auf einer ausgestreckten Hand reiche. Er ist sofort Feuer und Flamme und nimmt ihn mir mit zwei Händen ab, bevor er sich zur Seite neigt und damit auf dem Polster des

Sofas herumfährt. Er gibt dabei passende Geräusche von sich, ganz wichtig. Ich betrachte ihn ein paar Sekunden ganz verliebt.

»Okay, dann fahr ich jetzt nochmal los«, meint Zayden gerade und stößt sich vom Stuhl meines Vaters ab, während er rückwärts zur Tür geht und zu mir schaut.

»Ich sag dann Irina, sie soll ihn holen.«

»Ich bringe ihn ihr.« Ich mustere ihn nochmal genauer und Zayden winkt ab.

»Gut, also bis später.«

»Bis dann.« Ich seufze schwer, als er sich abwendet und das Büro verlässt.

»Mhmmmm.« Rowan gibt ein missmutiges Geräusch von sich und setzt sich auf. Entsetzt sieht er zur Tür. »Papa geht?«, fragt er und streckt eine Hand anklagend aus. Er ist total verwirrt und mein Herz zieht sich zusammen. Die Tür öffnet sich nochmal und ich atme erleichtert aus.

»Scheiße«, murmelt Zayden. »Ich hab ihn total vergessen.« Dann macht er die zwei Schritte zu uns, beugt sich über mich und küsst Rowan auf den Mund.

»Bis später«, verkündet er und Rowan sieht aufmerksam zu ihm hoch. Zaydens Augen werden weich. Dann küsst er ihn nochmal auf die Stirn, zieht sich zurück und geht. Rowan ist zufrieden und die Krise nochmal abgewendet. Er rutscht zurück auf meinen Schoß und macht es sich da bequem. Ich lasse ihn sitzen und arbeite um ihn herum, während er *Brum Brum*-Geräusche von sich gibt und mit dem Auto spielt, indem er es über sein und mein Bein, meinen Arm und seinen Bauch fahren lässt. Ich bin eine Autobahn, Sergio.

Mein Vater betrachtet Rowan kurz, dann sieht er zurück in den Monitor.

»Denkst du, sie kriegen sich wieder ein?«, frage ich Dad jetzt, weil ich mir schon länger wirklich Sorgen um Irina und Zayden mache. Mein Vater klickt auf die Maus und das Geräusch des Druckers neben dem Schreibtisch ertönt. Innerhalb weniger Sekunden erscheint ein bedrucktes Blatt, was mein Dad mit zwei Fingern nimmt und auf den Tisch legt.

»Ich hoffe es«, meint er, ohne mich anzusehen, und das ist nicht gut. Wenn mein Vater keine guten Prognosen abgibt, dann sind die Aussichten ziemlich schlecht. Nur, wenn er sicher ist, drückt er es auch so aus. Seine schwammige Antwort allerdings lässt Böses ahnen. Es ist gleichbedeutend mit: Eher weniger, und das ist echt scheiße.

Die Sonne scheint warm durch die riesige Fensterfront auf das mit Büchern gefüllte Regal gegenüber sowie Rowan und mich, während wir mehr oder weniger still vor uns hin arbeiten. Es ist immer so friedlich hier oben. Ich verstehe, dass mein Vater sich hier so gern aufhält. Man ist abgeschottet von allem, als würde der Rest der Welt gar nicht existieren. Als würde es all die Probleme nicht geben, als wäre man ganz allein. Nein, ich schweife jetzt nicht ab. Ich konzentriere mich auf die Papiere vor mir, denn sonst denke ich an dunkelblaue Augen, und das mag ich jetzt nicht.

Ich spüre, wie mein Vater mir einen kurzen abwägenden Blick zuwirft, dann nimmt er den Hörer von seinem weißen Telefon auf seinem gleichfarbigen Schreibtisch und betätigt mit dem Zeigefinger eine Kurzwahltaste.

»Doda«, meint Rowan und hebt mir das Auto vor die Nase.

»Soll ich damit fahren?« Ich nehme es und fahre damit über seinen Bauch. Er kriegt sich nicht mehr ein vor Lachen und windet sich auf meinem Schoß, während mein Vater einfach den Hörer an sein Ohr hält, sich zurücklehnt und die Knöchel auf dem Schreibtisch überschlägt.

»Hallo«, meint er pseudogeschäftig. Ich werfe ihm einen kleinen Blick zu und lasse das Auto wieder über Rowans Bauch fahren. Der fängt wieder an zu lachen und ich muss auch lachen. Uns beiden steigen Tränen in die Augen. »Hast du zufällig noch eine Kopie von der Baugenehmigung für das Industriegebiet?«, fragt mein Vater und ich erstarre kurz. Er telefoniert mit dir. Wieso telefoniert er jetzt einfach so mit dir? Wieso warnt er mich nicht? Ich widme mich weiter Rowan, der sich jetzt nach vorn beugt, damit ich das Auto über seinen Rücken fahren lasse.

»Wieso bist du so süß?«, frage ich ihn. Er hat die Hände auf meinen Knien abgestützt und sein dicker Hintern ragt mir entgegen.

»Merci«, säuselt mein Vater. Ich versuche zu lauschen, habe aber keine Chance, weil Rowan lacht und quietscht.

»Ciao.« Mein Vater legt auf und ich werfe ihm einen Blick zu.

»Und?«, frage ich auffällig unauffällig.

»Und was?« Mein Vater schwingt sich auf seinem Stuhl von links nach rechts, während die Sonne auch auf ihn durch die riesige Fensterfront scheint. Seine türkisen Augen blitzen.

»Dad«, dränge ich ihn sanft aber mit Nachdruck.

»Was denn?«, fragt er genauso sanft und wieder funkeln seine Augen amüsiert.

Muss er mich denn jetzt so quälen? Hä?

»Nichts.« Ich wende mich ab und schmolle.

»Gut«, meint er äußerst sanft, wie du es immer sagst, und nimmt die Füße vom Tisch. Ich presse die Lippen hart aufeinander und blähe die Nasenflügel. Er quält mich so gern.

»Okay, jetzt sag mir, wie es ihm geht!«, platzt es aus mir raus. Ja, manchmal bin ich dumm. Manchmal muss ich das einfach wissen. Und ich weiß, dass mein Dad alles weiß.

»Er hat das höchste Maß an Abkapselung erreicht«, antwortet er und ich verziehe mein Gesicht. »Du wolltest es wissen.«

»Ja, schon gut.« Ich sehe wieder zu Rowan, dessen Augen auffordernd zu mir hochsehen, weil ich das Auto nicht mehr bewegt habe, und er zappelt schon wieder. Also fahre ich mit dem BMW weiter über das Kind ... Klingt ziemlich übel, wenn man es so ausdrückt.

Es klopft wieder, diesmal etwas leiser, und Rowan sieht auf.

»Komm rein, Irina!« Mein Vater seufzt und die Tür öffnet sich. Irina, mittlerweile seit zweieinhalb Jahren eine Rush, kommt rein. Sie sieht fertig aus, wie immer in letzter Zeit. Das hellblonde Haar hat sie sich vor einem Monat schneiden lassen, sodass es nur noch glatt bis zu ihren Schultern reicht. Jetzt ist alles irgendwie auf ihrem Kopf zusammengewuselt, so wie meine Mom es auch immer trägt. Sie hat tiefdunkle Augenringe unter ihren waldgrünen Augen und ist völlig ungeschminkt. Geschminkt war sie schon lange nicht mehr, außer bei Ausflügen ins Casa del Nero. Sie hat ihr Strahlen verloren, ihr Licht. Nun wirkt sie nur noch müde und erschöpft, was nicht allein an den Kindern liegt. Sie trägt schwarze Leggings und ein schwarz-rot-kariertes Hemd von Zayden, das ihr bis zu den Knien reicht. Ihr Blick fällt auf mich.

»Ich suche mein Kind.« Noch vor ein paar Jahren wäre das mit mehr Elan gekommen.

»MAAAAAAMAAAAAA«, ruft Rowan und springt von meinem Schoß, bevor er barfuß über den beheizten Boden zu Irina tapst, wobei er fast fällt und sie ihn reflexartig abfängt und auf ihren Arm hebt.

»Da bist du ja, Baby.« Er sieht sie auch an, als hätte er sie davor noch nie gesehen. Sie küsst seinen Kopf mit den schwarzen dichten Haaren und er schlingt die Arme um ihren Hals.

»Alles okay?«, frage ich, weil sie wieder so abwesend wirkt, als würde sie sich über irgendwas Sorgen machen. Vielleicht hat sie sich wieder mit Zayden gestritten. Das passiert ziemlich oft in letzter Zeit und ist eigentlich nicht typisch für die beiden. Aber ab und zu hört man es vom Anbau aus bis zu uns. Deine Mutter holt dann immer die Kleinen zu uns rüber, damit Irina und Zayden es untereinander ausmachen können.

»Ja, alles okay«, versucht sie mir allen Ernstes weiszumachen und keiner würde ihr das glauben. Weil Irina einfach niemanden was vormachen kann. Sie ist zu pur, sie kann sich nicht verstellen und sie probiert es auch nicht. Normalerweise. Deswegen liebt Zayden sie auch so, unter anderem.

»Okay, ich komme trotzdem gleich zu dir«, warne ich sie und sie nickt erschöpft, bevor sie zur Tür geht und Rowan nochmal winkt. Ich werfe ihm eine Kusshand zu und er tut es mir mit einer speckigen Hand nach. Mein Herz wird warm und ich strahle ihn an. Dann verschwindet Irina mit ihm.

Ich lasse mich wieder nach hinten sinken und sehe hinaus. Hinaus auf den See, der zwischen uns liegt. Hinaus zum anderen Ufer und zu dem Haus, auf das die Sonnenstrahlen nie zu fallen scheinen. Rüber zu dir. Und ich frage mich seit zwei Jahren, sieben Monaten, vier Tagen und dreizehn Stunden wieder mal: Was tust du, Sergio?

3. Kalter Krieg, Irina

XX

Zayden

Die roten Lichter tanzen über mein Gesicht sowie meinen Körper und der Zigarettenrauch schwirrt im Raum, während ich an der dunklen Bar stehe, die sich durch den Stripclub zieht, und meinen Whisky leere. Ich warte auf Leon, der mir noch ein paar Informationen bringen soll. Er ist zu spät. Ich hasse es, wenn man zu spät kommt, und werfe einen Blick auf meine Uhr, während ich meinen Fuß auf die Ablage unter dem Tresen stütze. Es ist schon zehn nach elf und er sollte vor zehn Minuten hier sein.

Genervt schiebe ich mein leeres Glas über die Theke zurück, vergrabe eine Hand in meiner Manteltasche und sehe über meine Schulter.

Es riecht nach Sex, Alkohol und Schweiß. Nach Gier, Lust und Geld. Auf der Bühne rekeln sich ein paar

Stripperinnen und pressen ihre halb nackten, eingeölten Körper aneinander. In den schwarzen Lounges ringsum sitzen ausschließlich Männer. Einige Tänzerinnen reiben sich an ihren Schößen und Geldscheine werden unter den feinen Spitzenstoff ihrer Tangas und BHs gesteckt, durch die ihre Nippel schimmern.

Ich wende den Blick wieder ab. Ich kann mir so was gerade nicht ansehen. Stattdessen bestelle ich mir noch einen Whisky bei der halb nackten Kellnerin, die an mir vorbeischlendert und ihre Hüften extra wiegen lässt. Sie lächelt mich über die Schulter hinweg an.

Ich fange an, mit dem Fuß zu wippen. Es nervt mich, zu warten. Es nervt mich, hier zu sein. Es nervt mich, diesen ganzen Typen beim Fastvögeln und Trockenficken zuzusehen, womit sie mehr haben als ich in den letzten Monaten. Die Musik dröhnt laut aus den Boxen und eine Blondine bewegt sich gerade lasziv auf mich zu. Ich betrachte sie kurz, bevor ich mit zwei Fingern abwinke, damit sie weitergeht. Kein Betrug, Irina. Egal, was gerade bei uns läuft. Ich betrüge nicht. Egal, wie groß die Versuchung ist, und egal, wie wenig Sex wir gerade haben. Und egal, wie viel davon ich eigentlich brauche.

Ich bekomme meinen Whisky und trinke ihn in drei Schlucken aus. Er rinnt kühl durch meine Kehle, während ich den Nacken knacken lasse und ein paar Scheine über die Theke schiebe.

Es dauert noch weitere zehn Minuten, in denen ich hier stehe und versuche, nirgendwo hinzusehen, außer auf mein Handy oder an die Bar. Dann erscheint Leon endlich gehetzt und schwitzend wie ein kleines Schweinchen im Club und ich stoße mich von der Bar ab. Ich muss hier raus, und zwar schnell.

Er kommt angehastet, in der Hand einen dicken, braunen Umschlag. Schweiß steht auf seiner Halbglatze. Keuchend reicht er ihn mir und ich würde ihn jetzt gern anpissen, weil er so lange gebraucht hat, aber viel wichtiger ist, dass ich hier rauskomme, ohne irgendwas Dummes zu tun, was ich später bereuen würde.

»Du hattest recht«, lässt Leon mich noch wissen. Das überrascht mich nicht. Ich habe viele Recherchen angestellt und wusste, dass wir eine Ratte unter uns haben. Auch bevor er mir die Informationen gebracht hat.

Ich gebe ihm das Bündel Geldscheine, das ich ihm schulde, und er nimmt es entgegen. »Ich melde mich«, sage ich noch knapp.

Er nickt, während er die Scheine zählt. Ich warte nicht, bis er damit fertig ist, sondern wende mich ab und verlasse den Club. Ehrlich, Irina, ich kann das jetzt nicht. Ich muss hier raus.

Ich nehme immer zwei Stufen nach oben und schiebe mich dann durch den schwarzen Samtvorhang, bevor ich die wenigen Schritte zur Tür mache und hinaus in die eiskalte Nacht trete.

Tief atme ich die frische Luft ein. Frost hat sich auf den Autos gebildet. Der Himmel ist klar, sodass die Sterne zu sehen sind. In einiger Entfernung lachen ein paar Betrunkene. Eine feine Schneeschicht liegt auf den kahlen Ästen der Bäume, die den Abschnitt des leicht gefrorenen Sees hier hinten säumen.

Ich bewege mich ruckartig zu meinem Wagen, bevor ich noch umdrehen und wieder reingehen kann, und steige ein. Ich vertraue mir zurzeit selbst nicht. In den letzten Jahren war das eigentlich kein Problem, aber jetzt wird es wieder zu einem.

Dann schmeiße ich den Umschlag auf den Beifahrersitz und starte sofort den Motor, während ich mich anschnalle, damit das Signal Ruhe gibt.

Rückwärts verlasse ich die Parklücke und biege dann auf die Straße, die vom Schein der Straßenlaternen ringsum erhellt wird und glitzert.

Ich lehne mich erleichtert zurück, bevor ich nach einer Zigarette aus meiner Manteltasche taste und sie mir dann zwischen die Lippen schiebe. Es dauert eine Weile, bis ich mein Zippo finde und die kleine Flamme vor der Kippe entzündet wird, dann nehme ich einen tiefen Zug.

Okay. Es ist nichts passiert.

Ich will dich nicht betrügen, aber wenn ich in solchen Clubs bin, ist es momentan verdammt schwer für mich, mich zurückzuhalten und der Versuchung zu widerstehen. Nicht, weil ich dich nicht liebe. Das tue ich nach wie vor. Sondern, weil zum einen die Reize zu stark sind, und es außerdem bei uns zurzeit echt scheiße läuft. Ich weiß, dass man deswegen sein Eheversprechen nicht gleich bricht. Aber ich bin nun einmal keiner dieser Männer, die besonders gut darin sind, zu kämpfen. Ich nehme mir normalerweise, was ich will. Und wenn das nicht zu haben ist, sehe ich mich viel zu schnell nach einer leichteren Alternative um, statt mich darum zu kümmern, was bei uns gerade schiefläuft.

Noch vor einem Jahr hätte ich nicht einmal darüber nachgedacht, diese Frauen auch nur *anzusehen*. Da konnte ich in diesen Clubs stundenlang Gespräche führen und verhandeln. Aber seit wir beide uns so voneinander distanziert haben, scheinen die Versuchungen überall zu sein.

Seit die Jungs auf die Welt gekommen sind, hat sich alles schleichend verändert. Natürlich hat sich am Anfang alles um sie gedreht, das ist auch gut und richtig so. Allerdings sind wir beide dadurch zu kurz gekommen. Aber auch nach ein paar Monaten wurde es nicht unbedingt besser. Du verbringst viel Zeit mit den Jungs bei deiner Mutter. Ich verbringe viel Zeit ohne euch auf der Straße, weil mein Vater mich jetzt mehr mit ins Geschäft eingebunden hat und ich teilweise schon viele Dinge allein erledige und entscheide, ganz ohne ihn, sodass er sich um anderes kümmern kann.

Die Nächte, in denen ich ziemlich spät nach Hause kam, haben sich gehäuft. Die Nächte, in denen du bei deiner Mom warst, haben ebenfalls zugenommen. Und die anderen Nächte hast du meistens schon geschlafen. Und wenn wir uns dann mal gesehen haben, haben die Jungs verhindert, dass wir Zeit miteinander verbringen konnten, weil sie viel Aufmerksamkeit einfordern. Abgesehen davon, können wir uns sowieso gar nicht mehr richtig unterhalten und streiten uns ständig wegen Kleinigkeiten, die sich schnell aufbauschen. Also tue ich, was ich am besten kann, und verpisse mich. Und du tust, was du am besten kannst, und schweigst eisern.

Ich versuche, daran zu glauben, was meine Mutter sagt – dass das nur eine Phase ist und irgendwann wieder besser wird. Dass ich dir Zeit geben soll, dass es nicht leicht mit zwei Kindern auf einmal ist. Ich versuche es. Aber jeden Tag verliere ich etwas mehr die Hoffnung darauf. Die Hoffnung und die Geduld.

Ich fahre über die Brücke, die zu unserem Haus führt und sich über den Lake Michigan spannt. Vor unserem schwarzen Tor halte ich. Von hier aus kann ich den Anbau im Garten nicht sehen, in dem wir leben. Aber im Haus brennt noch Licht. Die Gitter öffnen sich und ich rolle über den frostigen Boden und den Kies, bevor ich auf meinem Parkplatz stehen bleibe, der vom Schnee befreit wurde.

Dann greife ich nach dem Umschlag vom Beifahrersitz, löse den Gurt und steige aus, bevor ich die Tür hinter mir schließe. Es ist eiskalt, aber das ist gut so. So bleibe ich klar und abgekühlt.

Ich umrunde den weißen Brunnen und gehe die vereisten Stufen vorsichtig hinauf. Mir wird die Haustür von einer der Wachen aufgehalten. Ich trete ins warme Foyer und klopfe mir den Schnee von den Schuhen. Den Umschlag mit den Informationen lege ich erstmal auf die Kommode. Onkel Caden wird ihn schon sehen und ihn sich holen, wenn er ihn braucht.

Im Salon ist es still. Dad ist noch unterwegs, mein Onkel im Büro mit Rosalie. Ilian, Catalina und Sophia schlafen wahrscheinlich schon, weil sie morgen Schule haben. Meine Mutter ist sicher im Schlafzimmer oder drüben bei dir, genau wie Tante Alayna.

Mein Handy vibriert, während ich das Foyer durchquere, und ich fuchtele es aus meiner Manteltasche. Wie meistens ist die Nummer unterdrückt und ich denke mir nichts dabei.

»Ja?«, nehme ich ab.

»Hey«, antwortet es verhalten am anderen Ende der Leitung und ich stoppe meine Schritte.

Zwei Jahre. Zwei Jahre habe ich diese Stimme nicht mehr gehört. Zwei Jahre. Und ich dachte, es wäre vorbei.

Ich erstarre völlig, eine Hand in der Manteltasche. Meine Schultern spannen sich sofort an und ich spüre, wie die Wut heiß in meinem Bauch aufwallt. Zwei Jahre und jetzt ruft sie mich einfach so an, als wäre nichts passiert, und sagt *Hey*!

»Was willst du, Selina?«, frage ich ungläubig. Sie hat mich die ganzen Jahre über nicht angerufen. Ich habe gedacht, ich wäre sie endlich los. Und ich habe auch kein Interesse an ihr oder dem Kontakt zu ihr, nach allem, was ich von ihr weiß. Nach allem, was sie dir angetan hat. Nach allem, was sie mir angetan hat. Ich bin froh, dass sie aus unserem Leben verschwunden ist, egal, was ich vorher für sie empfunden habe. Das ist nur ein Abklatsch von dem, was ich für dich empfinde. So oder so.

»Ich wollte dir Bescheid sagen, dass ich bald nach Chicago komme«, informiert sie mich und ich spüre, wie mein Magen sich widerwillig zusammenzieht.

Oh fuck, nein. Ich will sie so was von nicht sehen. Ich will nicht, dass sie in deine Nähe kommt, und ich will nicht, dass sie Anstalten macht, sich bei uns einzumischen. Was sie tun wird, so gut kenne ich sie. »Und das interessiert mich, weil?«

»Weil ich mit dir reden wollte, Zayden«, meint sie leise und ruhig.

Ich setze meinen Gang fort, sobald ich mich von dem Schock erholt habe. Ihre Stimme löst nichts in mir aus als Hass, Wut und schon wieder diese Rachsucht. Ich bin immer noch so verdammt angepisst wegen allem, was sie sich geleistet hat, bevor sie gegangen ist.

»Du kannst jetzt mit mir reden. Ich will dich nicht sehen.« Ich stoße die Terrassentür auf und trete wieder hinaus in die Kälte, bevor ich den Garten überblicke. Im Poolhaus brennt der Kamin. Der warme Schein der Flammen dringt nach außen und tanzt über die Schneehaufen an den Seiten. Wahrscheinlich ist Ilian da drin. Er verbringt viel Zeit dort, da er immer noch bei uns lebt, seit Sergio das damals so arrangiert hat. Das gefällt Ivan bis heute nicht, aber er hat es hingenommen. Er hatte keine andere Wahl.

Der Pool ist ausgelassen und Schneematsch glitzert darin. Der Rasen ist frostig und unser Anbau erstreckt sich weiß in den dunklen Himmel. Eiszapfen hängen vom Spitzdach. Das obere Stockwerk ist beleuchtet, unten sind alle Lichter aus. Du bist also noch wach. Das passiert nicht oft, dass wir uns noch erwischen.

»Ich wollte einfach ein paar Dinge klarstellen«, sagt Selina nun und reißt mich aus den Gedanken. »Einfach reden.«

»Selina. Ich bin jetzt verheiratet. Ich hab zwei Kinder.« Und ich will sicher nicht mit ihr reden. Wozu? Damit sie mir wieder Märchen auftischen kann?

»Ich weiß, ich will nichts von dir!«, stellt sie sofort klar und ich schnaube, weil ich ihr diesen Bullshit nicht abkaufe. »Ich bin selber verlobt.« Welches arme Schwein will sie schon heiraten? Der muss echt verzweifelt sein. Wahrscheinlich hat sie schon seine ganze Familie und seine Freunde gefickt, ohne dass er es weiß. Aber das ist nicht mein Problem.

»Herzlichen Glückwunsch«, meine ich trocken und erklimme die drei Stufen, die in den Garten führen. Meine Schritte knirschen auf dem frostigen Gras.

»Ich hatte damit nichts zu tun! Du kannst Victor fragen!« Sie meint wohl das, was dir passiert ist, damals vor etwa drei Jahren in dieser Hütte, in dieser Horrornacht. Ich habe keine Ahnung, wie sie jetzt darauf kommt. Aber du warst überzeugt, dass Selina dir die K.O.-Tropfen untergejubelt hat, und ich glaube dir, weil ich sie gut genug kenne.

»Sicher«, erwidere ich knapp. »Weil ich dir und Victor auch so sehr glaube. Wieso interessiert es dich überhaupt, was ich denke?«

»Weil ein guter Freund zu mir gesagt hat, dass ich … mit alldem abschließen soll. Mit dir abschließen soll. Und weil es mir noch nie egal war, was du gedacht hast.« Klar, deshalb hat sie auch mit der ganzen Schule gefickt, weil es ihr wichtig war, was ich denke.

»Ich bin kein Priester, Selina. Und ich erteile dir keine Absolution. Geh und frag deinen Verlobten danach«, knurre ich, nehme mein Handy vom Ohr und lege auf.

Sie will mich wohl verarschen.

Ich schiebe das schwarze Telefon in meine Hosentasche, bevor ich weiter Richtung Anbau gehe. Ich habe gerade weiß Gott andere Probleme, als ihre Psyche mit ihr zu reinigen und zu analysieren. Dafür ist es sowieso zu spät. Sie ist verpestet und total kaputt. Sie *ist* die Pest. Weder verzeihe noch glaube ich ihr. Sie soll sich einfach von uns fernhalten und jemand anderen ficken.

Ich ziehe meinen Schlüssel aus der Jackentasche und öffne die Tür, bevor ich das warme Haus betrete, und meine

Schuhe im schmalen, weiß gestrichenen Gang abstreife, genau wie meinen Mantel. Ich hänge ihn an den Haken zwischen all die anderen Mäntel neben der Tür. Der vertraute Lavendelduft kriecht auch hier, genau wie drüben, in meine Nase.

Die Küche rechts ist dunkel, genau wie das Wohnzimmer links. Ich gehe weiter durch den Flur, der zur Mitte hin breiter wird und von wo aus die weißen Wendeltreppen nach oben führen, vorbei an der Kommode und dem darüber hängenden Spiegel. Lautlos bewege ich mich die Stufen hinauf. Kein Babygebrüll, aber auch keine anderen Stimmen, die darauf schließen lassen, dass Mom oder Tante Alayna bei dir sein könnten. Du bist allein und vielleicht doch schon eingeschlafen.

Ich durchquere den oberen Gang, vorbei an den beiden geschlossenen Türen, die zu den Zimmern der Jungs führen, und dem großen separaten Badezimmer, bevor ich bei unserem Schlafzimmer ankomme und hineinspähe.

Du bist noch wach, liegst im hohen, dunkelgrauen Bett und trägst eines meiner schwarzen Shirts. Du hast den Rücken ans hohe Kopfteil gestützt und hältst dein Handy in der Hand. Mittlerweile sind deine hellblonden Haare nur noch schulterlang und liegen etwas chaotisch an. Sie sind leicht feucht, weil du wahrscheinlich duschen warst, was der Duft hier drin bestätigt. Ein Bein hast du angewinkelt, das andere ausgestreckt, und der sanfte Schein des Nachtlichts schimmert auf deiner Haut.

Ich schließe die Tür hinter mir und betrachte dich kurz, während meine Füße in dem beigefarbenen Teppich versinken. Du gähnst und ich verdrehe jetzt nicht die Augen, denn ich weiß, dass es mit den beiden nicht leicht ist. Schließlich betonst du es immer wieder. Mir ist klar, dass du müde und erschöpft bist.

Du lässt deinen Blick ebenfalls über mich schweifen, während ich meine Hosentaschen leere und meinen Geldbeutel auf die Kommode schmeiße. Am Anfang bist du mir um den Hals gefallen, wenn ich nach Hause kam, und konntest gar nicht genug von mir bekommen. Du hast mich stundenlang in diesem Bett festgehalten. Jetzt ist das nicht mehr so. Ist okay, Irina. Ich habe gehört, das wäre normal nach ein paar Jahren.

Ich streife den Pullover über meinen Kopf und schmeiße ihn rechts in den Wäschekorb, bevor ich ins angrenzende Badezimmer gehe, wo ich die Tür auflasse. Ich beuge mich über das verchromte Waschbecken und drehe das Wasser auf, bevor ich mein Gesicht und meine Hände wasche. Wie immer fühle ich mich schmutzig, wenn ich in diesen Clubs war und dann zu dir nach Hause komme. Meistens dusche ich danach, aber das mache ich jetzt nicht. Die Gefahr ist zu groß, dass du in der Zwischenzeit einschläfst.

Schließlich mache ich das Wasser aus und greife nach dem weißen Handtuch, das daneben hängt. Eine Hand stütze ich am Waschbeckenrand ab, mit der anderen trockne ich mein Gesicht und sehe über den Spiegel zu dir ins Zimmer. Da, wo deine Augen früher voller Hingabe und Ehrfurcht waren, sind sie jetzt forschend, fast anklagend. Ich frage mich, wieso. Wieso klagst du mich denn an?

»Selina hat mich angerufen«, informiere ich dich, weil ich nicht will, dass du es auf einem anderen Weg erfährst, und schmeiße das Handtuch über das Waschbecken.

Deine feingezupften Augenbrauen fahren zusammen, während ich mich in den Rahmen zum Schlafzimmer lehne und dich betrachte. »Was wollte sie?«, fragst du alarmiert.

»Sie wird bald in Chicago sein und wollte reden und mir sagen, dass sie nichts mit der Sache damals zu tun hatte«, fasse ich zusammen.

Du spannst dich an. Mittlerweile kannst du mit den Geschehnissen in der Hütte ganz gut umgehen, fällst immer weniger zurück und kannst dich normal zwischen anderen Menschen bewegen. Ich frage mich, wie das wird, wenn in zwei Jahren Victor wieder hierher darf. Darüber muss ich mit meinem Bruder nochmal reden.

»Ich habe ihr nicht geglaubt und sie zur Hölle geschickt«, erkläre ich und stoße mich vom Türrahmen ab. Du nickst langsam und musterst mich forschend, während ich mein Muskelshirt über den Kopf ziehe und es ebenfalls in den Korb schmeiße. »Was ist?«, frage ich mit einem kleinen Blick zu dir und öffne meinen Gürtel.

Du legst dein Handy auf den Nachttisch, während ich meines aus der Hosentasche ziehe und auf das Bett schmeiße. Dann streife ich die Jeans ab. Das Babyphon auf deiner Seite des Nachttisches blinkt konstant grün. Ich lege mich neben dich unter die Decke, die ich über meine Beine ziehe.

Du wendest dich mir etwas mehr zu und stützt dich dabei auf eine Hand, deine Beine seitlich angewinkelt. Dein dunkelgrüner Blick schweift sehr genau über mich und ich hebe eine Braue.

Dann siehst du mir wieder in die Augen. »Hast du eine andere, Zayden?«, willst du wissen.

Diese Frage trifft mich kalt und ein paar Sekunden kann ich dich nur ungläubig anstarren. Ich kann es nicht fassen, dass du das annimmst. Bei all den Gelegenheiten, die ich hatte, habe ich dich nie betrogen. Und jetzt kommst du mir so?

Ich werde ein bisschen sauer, wie so oft in letzter Zeit.

»Fragst du mich das gerade wirklich?«, will ich mit erhobenen Brauen wissen.

»Ja. Du bist nächtelang unterwegs und … riechst nach Stripclub, irgendwelchen Parfüms, wenn du heimkommst. Wir haben keinen Sex. Gar nicht mehr. Da liegt die Frage nahe.« Das alles kommt ziemlich erschöpft, während ich mich auf einen Ellbogen aufrichte. Es macht mich echt sauer, dass du mir das zutraust, und dass wir keinen Sex haben, liegt nicht an mir. Ganz bestimmt nicht.

Ich sehe dir direkt in die Augen und mahle mit den Zähnen, dann lehne ich mich etwas zu dir. »Nein«, antworte ich schließlich bitter. Denn ich habe mich immer zusammengerissen, egal, wie groß die Versuchung war. Ich habe immer zuerst an dich gedacht. Und dass du mich das jetzt fragst, beleidigt mich echt. »Habe ich nicht, Irina.«

Damit lasse ich mich wieder zurück auf den Rücken sinken.

»Okay!«, speist du aus und schnaubst.

Ich schnaube ebenfalls. Was glaubst du denn? Habe ich dir bisher einen Grund gegeben, mir nicht zu vertrauen? Musstest du bisher auch nur ein Mal an mir zweifeln?

Du packst wieder dein Handy und drehst mir den Rücken zu, während ich dich ein paar Sekunden fassungslos betrachte. Ehrlich? Den Kindergarten willst du jetzt mit mir durchziehen? Statt die Zeit zu nutzen, die wir endlich mal wieder zusammen sind, drehst du mir jetzt den Rücken zu? Willst du mich jetzt echt so abficken?

Die Müdigkeit verfliegt und ich muss Abstand zwischen uns bringen, weil ich mich jetzt echt nicht streiten will. Mit jeder Sekunde, die ich hier liege, steigere ich mich weiter rein. Ich greife nach meinem Handy.

Fuck, wieso pisst du mich denn jetzt so an? Wäre ich mal lieber nicht nach Hause gekommen.

Grob reiße ich die Decke zurück, greife nach meiner Jeans und dem Pullover aus dem Korb, dann verlasse ich das Schlafzimmer, ohne zu dir zurückzusehen.

Das, oder wir streiten gleich echt heftig.

Ich marschiere den Gang entlang und gehe nach unten. Ich habe noch nicht mal nach den Jungs gesehen, seit ich hier bin, aber ich bin gerade zu sauer. Sobald ich unten angekommen bin, ziehe ich die Jeans wieder über. Ernsthaft? Das Einzige, was du mich heute zu fragen hast, ist dieser Scheiß? Und dann dieser Kindergarten hinterher? Mir den Rücken zuzudrehen? Mich zu fragen, ob ich eine andere hätte? Statt mal ein bisschen auf mich zuzukommen, ein bisschen die Zeit mit mir zu nutzen. Mich mal wieder zu ficken.

Ich reiße den Pullover über meinen Kopf, zerre meine Arme grob hinein. Dann ziehe ich meine Schuhe an, verzichte auf den Mantel und verlasse das Haus. Gerade so kann ich mich zügeln, nicht mit der Tür zu knallen, und das auch nur den beiden Jungs zuliebe. Die Kälte schlägt mir ins Gesicht, als ich den Rasen erneut überquere und das Haus über die Terrasse betrete.

Fuck. Ich schiebe mich in den warmen Salon und lasse mich dort auf das Sofa fallen, bevor ich die Schuhe grob von meinen Füßen schiebe und mir die Wolldecke vom Sessel heranreiße.

Gut, Irina, dann eben so. Wenn du den Kindergarten willst, kriegst du den fucking Kindergarten, *Babygirl*.

4. Ich bin pervers, Ilian

XX

Catalina

Wir haben Spanisch. So unnötig. Ich kann besser spanisch als der Lehrer und der ist Spanier. Angeblich. Grammatikalisch hat er manchmal echt Probleme.

Ich habe meine Schläfe auf meine Faust gestützt und meine Lider sind schwer, wie immer um diese Uhrzeit. Die Sonne scheint ins Klassenzimmer und draußen glitzert der Schnee. Ich lasse meinen Blick zur Uhr schweifen. Noch acht Minuten, dann habe ich für die nächsten zwei Tage frei, denn dann ist Wochenende.

Mich trifft ein Papierkügelchen hart im Nacken. Verdammt, Ilian.

Genervt richte ich mich auf und ziehe es aus dem Kragen meiner weißen Bluse. Schuluniformen. Wir tragen

Schuluniformen. Ich hasse das. Ich habe so schöne Klamotten und kann sie nicht in der Schule tragen.

Ich nehme den zerknüllten Zettel und werfe einen Blick zu Mr. Gonsalez. Der ist damit beschäftigt, etwas nachzuschlagen und dabei in sich hineinzumurmeln, dass es doch irgendwo stehen muss.

Also entfalte ich den Zettel in aller Seelenruhe und lese ihn. *Lass dich nicht ablenken,* lenkst du mich ab. Kurz runzle ich die Stirn, dann sehe ich missmutig über die Schulter. Du sitzt direkt hinter mir, bist weit in deinem Stuhl heruntergerutscht, die Beine in der dunkelroten Uniformhose auseinanderstehend aufgestützt. Du spielst mit einem Kugelschreiber, beide Hände liegen auf dem Tisch. Deine dunkelblonden Haare sind etwas zerzaust und deine Augen schimmern brauntürkis. Sie sind wie ein Stimmungsbarometer. Je nachdem wie du drauf bist, verändert sich auch die Farbe. Das ist echt faszinierend. Ich habe schon Stunden damit verbracht, dir in die Augen zu sehen, um herauszufinden, wann sie wie die Farbe wechseln. In jeder Stimmung und jedem Lichtverhältnis. Außerdem hast du neununddreißig türkise Sprenkel darin, die je nachdem, wie du gelaunt bist, stärker oder schwächer hervortreten. Du zwinkerst mir zu und ich sehe ertappt wieder nach vorn. Ich ignoriere, wie schnell mein Herz mit einem Mal rast. Das ist nicht richtig. Du bist nämlich mein Cousin und solltest mir nicht so zuzwinkern und mein Herz zum Rasen bringen. Das tust du schon immer. Aber richtig schlimm wurde es, als wir vierzehn wurden. Jetzt bin ich fast siebzehn und nichts ist besser geworden. Ganz im

Gegenteil. Jetzt habe ich ganz seltsame Gedanken über dich, die keine Cousine von ihrem Cousin haben sollte.

»*Catalina*«, hauchst du in meinen Nacken und ich klammere mich fest um meinen Bleistift, als ein Gänsehautschauer sich über meinen Rücken zieht. Gott, weißt du eigentlich, was du da mit mir tust, wenn du mich so von hinten anhauchst? Mit deiner heiseren, rauen Stimme. Dein klarer, frischer Duft strömt in meine Nase und ich verspanne mich leicht, als mein Herz noch einen Takt schneller schlägt, drehe mich aber jetzt nicht zu dir um. Ich bin ja nicht lebensmüde und will in Ohnmacht fallen oder Atemnot erleiden. Du bist wahrscheinlich viel zu nahe. Ich spüre deinen Atem an meiner Haut.

»Fiesta esta noche«, wisperst du. Erneut bekomme ich Gänsehaut. Weißt du eigentlich, wie du klingst, wenn du mir auf Spanisch sagst, dass heute Abend eine Party steigt? Gott, wieso bist du denn so heiß? Und wieso finde ich dich heiß? Sophia findet dich überhaupt nicht heiß und sie ist auch unsere Cousine und Onkel Cadens Tochter.

»Nicke«, befiehlst du sanft und ich nicke mit halb geschlossenen Lidern, weil mir im Kopf ganz andere Dinge herumspuken, die du mit dieser Stimme zu mir sagst. Das ist so falsch. Ich will nicht auf dich stehen! Aber ich tue es. SO SEHR!

»Okay«, hauche ich mit einem Ausatmen.

Du summst genüsslich und lehnst dich hörbar wieder zurück, weswegen es nicht mehr in meinem Bauch und in meinem restlichen Körper kribbelt. Das habe ich bisher nur bei dir gespürt, was echt komisch ist. Ich sollte auf irgendeinen der Footballer scharf sein, die nicht meine Cousins sind. Aber das bin ich nicht, Ilian, und das ist falsch.

Ich reibe mir jetzt *nicht* über das Gesicht. Ich werde jetzt nicht völlig nervös. Es ist alles gut. Und ja, ich bin fast siebzehn und vielleicht etwas verwirrt. Das sind sicher nur die Hormone. So hat Rosalie mir das erklärt und was Rosalie sagt, ist immer wahr. Daran klammere ich mich fest, seit Jahren.

Ich sitze noch völlig erstarrt auf meinem Stuhl und versuche, mein rasendes Herz zu beruhigen. Ich bin so pervers. Ich meine, wer steht schon auf seinen Cousin. Die DNA stößt sich ab. Ich kann dich gar nicht anziehend finden. Das geht nicht. Wir sind hier nicht bei *Game of Thrones*. Mir ist klar, dass Weibchen und Männchen sich immer einen potenziellen Fortpflanzungspartner suchen. Das funktioniert nicht, wenn man verwandt ist, außer man wohnt in Texas. Also darf ich dich nicht attraktiv finden. Ich habe Nächte damit verbracht, dieses Rätsel zu lösen. Doch es gelingt mir nicht, schon gar nicht, seit du bei uns im Haus wohnst – ein paar Zimmer weiter – und bei deinem Vater ausgezogen bist. Du machst es mir auch nicht gerade leicht. Ganz im Gegenteil. Du hauchst. Du sprichst Fremdsprachen. Du berührst mich flüchtig und ziehst an meinem Zopf im Vorbeigehen. Du beobachtest mich ständig. Du murmelst in mein Ohr und stützt dich mit deiner Hand an Wänden hinter mir ab. Siehst zu mir runter mit deinen funkelnden Funkelaugen. Schiebst dich eng an mir vorbei in die Küche, sodass ich jeden Zentimeter von dir spüren kann. Spielst oben ohne Football im Garten mit Zayden, wenn er dich wieder trainiert und ich mit Irina am Pool bin.

Und ich, ich bin immer so eifersüchtig, wenn ich dich mit einem anderen Mädchen sehe, was immer mal wieder passiert, weil sie dir alle verfallen sind. Manchmal flirtest du mit ihnen im Poolhaus oder hast eine in deinem Zimmer, mit der du sonst was tust. Ich versuche dann immer, nicht oben zu sein. Und jedes Mal, wenn sie gehen, sind sie total überwältigt und können kaum geradeaus laufen. Onkel Caden und ich sehen ihnen immer sehr skeptisch nach. Und Dad musste schon mal eine auffangen, die fast weggeknickt ist. Du machst sie völlig fertig und sie sind dir komplett hörig. Ich frage mich, was du mit ihnen anstellst. Auf der anderen Seite will ich es eigentlich gar nicht wissen. Egal wie du sie behandelst, sie kommen immer wieder – und ich kann es ihnen nicht verübeln. Du bist perfekt. Ich meine, hast du mal deine Schultern angesehen? Die sind echt breit. Oder dein Gesicht? Das ist echt symmetrisch. Deine Lippen? Die sind so sinnlich, so weich … Oh Gott, ich muss unbedingt aufhören, so an dich zu denken.

Zum Glück klingelt es in dem Moment schrill und reißt mich aus meinem Kopfkino. Mr. Gonsalez erteilt uns noch Hausaufgaben, die die Hälfte nicht mehr mitkriegt, weil sie wie kleine Heuschrecken von ihren Plätzen stürmen, als gäbe es ein Sonderangebot von Chanel den Gang herunter. Was bedeutet, dass sie alle bei mir anrufen und nachfragen werden. Ist okay. Hauptsache, ich kann hier endlich raus.

Ich stopfe meine Ordner in meine überfüllte Tasche, die ich schließlich schultere, bevor ich aufstehe. Natürlich warten wir aufeinander. Das war schon immer so. Das heißt, du und ich warten auf Sophia. Die ist nämlich immer etwas langsam. Sie sitzt hinter dir, hat das Kinn auf die Faust gestützt, die Beine unter dem dunkelroten Rock überschlagen. Ihr Fuß wippt. Ihr schwarzes lockiges Haar ist zusammengebunden und sie hat die gleichen Augen wie du. Die funkeln gerade grün und braun um die Wette, während sie gedankenverloren aus dem Fenster sieht. Sophia ist echt eine Träumerin und eine Trödlerin, aber ich bin das gewohnt. Langsam blinzelt sie und ihr Blick schweift zu uns. Du stehst neben mir und wartest auch geduldig auf sie.

»Oh«, macht sie nun, seufzt dann schwer, bevor sie sich erhebt und ihre Sachen einpackt, wobei sie sich am Kopf kratzt. Ich werfe einen Blick zur Uhr. Die Klasse ist bis auf uns nun ganz leer. Du lehnst dich mit dem Ellbogen hinter mir an der Wand ab. Deine Schläfe hast du auf die Faust gestützt, deine Knöchel sind überkreuzt.

Sophia packt immer noch ein und ich sehe zweifelnd über meine Schulter zu dir hoch. Du bist zwei Köpfe größer als ich und ich weiß nicht, wann das passiert ist. Wir waren mal gleich groß, dann bist du in die Höhe geschossen und ich bin immer noch so winzig wie mit fünf – zumindest gefühlt. Jetzt siehst du zu mir runter und zuckst mit den Schultern. Ich lasse meinen Blick wieder zu Sophia schweifen. Inzwischen hat sie alle Sachen fein säuberlich verstaut. Sie lässt sich Zeit bei so was, eigentlich bei allem, und hetzt sich nicht. Deshalb wird sie wahrscheinlich auch am längsten von uns allen leben. Sie schultert ihre Tasche, bevor sie auf uns zukommt. In aller Ruhe. Ganz gemächlich.

Auffordernd sieht sie uns an, als hätten wir sie warten lassen. Du schnaubst mir in den Nacken, weswegen ich wieder erschauere. Gott, ich will deinen Atem überall spüren, während du mit deinen geöffneten Lippen über meinen Körper streifst.

GOTT!

Ich muss unbedingt damit aufhören!

Was ist nur los mit mir? Seit zwei Jahren ist es besonders schlimm.

»Gehen wir jetzt?«, fragt Sophia etwas irritiert und sieht zwischen uns hin und her.

»Nein, wir können hier auch noch ein bisschen stehen bleiben«, meinst du locker. Ich muss grinsen und schiebe mich an dir vorbei in den Flur, wobei du mir keinen Platz machst und ich deinen Körper an meiner Hüfte spüre. Ich atme zittrig aus. Im Gang wuseln viele Schüler herum, die ihre Jacken anziehen und sich Dinge zubrüllen. Spinde werden geöffnet und geschlossen. Tracy und Amber, die vorbeigehen, lächeln dich an, während ich meinen Mantel vom Haken nehme und deine Reaktion darauf aus dem Augenwinkel beobachte. Du hebst wissend einen Mundwinkel in meine Richtung und legst den Kopf schief, weil du meine Reaktion darauf ebenfalls beobachtest, wie ich deine Reaktion darauf beobachte. Du nimmst das alles viel zu locker, Ilian! Die gleiche DNA, Ilian. Nicht gut, ILIAN! Ich höre dich leise lachen – so lustig, Ilian – und das macht mich ganz wuschig. Bitte hör auf, hinter mir so heiß zu lachen!

Wir gehen zu unseren Spinden. Ich öffne meinen und stopfe die Ordner rein, die ich nicht zum Lernen brauche. Die Kamera in der Ecke über mir blinkt währenddessen rot und erinnert mich daran, dass mein Bruder alles sieht, weil die Schule ihm gehört. Wir haben nächstes Jahr

Abschlussprüfungen, deshalb verbringen wir drei momentan viel Zeit damit, gemeinsam mit Onkel Caden oder meiner Mom zu lernen, während Tante Alayna uns mit Muffins versorgt.

Sophia packt neben mir auch ihre Sachen in den Spind. »Gott, bin ich froh, wenn ich endlich draußen bin«, murmelt sie vor sich hin. Ich schüttle fassungslos den Kopf. Wir wären ja schon längst draußen, wenn sie nicht so langsam wäre. Aber so ist sie eben. So war sie schon, als wir noch Kinder waren. Wenn wir mit ihr Verstecken gespielt haben, hat sie Stunden gebraucht, um uns zu finden, weil sie dauernd was abgelenkt hat. Wir beide haben dann so lange gepuzzelt oder ferngesehen. Ein Buch gelesen. Legohäuser, Villen, ganze Städte gebaut … Irgendwann kam sie dann und meinte: »Hab euch!« Und wir haben überrascht getan.

Nun gut.

Ich schließe meinen Spind, genau wie du gegenüber.

»Dieses Wochenende Party?«, ruft Trevor dir über den Flur zu. Du hebst den Daumen über deine Schulter. Alle Jungs wollen mit dir befreundet sein, aber du wählst deine Freunde sehr penibel aus. Du vertraust nicht jedem. Und ich verstehe das. Eigentlich vertraust so gut wie niemandem.

Sophia ordnet gerade die Sachen in ihrem Spind neu, weil ihr wohl irgendwas nicht gefallen hat, und ich stoße sie an. »Jetzt komm schon, das kann warten.«

Abgelenkt sieht sie zu mir, als hätte sie mich wieder vergessen. Heilige Scheiße. »Okay!« Sie verdreht die Augen und schließt ihren Spind, bevor wir drei uns wieder zusammenschieben und den Flur durchqueren. Die Midtown School ist voll von reichen Snobs, die sich für was Besseres halten, und ich habe keine Ahnung, wieso wir ausgerechnet an diese Schule gehen müssen. Wir haben alle drei nicht viel mit den Leuten zu tun. Aber schon die anderen haben hier ihren Abschluss gemacht. Meine Brüder Sergio und Zayden und auch Rosalie. Sie sind vier Jahre älter als wir. Sergio ist mein Halbbruder, weil er einen anderen Vater hat, der aber vor zweieinhalb Jahren gestorben ist. Und klar, wahrscheinlich sind wir hier gelandet, weil die Schule ihm gehört. Natalia Wolkov lehnt an ihrem Spind, ein Bein angewinkelt, und ihr Rock ist verdächtig kurz. Ihr blondes Haar ist zu einem hohen Zopf gebunden und ihre dunklen Augen folgen dir, wie immer. Sie steht auf dich. Das tut sie schon immer und sie macht kein Geheimnis daraus. Außerdem hat sie echt ein Problem mit mir und ich mit ihr, denn ihr Bruder ist ein Hurensohn und ich hasse ihn über alles. Ich habe ein Gespräch zwischen Irina und Rosalie belauscht, das mache ich öfter, wenn mir langweilig ist. Dann sitze ich auf dem Boden vor Rosalies Zimmer und höre einfach ein paar Stunden zu. Nein, eigentlich will ich gar nicht wissen, was die beiden über meine Brüder zu sagen haben. Vieles davon ist echt versaut. Aber so habe ich auch mitbekommen, was Victor Wolkov Irina angetan hat, und ich hasse, hasse, *hasse* diese Familie.

Du lässt deinen Blick träge über sie gleiten und siehst dann wieder nach vorn, als würde sie dich nicht interessieren. Ich schiebe meine Hände in die Manteltaschen. Ja, okay, sie ist hübsch. Aber mehr hat sie auch nicht zu bieten. Leider ist es aber nicht so, als würde irgendwen wirklich reizen, was unter einer hübschen Oberfläche steckt. Ich erinnere mich noch voller Grauen an die Ex meines Bruders. Selina Sanchez. Gleicher Typ Frau. Gleiche perfekte Fassade. Gleiches Gift. Sie hat mich immer getriezt, wenn wir allein waren. Das hat sie bei allen Frauen getan, auch bei Sophia. Sie fragte sie öfter, ob sie geistig zurückgeblieben wäre, während sie von mir wissen wollte, ob es mir was ausmachen würde, wenn sie dich fickt, wenn du älter bist. Ich habe ihr einmal an den Haaren gezogen, ziemlich heftig. Daraufhin hat sie es meinem Bruder gepetzt, der drei Tage damit verbracht hat, mich anzupissen. Die Einzigen, bei denen sie sich nicht getraut hat, den Mund aufzumachen, sind meine Mutter und Tante Alayna. Die haben ihr nämlich das nötige Kontra gegeben. Als Selina Sophia einmal zum Weinen gebracht hat und ich zufällig von oben runterkam, habe ich sie mit dem Rücken gegen das Geländer geschubst und ihr gesagt, sie solle das nie wieder tun. Bei so was handle ich so, wie mein Dad es mich gelehrt hat. Ich habe keine Skrupel, auch mal körperlich auszuteilen, wenn es mir zu blöd wird. Dad hat immer betont, ich solle mir nichts gefallen lassen – und das tue ich nicht. Erst recht, wenn es um Sophia geht.

Du stößt die Flügeltüren auf und wir treten hinaus in die eisige Novemberkälte, bevor du deinen Autoschlüssel aus der Manteltasche kramst und wir Richtung Parkplätze schlendern. Du lässt den Schlüssel um deinen Zeigefinger kreisen. Hier und da verabschieden sich noch ein paar Leute von uns. Durch den Schnee ist es stechend hell und so erkenne ich erst sehr spät den schwarzen Mercedes, der unheilvoll auf dem Parkplatz steht – den Mercedes meines Opas Massimo Marino.

Und das hat niemals etwas Gutes zu bedeuten.

5. Wer entscheidet, Ilian?

XX

Catalina

»Oh Scheiße«, kommentierst du, während ich ein wenig erstarre. Massimo Marino ist Moms Vater. Er ist nicht unbedingt das, was ich einen liebevollen Opa nennen würde. Alle in unserer Familie haben so ihre Schwierigkeiten mit ihm. Er ist immer ernst, versteht keinen Spaß. Er ist versnobt und überheblich. Er hasst Menschen, es sei denn, sie haben Macht und was in der Mafiawelt zu sagen. So wie dein Vater, Ivan Terekov, zum Beispiel. Dich mag mein Opa, aber darauf braucht man sich bei ihm nichts einzubilden. Ich frage mich, was er hier macht, befürchte allerdings, dass es was mit mir zu tun hat.

Er lehnt an seinem Auto und trägt einen schwarzen Mantel, der am Kragen hochgeklappt ist. Natürlich sieht er für sein Alter perfekt aus – das tun sie alle. Die leicht ergrauten Haare sind zurückgekämmt. Keine Strähne, die sich löst. Er ist glattrasiert und seine stechend grünen Augen fixieren mich. Unheilvoll und fordernd wie immer.

»Sag ein Wort und ich bring dich weg«, raunst du mir zu und ich muss aufpassen, nicht zu kichern, als dein warmer Atem meinen Hals trifft. Ilian, du bist der einzige Mensch dieser Welt, der mich zu so einer Mädchenscheiße wie Kichern bringt. Okay, du und Dad. Der bringt mich auch zum Kichern.

»Fahrt schon mal, ich komme dann«, murmle ich geschlagen, als mein Opa mir mit erhobenen Brauen auffordernd zunickt. Man sagt nicht einfach Nein zu Massimo Marino, schon gar nicht als Frau oder Mädchen. Da kann er echt ungemütlich werden.

»Sagst du Dad Bescheid, dass ich später komme?«, frage ich dich noch und du seufzt genervt. Du magst meinen Opa überhaupt nicht, aber das tun wie gesagt die Wenigsten.

»Mach ich, Babygirl.«

Ich seufze ebenfalls und werfe Sophia noch einen kurzen Blick zu, den sie mit einem äußerst mitleidigen retourniert, weshalb ich ein bisschen lächle, bevor ich zu meinem Opa gehe.

Der mustert mich von oben bis unten, und wie immer, wenn er mich so ansieht, straffe ich meine Schultern etwas. Ganz automatisch. Er scheint noch abzuwägen, wie er meine Aufmachung finden soll, und sobald er zu einem Entschluss gekommen ist, werde ich auch nicht verschont werden, seine Meinung zu meinem Auftreten auf seinen Zügen betrachten zu dürfen. Er hält damit nie hinter dem

Berg, wobei man jedoch nicht mit etwas Gutem rechnen sollte. Zu sagen, dass er ein kritischer Mensch ist, wäre stark untertrieben.

Er hält mir seine Hand entgegen und ich muss natürlich seinen Ring küssen, weil man das nun einmal so macht bei den Älteren und Mächtigeren. Also küsse ich seinen Ring und du lässt den Motor deines mattgrauen Mercedes aufröhren. Während du mit Sophia vom Schulhof fährst, lasse ich seine große, starke und feste Hand los.

»Steig ein.« Mein Opa ist zufrieden. Ich mache es nicht gern, aber Mom hat mir das schon sehr früh beigebracht, wie man jemandem bei uns Respekt zollt und ältere Menschen behandeln muss. Also tue ich wie geheißen, ohne weiter darüber nachzudenken, und setze mich ins Auto, bevor ich meine Tasche im Fußraum abstelle und die Tür hinter mir zuziehe. Mein Opa lässt sich neben mir auf den Fahrersitz sinken. Sein Auto ist sauber, kein Staubkorn, nirgendwo. Es riecht geradezu steril. Das schwarze Leder wirkt neu, obwohl er den Wagen schon ein paar Jahre fährt, und das Touchscreen des Navis ist perfekt geputzt. Keinerlei Fingerabdrücke. Es hängt nichts an seinem Rückspiegel, kein Krimskrams in der Mittelkonsole. Kein leerer Kaffeebecher, keine Flasche mit Wasser, das schon total abgestanden ist, so wie bei Dad. Keine Tabakkrümel, Feuerzeuge, Tabletten oder Sonnenblumenkerne, wie bei dir. Ich falte meine Hände im Schoß, nachdem ich mich angeschnallt habe, und frage mich, was er von mir wollen könnte. Er holt mich nie von der Schule ab. Zudem hasst er meinen Dad. Daraus macht er kein Geheimnis. Deswegen erstaunt es mich, warum er hier ist. Ich bin kein de Luca-

Enkel, sondern ein Rush-Enkel. Er mag nur die de Luca-Seite, der mein Bruder Sergio entsprungen ist, und wünscht sich wahrscheinlich, wir wären alle de Lucas. Dad hasst ihn ebenfalls. Mom hasst ihn. Onkel Caden hasst ihn. Zayden hasst ihn. Sergio hasst ihn am allermeisten und der Rest hasst ihn auch.

Wir fahren vom Parkplatz. Die Sonne glitzert auf dem dunklen Lack der Motorhaube, wo der Stern sich nach oben erstreckt. Ich werde meinen Opa jetzt natürlich nicht fragen, was los ist. Ich werde nicht als Erste sprechen. Das wird er. Nicht, dass ich irgendein Bedürfnis hätte, mich mit ihm zu unterhalten.

Sein Siegelring mit der kleinen Krone in M-Form blitzt immer wieder auf, wenn er lenkt, und wir reihen uns in den dichten Verkehr Chicagos ein. Ich sehe nur nach vorn und spüre, wie er mich mustert. Dann richtet er wieder seinen Blick auf die Straße. Seine Stimme ist gefasst und ruhig, wie immer, als er spricht, und natürlich darf auch der leicht herablassende Unterton nicht fehlen, den er stets an den Tag legt.

»Du wirst bald siebzehn«, beginnt er. Was will er jetzt von mir? »Ich kämpfe schon dein Leben lang darum, dass du endlich die Wahrheit erfährst, aber sie sträuben sich, weil sie feige sind.« Jetzt bin ich etwas irritiert und lasse meinen Blick wieder zu ihm gleiten. Aus irgendeinem Grund, den ich nicht nachvollziehen kann, verkrampft sich mein Magen. Es ist fast wie eine Vorahnung und instinktiv ist mir klar, dass ich gar nicht wissen will, was er zu sagen hat. »Also werde ich dir jetzt die Wahrheit sagen. Die Wahrheit über deine Herkunft«, meint er und die Sonne tanzt über seine kalten giftgrünen Augen. Der Kragen seines Mantels streicht über seine scharf geschnittenen Kieferknochen. Ich weiß bestens Bescheid über meine Herkunft und habe keine Ahnung, was es dazu noch zu erzählen gäbe. Ich kenne den ganzen Rush-Stammbaum, bis hin zu meinen Ur-Ur-Ur-Ur-Großeltern, die bei einem Feuer ums Leben kamen. Wieder verkrampft sich mein Magen.

Er wirft mir einen kleinen Blick zu, während ich ihn aufmerksam beobachte.

»Ist dir noch nie aufgefallen, dass du Carter Rush nicht ähnlich siehst?«, fragt er mich wieder mit dieser leichten Herablassung in der Stimme – als hätte er keine Kraft, sich ständig mit Minderbemittelten zu unterhalten. Jetzt wird mir schlecht. Mein Gehirn weigert sich, zu arbeiten, während mein Herz etwas schneller schlägt. Tief atme ich durch, wie Mom es mir immer rät.

Natürlich ist mir das aufgefallen, aber das können ja auch ganz einfach die Gene sein. Vielleicht komme ich schlichtweg nach irgendeinem anderen Vorfahren von Dad oder Mom. Man muss doch nicht immer seinen Eltern ähnlich sehen, oder?

»Antwort?«, drängt er mich, als ich nichts sage.

Ich räuspere mich. »Doch«, erwidere ich vorsichtig. »Das ist mir aufgefallen.« Er nickt.

»Das hat einen ganz einfachen Grund.« Jetzt rauscht es in meinen Ohren. Ich will es nicht hören. »Und der lautet ...« Oh nein, ich will es wirklich nicht hören! »Carter Rush ist nicht dein Vater«, spricht er es einfach aus und ich keuche auf. Verständnislos blinzle ich ihn an. Es ist nicht so, als hätte ich so was in der Richtung nicht hin und wieder geahnt, aber seine Worte zerstören jede Hoffnung in mir und sind wie ein Schuss direkt in mein Herz, das sich krampfhaft zusammenzieht. Sie klingen so endgültig. Und er ist nicht der Typ, der darüber scherzen würde. Ich wünschte, ich hätte es nicht gehört. Vielleicht könnte ich so tun, als ob. Denn ernsthaft, das kann doch nicht sein. Ahnung hin oder her. »Er hat die Vaterschaft für dich einfach an sich gerissen und dein wahrer Vater hat ihn gelassen, weil er wollte, dass du …« Er verdreht die Augen, als er mich von der Seite mustert. »Dass du *frei aufwächst.*« Er lacht fast und mir wird noch etwas schlechter, während mein Puls rast.

»Was?«, wispere ich atemlos.

»Donovan de Luca war dein Vater«, lässt er die Bombe völlig gelassen, fast gelangweilt platzen. Das ist genauso grausam, wie bei *Star Wars,* als Luke Skywalker erfährt, dass Darth Vader sein Vater ist. Wieso weiß ich so was? Woher kenne ich die Namen? *Verdammter Ilian.* Kurz scheint die Zeit stillzustehen. Nicht einmal das ohrenbetäubende Rauschen des Verkehrs dringt zu mir durch. Ich starre meinen Opa entsetzt an. Seine Worte wollen einfach nicht zu mir durchdringen. Ich stehe das erste Mal in meinem Leben wirklich unter Schock. Das erste Mal in meinem Leben kommt mein Verstand nicht hinterher und darauf kann ich mich eigentlich immer verlassen. Mein Kopf funktioniert in jeder Situation einwandfrei, nur nicht jetzt, oder wenn du mir nah bist.

Donovan de Luca.

Donovan de Luca war *Sergios* Vater, nicht meiner.

Mein Vater ist Carter Rush.

Donovan de Luca ist nicht mein Vater. Das ist Schwachsinn. Wer sagt so was? Ich starre meinen Opa immer noch an.

»Du lügst«, entkommt es mir atemlos und er hebt eine Braue. Ich spüre, wie mein Herz noch etwas schneller schlägt und meine Finger zu zittern beginnen.

»Dein Vater Donovan de Luca hat mit deiner Mutter bei deiner Geburt vereinbart, dass Carter Rush die Vaterschaft für dich anerkennen und dich wie seine eigene Tochter aufziehen soll.« Er klappt meine Blende mit einem Mal runter und schiebt den Spiegel auf. »Schau dich doch mal an. Wem gehören diese Augen?«

Schwer atmend starre ich jetzt in den Spiegel, in dem meine hellblauen geschockten Augen den Blick erwidern. Blitzschnell zucken die Bilder von Donovan de Luca durch meinen Kopf. Ich erinnere mich sehr gut an ihn, auch wenn er schon seit zweieinhalb Jahren nicht mehr da ist. Ich erinnere mich noch genau an die komischen Momente, die ich immer mal wieder mit ihm hatte. Und wie unbehaglich ich manchmal seinen Blick in meinem Rücken gespürt habe. Ich erinnere mich daran, dass ich als Kind immer Angst vor ihm hatte, weil er der böse Mann von der anderen Seite des Sees war. Er besaß immer diese kalte Aura. Er war immer derjenige, zu dem ich meinen Abstand gewahrt habe. Er war derjenige, der meinen Bruder so oft zum Verzweifeln gebracht hat. Manchmal hat es sich komisch angefühlt, in seiner Nähe zu sein. Ich konnte das nicht zuordnen. Irgendwas in mir hat sich dann verkrampft. Irgendein Teil von mir wurde von ihm angezogen und gleichermaßen abgestoßen. Doch ich habe nie weiter darüber nachgedacht, ich wollte es nicht.

Er ist nicht mein Vater, er war nicht mein Vater und er wird niemals mein Vater sein. Mit einem Ruck klappe ich die Blende nach oben, weil ich meinen eigenen Anblick nicht mehr ertragen kann.

»Wieso sollte mein Dad so was tun? Wieso sollte er mich wie seine Tochter großziehen, wenn er gar nicht mein Dad ist?«, frage ich, während wir das Waldstück hochfahren, das zu seinem Anwesen führt.

»Weil das die Bedingung deines Vaters war, damit er sich von deiner Mutter fernhält«, erklärt er ungerührt von diesem ganzen Chaos in mir.

Das ergibt keinen Sinn für mich und ich ziehe meine Augenbrauen zusammen.

»Sie dachten wohl, dass du als de Luca gefährdet wärst«, meint er fast gelangweilt und schüttelt den Kopf, als könnte er das nicht verstehen, und ich atme tief durch. Ich kann das auch nicht verstehen. Nichts davon.

»Gibt es einen Vaterschaftstest?«, frage ich nun und verschränke die Arme vor der Brust. Ich will das nicht glauben. »Gibt es einen Beweis für das, was du mir hier erzählst?«

»Willst du mir etwa vorwerfen, ich würde dich anlügen?« Seine Stimme wird etwas schneidender.

»Nein«, antworte ich sofort. »Ich meine nur, dass meine Mutter eine Zeit lang offensichtlich«, dabei denke ich an Zayden und Sergio, »etwas mit Donovan de Luca und Carter Rush zur selben Zeit am Laufen hatte, also kann es sein, dass du dich täuschst.«

»Schau dich doch mal an, Kind. Du bist Donovan de Luca wie aus dem Gesicht geschnitten. Keiner dieser … Rushs hat diese Augen, diese Lippen und dieses Kinn. Genau wie diese Nase. Du brauchst keinen Vaterschaftstest. Frag doch einfach den Mann, der dich aufgezogen hat.« Alles in mir zieht sich zusammen. Es tut richtig weh. Irgendwo in meinem Unterbewusstsein weiß ich, dass er die Wahrheit sagt, aber ich will es ihm einfach nicht glauben. Ich kann das nicht akzeptieren, und egal, ob es stimmt, es spielt keine Rolle mehr, denn Donovan de Luca ist tot. Er ist tot und ich bin keine de Luca. Wir halten vor dem Tor des Anwesens meines Großvaters und es gleitet lautlos auf. Meine Kehle ist wie zugeschnürt und ich sehe aus dem Seitenfenster auf den in der Sonne glitzernden Schnee.

Ich will das nicht glauben.

Wenn ich einmal damit anfange, ist es real.

»Es war an der Zeit, dass du es erfährst und deinen Platz in der Familie einnimmst.« Sanft hält er vor der großen viktorianischen Villa, die in den blauen Himmel aufragt.

Den Platz in der Familie einnehmen?

Ich will keine de Luca sein.

Ich will nicht in diesem Haus leben.

Ich will kein Teil dieser Familie sein.

Es gibt nichts Gutes, was ich bisher über sie gehört habe. Das einzig Gute ist mein Bruder mit diesem Nachnamen, und selbst der ist nicht mehr derselbe, der er mal war, seit er sein Erbe antreten musste. Ich fühle mich, als würde ich ersticken, weshalb ich den Wagen verlasse, sobald er sanft angehalten hat, und tief die eiskalte Luft einziehe.

Mein Opa steigt auch aus.

»Es gibt Tee, komm dann rein«, sagt er, dann schlendert er ins Haus und lässt mich draußen zurück. Ich kann ihm nur völlig verdutzt hinterherstarren, während die Kälte sich beißend auf meine Wangen legt und die zwei Wachen stoisch nach vorn blicken. Mit einer Hand stütze ich mich am Auto ab und atme tief ein und aus. Jetzt darf ich nicht einknicken. Ich darf jetzt nicht zulassen, dass er meine ganze Welt auf den Kopf stellt. Mein Dad ist mein Dad, meine Mom ist meine Mom, du bist du, meine Brüder sind meine Brüder und ich bin nicht Donovan de Lucas Tochter. Mit einem Mal klingelt mein Handy schrill und reißt mich aus dem Moment. Noch einmal atme ich tief die eisige Luft ein. Meine Finger zittern, als ich das Telefon aus meiner Manteltasche ziehe.

Der Name meines Bruders Sergio erscheint auf dem Display. Im Gegensatz zu allen anderen in diesen Kreisen unterdrückt er seine Nummer so gut wie nie. Mein Herz schlägt noch ein bisschen schneller. Wenn es stimmt, was mein Opa sagt, ist Sergio nicht mehr mein Halbbruder, sondern mein einzig richtiger Bruder und Zayden nur noch mein Halbbruder. Rosalie ist dann nicht weiter meine Cousine, genauso wenig wie Sophie, und …

Ich nehme ab.

»Sergio?«, frage ich etwas atemlos. Es ist kurz still.

»Bist du bei Massimo Marino?«, fragt mein Bruder mit kaum verhohlener Wut in der Stimme. Ich nicke und sehe an der Villa hoch, bis ich bemerke, dass Sergio mich gar nicht sehen kann.

»Ja«, antworte ich schließlich etwas zittrig.

»Dieser kleine Bastard!«, zischt Sergio jetzt. »Was hat er dir erzählt?« Oh nein, das klingt fast, als hätte Massimo

Marino mich nicht angelogen. Meine Brust zieht sich wieder zusammen.

»Er hat gesagt … er hat gesagt …«

»Er hat es dir gesagt, oder?« Sergio klingt nicht amüsiert und ich sacke seitlich gegen das Auto. »Ich komme dich abholen, wir reden später«, meint er. Dann legt er auch schon auf. Mein Magen verkrampft sich noch etwas mehr. Ich wünschte, Sergio hätte anders reagiert. Das war fast wie eine Bestätigung. Eine Bestätigung, dass mein Dad nicht mein Dad ist. Dass mein ganzes Leben eine Lüge ist, dass ich nicht ich bin. Eine Lüge, die alles verändern wird, wenn sie das nicht schon getan hat.

* * *

Ich sitze im Salon mit meiner Oma. Eine Tasse Tee vor mir, die ich anstarre, meine Hände unter meine Schenkel geklemmt. Ich weiß nicht, wie lange ich hier schon verharre und dem Dampf dabei zusehe, wie er aus der Tasse strömt. Jede Sekunde, jeder Tag, jeder Moment, den ich mit Dad hatte, erscheint in einem neuen Licht. Insgeheim weiß ich, dass mein Opa recht hat, und mir wird klar, dass das jetzt alles für mich verändern wird. Ich weiß, dass eine de Luca zu sein, was ganz anderes bedeutet, als eine Rush zu sein. Ich habe mein Leben bisher geliebt. Jeden Tag davon. Meine Familie geliebt. Das tue ich immer noch. Aber wenn ich mir nur vorstelle, dass mein Onkel jetzt nicht mehr mein Onkel ist und mein Dad nicht mehr mein Dad, dass ich nicht bin, wer ich glaubte zu sein; dass mein Opa Mason Rush jetzt nicht mehr mein Opa ist, dreht es mir den Magen um. Es will nicht in meinen Kopf. Das ist nicht richtig und doch ergibt es so viel Sinn. Es erklärt, wieso ich nicht so aussehe wie die anderen. Wieso ich am meisten meinem Bruder Sergio gleiche und sonst niemandem. Es erklärt, wieso Dad manchmal diesen Blick bekommt, wenn er mich ansieht. Und wieso Mom sich immer etwas versteift, wenn ich anfange, Fragen zu stellen. Und wieso sie immer versucht, mich mit allen Mitteln irgendwie zu beschäftigen, wenn sie und Dad zu irgendeinem Treffen müssen und mich nicht mitnehmen wollen. Es erklärt, wieso niemand dich und mich voneinander fernhält, obwohl wir ja verwandt sind. Angeblich. Das sind wir auch nicht, nicht wahr, Ilian? Und du wusstest es, nicht wahr, Ilian? Deshalb hast du auch den nötigen Abstand nicht zu mir gehalten und mich nur noch mehr verwirrt. Deshalb war es für dich nicht so komisch wie für mich, wenn wir uns zu nahekamen. Deshalb machst du mich so gern nervös. Wie lange weißt du es schon? Habt ihr mir jetzt wirklich alle was vorgemacht und mich für dumm verkauft? Ich fühle mich so verraten.

Ich sehe zu meiner Oma, die mir gegenübersitzt. Den Rücken so gerade, das Gesicht ausdruckslos und perfekt. Die Haare liegen in einem Dutt und ihr schwarzes Strickkleid hat nicht einen einzigen Fussel, geschweige denn eine Falte, die aus der Reihe tanzt.

»Mach dir nichts draus«, sagt sie. Natürlich, Ilian, ich mache mir einfach nichts draus. So leicht ist das, seine ganze Identität infrage stellen zu müssen. Ich mache mir einfach nichts draus. »Es gibt Schlimmeres«, versichert sie mir und trinkt einen Schluck Tee.

»Was denn zum Beispiel?«

»Zum Beispiel, wenn der Mann, mit dem du verheiratet bist, die Hausmädchen in deinem Ehebett besteigt.« Sie trinkt noch einen Schluck und ich ziehe erschrocken den Kopf zurück. Das schafft es tatsächlich kurz, mich abzulenken, dann verziehe ich das Gesicht, als ich bemerke, dass sie über meinen Opa spricht.

»Siehst du«, bestätigt sie mir sanft. »Trink deinen Tee, solange er noch warm ist.« Ich greife danach und nehme einen Schluck. Meine Oma ist die perfekte Frau in diesen Kreisen und so unglücklich. Dafür muss man ihr nur einmal in die Augen sehen. Sie hasst ihr Leben, aber sie hat sich damit abgefunden. Muss ich mich jetzt auch damit abfinden, Ilian? Werde ich auch so enden, jetzt, da ich weiß, dass ich eine de Luca bin?

»Was heißt das jetzt für mich?«, frage ich leise.

»Das kommt darauf an, was dein Bruder mit dir vorhat, denn er ist dann für dich verantwortlich«, erklärt sie und greift nach der chinesischen Teekanne, um sich nachzuschenken. Ich atme tief durch.

»Wie kann das alles sein?«, erkundige ich mich, streiche durch mein Haar und ziehe den Haargummi heraus, weil mein Kopf zu pochen beginnt.

»Ungezügelte Hormone.«

»Meine Mom hat mich gekriegt, wegen ungezügelter Hormone?« Ich hebe die Augenbrauen. »Das ist alles?«

»Deine Mutter hat dich gekriegt, weil der falsche Mann sie versucht hat, an sich zu binden«, erklärt sie völlig gelassen und rührt etwas Zucker in ihren Tee.

Ich brauche ein paar Minuten, um das zu verstehen. Mit dem falschen Mann meint sie nicht meinen Dad.

Offensichtlich. Ich sinke zurück gegen die Polster und fahre mir wieder durch die wirren Locken.

»Muss ich jetzt bei Sergio leben?«, frage ich mit einem Blick an die Decke.

»Ich denke nicht«, versichert mir meine Oma und trinkt wieder von ihrem Tee. »Dein Bruder hatte nie vor, dich in das Haus zu holen.«

»Alle wussten es, außer mir?« Ich streiche über meinen Rock.

»So ist das in dieser Welt. Die Leute, denen du am meisten vertraust, können dich am meisten verletzen.« Ich will gerade was antworten, als die Tür lautstark aufgestoßen wird und ich zusammenzucke. Meine Oma sieht völlig gelassen zum Durchgang, wo kurze Zeit später Sergio mit Giovanni auftaucht. Er kommt wie eine Gewitterwolke. Sein schwarzer Mantel wallt hinter ihm her, seine dunkelbraunen Haare liegen akkurat nach hinten gekämmt an. Und seine dunkelblauen Augen blitzen eisig und wütend. Wie immer ist er glattrasiert und seine Kiefer mahlen. Haben wir beide wirklich denselben Vater?

»WO IST ER?«, donnert Sergio mit schneidender tiefer Stimme durch den Salon und sieht nur meine Oma dabei an. Sie bleibt völlig gelassen und mustert ihn ruhig.

»Hinter dir.« Sergio wirbelt herum zu meinem Opa, der gerade die Treppe runterkommt. Ich spanne mich an, weil ich nicht weiß, was jetzt passieren wird. Meine Oma streckt die Hand aus und tätschelt meine nachlässig.

»Gib mir einen Grund, warum ich dich nicht sofort erschießen lassen sollte, nachdem du meinen Befehl, die Klappe zu halten, missachtet hast, Massimo Marino!«

Sergios Schultern sind straff und angespannt. Seine Stimme hallt durch das ganze Haus und er hat keinerlei Respekt vor unserem Opa. Im Gegensatz zu den meisten anderen. Er hasst und verachtet ihn.

Mein Opa steht ihm gegenüber und lehnt sich mit der Hüfte an das Treppengeländer, bevor er die Arme vor der Brust verschränkt.

»Das würde ein Ende des Bündnisses zwischen unseren Familien bedeuten«, meint er träge.

»Ich brauche kein Marino-Bündnis!«, braust Sergio auf. »Ich bin nicht mein Vater. Ich brauche euch nicht. Ich brauche keinen von euch! Also! Was glaubst du, wer du bist, dass du einfach handelst, wie du es für richtig hältst? Denkst du, ich scheue mich vor irgendwas, weil du mit mir verwandt bist?«

»Sie musste es erfahren«, antwortet mein Opa und ein paar Sekunden ist es still. Dann tritt Sergio einen Schritt zurück und winkt Giovanni heran.

»Zieh deine Waffe«, sagt er, ohne den Blick von unserem Opa zu nehmen. Der sieht zu meinem Bruder. Meine Oma trinkt noch einen Schluck Tee, während mir eiskalt wird. Oh mein Gott, er wird doch jetzt nicht unseren Opa erschießen lassen! So abgebrüht ist er nicht, oder?

Giovanni folgt seinem Befehl sofort und zieht seine schwarz glänzende Waffe.

»Entsichere sie.« Auch das tut Giovanni sofort, während mein Opa weiterhin meinen Bruder betrachtet.

»Dein Vater hätte das auch so gewollt.«

»Was mein Vater wollte oder nicht, hat dich nicht zu interessieren. Steck sie ihm in den Mund«, sagt er zu

Giovanni. Der tritt vor, packt meinen Opa mit einer riesigen Pranke am Kragen, mit der anderen schiebt ihm den Lauf der Waffe in den Mund.

»Sergio!«, keuche ich entrüstet, während meine Oma noch etwas mehr Zucker in ihren Tee rührt und pustet.

Die grünen Augen von Massimo Marino blitzen jetzt, als Sergio einen Schritt an ihn herantritt und ihm direkt hineinsieht. In all diesen Hass, der jetzt darin aufglimmt.

»Ich entscheide, wer was erfährt und wer nicht. Ich entscheide, wer stirbt und wer lebt. Ich entscheide, was mit meiner Schwester passiert und was nicht. Ich entscheide, was mit deinem mickrigen Leben passiert. Ich entscheide, nicht du. Und das nächste Mal lasse ich ihn abdrücken.« Er gibt Giovanni ein Zeichen, dass er die Waffe runternehmen soll. Dieser folgt augenblicklich, während ich mir an mein rasendes Herz fasse. Mein Opa beißt die Zähne hart aufeinander und starrt meinen Bruder an, eine Hand am Geländer und die Knöchel weiß.

»Tu das nie wieder und wage es nicht, mir noch einmal zu sagen, was mein Vater getan hätte und was nicht. Hör auf, ihn zu beleidigen.« Damit wendet mein Bruder sich ab, winkt mich mit zwei Fingern heran und marschiert aus dem Haus. Giovanni folgt auf dem Fuß.

Mein Opa atmet gepresst durch, dreht sich um und rauscht nach oben. Ich stehe immer noch unter Schock, weshalb es etwas dauert, bis ich mich erheben kann.

»Ich hoffe, der Tee hat geschmeckt«, sagt meine Großmutter und ich sehe sie verstört an. Gerade wäre fast ihr Mann gestorben und ihr ist das scheißegal. Aber gut, bei so einem Mann verstehe ich das. Ich bin nicht in der Lage, zu antworten, also greife ich einfach nach meinem Mantel und meiner Tasche, um Sergio in die Kälte zu folgen. Aber ich höre noch ihr: »Keine Manieren.«

Damit ist es besiegelt, Ilian. Ich bin wirklich keine Rush. Und von heute an wird sich alles ändern.

* * *

Sergio hat vor der Tür auf mich gewartet und schnippt gerade seine Zigarette weg, als ich nach draußen komme. Er sieht immer noch ziemlich angepisst aus und lässt mich vorgehen. Unsere Schritte knirschen auf der verschneiten Einfahrt, während wir auf seinen schwarzen Audi zusteuern. Er öffnet mir die Tür, woraufhin ich auf den Sitz rutsche. Hier ist es so sauber und es riecht nach Neuwagen.

Im Auto meines anderen Bruders ist es nicht so sauber. Ganz im Gegenteil. Da liegt alles rum, was man je in seinem Leben verloren hat.

Ich schnalle mich an und Sergio steigt ebenfalls ein, genau wie Giovanni, der hinter uns in seinem Auto Platz nimmt. Sergio fährt langsam über die Einfahrt und wartet, bis das Tor sich geöffnet hat. Ich bin ein bisschen nervös und traue mich nicht, irgendwas zu sagen, weil es falsch ankommen könnte, denn er ist echt wütend und brodelt noch. Früher habe ich bei Sergio, so wie bei allen anderen der Familie auch, einfach frei Schnauze gesprochen. Früher war er zugänglicher, aber seit er in das Haus da drüben gezogen ist und seit … sein Vater gestorben ist, hat er sich verändert. Er ist kühler geworden, distanzierter, ruhiger. Viel zu ruhig, wenn man bedenkt, dass er erst einundzwanzig wird. Ich kann ihn einfach nicht mehr einschätzen und schon gar nicht, wenn er wütend ist.

Er schweigt auch, fährt durch das Tor und dann durch den Wald, Richtung Stadt auf die Hauptstraße. Währenddessen sehe ich aus dem Fenster und versuche, meine Gedanken zu sortieren. Ich versuche, das alles praktisch zu sehen, wie mein Onkel, der nicht mein Onkel ist, es mir beigebracht hat. Okay, Carter Rush ist nicht mein Vater. Okay, es wussten wahrscheinlich alle außer mir. Okay, Donovan de Luca ist mein … Erzeuger.

Was bedeutet das jetzt für mich? Werde ich heiraten müssen, wie alle anderen Frauen? Was hat mein Bruder jetzt mit mir vor? Wieso hat mir niemand was davon erzählt? Ich verstehe die Zusammenhänge noch nicht und würde gern nachfragen, aber lasse es jetzt besser. Stattdessen schließe ich meine Augen und atme ein paarmal durch. Mein Handy hat gelegentlich vibriert, aber ich bin nicht rangegangen, weil ich nicht weiß, was ich sagen soll. Ich muss mich sammeln. Ich muss selbst erstmal verstehen, was hier vor sich geht. Wer ich bin und wer ich zu sein habe. Allein der Gedanke daran, dass meine Familie nicht mehr meine Familie ist, reißt mir völlig den Boden unter den Füßen weg. Dieser Verrat und diese Lügen all die Jahre. Egal, aus welchen Gründen, es ist nicht richtig, dass alle so lange geschwiegen haben. Okay, vielleicht ist es gefährlich, als Donovan de Lucas Tochter aufzuwachsen, aber ich wäre damit sicher nicht hausieren gegangen, hätte mir das irgendjemand von Anfang an erzählt.

Die Stadt zieht an uns vorbei und der See schlägt hohe Wellen, als der Chicagoer Wind zu unserer Rechten darüberpeitscht. Allmählich dämmert es und die untergehende Sonne spiegelt sich in den Hochhäusern.

Ich fühle mich mit einem Mal so hoffnungslos, so verloren. Vor ein paar Stunden war meine Welt noch in Ordnung, aber jetzt ist alles falsch.

»Ich nehme dich jetzt mit zu mir, wir werden uns unterhalten und dann bringe ich dich nach Hause«, höre ich meinen Bruder schließlich sagen, während Giovanni uns über den Waldweg folgt. Ich nicke langsam.

Sergio sieht mich aus dem Augenwinkel an. »Du musst keine Angst haben, dein Leben wird sich nicht verändern.« Das erleichtert mich etwas, aber trotzdem klafft da immer noch dieses Loch in mir.

Wir bleiben schließlich vor dem schwarzen Tor stehen, durch das man auf das de Luca-Anwesen und zu seinem Haus kommt. Engelsstatuen säumen es links und rechts und sehen mich beinahe panisch an. Wir fahren die vereiste Auffahrt entlang auf einen großen Brunnen zu, wo die Engel und Teufel ebenfalls in Statuen verewigt sind. Mein Bruder parkt auf seinem Platz.

Noch bevor ich reagieren kann, ist er schon ausgestiegen und hält mir die Tür auf.

Dann gehen wir an dem Brunnen vorbei und ich schaue hoch zu den Statuen. Auch sie wirken nicht gerade glücklich. Ich vergrabe meine Hände in den Manteltaschen, während Sergio und ich die breiten dunklen Stufen hinaufsteigen, die zum Haus führen. Die Wachen öffnen die schweren Flügeltüren und Giovanni folgt uns. Sobald wir das Foyer betreten haben, würde ich am liebsten umdrehen und wieder verschwinden. Direkt gegenüber von der Tür hängen zwei

Porträts, eines von Dorian de Luca und eines von Donovan de Luca. Hellblaue und dunkelblaue Augen. Herablassend und harte Blicke sehen zu mir runter und mein Magen verkrampft sich widerwillig. Bin ich wirklich mit diesen Menschen verwandt? Das ist nicht richtig. Das bin ich nicht. Ich bin keine von ihnen. Diesmal folge ich Sergio, als wir zu seinem Büro zu unserer Rechten gehen und er die Tür öffnet. Er hält sie mir auf und lässt mich zuerst eintreten, also schiebe ich mich an ihm vorbei.

Ich war schon öfter hier, aber noch nie allein mit ihm und mit dem Wissen, das ich jetzt habe. Es fühlt sich komisch an.

Die Wände sind von oben bis unten mit Buchregalen voll und eine Sitzecke befindet sich links im Raum. Er nickt zu einem der Stühle vor seinem dunklen Mahagoni-Schreibtisch und ich setze mich ihm gegenüber. Ich fühle mich wie in der Schule, wenn ich zum Direktor muss, weil ich irgendwas angestellt habe. Nur, dass dieser höchstens einen Schulverweis erteilt und nicht Finger abschneidet oder Zungen.

Sergio zieht seinen Mantel aus, setzt sich auf die Schreibtischkante vor mir und nimmt sich seinen teuren, schweren Kugelschreiber, der auf dem Tisch liegt und auf dem das XX-Logo, das für die de Lucas steht, eingraviert ist.

Ich schaue zu ihm hoch und streife dabei langsam meinen Mantel ab. Eine Weile betrachtet er mich nur. Seine dunkelblauen Augen wirken jetzt etwas ruhiger, während er mit dem Stift zwischen seinen Fingern spielt. »Ich wollte nicht, dass du das so erfährst«, beginnt er schließlich. Ich atme tief durch.

»Du bist jetzt sicher verwirrt, also will ich es dir erstmal erklären.« Ich lehne mich zurück, während er mir ein leeres Glas und die Wasserflasche hinschiebt, bevor er mir einschenkt. »Trink was, du siehst blass aus«, meint er und reicht mir das gefüllte Glas. Ich trinke es in einem Zug aus, da meine Kehle ganz trocken und rau ist. Außerdem ist mir heiß, obwohl es draußen so kalt ist.

»Es stimmt, er ist dein Vater.« Sergio deutet, ohne hinzusehen, über seine Schulter mit zwei Fingern zu Donovan de Lucas Porträt an der Wand. Mein Magen verkrampft sich, als ich diese eisblauen Augen anstarre, diesen glattrasierten, scharfen Kiefer und diese vollen dunkelbraunen Haare. Ich versuche, mir wirklich krampfhaft vorzustellen, dass das wahr ist. Dass dieser Mann mein Vater ist, aber es gelingt mir nicht. Es ist so fremd. So falsch. Er ist nicht mein Dad. Ich habe schon einen – der ist perfekt und ich liebe ihn. Ich lasse meinen Blick wieder zu Sergio gleiten und sehe ihn abwartend an. Er seufzt tief, nimmt mir das leere Glas ab und stellt es auf den Tisch zurück.

»Unsere Eltern waren verheiratet, als Zayden und ich kamen, wie du ja weißt. Sie waren etwa fünf Jahre verheiratet und in der Zeit wurde sie schwanger mit dir.« Ich schlucke schwer. »Carter Rush war zu der Zeit in New Orleans. Er ist nicht dein Vater. Mom und er hatten in diesen Jahren keinerlei körperlichen Kontakt.« Ein eiskalter Schauer erfasst mich. Das sind genau die Fakten, die mich davon überzeugen können, doch das will ich gar nicht. Wirklich nicht. »Als du auf die Welt kamst, waren Mom und Carter Rush schon ein Paar und Dad saß im Gefängnis.« Sergio räuspert sich und lässt den Kugelschreiber klacken.

»Er hat dann entschieden, dass es für dich das Beste wäre, so wie ich auch bei den Rushs aufzuwachsen, aber im Gegensatz zu mir nicht mit dem Wissen, dass er dein Vater ist. Ich schätze, er hat es nur gut gemeint und selbstlos gehandelt. Er wollte dir das freie Leben bieten, was du bei ihm niemals gehabt hättest. Und er wollte, dass du in Sicherheit bist, was du mit diesem Nachnamen einfach nicht gewesen wärst.« Er stockt und sieht an einen Punkt hinter mir an die Wand, scheint kurz abzudriften, während ich ihn nur ansehe und versuche, all das zu begreifen. Sergio hebt einen Mundwinkel, dann schaut er mich wieder an. »Carter Rush hat die Vaterschaft für dich anerkannt und dich völlig als seine Tochter angenommen, das tut er jetzt noch. Er liebt dich. Zweifle nicht daran.« Ich schlucke hart. Meine Finger verkrampfen sich etwas ineinander.

»Wieso hat es mir keiner gesagt?«, frage ich zittrig.

»Weil ...« Sergio seufzt wieder. »Je weniger es wussten, desto sicherer war es für dich. Auch du selbst durftest es nicht wissen, damit du wirklich in dem Glauben aufwächst, dass Carter dein Dad ist. Das Blut in deinen Adern ist zu wertvoll und das durften einfach nur so wenig Menschen wie möglich wissen. Auch du selber nicht. Fürs Erste.« Ich fahre mir durch das Haar. Mein Kopf ist ein einziges Chaos. Ich versuche, das zu verstehen, versuche, hinterherzukommen. Es ergibt alles einen Sinn. Mein Kopf hat es begriffen, aber mein Herz weigert sich.

Sergio beugt sich nach hinten und öffnet eine Schublade an seinem Schreibtisch. Kurz wühlt er darin herum, dann zieht er einen schmalen schwarzen Papierordner heraus, den er mir reicht.

»Das sind die originalen Unterlagen und ein Vaterschaftstest. Den haben sie zwar nicht gebraucht, aber mein Vater hat ihn trotzdem machen lassen, weil er Mom nicht getraut hat.« Er lächelt etwas wehmütig. Mit zitternden Fingern nehme ich den Ordner entgegen und schlage ihn vorsichtig auf. Darin ist ein Vaterschaftstest, der bestätigt, dass ich zu neunundneunzig Prozent Donovan de Lucas Tochter bin. Ich würde mich so gern an diesem einen Prozent festhalten, was natürlich völliger Schwachsinn ist. Mein Magen verkrampft sich wieder und ich schlage die Mappe zu.

»Es wird keinen Unterschied machen«, beschwichtigt Sergio mich. »Du bleibst da drüben, du bleibst eine Rush. Ich habe nicht vor, das zu ändern. Ich habe nicht vor, dich hierherzuholen. Oder dir irgendwelche Pflichten aufzubürden, die du eigentlich mit diesem Namen hättest.« Ich schlucke hart. Das erleichtert mich zwar, aber macht die Sache nicht besser.

»Wer wusste davon?«, flüstere ich.

»Ist das wichtig?«, entgegnet er. »Es ändert nichts an den Tatsachen, wer es wusste oder nicht. Es ist, wie es ist. Und du lebst jetzt einfach dein Leben weiter, als wäre nichts.« Wieder seufzt er schwer und beugt sich nach hinten. Diesmal öffnet er eine andere Schublade und zieht mit zwei Fingern einen schwarzen Stick hervor. Ich runzle meine Stirn, als er ihn mir hinhält.

»Dad hat vor seinem Tod ein paar Videos aufgenommen, auch eins für dich. Ich hab es dir noch nicht gegeben, weil ich nicht weiß, was darauf ist, und ich dich nicht zu sehr überraschen wollte. Aber ich schätze, jetzt kannst du es dir ansehen, wenn du das willst.« Ich betrachte den Stick ein paar Sekunden stirnrunzelnd. Ich weiß gar nicht, ob ich wissen will, was er mir zu sagen hat. »Sieh es dir an«, meint Sergio sanfter. Ich schlucke und nehme den Stick an mich. »Ich weiß, dass das ziemlich viel ist, aber du brauchst dir keine Gedanken darum zu machen, wer nun dein Vater ist oder nicht. Es beeinflusst dein Leben nicht weiter. Er ist sowieso nicht mehr da. Also kannst du einfach weitermachen, wie du es bisher getan hast, und das Leben leben, das du kennst. Ich weiß, dass du kein besonders gutes Bild von ihm haben dürftest, weil du ihn nicht so gut kanntest. Versuch wenigstens, etwas unvoreingenommen an das Ganze ranzugehen. Allein, dass er dich da drüben hat wohnen lassen und auf dich verzichtet hat, zeigt schon, dass er nicht nur schlecht war.« Ich nicke, ohne den Blick vom Stick zu nehmen. »Ich weiß aber, dass er dich vergöttert hat. Auch, wenn er das nicht zeigen konnte.« Diese Information löst ein neues Gefühl in meinem Bauch aus, das ich so noch nicht empfunden habe. Ich schaue wieder hoch in Sergios Augen. Der lächelt mich träge an.

»Also muss ich nicht hier einziehen?«, frage ich leise.

»Nein.« Er klingt, als hätte er nicht eine Sekunde darüber nachgedacht.

»Heiraten?«

»Nicht, solange ich auf diesem Stuhl sitze.« Die Aussage verwirrt mich kurz.

»Wer sollte denn sonst auf diesem Stuhl sitzen?« Sergios Augen funkeln so verspielt, wie ich sie schon lange nicht gesehen habe, und er schmunzelt.

»Ach, ich weiß nicht. Das kann man nie wissen. Jedenfalls mach dir keine Sorgen. Es bleibt alles so, wie es ist.« Das sagt er so einfach. Sein Leben wurde ja auch nicht völlig auf den Kopf gestellt. Aber ich belasse es erstmal dabei und er seufzt.

»Ich fahre dich jetzt nach Hause.«

»Okay«, erwidere ich und ziehe meinen Mantel wieder über, wobei ich den Stick in meiner Tasche verstaue.

»Versuch nicht, zu sehr darüber nachzudenken, wo du herkommst. Es wird dich nur verrückt machen«, rät er mir und steht auf. Mir ist klar, dass er genau weiß, wovon er spricht. Auch ich erhebe mich und wir verlassen gemeinsam das Büro und gehen durch das Foyer. Als ich nach draußen trete, spüre ich nahezu brennend die kühlen de Luca Augen in meinem Rücken.

6. Ein Augenblick, Sergio

XX

Rosalie

Es herrscht totaler Ausnahmezustand im Hause Rush. Denn Catalinas Grusel-Opa Massimo Marino hat sie nach der Schule mit zu sich genommen und ihr einfach mal verkündet, dass sie Donovan de Lucas Tochter ist. Alle sind in Aufruhr. Alle sind so richtig abgefuckt. Deine Mom musste meinen Onkel sogar davon abhalten, zu Massimo zu fahren und ihn einfach abzuknallen.

Jetzt sitzen wir im Salon und warten auf Catalina, die inzwischen bei dir sein müsste, denn du hast angerufen und gemeint, dass du sie abholst, weil du bei deinem Opa noch was zu klären hättest. Ich kann mir vorstellen, wie wütend du warst. Schließlich sollte es ein Geheimnis bleiben. Und ich verstehe auch nicht, wieso sich Massimo Marino unbedingt einmischen und alles so durcheinanderbringen musste.

Vielleicht will er einfach nur für Ärger sorgen, weil er uns hasst, oder was auch immer in seinem echt kranken, verschrumpelten Rosinen-Hirn vor sich geht. Deine Mom telefoniert gerade mit ihrer Mutter, wobei sie gehetzt im Salon auf und ab läuft und wild gestikuliert. Zayden hat Rowan auf dem Arm und sitzt auf dem Sessel mir gegenüber. Er ist völlig starr und ich bin bereit, Rowan aufzufangen, sollte der sich einfach fallen lassen, wie er es manchmal tut. Zayden tätschelt die ganze Zeit mechanisch Rowans Popo, der findet das wunderbar und gluckst als Einziger im Raum. Rayen liegt neben mir und schaut sich ein Buch an.

Mein Onkel sitzt in seinem Sessel. Er ist genauso reglos wie Zayden. Das Einzige, was sich bewegt, sind seine großen, tätowierten Hände, die er unablässig und unheilvoll aneinander reibt. Ich glaube, er stellt sich vor, Massimo Marino in die Finger zu kriegen. Mein Dad ist auf seinem üblichen Platz, hat sich zurückgelehnt und die Wange auf eine Faust gestützt. Er beobachtet meinen Onkel, abwechselnd mit Zayden, und ist bereit, einzugreifen, sollte einer von ihnen aufspringen und das Haus verlassen wollen. Zayden ist heute sowieso schon gereizt. Ich habe ihn am Morgen auf dem Sofa gefunden, wo er wohl übernachtet hat. Allerdings habe ich so getan, als hätte ich ihn nicht gesehen, und bin weitergegangen. Wenn er auf dem Sofa schläft, was ab und zu vorkommt, sollte man ihn nur ansprechen, wenn man Selbstmordgedanken hat. Irina sitzt auf Rayens anderer Seite und blättert abgelenkt durch sein Buch.

Mein Handy vibriert, aber ich ignoriere es. Wahrscheinlich ist es Linda, die was mit mir unternehmen will. Aber ich kann jetzt hier nicht weg. Nicht, wenn sich so eine Krise anbahnt. Ilian lehnt mit dem Steißbein am Fensterbrett und beschäftigt sich offenbar mit seinem Handy, aber ich weiß, dass er trotzdem alles um sich herum mitbekommt. Ilian hat seine Augen und Ohren immer überall. Sein Fuß wippt nervös. Meine Mom hat erst versucht, deine Mutter zu beruhigen, was kläglich gescheitert ist. Jetzt ist sie dazu übergegangen, die Teller und Tassen auf dem Couchtisch zu ordnen, bevor sie sich zurücklehnt, weil es nicht mehr zum Ordnen gibt. Sophia hält sich fern – sie ist die einzig Schlaue hier.

Ich ziehe meinen Fuß unter mich und versuche, nicht daran zu denken, dass du jeden Moment kommen müsstest. Rayen steht neben mir auf und hüpft ein bisschen auf der Couch. Er ist immer so aktiv und kann kaum fünf Minuten stillsitzen. Er braucht immer Action. Rowan beobachtet ihn dabei aus trägen Lidern. Er wird gleich einschlafen, das sieht man jetzt schon. Rayen nicht. Zayden hat seine große Hand jetzt um Rowans Bauch gelegt und hält ihn an sich gedrückt. Ich strecke die Hand abwesend aus und stütze Rayen etwas, als er das Gleichgewicht verliert, genau wie Irina. Sie betrachtet Zayden, dessen Augen jetzt auch zu ihr schweifen. Sein Türkis funkelt feindselig, als wäre er im Kampfmodus, und sie schlägt ihren Blick einfach nieder. Was auch besser so ist, denn ein falsches Wort und er explodiert. Nicht das Raubtier reizen. Und hier sitzen gerade drei äußerst leicht reizbare Raubtiere. Manchmal ist es hier wirklich nicht leicht.

Die Tür im Foyer öffnet sich und durch mein Inneres geht ein kleiner Ruck. Schritte ertönen. Deine Mom würgt ihre

Mutter ab und legt auf. Alle sehen gebannt zum Durchgang des Salons. Aber statt Catalina erscheinst nur du. Sie hört man auf der Treppe, als sie nach oben geht. Deine Mutter sieht kurz zu meinem Onkel, bevor er aufsteht und beide ihr folgen. Catalina wird sicher total schockiert sein. Man erfährt schließlich nicht jeden Tag, dass der Mann, der einen aufgezogen hat wie eine eigene Tochter, gar nicht der leibliche Vater ist. Stattdessen bekommt man Donovan de Luca serviert. Juhu.

Zuerst straffe ich mich und baue innerlich eine Mauer, um mich vor dir zu schützen, Sergio. Ich hätte niemals gedacht, dass ich eine brauchen würde. Dann hebe ich den Blick zu dir und ein Blitz zuckt durch meinen gesamten Körper. Du trittst gerade in den Salon, wobei du dir den schwarzen Mantel abstreifst.

Verdammt, wieso siehst du immer so perfekt aus? Wieso kann mein Körper nicht zum Verräter werden, wenn du in der Nähe bist? Ich denke jetzt nicht an meine Aufmachung. Meine Leggings und das weite weiße Oberteil sind so gar nicht perfekt. So gar nicht wunderschön und makellos. Dein hellblauer Pullover mit V-Ausschnitt umspielt deinen Oberkörper in perfektem Maß. Genau wie die dunkelblaue Jeans deine Beine. An deinem Handgelenk blitzt eine Uhr – eine silberne Breitling, die du immer trägst. Dein dunkelbraunes Haar ist nach hinten gekämmt, ein paar Schneeflocken haben sich darin verfangen. In den letzten Jahren ist dein Gesicht etwas markanter geworden, dein Blick etwas schärfer und durchdringender und deine dunkelbraunen Augen funkeln nicht mehr so wie damals. Du bist stets fokussiert und knapp angebunden. Wie immer folgt dir Giovanni. Mein ganzer Körper fängt langsam Feuer, aber ich kämpfe die Flammen herunter.

Automatisch fange ich Rayen wieder, als er nach hinten zu stürzen droht, während ich dich betrachte. Rayen quietscht sofort und Rowan öffnet die Lider, die soeben fast geschlossen waren. Seine türkisgrünen Augen fangen an zu strahlen. Er ist völlig verrückt nach dir und streckt die Hand aus, als wärst du nur wegen ihm hier. Du durchquerst den Raum, streichst Rayen im Vorbeigehen über den Kopf. Er dreht sich mit dir und plumpst auf meinen Schoß, wo er es sich gleich gemütlich macht, während du Rowan von Zaydens Armen auf deine ziehst, was er geschehen lässt. Rowan gluckst erfreut, sobald du ihn im Arm hast und ihn auf deine Hüfte setzt. Du murmelst ihm irgendwas zu und verwüstest ihm die schwarzen Haare. Bei dem Anblick von dir mit dem Kleinkind zieht sich alles in mir zusammen und mein Herz stockt kurz. Dieses Bild ist so perfekt. Aber das wird nie passieren. Das weiß ich mittlerweile auch. Rowan brabbelt etwas vor sich hin und erzählt dir irgendwas sehr Wichtiges, so wie er aussieht. Du nimmst seine Finger und küsst sie. Dein Blick ist inzwischen weich, ganz weich. Wenn du so bist, dann schmelze ich dahin, auch wenn ich es nicht will und du siehst zu mir. Immer wenn sich unser Blick trifft, geht ein kleiner Schock durch mich. Ein Funke, wie durch einen Stromstoß verursacht. Du bist mein Funke, Sergio.

Ich warte noch auf den Tag, an dem das endlich mal aufhört, an dem ich wirklich weitermachen kann, denn solange ich noch so extrem auf dich reagiere, kann ich das nicht. Will ich auch nicht. Werde ich nicht.

Mein Vater sieht zu dir. »Und?«, fragt er seufzend.

»Er hat ihr alles erzählt. Sie steht unter Schock. Sie ist wütend. Ich habe versucht, ihr klarzumachen, dass sich für sie nichts ändert, und ihr die Situation erklärt«, sagst du leise, während ich versuche, völlig gelassen zu bleiben, obwohl ich es nicht bin, wenn ich deine Stimme höre. Sie geht mir viel zu tief unter die Haut, denn sie erinnert mich an diverse Stunden zwischen den Laken, in denen du mir heiser ins Ohr geflüstert und mich *Tesoro* genannt hast.

»Sie wird uns erstmal alle hassen«, sagt mein Vater und du nickst zustimmend. Oh ja, das wird sie, aber ich kann es verstehen. Ich würde mich an Catalinas Stelle auch total verraten fühlen.

»Ich habe ihr das Video gegeben, das mein Vater für sie aufgenommen hat, und ich habe Massimo klargemacht, dass es das erste und letzte Mal war, dass er so was getan hat. Jetzt könnt ihr Catalina nur noch Zeit geben.«

»Lebt er noch?«, fragt mein Vater und mustert dich mit einer hochgezogenen Braue.

»Gerade so.«

»Hat er noch alle Gliedmaßen?«

»Ja. Er hatte nur Giovannis Waffe im Mund, sonst geht es ihm gut.«

»A ja, ich glaube, er macht das, weil er gerne alle Jahre wieder irgendeine Waffe im Mund hat.«

»Japp, und weil er wahrscheinlich will, dass Catalina ihr Erbe antritt und heiratet, um die Familie zu erweitern, da ich das ja offensichtlich nicht tun werde.« Ja, ich warte nur auf den Tag, an dem irgendwann die Nachricht bei uns eintrudelt, dass du vielleicht doch heiraten wirst. Bis jetzt ist das nicht geschehen, zum Glück, denn sollte das geschehen, falle ich völlig auseinander. Wieder.

Ilian hinter mir atmet tief durch.

»Er ist einfach ein Bastard«, stellt mein Vater fest und du nickst, wie wir alle. Das kann man nicht leugnen. Rayen spielt selbstvergessen mit meinen Fingern und Rowans Augen gleiten schon wieder zu. Er ist echt müde. Du hältst ihn sicher in deinen Armen und streichst ihm ein paar Strähnen aus der Stirn. Ein Baby steht dir so gut und du gehst immer so liebevoll mit deinen Neffen um. Das heißt, es ist nicht alles in dir gestorben, und die beiden habe ein Talent dafür, dich aufzuweichen. Das hatte ich auch mal. Aber seit dieser Sache bei dir im Büro, als du mich völlig von dir gestoßen hast, habe ich es nicht nochmal probiert. Damals habe ich mich total für dich geöffnet, doch du hast mich vernichtet. Es hat einfach zu sehr wehgetan, zu viel kaputtgemacht. Ich will so einen Schmerz nie wieder empfinden. Deswegen halte ich mich jetzt wirklich von dir fern.

Mein Handy klingelt wieder. Linda ist echt penetrant, also ziehe ich es unter meinem Oberschenkel hervor. Das Display zeigt tatsächlich Lindas Namen und ich drücke sie weg. Jetzt nicht.

Du unterhältst dich gerade leise mit Zayden, versuchst, ihn zu beschwichtigen. Zayden wirkt nicht so, als würde er sich wirklich beruhigen lassen, und reibt seine Hände einander. Irina atmet tief durch. Wahrscheinlich hatten die beiden heute Nacht wieder einen Streit, denn Zayden reagiert auf alles, was Irina tut. Er hebt den Blick, als sie durchatmet. Seine Augen sind stechend, du runzelst die

Stirn. Du kriegst hiervon eigentlich nicht so viel mit, weil du nicht oft da bist. Zwar bist du eigentlich immer zum Samstagsfrühstück eingeladen, aber das schaffst du fast nie. Ich überlege, mit Irina rauszugehen, sie auf andere Gedanken zu bringen. Die letzten Male wollte sie nicht, vor allem wegen Rayen und Rowan, obwohl die beiden einfach bei deiner oder meiner Mom bleiben könnten.

Irina passt lieber selbst auf die Kinder auf. Sie fühlt sich nicht wohl, sie so lange allein zu lassen. Mal eine Stunde ist okay, auch wenn sie da halb die Krise kriegt und im Fünf-Minuten-Takt anruft, um sich zu erkundigen, ob alles in Ordnung ist.

Sie meidet Zaydens Blick und er ballt kurz die Fäuste. Die Stimmung ist so angespannt zwischen ihnen. Zayden steht auf und sieht zu meinem Vater.

»Dann fahre ich jetzt ins Südviertel.« Dad nickt langsam. Auch er weiß, dass es kriselt, aber genauso ist ihm klar, dass wir alle an der Situation nichts ändern können. Zayden sagt noch leise was zu dir und du nickst, bevor er sich abwendet und den Salon verlässt. Irina sieht ihm nach und atmet dann durch. Es klingt etwas zittrig.

Du schaust zu ihr, stehst immer noch zwischen den Sesseln und streichst abwesend über Rowans Rücken. Er schläft mittlerweile.

»Alles okay bei euch?«

»Ja, alles klar bis auf ein paar Kleinigkeiten«, wiegelt Irina natürlich ab und du runzelst die Stirn.

»Aja.«

Dann siehst du wieder zu meinem Vater. »Also, lasst ihr einfach Zeit. Ich schätze, sie wird sich damit abfinden. Ich habe ihr gesagt, sie soll einfach so weitermachen wie bisher, denn es wird sich nichts ändern.« Das ist der Unterschied zwischen dir und deinem Vater. Wäre er noch da, würde sich jetzt *alles* für Catalina ändern. Aber sie bedeutet dir mehr als das, was sie dem Namen nach tun müsste.

»Machen wir.« Dad winkt ab und du trittst einen Schritt näher, beugst dich über Irina und reichst ihr vorsichtig Rowan, der total im Tiefschlaf ist. Ich werde mit Irina rübergehen und mich erstmal um sie kümmern, bevor ich einen Abstecher zu Catalina mache, die wahrscheinlich sowieso allein sein will.

Irina nimmt Rowan, drückt ihn an ihre Brust und streicht mit ihrer Nase durch sein Haar, wobei er nicht aufwacht. Mir wird immer ganz warm, wenn ich sie mit den Kleinen sehe. Das ist so richtig, auch wenn es das momentan zwischen ihr und Zayden nicht ist. Dann ziehst du dich wieder zurück und greifst nach deinem Mantel.

»Okay, ich muss jetzt wieder los.« Du musst immer los. Bist immer auf dem Sprung. Hast immer etwas zu erledigen. Dein Blick schweift nochmal kurz zu mir und in mir verkrampft sich alles. Es ist nach wie vor so, als würde sich ein winzig kleiner Teil der Welt verschieben, wenn unsere Augen ineinander einrasten, Sergio. Du musterst mich, während mir sofort wärmer wird, dann wendest du dich ab, bevor ich meinen angehaltenen Atem langsam ausstoße.

»Okay, ich halte dich auf dem Laufenden«, meint Dad und du salutierst mit zwei Fingern in seine Richtung.

»Bye«, sagt Irina. Du wirfst noch einen Abschied in die Runde, dann verschwindest du.

Mein leises »Ciao, Sergio« hörst du nicht.

Genauso wenig wie irgendjemand außer mir mitkriegt, dass mein Herz einen weiteren Riss bekommt, der jedes Mal, wenn du gehst, ein bisschen tiefer wird.

Kurz darauf fällt die Haustür ins Schloss und du bist weg. Wieder weg. Weshalb ich den Kopf gegen die Lehne sinken lasse.

Verdammt.

Wieso ist das immer noch so?

Wieso bist du so intensiv?

Wieso reichen ein paar Minuten mit dir in einem Raum, ein Augenkontakt, einmal kurz deine Stimme zu hören, und alles in mir ist wieder in Aufruhr und will dich zurück? Ich werde erneut ewig brauchen, um mich davon zu überzeugen, dass alles gut so ist, wie es jetzt ist, wobei es das doch gar nicht ist, Sergio.

Ohne dich ist es nie gut. Aber das ist eine der Sachen, die ich dir nicht sagen werde. Nie wieder.

7. Anders, Ilian

XX

Catalina

Ich weiß, dass Mom und Dad, der gar nicht mein Dad ist, hinterherkommen werden, als ich nach oben in mein Zimmer gehe. Aber ich will jetzt nicht in den Salon und in all diese Augen sehen, die mich lauernd betrachten werden. Nicht wissend, wie ich damit umgehe, was ich gerade erfahren habe. Tja, das weiß ich selbst noch nicht. Ich bin wütend. Ich bin enttäuscht. Ich bin rasend und gleichzeitig total ratlos. Wie geht man schon damit um, wenn man erfährt, dass sein ganzes Leben auf einer Lüge basiert?

Okay, Sergio wird es mir nicht unnötig schwer machen, aber die Fakten bleiben trotzdem. Ich bin nicht Carter Rushs Tochter, was alles verändert, auch wenn der Rest gleich bleibt.

Ich gehe in mein Zimmer und lasse die Tür offen, während ich mir den Mantel abstreife. Mein Blick gleitet automatisch durch den Raum. Hier bin ich groß geworden, das hier war immer mein Zimmer. Mein Zuhause. Meine Familie. Und jetzt ist nichts mehr so, wie es war, und nichts mehr so, wie ich es kannte.

Ich betrachte den aufgeräumten Schreibtisch, auf dem ich meine Bücher gestapelt habe; das lange, weiße Regal, in dem noch mehr Bücher stehen und ein paar Kleinigkeiten, die vor sich hin stauben, sowie die Bilder an meiner Wand. Es sind unglaublich viele. Alle in weißen Rahmen, die in perfekten Abständen nebeneinander hängen. Ich bin Perfektionistin. Ich mag es akkurat und richtig. Eine Zeit lang dachte ich, das wäre einfach so, mein eigener Tick. Aber vielleicht habe ich das ja auch von Donovan de Luca. Meinem Vater … Ich werde es nie erfahren, weil ich ihn nie wirklich kennenlernen werde. Nicht mehr. Denn dass er mein Vater ist, habe ich ja erst nach seinem Tod erfahren.

Die Einzigen auf diesen Bildern, die wirklich mit mir verwandt sind, sind Sergio, Zayden und Mom. Die ganzen anderen Fotos scheinen mir mit einem Mal so falsch, so verlogen. Rosalie und ich im Pool. Sophia und ich beim Lernen. Dad und ich auf der Couch, als ich auf ihm eingeschlafen bin. Onkel Caden und ich an seinem Schreibtisch, ich auf seinem Schoß. Tante Alayna und ich in der Küche, ich mit Tomatensoße auf der Nase. Du und ich bei diesem Schulausflug im Planetarium.

Zayden, Sergio und Rosalie, als sie ungefähr sechs waren, und du, ich und Sophia mit etwa zwei Jahren daneben. Der Größe nach aufgereiht. Die einen mit

Zahnlücken, den Mund weit aufgerissen, die anderen lächelnd mit geschlossenen Lippen. Hinter uns zeigen die Maßbänder, wie sehr wir gewachsen sind, während wir mit Stolz geschwellter Brust versuchen, uns noch länger zu machen. Wir sind alle oben ohne und haben die Hände auf den Schultern unseres Nachbarn. Ich bin genauso sehr mit den anderen verwandt, wie Sergio es eigentlich ist. Also gar nicht.

Ich betrachte das Bild von Mom, Dad und mir. Onkel Caden hat uns von hinten fotografiert. Ich laufe in ihrer Mitte und habe jeweils eine Hand genommen. Die Sonne geht neben uns unter und der See glitzert.

So falsch.

Eine Lüge.

Es klopft, obwohl die Tür offen steht. Ich drehe den Kopf über die Schulter, stehe immer noch vor der Kommode, über der all die Bilder hängen.

Mom und Dad sind da, wie erwartet.

Ich betrachte meine Mutter, diese Lügnerin. Sie wirkt schuldbewusst. Das ist auch gut so. Was sie gemacht hat, war echt scheiße. Sie hätte es mir erzählen müssen, wenn auch sonst niemand. Wir haben eigentlich ein offenes Verhältnis zueinander und bei uns zählt absolute Ehrlichkeit. Sie lügt mich nicht an und ich sie nicht. Normalerweise. Sie klemmt sich ein paar schwarze Strähnen hinter das Ohr und wirkt vorsichtig und auf der Hut.

Dad hinter ihr betrachtet mich gequält. In seinen türkisen Augen spiegelt sich ebenfalls die Schuld. Wie immer sind seine schwarzen Haare etwas chaotisch. Es tut mir weh, ihn mit dem Wissen anzusehen, dass er gar nicht mein Dad ist.

»Ich denke, wir sollten reden«, sagt er sanft. Ich drehe mich zu ihnen um und lehne mich mit dem Steißbein an die Kommode, bevor ich die Arme vor der Brust verschränke. Mir ist klar, was jetzt kommt.

»Okay«, meine ich trotzdem.

Sie treten ein und Dad schließt die Tür. Kurz tauschen sie einen Blick, wie sie es oft machen, und was niemand außer den beiden versteht.

Meine Mutter macht einen Schritt nach vorn. Sie bewegt sich, als könnte ich sie jeden Moment auffressen, wenn sie zu ruckartig agiert. Dad setzt sich hinter ihr halb auf meinen Schreibtisch.

Meine Mutter hält etwas Abstand zu mir. Wir sind gleich groß. Ich habe ihre Haare und die wirren Locken, die sie immer viel besser zu bändigen weiß als ich. Mit hochgezogenen Brauen sehe ich sie auffordernd an.

»Ich nehme mal an, Sergio lügt nicht?«, beginne ich fragend und kralle meine Hände in die Ärmel meines Pullovers.

Mom atmet tief durch, wie sie es so oft macht. »Nein.« Damit verpufft auch die letzte Hoffnung. Ja, ich habe den Test gesehen, aber man hofft ja immer, bis gar nichts mehr geht. So ist das bei uns Menschen.

Mom ist total geduldig und sieht mich auch so an. Sie wartet. Ich atme ebenfalls tief durch. »Wieso?«, frage ich sie. »Wieso hat mir das keiner gesagt? Okay, es ist gefährlich mit dem Nachnamen, aber ich hätte auch bei euch leben und Rush heißen können, wenn ich gewusst hätte, wo ich herkomme. Das hätte nichts für mich geändert. Ihr hättet mich alle nicht anlügen müssen!«

»Also erstmal …«, beginnt Mom sanft. »War das der Wunsch …« Sie stockt und ich hebe eine Braue.

»Ja, von wem, Mom?«, unterbreche ich sie.

»Von Donovan.« A ja, sie kann offenbar selbst nicht aussprechen, dass er mein Vater ist. »Je weniger es wussten, desto sicherer war es für dich. Es ging nicht nur um den Namen, es ging auch darum, dass er zu dieser Zeit eine große Verantwortung mit seinem Geschäft eingegangen ist. Sein Großonkel ist damals verstorben und er musste seinen Posten antreten. Er konnte einfach nicht der Vater sein, den du gebraucht hättest. Deshalb wollten wir, dass du bei uns aufwächst. Dass du Carter als deinen Vater kennenlernst. Und das bereue ich auch nicht.«

Sie bereut das auch nicht, Ilian.

Wie schön.

Ich kratze mich an der Wange und streiche mir durch das Haar. »Dann hätte er keine Kinder machen sollen.«

Dad schnaubt und Mom sieht kurz nach oben. Sie ist nun diejenige, die sich durch das Haar fährt. »Das war aber nun einmal so. Und du warst da. Keiner hier hat es bereut oder dich in irgendeiner Art und Weise als Last gesehen. Er hat dich geliebt, er konnte nur nicht, wie er wollte. Und dass er dich bei uns hat leben lassen, dass er auf seine Erbin verzichtet hat – du weißt ja, was das hier bedeutet –, zeigt eigentlich, wie wichtig du ihm warst. Er wollte nur das Beste für dich. Er wollte nicht, dass du wie Sergio groß wirst und in irgendwelche Konflikte gerätst, auch mit dir selber. Ich weiß, dass du dich verraten fühlst, aber keiner hier hat irgendwas getan, um dich zu hintergehen. Wir haben immer alle nur an dein Bestes gedacht. Für uns alle war es immer am wichtigsten, dass du frei sein kannst. Dass du lieben kannst, wen du willst. Dass du leben kannst, wie du willst. Dass du studierst, wenn du das willst. Dass du tust, was auch immer du tun willst, und nicht eine von diesen Töchtern wirst, die unter der Last ihrer Pflichten gefangen ist. Wenn du denkst, dass bei den anderen, die du so kennst, ein strenges Regiment herrscht, dann weißt du nicht, was dich da drüben als de Luca erwartet hätte. Niemand hier hat einen Unterschied zwischen dir und Zayden oder zwischen dir und Sophia gemacht. Du warst immer gleichwertig. Du warst immer für alle genauso viel Tochter, Nichte oder Cousine. Deshalb ist es egal, wessen Blut du in dir trägst. Wichtig ist nur, in wessen Herz du bist.«

Ich betrachte sie forschend, als sie mir all das erklärt. Ja, es ergibt Sinn. Es ist logisch. Es ist nachvollziehbar. Vielleicht hätte ich an seiner Stelle das Gleiche getan, aber … andererseits hätte ich es nicht gekonnt. Ich hätte mein Kind nicht hergeben können.

Ich sehe zu Dad. »Könntest du Zayden hergeben?«, frage ich.

»Wenn ich weiß, dass ich ihm kein guter Vater sein kann und es ihm ohne mich besser geht, ja«, antwortet er sofort und ich beiße die Zähne aufeinander.

»Denke nicht, dass ihm das leichtgefallen ist. Er hat dich immer im Blick gehabt. Er hat immer nach dir gefragt, sich immer für dich interessiert. Er hat dich geliebt, sonst hätte er dich nicht gehen lassen. Das ist nämlich eigentlich keine seiner Stärken.«

Dad räuspert sich, als Mom das sagt.

Ich bin so erschöpft davon, so verwirrt.

Dad kommt auf mich zu und Mom tritt zur Seite. Sie war der Kopf, der mir alles rational nahegebracht hat. Jetzt ist Dad mit seinem tonnenschweren Herzen dran. Das machen sie immer so. Sie sind ein echt raffiniertes Team. Auf diese Weise überzeugen sie jeden, egal von was.

Er lehnt sich neben mich und legt einen Arm um meine Schultern, weshalb sofort alles in mir nachgibt. Ich war schon immer ein totales Papakind, dabei ist er gar nicht mein Papa.

Er zieht mich an sich. »Ich liebe dich, Prinzessin«, murmelt er in mein Haar. »Und es ist mir scheißegal, wer dein leiblicher Vater ist. Du könntest auch die Tochter von einem Außerirdischen sein und fünf Gliedmaßen haben. Du wirst immer meine Tochter sein und ich werde immer dein Vater sein. Daran darfst du nie zweifeln. Denn Liebe hat nichts mit dem Blut zu tun. Okay?«

Sein vertrauter, männlicher Duft strömt in meine Nase, während ich bemerke, wie ich mich entspanne. Ich fühle mich in seinen Armen immer so geborgen, dass ich gar nicht daran denken will, dass wir nicht verwandt sind. Ich will einfach nur weiter in dem Glauben leben, er sei mein Dad. Denn eigentlich ist er das auch. Er war immer da. Er hat mich gelehrt zu laufen. Er hat an meinem Bett Wache gehalten, wenn ich krank war; mich auf seine Schultern gehoben, wenn ich nicht mehr gehen konnte. Er hat die Monster unter meinem Bett vertrieben und mir Gute-Nacht-Geschichten vorgelesen. Mich auf der Schaukel angestoßen, bis ich dachte, ich kann den Himmel berühren. Er hat mir gemeinsam mit dir Schwimmen beigebracht. Er hat mir so oft die Tränen fortgewischt und mich noch öfter zum Lachen gebracht, bis mein Bauch wehgetan hat. Er hat an die zweihundertfünfzig Mal mit mir *Bambi* geguckt und etwa fünfhundert Mal *König der Löwen*, bis er es auswendig konnte und wir am Esstisch Simba und Mufasa zitiert haben. Statt nach dem Brotkorb zu fragen, haben wir gesagt: *Gib mir das, was auf der Seite steht, wo das Licht niemals hinfällt.*

Ich schlinge meinen Arm um seinen Rücken und lasse meine Schläfe an seine Brust sinken. »Okay«, flüstere ich und er zieht mich auch mit dem anderen Arm an sich.

»Okay.« Er küsst mich auf den Kopf und hält mich eine Zeit lang, so lange, bis es mir wieder ein bisschen besser geht. Dann lässt er mich sanft los und ich schlucke den Kloß in meinem Hals herunter. Sein Blick ist so warm und weich und ich suche forschend nach einer Veränderung in seinen Augen, jetzt, da es raus ist, aber ich finde nichts als dieselbe grenzenlose Liebe wie zuvor, weshalb ich lächeln muss.

Dad atmet tief durch und lächelt ebenfalls. Mom schnieft, weil sie mal wieder heult.

Er tippt mir ans Kinn und verdreht wegen meiner Mutter die Augen, bevor er den Arm um sie legt und sie an sich zieht.

Irgendwie ist es, auch, wenn alles so anders ist, immer noch gut.

Onkel Caden sagt immer, dass *anders* nicht schlecht sein muss und er es eigentlich immer sehr gern mochte. Und er hat recht, Ilian. Anders ist nicht immer schlecht. Ganz im Gegenteil.

8. Eine Gewissenssache, Irina

XX

Zayden

Ich war im Südviertel. Jetzt bin ich im Nordviertel. Ich habe noch etwas für meinen Vater und Onkel Caden erledigt, und diesmal war ich nicht so dumm, direkt danach nach Hause zu fahren.

Ich stehe im Blue Lagoon an der Bar, trinke meinen fünften Whisky. Kein Stripclub. Die verbiete ich mir, wenn ich nicht unbedingt hinmuss. Zurzeit bin ich extrem gefährdet, weswegen ich in einer der ganz normalen Bars von Sergio gelandet bin. Das Licht ist gedimmt und der orangefarbene Schein spielt über den dunklen Tresen. Es ist voll und heiß hier drin. Immer wieder hört man ein paar Grüppchen lachen oder Gläser aneinanderstoßen. Ich streiche mir durch die Haare. Ich könnte natürlich auch zu dir nach Hause fahren, damit wir weiterstreiten. Du könntest mich weiterhin fragen, ob ich eine andere habe, Irina, weshalb ich angepisst wäre, weil du mir mit so einer Scheiße kommst. Momentan scheint es, als würden wir umeinander her tänzeln und nur darauf lauern, dass der andere einen Fehler macht, den wir aufbauschen können. Ich habe vergessen, wann wir das letzte Mal wirklich friedlich und harmonisch miteinander umgegangen sind. Das verstehe ich nicht, es war doch alles so richtig mit dir. Alles hat sich so richtig angefühlt. Jetzt hingegen fühlt es sich nur noch falsch an.

Ich trinke noch einen Schluck. Mein Kopf ist schon etwas schwammig und der Alkohol berauscht bereits meine Sinne. Das ist gut. Ich habe nicht vor, heute frühzeitig nach Hause zu gehen oder großartig nachzudenken. Je mehr ich trinke, desto leichter ist das.

Ich lasse meinen Blick über die Leute an der Theke schweifen. Sie sind alle ausgelassen und entspannt, unterhalten sich bei einem Bier oder exen Tequila-Shots in kleinen Frauengrüppchen. Ich schiebe mein leeres Glas zur Barkeeperin und hebe einen Finger, damit sie mir noch nachschenkt. Nachdem sie den doppelten Whisky vor mir abgestellt hat, bekomme ich noch eine Schale mit Erdnüssen. Ich bedanke mich mit einem Fingerzeig und stützte meine Unterarme auf den Tresen. Amelie grinst mich an. Ich kenne sie bereits, weil ich hier schon ein paarmal abgesackt bin. Sie wendet sich wieder ab und ein paar Leuten zu, die alle wie wild bestellen. Ich frage mich, ob Amelie auch solche Probleme wie ich zu Hause hat. Oder irgendwer hier. Wenn ich meine Eltern betrachte, oder meinen Onkel und Tante Alayna, wirkt alles so einfach. Bei uns hingegen ist es nur schwierig, Irina. Wann ist das passiert? Seit wann frage ich mich, wenn ich neben dir liege, was du wohl gerade denkst? Seit wann suchst du, wenn ich unter die Dusche gehe, meinen Rücken nach Kratzspuren ab? Ja, ich bemerke das. Seit wann sind wir Feinde? Seit wann entziehst du dich mir körperlich? Eine Zeit lang konntest du nicht genug von mir kriegen. Du wolltest mehr Sex als ich und das will schon was heißen, weil ich echt viel Sex brauche. Weil ich Sex liebe. Du hingst ständig an mir. Doch nach der Geburt hat das einfach aufgehört. Du hast viel Sport gemacht, dich viel mit den Kindern beschäftigt, und in den ersten Wochen schien mir alles so perfekt. Ich habe solch eine Ruhe und solch ein Glück wie da noch nie empfunden. Aber wie alles andere ist auch das verflogen und jetzt habe ich Angst, Irina. Ich habe Angst, dass wieder passiert, was ich früher befürchtet habe. Dass ich zu schnell und zu leidenschaftlich geliebt habe, zu überstürzt, und jetzt wieder den Faden verliere, wie immer.

Bei mir ist grundsätzlich alles extrem. Ich liebe das Extrem. Aber wie jedes Extrem flaut es irgendwann wieder ab. Dabei war ich mir so sicher, dass es bei dir nicht passieren wird. Dass du die Eine bist, die es schafft, mich für immer zu halten.

»Du siehst aus, als würdest du überlegen, ob du von der nächstbesten Brücke springen sollst«, reißt mich eine Stimme aus meinen Gedanken. Ich hebe den Blick zu Amelie, die mit ihren dunklen Augen zu mir sieht. Sie hat ihr Kinn auf eine Hand gestützt, das karierte Geschirrtuch über die Schulter geschmissen, und mustert mich grinsend. Ihr schwarzes glänzendes Haar ist zu einem Longbob frisiert, liegt im Mittelscheitel an und umrahmt ihr zierliches Gesicht.

Das schwarze Top mit den dünnen Trägern schmiegt sich gefährlich eng um ihre Brüste. Genau wie die hochtaillierte schwarze Jeans, die ihre Hüften betont. Ich trinke noch einen Schluck.

»Sehen nicht die Hälfte deiner Stammkunden so aus?«, frage ich. »So verdienst du doch dein Trinkgeld.«

»Ja, einige davon sind auch schon gesprungen.«

»Das ist ja ein deprimierender Job«, meine ich trocken. »Sind deine Drinks so schlecht?«

»Ich tauge einfach nichts als Seelenklempnerin«, antwortet sie mit einer hochgezogenen Braue. »Aber meine Drinks sind super.«

»Ich hatte nicht vor zu sterben, also versuch es bei mir erst gar nicht«, warne ich sie.

»Okay, ich dachte, ich frag einfach mal nach.« Sie zuckt mit den Schultern.

»Das ist sehr freundlich«, bemerke ich.

»Kostet fünf Dollar mehr.«

Ich lache träge und sie grinst breiter. »Schreib es mir auf den Deckel.« Sie tut es, wobei sie den Stift hinter ihrem Ohr hervorzieht, und ich lache etwas mehr. Das fühlt sich komisch an, denn ich lache zurzeit nicht sehr viel.

Fünf Dollar fürs Fragen, schreibt sie drauf und schiebt mir den Deckel zu. Ich hebe einen Mundwinkel, bevor sie wieder auf der anderen Seite der Theke verlangt wird.

»Oh, ich glaube, der will auch sterben«, murmelt sie und wendet sich ab. Ich sehe ihr nach. Meine Augen huschen wie von selbst zu ihrem Arsch, weshalb ich mich zwinge, wegzuschauen. *Nicht gut, Zayden. Gar nicht gut.*

Tief atme ich durch und leere mein Glas. Fremden Frauen auf den Arsch zu glotzen, ist nicht gut und eigentlich auch nicht meine Art. Ich brauche das nicht, Irina, nicht, wenn ich dich habe. Du bist alles, was ich will und tausendmal heißer als all diese Frauen. Aber zurzeit, ohne den Sex, ohne deine Nähe, sucht mein Körper nach Ersatz, mein Kopf sucht nach Ausflüchten und ich bin mal wieder drauf und dran, den Zayden zu machen. Fuck. Ich sollte jetzt wirklich gehen. Anscheinend ist es für mich nicht nur in Stripclubs unsicher, sondern zurzeit überall.

Aber ich gehe nicht.

Obwohl ich genau weiß, dass ich jetzt nach Hause zu dir sollte, um dich zu wecken und endlich mit dir darüber zu reden, was bei uns schiefläuft. Wir sollten eine Lösung finden und weitermachen. Aber irgendwie habe ich das Gefühl, dass das Reden nichts bringt. Es dient nur dazu, dass man sich für einen kurzen Moment besser fühlt. Und dann geht es wie gewohnt weiter. Ist das nicht bei allen Paaren so? Immer heißt es, *wir müssen reden,* doch es ändert sich nichts. Zumindest nicht dauerhaft. Nach spätestens zwei Wochen ist alles so, wie es vorher war. Und bevor ich mir das antue und anschließend enttäuscht bin, halte ich lieber den Mund. Ich bin kein Fan großer Worte, Irina. Das weißt du ja.

Der letzte Whisky war wohl einer zu viel, denn mein Kopf beginnt, sich zu drehen. Ich sollte Dad anrufen und mich abholen lassen. Ja, das ist eine gute Idee. Ich ziehe bereits mein Handy aus der Hosentasche und werfe einen Blick darauf. 00:53 Uhr und gerade geht ein Anruf von einer unbekannten Nummer ein, weshalb ich kurz etwas verwirrt bin. Also nicht du, Irina. Die Zeiten, als du mich gefragt hast, wann ich komme, weil du Lust auf mich hast, sind vorbei.

Ich ziehe den grünen Hörer über das Touchscreen und hebe mir das Handy ans Ohr.

»Japp?«

»Ich bin's schon wieder«, ertönt die verhassteste Stimme aller Zeiten und mein Magen verkrampft sich widerwillig.

Erschöpft und viel zu betrunken streiche ich mir über meine Stirn. Fuck, hat sie nicht langsam genug davon? Hat sie nicht begriffen, dass ich weitergemacht habe und auf sie scheiße?

»Was willst du, Selina?«, frage ich sie wieder einmal. Wenn das so weitergeht, schreibe ich ein Buch mit dem Titel. Und woher hat sie eigentlich meine Nummer? Ich habe sie vor Jahren geändert. Ganz zu schweigen davon, dass sie mich eigentlich nicht mehr anrufen sollte.

»Ich wollte deine Stimme hören.« Sie wollte meine Stimme hören, Irina. Wie herzallerliebst. Wie nicht Selina.

»Hier hast du meine Stimme«, meine ich genervt.

Sie räuspert sich, dieses auf einmal so schüchterne Reh. So kann es gehen. An einem Tag bist du noch die Diva schlechthin und dann wirst du zum Reh. »Kann ich irgendwas tun, Zayden?«, fragt sie jetzt fast verzweifelt. »Weil ich das nicht mehr aushalte.«

Ja, du könntest dir eine Knarre besorgen, sie dir in den Mund stecken und abdrücken, aber das sage ich natürlich nicht. »Was willst du denn machen?«, erkundige ich mich spöttisch. »Und was hältst du nicht mehr aus? Ist dir klargeworden, wie gut du hier gelebt hast?« Ich weiß zwar nicht, wo sie ist, aber ich kann mir denken, dass es ihr dort nicht so gut wie hier geht.

»Nein, mir ist klargeworden, dass ich nicht noch einen einzigen Tag ohne dich aushalte.«

Fast lache ich. Aber nur fast. »Hattest du nicht erwähnt, dass du verlobt bist?« Armes, armes Schwein.

»Ich muss ihn morgen heiraten«, erklärt sie. Mein Mitleid hält sich in Grenzen. »Es ist nicht freiwillig.«

»Nicht schön, wenn etwas nicht freiwillig passiert, nicht wahr? So wie damals, als Victor meine Frau angefasst hat – dank dir. Und ich weiß, dass du was damit zu tun hattest, Selina«, zische ich. Die Wut wallt heiß in meinem Bauch auf, wenn ich daran denke, was diese Schlange dir angetan hat. Dass sie dafür verantwortlich war, was Victor mit dir gemacht hat. Natürlich ist mir klar, dass Victor selbst für seine Taten verantwortlich ist, aber ohne sie wäre er vielleicht gar nicht auf die Idee gekommen, dich so anzufassen. Hätte sie dir diese Tropfen nicht untergejubelt, wäre es gar nicht passiert, und dafür wird sie definitiv noch bluten. Sie sollte sich lieber fernhalten.

»Zayden, ich schwöre dir, ich habe nichts damit zu tun, was Victor getan hat. Ich … habe viel Scheiße gebaut und ich habe viele Grenzen überschritten. Aber so was würde ich nicht tun. Niemals«, versichert sie mir inbrünstig. »Ich würde niemals dafür sorgen, dass jemand vergewaltigt wird. Ich weiß selber …« Sie verstummt.

»Du weißt selber was?«, frage ich zweifelnd. Ich glaube ihr kein Wort mehr.

»Wie es ist, gegen seinen Willen angefasst zu werden. Das hätte ich ihr nie angetan!« Ihre Stimme zittert etwas und ich mahle mit den Zähnen.

»Haben dich all die Typen vergewaltigt, die du hinter meinem Rücken hattest?«, will ich spöttisch wissen.

Ich höre, wie sie tief durchatmet. »Nein«, meint sie kaum hörbar und ich schnaube.

»Also weißt du nicht, wie das ist. Aber sie weiß, wie das ist.«

»ICH WEISS, WIE DAS IST!«, fährt sie dazwischen. »Nur war ich zwölf, okay?!« Ich stocke bei ihren Worten. Kurz wird die Wut in mir durch ein anderes Gefühl abgelöst. Eines, das Selina Sanchez nicht verdient hat. Mitleid.

»Okay, und was willst du jetzt von mir?«, frage ich angespannt.

»Ich weiß, dass ich damals ein Miststück war. Auf so viele Arten.« Ich schnaube erneut. Sie weiß gar nichts. Sie hat keine fucking Ahnung. »Ich weiß, dass ich dich ausgenutzt habe und über Leichen gegangen bin, für das, was ich wollte. Ich weiß, dass ich alles hatte, was ich eigentlich immer wollte, und es mir selber kaputt gemacht habe. Ich war wie besessen von dir. Diese Gefühle, die ich für dich hatte, haben mir solche Angst gemacht. Sie haben mich völlig verschlungen und ich musste mir immer wieder beweisen, dass du mir doch nicht so viel bedeutest, wie ich dachte. Und jedes Mal, wenn ich das getan habe, habe ich nur gemerkt, dass es immer du sein wirst und ich nicht von dir loskomme. Egal, was ich tue«, sagt sie schließlich. »Ich hab dich wirklich geliebt und alles kaputt gemacht. Ich weiß, dass du mich hasst. Ich würde mich auch hassen.«

»Oh, ich *verachte* dich für all das«, antworte ich trocken und trinke einen Schluck Whisky. Ihre Worte berühren mich nicht. »Für das, was ich für dich empfinde, muss erstmal ein Wort *erfunden* werden.«

»Tu das nicht, Zayden, bitte …« Ihre Stimme ist so belegt und heiser.

Ich schweige kurz und betrachte die Erdnüsse in der Schale vor mir. Ich kann nicht vergessen, was sie mir angetan hat. Egal, was sie jetzt sagt. Es macht all das nicht besser. Eigentlich will ich nur, dass sie sich ganz weit von mir fernhält.

»Du weißt, dass ich mit Irina verheiratet bin. Was genau erhoffst du dir gerade mit diesem Gespräch?«, frage ich emotionslos.

»Ich will nicht, dass du mich hasst«, meint sie leise.

»Tja, der Zug ist schon abgefahren«, antworte ich etwas bitter.

»Lass es mich wiedergutmachen!«, fleht sie. Selina Sanchez fleht mich an.

»Wie denn? Willst du die Zeit zurückdrehen?«, frage ich mit erhobenen Brauen.

»Ich wünschte, das könnte ich.« Sie seufzt und ich verdrehe meine Augen. Ich wünschte nicht, dass sie es könnte. Ich bin froh, wie es im Endeffekt gekommen ist.

»Kannst du aber nicht. Weißt du, was meine Mutter immer gesagt hat? Wer einmal lügt, dem glaubt man nicht, auch wenn er die Wahrheit spricht.« Ich lasse meinen Blick wieder in die lachende, ausgelassene Menge schweifen. »Das mit uns ist vorbei. Davon abgesehen habe ich keine Ahnung, was du gerade von mir willst. Nur eins ist klar, ich werde dir nicht verzeihen. Nichts davon, was du getan hast. Und du wirst nicht ändern können, was ich für dich empfinde. Und das ist nichts Gutes, Selina. Also halte dich von mir und meiner Familie einfach fern.«

»Okay, aber bitte lass dich nicht verarschen! Sie hat Kontakt mit Aarik!«, bricht es aus ihr heraus und ich runzle meine Stirn. Es passt mir nicht, dass sie meint, mir irgendwelche Informationen über dich geben zu müssen, und mein erster Impuls ist, ihr nicht zu glauben.

»Und das weißt du woher?«, frage ich gelangweilt. »Sherlock Sanchez?«

»Er hat es mir erzählt«, meint sie leise und ich schnaube.

»Also hast *du* noch Kontakt zu ihm?« Ich denke an die Nacht, in der Aarik und ich Selina beide auf einmal hatten, und nicke anerkennend. »Immer ein Hintertürchen offen halten, nicht wahr, Selina?«

»Ich will wissen, was du tust«, erwidert sie nun reuelos.

»Und da fragst du Aarik, weil ich jeden Tag mit ihm zusammen bin.« Ich hebe eine Braue.

»Ich frage viele Leute in Chicago. Ich muss.«

»Ist dir eigentlich klar, wie armselig das ist?«, frage ich trocken.

»Das ist mir egal, ich liebe dich.« Als wüsste sie, was Liebe ist.

»Lass es gut sein, Selina.« Ich seufze gelangweilt.

Sie atmet tief durch. »Ich kann nicht.«

»Dann such dir Hilfe.« Ich schüttle leicht meinen Kopf und frage mich, wie dreist sie eigentlich sein muss, nach allem, was zwischen uns war, anzurufen und mir so eine Scheiße zu erzählen. »Ich habe keine Zeit für diesen Bullshit. Schönen Tag noch.«

»Zayden«, hält sie mich verzweifelt auf.

»WAS?«, fahre ich sie nun an und sie schweigt ein paar Sekunden.

»Nichts.«

»Schön! Dann ciao, Selina, und ruf mich nicht wieder an!« Ich nehme das Handy von meinem Ohr, lege auf und schiebe es in meine Hosentasche zurück. Sie will mich wohl verarschen. Ruft aus dem Nichts an und macht einen auf reuevoll. Das hätte vielleicht damals bei mir gezogen, aber jetzt habe ich dich. Ich habe eine Familie und nicht vor, zu ihr zurückzugehen. Niemals. Sie hat mich viel zu sehr zerstört. Selbst, wenn es stimmt und sie nichts damit zu tun hat, was dir passiert ist, ist sie trotzdem Gift für mich. Gift für jeden, der ihr zu nahekommt, und ich kann nicht zulassen, dass sie mich noch einmal verpestet.

Mein Kopf dreht sich jetzt noch etwas mehr und ich beschließe, es für heute dabei zu belassen und keinen Whisky mehr nachzubestellen.

»Wow«, meint Amelie, die mein Gespräch wohl mitgehört hat, und schenkt mir noch einen Whisky ein. »Der geht aufs Haus.« Okay, das ist jetzt aber wirklich der letzte.

Ich streiche mir über das Gesicht und ziehe das Glas mit geschlossenen Augen heran. Hast du wirklich Kontakt zu Aarik, Irina? Worüber schreibst oder sprichst du denn mit ihm? Mit dem Bruder deines Vergewaltigers, hm? Fuck, und wieso hat dieses Miststück immer noch die Macht, mich zu verunsichern? Bis gerade eben habe ich dir blind vertraut und mir solche Fragen nicht mal ansatzweise gestellt.

Ich massiere mir die Stirn. Mein Kopf dreht sich wirklich, weshalb ich mich auf einen der Hocker schiebe.

»Es gibt schon ein paar irre Schlampen auf der Welt«, murmle ich in mich hinein.

»Ach, das klang doch herzallerliebst«, meint Amelie und ich sehe sie trocken an. »Nach einem richtig entspannenden Gespräch.«

»Oh ja, so liebreizend.« Mein Gesicht und meine Stimme könnten ausdrucksloser nicht sein.

»Ex-Freundin?«, tippt sie, hebt eine Braue und poliert ein Glas, während ich einen Schluck trinke und mein Gesicht verziehe, weil es jetzt wirklich zu viel ist.

»Könnte man so sagen.« Bis heute weiß ich nicht, was das mit Selina und mir eigentlich war. Beziehung kann man es nicht nennen. Obsessive Fickerei vielleicht.

»Uhh«, macht sie.

Ich nicke bedeutungsvoll.

»War wohl kein Happy End bei euch?«, mutmaßt Amelie weiter und lehnt sich an den Tresen.

»Sie ist ein berechnendes Miststück. Das habe ich leider erst später erfahren. Wie das so ist. Und eigentlich sollte sie mich nicht anrufen. Aber so ist das mit den Kakerlaken. Sie nisten sich immer wieder ein und sind unkaputtbar, nicht wahr?«

»Außer man *macht* sie kaputt«, rät sie mir.

»Bin dabei«, antworte ich schleppend, denn ja, ich werde sie unter meinem Finger zerquetschen, wenn sie nicht aufhört, sich in Angelegenheiten zu mischen, die sie nichts angehen. Dabei spielt es auch keine Rolle, dass sie mich liebt, oder was sie dafür hält. Als wüsste sie, was Liebe wirklich bedeutet. Sie hat keine fucking Ahnung davon. Sie liebt nicht einmal sich selbst, wie sie mir ja bereits damals in der Hütte mitgeteilt hat.

»Wie lange lief das zwischen euch?«, fragt Amelie mich nun und stellt das Glas ins Regal.

»Keine Ahnung, ein Jahr?« Wenn man die ganzen Jahre abzieht, die ich ihr hinterhergeschmachtet habe. »Sie hat mich mit ihrem Äußeren geblendet und ich war ein kleiner, dummer, schwanzgesteuerter Trottel.«

Sie nickt verstehend. »Tja, manchmal ist gutes Aussehen nicht alles.«

»Gutes Aussehen ist niemals alles. Das habe ich mittlerweile gelernt.« Ich leere mein Glas und schiebe es von mir. Das reicht jetzt aber wirklich. Ich weiß kaum noch, wie ich heiße. Dad muss mich wirklich abholen.

»Wenn du das sagst.«

»Je schöner die Fassade, desto widerlicher das Innere. Denn Menschen, die innen drin viel zu verstecken haben, müssen das Äußere hervorheben.«

»Dann bin ich ja froh, dass ich so aussehe, wie ich aussehe.« Amelie zieht mein Glas heran und stellt es in das Spülbecken.

»Dein Herz ist wahrscheinlich pechschwarz«, sage ich nachdenklich, weil sie wirklich ein sehr hübsches Gesicht hat, was ich im Grunde nicht zur Kenntnis nehmen sollte. Vor allem aber sollte ich nicht so viel trinken, wenn ich derart untervögelt bin.

»Mein Herz besteht aus purer, schwarzer Tinte.« Sie nickt und ich hebe einen Mundwinkel.

»Willkommen im Club.«

»Das habe ich mir bei dir schon gedacht«, meint sie und mustert mich von oben bis unten.

»Ach was, ich bin total nett«, säusle ich und stütze mein Kinn auf meine Hand. »Es sei denn, man fuckt mich ab, dann bin ich nicht mehr nett.« *Nicht wahr, Selina?*

»Vielleicht mag deine Ex dich ja nicht nett und fuckt dich deswegen ab.« Sie stützt auch ihr Kinn auf die Hand und sieht mich interessiert an.

»Sie soll ihren kleinen kolumbianischen Arsch von mir fernhalten, mehr will ich gar nicht.« Und oh ja, Selina liebt mich abgefuckt. Du nicht. Du holst immer das Beste aus mir heraus, ganz im Gegensatz zu ihr. Sie hat immer das Schlechte aus mir hervorgekitzelt.

»Ich kann mir nicht vorstellen, dass sie das tun wird.« Amelie klingt fast, als würde sie Selina persönlich kennen oder wäre bei unserer Geschichte dabei gewesen.

»Dann werde ich sie wohl dazu bringen müssen«, erwidere ich seufzend.

»Das würde ich gerne sehen.«

»Ich glaube nicht, dass du das gerne würdest«, antworte ich mit heiserer Stimme. Scheiße, flirte ich gerade mit ihr? *Was tust du da, Zayden? Hör auf!*

»Ein bisschen Tod und Zerstörung, wieso nicht?«, fragt sie nachdenklich.

»Ich wusste es, dein Herz ist schwarz.« Ich deute mit einem Zeigefinger auf sie.

»*Pechschwarz*«, versichert sie mir mit erhobenen Brauen, wobei ihre Augen im Licht der Bar etwas heller schimmern und haselnussbraun wirken.

»Also bist du auch nur eine dieser …«, träge deute ich in Richtung meines Handys in der Hosentasche, um anzudeuten, dass sie nicht anders als Selina ist. Wobei mich das echt wundern würde. Derart heftige Frauen gibt es wirklich nicht an jeder Straßenecke. So durchtrieben und böse.

»Total netten Frauen? Die für alle Tag der offenen Tür haben?«, bietet sie an und ich muss grinsen.

»Ja.«

»Nein«, meint sie fast pikiert und beugt sich mir etwas entgegen, um ihre Antwort zu unterstreichen.

»Das ist gut«, entgegne ich nickend.

»Ich meine, ich liebe Sex, aber ich *habe* nicht mit jedem Sex.« Sie zuckt mit den Schultern.

»Das ist noch besser«, informiere ich sie und sie nickt bedeutungsvoll. »Also keinen Typen zu Hause, der verzweifelt darauf wartet, dass du ihm die Aufmerksamkeit gibst, die er so dringend braucht?« *Okay, stopp, Zayden. Jetzt musst du wirklich aufhören!*

»Nur einen Goldfisch.«

»Wie heißt der denn? Jetzt sag nicht Nemo.«

»Er heißt Paul.«

»Wieso Paul?« Ich verziehe das Gesicht. »Der arme Fisch.«

»Paul ist ein sehr guter Fischname. Ich habe gegoogelt.«

»Du hast einen Namen für deinen Fisch gegoogelt?« Ich runzle meine Stirn und sie sieht so aus, als würde sie die Frage nicht verstehen. Irre, kleine Tussi.

»Ein Fischname will gut überlegt sein.«

»Ein schwarzes Herz und eine Psychose, ich verstehe. Genau mein Typ Frau.« Ich stütze meine Schläfe wieder auf die Faust.

Sie lacht.

Und ich bin ein Bastard, der jetzt wirklich aufhören sollte.

»Nicht nur eine, aber von den anderen erzähle ich dir jetzt nichts.« Sie blinzelt übertrieben.

»Hörst du Stimmen, die dir sagen, was du tun sollst?«, frage ich.

»Nein. Du?«

»Manchmal.«

»Wessen Stimmen?«

»Das kommt darauf an, was ich tun soll«, meine ich mit erhobenen Brauen.

»Aja. Verstehe.« Sie nickt und betrachtet mein Gesicht, während ich mich viel zu bereitwillig von ihr ablenken lasse – von diesem ganzen Chaos. War ja klar, ich wusste, dass ich mir nicht vertrauen kann. Das überrascht mich jetzt nicht sonderlich. Und doch versuche ich hart, dagegen anzukämpfen. Ich sollte jetzt besser nicht fragen, wann sie Feierabend hat. Und ich sollte nicht hinter der Bar auf sie warten, sie nach Hause fahren und mit ihr hochgehen. Ich sollte wirklich einfach heim zu dir. Zu dir. Und nicht zu irgendeiner anderen!

»Andere psychische Krankheiten?«, fragt sie und reißt mich aus den Gedanken.

»Sexsucht«, antworte ich locker. *Okay, das war nichts, Zayden. Versuch es nochmal.*

»Das klingt sehr schlimm«, gibt sie mir recht und ihre Stimme wird heiser.

»Es ist furchtbar.« Gescheitert, Zayden. Noch einen Versuch!

»Verständlich, all dieser …«

»*Druck.*« *WAS TUE ICH DENN DA, VERDAMMT NOCHMAL?*

»Und dann diese …«

»Lust.« *OH FUCK, ZAYDEN, HÖR JETZT AUF!* Ich will nicht zum Betrüger werden. Ich muss mich jetzt ehrlich zusammenreißen und aufhören, zu flirten! Verdammt nochmal!

»Das ist sicher sehr anstrengend.« *Ja, wenn man diesen Druck nicht ablassen kann, ist es in der Tat sehr anstrengend.* Aber das sage ich nicht. *Bravo, Zayden!*

»Man lernt damit zu leben, viel Sex zu haben.« *Null Punkte. Das war scheiße. Hör jetzt auf, zu flirten. Du hast eine Frau zu Hause, die dich liebt. Und du liebst sie. Egal, wie es gerade zwischen euch läuft! Was also machst du da?*

»Was für ein schreckliches Leben.« *Wenn man ihn nicht hat, ja.* Aber auch das sage ich nicht.

»So schrecklich.« *Zayden!*

»Grausam«, haucht sie und ich glaube, ich kriege gerade einen Ständer. *Nicht gut. FUCK! WAS MACHT MEIN KÖRPER DA?*

Ich sollte mich jetzt wirklich dringend zurückziehen, aber ich tue es nicht. Wieso nicht?

Ihr Blick gleitet über mein Gesicht und meinen Körper. Sie beißt sich auf die Unterlippe und das macht mein Problem nicht besser. Ganz im Gegenteil. Shit!

»Machst du mich gerade an?«, fragt sie dann geradeheraus und ich schüttle sofort meinen Kopf. Nein,

nein, nein. *Du sagst jetzt nicht: ja! Du sagst jetzt nichts Dummes, Zayden. Hör einfach auf, was auch immer du hier gerade tust.*

»Das würdest du merken.« *Das war dumm.*

Ich sollte wirklich dringend damit aufhören. Was auch immer ich hier tue. *Abbrechen! ABBRECHEN! MAYDAY! DAD, RUF MICH AN.*

Ich breche nicht ab und Dad ruft auch nicht an.

Ich denke schon längst nicht mehr mit dem Kopf, stattdessen prickelt die Hitze von meinem Bauch aus in jede meiner Zellen und mir wird ein bisschen wärmer. Ich spüre das Verlangen nach Sex immer heftiger in mir aufwallen.

Sie lässt ihren Blick wieder über mich gleiten.

»Okay, ich dachte schon, du würdest gerade Sex mit mir im Getränkelager wollen.«

FUCKFUCKFUCKFUCKFUCKFUCKFUCKFUCKFUCK!

Bei der Vorstellung schaltet sich das letzte bisschen Verstand aus. Bilder zucken durch meinen Kopf, wie ich sie gegen die Tür presse und ihr die Jeans von den Beinen reiße.

Es müsste ja niemand erfahren.

Es wäre ja nur das eine Mal, auch wenn ich weiß, dass es falsch ist, aber für mich scheint es gerade unmöglich, mich abzuwenden und diese Bar zu verlassen, so wie ich es sonst immer mache.

FUCKFUCKFUCKFUCKFUCKFUCKFUCKFUCK!

Sie stößt sich einfach vom Tresen ab und wirft das Handtuch auf die Theke. Ich beobachte sie ganz genau dabei. Nicht gut. Sie lässt ihren Blick nochmal über mich schweifen. Ihr Zwinkern ist anzüglich, genau wie das sinnliche Lächeln auf ihren vollen Lippen.

»Wenn du mich ficken willst, dann komm mir einfach hinterher«, raunt sie, wendet sich ab und verlässt den Tresenbereich, indem sie die Klappe hebt und durchschlüpft. Ihr Kollege übernimmt. Sie dreht nochmal den Kopf über ihre Schulter und ich folge ihr mit meinem Blick, bevor sie nach hinten durch den Gang verschwindet.

Hat sie das gerade wirklich gesagt?

Fuck!

Es gibt tausend Gründe, weshalb ich jetzt diese Bar verlassen sollte. Ganz oben stehst du, Irina. Ich sollte jetzt einfach nach Hause gehen, dich aufwecken und dich vögeln, Irina. Dann ist der Druck weg und das Risiko gebannt, dich zu betrügen. Aber dann stelle ich mir wieder vor, dass wir uns streiten. Wieder wegen derselben Dinge. Wieder wegen derselben Scheiße. Ich denke daran, was du mir gestern vorgeworfen hast. Hast du gespürt, dass es mich zu anderen Frauen zieht und mich deshalb gefragt, ob ich eine andere hätte?

Ich balle eine Hand zur Faust und atme etwas schneller.

Es wäre doch nur ein Mal. Du würdest es nie erfahren und es wäre sicher nicht, weil ich irgendwelche Gefühle für irgendwen anders empfinde. Ich liebe dich. Es wäre rein körperlich. Es wäre nur Sex. Mehr nicht. Denn ich liebe dich. Doch … ich sollte dir das wirklich nicht antun. Die Vorstellung von ihr in diesem Lager, wie sie stöhnt, wenn ich in ihr bin, wird abgelöst von dem Schmerz in deinen Augen, wenn du es irgendwann doch rausfinden solltest. Möglicherweise würdest du mich nie wieder so ansehen, wie du es tust. Du sähest nicht mehr den Mann in mir, den du aus mir machst.

Und das überschattet alles.

Ich balle nun beide Hände zu Fäusten und sehe nochmal zum Lager, mein Herz rast. Noch nie ist mir etwas so schwergefallen, aber ich knalle ein paar Scheine auf den Tresen, wende mich ab und gehe.

Ich verlasse fluchtartig die Bar und verschwinde in die Nacht.

Fuck, Irina. Ich war noch nie so kurz davor, dich zu betrügen, und jetzt kann ich es mir nicht mehr schönreden. Wir beide haben ein echtes Problem.

9. Entfesselt, Ilian

XX

Catalina

Ich liege zwischen den tausend Kissen in meinem Bett und der Mond scheint in mein Zimmer.

Immer noch denke ich darüber nach, was insbesondere mein Dad, der gar nicht mein Dad ist, aber trotzdem immer mein Dad sein wird, gesagt hat. Das alles kam nicht so wirklich bei mir an. Auch, wenn ich es verstanden habe. Auch, wenn ich ihm glaube, dass er mich trotzdem liebt, so wie ich ihn, ist jetzt irgendwie alles anders.

Die Einzige, die ich, nachdem Mom und Dad gegangen sind, zu mir gelassen habe, war Sophia. Mittlerweile habe ich rausgefunden, dass es alle außer ihr wussten.

Ich fühle mich immer noch hintergangen. Und so habe ich den Freitagabend im Bett verbracht, statt auf irgendeiner Party, und niemanden zu mir gelassen. Obwohl jeder einmal geklopft hat. Rosalie sogar mehrmals. Ich hasse es, sie abgewiesen zu haben, denn wir hatten immer eine enge Bindung zueinander. Aber gerade deshalb tut es umso mehr weh, dass sie nichts gesagt hat. Momentan will ich nicht reden. Vielleicht morgen. Womöglich habe ich mich dann mehr damit abgefunden.

Der Stick von Donovan de Luca, der anscheinend tatsächlich mein Vater ist, liegt auf meinem Nachttisch. Aber Erzeuger und Vater sein sind doch eben zwei verschiedene Dinge.

Neben dem Bett steht mein Laptop. Eine Serie läuft nebenbei. Ich würde so gern meinen Kopf freikriegen und mich von alldem ablenken, aber ich schaue nur völlig blicklos in den Bildschirm und sehe dabei immer wieder, wenn das Bild dunkler wird, meine Augen zu mir zurückstarren. Meine Augen, die gar nicht meine Augen sind, sondern die von Donovan de Luca. Meine Lippen, die gar nicht die von Mom oder Dad sind, sondern ebenfalls von Donovan de Luca. Normalerweise, da ich sehr kopflastig bin, würde ich die wildesten Nachforschungen anstellen. Die de Luca-Familiengeschichte bis zum ersten Höhlenmenschen nachverfolgen und morgen früh jeden einzelnen Namen auswendig kennen. Seinen Geburtsort, sein Sternzeichen, seine Blutgruppe. Das tue ich aber nicht. Ich habe noch nicht akzeptiert, dass ich nicht ich bin. Und ich weiß nicht, ob ich das jemals werde. Mal im Ernst, wieso erfahre ich es erst, wenn dieser Mann tot ist? Andernfalls hätte ich ihn ja wenigstens mal kennenlernen können. Ob nun jemand von meiner wahren Herkunft wissen darf oder nicht. Ich hätte mit dem Wissen aufwachsen können, dass er mein … Vater ist.

Trotzdem hätte ich hier leben können, so wie Sergio es getan hat. Ich verstehe das mit der Sicherheit ja, ich kann nur nicht nachvollziehen, warum man mir so was Großes vorenthalten musste. Weder, warum *er* das getan hat, noch die anderen. Egal, wie viele Erklärungen mir dafür geliefert wurden oder noch werden.

Ich spule die Serie ein wenig vor, weil mir die Szene zu langatmig wird. Es wird nämlich nur rumgemacht. Warum geht es in jeder Serie eigentlich immer um Sex? Dann werden all diese Kinder gezeugt, die nicht wissen, wer ihr Vater ist, bis ihr Vater tot ist. Und das nur für ein bisschen Spaß. Fünfzehn oder zwanzig Minuten Spaß.

Es klopft an meiner Balkontür und ich weiß, dass du es bist, Ilian. Dir habe ich auch die Tür nicht geöffnet und das will schon was heißen. Denn ich öffne dir immer jede Tür. Aber bei dir ist es ähnlich wie bei Rosalie. Du darfst mich einfach nicht belügen, das geht gegen unsere Natur.

Ich drücke auf Pause. Das Licht des Laptops erhellt mein Bett, als ich mich umdrehe und zur Tür sehe.

»Mach auf!«, forderst du ungeduldig vom Balkon aus – in deinem weißen Pullover, der dunkelblauen Jeans, den zerzausten Haaren, in denen ein paar Schneeflocken glitzern, und mit deinen herrischen Augen. Okay, ich will ja nicht, dass du erfrierst. Ich könnte dich auch einfach vom Balkon schubsen, weil du mich belogen hast. Ich hasse Lügen, Ilian. Ich hasse es, wenn man meinen Kopf fickt und mir vortäuscht, man wüsste nicht, dass wir nicht verwandt sind, und mich anmacht.

Ich schlage die Decke zurück und schiebe mich aus dem Bett, bevor ich barfuß über den weißen Teppich zur Tür gehe und den Griff nach oben schiebe. Ohne die Tür ganz zu öffnen, schlendere ich zurück und lasse mich wieder ins Bett fallen, wo ich dir den Rücken zudrehe und die Decke demonstrativ über mich ziehe. Kein Bedarf zu reden.

Ich drücke wieder auf *Play* und höre, wie du reinkommst.

»Fuck, ist das kalt«, murmelst du vor dich hin. Kurz weht ein kühler Hauch herein, bevor du die Balkontür wieder schließt. Ich rege mich nicht und du umrundest das Bett, bis du vor mir stehst. Langsam lasse ich meinen Blick zu dir hochschweifen und du schaust mit schief gelegtem Kopf zu mir runter. Deine türkisbraunen Augen mustern mich etwas betrunken und gleichzeitig forschend.

»Ja?«, frage ich auffordernd und ziehe meine Brauen hoch. Dein Mundwinkel zuckt. Du findest das wohl lustig, Ilian. Ich nicht.

Du gehst vor meinem Bett in die Hocke und drückst einfach auf meinem Laptop auf Pause, ohne von mir wegzusehen. Der Schein des Bildschirms erhellt dein Profil, als du einen Unterarm auf mein Bett legst und dein Kinn auf einen Handrücken bettest. Ich mustere dich, was ein bisschen wehtut, weil du die allerletzte Person bist, der ich zutraue, mich zu belügen, mir etwas zu verheimlichen oder mich zu verraten. Ich konnte mich bisher immer auf dich verlassen. Und ich mag es nicht, dass du das kaputt machst.

»Ich hab es deinen Brüdern versprochen«, meinst du schließlich träge. »Ich konnte es dir nicht sagen.« Du siehst mir direkt in die Augen und ich schaue zurück.

»Wie lange weißt du es schon?«, erkundige ich mich.

»Drei Jahre ungefähr«, antwortest du heiser. Ich atme tief durch. *Drei Jahre.*

»Weißt du, wie widerlich ich mich die letzten Jahre gefühlt habe?«, frage ich dich ernst und denke daran zurück, wie angezogen ich mich von dir gefühlt habe, und dass du keine Gelegenheit ungenutzt gelassen hast, dich an mich heranzupirschen und mich nervös zu machen. Dabei wusstest du es die ganze Zeit.

»Wieso?«, willst du gelassen wissen.

»Du weißt, wieso!« Ich richte mich auf und stütze mich auf einen Ellbogen. Dein amüsiert funkelnder Blick folgt mir. »Du hast jede Situation genutzt, um mir nahezukommen, und du wusstest genau, was du da tust.« Ich spüre, wie mein Magen sich vor Wut zusammenzieht. »Du wusstest, was du da tust, weil du wusstest, dass wir nicht verwandt sind, während du mich in dem Glauben gelassen …« Weiter komme ich nicht, weil du dich nach oben stemmst und deine Lippen auf meine drückst.

Mit einem Mal ist dein Mund auf meinem. Mit einem Mal küsst du mich.

Ich erstarre und bin völlig überrumpelt. Das ist mein erster Kuss. Du erstarrst ebenfalls kurz, als deine weichen Lippen meine berühren und in mir jede Zelle zu prickeln beginnt.

»Weil du mir gehörst«, murmelst du an meinem Mund, dann drückst du ihn wieder auf meinen. Mein Herz rast wie wild los. Ich habe den Atem angehalten und dann … dann bewegst du deine Lippen leicht auf meinen. Streichst darüber und stöhnst, was mir direkt in den Magen schießt. Ich habe mir so oft vorgestellt, du würdest das tun. Natürlich habe ich mir nie eingestanden, wie sehr ich das wirklich will. Aber nichts, was ich mir so in meinem Kopf zusammengereimt habe, hat sich so echt und intensiv angefühlt wie das, was ich jetzt empfinde.

»Fuck«, flüsterst du rau und ich ziehe meine Augenbrauen zusammen. Ich glaube, ich habe noch nie in meinem Leben so viel gefühlt wie jetzt gerade. Kurz vergesse ich alles andere, was ich sagen wollte, was ich denke und erfahren habe. Wer ich bin. Wer ich war. Wer ich sein werde. Kurz bist da nur du. Du und dieser Moment. Die Sehnsucht in mir explodiert, weil ich das schon so lange wollte. Deine Lippen schmecken. Dich spüren. Deinen Atem inhalieren.

Die Gefühle überwältigen mich so sehr, dass meine Finger zittern und das Adrenalin durch meine Venen pumpt. Du schiebst eine Hand in mein Haar und hältst mich, bevor du deine Zunge in meinen Mund gleiten lässt und sie über meine streicht. Mein Herz setzt gleich aus und ich sinke in die Kissen zurück, weil ich keine Kraft mehr habe. Du folgst mir mit deinen Lippen. Du schmeckst nach Wodka und Gras. Dein Mund ist warm und weich. Eine Gefühlswelle schwappt über mich und löst eine Gänsehaut aus.

Vorsichtig hebe ich meine Hand und lege sie instinktiv in deinen Nacken, der sich wie gemeißelt unter meinen Fingerspitzen anfühlt. Du bewegst deine Schultern etwas, deine Muskeln zucken und du stöhnst wieder, während deine Zunge jetzt fester über meine streicht und du den Kopf noch etwas beugst, um mich tiefer zu küssen. Deine Finger krallen sich in mein Haar.

Ich hebe dir meinen Kopf entgegen und du hältst dich mit der freien Hand über mir am Bettgestell fest. Ich bin völlig überwältigt. Meine Zunge spielt automatisch mit deiner, als hätte ich das schon tausend Mal gemacht, aber das habe ich nicht. Es ist einfach nur, weil du es bist. Weil du mich leitest und führst. Immer. Für einen kurzen Moment kann ich nicht daran denken, wie sehr ich dich eigentlich gerade hasse, weil du mich belogen hast. Kurz bin ich nur davon getrieben, dich zu schmecken und alles von dir zu inhalieren wie eine Süchtige. Ich wollte das zu lange und jetzt ist es wie eine Explosion.

Du beugst deinen Kopf etwas weiter und stöhnst wieder heiser in meinen Mund, während ich mit dem Fuß den Laptop wegschiebe und zuklappe. Dann schiebst du dich aufs Bett und zwischen meine Beine. Ich stöhne, als ich dich spüre, und erschauere. Du stöhnst ebenfalls und dein Kuss wird drängender. Instinktiv hebe ich ein Bein und schlinge es um deine Hüfte, weil ich nicht genug von dir kriegen kann.

»Fuck«, murmelst du in meinen Mund und es schießt mir wieder in den Bauch. So was habe ich noch nie empfunden und es nimmt mich völlig in Beschlag. Es ist, als hätte ich keinen Kopf mehr und mein Körper würde ganz von allein handeln, während mein Herz rast und alles in mir völlig überhitzt ist.

»Fuck, Catalina!« Ein neuer Schauer schießt bei deinen Worten durch mich hindurch. Du packst mein Knie und bewegst dein Becken an mir, weshalb ich lauter stöhne. Eine Welle der Lust schwappt über mich hinweg. Mein Becken hebt sich ganz von allein. Ich glaube, ich wollte noch nie etwas so sehr wie dich in diesem Moment. Das ist völlig neu. Du bewegst deine Hüften wieder und reibst dich an mir. Alles in mir kribbelt, während du deine Finger fester in die Haut meines Oberschenkels krallst und ich dich durch den dünnen

Stoff meines Höschens unter dem weiten Shirt spüre. Der Reißverschluss deiner Jeans ist kalt, als er sich dagegen presst. Ich bäume den Rücken auf. Oh mein Gott.

»Du musst jetzt Stopp sagen«, raunst du und lässt deine Lippen über meinen Kiefer gleiten. Mein Herz rast und ich kneife die Augen zusammen. Ja, du hast recht. Ich sollte jetzt wirklich Stopp sagen. Wieso auch immer.

Deine Lippen wandern über meinen Hals und du stöhnst direkt an meiner Haut, während du dein Becken wieder bewegst und ich aufkeuche. Du bist etwas betrunken und völlig entfesselt, weshalb ich dich nicht wegstoßen kann, obwohl ich es probiere. Allerdings geschieht es nur halbherzig, weil ich es eigentlich gar nicht will. Gott, ich bin so durcheinander. Was machst du mit mir?

»Fuck, Catalina«, keuchst du und bewegst dein Becken weiter. Die Lust pulsiert heiß durch meine Venen und deine Finger gleiten meinen Oberschenkel weiter herab. Du lässt vom Bettgestell ab und stützt deine Hand neben meinen Kopf, wo du sie fest zur Faust ballst. Ich frage mich, ob du das Gleiche wie ich empfindest.

Ich kann nur daran denken, dich zu spüren, wobei das, was sich an mir reibt, echt groß ist. Nicht, dass ich eine Vergleichsmöglichkeit hätte, aber ich kann es einschätzen.

»Sag Stopp«, forderst du atemlos. Deine Finger sind fast am obersten Ansatz meines Oberschenkels angekommen. Wie soll ich da bitte Stopp sagen, Ilian? Du bist ja lustig. Ich dränge mein Becken instinktiv deinen Fingern entgegen, weil ich sie auf einmal so sehr spüren will. Du stöhnst verzweifelt und ziehst deinen Kopf mit einem Ruck zurück. Schwer atmend siehst du zu mir runter, verlagerst deine Hüften etwas und streichst mit deinen Fingerspitzen zwischen meinen Beinen über dem Höschen entlang, wobei mich das Verlangen wie ein heißer Blitz durchzuckt. Zittrig atme ich aus und ich ziehe die Augenbrauen zusammen. Ich habe noch nie so was Gutes wie deine Finger dort gespürt.

Du beißt die Zähne aufeinander und blähst deine Nasenflügel. Noch mehr heiße Lust sammelt sich in meinem Unterleib und mein Kopf fällt nach hinten. Ich kann dich nicht ansehen, meine Lider fallen zu, aber ich weiß, dass du mich betrachtest. Es macht mir nichts aus, weil du es bist und ich dir trotz allem vertraue. Ich würde dir mein Leben anvertrauen.

Langsam schiebst du mit einem Finger meinen Slip zur Seite.

»Catalina, du solltest mich jetzt wirklich aufhalten.« Deine Stimme klingt angespannt, aber heiser und von Lust durchzogen. Statt zu tun, was du sagst, schiebe ich meine Beine weiter auseinander, weil ich dich so verzweifelt spüren will, wie ich noch nie irgendwas wollte. Ich höre, wie du die Zähne aufeinanderbeißt, während ich völlig konzentriert auf dieses Gefühl der Lust in mir bin, das so gut und so überwältigend ist. Mit einer Hand taste ich nach deinem Arm und kralle mich an deinem Bizeps fest, während du jetzt langsam zwei Finger über meine Mitte gleiten lässt und ich wieder stöhne. Oh mein Gott, noch nie hat sich etwas so gut angefühlt. Ich glaube, ich muss sterben. Nichts ist damit vergleichbar.

»Fuck«, höre ich dich mit zusammengebissenen Zähnen knurren, als du langsam zwei Finger bis zum Anschlag in mich schiebst. Jetzt zucke ich heftig zusammen, als der

Schmerz mich durchfährt. Nun beiße ich selbst die Zähne aufeinander. Du lehnst dich vor und küsst mich wieder, während du mit deinem Handballen meinen Lustpunkt massierst. Ich bin angespannt und halte mich an deinem Oberarm fest. Du küsst mich weiter, bewegst die Finger aber nicht, und im ersten Moment fühlt es sich komisch an. Schmerzhaft und befremdlich. Du stöhnst an meinen Lippen.

»Entspann dich, Babygirl«, forderst du heiser. Ich atme tief durch, bevor ich Stück für Stück mein Becken entspanne. Es ist normal, dass es beim ersten Mal wehtut.

Du bewegst dich weiter an meinem Lustpunkt und küsst mich tiefer. Wieder lodert die Lust in mir hoch, die kurz abgeflaut ist, und ich küsse dich genauso drängend zurück. Deine Zunge schiebt sich in meinen Mund und kämpft mit meiner, als du deine Finger langsam wieder zurückziehst. Sofort bin ich erleichtert, da der Druck verschwindet. Stattdessen legst du sie auf meinen Lustpunkt und massierst ihn, während du mich weiterküsst. Ich winde mich unter dir, mein Herz pocht immer schneller und deine Lippen werden immer leidenschaftlicher. In der Zwischenzeit bewegen deine Finger sich konstant weiter und ich bäume meinen Oberkörper auf.

In meinem Bauch bündelt sich das Verlangen zu einem dicken Knoten und du ziehst deinen Kopf wieder zurück und schaust zu mir herab. Deine Augen sind dunkel und lustverhangen, deine vollen, feuchten Lippen einen Spalt geöffnet. Mein Atem geht schneller. Du saugst meinen Anblick geradezu auf und wirkst fast hochkonzentriert. Meine Lider werden wieder schwer. Ich verkrampfe mich und senke sie, als ich spüre, wie der Knoten platzt.

»Schau mich an«, forderst du heiser, als ich komme. Ich komme und zwinge mich, meine Augen zu öffnen, was echt nicht leicht ist. Du stöhnst, als ich explodiere, und beißt die Zähne aufeinander, bewegst die Finger aber weiter und schiebst sie noch einmal in mich, weshalb ich nach oben rucke.

Die Lust zuckt immer weiter durch meinen gesamten Körper, sodass ich diesmal den Schmerz durch deine Finger in mir gar nicht spüre. Mein Herz droht aus meiner Brust zu springen und Schweiß sammelt sich in meinem Nacken. Jedes Nervenende prickelt. Dann hältst du komplett inne. Ich sinke mit einem Ruck in die Matratze und sehe schwer atmend zu dir hoch, während immer noch die letzten Wellen durch meinen Körper branden.

»Ich hab dir doch gesagt, du sollst mich aufhalten«, meinst du und ziehst langsam deine Hand zurück. Ich runzle meine Stirn und mustere dich forschend. Deine Augen glühen. Ich bin davon ausgegangen, dass du das hier auch willst. Aber jetzt verunsicherst du mich ein bisschen.

»Ich konnte nicht«, flüstere ich. Du stemmst dich mit einem Ruck von mir und lässt dich neben mir aufs Bett fallen, während ich mein Höschen wieder gerade schiebe.

»Ich habe dich gerade fast gefickt, Catalina«, meinst du schwer atmend und legst einen Arm über dein Gesicht. Ich bin etwas verwirrt, weil ich nicht weiß, was dein Problem ist. Ich hatte das Gefühl, dass du es genauso willst wie ich und ich will nicht ein Fehler für dich sein, oder eine Kurzschlussreaktion.

Du siehst unter deinem Arm zu mir und runzelst die Stirn, während ich dich immer noch etwas skeptisch und forschend betrachte.

»Ich sollte dich nicht vögeln«, erklärst du. »Du bist noch Jungfrau und … fuck, ich bin betrunken.« Ich kann dir immer noch nicht folgen.

»Ja?«, frage ich auffordernd, damit du es mir weiter erklärst.

»Ich wäre grob«, meinst du jetzt auch etwas verwirrt und mit Nachdruck.

»Okay?« Nach wie vor betrachte ich dich skeptisch. Du stützt dich auf einen Ellbogen und siehst zu mir runter, als wäre ich schwer von Begriff.

»Ich würde dir wehtun, weil ich mich nicht kontrollieren könnte, sobald ich einmal in dir bin«, erklärst du jetzt eindringlicher und ich fange an, zu verstehen, was das Problem ist. Okay, ich will natürlich nicht, dass du mir wehtust, weil das erste Mal, so wie ich in den Umkleiden gehört habe, sowieso schmerzhaft für mich sein wird. Gleichzeitig ist da diese Stimme in mir, die mir sagt, dass du mir nie wehtun würdest, egal, wie wenig du dich unter Kontrolle hast. Aber ich verdamme sie zum Schweigen und nicke. Du siehst zu mir runter, dann beugst du dich vor und küsst meine Stirn, wobei dein vertrauter Duft in meine Nase steigt. Gänsehaut zieht sich über meine Arme, als du deine Stirn an meine lehnst. Das hier fühlt sich noch besser an, als das vorhin.

»Du bist viel zu perfekt für mich«, murmelst du an meinem Gesicht und meine Lider senken sich. Ich wäre gern weiterhin so wütend auf dich, weil du mir meine Herkunft verschwiegen hast, aber dafür bin ich viel zu überwältigt, endlich all das tun zu können, was ich so lange, so heimlich schon wollte. Ich fasse dir ins Haar und streiche hindurch. Dabei spüre ich, wie du deine Augenbrauen zusammenziehst. Es ist so befriedigend, das endlich machen zu dürfen. Deine Strähnen zu spüren und deinen Atem in meinem Gesicht.

»Das fühlt sich gut an«, raunst du und ich tue es nochmal, bevor ich in deinem Nacken ankomme. Du gibst ein zustimmendes Geräusch von dir und ich muss ein wenig lachen, obwohl mir den ganzen Tag überhaupt nicht danach zumute war. Mit meinen Fingern streiche ich über deinen Rücken, dein Pullover ist etwas verschwitzt.

Ich atme dich tief ein, wobei wieder mein ganzer Bauch kribbelt.

»Wenn du mir jetzt keinen runterholen willst, dann hör auf.« Ich muss kichern, als du das sagst, und spüre, wie mein Gesicht heiß wird. »Ich mein's ernst.«

»Ich weiß.« Ich kichere weiter, weil ich an deiner Stimmlage genau höre, wann du scherzt und wann nicht. Ich ziehe meine Hand zurück und lasse sie in die Matratze sinken. Natürlich werde ich so was jetzt nicht tun, denn ich kann das gar nicht, weil ich in der Hinsicht keinerlei Erfahrung habe. Du schon. Du hast so viel Erfahrung. Auch das weiß ich aus der Umkleidekabine. Ich versuche ja, wegzuhören, aber das geht eben nicht immer.

»Schade«, murmelst du. Ich runzle meine Stirn und du küsst mich, jetzt sanft und langsam. Alles in mir zieht sich zusammen, es fühlt sich so gut an. So richtig.

Instinktiv bewege ich meine Lippen mit. Ich liebe es, wie du schmeckst und wie dein Mund sich auf meinen presst. Mit genau dem richtigen Druck.Bevor es ausarten kann, ziehst du dich wieder zurück und siehst zu mir runter.

»Okay, ich gehe jetzt«, verkündest du.

»Wohin?«, frage ich irritiert.

»Duschen. Kalt«, meinst du und dein Gesicht wird ganz trocken, wobei du wie dein Onkel aussiehst.

Ich muss lachen. »Okay.«

»Wir sehen uns morgen beim Frühstück.«

Ich kann nur nicken. Dein Gesicht ist so perfekt. Endlich kann ich es so ansehen, wie ich es immer wollte, aber nicht durfte. Deshalb habe ich mich immer so angezogen von dir gefühlt. Deshalb all das. Weil ich es tief in mir gespürt habe.

»Du darfst mich nie wieder anlügen«, fordere ich eindringlich und leise. Du nimmst meine Hand und küsste meine Handfläche.

»Ich verspreche es dir«, meinst du inbrünstig und siehst mir direkt in die Augen. Ich atme nochmal tief durch. Genau wie du, bevor du dich mit einem Ruck über mich und aus dem Bett schwingst. Ich betrachte dich dabei. Du schaust nochmal zu mir runter und schüttelst den Kopf.

»Wieso bist du denn so schön?«, fragst du mich und alles in mir zieht sich wieder zusammen. Ich bin nicht immun dagegen, wenn du so was zu mir sagst, denn ich habe es mir immer gewünscht.

»Du bist auch ganz nett«, gebe ich zurück und grinse. Das ist natürlich die Untertreibung des Jahrhunderts. Du bist so perfekt.

»Ich zeige dir, was ganz nett ist. Aber nicht jetzt.« Das klingt gleichermaßen wie ein Versprechen und eine Drohung. Mir wird sofort wieder heiß bei deinen Worten. Meine Zehen verkrampfen sich unter der Decke, weil ich mehr von dir will, aber weiß, dass es jetzt nicht geht. Es geht nicht. Ich verstehe schon.

»Okay, ich gehe jetzt.« Du machst einen Schritt rückwärts.

»Okay«, antworte ich atemlos und du blähst deine Nasenflügel.

»Du solltest mich echt nicht so ansehen.« Du machst noch einen Schritt von mir weg, wobei ich keine Ahnung habe, wovon du sprichst. Aber ich wende auch den Blick nicht ab. Du schüttelst den Kopf und ich atme zittrig aus. Du beißt die Zähne aufeinander, dann drehst du dich um und öffnest meine Tür. Dir scheint das hier genauso schwer zu fallen wie mir. Einmal geschmeckt, will ich dich jetzt nur noch mehr. Ich will alles von dir.

»Gute Nacht, Babygirl«, wisperst du etwas atemlos.

»Gute Nacht«, antworte ich leise, dann verlässt du mein Zimmer und schließt die Tür etwas ruckartig. Ich starre sie noch an, als du schon lange weg bist.

Fuck, Ilian, was ist hier gerade passiert?

Wie kann eine Nachricht, die mir so den Boden unter den Füßen weggerissen hat, jetzt doch so viel Positives nach sich ziehen? Wie kann es sein, dass ich dich jetzt endlich spüren und anfassen darf, ohne mich wie ein Perversling zu fühlen? Ich weiß nur eins. Ich liebe das. Und egal, wie wütend ich gerade noch war, ich will mehr davon.

Ich will alles von dir. Ich will dich.

10. Selbstbeherrschung, Catalina

XX

Ilian

Vier Schritte.

Vier Schritte, dann bin ich bei meinem Zimmer, Catalina.

Fünf Schritte, dann habe ich die Tür aufgerissen und bin reingegangen.

Sechs Schritte, dann habe ich die Tür hinter mir zugeknallt und mich mit dem Rücken daran gelehnt. Meine Hände sind fahrig, als ich nach unten greife, meinen Gürtel aufreiße, dann meine Hose. Ich lasse den Kopf nach hinten gegen das Holz fallen, als ich mich umfasse, und muss ein Stöhnen unterdrücken.

Ich bin so fucking hart. So hart, wie noch nie in meinem Leben.

Ich spüre dich noch um meine Finger herum kommen.

Ich bewege meine Hand schneller.

Ich höre dein Stöhnen.

Ich schmecke deine Küsse.

Fuck, Catalina.

Ich bin so geladen, wie ich es noch nie in meinem ganzen Leben war.

Ich habe dich gespürt.

Du hast keine Ahnung, wie nah ich gerade dran war, meine Hose aufzureißen, mich einfach in dich zu schieben und dich zu vögeln.

Ich beiße die Zähne aufeinander, als ich mich daran erinnere, wie du dich angefühlt hast, während du gekommen bist. Dann explodiere ich einfach, nach nicht mal einer Minute. Ich kann es nicht aufhalten, was mir echt nicht oft passiert. Ich komme hart, wobei ich die Lider fest zusammenkneife und meinen Hinterkopf gegen das Holz presse. Ich komme wie noch nie, Catalina, und daran bist du schuld.

Ich unterdrücke ein weiteres Stöhnen und entspanne mich schließlich mit einem Ruck.

Puh.

Jetzt kann ich wieder denken.

Atemlos lehne ich an der Tür. Ich habe echt eine Sauerei auf dem dunkelblauen Teppich vor mir veranstaltet.

Fuck.

Jetzt geht es mir wieder besser, aber du hast ja keine Ahnung, was du mit mir machst. Du hast keine Ahnung, wie viel Selbstbeherrschung ich die letzten Jahre gebraucht habe. Wie schwer es für mich war, in deiner Nähe zu sein.

Dich zu beobachten. Zu wissen, dass du mich willst, es die ganze Zeit zu spüren und dich nicht zu nehmen. Nicht das mit dir zu tun, was mir die ganze Zeit durch den Kopf ging. Immer und immer wieder.

Indem ich mich von dir ferngehalten habe, habe ich wahre Selbstbeherrschung gelernt. Und die ist aufgebraucht.

Ich atme nochmal tief durch und sehe wieder auf den Teppich.

Sauerei. Eindeutig.

Ich schnaube über mich selbst, schließe träge meine Hose und stoße mich von der Tür ab, bevor ich mir den Pullover über den Kopf ziehe. Ich bin total durchgeschwitzt. Mir ist so fucking heiß. Hast du eigentlich eine Ahnung, was das mit einem Mann macht, wenn du dich da so unter ihm rekelst, die Beine spreizt und ihm dein Becken entgegendrängst? Hä?

Ich ziehe auch gleich das Muskelshirt aus und gehe zu meiner Balkontür, die ich öffne. Ich brauche kalte, frische Luft. Dringend. Immer noch etwas atemlos trete ich hinaus. Die Nacht ist dunkel und der Schnee glitzert um das Haus herum, dahinter erstreckt sich der pechschwarze See. Tief atme ich ein und spüre, wie die eiskalte Luft in meine Lungen strömt. Wie sich alles in mir etwas beruhigt und mein Hirn noch etwas klarer wird. Soweit das zumindest in meinem derzeitigen Zustand möglich ist.

Ich war auf dieser Party, nachdem du mir vorhin nicht die Tür aufgemacht hast. Dort habe ich mich betrunken, weil ich wusste, dass du sauer auf mich bist. Ich mag es nicht, wenn du sauer auf mich bist. Eigentlich wollte ich dich heute in Ruhe lassen, aber das ist das Problem, Catalina. Ich kann nicht. Das konnte ich noch nie. Und das werde ich auch nie können. Ich konnte dich nicht mal in Ruhe lassen, als ich noch dachte, dass wir wirklich verwandt sind. Ich dachte echt, ich wäre total pervers, aber dann wurde ich eines Nachts erlöst. Als ich dreizehn war, wollte ich gerade ins Poolhaus. Die Türen standen offen, Rauch strömte hinaus. Deine Brüder saßen darin, total bekifft. Wie so oft. Sie haben sich unterhalten und ich habe gelauscht. Das tue ich gern, wenn andere nicht damit rechnen. So habe ich erfahren, dass du Donovan de Lucas Tochter bist. Dass wir gar nicht verwandt sind, dass du mit den Rushs rein bluttechnisch nichts zu tun hast, und ab da war ich echt im Arsch. Ab da musste ich dich jeden Tag ansehen, mit dem Wissen, dass ich dich haben könnte, wenn ich wollte. Dass es nicht falsch wäre. Aber es ging nicht, weil du ja nichts davon wusstest. Trotzdem konnte ich die Finger nicht von dir lassen. Ich liebe es, wie süchtig du nach mir bist, wie du reagierst, wenn ich dich berühre oder dich ansehe. Ich bin süchtig danach, wie süchtig du nach mir bist. Davon kann ich nicht genug bekommen. Ich bin ein Bastard, aber bei dir hält sich das in Grenzen, im Gegensatz zu all den anderen Weibern. Bei dir kann ich es unterdrücken – diese widerliche Seite in mir.

Ich wohne jetzt seit etwa drei Jahren bei meinen Onkeln, weil mein Dad manchmal ein Arschloch sein kann. Und meine Mom … na ja. Welche Mom eigentlich? Der bin ich völlig egal, und das ist okay so. Ich brauche nichts von ihr. Sie soll mich einfach in Ruhe lassen. Dass ich hierhergezogen bin, war eigentlich keine große Umstellung für mich, denn ich bin sowieso halb in dem Haus der Rushs aufgewachsen. Das einzige Problem daran war, dass ich dich die ganze Zeit um mich hatte, nicht nur in der Schule.

Das Problem hat sich jetzt gelöst.

Denn du weißt, wer du bist.

Du wirst darüber hinwegkommen, vor allem, da dein Vater ja sowieso tot ist. Natürlich wird dich das jetzt erstmal eine Zeit lang belasten und aus der Bahn werfen, aber letztendlich wirst du sehen, dass sich nichts ändern wird. Ich mag es, wenn sich nichts in Bezug auf uns ändert. Ehrlich.

Aber ich kann es nicht ausstehen, wenn dich was aus der Bahn wirft.

Doch mit meiner Hilfe wirst du lernen, damit umzugehen, weil ich immer für dich da bin, wenn du mich brauchst.

Ich zünde mir eine Zigarette an und inhaliere tief. Langsam komme ich wirklich runter. Der Rauch steigt als dichtes Wölkchen von meinen Lippen auf und verpufft im sternenklaren Himmel. Mein Körper kühlt sich ab, *ich* kühle mich ab, und das ist gut, denn ich bin immer noch kurz davor, einfach zu dir rüberzugehen und sonst was mit dir anzustellen. Das werde ich *nicht* tun. Ich werde nicht über dich herfallen und dich einfach knallhart vögeln, scheißegal, ob du davor schon mal Sex hattest oder nicht, nur weil ich gerade heiß auf dich bin. Das würde ich mit jeder anderen Tussi tun, aber nicht mit dir, nicht so.

Scheinwerfer fluten die Einfahrt, als das Tor aufgleitet und Zaydens schwarzer SUV hindurchrollt. Er parkt schief auf seinem üblichen Platz. Ich runzle die Stirn, während ich nochmal ziehe und beide Hände auf das Geländer stütze. Dann neige ich meinen Kopf etwas, um zu ihm sehen zu können. Er bleibt einfach in seinem Auto sitzen, der Motor läuft noch. Er hat die Hände um das Lenkrad geklammert und starrt nach vorn. Ich beuge mich weiter vor. Was tut er denn da? Kann sein, dass es etwas mit dem Geschäft zu tun hat. Man weiß nie … bei ihm. Zayden eskaliert manchmal extrem. Es kann aber auch daran liegen, dass er gerade echt üble Probleme mit meiner Tante Irina hat. Sie streiten sich sehr oft.

Am Anfang waren sie das perfekte Traumpaar, total verbunden und harmonisch. Das ist jetzt nicht mehr so. Ich verlasse meistens das Zimmer, wenn Zayden in dieser miesen Stimmung ist, und das ist er oft. Jetzt überlege ich allerdings, runter zu gehen und ihn zu fragen, was los ist.

Der Motor verstummt, als er ihn abstellt, aber er steigt immer noch nicht aus. Seine Scheinwerfer erlöschen und ich hebe eine Braue. Dann drücke ich die halb gerauchte Zigarette aus und will mich gerade auf dem Weg zu ihm machen, als seine Tür sich öffnet und er aussteigt. Er torkelt. Offenbar ist er betrunken. Und so ist er Auto gefahren? Okay, das habe ich auch schon, allerdings habe ich keine zwei Kinder. Das zeigt nur, wie sehr er wirklich abfuckt. Denn so ist er eigentlich nicht. Schwankend umrundet er seinen Wagen und verschwindet dann in den Garten, wo sein Anbau liegt. Ich mag es nicht, ihn so zu erleben, und wenn er leidet. Und das tut er. Auch wenn er es keinen sehen lassen will, ich habe einen besonderen Draht zu ihm und kann Menschen ganz gut einschätzen. Das habe ich von meinem Onkel Caden. Ich habe viel von ihm.

Das Gute. Sowie das Schlechte.

Ich seufze und gehe wieder rein. Dann kümmere ich mich erstmal um die Flecken auf dem Boden – ich mag keine fucking Flecken auf meinem fucking Boden – und werde duschen. Kalt. Weil ich mich immer noch davon abhalten muss, zu dir rüberzugehen und da weiterzumachen, wo ich aufgehört habe.

Du weißt jetzt also Bescheid.

Du bist Donovan de Lucas Tochter.

Ich rede mir ein, dass sich nichts ändern wird ... Aber während ich meine Hand gegen die Fliesen stütze und den Kopf nach vorn sinken lasse, als das Wasser kalt auf mich herabprasselt, weiß ich instinktiv eins: *Alles* wird sich ändern.

Und ich hasse das, Catalina.

Denn du gehörst mir, und sollte sich das jemals ändern, weiß ich nicht, was ich tun werde. Dann weiß ich nicht, welche Grenzen ich überschreiten werde. Denn wenn es um dich geht, existieren keine Grenzen. Weil du mir gehörst, Babygirl. Für immer.

11. Das Gespräch, Irina

XX

Zayden

Der Mond scheint hell über den vereisten Garten und unseren hohen, weißen Anbau mit dem Spitzdach, von dem die Eiszapfen herunterhängen. Meine Schritte knirschen auf dem frostigen Gras und ich habe meine Hände in den Manteltaschen vergraben.

Ich habe keine Ahnung, wie ich es nach Hause geschafft, oder warum ich Dad nicht angerufen habe. Doch, eigentlich habe ich eine Ahnung. Ich mag es nicht, wenn er mich so sieht, weil er immer in meinen Augen erkennt, wenn ich zu sehr abfucke, und das will ich ihm nicht nochmal antun. Mein Onkel kommt damit besser klar. Er ist ein Kopfmensch. Aber auch ihn habe ich nicht angerufen, weil ich jetzt nicht dran bin. Es ist nicht mehr meine Zeit, meiner Familie Kopfschmerzen zu bereiten. Es ist jetzt Catalinas, Sophias und Ilians Zeit. Ich hingegen muss endlich erwachsen werden und meine Scheiße mit mir selbst ausmachen. Vor allem heute wäre ein denkbar ungünstiger Zeitpunkt, mir anmerken zu lassen, wie es gerade in mir aussieht. Denn heute hat meine Schwester erfahren, dass sie eigentlich Donovans Tochter ist. Wie sie wohl reagieren würde, wenn sie auch wüsste, dass ich dafür verantwortlich bin, dass sie ihn nicht kennenlernen konnte, bevor er ging?

Na ja, eigentlich war das ja seine feige Entscheidung, nicht meine. Er wollte es so. Und ich habe jetzt keinen Platz in meinem Kopf für ihn.

Also gehe ich weiter und bleibe vor unserer Haustür stehen. Meine Hand ist krampfhaft um den Schlüssel in meiner Manteltasche geschlossen und ich atme tief und gepresst die eisige Luft ein. Ich habe nichts gemacht, trotzdem fühle ich mich, als hätte ich dich betrogen. Mir ist klar, dass ich jetzt an dem Punkt bin, an dem es für mich in die eine oder die andere Richtung weitergeht. Entweder, wir kriegen unsere Beziehung in den Griff oder ich werde alles niederwalzen. Ich spüre es schon in mir aufwallen und kann mir selbst nicht trauen. Das Problem hatte ich lange nicht mehr, aber jetzt ist es wieder da.

Ich nehme meinen Schlüssel aus der Tasche, schiebe ihn lautlos in das Schloss und öffne die Tür mit einem Klacken. Genau wie im Haupthaus empfängt mich auch hier der Duft von Lavendel, während ich meine Schuhe abstreife und die Tür hinter mir schließe. Dann nehme ich meinen Mantel ab und hänge ihn an die Garderobe. Ich brauche kein Licht, um mich in diesem Haus zurechtzufinden. Schon jetzt ist alles so vertraut und heimelig. Ohne dich wäre es das nicht, du machst es zu einem Zuhause.

Leise durchquere ich den Flur und gehe über den beheizten Fliesenboden, vorbei an der Kommode und dem langen Spiegel darüber. Dann erklimme ich die Stufen nach oben, die mit beigefarbenem Teppich ausgelegt sind.

Kurz bleibe ich stehen und sehe zu den geschlossenen Türen. Die Jungs schlafen zurzeit noch in einem Zimmer, aber die beiden Räume, die nebeneinanderliegen, werden ihnen gehören, wenn sie etwas älter sind.

Ich überlege, kurz einen Blick hineinzuwerfen. Das mache ich eigentlich immer, wenn ich nachts nach Hause komme, aber heute lasse ich es. Es fühlt sich falsch an, weil ich mich selbst so falsch fühle.

Ich gehe weiter und öffne leise unsere Schlafzimmertür, bevor ich eintrete und sie hinter mir wieder schließe. Schnell lasse ich den Blick zu unserem hohen, grauen Bett schweifen, auf das der Mond heute besonders hell scheint.

Du schläfst, liegst auf dem Rücken und hast einen Arm über deinem Kopf angewinkelt. Die Decke ist bis zu deinen Hüften heruntergerutscht und deine Brust unter dem weißen Shirt hebt und senkt sich langsam.

Ich sollte dich jetzt wecken, um mit dir zu reden oder irgendwas zu tun. Aber stattdessen gehe ich erstmal ins Badezimmer. Nein, ich habe dich nicht betrogen, aber ich fühle mich trotzdem so, weil ich es in Gedanken getan habe. Und weil ich noch nie so kurz davor war, einfach alle Skrupel und Bedenken über Bord zu werfen und dieser Frau zu folgen.

Ich habe es nicht getan. Alles ist gut.

Ich streife mir die Kleidung ab, bevor ich die begehbare Dusche betrete und das warme Wasser anmache. Ich lasse es über meinen Kopf und meinen Nacken prasseln, weshalb ich mich gleich etwas besser fühle und meine Muskeln im Rücken sich entspannen, bevor ich meine Augen schließe und mein Gesicht dem Wasser entgegenhebe. Ich weiß nicht, was ich tun soll oder wie wir das hinkriegen sollen. Es kommt mir vor, als würde zwischen uns ein Ozean liegen, der unüberwindbar scheint. Ich weiß auch nicht, was genau passiert ist, dass wir uns so weit voneinander entfernt haben. Aber eins ist klar, dieser schleichende Prozess hat jetzt sein Ende erreicht.

Eine Trennung werde ich nicht akzeptieren. Ich habe nicht vor, mich vor der Verantwortung zu drücken oder dich gehen zu lassen. Wir haben schließlich eine Familie und ein gemeinsames Leben. Aber auch, wenn die Jungs nicht wären, würde ich dich nicht aufgeben. Niemals. Weil ich dich hier brauche. Ob wir uns streiten, hassen, lieben, Sex haben oder nicht. Ich brauche deine Aura, ich brauche deine Präsenz, ich brauche einfach, dass du da bist. Du machst das hier zu dem, was es ist. Du machst mich zu dem, der ich bin. Und du hast keine Ahnung, wie viel Macht du über mich besitzt. Wenn du willst, dass ich abfucke, fucke ich ab. Wenn du willst, dass ich ein guter Mensch bin, bin ich ein guter Mensch. Wenn du willst, dass ich ein guter Vater bin, dann bin ich ein guter Vater. Es hängt alles von dir ab und das ist irre. Wirklich irre.

Ich stelle das Wasser ab, greife nach einem schwarzen Handtuch aus dem Regal und reibe mich grob trocken, bevor ich es mir um die Hüften schlinge und ein kleineres benutze, um über mein Haar rubbeln.

Dann verlasse ich das angrenzende Badezimmer und werfe einen Blick zum Bett, weshalb ich innehalte, denn du bist aufgewacht. Du setzt dich gerade auf und wirkst müde. Deine grünen Augen sind gerötet und die hellblonden Haare durcheinander. Langsam nähere ich mich dem Bettende, bleibe stehen und sehe zu dir runter.

»Hey«, sagst du leise, was mich etwas überrascht, denn wir haben den ganzen Tag kein Wort gewechselt, nach dem, was gestern Nacht war.

»Hey«, antworte ich genauso. Du lässt deinen Blick forschend über mich gleiten. Sicherlich wunderst du dich, dass ich duschen war, und fragst dich, was ich gemacht habe. Diesmal fühle ich mich schuldig, obwohl ich nichts getan habe. Gar nichts. Ich habe sie nicht angefasst, nicht mal mit dem kleinen Finger.

Du lehnst dich nach links und knipst die Nachttischlampe an, während ich mich abwende und zum Schrank auf der anderen Seite des Raumes gehe, wo ich mir schwarze Boxershorts überstreife, bevor ich das Handtuch sinken lasse.

Erst dann drehe ich mich wieder zu dir und mache die wenigen Schritte zurück zum Bett. Neben dir bleibe ich stehen und schaue wieder zu dir runter.

Es fühlt sich an, als müssten wir jetzt irgendwas sagen, weil sonst alles unwiederbringlich zerstört wäre.

Du verziehst dein Gesicht und ich runzle meine Stirn als Antwort darauf, weil ich mal wieder nicht weiß, was du denkst. Dann atmest du tief durch.

»Liebst du mich noch?«, willst du mit einem Mal wissen und Unsicherheit zuckt durch deine dunkelgrünen Augen. Ich verstehe schon, warum du das fragst. Vor wenigen Jahren hätte ich dich dafür ausgelacht, aber die Zweifel, die du diesbezüglich hast, sind nicht weit hergeholt, so, wie es zurzeit zwischen uns läuft.

»Ja«, antworte ich und sehe dir dabei direkt in die Augen. Ich lüge nicht.

Ein paar Sekunden musterst du mich, dann atmest du erleichtert aus. »Ich liebe dich auch«, versicherst du mir leise. Ich merke, dass du nicht in Kampflaune bist und entspanne mich etwas, bevor ich mich auf die Bettkante neben dich setze, meine Ellbogen auf die Oberschenkel stütze und meine Hände aneinanderreibe. Von der Seite mustere ich dich. Du streichst dir die Haare hinter das Ohr und betrachtest mich ebenfalls konzentriert.

»Wir sollten reden.«

»Das sollten wir«, bestätige ich. Du nickst, während du die Beine in einen Schneidersitz ziehst.

»Seit wann ist eigentlich alles so scheiße zwischen uns?«, fragst du mich jetzt und ich lasse den Nacken knacken. Ich habe mir viele Gedanken darüber gemacht und inzwischen weiß ich es.

»Seit du die beiden gekriegt hast«, antworte ich also und nicke Richtung Flur.

»Ja, sie nehmen viel Zeit in Anspruch …«, gibst du unbehaglich zu.

»Ich weiß, aber sie sind jetzt zwei Jahre da, und es hat sich nichts geändert. Du willst sie weder meiner noch deiner Mutter geben, damit wir ein bisschen Zeit für uns haben. Und wenn wir Zeit haben, weil sie schon schlafen, fragst du mich Sachen, wie: *Hast du eine andere?*, statt diese Zeit zu nutzen. Ich habe das Gefühl, du suchst den Streit mit mir«, meine ich ehrlich.

»Ich suche nicht den Streit mit dir. Wieso sollte ich?«

»Weiß ich nicht«, antworte ich ehrlich unwissend.

»Und ich weiß, dass ich Probleme damit habe, sie loszulassen. Aber mir ist auch klar, dass du oft nicht nach Hause kommst, obwohl du nichts mehr zu tun hast, und dich von mir fernhältst«, konterst du. »Da war die Frage naheliegend. Ich kenne dich und damit sage ich nicht, dass du ein chronischer Fremdgänger bist. Sondern nur, dass du Sex brauchst und wir zurzeit nun mal keinen haben.«

»Ich komme nicht nach Hause, weil ich keine Lust habe, zu streiten, nachdem ich den ganzen Tag mit oder für Dad unterwegs war. Und ja, ich brauche Sex. Aber ich weiß genau, dass ich ihn nicht kriege, weil du eben viel lieber mit mir streitest.«

»Das stimmt überhaupt nicht!«, braust du auf. »Glaubst du, ich streite lieber mit dir, als mit dir Sex zu haben?«

»Wann war denn das letzte Mal, dass du auf mich zukamst? Das letzte Mal, dass du mir wirklich um den Hals gefallen bist und mich angemacht hast. Wann war das letzte Mal, dass du mir nicht gesagt hast, du wärst zu müde, wenn ich dich angefasst habe?«, frage ich dich jetzt auch lauter und du straffst dich.

»Entschuldigung, dass ich zwischen Babykotze und Gebrüll nicht die ganze Zeit darüber nachdenke, wie heiß mein Mann doch ist, und ich ihn anspringe, wenn er nach Hause kommt!«, rufst du und ich schnaube.

»Dann, wie gesagt, gib sie meiner Mutter für ein paar Stunden! Sie wird sie schon nicht vom Wickeltisch fallen lassen! Aber beschwer dich nicht über die Babykotze, wenn du sie so sehr willst«, speie ich dir entgegen.

»Ich beschwere mich nicht über die Babykotze!«, erwiderst du und ich richte mich etwas auf.

»Wenn du wolltest, dass das hier funktioniert, würdest du dich nicht vierundzwanzig Stunden am Tag wie eine Übermutter an die beiden hängen, sondern sie auch mal Rosalie überlassen, Tante Alayna oder sonst wem. SIE SIND EIN HAUS WEITER!« Ich deute auf das Haus nebenan.

»Also willst du mir sagen ...« Deine Augen blitzen warnend. »Ich sabotiere uns mit Absicht?!«

»WEISS ICH NICHT, SAG DU ES MIR!« Ich fahre in die Höhe und blitze zu dir runter. Mir ist klar, dass man uns mal wieder hört, aber das ist mir scheißegal.

»TU ICH NICHT. BIST DU IRRE?«, fragst du lautstark und blitzt auch zu mir auf. »Wieso sollte ich das tun?«

»Ich weiß es nicht, Irina! Ich weiß nur, dass du nichts tust, um irgendwas an der Situation zu ändern«, zische ich dir zu und du starrst mit deinen lodernden, grünen Augen zu mir hoch.

»Du trägst ja auch nicht gerade sehr viel dazu bei, Mr. Ich-laufe-davon!«, meinst du mit zuckenden Nasenflügeln.

»UND DANN HAST DU EINFACH KONTAKT ZU AARIK WOLKOV, WEIL ICH DAVONLAUFE?«, kontere ich, während die Wut heiß durch meine Venen pumpt. Du erstarrst.

»Wie kommst du darauf?«, fragst du lauernd.

»Ich weiß es eben. Also?« Mit hochgezogenen Brauen sehe ich dich an und völlig fassungslos schaust du zurück.

»Ja, er hat mir vor Ewigkeiten geschrieben … ob ich mich mit ihm treffen will. Aber ich hab nein gesagt. Was soll das jetzt?« Du wirkst ehrlich irritiert.

Ich erstarre und balle eine Hand zur Faust.

Was hast du da gesagt? Ich spüre, wie mir eiskalt wird.

»Und du hast es nicht für nötig gehalten, mir davon zu erzählen?«, frage ich gefährlich leise. Da will ein fremder Mann, und auch noch *dieser* Mann, sich mit dir treffen und du erzählst es mir nicht. Willst du mich verarschen?

»Ich habe ihn erstens blockiert und zweitens war das, als du drei Tage abgesackt bist. Als du dann wieder zurück warst, habe ich einfach nicht daran gedacht!«, erklärst du jetzt bemüht ruhiger.

»Du hast mir nichts erzählt, weil ich abgesackt bin?«

»Ich habe dir nichts erzählt, weil du sowieso schon so schlecht auf mich zu sprechen bist!«, rufst du verzweifelt aus.

»Ich erzähle dir alles!«, meine ich ungläubig. »Sogar, wenn diese Hure mich anruft, obwohl ich dir das nicht erzählen müsste! Weil das keine Bedeutung hat!«

»Ach, wirklich? Erzählst du mir wirklich von jeder einzelnen Frau, die dich irgendwo anmacht?« Du hebst die Augenbrauen und mir reißt der Geduldsfaden.

»Soll ich?«, frage ich einladend. »DENN ICH WAR HEUTE SO KURZ DAVOR, ETWAS WIRKLICH DUMMES ZU TUN!« Ich deute einen kleinen Abstand mit meinen Fingern an. »ALSO SOLLTE SICH MÖGLICHERWEISE ENDLICH IRGENDWAS HIER ÄNDERN!«

»Was?«, hakst du atemlos nach und erstarrst nun völlig.

»ICH HABE ES JA NICHT GETAN!«, brause ich auf. »Ich bin hier, oder?«

Deine Schultern sacken nach unten und du wirst langsam bleich. »Was heißt *kurz davor*, Zayden?«, fragst du mit schmerzverzerrter Stimme.

Ich greife mir mit beiden Händen in die Haare und atme tief ein und aus. Okay, ich muss mich jetzt beruhigen. Denn ich bemerke, dass ich kurz davor bin, diese eine Schwelle zu überschreiten. Diese Schwelle zwischen Dad-Wut und Caden-Wut. Und das ist nicht gut. Denn wenn ich auf das Niveau meines Onkels sinke, dann vergesse ich mich und werde völlig widerlich und verletzend.

Noch einmal atme ich durch, lasse die Hände sinken und sehe wieder zu dir. Du bist am ganzen Körper angespannt, als würdest du einen Schlag erwarten, Unsicherheit und Angst flackern durch deinen Blick.

»Ich habe es ja nicht getan«, sage ich jetzt leiser. »Ich will keine andere! Sonst hätte ich es schon längst getan. Ich. Will. Dich. Und du entziehst dich mir. Ich fasse keine anderen Frauen an, aber allein, dass ich auch nur eine Sekunde darüber nachgedacht habe, zeigt, wie verfickt am Ende ich bin.«

Langsam und sehr kontrolliert atmest du aus. »Du hast darüber nachgedacht, mit einer anderen Frau zu schlafen?«, fragst du jetzt brüchig und ungläubig. Ich fasse es nicht, wie viel Gewicht das jetzt für dich hat. Das ist doch fuckegal. Wichtig ist, was hier gerade zwischen uns passiert. Dass wir auseinanderfallen und zerbrechen. Aber das siehst du nicht.

Ich seufze erschöpft. »Ja, Irina, das habe ich. Ich habe darüber nachgedacht, meinen Whisky ausgetrunken und bin nach Hause gefahren.«

Du nickst verkrampft und schließt die Lider, als könntest du es nicht ertragen, mich noch länger zu sehen und in mir zieht sich alles zusammen. »Okay, und was soll ich jetzt machen?«, fragst du hohl.

Ich betrachte dich ein paar Sekunden, aber mir fällt keine Antwort darauf ein. Mittlerweile bin ich selbst an einem Punkt, an dem ich nicht mehr weiterweiß. Dieses Gespräch ist das perfekte Beispiel dafür, wie es immer bei uns läuft. Und jetzt fühle ich mich langsam, als wären mir die Hände gebunden. Als könnte ich nichts anderes tun, als dabei zuzusehen, wie wir diese Beziehung gegen die Wand fahren.

»Keine Ahnung«, antworte ich verzögert, denn ich weiß nicht mal, was *ich* machen soll.

»Also muss ich befürchten, wenn das jetzt so weitergeht, dass du mich betrügst?«, fragst du hart.

»Nein!«, erwidere ich genervt. »Sonst hätte ich es, wie gesagt, schon getan! Ich betrüge dich nicht. Ich weiß am Ende immer, wie ich mich losreiße.«

»Weißt du eigentlich, wie schlimm das für mich ist, dass du dich überhaupt irgendwo losreißen musst?!«, schießt es jetzt verzweifelt aus dir heraus. »Stell dir vor, ich würde darüber nachdenken, mit einem anderen Mann zu schlafen!«

»DANN SOLLTEST DU VIELLEICHT MAL AUFHÖREN, DIE ÜBERMUTTER ZU SPIELEN, UND EIN BISSCHEN MEHR MEINE FRAU SEIN UND MICH DEIN MANN SEIN

LASSEN!«, fahre ich dich jetzt an. »ICH SCHÄTZE ES, DASS DU EINE GUTE MUTTER BIST. ABER DU BIST EBEN NICHT NUR MAMA!«

»Ich bin hier. Ich ertrage all deine Launen, und ja, du hast recht. Ich nehme mir nicht viel Zeit für uns. Aber ich weiß sehr wohl, dass ich auch deine Frau bin.«

»DANN ZEIG MIR WAS DAVON! ZEIG MIR, DASS DU MEINE FRAU BIST!«, rufe ich.

»GUT, DANN FICK MICH!«, brüllst du mir entgegen und richtest dich auf deine Knie auf. Ich stocke, weil ich damit jetzt nicht gerechnet habe.

Schwer atmend und immer noch echt sauer sehe ich zu dir runter, während das Blut heiß durch meine Venen rauscht und die Wut sich mit der Verzweiflung mischt, weil ich mich fühle, als würde ich in einer Sackgasse stecken.

Du schaust genauso atemlos zu mir hoch, und ein paar Sekunden ist es ganz still. Bevor ich weiß, was ich tue, mache ich den einen Schritt zum Bett, packe deinen Kiefer und küsse dich hart, wobei ich mich über dich beuge.

Du küsst mich sofort genauso zurück. Kurz fühlt es sich an, als würde alles um uns herum in Flammen stehen. Ich denke gar nicht weiter darüber nach, sondern schlinge einen Arm um deinen Rücken und hebe dich nach hinten, sodass du auf die Matratze sinkst. Dann fasse ich unter dein Shirt und reiße dir das Höschen runter, bevor ich meine Lippen wieder auf deine krachen lasse und du deine Fingernägel in meinen Rücken bohrst. Fuck, wie ich das vermisst habe. Du gleitest sofort in meine Shorts und ich stöhne auf, als ich dich an mir spüre. Mit meinen Lippen wandere ich über dein Kinn und deinen Hals entlang, wo ich die feine Haut zwischen meine Zähne ziehe, und du dich mir entgegenreckst.

Du ziehst meine Shorts runter und ich positioniere mich ohne zu zögern zwischen deinen Beinen, bevor ich hart in dich stoße und dein Körper nach oben ruckt.

Ich stöhne auf, genau wie du, und lasse meine Stirn an deine Schulter sinken. Das Adrenalin rauscht durch meine Venen. Ich bin so froh, dass ich sie nicht gefickt habe. Ich bin so froh, dass ich nach Hause gefahren bin, weil mir das hier sowieso keine geben könnte. Das kannst nur du.

Ich kralle meine Hand neben deinem Kopf in die Laken und ich fange an, mich hart und schnell in dir zu bewegen. Leider kann ich das hier nicht gebührend genießen, weil ich zu lange darauf verzichtet habe und gerade zu sehr in Rage bin. Zu wütend, weil du mich nicht verstehst, und gleichzeitig wütend auf mich, weil ich in dir nie diese Gefühle und Ängste auslösen wollte, die du jetzt hast.

Du schlingst deine Beine um mich und ich presse wieder meinen Mund auf deinen, während ich mich drängender bewege. Fuck, du fühlst dich so gut an. Ich frage mich, wie ich es so lange ausgehalten habe, ohne dich zu spüren. Du bist perfekt für mich.

Deine Zunge streicht wild über meine und du stöhnst in meinen Mund, als ich mich tiefer in dich schiebe, wobei mir selbst ein raues Stöhnen entkommt.

Ich stemme mich auf meine rechte Hand nach oben und packe mit der linken wieder deinen Kiefer, sodass meine Finger sich grob in deine Haut bohren.

Du keuchst lustvoll, während du mir brennend, verzweifelt und gleichzeitig so voller Sehnsucht in die Augen siehst. Ich weiß, wie du dich fühlst, Babygirl.

Meine Stöße werden härter. Ich lasse meinen Kopf zwischen meine Schultern sinken und stütze nun auch die linke Hand neben deinem Kopf ab. Fuck, das hier ist einfach mein persönlicher Himmel, aber auch meine Hölle.

Ich kriege nicht genug von dir und lege meinen Mund wieder auf deinen. Du richtest dich auf die Ellbogen auf und bei meinem nächsten Stoß ruckt das Bett nach hinten, wobei es laut über den Boden schabt. Gepresst atmest du durch die Nase. Du bist überall. Unter meiner Haut, in meinen Poren, in meiner Nase, in meinem Kopf, an meinem Körper. Ich liebe das. Ich hasse das.

Mit wenigen weiteren und gezielteren Stößen treibe ich uns beide zum Höhepunkt. Besonders lange kann ich es jetzt einfach nicht hinauszögern. Ich hatte dich zu lange nicht und habe zu sehr vergessen, wie gut du dich anfühlst. Wie perfekt für mich.

Du lässt dich zurück in die Kissen fallen und drängst mir dein Becken entgegen. Ich sinke auf deinen Körper und presse meine Stirn an deine Schulter, als ich mit einem Stöhnen tief in dir komme. Mein ganzer Körper spannt sich an, jeder Muskel zuckt, genau wie die in dir. Ich halte den Atem an und entlasse ihn dann mit einem Stoß, als auch die letzte Welle über mich schwappt.

Erst dann entspanne ich mich äußerst langsam, bleibe aber auf und in dir, denn ich kann und werde dich heute Nacht nicht wieder loslassen. Stattdessen werde ich mir alles holen, was ich brauche, und von dem ich weiß, dass du es genauso brauchst. Weil du mich genauso brauchst, Irina. Ob du es nun weißt oder nicht.

Ich küsse dich nochmal schweratmend auf deine feuchten Lippen und du lässt deine Hände über meinen Rücken streichen. Tief inhaliere ich deinen Duft.

Es ist egal, worüber ich im Laufe des Tages nachdenke. Es ist egal, wer mir über den Weg läuft. Am Ende komme ich doch immer wieder zu dir zurück, weil du es bist, die mich hält, deren Stimme ich in meinem Kopf höre. Die mir sagt, was richtig und falsch ist. Du bist einfach du und das wird sich nie ändern, Irina. Egal, wer oder was noch kommen mag.

12. Gegen den Willen, Rosalie

XX

Sergio

Es ist 05:31 Uhr, als ich die Treppe ins Foyer nach unten steige. Natürlich ist es draußen noch dunkel. Im Haus ist es warm und es herrscht bereits reges Treiben. Die Hausmädchen haben Schichtwechsel und die Männer kommen entweder gerade von irgendwelchen Aufträgen oder machen sich auf den Weg.

Ich schlendere mit einer Hand in der Hosentasche durch das Foyer über den schwarzen Marmorboden und salutiere wie immer lässig in Richtung der Porträts, bevor ich den Schlüssel aus meiner Tasche ziehe und meine Tür öffne. Giovanni hat noch eine halbe Stunde, bis sein Dienst beginnt, also hält niemand davor Wache.

Im Büro mache ich das Licht an und gähne. Die letzte Nacht habe ich drei Stunden geschlafen. Drei Stunden und acht Minuten, um genau zu sein. Mein Organismus hat sich allmählich daran gewöhnt, weshalb ich nach maximal vier Stunden automatisch wach werde, ganz ohne Wecker.

Ich schließe die Tür hinter mir und durchquere das Büro, bevor ich mich auf dem dunkelbraunen Lederstuhl niederlasse. In zehn Minuten wird Liana mir meinen Espresso bringen. Wie jeden Morgen. Wenn sie keine Frühschicht hat, tun es entweder Lucinda, Celeste oder Amalia.

Ich starte meinen Rechner. Es piept, als er angeht, woraufhin ich das Passwort eingebe. Ich habe es nicht geändert, es ist immer noch mein Geburtsdatum.

Während er hochfährt, sehe ich aus dem Fenster zu dem Haus auf der anderen Seite des Sees. Schnee glitzert auf dem Dach und der See zwischen uns ist noch leicht gefroren. Die weißen Wände des Hauses werden von Strahlern erhellt. Heute ist Samstag. Gestern hat meine Schwester erfahren, dass mein Vater gleichzeitig ihrer ist. Ich bin immer noch echt angepisst, was meinen Opa betrifft. Dabei war es nur eine Frage der Zeit, bis er mit dem Geheimnis herausplatzt. Denn er hat es nie verkraftet, dass Catalina nicht als de Luca groß geworden ist.

Jetzt ist es raus und Catalina steckt in ihrem persönlichen Albtraum. Buhu, sie ist mit den Monstern von der anderen Seite des Sees aus dem bösen, schwarzen Haus verwandt. Da sie es nun weiß, werde ich mir die nächsten Tage etwas Zeit nehmen und ihr alles etwas ausführlicher erklären, denn ich will nicht, dass sie denkt, die gesamte de Luca-Familie würde aus Bastarden bestehen. Vielleicht muss ich dafür etwas lügen, aber egal. Ich wette, sie hat Fragen, und die werde ich ihr beantworten.

Aber nicht jetzt.

Jetzt wende ich mich wieder dem Computer zu. Es klopft, als ich gerade die Mails öffne. »Komm rein, Liana«, sage ich müde, weil ich weiß, dass sie es ist.

»Guten Morgen, Sir«, begrüßt sie mich, sobald sie die Tür geöffnet hat. Liana ist eines der Hausmädchen und noch ziemlich jung – etwa in meinem Alter. Sie hat das blonde Haar zu einem Nackendutt gerollt und trägt die übliche Uniform.

»Guten Morgen«, sage ich etwas verspätet und sie stellt mir meinen Espresso auf den Tisch. »Danke.«

»Bitte.« Sie ist immer äußerst höflich. Dann dreht sie sich um und geht. Die Tür klackt leise hinter ihr und der Duft des Espressos zieht in meine Nase.

Während ich die Mails beantworte, denke ich darüber nach, was heute alles ansteht. Ein Treffen mit den Terekovs sowie mit den Wolkovs, die ich beide herbeordert habe. Beide Familien haben nämlich ein echtes Problem miteinander und nehmen ihre Viertel gegenseitig von Zeit zu Zeit auseinander. Nicht lustig, diese Russen. Sie zetteln einen Krieg an, der sich auf alle auswirkt. Das ist nichts, was mir gefällt, wenn ich hier sitze. Ich mag Frieden.

Des Weiteren habe ich jemanden nach New York geschickt, der sich um die Morelli-Sache kümmern und mir ein paar Informationen besorgen soll. Der kommt heute zurück. Außerdem muss wieder jemand nach Washington – dahin, wo meine Männer ständig sterben. Ich glaube, diesmal ist Savio dran. Ich habe nämlich die Vermutung, dass mein Vater, der vorgibt, tot zu sein, sehr wohl noch lebt, und sich in Washington aufhält, wo er wahrscheinlich mit hübschen Politikerinnen schläft, um noch mehr Macht und Einfluss zu kriegen.

Die Beweise sind eindeutig.

Wer sonst wäre so dreist, all meine Leute einfach zu erschießen, wenn sie ihm auf der Spur sind? Und so dreist, nicht einfach den Bundesstaat zu verlassen, wenn er kurz davor ist, geschnappt zu werden?

Oh Dad, du bist so ein böser Junge.

Ich beantworte gerade eine E-Mail an den Bürgermeister, der mich zu einer Veranstaltung eingeladen hat. Natürlich werde ich kommen. Natürlich werde ich spenden. *Natürlich werde ich alles tun, damit du mir vom Arsch bleibst, und annimmst, dass ich toll bin. Aber ich bin nicht toll. Ich bin ein fucking Mörder und Drogendealer. Aber du würdest mir alles glauben, weil du es willst, nicht wahr, du kleiner, halbglatziger, pummliger Mensch?*

Natürlich würdest du das, du Schweinchen. Hauptsache, die Dollar fließen und du kannst jeden Abend deinen Wein auf meine Kosten schlürfen.

Ich scrolle weiter und lösche ein paar unwichtige Anfragen, dann öffne ich mein Onlinebanking und tätige ein paar Überweisungen. Wie man das so macht, wenn man vierstellige Summen hin und her gehen lässt. Währenddessen trinke ich meinen Espresso genüsslich aus.

Um acht Uhr lasse ich meine Fingerknöchel sowie meine Schultern knacken und strecke mich. Jetzt komme ich langsam zum Untergrundzeug.

Dafür nehme ich erstmal den Ordner aus dem Schrank neben mir und blättere ihn durch, weil ich etwas daraus brauche. Ich weiß, dass Giovanni bereits da ist, doch ich warte noch eine halbe Stunde, bis ich ihn zu mir reinrufe.

Er kommt sofort still und stoisch, wie immer. Ich klappe den Ordner zu, während er sich mit vor dem Schritt verschränkten Händen vor meinen Schreibtisch stellt.

»Guten Morgen, Sir«, meint er sanft. Er ist hellwach. Ich lehne mich zurück und lasse den Schreibtischstuhl von links nach rechts schwingen.

»Guten Morgen, Giovanni. Ich hab da eine Idee!«, informiere ich ihn. Er mustert mich sofort lauernd, weil er diesen Tonfall kennt und dem selten etwas Gutes folgt.

»Savio!«

»Ja?«, fragt Giovanni, was fast zögerlich und unwillig kommt.

»Savio ist dein Sohn und ich vertraue ihm wie dir.« Dabei sehe ich ihm direkt in die Augen.

»Das ist sehr erfreulich.« Er wirkt etwas angespannt, dieser Giovanni.

»Deshalb dachte ich mir, weil ich ihm so sehr vertraue, schicke ich ihn heute Abend nach Washington ins Hilton Hotel Uptown und lasse ihn ein wenig recherchieren. Vielleicht passiert ihm ja nichts, wie den anderen Männern bisher, nicht wahr?« Interessiert sehe ich Giovanni an. Was auch immer hinter meinem Rücken läuft, er weiß es. Ganz sicher.

Seine Miene versteift sich etwas und er nickt einmal.

»Gut, ich wollte dir nur Bescheid sagen, weil er ja dein Sohn ist. Man hängt schließlich an seinen Kindern, habe ich gehört.«

Sein Blick ist starr geworden und er umfasst das Handgelenk etwas zu fest mit seiner anderen Hand. »Ich werde es ihm ausrichten, Sir.«

»Ach, das mache ich schon selbst.« Ich lächle ihn an. »Das war's schon.«

Er nickt noch einmal, wendet sich dann ab und geht. Seine Schultern, genau wie seine Schritte, sind völlig steif, als er mein Büro verlässt und die Tür leise hinter sich schließt. Nun, wenn mein Vater noch lebt und immer noch mein Vater ist, wird er Savio nichts tun, weil er Giovanni zu sehr liebt, und dann werde ich die Gewissheit haben, richtig gelegen zu haben.

Es ist nur eine Frage der Zeit. Ich lasse den Blick über die Schulter gleiten, hoch zu Dads Porträt. »Matt«, sage ich immer noch im Stuhl schwingend.

Hab dich fast, Dad.

* * *

Um zehn wird mir angekündigt, dass die Wolkovs und die Terekovs das Grundstück befahren haben. Ich warte, dass sie reinkommen, während ich die Fenster im Computer schließe und mich zurücklehne.

Man hört ihre Reifen knirschen und ich sehe aus dem Fenster. Sergejs Mercedes parkt neben den anderen Autos, genau wie Alexander Wolkovs Hummer. Beide steigen mit ihren Söhnen aus. Sergej mit Ivan Terekov und Alexander mit Aarik. Bis sie an meinem Büro sind, rücke ich die Gläser auf dem Tablett gerade, die für Gäste bereitstehen, und nehme mir einen Kugelschreiber.

Jedem von ihnen folgt jeweils ein Bodyguard. Kurze Zeit später klopfen sie an meiner Tür. Jetzt wird es lustig.

»Ja?«, frage ich sanft und das dunkle Holz schwingt auf.

Sergej und Ivan treten als Erste ein. Ihre Mienen sind verschlossen. Ihre Mantelkragen stehen hoch. Beide haben das dunkelblonde Haar nach hinten gekämmt. Die dunkelgrünen Augen geben nichts preis. So ist das bei allen Männern, die in diesen Raum kommen.

Ivan hasst mich nach wie vor, weil sein Sohn jetzt bei den Rushs lebt. Japp, ich bin dafür verantwortlich. Nein, es tut mir nicht leid, und nein, ich habe immer noch nicht vor, Ilian zu seinem Vater zurückzuschicken. Er ist da drüben bereits zu Hause.

Ihnen folgt ihr Bodyguard Dimitri. Hinter ihm treten Alexander und Aarik mit Roman, ihrem Bodyguard, ein. Der Blick ihrer dunkelbraunen Augen ist genauso abgeklärt und kühl wie der dunkelgrüne der Terekovs.

Ich deute ihnen, Platz zu nehmen. Sergej und Alexander lassen sich auf den beiden Stühlen mir gegenüber nieder, während Roman noch die Tür schließt. Giovanni steht links hinter mir, wie meistens, wenn solche Gespräche anstehen, weil man nie weiß, ob es eskalieren könnte.

Aarik und Ivan beziehen hinter ihren Vätern Position. Die Feindseligkeit zwischen ihnen ist sofort zu spüren. Klar, immerhin hat Aariks kleiner Bruder Ivans kleine Schwester vergewaltigt. Da kann man sich schon mal hassen.

Aarik ist in meinem Alter, Ivan weit älter und mittlerweile Ende dreißig.

»Will jemand etwas zu trinken?«, frage ich weich und nehme den Wodka aus dem Schrank unter meinem Tisch.

»Später vielleicht«, meint Sergej, während Alexander sich in seinem Stuhl zurücklehnt und ich meine Schläfe auf meine Faust stütze.

»Gut, dann sagt mir doch, wie ich euch helfen kann.« Ich mache eine ausladende Handbewegung. Wir werden hier so viel Spaß haben. Nicht. Aber vielleicht finden wir ja eine Lösung, damit diese beiden russischen Familien sich nicht mehr bekriegen und genauso harmonisch funktionieren wie alle anderen.

Immer müssen sie aus der Reihe tanzen, diese Russen.

»Ich kann die Verluste, die ich durch ihn zu erleiden habe, nicht mehr hinnehmen!«, blafft Alexander los und deutet auf Sergej.

Dieser ist der Ruhigere von beiden. Ich lasse meinen Blick jetzt zu ihm schweifen und beschließe, mich vorerst zu enthalten. Vielleicht ist es ganz gut, wenn sie sich in meinen vier Wänden erstmal gründlich auskotzen. Besser das, als wenn sie weiterhin wie wütende, kleine Jungs ihre Streitigkeiten in der Öffentlichkeit austragen. Ihre Viertel gegenseitig zerstören. Sich das Leben schwer machen. Und alle mit reinziehen, die nichts damit zu tun haben.

»Tja, hättest du damals nicht den ersten Schritt gemacht und unseren Club auseinandergenommen, weil Donovan Victor weggeschickt hat, wäre es gar nicht so weit gekommen«, entgegnet Sergej abfällig.

»Hätten wir die Sache unter uns geregelt, wäre es auch nicht so weit gekommen«, meint Aarik völlig ruhig.

»Die Sache?! Dein verkommener Sohn hat meine Tochter vergewaltigt! Das ist wohl mehr als eine Sache und gehört gebührend bestraft. Meiner Meinung nach war er noch viel zu gnädig damit, Victor für fünf Jahre zu verbannen. Eine Kastration wäre das Mindeste gewesen!«, speit Sergej aus. Wo er recht hat, hat er recht.

»Wir wissen nicht, was in dieser Hütte passiert ist«, kontert Alexander abfällig. Tja, ich weiß es. Ich war dabei. Allerdings war ich leider mit dir im Wald, Rosalie, statt aufzupassen, und ich glaube, das werde ich mir nie verzeihen.

Aarik spannt sich deutlich an und ich verscheuche die Bilder in meinem Kopf, wie ich Zayden, Selina und ihn vorgefunden habe, als ich zurückkam.

»Willst du meiner Tochter jetzt unterstellen, dass sie lügt?«, fragt Sergej gefährlich leise.

»Vielleicht tut sie das ja!«, blafft Alexander.

»Das tut sie nicht«, mischt sich Aarik leise ein.

»Ach, sei ruhig!«, zischt Alexander über seine Schulter Aarik zu.

»Victor hat Scheiße gebaut«, murmelt Aarik.

»DA HAST DUS!« Sergej deutet mit einer ausgestreckten Hand zu Aarik. »WILLST DU MIR JETZT SAGEN, DEIN SOHN LÜGT AUCH?«

»DAS IST ABER NOCH LANGE KEIN GRUND, NACH ALL DEN JAHREN, NACH ALL DIESER ZEIT, IMMER WEITERZUMACHEN. IRGENDWANN REICHT ES AUCH, SERGEJ! WIR HABEN ES VERSTANDEN! DU BIST SAUER!«, ruft Alexander und fuchtelt dabei wild mit seinen Händen in der Luft herum.

»Ich hätte es dabei belassen, dass Victor verbannt wurde. DU hast Donovans Entscheidung nicht verkraftet und musstest weitermachen. Und jetzt heißt es: *Irgendwann reicht es auch, Sergej!* Tja, das hättest du dir überlegen sollen, als du vor zwei Monaten Dimitris Auto hast hochgehen lassen!«, erwidert Sergej gereizt und schwingt wütend einen Knöchel über sein Bein.

»Ja, weil DU den Club in Brand gesteckt hast!«, kontert Alexander aufgebracht.

»Nachdem DU meine Frau auf der Straße hast bedrohen lassen!«, schreit Sergej Alexander an.

»Weil DU mir einen Pferdekopf ins Bett hast legen lassen! Weißt du, wie viel dieses Pferd gekostet hat? Das war mein bester Zuchthengst!«, empört sich Alexander, wobei er sich vorlehnt. Ich frage mich, ob Sergej *Der Pate* einmal zu oft angesehen hat.

»DAS WAR DIE ANTWORT DARAUF, DASS DU MEINE WACHHUNDE ERSCHOSSEN HAST!«

Uuuuh, ganz böse.

»Weil sie zu viel gekläfft haben.«

»DU WOHNST AM ANDEREN ENDE DER STADT, WAS INTERESSIERT ES DICH?«, braust Sergej auf.

»Ich wollte zu dir ins Haus«, antwortet Alexander ungerührt und seine Augen funkeln irre. »Ich wollte zu dir ins Haus und alle umbringen. Ich wollte ihnen die Kehlen im Schlaf durchschneiden.«

Ivan schnaubt.

Sergej auch. »Das war dann wohl nichts«, murmelt er trocken.

»TJA! Ich werde es nochmal probieren, keine Sorge!« Alexander lehnt sich zurück und Aarik sieht genervt an die Decke.

Ich seufze und beuge mich vor, weil ich glaube, ich sollte jetzt langsam eingreifen. So sehr ich diese Show auch genieße. Man hat ja sonst keinen Spaß. »Okay, ich würde sagen, keiner hier schlitzt irgendwem die Kehle auf.« Alle vier sehen mich mit dem Ist-das-dein-Ernst-Blick an. Ja, Rosalie, natürlich ist das mein Ernst. Was glauben sie denn?

»Du bist wütend, weil dein Sohn weg ist. Du bist wütend, weil sein Sohn deine Tochter angefasst hat. Verstehe ich alles. Aber ihr könnt diesen Krieg nicht ewig auf dem Rücken der anderen austragen. Also würde ich vorschlagen, dass du, Sergej, mir sagst, was die Wolkovs haben und dir anbieten können, um dich zu beschwichtigen.« Ich hebe die Hand in Alexanders Richtung, als er das Wort ergreifen will, woraufhin er düster dreinschaut, aber still bleibt.

Sergej betrachtet mich nachdenklich aus seinen dunkelgrünen, so intelligenten, aber gerade unheilvoll funkelnden Augen. »Eine volle Partnerschaft und die Versicherung, dass es nicht nochmal zu so was kommt. Außerdem Zugang zu allen Wolkov-Geschäften und -Kontakten.«

Ich sehe zu Alexander. Jetzt stellt sich die Frage, ob Sergej etwas hat, das Alexander will, sodass eine Eheschließung für eine Partnerschaft nicht erforderlich wäre. Seine Finger trommeln hart auf der Lehne und er lässt seinen Blick zu Sergej schweifen. Widerwille blitzt in seinen Augen und ich seufze.

»Victor kommt in weniger als zwei Jahren zurück, weil seine Zeit dann abgelaufen ist. Das wird nochmal Probleme geben, das wissen wir alle. Daher würde ich vorschlagen, um genau das zu vermeiden, solltest du dir gut überlegen, ob du dieses Angebot jetzt ablehnen willst«, meine ich. Kurz schweifen Alexanders dunkle Augen zu mir. Seine Finger stocken.

»Natalia«, sagt er dann an mich gewandt. Natalia Wolkov ist Alexanders Tochter. Sie ist in Catalinas Alter und ein Miststück. »Sie heiratet einen der Terekovs. Dafür will ich die Hälfte eurer Kontakte und Zugang zu euren Geschäften.«

Ich schaue zurück zu Sergej, der hoch zu Ivan sieht. Mir wird klar, dass er Ilian zur Eheschließung mit Natalia in Betracht zieht. Das finde ich nicht gut, aber noch schlechter wäre es, Chicago dem Erdboden gleichzumachen, weil man sich nicht einig wird.

Ivan und sein Vater betrachten sich ein paar Sekunden und ein Muskel an Ivans Wange zuckt. Auch, wenn Ilian bei den Rushs lebt, haben diese bei solchen Themen nur mäßig mitzureden, da Ivan der Vater ist.

Er nickt einmal, wendet seinen Blick ab und sieht starr nach vorn. Mein Magen verkrampft sich kurz, weil ich weiß, was er da zugestimmt hat.

»Okay, dann machen wir das«, presst Sergej hervor. Ich atme tief durch und lehne mich wieder zurück.

»Du lässt deine Griffel von meinen Clubs, meinen Pferden, einfach allem. Dafür kriegst du Anteile an meinem Geschäft und meine Tochter«, meint Alexander nun.

Sergej ist eigentlich ein Herzmensch, aber wenn es ums Geschäft geht, schaltet er seinen Kopf ein. Er weiß, dass die

Koalition mit den Wolkovs für alle von Vorteil wäre und wahrscheinlich die einzige Möglichkeit ist, die Ausschreitungen zwischen den Familien zu beenden, also nickt er nun auch einmal knapp. Ich schaue hoch zu Ivan.

»Bist du dir sicher?«, frage ich ihn eindringlich.

»Ja«, antwortet er sofort. Seine Augen geben nichts preis.

»Gut, dann setzen wir uns die Tage wegen der Verträge zusammen. Sobald die beiden achtzehn sind, findet die Hochzeit statt.« Oh scheiße, ich hasse das so sehr. Aber ich komme gerade das erste Mal nicht aus meiner Haut und kann überhaupt nicht auf mein Gefühl hören, das mir verbietet, Ilian so was anzutun.

Alle nicken. Ich wünschte, einer würde den Kopf schütteln. Aber das macht natürlich keiner der Anwesenden, und so finde ich mich damit ab. Obwohl ich die Macht habe, die Ehe zu verbieten, tue ich es nicht. Das wäre äußerst dumm. Und ich weiß, dass der andere freie Terekov, Ilja, bereits einer anderen Frau versprochen ist und daher nicht infrage kommt.

Ich deute ihnen noch, sich die Hand darauf zu geben. Kurz wird der jeweils andere widerwillig gemustert, aber dann ergreifen sie ihre Hände und schütteln sie knapp, bevor sie sich wieder loslassen.

»Dann gehen wir!«, meint Sergej und erhebt sich. Ich mache eine ausladende Handbewegung. »Wir trinken ein anderes Mal.« Das kommt nicht sehr glücklich.

»Hmhm. Wenn es einen wirklichen Anlass gibt«, meine ich etwas bitter, denn hier gibt es keinen, soweit ich sehen kann, Rosalie.

Auch Alexander steht auf. Ich bleibe sitzen, als ich die Anwesenden verabschiede. Die Wolkovs nicken mir zu und verschwinden mit ihrem Bodyguard durch die Tür.

»Und so muss man manchmal tun, was man gar nicht tun will«, murmelt Sergej vor sich hin, bevor er ebenfalls geht. Ich glaube, es ist das erste Mal, wirklich das allererste Mal, dass ich meinen Vater verstehen kann. Dass ich verstehe, warum er oft keine Rücksicht auf die Gefühle anderer genommen hat. Weil es einfach manchmal nicht geht, ohne dass man noch mehr Probleme hervorruft. Man kann es nicht immer allen recht machen. Man kann es versuchen, aber auf Dauer funktioniert es nicht, Rosalie.

13. Der Schritt in den Abgrund, Ilian

XX

Catalina

Ich werde von Geknusper geweckt, weshalb ich die Stirn runzle. Es ist Sonntag, niemand sollte jetzt an meinem Ohr knuspern.

Verschlafen strecke ich mich und reibe mir dann müde über das Gesicht sowie die Augen, bevor ich sie langsam öffne. Es ist noch zu früh dafür. Eigentlich schlafe ich am Sonntag bis mittags und meine innere Uhr sagt mir, dass es alles ist, aber nicht Mittag.

Mein verschwommener Blick schärft sich nur sehr langsam und ich fokussiere ihn auf die Stelle neben mir. Neben mir bist du, Ilian. Du liegst in meinem Bett. Deine Augen funkeln blaubraun, was bedeutet, dass du gut gelaunt bist. Deinen perfekten Körper hast du seitlich neben mir in die Laken gebettet, einen Ellbogen aufgestützt und die Schläfe auf deine Faust gelehnt. Du trägst ein weißes Shirt und eine hellgraue Jogginghose. Gerade greifst du in die Packung Sonnenblumenkerne, die zwischen uns liegt, und schiebst dir ein paar ohne Schale in den Mund. Sie sind schon geknackt, dabei knackst du sie doch so gern. Denn du bist süchtig nach diesen Dingern. Und habe ich schon erwähnt, dass du in meinem Bett liegst? Sofort kribbelt alles in mir los, als ich das erfasst habe.

Ich blinzle ein paarmal.

»Morgen«, sagst du munter und klar. Ich kann mich nicht mal zu meinem Wecker drehen, um die Uhrzeit zu checken, weil du hier in meinem Bett liegst und ich davon viel zu geflasht bin. »Dein Kaffee steht auf dem Nachttisch.«

Ich habe Kaffee auf dem Nachttisch, Ilian.

Ich starre dich immer noch an und nicke. Waren deine Augen schon immer so faszinierend? Ganz zu schweigen von deinem glattrasierten Kiefer und wie er sich bewegt, während du kaust.

»Hast du von mir geträumt?«, erkundigst du dich interessiert und schiebst dir noch ein paar Kerne in den Mund. Ja, das habe ich, und nein, das verrate ich dir jetzt nicht.

Du summst genüsslich und stellst die Packung Sonnenblumenkerne auf den anderen Nachttisch neben dir. Okay, du hast mich erwischt. Das ist nicht ungewöhnlich.

Jetzt beugst du dich zu mir rüber und mein Herz schlägt einen Takt schneller. Ich habe noch kein Wort gesagt oder mich bewegt, ich starre dich nur an wie ein Alien.

Du streichst mit deinen Lippen über meinen Kiefer. »Sag mir, was du geträumt hast, Catalina«, verlangst du heiser, zu wissen.

In mir kribbelt es noch ein wenig mehr und ich erschauere. Ich kann es nicht vermeiden oder unterdrücken. Tief atme ich ein. Nein, ich verrate nichts. Es war echt schmutzig.

»Sag es mir«, säuselst du und streichst weiter über meinen Hals. Ich muss kichern und schlage mir die Hand vor den Mund, damit es meine Eltern nicht hören. »Sei still, Babygirl.« Das macht es nicht besser, das macht dich nur noch heißer. Ich muss noch ein bisschen mehr kichern und werde ganz rot im Gesicht. »Was werden deine Eltern nur dazu sagen, wenn sie dieses Kichern hören?« Du beißt mir leicht in den Hals und ich erschauere wieder, während mein Herzschlag sich noch mehr beschleunigt und ich etwas atemlos werde. Wieso fühlt sich das denn so gut an, was du da tust? Und wieso schießt es mir direkt unter die Haut?

Du richtest dich etwas auf, um mich anzusehen. Ich blinzle leicht benommen zurück. »Ernsthaft, sag es mir«, forderst du jetzt streng. »Sonst mache ich nicht weiter.«

Ich ziehe meine Augenbrauen missmutig zusammen und du hebst eine. Dann räuspere ich mich. »Wir waren in der Küche und da war überall Teig auf dir«, erkläre ich unwirsch und muss wieder kichern wie eine Irre.

»Und was hast du mit dem Teig gemacht?« Du fährst mir durch das Haar und drapierst sie über meiner Schulter, wobei deine Knöchel meine Brust streifen und ich wieder erschauere.

»Ich …«, setze ich völlig benebelt an.

»Du?« Du streichst mit deinen Knöcheln über die Schwellung meiner Brust, Ilian. Was tust du denn da? Ich explodiere gleich in tausend Teile.

»Ich hab ihn abgeleckt«, gebe ich schließlich abgelenkt zu und winde mich leicht unter deiner Hand. Alle meine Härchen haben sich aufgestellt und Gänsehaut hat sich überall auf meinem Körper breitgemacht.

»Du bist so ein böses Mädchen.« Nun gleitest du mit den Fingerknöcheln meinen Bauch herab. »Was mache ich denn jetzt mit dir, Catalina?« Jetzt fährst du am Saum meines Höschens entlang und ich halte gebannt den Atem an, während ich die Lider zusammenkneife und spüre, wie die Hitze meine Zellen erwärmt.

Immer noch mit geschlossenen Augen zucke ich mit den Schultern. Mach doch mit mir, was du fucking willst …

Deine Fingerspitzen gleiten leicht unter den Bund meines Höschens und ich stoße den Atem aus. Du beugst dich wieder über mich. »Ich will dich, Catalina«, raunst du in mein Ohr. »Du hast keine Ahnung, wie sehr.« Du streichst etwas weiter herab und ich schlucke bei deinen Worten hart, während ein neuer Schauer durch mich hindurchfährt und mein Herzschlag sich noch etwas mehr beschleunigt. »Ich konnte gestern den ganzen Tag an nichts anderes denken als an das hier.« Jetzt gleitest du zwischen meine Beine und ich stöhne auf, als ich dich da spüre. »Also sag Ja«, murmelst du direkt an meinen Lippen und massierst mich sanft.

»JA!«, schreie ich und du lachst heiser. Wozu brauchst du meine Zustimmung? Hast du denn nicht bemerkt, dass ich jedes Mal beinahe sterbe, wenn du nur an mir vorbeigehst? Natürlich lautet die Antwort Ja, als würde ich jemals Nein zu dir sagen. Hast du dich mal angeschaut? Hast du dich mal lachen gehört? Hast du dir mal beim Footballtraining zugesehen, Ilian? Ich soll Ja sagen? Ich springe dich gleich an und umklammere dich wie ein Koalabär.

»Entspann dich, Babygirl. Du weißt, ich tue dir nicht weh«, murmelst du heiser und beugst dich wieder über mich, um mich zu küssen. Deine Lippen sind so perfekt und weich. Ich erzittere ein bisschen. Du küsst mich tiefer als beim letzten Mal. In mir zieht sich alles zusammen und Gefühle durchrauschen mich, von denen ich nicht mal den Hauch einer Ahnung hatte, dass ich sie empfinden kann. Heute stärker als am Freitag. Mein gesamter Körper kribbelt. Ich falle tief und versinke in diesem Moment.

»Sag Stopp, wenn ich aufhören soll«, weist du mich leise an. Deine Augen glühen geradezu und scheinen mich in ihren Bann zu ziehen.

Ich nicke leicht. »Okay.« Als würde ich jemals Stopp zu dir sagen, Ilian. Wer würde das schon?

Du küsst mich erneut. Ich will jetzt jeden Tag so von dir geküsst werden. Es ist unglaublich berauschend. Du trägst mich fort in eine andere Welt, wo nur wir zwei existieren und dieser Moment. So perfekt. Ich liebe das.

Meine Hand legt sich ganz von allein in deinen weichen Nacken. Ich streiche die Haare dort nach, die sich wie Seide anfühlen, während du deine Finger kreisen lässt und immer wieder kleine Stromstöße meinen Körper durchrauschen.

Kurz ziehst du dich zurück und streifst das Shirt über deinen Kopf.

Ich erstarre und kann nur deinen Oberkörper betrachten, obwohl ich dich schon mehrfach oben ohne gesehen habe. Zum Beispiel, wenn du bei uns im Pool warst oder beim Training, als dir besonders heiß wurde. Du bist so perfekt. Deine Haut ist gebräunt und weich und ohne jeden Makel. Deine Muskeln sind klar definiert. Auf der linken Seite unterhalb deines Schlüsselbeins und am Ansatz deines Brustmuskels hast du das Familienwappen tätowiert, wie alle in unseren Kreisen. Ein schmales, schwarzes Kreuz, das wie ein kleingeschriebenes t aussieht, zieht sich unter deiner Haut entlang. Deine Schultern sind breit und deine Arme wohlgeformt und trainiert. Du könntest mich stundenlang hochheben, gegen eine Wand drücken und küssen, ohne dich großartig anstrengen zu müssen.

Ich schaue runter auf deinen flachen Bauch und das V, was in deine tiefsitzende Trainingshose führt, während du deine Finger aus meinem Höschen ziehst.

Ich bin ein bisschen atemlos, weil du so perfekt bist, und ich mich frage, was du von mir willst, weil ich alles andere als das bin. Du könntest die hübschesten Mädchen mit nur einem Fingerschnipsen an unserer Schule kriegen. Sie laufen dir ohnehin permanent nach. Viele von ihnen hattest du schon, was es nicht besser macht.

Langsam atme ich aus und versuche, die Hitze in meinem Körper und mein rasendes Herz zu ignorieren. Und nicht darüber nachzudenken, mit wem du mich jetzt vergleichen könntest, weil ich weiß, wie die Mädchen, die du so hattest, in Unterwäsche aussehen. Nun, perfekt. Das bin ich nicht.

Du greifst sanft nach meiner Hand und küsst meine Fingerspitzen, während du mir in die Augen siehst. Dann legst du sie auf deine warme, harte Brust. Ich spüre dein Herz darunter rasen und atme erneut tief durch. Deine Haut unter meinen Fingern fühlt sich so weich und perfekt an. Dein Blick verdunkelt sich ein wenig und du lotst meine Hand weiter nach unten über deinen Bauch. Ich schlucke und folge mit meinen Augen meiner Hand. Mein Herz rast immer schneller, es kommt mir vor, als könnte man es im ganzen Raum hören.

Du lehnst dich mit einem Mal vor und küsst mich wieder. Meine Hand bleibt auf deinem Bauch liegen und ich spüre deine angespannten Muskeln darunter. Als du dich weiter über mich schiebst und abstützt, spannen sie sich noch mehr an und werden härter unter meinen Fingern.

Mir entkommt ein leises Stöhnen, was du mit deinem beantwortest – heiser und rau in meinen Mund. Es ist das sinnlichste Geräusch, was ich je gehört habe.

Du lehnst deine Stirn an meine und hältst die Augen geschlossen. Deine Brauen sind zusammengezogen. Dein Atem geht ebenfalls ein bisschen schneller und streift heiß meine Wangen.

Jetzt greifst du an den Saum meines Schlafshirts und ziehst den Kopf zurück, um mir nochmal in die Augen zu sehen, als du es langsam hochschiebst. Ich hebe meine Hüften vorsichtig und erwidere deinen Blick. Ich bin ein bisschen angespannt, weil ich nicht weiß, was mich erwartet, und ich hasse das Ungewisse. Aber ich vertraue dir.

Du schiebst es weiter hoch, bis zu meinem Bauch. Ich setze mich ein bisschen auf, als du es mir über den Kopf ziehst und es vom Bett schmeißt. Die Augenbrauen erneut zusammengezogen küsst du mich schnell, während deine

Hand den Bund meines Höschens erfasst, aber statt es mir abzustreifen, siehst du mir in die Augen und zerreißt es langsam. Einfach so. Ilian.

Keuchend starre ich dich an und das reißende Geräusch erfüllt den Raum. »Das hast du jetzt nicht erwartet, Babygirl«, murmelst du schmunzelnd und ich schüttle etwas perplex den Kopf. Ich liege nur noch in BH vor dir. Dabei lag ich noch nie nur in BH vor irgendeinem Mann. »So perfekt«, flüsterst du und küsst mich wieder. Deine Lippen wandern über meinen Kiefer und über meinen Hals, wobei ich den Kopf nach hinten schmeiße und eine Gänsehaut sich auf meinem ganzen Körper ausbreitet. Dann gleiten sie an meinen BH-Körbchen entlang und dein heißer Atem streichelt meine Haut, was sich unglaublich anfühlt. Schauer rieseln immer wieder durch mich hindurch.

»Oh Gott, du bist so heiß«, raunst du und schaust zu mir hoch. Über mich mit den Armen aufgestützt, während du mich mit diesen unglaublichen Augen betrachtest, bist *du* das Heißeste, was ich je gesehen habe.

Du ziehst ein Körbchen nach unten und deine Lippen gleiten weiter. Deine Zunge ist so heiß und was du damit tust, lässt mich wieder aufstöhnen. Erneut fahren deine Augenbrauen zusammen, als du es hörst, und meine Kehle wird ganz trocken. Du streichst auch das andere Körbchen runter und fährst mit deinem Mund zu meiner anderen Brust. Dabei siehst du mir die ganze Zeit ins Gesicht, als würdest du auf meine Reaktionen lauern und bloß nichts verpassen wollen. Ich beiße mir auf die Unterlippe und bohre meine Zähne hart hinein, als die Lust mich heiß erfasst und in mir pulsiert.

Deine Fingerspitzen streichen über meinen Innenschenkel. Ich hole tief Luft und halte sie an. Du wanderst in Richtung Knie und ich stoße wieder die Luft aus. Dann gleitest du nach oben und ich halte erneut den Atem an, als du wieder so nahe an dieser Stelle bist, wo ich dich gerade so sehr will. Du berührst sie nicht, obwohl ich mir so sehr wünsche, dass du es nochmal tust. Du beobachtest mich fast lauernd und schließlich streichen deine Fingerspitzen hauchzart über den Punkt zwischen meinen Beinen. Als du dort bist, wo ich dich am meisten will, erzittere ich und bohre meine Zähne tiefer in meine Lippe. Ich presse die Augen zusammen und kriege keine Luft mehr. Oh mein Gott, ich glaube, ich werde gleich sterben. Einfach sterben. Sterben an Lust. Auf dich. Und wegen dir.

Deine Finger sind so zart, deine Berührungen so intensiv. Sie hallen tief in meinem Unterleib wider. Mein Becken bewegt sich von allein in deine Richtung, wie es am Freitag war, und du küsst mich wieder. Dein Kuss wird leidenschaftlicher und deine Zunge drängend, was mich völlig um den Verstand bringt. Ich sehe nur noch Sterne und rieche dich. Ich lege meine Hand wieder in deinen Nacken und streiche von hinten in dein Haar, woraufhin du erschauerst.

»Ich kann jetzt nicht mehr warten«, flüsterst du an meinem Mund. Ich spüre, wie du deine Hose etwas nach unten ziehst, was mich innerlich kurz erstarren lässt. Mir wird etwas heißer. Einerseits kann ich auch nicht mehr warten, andererseits würde ich jetzt doch am liebsten schreiend davonlaufen.

»Sag Stopp«, wisperst du eindringlich und ich nicke langsam, werde es aber niemals tun. Obwohl ich halb nackt unter dir liege, siehst du mir nur ins Gesicht und nimmst mir somit ein bisschen die Unsicherheit. Wieder streichst du mit den Fingern über meine Mitte. Das, was du machst, fühlt sich unglaublich gut an, deine Finger unmittelbar auf meiner empfindlichsten Haut.

Du verziehst gequält das Gesicht und ich atme zittrig rein. Mit einem Mal nimmst du die Finger weg und senkst deine Hüften. Ich bin wie schockgefrostet, weil ich jetzt bemerke, dass es ernst wird, und ich echt keine Ahnung habe, was mich erwartet. Was die Mädchen in der Umkleide erzählen, klingt schon ein bisschen schmerzhaft, zumindest wenn es um das erste Mal geht.

Ich spüre dich an mir und mein Herz schlägt schneller.

Völlig angespannt versuche ich, lockerzulassen und mich zu beruhigen, weil du kein Fremder bist. Ganz im Gegenteil. Ich kenne dich schon mein ganzes Leben und genauso lange vertraue ich dir blind.

»Entspann dich, Baby.« Du gleitest wieder mit den Fingern zwischen meine Beine. Ein kleines Stöhnen entkommt mir, als du mich erneut berührst und in mir alles noch heißer wird und prickelt.

Ich entspanne mich und du schiebst dich ein Stück in mich, was mich zucken lässt. Du hältst inne und ich beiße die Zähne zusammen. Dann senkst du deine Lippen wieder an meinen Mund und küsst mich. Deine Zunge spielt erneut mit meiner und ich hebe zögerlich eine Hand an deinen Kiefer, der sich unter meinen Fingern bewegt. Als ich etwas lockerlasse, schiebst du dich mit einem harten Ruck ganz in mich und stöhnst auf. Mich durchfährt ein ganz widerlicher, heftiger, alles zerfetzender Schmerz, der mich zusammenzucken lässt. Fast schreie ich auf. Nur dein Kuss verhindert es.

Du ziehst deinen Kopf zurück und siehst mich an. Ich schlucke und entspanne mich wieder ein bisschen, obwohl du mir echt wehtust und ich das Gefühl habe, dass ich gleich auseinanderreiße. Dein Atem geht gepresst und dein Blick ist so dunkel, als wärst du in einer anderen Welt. Du wirkst etwas angestrengt, und ich bemerke, wie viel Beherrschung es dir abverlangt, langsam und vorsichtig zu sein.

Ich habe dich noch nie so gesehen. Um ein Ventil für meinen Schmerz zu finden, bohre ich meine Fingernägel hart in deine Haut und klammere mich an dir fest. Du ziehst die Brauen zusammen und blähst die Nasenflügel, bevor du dich langsam erneut aus mir zurückziehst und in mich schiebst. Wieder zucke ich zusammen, weil es so wehtut. Du bist so groß. Gepresst atmest du aus, während ich alle Mühe habe, mich darauf zu konzentrieren, keine Schmerzen zu empfinden. Es ist eine Kopfsache. Ich muss ihn einfach ausblenden. Leichter gesagt als getan. Es tut so verdammt weh, dass ich gleich sterbe!

Ich versteife mich, weiß aber, dass es nicht deine Schuld ist und ich da durchmuss. Du würdest mir niemals absichtlich Schmerzen zufügen. Die Lider zusammengekniffen, gleitet deine Hand wieder zwischen meine Beine, während du die Kiefer fest aufeinandergepresst hast. Du berührst mich so lange, bis ich mich entspanne. Das geht relativ schnell, weil deine Finger sich so gut auf mir anfühlen und du genau weißt, was du tust. Dann ziehst du dich zurück und schiebst dich wieder in mich, härter diesmal, wobei du ein Stöhnen zurückhältst. Ich nehme mein Becken zurück und drücke meinen Hintern protestierend in die Matratze, weil das jetzt wirklich der Overkill war und der Schmerz heiß durch meinen Unterleib schießt.

»Sorry«, murmelst du gequält.

»Mach einfach weiter«, wispere ich atemlos. Du stöhnst und küsst mich, bevor du dich wieder bewegst. Und nochmal. Und nochmal. Einfach weitermachst. Jetzt ein bisschen härter, weshalb ich keuche und nach oben rucke. Ich kralle meine Fingernägel tief in deine Haut, als der Schmerz mich durchzuckt. Du stöhnst erneut, ehe du stockst und mich sanft küsst, dann ein bisschen drängender. Ich versuche, mich zu entspannen, weil ich bemerke, dass du mit deiner Beherrschung am Ende bist. Deine Arme zittern und deine Faust krallt sich in die Bettlaken neben meinem Kopf. Also versuche ich, einfach ruhig zu bleiben.

»Ich werde gleich kommen«, warnst du mich heiser und raunend vor. Ich atme tief aus und bin fast ein bisschen erleichtert, weil ich weiß, dass das erste Mal damit beendet ist und mich danach kein reißender Schmerz mehr erwartet. Du bewegst dich. Ich beiße die Zähne zusammen und bleibe entspannt, obwohl es echt wehtut.

»Fuck«, wisperst du, schiebst dich nochmal härter in mich und verharrst tief in mir, als du kommst und ein Schauer durch dich geht. Nach und nach lockern sich deine Muskeln, wobei ich das Gesicht verziehe, weil eine neue Schmerzwelle mich durchzuckt. Du stöhnst an meinen Lippen und ich liege atemlos unter dir und starre zu dir hoch. Mit einem Ruck ziehst du deinen Kopf zurück und sieht mich prüfend und immer noch leicht benebelt an. Ich runzle die Stirn etwas, weil ich das alles nicht glauben kann. Weil ich nicht glauben kann, dass du immer noch in mir bist und mich so ansiehst, wie du es tust. Und dass ich gerade mein erstes Mal mit dir hatte. Heilige Scheiße.

»Alles okay?«, flüsterst du rau.

Ich nicke langsam. *Alles okay.*

»Okay.« Du küsst mich nochmal und ich küsse dich zurück, weil ich nicht anders kann und mich noch nie so verbunden mit dir gefühlt habe.

»Du bist perfekt«, murmelst du. Ich schlucke und fühle mich auf einmal so anders als noch vor fünfzehn Minuten. Als hätte ich den Schritt über einen unsichtbaren Abgrund gemacht.

Du atmest tief durch, bevor du dich von mir runterrollst. Dann ziehst du deine Hose nach oben und die Decke über mich. Ich schaffe es nur, meine Körbchen zu richten, weil ich total k.o., aufgewühlt und überwältigt bin.

Ich liege immer noch genauso da.

»Die Wahrheit. Was denkst du gerade?« Du drehst dich mir zu und küsst meine Schulter. Deine Augen wirken ruhiger und strahlen mehr türkis als braun. Dein Blick sieht irgendwie direkt in mich hinein. Ich liebe es, wenn du mich so anschaust.

Ich drehe meinen Kopf zu dir und betrachte dich ein wenig verständnislos, weil ich einfach nicht verstehe, was das war, und mich fühle, als könnte ich mich nie wieder von dir trennen. Ich meine wirklich *nie wieder*.

»Ich glaube, ich kann nie wieder von dir weg. Das dachte ich gerade«, erwidere ich leise und bette meine Hand unter die Wange.

»Und ich glaube, ich kann dich nicht mehr gehen *lassen.*« Deine Nasenspitze streicht über meine Schulter.

Ich glaube, mir ist gerade noch nicht so wirklich klar, wie ernst wir beide das meinen.

14. Die Worte meines Vaters, Catalina

Ilian

Ich habe meine Lippen an dir, Catalina. Ich weiß, dass ich vorhin etwas zu ungezügelt war. Jetzt muss ich das wiedergutmachen. Das heißt, ich befinde mich gerade zwischen deinen Beinen im Paradies und streiche mit meiner Zunge über dich. Du bäumst dich auf und stöhnst. Auch ich gebe einen genüsslichen Laut von mir. Direkt an deiner empfindlichen Haut. Du murmelst »Gott, hilf mir« und deine Beine zittern. Aber Babygirl, Gott wird dir jetzt auch nicht helfen. Denn ich bin der Teufel und du gehörst mir. Ich bewege meine Zunge härter und lasse sie immer wieder über diesen einen Punkt gleiten, während ich zu dir hochschaue und deine Hand sich in meinem Haar verfängt.

Ich mag das und stöhne zustimmend. Denn ich liebe es, dich zu beobachten, wenn du dich völlig verlierst, wenn du dich der Lust hingibst. Ich glaube, ich werde nie damit aufhören, das zu lieben.

»Oh Gott, bitte«, murmelst du völlig zerstreut und dein Becken zuckt mir entgegen. Aber Gott ist nicht hier, Catalina. Sanft streiche ich mit meinen Fingerspitzen über deinen Innenschenkel und du gibst ein zittriges »Mhmmm« von dir. Ich lächle und bewege meine Zunge noch fester, bevor ich sie sanft über dich gleiten lasse und dabei immer noch genau dein Gesicht beobachte. Im Laufe des Vormittags habe ich dich jetzt schon dreimal zum Orgasmus gebracht, auf alle möglichen Arten. Ich habe einiges aufzuholen. Gestern hatte ich leider keine Zeit für dich, da ich was für meinen Vater erledigt habe und am Abend noch ein Spiel hatte. Aber heute gehörst. Du. Mir. Den ganzen verfickten Tag.

Ich lasse meine Hand weiter nach oben und über deinen Bauch streichen, bis zu deiner Brust. Du atmest hektisch und mein Daumen schnellt über einen deiner Nippel. Keuchend ruckt dein Kopf nach oben und ich grinse zu dir hoch. Ich werde dich gleich kommen lassen. Du verdrehst die Augen und dein Kopf fällt wieder zurück. Ich lasse dich explodieren, wobei du ein Bein über meine Schulter schwingst und es verkrampfst. Du stöhnst laut und ich halte dir den Mund zu, um es mit meiner Handfläche abzudämpfen, während du dich in meinen Unterarm krallst. Dann hebst du dein Becken meinem Mund entgegen. Du solltest dringend aufhören, so heiß zu sein, sonst ficke ich dich gleich nochmal. Und zwar, ohne mich zu beherrschen. Das wird dir noch mehr wehtun und mich noch heißer machen. Ich summe genüsslich, als ich deinen Orgasmus unter meinem Mund spüre. Du erzitterst am ganzen Körper, nuschelst etwas gegen meine Hand, bevor dein Becken mit einem Ruck wieder in die leicht blutverschmierte Matratze sinkt. Ich ziehe mich zurück und küsse erneut deinen Innenschenkel, bevor ich mich aufrichte, die Hand von deinem Mund nehme und mit schief gelegtem Kopf zu dir runtersehe.

Du bist völlig hinüber. Deine Augen sind noch geschlossen und deine Brust hebt und senkt sich hektisch. Du bist nackt. Ich liebe es, wenn du nackt bist. Du solltest dich daran gewöhnen, nackt zu sein.

Träge öffnest du die Lider und ich hebe die Augenbrauen, während du mich mit verklärtem Blick betrachtest.

»Alles okay?«, frage ich sanft.

»Nein«, keuchst du.

»Echt? Soll ich dafür sorgen, dass es okay ist?«

»JA.« Du grinst. Du bist unersättlich, Catalina. Ich liebe das. Ich will mich gerade über dich beugen, deine Hand nehmen und in meine Hose schieben, als mein Handy auf dem Nachttisch klingelt. Wir sehen es beide genervt an.

Es ist mein Vater. Der Ober-Cockblock.

Ich lasse den Kopf zwischen meine Schultern sinken, denn ich muss rangehen. Du seufzt. Ich angle nach dem Handy und richte mich auf die Knie auf, bevor ich abhebe.

»Ja?«, frage ich und betrachte immer noch deinen nackten Körper. Dabei nehme ich deine Hand und lege sie auf meine Brust. Du setzt dich auf und ich grinse, als du dich vorbeugst und deine Lippen auf meine Haut drückst. Ich lasse den Kopf nach hinten fallen.

»Wo bist du?«

»Im Himmel«, murmle ich rau. Mein Vater ist ein paar Sekunden still, dann gibt er ein angewidertes Geräusch von sich.

»Okay, kleiner Engel. Zeit, vom Himmel zu fallen. Ich brauch dich zu Hause.« Deine Lippen, Catalina. Sie streichen über meinen Bauch. Ich spüre deinen heißen Atem auf meiner Haut und fasse genüsslich in dein Haar.

»Kann das nicht warten?«, frage ich abgelenkt.

»Eine Stunde. Ich muss mit dir reden, es ist wichtig.« Ich stocke, denn ich mag es nicht, wenn er diesen Tonfall anschlägt. Das bedeutet selten etwas Gutes.

»Um was geht's?«

»Um dich.« Das ist noch schlechter. »Eine Stunde.« Er legt auf und ich sehe zu dir runter.

»Und?«, fragst du. Ich sammle langsam dein Haar zusammen, sodass ich es in meiner Faust halte und nichts meine Sicht stört. Dann ziehe ich mit der anderen Hand meine Hose runter.

»Wir haben noch eine halbe Stunde und ich zeige dir jetzt, wie man bläst«, verkünde ich. Du schluckst und Unsicherheit blitzt in deinen Augen auf. Ich liebe das. »Tu einfach, was ich sage. Du kannst sowieso nichts falsch machen. Ganz im Gegenteil.« Du atmest tief, dann nickst du entschlossen und beugst dich vor, wobei ich dich sanft dirigiere. »Nimm ihn einfach in den Mund«, weise ich dich an. Du öffnest die Lippen und umschließt mich mit ihnen.

Ich lasse meinen Kopf kurz nach hinten fallen und schließe die Augen. Denn … Fuck, Catalina.

Ich glaube, du willst mich töten.

Wenn du so weitermachst, gelingt es dir auch. Aber wenigstens sterbe ich dann glücklich und muss nicht zu meinem Vater. Muss nicht erfahren, was er mit mir besprechen will. Allein, wenn ich daran denke, habe ich ein ganz ungutes Gefühl. Ganz, ganz ungut. Catalina.

* * *

Ich fahre gerade den Berg hoch, der zu unserem Anwesen führt. Es war echt nicht leicht, mich von dir zu lösen, aber ich habe es trotzdem geschafft. Ich werde jetzt einfach mit meinem Vater reden und tun, was auch immer er von mir will. Dann werde ich wieder nach Hause fahren und da weitermachen, wo wir aufgehört haben. Ja, mittlerweile ist das Rush-Haus eindeutig mein Zuhause. Auch, wenn ich trotzdem noch sehr oft mit meinem Vater im Büro oder mit meinem Opa unterwegs bin, so fühle ich mich dort angehöriger.

Mit meinem Vater verbindet mich eine komplizierte Geschichte. Er ist eigentlich ein guter Mensch und ich habe viele schöne Erinnerungen mit ihm. Mir hat es bei ihm nie an etwas gefehlt, außer an meiner Mutter, aber dafür kann er ja nichts. Er hat sich immer Mühe gegeben und versucht, für mich da zu sein, aber je älter ich wurde und je tiefer er in das Terekov-Geschäft involviert wurde, desto weniger Zeit und Nerven hatte er. Und ja, mir ist bewusst, dass ich es ihm teilweise ziemlich schwer gemacht habe. Früher habe ich viel Scheiße gebaut, ständig rebelliert, war frustriert. Habe gesoffen, randaliert, Drogen genommen und war völlig außer Rand und Band. Er hatte es nicht leicht mit mir, das weiß ich. Und irgendwann ist ihm die Geduld mit allem ausgegangen.

Es war mein Glück, zu den Rushs zu kommen, denn da sind Zayden und meine Onkel. Da ist immer jemand, mit dem ich reden kann und der mir erklärt, was eigentlich gerade in mir vorgeht; der mir das gibt, was ich brauche, ohne, dass ich es eigentlich selbst weiß. Seit ich dort wohne, hat sich alles beruhigt. Aber es sind ein paar Dinge mit meinem Vater vorgefallen, die ich ihm nicht so leicht verzeihen kann. Ich liebe ihn, er ist mein Vater, allerdings kann ich mich nicht dazu durchringen, ihn mit denselben Augen zu sehen wie noch vor zehn Jahren. Zu viele Ohrfeigen, zu viele harte Worte …

Deswegen ist unser Verhältnis ein wenig angespannt, wobei ich natürlich weiß, dass ich mal das Terekov-Geschäft übernehmen und da sein muss, wenn er etwas von mir braucht. Das war vor drei Jahren nicht der Fall, da habe ich auf alles geschissen.

Das goldene Tor vor mir wird geöffnet, nachdem Dimitri mir zugenickt hat. Ich rolle über die Einfahrt auf den Parkplatz zu. Die Sonne scheint und spiegelt sich in den unzähligen Fenstern. Der Brunnen, dieser riesige, echt protzige Monsterbrunnen mit dem steigenden Pferd, dem das Wasser wie Kotze aus dem Mund läuft, ist stillgelegt, wie immer zu dieser Jahreszeit. Ich habe lange aufgehört, mir darüber Gedanken zu machen, wer dafür verantwortlich ist, dass dieses Ungetüm hier vor dem Haus steht. Als würde das irgendjemandem imponieren. Als würde es Macht demonstrieren. Es ist einfach nur ein Brunnen mit einem goldenen, kotzenden Pferd.

Ich bleibe neben Dads beigegoldenem Mercedes stehen und steige aus. Dann schiebe ich meine Hände in die

Manteltaschen und ziehe die Schultern hoch, als ein kühler Wind mich streift. Ich beeile mich, über den Platz zu kommen, der vom Schnee freigeräumt wurde, und auf den Eingang zu, wo Vlad und Stanislav Wache halten. Ich nicke ihnen zu und Vlad hebt eine Braue. Ich grinse ihn an und er öffnet mir die schwere, massive Tür, wobei er mir einen fragenden Blick zuwirft. Normalerweise bin ich nicht so gut drauf, wenn ich hierherkomme, ich weiß schon.

Aber ich gebe mich mysteriös, wie mein Onkel mir immer rät. Das macht ihn ganz wild. Ich gehe an ihm vorbei und hinein ins warme Innere. Hier herrschen Glitzer und Kitsch vor. Bilder hängen an den Wänden in goldenen Rahmen, riesige Vasen stehen in Ecken und eine ganze Glitzer-Tiger-Familie befindet sich im Türdurchgang zum Salon, wo es gerade ungewohnt leise ist. Eigentlich ist immer was los, aber in letzter Zeit nicht mehr.

Ich gehe gleich die breite Treppe nach oben, die sich frontal zur Tür befindet und mit rotem Teppich ausgelegt ist. Dann den Gang rechts entlang. Vorbei an den Original-Gemälden, den Kommoden, den Statuen und all dem antiken, echt teuren Zeug. Mein Vater wird sich sicher in seinem Büro aufhalten, wie immer um diese Uhrzeit. Ich gehe weiter, vorbei an Beistelltischchen und geschmackvoll arrangierten Pflanzen. Alles hat hier seinen Platz und von diesem Platz ist auch ausreichend vorhanden. Dieses Haus ist kein Haus, es ist ein riesiges Schloss. Es hat zwanzig Zimmer, weshalb man sich hier echt leicht verlaufen kann. Als Kind war das beim Versteckspielen witzig. Sophia hat uns einmal einen ganzen Tag gesucht, während wir auf dem Dachboden waren. Sie hat aber nicht aufgegeben oder jemanden um Hilfe gebeten, sie ist drangeblieben. Eine ihrer unzähligen guten Eigenschaften.

Die Sonne scheint durch die hohen Fenster direkt auf die dunkle Tür, die links zum Büro meines Vaters führt. Ich klopfe einfach und denke gar nicht weiter darüber nach, was er jetzt wohl von mir wollen könnte. Es bringt nichts, sich schon den Kopf zu zerbrechen, bevor man überhaupt wirklich weiß, was los ist. Eine weitere Weisheit meines Onkel Cadens.

Ich höre Gemurmel hinter der Tür und dann ein knappes »Ja.«

Mit gerunzelter Stirn stoße ich die Tür auf und stocke, als ich das Bild vor mir erfasse. Meine Mutter ist hier und dreht sich zu mir um, als ich im Rahmen stehen bleibe und sie ungläubig mustere. Kurz überlege ich, wann sie das letzte Mal hier war. Es muss etwa acht Monate her sein. Was will sie denn jetzt hier? Sie hat sich kaum verändert. Immer noch liegen ihre langen dunkelblonden Haare perfekt über ihren Rücken und über einer Schulter. Ihre Augen schimmern braungrünlich, als sie mich betrachtet. Sie hat ein perfekt symmetrisches Gesicht und ihre Kleidung kostet wahrscheinlich mehr als das Monatseinkommen einer normalen Person. Dafür arbeitet sie ja auch viel und fleißig als Spitzenanwältin. Mein Vater sitzt hinter dem massiven großen Schreibtisch. Er hat sich zurückgelehnt, die Beine von sich gestreckt und trägt einen beigefarbenen Pullover. Seine dunkelblonden Haare sind nach hinten gekämmt, aber ein paar Strähnen fallen ihm in die Stirn. Er ist rasiert, wie immer. Die Augen klar und dunkelgrün. Ich habe keine Ahnung, was das hier soll. Keine Ahnung, warum meine

Mutter hier ist oder was mein Vater von mir will. Aber ich bin auf der Hut.

»Störe ich?«, frage ich und trete ein.

»Nein.« Mein Vater reibt sich über das Gesicht und die Stirn. Dann sieht er zu meiner Mutter. »Wir reden später.« Oh, sie reden später. Über was denn bitte? Sie klemmt sich eine Haarsträhne hinter das Ohr und atmet gepresst aus.

»Schön, ich bin bei meinen Eltern.« Das kommt angepisst. Wieso ist sie angepisst?

»Natürlich bist du das«, meint mein Vater trocken. Oh ja, weil sie in das Haus meiner Onkel gar nicht erst zu gehen braucht. Sie ist dort kein gern gesehener Gast.

Ich halte ihr die Tür auf, als sie sich von meinem Vater abwendet und ihre Heels über den Boden hallen. Vor mir bleibt sie nochmal stehen und schaut zu mir hoch. Natürlich sticht es immer wieder aufs Neue, wenn sie mir nahekommt. Immer wieder aufs Neue sind da all diese Fragen, was mich nur noch mehr anpisst. Kurz schimmern ihre Augen weich. Ihre Finger zucken, aber sie hält sie unten und wendet sich ab, bevor sie geht. Ich hasse es, dass sie es schafft, alles in mir mit einem Blick und ihrer Anwesenheit so aufzuwühlen. Ich hasse es, dass ich, wenn ich sie betrachte, an all die Male denken muss, in denen sie nicht da war und mich enttäuscht hat. Ich hasse es … dass alles so viel wichtiger schien als ich. Ich schließe hinter ihr die Tür und spüre, wie in mir etwas erkaltet ist, wie immer, wenn ich mit meiner Mutter zu tun habe.

Dann wende ich mich meinem Vater zu. Der betrachtet mich aufmerksam und deutet mir, mich zu setzen. Ich mache die zwei Schritte zu einem der antiken Stühle, die vor seinem ordentlichen Schreibtisch stehen, und nehme Platz. Dann lehne ich mich zurück und verschränke die Finger im Schoß.

Fuck, Catalina. Ich bin gerade mal fünf Minuten hier und schon abgefuckt.

»Du wolltest mich, hier bin ich«, meine ich trocken und mustere meinen Vater aufmerksam. Dabei versuche ich, jetzt nicht mehr an meine Mutter zu denken und mich zu fragen, was sie in der Stadt will. Sicher nicht Zeit mit mir verbringen. Er sieht noch ein paar Sekunden zur Tür. Schließlich schweift sein dunkelgrüner Blick zu mir und er lässt die Magnetkugeln auf seinem Tisch klacken. Dann atmet er tief durch und schaut mich abwägend an.

Ich hebe eine Braue.

»Willst du es kurz und schmerzlos oder sanft?«

»Dad, bitte. Sag es einfach.«

»Kurz und schmerzlos. Dachte ich es mir doch. Du wirst in etwas über einem Jahr achtzehn«, beginnt er. Ich verkrampfe mich etwas, lockere mich aber gleich wieder. »Wie du weißt, haben wir große Probleme mit den Wolkovs, deswegen waren wir gestern bei Sergio de Luca.« Ich nicke langsam. Okay … was hat das mit mir zu tun? »Alexander ist bereit, die Ausschreitungen zwischen uns zu beenden, genau wie dein Opa.« Das ist gut, denn es geht schon ewig und hat einigen Männern von uns das Leben gekostet. »Wir haben beschlossen, eine Partnerschaft einzugehen. Damit das passieren kann, musst du allerdings Natalia heiraten, wenn ihr beide achtzehn geworden seid. Dafür wirst du zurück in das Haus hier ziehen, gemeinsam mit ihr. Alles auf Anfang.« Die Kugeln hören auf zu klacken und er stößt sie nochmal neu an, bevor er sich zurücklehnt, während ich völlig erstarrt bin. Was sagt er da? »Deswegen war deine Mutter hier.« Mein Hirn ist wie leer gefegt. Sein Mund hat sich zwar bewegt und da kamen diese Töne raus, aber ich kann nicht wirklich nachvollziehen, was er mir da gerade mitgeteilt hat.

Nur sehr, sehr langsam sickern die Einzelheiten in meinen verwirrten Geist, der das eigentlich gar nicht hören will.

Wolkov. Ausschreitungen. Beenden. Heiraten. Natalia. Ich.

Nicht gut.

»Nicht für immer.« Ich spüre, wie sich jeder einzelne Muskel in mir anspannt. Ich will sie nicht heiraten. Ich will niemanden heiraten. Von dir abgesehen. Und dich werde ich nicht heiraten können. Also …

»Nein«, entkommt es mir, ohne dass ich weiter darüber nachgedacht habe.

»Ich weiß, dass du das nicht willst, aber du wirst dieses Geschäft irgendwann einmal führen, und da ist es wichtig, praktisch zu denken. Profitorientiert und zugunsten der Familie. Nicht zu deinem Vorteil. Dafür müssen wir Opfer bringen, dafür musst auch du Opfer bringen.«

»Heirate du sie doch!« Mein Vater sieht mich ein paar Sekunden an und sein Blick wird härter. Das ist der Wenn-du-jetzt-nicht-aufhörst-fängst-du-dir-eine-Blick. Ich beiße fest die Zähne aufeinander. In mir brodelt es heiß hoch und die Kälte, die ich soeben empfunden habe, löst sich auf. Ich würde ja gern meinen Mund halten, aber ich kann nicht. »Ganz ehrlich, wieso soll ich sie heiraten? Du hast doch auch keine Frau, bring du doch das Opfer!«, sage ich hart. Sein Blick wird eisiger.

»Ich bin nicht interessant für die Wolkovs.«

»Und deswegen soll ich jetzt mein Leben wegschmeißen.«

Er schlägt hart mit der Hand auf den Tisch und die Kugeln fangen an, hektischer zu wippen. In mir verkrampft sich alles und mein Herz schlägt schneller. Fuck …

»Es reicht mir jetzt mit dir!«, knurrt er mich an. »Du hast den Schwanz wie ein Feigling eingezogen und bist zu den Rushs gegangen, weil du mit deinem Daddy nicht klarkamst. Du hast dich hinter dem Rücken deiner Onkel versteckt. Es wird Zeit, dass du ein Mann wirst. Du wirst bald achtzehn. Benimm dich auch so. Du wirst ein fucking Boss eines fucking Imperiums sein, also hör auf, wie ein Mädchen rumzuheulen, und geh deinen verdammten Pflichten nach. Männer weinen nicht rum, Männer funktionieren, also funktioniere endlich.« Ich war vierzehn, als ich zu meinen Onkeln gezogen bin, weil ich es mit diesem Tyrannen nicht mehr ausgehalten habe. Fuck, jetzt wird mir wieder klar, wieso. Manchmal hasse ich ihn, hasse ihn so sehr. Jetzt ist einer dieser Momente. Meine Hände fangen an zu zittern, aber er ist noch nicht fertig. »Du bist mit diesem Nachnamen geboren worden. Wir mussten da alle durch. Reiß dich verdammt nochmal zusammen. Ich habe dich nicht hergerufen, um mir deine Erlaubnis einzuholen. Du wirst Natalia heiraten, es wird passieren. Und du wirst dich wie ein fucking Mann benehmen und sie wie ein fucking Mann behandeln. Klar so weit?«

»Klar, alle mussten da durch, alle mussten irgendwen heiraten, Dad«, meine ich träge, obwohl alles in mir bebt. Wie kann er hier sitzen und mir so einen Scheiß auftischen, während er frei ist und keine dahergelaufene Schlampe heiraten muss?

»Vergleich dich nicht mit mir. Du bist nicht meinen Weg gegangen, du hast meine Schuhe nicht getragen und du weißt nicht, was ich alles durchgemacht habe. Keiner hier verliert ohne Grund sein Herz. Lass dir das gesagt sein. Aber das wirst du schon noch früh genug lernen.« Ich würde ihn gern fragen, ob er für seinen Sohn nicht was anderes will, wenn alles so scheiße für ihn war und er sein Herz verloren hat. Aber ich brauche ihm gar nicht zu widersprechen. Wie hat er gesagt? Ich werde sie heiraten, ich soll mich wie ein fucking Mann benehmen und aufhören rumzuheulen.

»Mach mich endlich stolz«, meint er noch und lehnt sich wieder zurück. In mir zerreißt etwas. Es fühlt sich an, als würde noch das letzte bisschen kaputtgehen, was mich an ihn bindet, weshalb ich Respekt vor meinem Vater hatte. Meine Hände werden schweißnass und zittern noch mehr. Am liebsten würde ich ihm sagen. *FICK DICH. FICK DICH EINFACH, ich will deine Scheiße nicht. Ich will dich nicht stolz machen. Du hast es nicht verdient, dass ich irgendwas für dich tue. Du Bastard.* Aber kein Wort verlässt meine Lippen.

Ich schweige und beiße mir auf die Zunge, so hart, dass ich Blut schmecke.

»Du hast noch ein Jahr. Genieße es in deiner Hippiekommune.« Okay, gleich ramme ich ihm mit voller Wucht meine Faust ins Gesicht, doch das darf nicht passieren. Das darf auf keinen Fall passieren. *Ilian, beherrsch dich!*

Er hebt langsam eine seiner Augenbrauen und ich stehe mit einem Ruck auf.

»Geh jetzt!«, knurrt er.

»Ich hasse dich«, antworte ich mit bebender Stimme und fühle mich mit einem Mal wie ausgehöhlt. Er steht ebenfalls auf und ich starre ihm in die Augen, während er mich mit einem Kopf überragt. Mein Dad ist echt riesig, aber meistens fällt mir das nicht wirklich auf. Jetzt schon. Er holt aus und lässt seine Rückhand auf meine Wange krachen, sodass mein Kopf zur Seite ruckt und ein heftiger Schmerz mein halbes Gesicht durchzuckt.

FUCK.

»Sag das niemals zu deinem Vater. Hast du keinen Respekt, oder was?«, fragt er mit vor Wut heiserer Stimme. »Verlass jetzt mein Büro.« Ich spüre das dumpfe Pochen, das sich langsam durch meine rechte Wange bis nach oben zieht. Für ein paar Sekunden halte ich die Augen geschlossen. Die brauche ich, um nicht total zu eskalieren. Um hier nicht alles kurz und klein zu schlagen. Mit zusammengebissenen Zähnen drehe ich meinen Kopf zurück und starre ihm direkt in die Augen. Ich lasse ihn alles sehen, was ich gerade empfinde. Abscheu. Hass. Wut. Und Enttäuschung. Das alles vermischt sich in mir. Dann fühle ich, wie ich völlig leer werde und trete einen Schritt zurück.

»Hab verstanden«, sage ich rau und leise.

Sein »Schön« höre ich nur am Rande, genau, wie ich nur im Augenwinkel mitbekomme, dass er sich hinsetzt, denn da habe ich schon die Tür aufgerissen und marschiere mit weit ausschweifenden Schritten durch den Flur.

Am liebsten würde ich gegen sämtliche fucking Wände boxen oder treten und nicht wieder aufhören, bis dieses ganze Haus in Schutt und Asche liegt. Das Herz hämmert in meiner Brust und das Blut rauscht heftig durch meinen gesamten Körper. Meine rechte Wange pocht. Ich fühle mich so beschissen. So beschissen hilflos. So verdammt wütend. So abgefuckt.

Wie ein Weichei, das sich mit siebzehn von seinem Vater schlagen lässt.

»FUCK!«, knurre ich und lasse meine Faust hart gegen die Wand kurz vor der Treppe krachen, sodass meine Knöchel aufschürfen. Aber ich spüre den Schmerz gar nicht. In mir ist alles in Aufruhr und ich bin wie auf Autopilot. Ich muss hier raus.

Schnell raus.

Ich soll nicht rumheulen wie ein Mädchen.

Okay!

Ich soll diese kleine Schlampe heiraten?

Aber sicher doch. Natürlich, Dad.

Ich soll mich endlich wie ein Mann benehmen?

KLAR! MACH ICH!

Ich gehe eilig die Treppe hinab. Die Hände vergrabe ich tief in meinen Manteltaschen und balle sie zu Fäusten.

Ich soll meinen Vater endlich stolz machen?

FICK DICH!

FICK DICH EINFACH!

Ich trete hinaus in die kühle Luft, während Schweiß in meinem Nacken steht und der Wind darüberstreicht.

Ich habe mich also hinter dem Rücken meiner Onkel versteckt?

KLAR, ich bin der totale Feigling.

Habe verstanden!

Ich habe fucking nochmal wirklich verstanden!

Das durfte ich mir schon so oft anhören. Und jedes Mal aufs Neue bringt es alles in mir zum Beben und fast zum Einstürzen. Jedes Mal lösen sich mehr kleine Teile von mir.

Ich reiße hart meine Autotür auf, nachdem ich es entriegelt habe, und lasse mich auf den Sitz fallen. Am liebsten würde ich ein paarmal frontal gegen das verfickte Haus fahren, aber ich tue es nicht. Ich gebe Gas und wende mit quietschenden Reifen, sodass der Schnee hochspritzt. Dann rase ich auf das Tor zu, das schon hektisch geöffnet wird.

Gut so, sonst wäre von den Wachmännern nicht viel übrig geblieben.

Während ich den Berg viel zu schnell runterrase, kreisen immer wieder die Worte meines Vaters durch meinen Kopf. Immer wieder sehe ich, wie er mich dabei anschaut. Nicht nur vorhin, sondern auch damals, während meiner Kindheit. Ich klammere meine Hände fest um das Lenkrad und kann sie nicht lösen. Alles in mir ist völlig starr. Wenn es das nicht wäre, würde ich irgendwas Dummes tun, wie das eine Mal, als ich so sauer auf meinen Vater war, dass ich mit meinem Auto geradewegs in eine unserer Lagerhallen gerast bin, direkt über die ganzen Drogen. Dafür hat er mir die Prügel meines Lebens verpasst, aber das war okay, denn ich war von dem ganzen Kokainstaub so benebelt, dass ich es gar nicht wirklich mitbekommen habe. Ich rase weiter in die

Stadt, über die Ampeln. Die Häuser fliegen nur so an mir vorbei. Ich weiß gar nicht, wo ich hin oder was ich tun soll. Wie so oft.

Aber egal, wie weit und wie schnell ich auch fahre, ich kann nicht entkommen. Vor dem, was die Worte meines Vaters in mir ausgelöst haben. Was sie zerstört haben. Und was nie wieder irgendjemand aufbauen kann.

15. Von oben oder unten, Catalina

XX

Ilian

Keine Ahnung, wie lange ich durch die Gegend rase, auch innerlich. Aber bevor ich mich versehe, stehe ich mit einem Mal vor dem schwarzen Tor zum de Luca-Anwesen – vor dem Anwesen deines Vaters – und schaue hinauf zu den Engeln. Zwar ist dein Vater nicht mehr da, aber Sergio ist es, und er hat es abgesegnet. Du musst nicht heiraten, dafür ich.

Und ich bin immer noch so sauer.

Ich hupe. Hart. Die Hand auf die Hupe gepresst, ertönt sie dauerhaft. Der Wachmann am Tor sieht mit schief gelegtem Kopf zu mir rein und murmelt etwas in sein Headset.

»MACH AUF!«, brülle ich ihm zu. Es dauert etwas. So lange trommle ich mit meinen Fingern hart auf das Lenkrad, während ich immer noch hupe. Dann betätigt der andere Bodyguard den Knopf, der das elektrische Tor öffnet. Ich fahre hindurch. Meine Reifen drehen durch, während ich über die Einfahrt presche. Knapp vor dem Brunnen bleibe ich mit einem Ruck stehen und steige im nächsten Moment auch schon aus. Meine Tür lasse ich offen. Ich überquere den Platz und marschiere die Treppe zum Haus hoch. Keine Ahnung, was ich hier tue. Vielleicht will ich auch einfach erschossen werden. Der Bodyguard an der Tür öffnet mir mit einem kritischen Blick und ich fege ins Foyer – von wo dein Vater mich vom Porträt aus ansieht. Genau wie dein Onkel. Sehr nett. Ich wende mich um zur Bürotür. Eigentlich sollte ich jetzt klopfen und warten, bis dein Bruder JA sagt. Giovanni betrachtet mich mit gerunzelter Stirn, tritt aber zur Seite.

Sehr fucking nett.

Ich reiße die Bürotür auf und stürme einfach hinein, ohne zu klopfen. Dafür habe ich keine Geduld. Sergio sitzt hinter seinem Schreibtisch und hat den Telefonhörer in der Hand. Er sieht nicht überrascht aus über mein Erscheinen, murmelt gerade was auf Italienisch, während er mir deutet, die Tür zu schließen. Ich starre ihn an, aber strecke steif meine Hand aus und mache sie zu. Eigentlich würde ich sie gern zuschlagen. Aber ich tue es nicht. Ich will jetzt nicht ausrasten. Nicht total. Er hat sich in seinem Stuhl zurückgelehnt und die Ärmel seines dunkelblauen Pullovers hochgekrempelt. Seine Haare liegen perfekt an, ganz im Gegensatz zu meinen. Seine Augen überblicken mich, dann murmelt er noch einen Abschied in den Hörer und legt auf. Ich klammere mich mit beiden Händen an der Stuhllehne vor mir fest und sehe ihn an. Geduldig schaut er zurück.

»Wieso?«, frage ich mit starrem Blick. Mein ganzer Körper ist steif. Das muss er sein, weil ich mich sonst nicht länger zusammenreißen kann.

Er atmet tief durch, dann richtet er sich etwas auf und verschränkt seine Hände auf dem Tisch. Ich sehe ihm die ganze Zeit nur in die Augen, damit ich nichts Dummes tue, und spüre, wie mein Lid zuckt.

»Zurzeit ist es für deine Familie extrem gefährlich mit den Wolkovs und die einzige Lösung bestand für beide Parteien darin, eine Partnerschaft einzugehen. Ich bin kein Fan von arrangierten Ehen. Ich würde das normalerweise keinem von euch antun. Aber das war die einzige Möglichkeit, um diesen Krieg zu stoppen.«

»Ich will sie nicht heiraten«, presse ich durch meine aufeinandergebissenen Zähne hervor.

»Ich weiß, sie ist ein Miststück. Ich kenne sie«, sagt er ruhig und ich nicke abgehackt. »Ich werde den Vertrag zu deinen Gunsten aushandeln. Es wird vor allem eine Ehe auf dem Papier sein und du wirst nicht lange mit ihr verheiratet bleiben müssen. In weniger als zwei Jahren kommt Victor zurück in die Stadt. Es ist gut, wenn seine Schwester dann deine Frau ist.« Alles in mir sträubt sich dagegen, sie zur Frau zu nehmen. Ich will sie nicht. »Versuch einen Moment, mit deinem Kopf zu denken und nicht mit deinem Herzen«, meint er jetzt sehr eindringlich. »Wenn du Natalia hast, kann Victor sich nicht so sehr danebenbenehmen. Ihm liegt ja wohl was an seiner Schwester.« Ich weiß, dass Victor

Wolkov ein Bastard ist und dass er meine Tante vergewaltigt hat. Aber trotzdem sträubt sich alles in mir.

»Fünf Jahre!« Sergio seufzt und ich runzle die Stirn. »Maximum.« Fünf Jahre mit diesem Miststück. »Glaub mir, ich weiß, wie du dich fühlst, und ich würde dir das nicht antun, wenn ich eine andere Wahl hätte. Wenn es um mein Bündnis gehen würde, würde ich eine andere Lösung finden, aber hier geht es um eine Terekov-Wolkov-Verbindung, mit der ich nur mäßig zu tun habe.« Ich lasse meinen Kopf langsam nach vorn fallen, als mir klar wird, dass es tatsächlich keinen Ausweg gibt. Dass ich das tatsächlich tun muss. Es gluckert, bevor er mir mit zwei Fingern ein gefülltes Wodka-Glas unter die Nase schiebt. Ich greife danach, ziehe den Stuhl nach hinten und lasse mich hart darauf fallen. Dann leere ich das Glas auf ex und stelle es auf den Schreibtisch.

Fuck …

Sergio nimmt sich einen Kugelschreiber, während ich an die Decke sehe.

»Weshalb bist du so aufgewühlt, außer dem Offensichtlichen?« Ich verziehe mein Gesicht, als ich daran denke, schaue weiterhin nach oben, den Kopf nach hinten gelegt, sodass die Sonne direkt in mein Gesicht scheint. Auf einmal spüre ich Sergios Hand an meinem Kinn. Er senkt es. Ich schließe die Augen, als er mein Gesicht zur Seite dreht. Ich lasse es einfach geschehen, denn ich habe mit einem Mal keine Kraft mehr. Keine fucking Kraft.

»Oh fuck«, murmelt er und zieht seine Finger zurück. »Schon wieder.« In mir zieht sich alles zusammen. Er muss mich für einen Schwächling halten.

»Was ist passiert?«

»Ich habe ihm gesagt, dass ich ihn hasse«, gebe ich heiser zu.

»Wieso hast du das gesagt?« Ich räuspere mich und sehe zu ihm. Sein Blick ist aufmerksam und in keiner Weise wertend. Fast will ich ihm nicht antworten. Aber ich will auch kein Feigling sein, der sich hinter irgendwem versteckt. Er betrachtet mich ein paar Sekunden, dann schenkt er sich selbst ein Glas Wodka ein.

»Als ich siebzehn war, habe ich etwas getan, was meinen Vater sehr enttäuscht hat.«

»Hast du auch zu ihm gesagt, er soll selber heiraten, wenn er ein Bündnis braucht?«

Sergio lacht. »Das hätte ich vielleicht mal tun sollen«, meint er fast schon empört, dass ihm das nicht eingefallen ist, und lehnt sich mit seinem Glas in der Hand zurück.

»Nein, ich habe, und das bleibt unter uns … die Frau, die ich heiraten sollte, Selina Sanchez, weggeschickt und ihm erzählt, sie sei weggelaufen. Sie war ein Miststück. Du kennst sie ja.« Ich nicke bedeutungsvoll. Jeder kennt Selina, der einen Penis hat. Egal wie alt. »Daraufhin hat er mir zwei Ohrfeigen verpasst und mir gesagt, ich sei eine Enttäuschung für ihn und ich solle ihm aus den Augen gehen.« Ich verziehe das Gesicht, weil ich genau weiß, wie er sich gefühlt haben muss. Sein Blick verrät, dass er das immer noch nicht vergessen hat. Verständlich. Ich glaube, ich werde die Worte meines Vaters auch nicht vergessen.

»In meinem ganzen Leben hat mich noch nie etwas so sehr verletzt«, meint er, die Augen auf sein Glas gesenkt. »Ich habe mich gefühlt, als wäre ich nicht gut genug, um sein

Sohn zu sein. Als wäre ich nicht würdig, ein de Luca zu sein. Ich denke heute noch sehr oft daran, und an den Blick, mit dem er mich angesehen hat. Die Ohrfeigen konnte ich wegstecken. Seine Worte nicht. Ich konnte förmlich in dem Moment spüren, wie etwas in mir einfach kaputtgegangen ist. Es ist einfach zersplittert.« Er trinkt einen Schluck. Ich weiß genau, was er meint. Dann atmet er durch.

»Er hat zu mir gesagt, ich soll ihn endlich stolz machen«, meine ich leise und sehe auf meine Hände in meinem Schoß. Auf den Siegelring, der an meinem Mittelfinger im Sonnenlicht blitzt. Sergio verlagert sein Gewicht etwas.

»Ein Problem bei den Männern dieser Generation ist, dass sie keine Kinder aus Liebe zeugen. Ich wurde gezeugt, damit mein Vater einen Erben hat. Sein Glück, dass ich ein Junge war. Du warst ein Versehen, aber nichts davon hatte etwas mit Liebe zu tun, sondern nur mit Lust, Unbedachtheit oder eben mit Geschäftssinn. Wir sind keine Kinder wie Sophia, Rosalie oder Zayden. Wir hatten nur das Glück, bei den richtigen Menschen aufzuwachsen. Das Problem allerdings, das hierbei besteht, ist, dass sich zwei Welten beißen und schneiden. Du wurdest mit einem Hintergedanken gezeugt, mit dem Gedanken aufgezogen, dass du irgendwann mal der perfekte Erbe wirst, und bist bei Menschen groß geworden, denen scheißegal ist, wer du bist. Doch irgendwann musst du in der Geschäftswelt bestehen. Irgendwann musst du aufhören, ein Rush zu sein. Dein Erbe antreten. Dein Herz ausschalten. Alles aufgeben, was du liebst. Jeden hinter dir lassen, der dich schwachmachen könnte. Auf deine Gefühle scheißen, auf dein Zuhause scheißen. Das Einzige, was dann noch zählt, ist das hier.« Er deutet um sich.

»Dann kann ich mich auch gleich ins Grab legen«, erwidere ich heiser, weil sich bei seinen Worten alles sträubt und windet.

»Entweder du legst dich ins Grab oder du versuchst, das Beste daraus zu machen. Ich war zu feige dafür. Ich hatte da diesen Vater, den ich heimlich abgöttisch geliebt habe, aber das konnte ich ihm nicht zeigen, weil er damit nicht umgehen konnte. Er konnte nicht damit umgehen, wenn ihn jemand liebte, weil er das selber nicht tat. Aber eben weil ich ihn so sehr liebte und verehrte, konnte ich hier nichts ändern. Ich habe es nicht übers Herz gebracht. Monate nach seinem Tod noch konnte ich seine Espressotasse nicht wegräumen, die er benutzt hat. Weil mich da mein Herz geleitet hat. Ich bin heute noch zu feige, sein Andenken zu beschmutzen und irgendwas hier anders zu machen. Dabei habe ich so viele Ideen. Aber wenn du mutig genug bist, kannst du deine Macht nutzen, wenn du irgendwann auf dem Stuhl deines Vaters sitzt, und alles anders machen. Irgendwann, wenn du zu dir gefunden hast, was dauern kann. Ich selbst habe es noch nicht geschafft.« Er sieht aus dem Fenster zu dem Haus gegenüber. »Dazu fehlt mir das nötige Herz.« Ich folge seinem Blick und denke über seine Worte nach, denke darüber nach, wie es für mich sein wird, wenn ich dich irgendwann verliere. Er redet offensichtlich von Rosalie. »Ich weiß, wie falsch und unfair das alles ist.« Er dreht sich wieder zu mir. »Aber, wenn ich etwas gelernt habe, dann, dass jede Hürde im Leben nur ein Stein ist. Entweder du setzt dich hin und beschwerst dich darüber, dass du nicht an ihm vorbeikommst, bis du ihn schließlich aus dem Weg räumst und weiter geradeaus gehst, oder du stellst dich darauf und kletterst auf den nächsten, um noch ein bisschen höher zu kommen, und noch ein bisschen, noch ein bisschen ... Und irgendwann, wenn du ganz oben bist und zu den Steinen heruntersiehst, die du erklommen hast, kommen sie dir nur noch vor wie Kiesel.«

»Gerade im Moment kommen mir diese Steine wie ganze Berge vor.«

»Ja, das ist normal. Weil du von unten zu ihnen hochsiehst. Wechsle die Perspektive und sehe zu ihnen hinunter.« Ich atme tief durch und versuche, mir vorzustellen, dass ich einfach tue, was mein Vater verlangt. Dass ich sie heirate, dass ich mich füge, dass ich mit ihr lebe ...

»Ich kann nicht auf sie verzichten«, murmle ich vor mich hin und meine damit dich, was dein Bruder natürlich weiß, so, wie er mich ansieht.

»Ich weiß«, antwortet er und blickt zu seinem Kugelschreiber hinab. Sein Daumen streicht über das eingravierte XX. »Das dachte ich auch immer. Man denkt immer, man kann nicht, und dann macht man es einfach. Du denkst, du stirbst ohne sie. Du denkst, du kannst ohne sie nicht weitergehen, trotzdem gehst du weiter. Trotzdem geht das Leben weiter, ob du willst oder nicht. Es ist nicht für immer«, erwidert er seufzend. »Und was meine Schwester angeht, sie wird dir nicht weglaufen. Ich habe nicht vor, sie zu verheiraten, sie wegzuschicken, sie sonst wo einziehen zu lassen. Und wenn sie die Richtige ist, wird sie auf dich warten.«

»Und wenn sie das nicht tut?«

»Dann war sie nicht die Richtige für dich. Wenn man liebt, dann liebt man. Ende der Geschichte. Da gibt es keine Rumfickerei. Dann gibt es keine Affären. Dann gibt es keine Gefühle für andere. Meinungswechsel. Und keine Sprunghaftigkeit. Wenn du liebst, dann ist es die eine Person, die, egal, wo du bist und bei wem, dich immer wieder zurückholen kann. Und wenn meine Schwester wirklich eine de Luca ist und es in den Genen hat, dann wird sie ihr Leben lang auch nur eine Person lieben.«

»Deswegen ist meine Cousine wahrscheinlich noch Single.« Ich frage mich, ob du auch auf mich warten würdest, so wie Rosalie offensichtlich auf Sergio. Ich würde auf dich warten. Immer.

Sergio seufzt. »Ich habe ihr gesagt, sie soll glücklich werden. Ich schätze, ich hätte ihr Glück sabotiert, wenn sie es geworden wäre. Ich bin nicht so gut darin, zu tun, was ich anderen rate.« Er lächelt müde.

»Also soll ich es einfach tun?«, frage ich. Er lächelt etwas mehr.

»Glaub mir, du wirst es noch brauchen. Es wird dich irgendwo hinbringen. Und wenn nicht, wirst du wenigstens daran wachsen. Hätte Selina meinem Bruder damals nicht so geschadet und Irina und Zayden im Weg gestanden, hätte ich sie möglicherweise gar nicht weggeschickt, sondern einfach geheiratet. Das konnte ich aber Zayden nicht antun, also musste ich sie loswerden. Deshalb würde ich dir raten, tu's einfach. Augen zu und durch. In ein paar Jahren ist sie nur noch ein kleiner Kieselstein und kein Fels mehr, den du erklimmen müsstest.« Ich nicke und fühle mich innerlich wie ausgeschabt. Ich dachte immer, das würde an mir vorbeigehen. Eigentlich ist mein Vater kein Fan davon, arrangiert zu verheiraten. Das stand nie im Raum.

»Das ist das erste und letzte Mal, dass dir so was passiert. Ich verspreche es dir. Solange ich hier sitze, ist das die einzige Ehe, die du eingehen musst.« Ich schaue zu ihm und frage mich, wer denn sonst da sitzen soll.

»Okay. Dann tu ich das einfach.« Ich klinge immer noch leicht bitter, aber habe mich ergeben.

»Und vergiss eines nicht: Dieser Stolz, den diese Väter auf ihre Kinder projizieren und den sie nicht empfinden, diese Enttäuschung, die sie in ihnen säen, ist die Enttäuschung, die sie jeden Morgen in ihrem eigenen Spiegelbild sehen. Die Enttäuschung darüber, als Mann versagt zu haben. Als Vater. Als Boss. Wenn du Menschen suchst, die stolz auf dich sind, dann weißt du, wo du sie findest. Und an die solltest du dich immer wieder wenden, denn wir brauchen alle dann und wann einen Lichtblick.« Ich nicke langsam und frage mich, wann er sich das letzte Mal einen wirklichen Lichtblick gegönnt hat.

»Und wann hattest du den zuletzt?«, erkundige ich mich.

Er lächelt. »Vor zwei Tagen.«

Ich erinnere mich daran, dass er dich vor zwei Tagen nach Hause gebracht hat und bei den Rushs war. Ich erinnere mich auch daran, wie er und Rosalie sich angesehen haben, und weiß, dass dies sein ganz persönlicher Lichtblick war. Das bist du auch für mich.

»Mir reicht tatsächlich ein Blick für meinen Lichtblick«, erklärt er.

»Wenn Rosalie das nur wüsste«, murmle ich vor mich hin.

»Würden sie keine zehn Pferde da drüben halten«, meint er düster.

»Ich weiß.« Ich nicke bedeutungsvoll und Sergio lacht. Ich stelle mir vor, wie Rosalie mit wehenden Haaren, einer Amazone gleich und kampfbereit über die Brücke hier einmarschiert. Womöglich würde sie alles niederreißen. Das Tor, den Brunnen, das Haus, die Stadt. Die Vorstellung bringt mich zum Lächeln und ich fühle mich schon ein bisschen besser. Die Last auf meinen Schultern ist etwas weniger, weil ich weiß, dass ich sie eigentlich nicht allein tragen muss.

»Du hast noch ein Jahr, bis du achtzehn wirst. Versuch, so lange einfach zu tun, was ein fucking Siebzehnjähriger tun sollte, und nicht, was du tun musst, irgendwann mal.« Ich nicke.

»Wirklich?«, frage ich ihn und denke daran, was ich mit dir heute Morgen getan habe.

»Solange du ihr nicht das Herz brichst, und das meine ich wirklich ernst, kannst du tun, was du willst, aber wenn du vorhast, sie auszunutzen, ihr wehzutun, sie zu verarschen, und ja, ich kenne die Geschichten über dich, dann lass lieber gleich die Finger von ihr, sonst hacke ich sie dir ab.« Mein Gesicht wird immer düsterer, weil ich mich beleidigt fühle. Ich würde dich nie verarschen oder ausnutzen. Niemals.

Sergio lächelt zufrieden.

»Gut«, sagt er, schmeißt seinen Kugelschreiber in die Luft und fängt ihn wieder auf.

»Gut«, erwidere ich träge und erhebe mich. »Dann geh ich jetzt.«

»Dann gehst du jetzt Donovan de Lucas Tochter befummeln. Du traust dich ja was.« Ich grinse nur mysteriös und sein Telefon klingelt.

»Danke«, meine ich und er salutiert mit zwei Fingern. Ich tue es ihm nach und verlasse leise sein Büro. Viel abgeklärter, viel ruhiger und mit mir im Reinen.

Okay, dann werde ich diese Schlampe eben heiraten. Okay, dann werde ich ihr eben den Ehemann vorspielen. Okay, dann ist mein Leben eben für ein paar Jahre beschissen. Okay. Solange ich zum Schluss dich habe, Catalina.

16. Impulskontrolle, Rosalie

XX

Sergio

Es ist in Ordnung, Schwäche zu zeigen. Schwache Momente hat jeder, egal wie stark er zu sein vermag. Wähle nur sehr sorgfältig, vor wem du dich so zeigst, wie du wirklich bist, ganz gleich, ob stark oder schwach.

Das hat mein Vater damals gesagt. Ich frage mich, ob es Menschen in seinem Leben gab, denen er sich schwach gezeigt hat, denn ich habe nie seine schwachen Seiten gesehen. Er war immer abgeklärt, immer geordnet, immer fokussiert, immer perfekt, genau so, wie er gerade gebraucht wurde. Niemals weich. Niemals schwach. Niemals zerbrechlich. Niemals gebrochen.

In meinem Leben gibt es eine Handvoll Menschen, denen ich mich zeigen kann, wie ich bin. Es waren einmal mehr, damals, als ich noch so einfach mit meinen Gefühlen um mich geschmissen habe. Als ich geredet habe, wie mir der Mund gewachsen ist. Als meine Gedanken noch so zynisch waren und ich alles ins Lächerliche gezogen habe. Wir haben alle unsere Arten, mit Dingen umzugehen, die uns emotional überfordern. Ich ziehe dann alles ins Lächerliche und nehme nichts ernst. Das tue ich allerdings nicht mehr so häufig, seit *er* gegangen ist.

Die Menschen, denen ich einmal gezeigt habe, was in mir vorgeht, sind auf ein Minimum gesunken. Früher waren das Onkel Caden, Carter-Dad, meine Mutter, Tante Alayna, du, Zayden. Sogar Irina hat mich ein paarmal am Rande des Abgrundes stehen sehen. Meine Schwester, jedes Mal, wenn mein Vater mich nach Hause gebracht hat und ich meine Schultern nicht mehr stramm halten konnte, weil das Wochenende mit ihm mir alles abverlangt hat, und ich sie nur noch senken wollte.

Heute gibt es da eigentlich nur noch zwei Personen, die mich mit hängenden Schultern sehen dürfen, und das sind dein Vater und der Carter-Dad. Gefühle machen schwach, das habe ich mittlerweile gelernt. Mein Vater hat gesagt, dass man niemals aufhören soll, zu lieben, weil es am Ende alles ist, was einem bleibt. Aber das lässt sich nicht damit vereinbaren, seine Gefühle nicht zu zeigen. Und auch nicht damit, niemandem zu offenbaren, was man liebt, weil es einen schwachmacht.

Du kannst nicht lieben, geliebt werden und dich gleichzeitig vor deinen Emotionen verstecken. Ich selbst würde meinem Kind nicht raten, seine Gefühle zu verbergen. Aber zeigen kann ich sie jetzt auch nicht mehr wirklich. Ich bin mittlerweile ebenfalls zu geübt darin, sie zu unterdrücken, immer nur zu unterdrücken, bis man mit der Zeit vergisst, dass man sie besitzt. Vor allem, wenn man sich immer ablenkt. Mein Leben ist eine einzige Ablenkung von dem, was wirklich in mir vorgeht.

Als heute Ilian vor mir saß, bin ich in der Zeit vier Jahre zurückgefallen. Ich war wieder siebzehn. Ich saß wieder auf dem Stuhl, auf dem er saß. Ich habe wieder diese Enttäuschung gespürt, wieder dieses Gefühl, nicht genug zu sein. Ich habe wieder die Worte in meinen Ohren nachhallen gehört. Das Problem ist, wenn dein Vater dir als Sohn so etwas sagt und dir dabei in die Augen sieht, vergisst du es nie wieder. Denn unterschwellig wollen wir unsere Väter doch alle nur stolz machen, auch, wenn wir uns das Gegenteil einreden. Ich würde oft gern zu dem Moment zurückgehen, mich vorbeugen, in seine Augen sehen und ihn fragen: »Wirklich? Bist du dir sicher, dass ich eine Enttäuschung bin? Bist du dir sicher, dass du das jetzt nicht zurücknehmen willst? Weißt du, was du damit in mir kaputtmachst?« Tja, aber wir können nicht zurückgehen. Wir können die Zeit nicht zurückdrehen. Und so richten die Worte, die der eine nebenbei ausspricht und die ihm nichts bedeuten, beim anderen einen erheblichen Schaden an.

Worte sind so viel mächtiger, als Fäuste es sein könnten, denn wenn du die falschen sagst, bleiben sie für immer, und dein Leben wird zu einem Kampf, jedem zu beweisen, dass es nicht so ist. Dass du nicht so bist, wie sie dich sehen. Dass du nicht bist, was sie von dir denken. Dein Leben wird zu einem Theaterstück, in dem du versuchst, alles zu sein, was sie in dir sehen wollen, und dich dabei völlig verlierst. Wer weiß von uns schon noch, wer er wirklich ist? Tief im

Kern, in seinem Inneren, was ihn ausmacht. Wer kann auf die Frage: *Wer bist du?* wirklich ehrlich antworten?

Ich glaube nicht, dass Ivan Terekov den Hauch einer Ahnung hat, was er heute für immer in Ilian kaputtgemacht hat. Ich glaube nicht, dass er es getan hätte, wenn er wüsste, welche Auswirkungen das auf Ilians Psyche hat, und ich glaube außerdem nicht, dass Ivan sich so was schon einmal von seinem eigenen Vater anhören musste. Sonst hätte er es nicht gesagt. Ich denke auch nicht, dass mein Opa solche Worte je an meinen Vater gerichtet hat.

Ich schließe gerade meine Bürotür hinter mir ab. Es ist mittlerweile acht Uhr am Abend. Ilians Besuch ist zwar schon sechs Stunden her, aber ich konnte mich trotzdem auf kaum was konzentrieren, seit er da war. Es geht nicht einfach an mir vorbei, wenn er sich schlecht fühlt. Ich habe zwar immer diese kleine Distanz zu ihm gewahrt, aber das heißt nicht, dass er mir egal ist. Natürlich gefällt es mir nicht, was er da gerade durchmachen muss. Also habe ich versucht, ihm klarzumachen, welche Vorteile er aus dem ziehen kann, was auf ihn zukommt. Wir gehen unter in dieser Welt, wenn wir nicht in jedem kleinen Scheiß das Positive sehen, Rosalie.

Ich gehe durch das Foyer und Giovanni folgt mir, als ich nach meinem Mantel greife und ihn überziehe. Mittlerweile bin ich so viel ruhiger geworden. Noch vor vier Jahren hätte ich Ivan eine Waffe an den Kopf gehalten und ihn gefragt, ob das sein fucking ernst ist. So wie damals, als ich ihm einfach hingeknallt habe, dass Ilian ab sofort bei den Rushs leben wird. Aber ich schaffe es mittlerweile, mich zu kontrollieren. Das muss ich. Denn das impulsive Wesen, das ich einmal in mir getragen habe, hat mich schon zu oft in Schwierigkeiten gebracht. Davon abgesehen, dass mein Vater mir immer vorgeworfen hat, ich wäre zu unbesonnen. Jetzt bin ich es nicht mehr. Jetzt ist nichts mehr in mir so wirklich lebendig und alles funktioniert in reiner Routine. Das ist okay, so komme ich hier am besten klar.

Die Tür wird mir geöffnet, als ich in den kühlen Novemberabend hinaustrete und die eisige Luft mir um die Ohren weht. Meine Schritte knirschen auf dem gefrorenen Boden, während wir schweigend zu unseren Autos gehen. Giovanni hat ein gutes Gespür dafür, wann ich mich wie fühle, und je nachdem sucht er das Gespräch zu mir oder nicht. Jetzt spricht er nicht, weil ich sehr nachdenklich bin.

Ich öffne meinen Wagen und setze mich hinter das Steuer, bevor ich den Motor anlasse und über die Einfahrt rolle. Dass Ilian mit meiner Schwester anbandeln würde, sobald sie beide ganz klar wissen, dass sie nicht verwandt sind, war mir klar. Allerdings war ich mir nie sicher, ob es bei ihm nur das Interesse an dem Verbotenen war, wie Jungs in dem Alter nun einmal so sind. Ich wollte immer, dass er sich von ihr fernhält. Mir ist bewusst, wie er mit Mädchen umgeht, und ich weiß, dass er echte Mutterprobleme hat. Das ist nie gut. Solche Typen lassen es meistens an den Frauen an ihren Seiten aus.

Aber heute habe ich in seinen Augen gesehen, dass es mehr ist als das. Er will sie nicht benutzen. Er empfindet mehr für sie und ich habe mit einem Mal keinen Widerstand mehr verspürt, die beiden einfach machen zu lassen. Solange es nichts anderes beeinflusst, ist es okay für mich.

Ich fahre zum Tor hinaus, das mir bereits geöffnet wurde, und biege auf die Brücke.

Es ist, wie es ist, Rosalie. Und mit der Erfahrung, die ich gemacht habe, werde ich nicht die gleichen Fehler begehen wie mein Vater. Ich werde nicht der Grund sein, weshalb zwei Menschen, die sich lieben und schon ein Leben lang miteinander verwoben sind, nicht zusammen sein können. Ich werde nicht derjenige sein, der seiner Schwester kein Glück gönnt, weil ich es selbst nicht hatte. Ich werde nicht derjenige sein, der sich selbst auseinanderreißt, damit sich die beiden voneinander fernhalten.

Ich werde einfach tun, was ich tue. Und so lange alles so weiterläuft wie bisher, sehe ich keinen Grund, mich dazwischen zu stellen. Solange er keine niederen Absichten mit Catalina hat und ihr das Herz nicht bricht, werde ich nicht derjenige sein, der sie trennt.

* * *

Das Tor des Rush-Anwesens öffnet sich. Ich werde heute meine Schwester abholen und ihr ein bisschen was über die de Lucas näherbringen, denn es ist ihr gutes Recht zu erfahren, woher sie wirklich kommt. Auch, wenn das nichts ändert, so sollte sie es wenigstens wissen. Wissen, wer ihr Vater, ihr Onkel und ihre Großeltern waren. Wer wie wann gestorben ist und wieso.

Ich rolle über die Einfahrt. Natürlich habe ich Catalina und auch dem Carter-Dad schon Bescheid gesagt. Sie wird hoffentlich schon fertig sein und einfach runterkommen. Ich will mich nicht zu lange in diesem Haus aufhalten, denn alles, was ich im Alltag zu vertuschen versuche, wallt hier immer wieder in mir auf. Ich werde schwach und verletzlich in diesen vier Wänden, weil sie mein Zuhause sind.

Ich parke neben dem schlichten Brunnen und schaue an dem weißen Haus hoch. Es ist bereits dunkel und der Schnee wurde geschippt. Die Sterne und der Mond stehen hell und hoch über dem Anwesen, das einmal mein Zuhause war.

Seufzend öffne ich die Fahrertür, bevor ich aussteige und den Kragen meines schwarzen Mantels hochklappe. Natürlich ist meine Schwester nicht draußen und wartet schon auf mich, also schiebe ich die Hände in die Taschen und schlendere über den knirschenden, gefrorenen Kies am Brunnen vorbei.

Gerade, als ich die breite Treppe zur Haustür hochgehe, fluten mich weißblaue Scheinwerfer. Ich stocke auf der vorletzten Stufe und sehe über die Schulter, als auch schon das Geräusch eines brummenden Motors und über den Kies rollende Reifen ertönen.

Ein schwarzer Chevy, neueres Modell, fährt vor und ich hebe den Kopf etwas. Dieses Auto ist fremd, weshalb ich meine Hände in den Manteltaschen zu Fäusten balle. Es ist nie gut, wenn ein Fremder auf ein Anwesen kommt. Allerdings hat dein Vater Kameras überall und die Wachen hätten ihn nicht durchgelassen, wäre er unerwünscht.

Wer ist das? Ich hasse es, nicht zu wissen, was um mich herum passiert.

Ich drehe mich ganz um und sehe mit geneigtem Kopf durch die Windschutzscheibe. Hinter dem Steuer sitzt ein dunkelhaariger Typ, ungefähr Mitte zwanzig. Er trägt eine Lederjacke und einen schwarzen Schal um seinen Hals. Er hat einen Dreitagebart. Jetzt sieht er gerade auf seine Uhr, während er vor dem Haus hält und den Motor laufen lässt.

Der Rauch seines Auspuffs steigt in den dunklen Himmel. Was will er hier und auf was wartet er bitte?

Die Tür in meinem Rücken öffnet sich und die Antwort erscheint in Absatzstiefeln.

Du kommst, wie ich mit einem Blick über die Schulter feststelle.

»Jaha, mach ich!«, rufst du noch ins Haus und schiebst dein Handy in deine Tasche. Du hast dich aber ganz schön hergerichtet, Rosalie. Deine dunkelbraunen Haare sind zu langen Locken frisiert und du trägst einen dunkelblauen Mantel, der vorn zugeknöpft ist, sodass ich an deinen Beinen nur die Strumpfhose und die Stiefel sehen kann. Du bist geschminkt. Fuck, du bist so schön. Deine Lippen sind rot. Was sollen sie denn ausdrücken?

Wartet dieser Typ da auf *dich*? Ich meine diesen Durchschnittswurm da in seinem Chevy mit seiner abwetzten Lederjacke.

Du schaust auf und dein Blick trifft auf mich, weswegen du stockst. Oh sorry, habe ich dich bei irgendwas erwischt oder gestört, Tesoro?

Deine Augen gleiten kurz hinter mich, dann wieder zu mir, womit ich mir jetzt wirklich sicher bin, dass dieser Wurm auf dich wartet.

Habt ihr ein Date? So ganz normal ohne Bodyguards in einem Imbiss oder einem Fastfood-Restaurant? Ich muss mich zusammenreißen, das Gesicht nicht zu verziehen. Du gehörst nicht in ein verdammtes Fastfood-Restaurant.

»Hey«, sagst du vorsichtig, doch ich erwidere nichts, weil ich gerade ein wenig wütend werde. Deshalb ist es besser, ich halte einfach den Mund, denn Impulsivität gehört ja nicht mehr zu meinen Charaktereigenschaften.

Du runzelst deine Stirn und kommst die Treppe herunter. »Alles okay?«

Was denkst du denn? Warum stellst du mir jetzt so eine *dumme* Frage? Wäre bei dir alles okay, wenn ich irgendeine Tussi abholen fahre und du es siehst? Ernsthaft jetzt?

»Sicher«, meine ich härter als beabsichtigt und bemerke selbst, wie angespannt meine Schultern sind. Fuck, Rosalie.

Du musterst mich forschend, willst noch etwas sagen, belässt es dann aber bei: »Okay.« *Okay, Rosalie.*

Ich sehe, wie Giovanni aus seinem Auto steigt und mich lauernd betrachtet. Ich werde jetzt nicht ausflippen. *Keine Sorge, Giovanni.* Ganz sicher nicht. Geh doch zu deinen Dates mit deinen Durchschnittstypen, wenn es das ist, was dich glücklich macht.

Die Haustür in meinem Rücken wird wieder geöffnet und leise geschlossen. Ich weiß, dass es meine Schwester ist, weshalb ich mich nicht umzudrehen brauche. Ihre Schritte sind kaum hörbar und vorsichtig. Neben mir bleibt sie stehen. Ich starre immer noch zu dir. Was habe ich Ilian heute Mittag noch erzählt? Bullshit. Alles Bullshit.

Catalina ist ganz angespannt. Ich stoße mich vom Geländer ab und nicke sie zu meinem Auto. Sie kuscht sofort und ihre knirschenden Schritte verhallen. Die Tür schlägt zu, nachdem sie eingestiegen ist, und eine andere Tür klackt, als sie geöffnet wird.

Ich drehe langsam den Kopf nach links. Die Durchschnittswurst ist ausgestiegen, hat einen Unterarm auf den Türrahmen gestützt und sieht fragend zu uns. Was will denn dieser Hipster jetzt? Bringt er dich in ein veganes Restaurant, Rosalie? Werdet ihr da glutenfreie, vegane Burger essen, während er dir was über die globale Erwärmung erzählt?

»Alles okay?«, meint er jetzt zu dir und ich hebe eine Braue. Was glaubt er, wer er ist, fragen zu dürfen, ob alles okay ist, wenn du vor *mir* stehst? Woher nimmt er sich das Recht? Wie oft wart ihr denn schon aus? Wer ist das? In meiner Welt kenne ich jeden, aber diese Wurst ist eben nicht mehr als eine Wurst und ich kenne keine amerikanischen Würste.

Ich lasse meine Augen wieder zu dir schweifen.

»Ja, setz dich wieder rein«, sagst du angespannt zu ihm, ohne von mir wegzusehen. Uh, hast du Angst, Rosalie? Willst du nicht, dass ich ausflippe und ihn erschieße?

Kein Lichtblick diesmal, wenn ich in deine Augen schaue. Ich bin einfach nur echt wütend.

»Schon okay, ich wollte gerade gehen«, meine ich schneidend und balle meine Hände in den Manteltaschen erneut zu Fäusten. Ich schwöre bei Gott, ich werde noch einen Herzinfarkt kriegen, wenn das so weitergeht.

»Sergio, ich ...«, setzt du an. Ich stocke und sehe zu dir runter.

»Alles okay«, sage ich sanft und etwas bitter. »Ich wollte ja, dass du glücklich bist.« Ich lasse meinen Blick nochmal zu diesem Hanswurst in seiner dunkelbraunen Ich-bin-so-hart-ich-brauche-bei-dieser-Arschkälte-keine-richtige-Jacke-Lederjacke gleiten. Dann sehe ich erneut in deine türkisen Augen, die versuchen, mich zu beschwichtigen. Dabei bin ich gar nicht wütend, Rosalie. Ich bin nur ernüchtert, weil ich anscheinend drei Jahre lang einer Fantasie hinterhergejagt bin, dass es bei dir und mir anders ist. Egal, ob getrennt oder nicht. Ich dachte, dass ich immer der Eine für dich sein werde, so wie du immer die Eine für mich bist. Ich habe die unrealistische Vorstellung gehabt, dass du niemanden daten oder dich nie wieder verlieben wirst. Das ist ein dummer Irrglaube, der uns von Kindheit an eingetrichtert wird und einfach nicht wahr ist. Wir sind hier nicht bei Walt Disney und das Leben ist kein fucking Märchen. Wir sind Menschen und wir machen weiter. Das ist gut und normal und so sollten wir es beide handhaben. Du hast ja recht damit, es bringt nichts, sich für immer vor allen anderen zu verschließen. Ich wollte, dass du glücklich bist und sollte mich jetzt nicht aufregen.

Aber eigentlich ist es auch fuckegal, oder?

»Ich bin aber nicht glücklich!«, stößt du laut aus. Tja, das wäre ich mit dieser Wurst auch nicht. Und ja, mir ist klar, dass du nicht glücklich bist, ich sehe es dir an. Ich kenne dich. Aber ich kann daran nichts ändern. Mit mir zusammen zu sein, würde dich auf kurz oder lang auch nicht glücklich machen, so, wie es jetzt ist.

»Fahren wir jetzt?«, fragt der Lutscher. Ich sehe wieder langsam nach links und Giovanni macht einen vorsichtigen Schritt in meine Richtung, weil er meine blitzenden, warnenden Augen richtig deutet. Wenn dieser Penner sich noch einmal einmischt, frisst er eine Kugel.

»Ja!«, rufst du etwas atemlos und trittst von mir zurück. Ja, mach nur. Tritt von mir zurück.

»Na dann, einen angenehmen Abend und viel Spaß beim Nichtglücklichsein«, meine ich noch zynisch, bevor ich einen Schritt nach rechts gehe.

»Dir auch«, erwiderst du mit blitzenden Augen und verschränkst die Arme vor der Brust. Allen Dingen, die wir miteinander hatten, zu Ehren, solltest du jetzt nicht in dieses Auto steigen, solange ich noch hier stehe, deshalb setze ich mich in Bewegung.

Ich nehme die drei Stufen nach unten und scheiße darauf. Scheiß drauf, Rosalie.

Jetzt sind meine Schritte ausschweifend, als ich meine Fahrertür aufreiße und in den Sitz sinke. Catalina ist ganz still und hat sich unsichtbar gemacht, wie so oft, wenn ich in dieser Laune bin. Sie kennt mich und hält dann besser Abstand von mir. Tja, nun sitzen wir aber hier in diesem Auto zusammen. Doch ich werde es nicht an ihr auslassen.

Ich starte den Motor und schieße in einer scharfen Kurve rückwärts aus meiner Lücke, sodass ich fast die Stoßstange dieses Bastards ramme, bremse aber knapp davor.

Er hupt und ich bin kurz davor, ihm seinen Reifen zu zerschießen. Er sollte mich nicht reizen – nicht noch mehr. Denn er hat keine Ahnung, wer ich bin und was ich bereit wäre zu tun, wenn es um dich geht. Im Rückspiegel sehe ich, wie du immer noch an der Treppe stehst, schaue dann aber wieder nach vorn.

Das Tor gleitet quälend langsam auf, aber sobald es das tut, gebe ich Gas und schieße über die Brücke, sodass die Reifen quietschen und Giovanni Mühe hat, mit mir mitzuhalten. Ich gebe so viel Gas, bis ich genügend Distanz zwischen mich und das Haus gebracht habe. Meine Hände sind fest um das Lenkrad geklammert und mein Magen ist verkrampft. Ich habe ja damit gerechnet, dass du irgendwann weitermachst, aber das heißt nicht, dass ich nicht enttäuscht deswegen bin. Vielleicht hatte ich doch unterschwellig noch die kleine Hoffnung, dass wir irgendwann zusammen sein können. Aber sicher nicht, wenn du wirklich weitermachst.

Gut, dann eben nicht.

Ich habe sowieso keinen fucking Platz für dich in meinem Leben!

Und ich habe anderes, worauf ich mich konzentrieren muss, als darauf, für wen du deine Beine breit machst. FUCK!

Bei dem Gedanken knirsche ich mit den Zähnen und taste meine Manteltasche mit einer Hand nach meinem Zigarettenetui ab, während ich mit der anderen das Auto nach rechts Richtung Hauptstraße lenke. Ich meine, vögelst du mit ihm? Trefft ihr euch vielleicht schon länger? *Bist du mit ihm zusammen?*

Sobald ich das Etui zwischen den Fingern halte, reiße ich es auf und ziehe eine Zigarette raus, die ich mir fahrig zwischen die Lippen schiebe. Noch bevor ich mein Zippo suchen kann, entflammt Catalina ein Feuerzeug unter meiner Nase und ich ziehe tief. Ich ziehe so tief, dass meine Lungen brennen. Dann öffne ich das Fenster einen Spalt.

Okay, ich muss mich jetzt konzentrieren. Ich muss jetzt runterkommen.

Ich darf jetzt nicht zu genau an dich denken. An deine Augen und deine Lippen und daran, dass sie womöglich jemand anderes berühren. Ich habe dich gehen lassen. Du bist gegangen. So einfach ist das. Und es wird Zeit, endlich meinen Besitzanspruch auf dich aufzugeben. Denn du gehörst mir nicht mehr, Rosalie.

17. De Luca, Rosalie

XX

Sergio

»Kennst du den Typen?«, frage ich durch zusammengebissene Zähne.

»Nein«, antwortet Catalina sofort leise. Er holt dich also zu Hause ab und hat nicht mal den Respekt, sich vorzustellen? Was für einen Bauer hast du dir denn da angelacht? Ein Schnauben entkommt mir.

Ich werfe meiner Schwester einen Blick zu. Sie hat die Hände unter die Schenkel geklemmt und schaut nach vorn. Sie ist ungeschminkt und ein paar schwarze Locken wehen wegen des Fahrtwindes über ihre Schulter. Als sie meinen Blick spürt, sieht sie mich mit ihren hellblauen Augen an. Es ist kaum auszuhalten, da reinzusehen. Ehrlich nicht. Sie gleichen denen meines Vaters exakt. Also schaue ich wieder auf die Straße.

»Du weißt gar nichts über ihn?«, frage ich nun.

»Ich weiß nur, dass er sie jetzt zum ersten Date abgeholt hat«, antwortet Catalina ruhig.

Aha, erstes Date. Das Komische ist, dass ich normalerweise immer weiß, was du tust. Aber in der letzten Zeit habe ich mich wohl zu sehr darauf verlassen, dass du immer dasselbe tust und nicht ausgehst, so wie zuvor.

Schön, vielleicht hältst du dich ja an die Drei-Dates-Regel. Vielleicht hofft er ja beim übernächsten Mal aufs Vögeln. So läuft das doch bei diesen Normalos, oder?

Ich streiche mir über das Gesicht, dann ziehe ich wieder tief und reguliere meine Wut. Ich werde jetzt nicht ausflippen. Ich werde jetzt ruhig bleiben. Wie immer.

Tief atme ich ein und aus.

Ich konzentriere mich darauf, hier zu sein. Mit dem Kopf und mit dem Herzen. Ich will nicht wissen, was du tust. Aber ich bin angepisst. Ich bin angepisst, weil ich von mir ausgegangen bin und ich nicht mal im Traum über etwas so Dämliches wie ein Date nachdenke. Ich will niemanden kennenlernen. Sie interessieren mich nicht. Sex ist Sex. Alles, was darüber hinausgeht, juckt mich nicht. Ich will nicht wissen, welche Probleme sie haben, was sie gern essen und wie ihre Eltern heißen. Weil es für mich nur dich gibt. Dich kenne ich. Also brauche ich keine verfickten Kennenlern-Dates. Die hat man doch sowieso nur, wenn man sich mehr erhofft.

Tust du das? Erhoffst du dir mehr? Erhoffst du dir, über mich hinwegzukommen? Denn dass du das noch nicht getan hast, weiß ich.

Okay, aber daran denke ich jetzt nicht.

Es ist sowieso fuckegal und spielt keine Rolle in meinem Leben. Nicht wahr? Fuck Rosalie, ich habe dich einfach noch nie mit einem anderen Typen gesehen und wenn ich nur daran denke, wie er dastand und auf dich gewartet hat, bekomme ich Herzrasen. Ich hasse das. Ich hasse das alles hier so sehr.

»Wie fühlst du dich?«, frage ich meine Schwester, die zur Abwechslung mal nicht mit ihrem Handy beschäftigt ist. Vor allem, um mich abzulenken und mich auf sie zu konzentrieren. Ich muss im Jetzt bleiben.

»Gut«, antwortet sie leise und sieht aus dem Augenwinkel zu mir.

»Wie geht es Ilian?«

»Er war heute ziemlich still.« Sie schaut wieder nach vorn und lehnt den Kopf an den Sitz. Ich schätze, dass er ihr noch nichts davon erzählt hat, was ihn erwartet. Also werde ich das sicher auch nicht tun.

»Wohin fahren wir?«, fragt sie mich nun etwas unsicher, weil sie meine Laune nicht einschätzen kann.

»Zum Friedhof«, erkläre ich knapp.

Sie zieht den Kopf zurück und reißt die Augen auf. »Oh mein Gott, wirst du mich jetzt lebendig begraben?« Das kommt nicht mehr ganz so zurückhaltend.

Okay, diese Frage schafft es, alles in mir kurz stocken zu lassen und mich von allem abzulenken. »Catalina. Wieso sollte ich das tun?«

Sie sieht mich lauernd an. »Was wollen wir sonst auf dem Friedhof?«

Ich atme durch und überlege, was falsch bei ihr läuft, dass ein Friedhofbesuch damit einhergehen muss, jemanden lebendig zu begraben. Im Herzen ist sie also doch eine de Luca.

»Familienbesuch«, meine ich mit einem trockenen Lächeln und biege links ab. Sie scheint kurz darüber nachzudenken, dann tritt die Erkenntnis auf ihre Züge. »Leider sind ja die meisten schon tot«, erkläre ich.

Sie schweigt und spielt mit ihren Fingern, während ich an einer roten Ampel halte.

»Ich will dir nichts aufzwingen oder dich zu jemandem machen, der du nicht bist. Ich will nur, dass du weißt, woher du kommst. Vom Blut her, meine ich.«

Sie nickt und entspannt ihre Schultern unter dem dunkelroten Mantel etwas. »Ich habe das alles immer noch nicht so richtig begriffen«, murmelt sie dann.

»Okay, ich erkläre es dir«, meine ich ruhiger und rutsche tiefer in den Sitz, bevor ich die Asche der Zigarette aus dem Fensterspalt schnippe. »Was willst du wissen? Ich hab zwar nicht alles miterlebt, aber ich habe alles erzählt bekommen.«

»Wie war er so?«, erkundigt sie sich sofort, als hätte sie sich die Frage schon das ganze Wochenende gestellt. Ich weiß natürlich, dass sie meinen – unseren – Vater meint.

»Hast du dir die Botschaft auf dem Stick nicht angesehen?« Ich fahre weiter, als die Ampel auf Grün schaltet.

»Nein«, gibt sie leise zu. »Ich weiß nicht, was mich erwartet.«

Ich nicke verstehend. Mir ging es auch so. Ich habe Monate gebraucht, um mir Dads Video anzuschauen. Dann seufze ich tief und denke an meinen Vater zurück, wobei ich versuche, die Erinnerungen nicht allzu nah an mich ranzulassen. »Er ist ein guter Mensch.«

»Er *ist* ein guter Mensch?« Catalina hebt zweifelnd eine Braue.

»Er *war* ein guter Mensch«, korrigiere ich mich augenverdrehend. »Er war ein guter Mensch, der zu oft zu viel Scheiße erlebt und sich völlig verschlossen hat. Deshalb kamen nicht viele an ihn heran und er konnte meistens nicht zeigen, was er wirklich empfunden hat. Er war fest davon überzeugt, dass Mom diese Seite jederzeit in ihm hervorholen könnte, deshalb wollte er sie unbedingt zurückhaben. Aber sie hatte schon ihr Glück gefunden.«

Catalina denkt angestrengt darüber nach. »Also hat er sie bis in den Tod geliebt?«

»Ist nicht so romantisch, wie es klingt«, meine ich trocken.

»Doch, das ist total romantisch. Ich meine, solange er Dad … also DAD nicht meine Mom weggenommen hat, ist es noch romantisch.«

Ich sage ihr jetzt nicht, dass er das vorhatte, bevor er ging.

»Was noch?«, fragt sie.

Ich denke kurz darüber nach, wobei ich in den dunklen Himmel und zu den hohen Towern schaue. »Er war geduldig, nur nicht mit sich selbst. Er hat versucht, so zu handeln, dass er sich am Abend noch im Spiegel ansehen konnte, aber das ist in dieser Position und in dieser Welt leider nicht immer möglich. Er konnte Menschen, die er in sein Herz geschlossen hat, nicht wieder gehen lassen, und ich denke, er war verliebt in den Gedanken zu lieben«, stelle ich mehr für mich selbst fest. »Er war geordnet und hatte immer über alles den Überblick. Er war hochintelligent, was ihm mehr Fluch als Segen war. Er hat sich nicht an die Dinge gehalten, die er anderen geraten hat. Er war diszipliniert, nur nicht bei sich selbst. Er war meist sehr ruhig und gelassen, aber in ihm sah es oft ganz anders aus. Er hat viel nachgedacht und sich viel in Gedanken verstrickt. Und wenn etwas seiner Meinung nach so war, war er immer sehr schwer vom Gegenteil zu überzeugen. Es hat den Anschein gemacht, dass er seine Fehler nicht gesehen hat. Aber je mehr ich über ihn nachgedacht habe, desto klarer wurde mir, dass er sehr wohl wusste, wo seine Fehler lagen. Er hat sie nur nicht korrigiert. Er hatte ein Herz, aber er hat es nicht mehr gefühlt.«

Catalina schweigt, genau wie ich, nachdem ich das Wesen meines Vaters zusammengefasst habe. Es ist wirklich seltsam, ihn überhaupt beschreiben zu müssen. Die Worte kamen automatisch, ohne dass ich zuvor darüber nachgedacht habe, zumal ich selber nie wusste, was ich von meinem Vater halten soll.

»Das klingt …«

»Kompliziert?«, biete ich mit einer erhobenen Braue an und sie sieht zu mir.

»Hattest du immer nur Probleme mit ihm?«, fragt sie, weil sie natürlich viel mitbekommen hat, als wir noch jünger waren. Weil sie bemerkt hat, wie fertig ich nach den Besuchen bei ihm immer war.

Ich seufze. »Tja, ich schätze, jeder Sohn hat Probleme mit seinem Vater. Das heißt nicht, dass du Probleme mit ihm gehabt hättest. Ganz im Gegenteil.«

Sie nickt nachdenklich und sieht wieder nach vorn, während ich die heruntergebrannte Zigarette aus dem Fenster segeln lasse.

»Was noch?«, fragt sie nun und lässt den Kopf gegen den Sitz sinken, während wir durch die von Straßenlaternen beleuchtete Stadt fahren.

»Er hatte einen Bruder, der ist auch tot. Dorian war eineinhalb Jahre jünger als er …«, überlege ich laut.

»Ja, das weiß ich«, winkt sie ab.

»Dann gibt es da noch Ramon, er ist sein Cousin. Den kennst du ja auch.«

Sie runzelt die Stirn. »Ja …« Das kommt etwas zögernd. Sie weiß nicht, was sie von Ramon halten soll. Das wissen die Wenigsten, wenn sie ihn nicht kennen.

»Angst vor dem bösen, schwarzen Wolf?«, frage ich mit erhobenen Brauen und sie reckt das fein geschwungene Kinn.

»Nein, ich habe keine Angst vor ihm!«

»Brauchst du auch nicht«, sage ich zuversichtlich. »Es ist hier alles mehr Schein als Sein. Ramon hat jedenfalls eine Schwester, sie heißt Mariella und lebt in New Orleans. In Italien kennst du ja alle …« Ich erzähle ihr jetzt nicht, dass der Carter-Dad mal mit Mariella verheiratet war und Ramons Ex Ariana gevögelt hat.

Catalina reibt sich über die Augen. »Das ist echt verwirrend. Waren jetzt alle mit mir verwandt, mit denen ich die letzten Jahre zusammensaß und sonst was gemacht habe?«

»Japp.« Ich nicke leicht. »Ich schätze allerdings, dass deine Herkunft kein Geheimnis war.« Ich sehe sie direkt an, weil selbst ein Fremder das de Luca-Gesicht erkennen würde. »Seine Eltern hießen Vito und Maria, sie sind auch gestorben. Damals war Dad zwanzig und musste sein Erbe antreten. Kurz darauf wurde er dann zum Oberboss, weil sein Großonkel Francesco auch gestorben ist.«

»Wenigstens war er da zwei Jahre älter als *du*«, bemerkt Catalina nachdenklich.

»Ja, und er hatte Mom.« Ich seufze. »Zu der Zeit.«

»Sie war nicht freiwillig bei ihm, oder?«, hakt Catalina nun nach und ich betrachte sie aus dem Augenwinkel. Dabei ist es eigentlich keine Frage, die sie beantwortet haben möchte. Sie sucht lediglich Bestätigung. Sie will nicht, dass da mehr war. Sie will unbedingt hören, dass Mom gegen ihren Willen was auch immer getan hat, sonst geht ihr Glauben an Carter-Dads und ihre Romanze kaputt. Allerdings werde ich sie nicht anlügen.

»Nein, aber sie hat ihn geliebt. Sie war eigentlich an seinen Bruder versprochen. Mom und Dad haben allerdings schon vorher eine Beziehung geführt, wenn auch heimlich. Damals war eben alles noch etwas verdeckter, als es das jetzt ist, und die Eltern strenger. Du kennst ja Moms Eltern.«

Catalina verzieht das Gesicht.

»Tja, und dann ist Dorian gestorben und sie wurde weitergereicht, wie es bei den Frauen in unserer Welt oftmals üblich ist. Und dann ...«

»*Und dann kam Dad*«, meint Catalina jetzt drängend. »Und hat alle vom Platz gefegt!«

Ich hebe einen Mundwinkel. »Ja, genau so war das«, sage ich sanft. Das klingt immer noch freundlicher als die wirkliche Variante, aber ich möchte ihr die Illusion nicht rauben.

Ich halte vor dem Tor des Friedhofes und parke links daneben. Es ist stürmisch und die Gitter bewegen sich knarzend hin und her. Die kahlen, schneebedeckten Äste der Bäume, die über die Mauer ragen, wehen im Wind.

Ich stelle den Motor ab. Der Parkplatz ist leer und ein paar rote Windlichter schimmern durch das Tor. Hier oben ist es etwas verschneiter, aber es wurde bereits gestreut

Ich wende mich nochmal an meine Schwester. Sie sieht mich an. »Ich will nur nicht, dass du den Eindruck hast, du musst dich dafür schämen, wo du herkommst. Das musst du nicht. Es sind nicht alle schlecht, die diesen Nachnamen tragen. Ich will nur, dass du genau weißt, wessen Blut du in dir hast. Es steht dir völlig frei, wen auch immer du willst, Dad zu nennen, und deinen Nachnamen zu wählen. Das einzig Wichtige ist, dass man seine Herkunft nicht verleugnen muss. Du kommst aus einer Familie, die vielleicht ein wenig machtzerfressen ist, aber deshalb nicht schlecht. Einige hier konnten ihr Herz wahren und werden nur missverstanden.« Der Erste, an den ich dabei denke, ist Ramon. Er wird von den meisten falsch eingeschätzt. Dabei wissen sie überhaupt nicht, was für ein Mensch wirklich in ihm steckt.

»Okay«, sagt Catalina ernst und hält den Blick in meine Augen gerichtet.

»Okay.« Ich öffne meine Tür, und noch, bevor ich Catalinas Tür öffnen kann, ist sie schon ausgestiegen. Der Wind peitscht ihre schwarzen Locken nach hinten.

Ich verriegle meinen Wagen. Giovanni heftet sich an unsere Fersen und unsere Schritte knirschen auf dem

Streusalz. Wir haben beide die Hände in den Manteltaschen vergraben und ich schaue an dem Tor hoch. Das hier wird mein erstes Mal in der Gruft nach der Beerdigung meines Vaters sein. Ich glaube immer noch nicht, dass er da drin liegt. Vielleicht ändert sich das ja, wenn ich davor stehe und seinen eingravierten Namen lese.

»Was waren seine letzten Worte an dich?«, fragt Catalina mich unvermittelt mit einem Blick über die Schulter und ich denke an alles, was er mir in der Nacht vor seinem Verschwinden und in seiner Videobotschaft mitgeteilt hat.

Aber das waren gar nicht seine letzten Worte.

Ich muss grinsen. »Trink nicht so viel.«

Catalina lacht. »Ich liebe das. Das ist so echt.«

»Ja, er war echt. Es war ihm eigentlich egal, wer vor ihm stand. Er hat alle gleichbehandelt. Er war genauso höflich zu den Hausmädchen, wie er es zum Bürgermeister war.«

»Das klingt sehr nobel«, bemerkt Catalina anerkennend nickend.

»Sehr nobel«, wiederhole ich lächelnd, während ich Catalina das Tor aufhalte, wobei es noch mehr knarrt. Sie tritt vor und Giovanni folgt uns in dichtem Abstand. Ich schaue kurz über meine Schulter zu ihm. Er ist völlig ungerührt. Seine dunklen Augen geben nichts preis, dabei sehen sie so viel, nicht wahr? Ich habe bereits Savio darüber informiert, dass er nach Washington reisen soll. Er wird morgen früh fahren. Ich bin gespannt, ob er zurückkommt.

Ich folge meiner Schwester über den frostigen Boden und ein eisiger Wind peitscht um unsere Ohren. Sie sieht fragend zu mir und ich nicke zu einem Pfad den Hügel hinauf, wo sich die Gruft befindet, umgeben von zugeschneiten Gräbern. Sie geht voran, mit mir dicht hinter ihr.

Überall brennen Windlichter. Deren Schein flackert über Namen verstorbener Menschen, die ihr Leben schon lange hinter sich gelassen haben. Wir kommen vor der schwarzen Marmorgruft an, über der in goldenen Lettern DE LUCA eingelassen wurde und auf deren Dach eine Engelsstatue sitzt, das Kinn auf die Handfläche gestützt. Catalina sieht daran hoch. Ich weiß nicht, was sie denkt, aber sie wirkt höchstkonzentriert, als sie mir Platz macht. Ich ziehe den Schlüsselbund aus meiner Manteltasche und schließe das Gittertor auf, bevor ich es öffne und es durch den Schnee schabt.

»Ladys first«, meine ich einladend und deute ihr mit einer Handbewegung, vorzugehen. Sie schaut lauernd zu mir hoch. »Ich werde dich nicht dort einsperren und weglaufen, Catalina. Geh«, meine ich belustigt und sie atmet nochmal durch, bevor sie eintritt. Giovanni bleibt davor stehen und ich folge meiner Schwester hinein in die Gruft. Ich lege eine Hand an ihren Rücken und führe sie die drei Stufen hinab, sodass wir im Inneren des eiskalten Gemäuers sind, wo es stockfinster ist und nach feuchtem Stein riecht.

Ich ziehe mein Zippo aus der Manteltasche, lasse es aufklacken und sehe mich nach Kerzen um, die hier irgendwo stehen sollten. Sobald ich die dicken, schwarzen Dochte finde, zünde ich sie an, bis alles von einem warmen Schimmer eingehüllt ist. Aber in mir ist es eiskalt, Rosalie. Mein Herz verkrampft sich, als ich die Namen überblicke.

Auch die Augen meiner Schwester schießen nun von links nach rechts über die mit Gold in Stein gravierten Namen und Daten. *De Luca. De Luca. De Luca …*

Ich atme tief und lasse meine Hände wieder in die Manteltaschen gleiten.

Dorian Matteo de Luca.

Maria Leandra de Luca.

Vito Francesco de Luca.

Jacob Matteo de Luca.

Amalia Dahlia de Luca.

… Donovan Jacob de Luca.

Catalina schluckt und runzelt ihre Stirn, während ich versuche, mir zu sagen, dass das Grab meines Vaters mit Sicherheit leer ist, oder? Ich glaube nicht, dass er darin liegt. Oder?

»Wie du sicherlich bemerkt hast, befinden wir uns hier in der de Luca-Familiengruft«, informiere ich Catalina, die vor mir steht. Sie zuckt zusammen, als hätte ich sie aus den Gedanken gerissen.

»Ich will dir ein paar Sachen erzählen, die mir erzählt wurden. Das sollte eigentlich dein Vater tun, aber der ist ja nicht da.« Mein Blick schweift wieder zu dem Namen meines Vaters und ich unterdrücke einen Schauer. Das ist so falsch. Sein Name gehört hier noch nicht hin.

Ich umrunde meine Schwester und die Kerzen flackern über unsere Gesichter, die sich so sehr ähneln. Meine Hände halte ich hinter dem Rücken.

»Ein paar Familienmitglieder sind in Italien begraben und nicht hier. Das sind Matteo de Luca und Francesco de Luca mit ihren Frauen. Matteo de Luca hatte zwei Söhne. Jacob und Francesco. Francesco hat geheiratet und nie Kinder gekriegt. Jacob und er haben die ersten Steine des de Luca-Fundamentes gebaut. Francesco in Sizilien und Jacob hier. Jacob hatte eine Frau.« Ich nicke zu dem Grab daneben. »Amalia. Sie hat sich umgebracht. Er hat sie dafür benutzt, an die Macht zu kommen.«

Catalina verzieht das Gesicht.

»Tja, früher ging es eben nicht um Liebe und keiner hat mit seinem Herzen gedacht.« Nicht, dass das heute jemand tun würde.

»Das ist so traurig«, wispert sie und ihre leise Stimme hallt in den Gemäuern wider.

»Ja, das ist es«, erwidere ich. »Aber ich will nichts schönreden. Es ist, wie es ist. Darauf basiert eben die ganze Familiengeschichte. Jacob und Amalia hatten drei Söhne. Vito, Andrej und Pablo.«

Jetzt sieht sie wieder zu mir und die Erkenntnis blitzt in ihren Augen auf. Sie kennt natürlich zwei davon. »Vito ist dann also dein Opa. Er ist bei einem Angriff der de Luzio-Familie auf das Haus gestorben, als Dad zwanzig war. Sie sind im Schlaf erschossen worden. Er und seine Frau.«

Catalina verzieht das Gesicht noch mehr. »Das ist ja noch schlimmer«, wispert sie brüchig und ich richte meinen Mantelkragen, während ich meinen Blick über die golden blitzenden Namen streichen lasse.

»Schön ist es sicher nicht. Aber, so viel weiß ich zumindest, die beiden haben sich geliebt. Das hat Dad mir erzählt. Also stammt alles, was danach kam, nicht von Macht- und Profitgier ab. Sondern von Liebe.« Da! Habe ich endlich was Gutes zu erzählen, denn ich weiß, die Geschichte der de Lucas ist düster und dramatisch.

»Damals, als die beiden erschossen wurden, haben Carter und Caden Rush für Vito de Luca gearbeitet. Sie waren seine Bodyguards«, erkläre ich ruhig weiter und Catalina schaut zu mir auf. »Bei dem Angriff kam auch der Carter-Dad fast ums Leben, aber Dad hat ihn ins Krankenhaus gebracht. Mom wurde auch angeschossen. Es war alles sehr heikel.« Und deshalb, Rosalie – jetzt erinnere ich mich wieder –, will ich dich nicht bei mir haben. Das ist eine ganz gute Auffrischung, falls ich es wieder vergessen sollte. Denn ich will dich nicht irgendwo angeschossen finden müssen. Ich will dich nicht in Gefahr wissen.

Catalina zieht ihre Brauen zusammen, während ihre hellblauen Augen zu den Namen zurückschweifen. Sie sieht wieder sehr nachdenklich aus.

»Ja, ich habe auch etwas gebraucht, um das alles zu verarbeiten. Aber manchmal ist diese Liebesscheiße ein bisschen kompliziert.« Ich lasse meine Augen wieder zu den Namen meiner verstorbenen Großeltern schweifen. »Deinen Großonkel Pablo kennst du ja bereits. Er hat nie geheiratet und ich schätze, das hat tiefere Gründe, als die meisten ahnen. Dein anderer Großonkel Andrej ist Ramons und Mariellas Vater, wie du weißt. Mariella hat geheiratet und ihr Mann führt die de Luca-Geschäfte in New Orleans weiter. Ramon bleibt fürs Erste bei mir und pendelt ab und zu. Andrej und seine Frau Garcia haben sich nach Sizilien abgesetzt. Andrej ist ein Bastard und deshalb ist es gut, dass er sich meistens fernhält und nicht an den Familientreffen teilnimmt.«

Meine Schwester nickt, sie kennt Andrej. Er wollte sie einmal ansprechen, und bevor ich einen Schritt machen konnte, hat mein Vater sich dazwischengeschoben. Das ist auch gut so. Ich habe gehört, was Andrej gern tut.

»Und hier haben wir das Grab deines Onkels Dorian Matteo de Luca.« Ich streiche flüchtig über den Namen und ich schaue ihn mir genauer an. Dorian war noch so jung, als er starb. Neunzehn Jahre.

Catalinas Brauen fahren erneut zusammen. Ihre Augen sagen: *Das ist so falsch.*

»Was ist mit ihm passiert?«, fragt sie leise.

»Er war vor unserem Vater mit Mom verheiratet … Es ist wirklich kompliziert.« Ich runzle die Stirn. »Jedenfalls wurde er erschossen. Auf dem Steg hinter unserem Haus.«

»Warum wurde er erschossen?« Jetzt klingt ihre Stimme etwas aufgewühlt, weil sie so durcheinander ist.

»Das weiß ich nicht. Das passiert ab und zu in dieser Welt.« Ich betrachte Dorians Namen und lege den Kopf etwas schief. Hinter seinem eigenen Haus auf dem Steg. Worum mag es da gegangen sein? »Vielleicht hatte es auch was mit der Scheißliebe zu tun. Man weiß es nicht. Jedenfalls ging Mom dann an den nächsten Bruder über, wie das halt so ist. An Donovan de Luca. Glück für sie, dass der sie geliebt hat und sie ihn. Echt dramatisch.« Ich hebe kurz die Brauen.

Meine Schwester atmet seufzend aus und streicht sich durch das Haar.

»Aber wenn du sagst, sie hat ihn geliebt, wieso hat sie ihn dann offensichtlich betrogen? Sie hätte doch froh sein können, dass sie ihn heiraten musste, wenn sie vorher schon eine heimliche Beziehung hatten.« *Tja, so ist das, Catalina. Es ist nicht so pur wie bei dir. Es gibt nicht nur eins plus eins. Es gibt auch zwei plus eins, minus eins, plus eins.*

»Nun ja. Da hatte sie schon Carter Rush kennengelernt und ihn geliebt. Und unser Dad hat sie ein paarmal zu oft enttäuscht, also hat sie sich von ihm abgewendet«, erkläre ich langsam. »Die Affäre zwischen den beiden ging noch etwas weiter. Bis Zayden und ich auf die Welt kamen. Dad wollte sie da noch nicht loslassen. Zayden und ich waren schon vier, als sie mit dir schwanger wurde. Und dann hat mein Vater sie freigegeben. Obwohl er trotzdem jahrelang danach noch auf dem Balkon seines Hauses stand und auf sie gewartet hat. Wenn wir de Lucas lieben, dann richtig, nur eine Person und für immer.« Das ist so zermürbend, Rosalie.

»Das erinnert mich an *Der große Gatsby*«, murmelt Catalina in sich hinein und ich nicke sinnierend. Sie hat recht. Mein Vater ist der Jay Gatsby. Mom ist Daisy Buchanan.

»Das ist so traurig«, flüstert Catalina abwesend und starrt nun Dads Namen an. »Wie ist er genau gestorben? Weißt du das?«, fragt sie fast hauchend.

»Es war auf Zaydens Hochzeit. Aber was genau passiert ist, weiß ich bis heute nicht. Es war in der Unterführung bei der Stadthalle zum Bahnhof«, sage ich glatt. »Caden und Carter Rush haben viel mit unserem Vater erlebt und sie hatten eine Art Hassliebe. Sie konnten weder miteinander noch ohneeinander. Als er Mom damals gehen ließ, hat Dad darum gebeten, dass du bei ihnen aufwächst. Dass du frei bist, dass du leben und lieben kannst. Also doch mehr Liebe als Hass.« Ich sehe zu der Inschrift.

Ihre Augen wandern wieder über die Namen, genau wie meine. Die ganzen Menschen, gerade mal so alt wie ich, meine Schwester oder ein bisschen älter. Dieser ganze Verrat und Tod. So unnötig.

Schließlich atme ich durch und schaue wieder zu Catalina runter. »Es war mir wichtig, dass du das weißt. Aber wie gesagt, es wird sich nichts für dich ändern. Deswegen wirst du jetzt nach Hause gehen und dir keine weiteren Gedanken darüber machen, was wir heute hier besprochen haben, denn es sind Fakten, die du nicht zerdenken musst. Vertrau mir einfach, dass ich darauf aufpasse, dass alles so bleibt, wie es ist. Ob de Luca oder Rush.«

Sie blickt immer noch zu den Namen, zwischen den Brauen eine kleine Falte, weil sie so angestrengt nachdenkt. Das Kerzenlicht flackert über ihre hellblauen Augen und die schwarzen Wimpern werfen Schatten auf ihre hohen Wangenknochen. Es ist echt nicht leicht, sie anzusehen.

»Gut«, seufze ich und lasse nochmal meinen Blick über all diese in Gold schimmernden Namen streichen, etwas länger noch über den Namen unseres Vaters. *Donovan Jacob de Luca.*

»Die Wahrheit kann einerseits so viel verändern und andererseits gar nichts, nicht wahr?«, murmle ich mehr für mich. Dann puste ich die Kerzen aus und alles wird schwarz.

18. Das Date-Experiment, Sergio

XX

Rosalie

Drei Jahre.

Drei Jahre, in denen ich jeden Morgen als Allererstes, wenn ich die Augen aufmache, überlege, was du wohl tust.

Drei Jahre, in denen ich jeden Abend auf diesem verfluchten Balkon stehe, da rüberschaue und mich frage, ob du eigentlich noch an mich denkst.

Drei Jahre, und du bist immer noch überall, wenn ich nicht aufpasse.

Drei Jahre, und ich habe *nichts* vergessen.

Keinen einzigen Kuss.

Keine einzige Berührung.

Kein einziges Wort.

Und keinen einzigen Blick.

Das ist nicht normal, Sergio.

Das ist belastend. Und ich kann nicht mehr.

Ich muss wissen, ob ich irgendwie weitermachen kann. Ich muss wissen, ob ich vielleicht wen anders berühren kann. Ob ich vielleicht irgendwie endlich von dir loskomme. Denn Tatsache ist, ich habe dieses Band nicht losgelassen. Ich kann es nicht. Ich klammere mich daran fest, ob ich will oder nicht.

Und das macht mich wahnsinnig. Es bringt mich um den Verstand. Es muss endlich aufhören!

Ich muss mich endlich damit abfinden, dass ich dich verloren habe. Dass du in meinem Leben keine weitere große Bedeutung haben wirst. Dass du nichts weiter sein wirst als meine erste große Jugendliebe, auch wenn sich das so falsch anfühlt, und in mir alles brüllt, dass du immer mein Alles sein wirst. Ich muss endlich von dir wegkommen!

Ich habe schon viel probiert.

Doch nichts hat geholfen. Also gehe ich jetzt einen drastischen Schritt weiter. Jawohl!

Die letzten Jahre gab es ein paar Männer, die mich nach Dates gefragt haben, die mir eindeutige Angebote gemacht haben. Ich habe immer abgelehnt. Allein der Gedanke, einen anderen an mich ranzulassen, ist so abwegig, weil da nur du bist.

Aber jetzt habe ich mich darauf eingelassen.

Er heißt Derek. Er arbeitet bei meinem Überdad. Ich habe ihn getroffen, als ich Mason Rush besucht habe. Daraufhin hat Derek mich die letzten drei Monate gestalkt und nicht in Ruhe gelassen. Er war so penetrant, obwohl ich ihm nicht nur einmal klargemacht habe, dass da nie etwas laufen wird.

Doch er hat nicht nachgegeben, im Gegensatz zu all den anderen. Also habe ich einem Date zugestimmt. EIN DATE, SERGIO! Ich gehe nicht auf *Dates*. Aber vielleicht komme ich ja so etwas von dir und dem Gedanken, was du die ganze Zeit machst, los. Und mit wem.

Das kann ganz schön quälend sein.

Vielleicht ist Derek ja dieser Eine für mich, und nicht du, so wie ich die ganze Zeit angenommen habe. Auch wenn mich deine Reaktion vorhin echt durcheinandergebracht hat. Wieso diese Wut, die mit einem Mal in deinen Augen war? Drei Jahre warst du nicht mehr wütend. Drei Jahre habe ich von dir nicht mehr bekommen als einen flüchtigen Blick. Als wäre ich eine Fremde und würde dich nicht weiter interessieren. Du bist eindeutig über mich hinweg und hast mich schon lange losgelassen, ganz im Gegensatz zu mir. Du hast dich eindeutig entschieden – für das Geschäft, gegen mich. Und für viele, viele andere Frauen. Deswegen verstehe ich deine Reaktion nun wirklich nicht, aber ich werde mir jetzt nicht den Kopf darüber zerbrechen.

Denn momentan sitze ich mit Derek in einem Restaurant. Wir sind beim Thailänder. Derek ist aufmerksam. Derek ist ein Gentleman. Derek gibt sich Mühe. Und ich bin ein Miststück, denn ich überlege die ganze Zeit, was du wohl an seiner Stelle sagen würdest.

»Was willst du essen?«, fragt er.

»Du nimmst die Einunddreißig«, würdest du sagen. *»Lass dich überraschen.«* Und ich würde es lieben. Ich will mein Essen nicht selbst aussuchen, denn mich überfordert grundsätzlich die ganze Auswahl. Du hast es mir immer

leicht gemacht und es hat mir stets geschmeckt, weil du mich kennst und …

»Rosalie?«, hakt Derek nach.

»Ja.« Ich schaue auf die Karte und wähle einfach irgendwas. »Die Fünf.«

»Fünf ist eine gute Zahl«, würdest du sagen und ich muss prompt daran denken, als du mir genau diese Worte ins Ohr geflüstert hast, während du mich unter der Dusche fünfmal hintereinander hast kommen lassen. Mit deinen Lippen und deiner Stimme und deinen Händen auf meinem nassen Körper und …

»Rosalie.« Oh, Derek, redet mit mir. Ich schaue wieder zu ihm und räuspere mich.

Scheiße, ich benehme mich wie ein Trottel!

»Ja?«, murmle ich leicht verwirrt und versuche, diese Hitze zurückzudrängen, die allein ein einziger Gedanke an dich nach wie vor in mir entfacht. Nicht normal, ich sage es ja. Gar nicht normal. Ich sollte mir wirklich professionelle Hilfe suchen!

»Bist du dir sicher, dass du die fünf willst?«, fragt er mich jetzt auch noch.

Nein, bin ich nicht! GOTT!

»Ja, bin ich.« Ich nicke. Ich will die Fünf. Oder?

Er nickt auch.

»Ich liebe es, wenn du weißt, was du willst«, würdest du sagen und ich muss sofort daran denken, *was* ich genau will. Dich. Überall. Auf mir. In mir. Hart.

»Rosalie«, reißt mein DATE mich wieder aus meinen Phantasien.

»Hm?«, frage ich angestrengt und langsam genervt, weil er mich ständig während meiner Träumereien stört.

»Was willst du trinken?«, erkundigt er sich jetzt allen Ernstes.

»Limoncello oder Wein?«, wären deine Worte, weil du natürlich weißt, dass es für mich nur diese zwei Möglichkeiten gibt, und ich würde dir antworten: *»Mir scheißegal …«* Dabei würde ich daran denken, dass wir eine Flasche Limoncello getrunken haben, damals auf der Luftmatratze auf dem See, mitten in der Nacht, und wir dann ins Wasser gefallen sind. Du warst auf einmal so nass und so in mir … Fast seufze ich.

»Rosalie?«, fragt Derek schon wieder und ich sehe ihn jetzt genervt an.

»Ja?«

»Was willst du trinken?«

»Limoncello«, antworte ich fast trotzig, weil ich weiß, dass es hier keinen gibt.

»Limoncello beim Thailänder?« Er runzelt die Stirn. *Ja, wieso sind wir auch beim Thailänder, Derek? Hm?*

»Weil er ein Bauer ist«, würdest du sagen und ich würde kichern, weil verdammt, du hast ja recht und das ist so fies! Deswegen würde ich es nie zugeben, dir aber heimlich zustimmen.

»Oder irgendwas anderes, mir egal«, meine ich sanfter, weil ich nicht fies sein will.

»Dann suche ich einfach was aus.«

»Gut.« Natürlich kennt er diesen Insider auch nicht.

»Okay.« Er sagt *okay.* Er ist so langweilig. Schließlich klappt er die Karte zu. Genau wie ich. Dann verschränkt er die Unterarme auf dem Tisch, während ich mich zurücklehne. Seine braunen Augen mustern mich eingehend und ich muss nur an deine dunkelblauen denken.

»Also der Typ vorhin, war das dein Ex?« Ich hasse es, wenn er dich *Typ* nennt. Du bist nicht irgendein Typ. Das macht mich noch wütender. Warum eigentlich? Sollte man bei einem Date nicht irgendwie verliebt sein oder wenigstens fasziniert? Begeistert? Aufgeregt? Irgendwas? Stattdessen bin ich stinkig und angepisst. Er kann nichts dafür, aber ich komme einfach nicht aus meiner Haut. Ich mag es auch nicht, von dir als Ex zu denken. Aber wenn man nach den Fakten geht und nicht nach den Gefühlen, die ich noch für dich habe, dann bist du das wohl. Mein Ex. Mehr nicht. Das sollte ich endlich einsehen.

»Ja, das war mein Ex«, antworte ich fest. Es klingt ekelhaft und falsch und ich spüre wieder diese Leere, die du in mir hinterlassen hast, und die sich einfach nicht füllen lässt.

»Ist das nicht ein de Luca?« Sofort spanne ich mich an.

»Wieso?«

Ich fühle mich, als wäre ich bei einer Befragung. Er rückt den Salz- und Pfefferstreuer zusammen, während in mir sämtliche Alarmglocken schrillen. Er arbeitet nun mal für die andere Seite des Gesetzes, weshalb ich etwas vorsichtig sein muss. Schließlich bin ich von Bluts wegen eine Mafiatochter.

»Ich frage nur. Wie lang wart ihr zusammen.« *Ein Leben lang …*

»Zwei Jahre.« Wenn man danach geht, als wir wirklich was miteinander hatten.

»Wie lang ist das her?« Zu lang. Viel zu lang. Und wieso zum Teufel kann ich mich eigentlich nach all der Zeit noch so gut an alles erinnern? Das sollte eigentlich nicht möglich sein! Was soll das?

»Drei Jahre«, antworte ich knapp.

»Läuft da noch was zwischen euch?« *Schön wär's.* Ich würde es lieben, weil ich dumm bin, wenn es um dich geht. Nach wie vor.

»Nein.« Sonst würde ich ja wohl nicht mit diesem Typen hier sitzen. Was denkt der denn?

»Okay.«

»Wie kommst du darauf?«, frage ich etwas irritiert. Die Kellnerin kommt an unseren Tisch. Er bestellt uns eine Flasche Pflaumenwein. Pflaumenwein. Wer trinkt denn schon Wein aus Pflaumen?

»Das, Tesoro, ist eine Beleidigung«, würdest du jetzt sagen und ich würde dir so was von recht geben.

»Ich dachte nur, weil er ziemlich angepisst aussah.« Wo wir wieder bei der Frage wären, wieso du so angepisst warst. Du hast dich damals sehr klar ausgedrückt und hast seitdem weitergemacht. Ich höre die Geschichten, Sergio, auch wenn ich sie nicht hören will. Und sie handeln von Unmengen an Frauen. So viele Frauen und keine davon bin ich. Ich versuche meistens, all das Gerede nicht an mich ranzulassen. Nicht zu genau darüber nachzudenken. Aber trotzdem frage ich mich jedes einzelne Mal: wieso sie, wenn du mich haben kannst?

»Kann sein«, antworte ich ausweichend. Ich will nicht mit ihm über dich reden. Ich will mit keinem anderen Mann über dich reden. Das ist unangemessen. Außerdem ist mir unsere

Zeit … heilig. Und wenn er etwas Falsches sagt, flippe ich völlig aus.

»Und was machst du so? Die Highschool hast du ja beendet, soweit ich weiß. Studierst du nicht?« *Ich bestelle Waffen für meinen Dad, organisiere verschiedene Lieferungen, seine Treffen, die Überweisungen auf saubere Konten, und kümmere mich um die Bankkonten auf den Caymans. Außerdem mache ich die ganze Buchhaltung, in der ich sämtliche illegale Einnahmen verschleiere.*

»Ich liebe das«, würdest du sagen, worauf ich dir anbieten würde, mal deine Buchhaltung anzuschauen. Wahrscheinlich würdest du dann deine Hose aufmachen und meinen: *»Bitte schön …«* Und ich würde sie anschauen. So genau. Abtasten und mit dem Mund testen. Ich erschauere, drifte wieder völlig ab und höre dein Stöhnen, weswegen ich die Augen schließe. Fuck. Ich hatte echt zu lange keinen Sex. Viel zu lange.

Erst, als ich mich etwas zusammengerissen habe, öffne ich die Lider wieder.

»Arbeite im Familienbetrieb.« Meine Stimme ist etwas rau geworden.

Gott!

Ich räuspere mich und hoffe, dass die Getränke endlich kommen und dieses Essen bald vorbei ist. Wieso habe ich mich überhaupt darauf eingelassen? Das macht alles noch schlimmer! Dieser Mann zeigt mir umso deutlicher, was ich nicht will und stattdessen will. Und das bist DU.

»Aja. Mason spricht in den höchsten Tönen von dir.« Ich verdrehe die Augen, weil ich es mir vorstellen kann. »Er hat gesagt, er wartet vor meiner Wohnung mit einer Waffe auf mich, um zu schauen, ob ich allein bin. Bis zehn Uhr habe ich Zeit, sonst erschießt er mich. Und ich glaube, er macht es wirklich«, murmelt er trocken.

»Ja, das klingt nach ihm«, gebe ich ihm recht und er lacht. »Und, wie lange arbeitest du beim FBI?«, frage ich jetzt, weil ich irgendwas sagen muss und wirklich nicht so ekelhaft zu ihm sein will. Er kann ja nichts dafür, dass ich total irre bin.

»Ich habe gleich nach der FBI-Schule angefangen, also seit einem Jahr.« Ich nicke. Die Kellnerin bringt die Getränke, woraufhin Derek auch gleich das Essen bestellt. Ich versuche, nicht auf meine Uhr zu sehen. Verdammt.

Was tue ich hier überhaupt?

Okay, jetzt mache ich einfach das Beste draus.

Ich schweige und spiele mit meiner Serviette. Ich war noch nie bei einem Date. Noch nie musste ich einen Mann kennenlernen, weil ich den Mann, den ich wollte, schon in- und auswendig kannte. Das ist so anstrengend und ich weiß wirklich nicht, über was ich reden soll.

»Was machst du so in deiner Freizeit?«, fragt er jetzt. Ich fühle mich wirklich wie bei einem Verhör. Was mache ich denn so in meiner Freizeit?

»Ich verbringe viel Zeit mit meiner Familie, der Frau meines Cousins, ab und zu gehe ich aus. Ich spiele Klavier«, antworte ich und denke an all die anderen Sachen, die bei uns so passieren. Doch das kann ich nicht erzählen. »Und du?«

»Ich bin viel unterwegs. Immer mit Leuten zusammen. Ich habe Freunde und Familie überall. Ich reise gerne. Ich spiele Gitarre.« Ich nicke.

»Das hört sich gut an.«

»Ja, es ist ein gutes Leben. Sicher nicht so aufregend wie deins, aber es ist gut.«

»Mein Leben ist nicht besonders aufregend.« Was soll das denn jetzt? Und wieso denke ich, ich sollte besser auf der Hut sein? Wahrscheinlich, weil alles an ihm *Bulle* schreit und ich eine gewisse Grundvorsicht besitze.

»Mit so einer großen Familie zusammenzuleben, stelle ich mir schon aufregend vor. Ich meine, du hast deinen Vater, deine Mutter, deinen Onkel und seine Frau, deinen Cousin, deinen anderen Cousin. Deine Cousine und deine Schwester.« Wie immer schrillen meine Alarmglocken, wenn eine normale Person, die nichts mit der Mafiawelt zu tun hat und dann auch noch beim FBI arbeitet, sich so genau auskennt.

»Du kennst ja meine Familie ganz schön gut«, stelle ich fest.

»Mason wird nicht müde, über euch zu sprechen. Er ist so stolz auf seine Familie.«

»Ja, unsere Familie ist wirklich toll.« Ich versuche, mich etwas zu entspannen, denn ich bin ja schon fast paranoid.

»Und groß.« Er lehnt sich zurück, als der Wein kommt.

»Und groß«, bestätige ich und sehe dabei zu, wie die Kellnerin uns einschenkt. Ich lasse meinen Blick durch die große Scheibe nach draußen auf die nasse Straße gleiten, wo ununterbrochen Autos vorbeifahren. Die Ampel vor dem Lokal ist rot und mein Herz stockt, als ich einen schwarzen Audi entdecke, in dessen weißen Scheinwerfern die rieselnden Schneeflocken schimmern. Ich sehe genauer hin und keuche fast, als ich das Kennzeichen erkenne.

Ehrlich jetzt? EHRLICH? Da bin ich hier, um vielleicht irgendwie mal fünf Minuten nicht an dich zu denken, und du stehst an dieser Ampel?

EHRLICH? SERGIO?

Scheiße.

Schnell wende ich meinen Blick ab, während mein Herz in der Brust wie wild schlägt, das Blut durch meine Venen rauscht und genau das passiert, was eigentlich bei einem Date passieren sollte. Mein Körper spielt total verrückt. Alles in mir zieht mich sofort da raus, alles in mir will sofort zu dir, sich zu dir setzen, sich an dich ketten, dir um den Hals fallen und dich anflehen, es einfach noch mal mit mir zu probieren. Dir sagen, dass wir zusammengehören.

Das ist so armselig.

Und wirklich zum Verzweifeln.

Ja, ich verzweifle langsam, ganz tief in mir.

Die Ampel schaltet auf grün, wie ich aus dem Augenwinkel bemerke, und du fährst los, weswegen meine Schultern etwas nach vorn sacken. Ich fühle wieder diesen Zug in meiner Brust, der immer entsteht, wenn du da bist und dich anschließend wieder von mir entfernst. Während die Leere in mir immer weiter zunimmt, mit jedem Meter mehr, der zwischen uns liegt. Viel lieber wäre ich jetzt bei dir und würde dich fragen, wieso du vorhin so angepisst ausgesehen hast. Natürlich bedeute ich dir noch was, weil ich zu deiner Familie gehöre, aber mehr ist da doch nicht mehr, oder?

ODER?

Gott, du hast mich schon lange nicht mehr so durcheinandergebracht wie heute, und das ist nicht gut, weil ich wieder ewig brauchen werde, um einigermaßen normal zu funktionieren.

Ich konzentriere mich auf Derek, der mich beobachtet.

»Und wie viele Beziehungen hattest du schon?«

»Eine«, antworte ich sofort.

Er runzelt leicht die Stirn. »Ich hab gedacht, solche Frauen sind ein Gerücht«, meint er leicht verdutzt. *Ja, es gab nur einen Mann. Ich hatte auch nur mit diesem einen Sex und eigentlich nie vor, das zu ändern.*

»Tja, hier bin ich und ich bin kein Gerücht«, antworte ich trocken und hebe meine Hand mit einem müden Lächeln.

»Bist du echt?«, fragt er skeptisch.

»Soweit ich weiß, schon.«

»Okay, wo ist der Haken? Bist du eine irre Serienkillerin?«

»Vielleicht.«

»Ich glaube, damit könnte ich leben.«

Scheiße, ich will aber nicht mit dir leben.

Dieser Gedanke schießt in mich wie eine Bombe und zersprengt alles. Eine Gewissheit breitet sich in mir aus, die vernichtend und zermürbend ist: Es wird niemals irgendjemand anders als du sein. Ich kann mir niemanden außer dir an meiner Seite vorstellen – und ich will es auch gar nicht.

Das hier ist nutzlos, reine Zeitverschwendung, und Derek gegenüber nicht fair.

Wieso habe ich eigentlich mit Catalina kein geheimes Zeichen ausgemacht, um mich im Notfall hier wegzuholen. Wieso? Das macht man doch so, oder?

Wie durch ein göttliches Wunder klingelt mein Handy.

»Ich muss rangehen, sorry!« Derek macht eine ausladende Handbewegung und nimmt selbst sein Handy, um Nachrichten zu checken oder was auch immer. Ich krame meins aus meiner Handtasche. Es ist anonym und ich gehe fast erleichtert ran. »Ja?«

»So schlimm?«, will deine Mutter wissen und ich seufze fast.

»JA.« Ich nicke bekräftigend. »Oh, wirklich?«, frage ich sofort alarmiert und sie lacht. »Scheiße ja, ich komme«, rede ich einfach weiter, dabei hat sie gar nichts mehr gesagt, weil sie sich nicht mehr einkriegt vor Lachen. »Ja, ich bin in zwanzig Minuten da!« Ich klinge besonders hektisch.

»Unbedingt«, meint sie zweifelnd, aber immer noch belustigt.

»Okay, bis gleich.« Ich lege auf und sehe bedauernd zu Derek, der eine Braue hebt.

»Notfall?«, fragt er weich.

»Ich muss nach Hause. Sorry, familiäre Krise.«

»Sicher.« Er sieht nicht so aus, als würde er mir glauben, und es ist mir egal. Ich bin ein schlimmer Mensch, aber ich muss jetzt hier weg.

»Es tut mir leid.« Das meine ich ernst. Ich wollte ihn nicht ausnutzen.

»Kein Problem, aber wie willst du denn nach Hause kommen?«, fragt er mich und stützt sein Kinn interessiert auf seine Faust, weswegen ich kurz stocke.

Derek ist sauer. Derek will mich nicht fahren, weil Derek keinen Sex bekommt.

Derek ist ein Arschloch.

»Kein Problem. Ich komme schon nach Hause!«, sage ich ziemlich kühl.

»Du kannst dir ein Taxi rufen«, meint er angepisst.

»Ich brauche kein Taxi. Danke«, erwidere ich angesäuert. Was für ein Arsch! Er zieht keinen Nutzen mehr aus diesem Date, also hört die Freundlichkeit auch auf. Habe schon verstanden. So sind die meisten Menschen eben.

Ich stehe auf und ziehe meinen Mantel über. Dann nehme ich meine Handtasche und schultere sie. »Die da hinten beobachtet dich schon die ganze Zeit. Sie ist süß. Probier's mit ihr.« Ich deute auf eine hübsche Brünette ein paar Tische weiter.

Er schnaubt.

Ich wende mich ab und verschwinde nach draußen. Ich will hier nur noch raus.

Sobald ich das Lokal verlassen habe, entspanne ich mich etwas und atme tief durch. Dann rufe ich meinen Dad an, während ich mich unter die Überdachung stelle, weil es etwas stärker schneit als zuvor. Die Scheinwerfer der vorbeirauschenden Autos fluten mich immer wieder. Ein Bus rattert laut an mir vorbei, weshalb ich nach hinten springe, damit er mich mit dem getauten Schneematsch nicht anspritzen kann.

Okay, das Experiment ist fehlgeschlagen.

Nie wieder ein verdammtes Date!

Ich habe es verstanden!

Fuck!

Ich warte darauf, dass mein Vater abhebt. Nach dem dritten Klingeln geht er ran.

»Japp?«, fragt er belustigt, weil er garantiert schon brühwarm alles von deiner Mutter gehört hat. So sind sie nun mal. Wahrscheinlich ist sie sofort zu ihm ins Büro gegangen, aber noch wahrscheinlicher wusste er schon zuvor, dass es so enden wird. Denn er hat sich vorhin schon mit diesem wissenden Unterton von mir verabschiedet, wie er mich eben begrüßt hat.

Ich bin so ein Trottel.

»Dad.«

»Ja, mein Kind?«, fragt er väterlich und ich verdrehe die Augen.

»Kannst du mich bitte abholen, oder irgendwer. Ich bin hier …«

»Du bist in der Fünften bei dem Thailänder, den ich hasse. Ich weiß.« Natürlich weiß er das, Sergio. »Aber wieso muss ich dich abholen?« Das kommt jetzt gefährlich leise. Da ich nicht will, dass Derek stirbt, nehme ich die Schuld auf mich.

»Weil ich ein Miststück bin.«

»Deshalb fährt er dich nicht nach Hause? Um die Uhrzeit. Bei dem Wetter. Eine Frau. Weil du ein Miststück bist? Weißt du, wer ein Miststück war? Melissa. Die hat das verdient. Du bist kein Miststück! Du hast das nicht verdient. Du bist ein gutes Mädchen. Oder hast du seinem Bruder vor dessen Nase einen geblasen?« Ich verziehe das Gesicht. Das wollte ich jetzt nicht wissen. Er klingt total düster und nicht so, als wolle er mich das wirklich fragen, sondern eher sich selbst etwas ganz anderes, was mich verwirrt.

»Ich habe ihn echt eklig abserviert, okay?« Ich will nicht, dass er jetzt sonst was tut, weil mein Dad echt zum Berserker mutiert, wenn es um mich geht.

»Okay, ich schicke dir jemanden. Ich habe hier noch was anderes zu tun.« Puh, kein toter Derek, der mein Gewissen belasten würde.

»Danke.« Wahrscheinlich kommt Onkel Carter oder Zayden. Allerdings sind sie nicht viel besser als mein Dad. Derek ist noch nicht gerettet.

»A ja, wie auf Bestellung«, murmelt er noch. »Ciao.« Ich runzle meine Stirn. Mein Dad ist manchmal echt lustig und gleichzeitig verwirrend.

»Okay, ciao.« Er legt auf und ich stelle mich in den kleinen Flur des Eingangsbereiches, weil ich es nicht mag, hier draußen so offen rumzustehen. Außerdem ist es total kalt. Eine normale Frau würde jetzt ganz normal draußen warten. Eine normale Frau hätte dieses Date nicht als Verhör empfunden. Eine normale Frau würde wahrscheinlich auch nicht ihr Leben lang nur einen Mann lieben.

Aber ich bin keine normale Frau und ich lebe nicht in der normalen Welt. So viel ist mir heute endgültig klar geworden.

Das und noch was anderes: Ich werde nie von dir loskommen.

Also sollte ich mich damit abfinden, als Katzenfrau mit Katern, die alle Sergio eins, Sergio zwei, Sergio drei bis Sergio fünfzig heißen, zu enden.

Auch gut. Sergio. Was auch immer. Es ist doch sowieso schon scheißegal.

19. Immer noch mein Sergio

XX

Rosalie

Ich lehne mit dem Ellbogen an dem Zigarettenautomaten und habe die Wange auf meine Faust gestützt. Ich beobachte die Menschen, die über den Gehweg an mir vorbeiströmen. All diese verliebten Pärchen, die sich einen Regenschirm teilen. Die ja so glücklich sind. So perfekt. So süß und fluffig. So *normal*.

Ich warte auf einen BMW und bin bereit, wen auch immer davon abzuhalten, ein »paar Worte« mit Derek zu wechseln, der erstaunlicherweise immer noch nicht gegangen ist. Ich bin sozusagen der Türsteher. Den Blick ins Restaurant habe ich vermieden, während ich mit den Fingernägeln auf eine laminierte Karte trommle, die neben diversen Prospekten auf dem Zigarettenautomaten ausliegt. Mittlerweile hatte ich genug Zeit, um alle zu lesen und ein paar Nachrichten zu beantworten.

Weißblaue Scheinwerfer blenden mich schließlich. Ich kneife etwas die Lider zusammen und sehe nach unten. Ich höre, wie ein Auto über den nassen Boden rollt und anhält. Dann erst schaue auf.

Es ist kein BMW.

Es ist ein Audi.

Ein schwarzer.

Deiner.

Mein Herz bleibt stehen.

DAD!

Hast du mir jetzt echt Sergio geschickt?

Ich kann mir vorstellen, wie angepisst du bist, wenn du schon vorhin so mies drauf warst. Wie kommt mein Vater überhaupt darauf, gerade dich zu fragen, mich von einem geplatzten Date abzuholen?

Einerseits würde ich gern laufen, aber andererseits bin ich einfach nur total erleichtert. So unglaublich erleichtert. Also stoße ich mich ab und gehe raus, wobei mich der eiskalte chicagoer Wind erfasst und mir um die Ohren saust. Du steigst im selben Moment aus und überragst mich um zwei Köpfe, während der Schnee weiter herabrieselt und in deinen dunkelbraunen Haaren hängen bleibt. Der Kragen deines schwarzen Mantels steht hoch. Du hast ihn nicht geschlossen, weshalb ich sehe, dass du einen dunkelblauen Pullover trägst sowie eine dunkelblaue Jeans. Du bist so perfekt und bringst mich durcheinander. Mit dir würde ich auf jedes Date gehen, egal wohin, egal wie lang. Ich würde dir auch jede Frage beantworten, egal welche. Es sticht in meinem Bauch, als mir klar wird, dass ich das nie mit dir haben werde.

Kurz überschaust du mich, wie immer.

»Hi«, sage ich vorsichtig. Dein harter Blick schweift über meinen Kopf zu dem Lokal. Ich bin bereit, mich zur Not vor dich zu schieben und dich mit aller Macht davon abzuhalten, da reinzugehen. Doch dann beißt du die Zähne aufeinander, umrundest das Auto und hältst mir die Beifahrertür auf. Meine Knie sind weich, als ich auf dich zugehe und eilig einsteige, bevor du es dir noch anders überlegst.

Ich saß schon ewig nicht mehr in deinem Auto, deshalb genieße ich es jetzt umso mehr. Das weiche Leder, die mich umhüllende Wärme. Es ist nicht mehr der alte Audi, aber es ist derselbe Geruch wie vor Jahren, der mir entgegenschlägt und mir sofort die Sinne vernebelt. Du schließt meine Tür, dann erhellen dich die Scheinwerfer, als du den Wagen wieder umrundest.

Ich schnalle mich an und lege meine Tasche in den Fußraum.

Okay.

Herz, beruhige dich.

Er fährt dich nur nach Hause.

Mach jetzt kein Drama draus.

Aber es ist Sergio!

Ja, das weiß ich. Ich bin nicht dumm! Aber du wirst trotzdem cool bleiben! COOL!

Während meines kleinen inneren Monologs steigst du auch ein. Der kalte Wind streift mich, als du deine Tür schließt. Ich lasse den Kopf gegen die Lehne sinken, atme tief durch, um mich zu beruhigen, allerdings mit zweifelhaftem Erfolg, und schaue vehement nach vorn.

Du bist so nah. Das bringt mich so durcheinander. Sonst sind immer irgendwelche Leute da, die als Puffer dienen und mich ablenken. Wir halten immer Abstand. Jetzt nicht. Jetzt ist das nicht möglich. So nah waren wir uns schon seit Jahren nicht mehr und mein ganzer Körper spielt verrückt.

Du lenkst den Wagen auf die Straße, sobald es dir möglich ist, und reihst dich in den dichten Verkehr ein. Ich entspanne mich etwas und mein Herzschlag wird langsamer. Das ist komisch. Diese Wirkung hast du schon immer auf mich gehabt. Sobald ich in deiner Nähe war, drehte mein Körper zuerst durch und hat sich dann komplett entspannt, weil ich weiß, dass mir nichts passiert und ich einfach loslassen kann, wenn du da bist. Das ist nach wie vor so und wird sich wahrscheinlich nie ändern. Diese Gewissheit, dass ich mit dir an meiner Seite geschützt bin, ist so tief in mir verankert, wie die Sicherheit, dass mein Vater mich liebt.

Ich mustere dich und dein verboten perfektes Profil. Du siehst nach vorn, eine Hand auf der Automatikschaltung und ein Handgelenk über das gepolsterte Lenkrad gelegt. Du bist so perfekt, Sergio. Das macht es mir nicht leichter. Ehrlich nicht.

Ich versuche, zu ergründen, ob du noch sauer bist, aber irgendwas in deiner Mimik oder deinen Augen abzulesen, ist so schwer geworden. Das gelingt mir nur noch selten. Während du früher wie ein offenes Buch warst, von dem ich jede Zeile auswendig kannte, gleichst du jetzt einem Werk, geschrieben in einer verschlüsselten Sprache, von der ich im Idealfall gelegentlich ein Wort verstehe.

»Was ist passiert?«, fragst du schließlich. Doch ich sage nicht: Ich musste die ganze Zeit an dich denken, der Typ hat mich genervt, ich war widerlich, er war widerlich und ich musste einfach weg.

»Ich glaube, das mit den Dates ist nichts für mich«, antworte ich stattdessen und sehe wieder nach vorn. Ich kann dich nicht so lange anschauen, weil ich dich dann berühren will und meine Fingerspitzen kribbeln. Weil Bilder in meinem Kopf entstehen, die da schon so lange nicht mehr hingehören.

»Natürlich nicht«, meinst du und fährst ein Stück weiter, als der dichte Verkehr es zulässt. Ich runzle die Stirn.

»Wieso nicht?«

»Weil es in unserer Welt keine Dates gibt«, erklärst du, ohne mich anzusehen. »Und du bist ein Teil von dieser Welt, nicht von der anderen.«

Wo du recht hast. Das habe ich auch schon bemerkt.

»Ich hab mich gefühlt, als wäre ich bei einem Verhör«, gebe ich zu und runzle die Stirn. Dabei war das von ihm sicherlich gar nicht beabsichtigt. Wahrscheinlich wollte er sich einfach nur nett unterhalten.

»Tja, du weißt ja, was man bei so einem Verhör zu sagen hat.« Ja, das weiß ich tatsächlich. Mein Dad hat uns das erste Mal mit zehn gebrieft. Falls wir mal in die Lage kommen sollten, verhört zu werden, wissen wir genau, was wir sagen dürfen und was nicht.

»Ja, das weiß ich!« Ich seufze. Du lehnst deinen Kopf an den Sitz und bremst, als die Ampel vor uns auf Rot schaltet. Der Schnee rieselt vor den roten Rücklichtern herab. Wir kommen nur in Zeitlupe voran, was gut ist, denn ich will noch nicht, dass die Fahrt aufhört. Ich hatte das hier schon zu lange nicht mehr. Deine Nähe, deinen Duft, deine Aura. Dich.

Die Sitzheizung wärmt mich und lässt meine kühlen Glieder kribbeln. Aus den Lautsprechern rieselt eine leise, raue, italienische Männerstimme.

»Ich wollte dich vorhin nicht so anfahren«, sagst du schließlich leise. »Ich schätze, ich muss mich erstmal daran gewöhnen, dass du Dates hast. Oder möglicherweise mit jemand anderem zusammen sein könntest. So weit habe ich nicht gedacht.« Das verwirrt mich. Eigentlich denkst du immer an alles.

»Ich habe keine Dates mehr und will auch nicht mit irgendjemandem zusammen sein«, antworte ich leise, ohne zu dir zu sehen.

»Wieso nicht?«, fragst du und ich schließe die Lider, als mein Magen sich zusammenzieht. *Weil es immer du sein wirst.*

»Weil ich mein Herz keinem mehr geben kann«, erwidere ich schließlich ehrlich. Was bringt es, dich anzulügen? Du erkennst sowieso die Wahrheit, denn ich kann mich nicht so vor dir verschließen, wie du vor mir.

»Verstehe.« Ich würde dich so gern fragen, ob dein Herz auch noch mir gehört, aber ich tue es nicht, weil ich Angst vor der Antwort habe. Wenn es nicht so ist, dann zerschmettert es mich wirklich völlig. Dabei kämpfe ich schon seit Jahren darum, irgendwie ganz zu bleiben, obwohl ich das eigentlich nicht mehr bin. Stattdessen atme ich tief durch und frage mich, wieso du jetzt überhaupt die Zeit hast, mich abzuholen. Sonst hast du für nichts Zeit und bist immer auf dem Sprung.

»Ich wollte auch nicht, dass du siehst, wie er mich abholt.« Das war wirklich das schlechteste Timing überhaupt. Da habe ich nach drei Jahren mal ein verdammtes Date, und wer steht vor meiner Tür? Du! Als hättest du es gerochen. Als müsste mich das Schicksal daran erinnern, dass ich sowieso nicht von dir loskomme. Gehässiges Schicksal. Ich habe es ja verstanden.

»Oh, ich wollte das auch nicht sehen«, meinst du emotionslos, als der Verkehr sich etwas lichtet. Irgendwie habe ich das Gefühl, mich vor dir rechtfertigen zu müssen.

»Es war das erste Mal. Ich hatte davor nichts in der Art«, erkläre ich stirnrunzelnd. Wieso tue ich das?

»Ist schon okay. Ich hab einfach überreagiert.«

Ich räuspere mich. »Okay.« Nein, ich frage dich jetzt nicht, ob du versucht hast, jemanden an dich ranzulassen, und wie das Ergebnis bei dir war. Genauso niederschmetternd wie bei mir?

Nein, ich frage dich jetzt nicht, wie es mit all den anderen Frauen ist.

Nein, ich frage dich nicht, ob du noch manchmal an uns denkst.

Ob du dich auch so gut erinnern kannst.

Ob du noch Gefühle für mich hast, irgendwo tief verborgen.

Wir schweigen eine Weile und ich beiße all die Fragen zurück, zumindest bis zu dem Moment, als ich es einfach nicht mehr aushalte. Ich muss es wissen, auch wenn es wehtut.

»Und du? Hattest du jemanden? Oder hast du jemanden Festes?« Allein bei der Vorstellung verkrampft sich alles heftig in mir und meine Kehle wird trocken. Das Loch, das du in mir hinterlassen hast, fängt an, schmerzhaft zu pulsieren.

»Ich hab keine Zeit für was Festes«, meinst du, als wäre das selbstverständlich. »Meine einzige Konstante sind dieses Büro, Camillo und Giovanni.«

»Camillo ist doch in deinem Alter«, scherze ich und spüre, wie verdammt erleichtert ich bin. Du wirfst mir einen trockenen Seitenblick zu.

»Okay, dann nicht.«

»Nein, ich habe keine Frau an meiner Seite und ich habe auch nicht vor, mir eine anzulachen.« Das beruhigt mich tatsächlich. Ich könnte es nicht ertragen, jemanden an deiner Seite zu sehen. Selbst wenn sie dir gut tun würde und wirklich phänomenal wäre, könnte ich dich nicht gehen lassen. Ich würde mir immer wünschen, dass ich diejenige an deiner Seite wäre, weil dort einfach mein Platz ist, nicht der von irgendeiner anderen. Ja, ich weiß, wie egoistisch das ist.

Dein Handy klingelt über die Freisprechanlage und ich zucke zusammen, weil ich so in Gedanken war. Dein Display zeigt, dass es G.G. ist. Du nimmst ab, indem du deinen Daumen über das Rädchen auf dem Lenkrad gleiten lässt.

»Ja, Giovanni?«, fragst du gelassen, aber in deinen Augen funkelt etwas. Ich ziehe die Brauen zusammen.

Giovanni räuspert sich, was ich durch die Freisprecheinrichtung hören kann.

»Ich wollte Sie fragen, Sir, wann sie nach Hause kommen und ob ich Ihre weiteren Termine verschieben soll.« Giovanni klingt etwas steif für meine Ohren.

»Ja, Giovanni. Verschieb meine Termine«, sagst du nach kurzem Überlegen. »Ich stecke hier ein bisschen im Stau fest.« Tatsächlich bremst du wieder, als vor uns die roten Rücklichter aufleuchten. Giovanni ist kurz still.

»Es gibt eine gute Umleitung, Sir.«

»Ich hasse Umleitungen. Ich bevorzuge den direkten Weg nach Hause. Über die offenen offiziellen Straßen.« Über was redet ihr? Hört sich irgendwie zweideutig an.

Giovanni räuspert sich unbehaglich.

»Ist alles in Ordnung, Giovanni?«, fragst du jetzt lauernd.

»Ja, Sir. Es ist alles bestens.« Das kommt wirklich steif.

»Gut. Du kannst dir dann, wenn du die Termine verschoben hast, heute freinehmen. Ich brauche dich erst morgen wieder.«

»Sir, ich habe noch einiges im Haus zu erledigen.«

»Es ist dir überlassen, wie du deine freie Zeit nutzt.« Du bist dein lässigstes Selbst, aber irgendwas ist in deinen Augen, was ich einfach nicht definieren kann. Bist du verspielt, Sergio?

»Ich bleibe vorerst noch im Haus.«

»Sicher, wie du möchtest. Bei mir wird es etwas später, wenn es dir nichts ausmacht.«

»Dürfte ich erfahren, was Sie vorhaben, Sir?«, fragt Giovanni jetzt und dein Mundwinkel hebt sich zu einem dämonischen Lächeln.

»Nein. Wir sehen uns morgen.« Giovanni atmet tief durch.

»Bis morgen, Sir.« Das klingt fast verängstigt und es klackt in der Leitung.

Du trommelst mit deinen Fingern aufs Lenkrad und ich sehe förmlich, wie es in deinem Kopf arbeitet.

»Okay, wieso quälst du Giovanni so?«, frage ich einfach, weil ich Giovanni echt gern habe. Ich kenne ihn, seitdem ich denken kann, und er war immer von Herzen freundlich.

»Weißt du noch, als mein Vater gestorben ist?« Du siehst zur Windschutzscheibe hinaus, hoch in den wolkenverhangenen Himmel.

»Ja«, erwidere ich vorsichtig. Das weiß ich noch. Ich weiß, wie fertig du in meinem Zimmer warst und ich dich kaum zusammenhalten konnte.

»Weißt du noch, als ich gesagt habe, dass ich glaube, er lebt?« Ich kann mich daran erinnern, dass du das am Esstisch besprochen hast. Mein Dad denkt, es könnte stimmen, während deine Mom und mein Onkel absolut nicht davon überzeugt sind.

»Ja, ich weiß es noch.« Mir wird etwas kälter.

»Ich habe eigentlich mit dem Gedanken abgeschlossen, aber dann bei meiner ersten Weihnachtsrede im Casa del Nero ... Am gleichen Morgen ...« Du ziehst den Ärmel deines Mantels etwas nach oben. Dann nutzt du die Gelegenheit an der nächsten roten Ampel und lässt die silberne Breitling aufschnappen, die du immer trägst, bevor du sie mir reichst und ich sie dir abnehme. Sie ist noch warm von deiner Haut. »Lag die in meinem Büro. Lies die Gravur.« Du deutest mit einer Hand auf die Uhr. Also drehe ich sie um und halte sie ins hereinfallende Licht. Auf der Rückseite steht in feinen Lettern: *Alles zu seiner Zeit.*

»Die lag in deinem Büro?«

»Ja, und keiner hat gesehen, wie sie da reinkam. Eine halbe Stunde lang gab es keine Kameraaufnahmen in meinem Haus«, erklärst du. Deine Finger trommeln härter auf das Lenkrad und du fährst wieder ein Stück. Ich streiche mit dem Daumen über die Gravur. Das würde zu deinem Vater passen – und es wäre absolut widerlich.

»Aber wieso sollte er das tun?«, murmle ich vor mich hin.

»Ich weiß es nicht. Seitdem bin ich mir ziemlich sicher, dass er nicht tot ist. Mehrere Dinge haben mich darauf hingewiesen.«

»Was alles?«

»Giovanni ist immer müde, auch wenn ich ihm den ganzen Tag freigebe. Er hat oft Augenringe. Er telefoniert ständig, wofür er sich immer von mir abwendet.«

»Aber er hat keine Frau mehr, oder?« Ich erinnere mich daran, gehört zu haben, dass sie vor ein paar Jahren gestorben ist.

»Nein, er hat keine Frau mehr. Nur Savio und eine Schwester sowie zwei Nichten. Allerdings arbeitet eine dieser Nichten für mich und ist meistens, wenn er da ist, auch anwesend. Seine Schwester ruft ihn nicht ständig an und seine jüngere Nichte ist auf der Universität.«

»Hast du schon mal seine Familie gefragt?«

»Nein, das habe ich nicht«, meinst du nachdenklich. »Denn wenn rauskommt, dass mein Vater wirklich noch lebt und Giovanni davon wusste, weiß ich nicht, was ich mache. Ich kenne ihn jetzt mein Leben lang und habe ihm vertraut. Das wäre für mich ein Riesenvertrauensmissbrauch. Deshalb weiß ich gar nicht, ob ich es wissen will.

Andererseits quält es mich, keine Gewissheit zu haben. Also teste ich ihn. Ich habe ein paar anonyme Tipps gekriegt, dass jemand, der meinem Vater ähnelt, in Washington gesehen wurde. Jeder Mann, den ich dahinschicke, kommt nicht mehr zurück.«

»Wie *nicht zurück*?«

»Sagen wir so, das nächste Mal, wenn ich sie sehe, bin ich auf ihrer Beerdigung.«

»Oh.«

»Deswegen habe ich beschlossen, dass ich morgen Savio hinschicke. Denn Giovanni und mein Vater stehen sich nahe. Ich frage mich, was mein Vater tun wird, wenn er Savio vor sich hat. Wie ich Dad kenne, wird er dann schon weg sein, aber das ist ja nur ein weiterer Beweis. So oder so bin ich ihm auf den Fersen, wenn ich mich nicht täusche. Und deswegen hat Giovanni mich jetzt angerufen, schätze ich. Denn … vorhin, als ich Catalina zurückgebracht habe, habe ich ihm sehr bewusst gesagt, dass er nach Hause fahren soll und ich dich noch abholen muss. Du weißt ja, dass mein Vater immer ein Problem mit dir hatte. Zumindest an meiner Seite oder damit, uns beide irgendwo allein zu sehen. Giovannis Kontrollanruf gerade bestätigt meinen Verdacht nur. Genau deshalb lasse ich ihn noch ein bisschen schmoren und werde jetzt einfach ein paar Stunden nicht nach Hause kommen. Denn ich weiß, wenn mein Vater noch lebt, dann wird ihn das vielleicht endgültig ins Grab bringen.«

»Oder aus seinem Versteck locken«, ergänze ich, als mir klar wird, was du da tust.

»Richtig«, seufzt du. »Du bist die Erste, mit der ich so offen darüber gesprochen habe, weil ich mir einfach nicht sicher genug bin, und … es gibt da diese Seite in mir, die ziemlich enttäuscht wäre, wenn ich mich irre.«

»Das ist klar.« Du nickst und greifst nach einer Zigarette aus deinem Etui in der Mittelkonsole. Ich lege die Uhr vorsichtig daneben und überdenke das alles kurz.

»Er war immer der Meinung, du würdest mich von meinen Pflichten ablenken. Allerdings ist es für mich so viel ablenkender, rauszufinden, ob er noch lebt oder nicht. Das hat mich schon die eine oder andere Nacht wachgehalten und mir das logische Denken erschwert.«

»Das kann ich verstehen, das macht dich sicher wahnsinnig.«

»Ich wäre ja sehr viel beruhigter, wenn dein Vater wenigstens sagen würde, ich spinne, aber das tut er nicht.«

»Ich weiß. Ich hab mit Dad auch schon darüber gesprochen.« Du nickst und seufzt dann. »Und wenn er wirklich noch lebt und irgendwann zurückkommt?«

»Oh, das wird er sicher. Du kannst einen König nicht lange von seinem Königreich trennen. Ich versuche nur, zu verstehen, wieso.« Dein Blick bleibt an dem Tor des Friedhofs hängen, vor dem wir gerade halten, weil die nächste Ampel auf Rot schaltet. Du fährst einen Umweg, aber ich sage dazu nichts, weil ich das gerade viel zu sehr genieße und in mir aufsauge.

»Vielleicht hatte er irgendwelche Feinde?«, überlege ich laut. »Die ihm keine andere Wahl gelassen haben.«

»Er hatte viele Feinde, aber er hatte keine, vor denen er flüchten musste«, meinst du sofort, als wärst du die Möglichkeit auch schon durchgegangen.

»Die einzige plausible Erklärung für mich ist dieses eine Gespräch, was ich mit ihm hatte. Im Jet. Da habe ich ihm vom roten Band erzählt. Davon, dass er Mom endlich loslassen muss. Ich weiß allerdings nicht, ob er nur wegen ihr alles hat stehen und liegen lassen hat, um mir anschließend die ganze Verantwortung aufzubrummen und zu verschwinden.«

»Das wäre ganz schön radikal. Vielleicht gab es noch einen anderen Grund.«

»Vielleicht war es Catalina«, sagst du. »Vielleicht wusste er, dass er früher oder später nicht weiter aus seiner Haut kommt und ihr schaden wird.«

»Oder er wusste, dass du nur dann wirklich zufriedenstellend das Geschäft übernehmen würdest, wenn er dir keine andere Wahl lässt.« Du siehst mich an und dein Mundwinkel zuckt.

»Darüber habe ich auch schon nachgedacht. Es hat ja funktioniert.«

»Ja, das hat es«, antworte ich etwas bitter und denke wie so oft darüber nach, ob das zwischen uns auch zerbrochen wäre, wenn er noch da wäre. Du seufzt und wir schauen beide wieder nach vorn.

»Vielleicht kommt er ja auch gar nicht zurück, vielleicht ist er ja doch tot«, sagst du leise.

»Vielleicht, aber ich würde an deiner Stelle Gewissheit haben wollen«, überlege ich und schaue raus.

»Wir werden sehen, wie es mit Savio läuft«, erwiderst du seufzend.

»Und wenn er zurückkommt und ihm nichts passiert ist, was dann?«

»Wenn er zurückkommt, ihm nichts passiert ist und das Hotel, in dem ich meinen Vater vermute, leer war, dann weiß ich, dass er noch lebt. Wenn er nicht zurückkommt und mein Vater ihn erschießt, damit er nichts erzählen kann, weiß ich auch, dass er noch lebt. Wenn er zurückkommt und mir sagt, dass er ihn gesehen hat, gibt es keine weiteren Fragen.«

»Und wenn er zurückkommt und dort ein anderer war?«, frage ich.

»Dann will ich diesen Jemand haben, in meinem Bunker aufhängen und Ramon ihn befragen lassen.« Du bist so entschlossen. Natürlich bist du das, das beschäftigt dich sicher schon sehr lange und intensiv. Er ist nicht mehr da, aber trotzdem kannst du nicht weitermachen, weil du nicht weißt, ob es ihn noch gibt oder nicht. Es muss dich auffressen, während ich mich mit aller Macht zurückhalte, um nicht einfach deine Hand zu nehmen, weil das Mitgefühl mich überflutet.

»Was würdest du machen, wenn dein Vater das getan hätte?«, fragst du schließlich nachdenklich. »Welcher Grund wäre für dich plausibel für seinen Fortgang, wenn du danach auf seinem Platz sitzen und auf alles verzichten müsstest, was du liebst, dein ganzes Leben umkrempelst. Was könnte er sagen, damit du ihm das verzeihst?«

Ich denke ernsthaft darüber nach, ob es zu entschuldigen wäre. Und welcher Grund nachvollziehbar wäre, um das Leben seines Kindes zu zerstören. Ganz wissentlich. Doch eigentlich gibt es darauf nur eine Antwort: »Nichts.«

Du nickst. »Das ist wahrscheinlich die gesündeste Einstellung.«

»Wenn ich wüsste, dass er das vielleicht nur getan hat, damit es mir besser geht, dann könnte ich mich damit arrangieren, aber …«

»Aber mir geht es nicht besser«, unterbrichst du mich das erste Mal seit drei Jahren wieder etwas emotionaler und nicht als dieser Abklatsch, der du stets bist. »Es ging mir gut, ich hatte alles!« In mir pulsiert es erneut schmerzhaft und meine Kehle schnürt sich bei deinem Tonfall zu.

»Ich weiß. Deswegen kann ich das nicht verstehen.«

Du siehst wieder nach vorn. Währenddessen mustere ich dich und denke darüber nach, was du alles durch ihn verloren hast. Deine Familie. Dich selbst. Uns.

»Das ist so unfair«, murmle ich vor mich hin. Du willst was sagen, aber beißt die Zähne aufeinander.

»Was?«, dränge ich dich sanft. Die Straßenlaternen tauchen dein perfektes Gesicht in einen orangefarbenen Schein und ich kann meinen Blick nicht mehr von dir nehmen. Du drehst den Kopf in meine Richtung und schaust mir direkt in die Augen. Ohne diese Mauer dazwischen. Das erste Mal seit drei Jahren. Der Atem stockt in meiner Kehle, denn du bist noch da. Ganz tief in dir drin bist du noch mein Sergio. Ein Schauer fegt durch mich hindurch, als mir das klar wird.

»Ich wusste, dass ich das irgendwann übernehmen muss. Ich wusste, dass ich bei ihm leben muss. Es wäre für mich okay gewesen. Ich hätte das alles gemacht, aber ich habe mir immer vorgestellt, dass du mich dabei begleitest. Es hätte auch funktioniert, wenn er noch da wäre. Ich hätte ihn irgendwie überzeugt, unsere Verbindung zu akzeptieren. Ich …« Du stockst und eine Gänsehaut zieht sich über meinen ganzen Körper. Er erwacht zum Leben, allein bei der Vorstellung, es wäre so gekommen. Mir war nicht klar, dass er so tot war, wie ich mich fühlte. Wir fahren wieder ein Stück und du seufzt tief. »Ich weiß, dass das Leben für dich da drüben nicht die sicherste Variante wäre, aber wenn ich nicht ganz oben wäre, sondern mein Vater, wenn er geblieben wäre, hätte ich es irgendwie hinbekommen, dich zu beschützen und gleichzeitig sein Sohn zu sein. Ich wollte das.«

»Ich wollte das auch«, murmle ich und meine Stimme ist heiser. Ich wusste nicht, dass du noch darüber nachdenkst. Du legst deine Finger auf mein Knie und es ist wie ein kleiner Stromstoß, der mich durchfährt, als du mich nach all der Zeit das erste Mal wieder berührst. Es ist so unglaublich und das Loch in mir zieht sich kurz etwas zusammen. Du drückst leicht mein Knie und mein Herz schlägt beinahe schmerzhaft in meiner Brust.

»Ich weiß«, erwiderst du leise und ziehst deine Finger sofort zurück. »Und es tut mir leid, dass ich dir das nicht bieten konnte.«

Ich bin völlig aufgewühlt. Was ist das jetzt? Wieso sagst du das? Aber ändert das was? Nein. Es ändert gar nichts. Denn er ist weg und ich verstehe so langsam, wieso du mich nicht bei dir haben kannst. »Ich glaube, so langsam begreife ich, wieso wir nicht zusammen sein können. Aber in einem anderen Leben wären wir perfekt«, sage ich leise und kann es förmlich vor mir sehen. Uns beide zusammen. Irgendwo in einem weißen Haus in den Bergen. Wie du hinter mir stehst und ich mich an dich schmiege.

»In der Position, in der ich jetzt bin, muss man sich entscheiden. Francesco de Luca, der Großonkel meines Vaters, hatte nur eine Frau, keine Kinder. Jacob de Luca hatte eine Frau, die sich das Leben genommen hat. Sie waren beide in der gleichen Position wie ich jetzt. Francesco hat die Position an meinen Vater weitervererbt, der konnte seine Frau auch nicht halten. Er war mit diesem Geschäft verheiratet und ich weiß, wieso. Ich verstehe es. Man muss vierundzwanzig Stunden am Tag für so viele Männer und so viele Familienanliegen die Verantwortung übernehmen. Man hält die Stadt in seinen Händen, und drückt man einmal zu fest, zerquetscht man sie. Lässt man einmal zu locker, fällt sie.«

»Es ist ein Balanceakt«, stelle ich fest.

»Ja, und dich an meiner Seite zu wissen, während ich all diese Dinge tun muss, würde dir, und dem, was ich mir für dich vorgestellt habe, nicht gerecht werden.«

»Also hast du mich lieber gehen lassen«, schlussfolgere ich hohl und frage mich, wie sehr du dich damit selbst verletzt hast.

»Ich habe es versucht«, meinst du. »Ich versuche es noch.«

Du hast mich also noch gar nicht wirklich gehen lassen. Es ist immer noch so, wie es sein soll. Wir gehören nach wie vor zusammen und du spürst es auch. Aber es bedeutet nichts, es darf nichts bedeuten.

»Ich versuche es auch noch«, gebe ich zu und du lächelst müde in meine Richtung, was ich ebenso erwidere.

»Ich weiß.« Du biegst auf den Waldweg.

»Dann vielleicht in einem anderen Leben«, mutmaße ich und sehe raus auf den schwarzen See zu unserer Rechten.

»Vielleicht in einem anderen Leben.«

»Und so lange versuchen wir es weiter.«

»Ja«, meinst du. »So lange versuchen wir es weiter.«

Und weißt du, was ich glaube?

Wir werden es nie schaffen.

Es wird immer bei dem Versuch bleiben. Denn wie soll man etwas trennen, was so tief verwurzelt ist, wie unsere Liebe, Sergio? Man kann es nicht. Man kann den Baum beschneiden, ihn fällen, ihn oberflächlich eliminieren, aber die Wurzeln werden bleiben, tief in die Erde gegraben, für alle Zeit. Genau wie unsere Liebe.

20. Weiter geht's, Irina

Zayden

Babygebrüll weckt mich und ich reiße meine Lider auf. Sofort bin ich hellwach.

Ich starre durch das Fenster in den dunklen Himmel, von dem Schneeflocken herabrieseln und auf dem gefrorenen Gras im Garten liegen bleiben. Fuck, wie spät ist es, verdammt nochmal? Mit einer Hand taste ich gähnend nach meinem Handy und werfe einen Blick darauf. Es ist 21:43 Uhr.

Gestern, nach unserem Gespräch, habe ich nur drei Stunden geschlafen, weil ich ab zehn noch was für Dad erledigen musste. Also habe ich mich am Nachmittag nochmal hingelegt. Der Plan war eigentlich nicht, bis in den späten Abend zu schlafen, aber irgendwie ist es trotzdem passiert.

Ich reibe mir über das Gesicht, bevor ich träge nach dem Nachtlicht taste und ein sanfter Schein den Raum einhüllt. Ich sehe zur angelehnten Tür. Das Babygeschrei wird leiser und ich höre dich durch das Babyfon auf dem Nachttisch murmeln. Rowan ist zurzeit ziemlich unruhig.

Ich drehe mich auf die andere Seite und schließe meine Augen nochmal. Zwar habe ich nicht vor, weiterzuschlafen, aber ich bin auch noch zu müde, um aufzustehen. Ich weiß außerdem nicht, was mich erwartet. Okay, wir haben gestern geredet. Okay, wir hatten nach Ewigkeiten mal wieder Sex – und das mehrere Male. Trotzdem gibt es noch ungeklärte Dinge zwischen uns und ich weiß nicht, wie du heute gelaunt bist. Ich weiß nicht mal, wie ich selbst gelaunt bin. Deshalb beschließe ich einfach, noch etwas hier rumzuliegen. Das Babygeschrei verklingt zu einem leisen Gemotze und du murmelst weiter. Blind taste ich nach dem Babyfon und schalte es aus. Ich bin einfach noch nicht wach genug dafür.

Gerade, als ich die Hand zurückziehe, zerreißt das schrille Klingeln meines Handys die Stille und ich fahre zusammen.

»Fuck!«, fluche ich. Wieso lässt mich denn niemand noch eine Weile im Bett bleiben?

Ich angle das schwarze Gerät unter dem Kissen hervor. Die Nummer ist unterdrückt und ich nehme ab. Ich halte mir das Telefon ans Ohr und sinke wieder in die Matratze.

»Ja?«, frage ich genervt und noch etwas heiser, weshalb ich mich räuspere.

»Ich weiß, ich sollte dich nicht mehr anrufen, aber ich kann nicht anders!«

Ich stöhne und schließe meine Augen. Wieso verdammt nochmal stalkt Selina mich? Wieso jetzt auf einmal?

»Also gut, noch einmal, was willst du, Selina?«, frage ich träge und ziehe die Decke weiter über meinen Körper. Ich bin so genervt von alldem.

»Einfach nur deine Stimme hören«, meint sie sanft und ich versuche, ruhig zu bleiben. Okay, vielleicht ist sie ja wirklich verzweifelt. Okay, vielleicht hat sie tatsächlich nichts damit zu tun, was du erlebt hast. Okay, vielleicht hat sie ernsthaft ihre Fehler eingesehen und liebt mich noch. Aber es beeinflusst mein Leben nicht weiter. Weil ich sie nicht will. Weil ich sie nicht liebe. Nie geliebt habe. Das alles war nur eine Illusion, ob sie nun all diese Scheiße gebaut hat oder nicht.

»Okay«, meine ich etwas gereizt und verstehe das alles hier wirklich nicht. »Bitte.«

»Okay.« Das kommt total atemlos. »Okay, hallo!«

»Ehrlich? Hallo?«, frage ich augenverdrehend. Was wird das hier, Irina?

»Wie soll ich dich denn sonst begrüßen?«

»Eigentlich gar nicht. Eigentlich solltest du mich nicht anrufen. Eigentlich weißt du, dass ich so was nicht mache. Ich bin verheiratet.«

»Wir reden doch nur.«

»Schlimm genug«, erwidere ich trocken.

»Du tust ja nichts Verbotenes.« Ehrlich? Wieso fühlt es sich dann so an?

»Ich weiß, dass du irgendwas willst, Selina. Sag es einfach und komm mir jetzt nicht wieder mit meiner Stimme«, warne ich sie, denn sie hat doch sicher irgendwelche Hintergedanken, oder?

»Ich will alles von dir, was du bereit bist, mir zu geben. Und ich weiß, das ist nicht viel. Aber so habe ich wenigstens irgendwas.«

»Ich werde dir nicht nur nicht viel geben, sondern gar nichts«, erkläre ich möglichst ruhig. Ich versuche, einfach davon auszugehen, dass sie nicht die berechnende Schlampe ist, die ich in ihr gesehen habe. Sie klingt nicht, als würde sie lügen. Das heißt zwar nicht, dass ich sie wieder in meinem Leben will, aber ich muss ja auch nicht unnötig widerlich zu ihr sein. »Die Zeiten haben sich geändert. Ich habe weitergemacht. Das solltest du auch tun.«

»Ich … kann nicht«, meint sie leise. »Ich habe es versucht. Wirklich.« Irgendwie glaube ich ihr nicht, Irina.

Ich höre, wie sich die Tür öffnet, und hebe meine trägen Lider. Du kommst gerade rein und stockst, als du siehst, dass ich telefoniere. Das ist nicht richtig. Ich sollte nicht mit ihr sprechen. Sofort fühle ich mich, als würde ich dich betrügen. Fuck, Baby, das ist die einzige Sünde, die ich noch nicht begangen habe ... und auch nicht begehen will. Und fuck, ich sollte nicht mit Selina fucking Sanchez telefonieren. Was tue ich hier überhaupt, verdammt nochmal!

»Versuch es härter. Ich muss jetzt auflegen«, sage ich ernst, bevor ich das Gespräch beende und noch ihr »Aber …« höre. Dann schmeiße ich das Handy auf die Matratze. Du schließt die Tür, während du deine Stirn runzelst und mich forschend betrachtest. Ich habe tatsächlich nichts Verbotenes getan, aber allein, mit ihr zu telefonieren, erscheint mir so falsch. Ob es ihr nun wirklich leidtut oder nicht. Ob sie sich nun wirklich geändert hat oder mir mal wieder was vormacht. Das ist egal. Ich gehöre dir und sollte eigentlich sofort auflegen, wenn sie anruft, und sie gar nicht erst zu Wort kommen lassen. Vor allem, da ich weiß, wie süchtig ich mal nach ihr war. Das ist, als wollte man sich das Rauchen abgewöhnen. Man sollte keine Zigaretten zu Hause bunkern, weil die Verführung zu groß wäre. Und wenn Selina wirklich nicht mehr die ist, die sie mal war; wenn sie sich wirklich geändert hat und ich auch nur den Hauch von Mitleid oder Mitgefühl für sie empfinde, sie wieder als Menschen wahrnehme und nicht als Monster, besteht die Gefahr, rückfällig zu werden. Egal, wie sehr ich dich liebe. Weil ich ein schwanzgesteuerter Wichser bin.

»Wer war das?«, fragst du immer noch von der Tür aus und lehnst dich mit der Schulter dagegen.

»Selina, schon wieder«, meine ich ehrlich, denn ich habe nichts vor dir zu verbergen. Und ich will mit offenen Karten spielen, Irina.

Ich sehe, wie du scharf den Atem einziehst, und mustere dich lauernd. »Du liegst in unserem Bett und telefonierst mit ihr?« Keine Ahnung, was du denkst. Dass ich Telefonsex in unserem Bett mit ihr hatte, vielleicht? Vertraust du mir wirklich immer noch so wenig, Irina?

»Ich wusste nicht, dass sie es ist. Die Nummer war unterdrückt!«, antworte ich sofort. »Sie versucht es die ganze Zeit schon und ich würge sie jedes Mal ab.« *Ehrlich sein, Zayden. Immer ehrlich sein.*

»Was heißt, sie versucht es die ganze Zeit?« Deine dunkelgrünen Augen blitzen alarmiert. Ich richte mich etwas auf und lehne meinen Rücken an das Kopfteil.

»Ich habe dir doch erzählt, dass sie mich angerufen hat. Gestern hat sie es nochmal probiert und jetzt wieder. Ich würge sie, wie gesagt, jedes Mal ab.« Ich greife nach der Wasserflasche vom Nachttisch und schraube sie auf, bevor ich einen Schluck trinke und sie dann wieder schließe. Ich will nicht, dass du denkst, ich hätte noch Interesse an ihr.

»Was sagt sie genau zu dir?«, fragst du angespannt.

Ich seufze genervt. Ich hasse es, dass du mir nicht vertraust und glaubst, Selina hätte immer noch Macht über mich. »Dass sie nichts damit zu tun hatte, was damals mit dir war. Dass sie sich geändert hat und weiß, dass sie ein Miststück war. Dass es ihr leidtut. All so was eben ...«

Du schnaubst. »Und, glaubst du ihr?«

»Ich denke nicht darüber nach, ob ich ihr glaube oder nicht. Sie ist mir egal«, antworte ich.

»Wieso hast du mir nicht gleich gesagt, dass sie nochmal angerufen hat?«, willst du nun wissen.

»Wann denn? Während unseres epischen Streits oder als ich in dir war?«, frage ich und bemerke, dass ich langsam wieder wütend werde. Das geht so verdammt schnell bei mir. Fühle ich mich einmal angegriffen, ist der Zug praktisch abgefahren und ich kann nur noch dabei zusehen, wie ich irrational und dumm werde.

»Keine Ahnung, vielleicht, als du mir auch gesagt hast, dass du an Sex mit anderen Frauen denkst«, schlägst du scheinbar gelassen vor, aber deine Augen fangen wieder an, zu blitzen. Das habe ich dir erzählt, Irina, damit du den Ernst der fucking Lage begreifst.

Oh scheiße, ich glaube das einfach nicht. Ich bin seit zehn Minuten wach. Hier *will* man ja nicht mal mehr aufwachen. »Ja, weil du mich nicht mehr gefickt hast. Dir darf man auch nichts erzählen, oder?«, frage ich schneidend.

»Vielleicht solltest du mir lieber mehr erzählen und nicht schweigen und es mir dann vorwerfen«, zischst du. Ich schlage wütend die Decke zurück und stehe auf. Nein, ehrlich, ich habe gerade überhaupt keine Lust auf diesen Bullshit, weshalb ich meine Jeans vom Boden aufsammle und sie grob über meine Hüften ziehe. »Echt? Und jetzt rennst du davon?«, fragst du ungläubig. »Ich komme hier rein! Du telefonierst mit deiner Psycho-Ex, die dich wieder um ihren Finger wickelt, und dann soll ich jetzt auch noch fröhlich zu dir ins Bett steigen und so tun, als wäre alles super?«

Ich reiße den Schrank auf und nehme ein schwarzes Muskelshirt raus, das ich mir über den Kopf zerre, bevor ich dich wieder ansehe, wobei mir ein paar Strähnen in die Augen fallen, die ich unwirsch nach hinten streiche.

»Ich will jetzt nicht streiten, Irina. Also. Lass. Es. Okay?!«, sage ich sehr eindringlich und deutlich, bevor ich mir wahllos einen der schwarzen Pullover nehme und ihn ebenfalls über meinen Kopf zerre.

»Okay, und was tust du dagegen, dass sie dich anruft? Änderst du deine Nummer oder bleibst du schön für sie erreichbar?«, stichelst du. Mir platzt gleich echt der Kragen, Irina. Wirklich. Du solltest aufhören, mich immer so zu reizen.

»Oh, ich weiß nicht. Vielleicht spreche ich das nächste Mal ja über Kamera mit ihr!«, blaffe ich dich an, weil du mich so wütend machst.

»Fick dich, Zayden!« Tränen schießen in deine Augen. »MACH DAS DOCH! DU KANNST JA GLEICH ZU IHR FAHREN UND SIE VÖGELN!«

Ich ziehe mir Socken über die Füße, bevor ich die Schublade wieder zutrete, aus der ich sie genommen habe. Ich bin so in Rage. Du hast es geschafft. Kaum bin ich wach und schon auf hundertachtzig. Wieso verdammt nochmal vertraust du mir nicht? »JA, VIELLEICHT MACHE ICH DAS! SIE WÜRDE SICH MIR SICHER NICHT MONATELANG ENTZIEHEN!«, entgegne ich, ohne nachzudenken. Fuck! Fuckfuckfuckfuckfuck!

Du stockst und siehst mich völlig entgeistert an. Mir tut es in der Sekunde leid, in der ich es gesagt habe, weil ich es natürlich nicht so meine und dir nur wehtun wollte. Und das habe ich. Ich sehe, wie der Schmerz durch deine Augen zuckt.

Ich hasse das. Wieso tue ich das immer? Wieso werde ich ab einem bestimmten Punkt so verletzend? Vielleicht hättest du mich einfach gehen lassen sollen, Irina.

Du weichst einen Schritt zurück. Ich atme gepresst aus. Völlig ungläubig und verletzt siehst du mich an, während ich die Zähne hart aufeinanderbeiße.

»Ich habe verstanden«, sagst du dann mit rauer, belegter Stimme, die nur so vor Hass trieft, drehst dich um und gehst ins Bad.

»Fuck, Irina, warte ...«, entkommt es mir noch.

»NEIN!«, rufst du. Deine Stimme klingt rau vor Tränen. Dann knallst du die Tür hinter dir zu und der Schlüssel dreht sich im Schloss.

»Fuck!«, zische ich und nehme mein Handy, bevor ich es in meine Hosentasche ramme. Mein Herz rast und Adrenalin rauscht unentwegt durch meine Venen. Fuck, wieso passiert das ständig? Wieso kann ich nicht einfach cool bleiben, wenn du hochkochst? So war es früher auch. Du hast dich aufgeregt, ich bin ruhig geblieben, und umgekehrt. Aber jetzt schaukeln wir uns gegenseitig nur höher. Gerade bei diesem Thema, das ich eigentlich vermeide. Und nein, ich will dir nicht wehtun, aber ich bin ein Bastard, wenn ich mich angegriffen fühle.

Ich bleibe noch ein paar Sekunden so stehen und mustere die Badtür. Dann beschließe ich, dass es jetzt nichts bringt, und wir uns beide beruhigen müssen, wende mich ab und gehe aus dem Schlafzimmer, bevor ich mit schnellen Schritten die Treppe nach unten nehme. Ich schiebe meine Füße in die Schuhe, streife den Mantel flüchtig über und verlasse den Anbau. Dabei lasse ich die Haustür hinter mir zuknallen. Ich bin wütend. Am meisten auf mich selbst. Aber auch auf dich, weil du es nicht gut sein lässt, wenn du bemerkst, dass ich gleich explodiere. Auf die Situation. Darauf, dass ich meine Zunge nicht kontrollieren kann. Darauf, dass du mir nicht vertraust. Darauf, dass ich mir nicht mehr vertraue. Ich bin wütend, dass wir nicht mehr wie früher sind. Ich hasse das.

Mit ausschweifenden Schritten marschiere ich durch den Garten, die drei Stufen hinauf und über die Terrasse ins Haus.

Tante Alayna sitzt im Salon, was sich gut trifft. Ich weiß, dass eigentlich Rosalie deine beste Freundin ist, aber die ist zurzeit unterwegs, und mit Tante Alayna oder meiner Mom verstehst du dich genauso gut.

»Kannst du bitte nach ihr sehen?«, frage ich sie – immer noch etwas ungehalten von dem Streit mit dir.

Sie sieht mit ihren braungrünen Augen von ihrer Zeitschrift auf und erhebt sich sofort. »Dein Vater kommt bald nach Hause, Caden ist oben«, informiert sie mich noch, weil sie merkt, dass ich beruhigt werden muss, und geht an mir vorbei. Sie stellt keine Fragen, sondern macht sich sofort auf den Weg.

Ich kann jetzt nicht zu dir, Irina, denn ich will nicht, dass es weiter eskaliert. Erstmal müssen wir runterkommen.

Ich marschiere weiter durch den Salon und das Foyer zur Haustür, die ich öffne. Ich muss hier raus. Weg von dir. Mich abregen. Dich abregen lassen. Und verfickt nochmal diese Selina aus meinem fucking Kopf kriegen, die sich da schon wieder einzunisten beginnt und eine viel zu große Rolle zwischen uns beiden spielt. Ich kann jetzt nicht auf meinen Vater warten und ich will mich jetzt auch nicht beruhigen. Ich will einfach nur diesem Chaos entfliehen, zu dem mein Leben geworden ist.

Gottverdammte Fickscheiße, Irina!

21. Die Art zu lieben, Ilian

XX

Eine Woche später …

Catalina

Heute ist Montag und wir hatten Unterricht bis sechzehn Uhr.

Da ich Tessa, einer Klassenkameradin, versprochen habe, noch mit ihr Mathe zu lernen, sitze ich jetzt in der Bibliothek. Ihr Kopf scheint zu rauchen und ihre Locken stehen wirr in alle Richtungen ab. So sehen alle nach der Schule aus, obwohl wir aalglatt und gestriegelt hier ankommen. Ich bin so froh, dass wir bald Ferien haben und ich auf diese Uniform verzichten kann.

Ich erkläre ihr alles genau so wie Onkel Caden mir, Schritt für Schritt. Ich habe schon zu Hause angerufen und Bescheid gegeben, dass ich später komme. Außerdem habe ich Dad ein Foto von mir und Tessa geschickt, mit der

Bibliothek im Hintergrund, inklusive der Mathesachen, sonst hätte er das Schulgelände gestürmt – wutschnaubend –, um mich zu suchen. Vor ein paar Jahren hat er das mal gemacht. Damals saß ich mit Sophia in der Sonne auf dem Hof, und wir haben uns verquatscht. Dad kam anmarschiert und war total sauer. Seitdem kriegt er immer Bilder, wenn ich mich verspäte.

Tessas Gesicht ist ganz rot vor Konzentration, aber ich bin geduldig genug, um es ihr zur Not noch zwei weitere Stunden zu erklären. Durch Sophia, meiner Cousine, die eigentlich nicht meine Cousine ist, habe ich Übung. Sie braucht auch immer etwas länger. Nicht, weil sie dumm ist, sondern, weil sie Perfektionistin ist und anders denkt. Mathe ist für sie die reinste Qual, weil ihr Kopf ganz anders funktioniert, als hier benötigt wird. »Okay, ich glaube, jetzt sitzt es«, meint Tessa etwas unsicher.

»Schau es dir einfach heute Abend nochmal an. Und wenn du es morgen doch nicht mehr verstehst, weißt du ja, wo du mich findest.«

Sie atmet tief durch und packt ihre Sachen ein. »Danke. Du bist viel besser als jede Nachhilfe, die ich bis jetzt hatte.« Vielleicht sollte ich mir damit was dazuverdienen. Nicht, dass ich müsste. Das muss keiner an dieser Schule.

»Kein Thema.«

Sie steht auf und schultert ihre Tasche, bevor sie sich verabschiedet. Ich sehe ihr nach und seufze tief. Die Schule ist schon relativ leer, nur vereinzelt hört man noch Schritte, wahrscheinlich von einigen Lehrern, die noch etwas für den nächsten Tag vorbereiten. Aber da ist noch jemand. Ilian. Denkst du etwa, du kannst dich vor mir verstecken?

»Ich weiß, dass du hier bist, Ilian. Komm einfach raus«, meine ich dann, weil ich schon seit vierzig Minuten deine Anwesenheit im Raum spüre, die mich ganz hibbelig macht. Die letzte Woche warst du immer in Gedanken versunken und nicht wirklich anwesend, obwohl du da warst. Deine Wange war verfärbt, das hat sich jetzt wieder gelegt. Ich weiß, dass es mit deinem Dad zu tun hat, weshalb ich nicht weiter gebohrt habe. Ich hasse deinen Vater. Und deine Mutter gleich mit. Sie haben dich nicht verdient und ich bin froh, dass du bei uns lebst. Wenn ich auch weiß, dass das nicht für immer so bleiben wird, weil du irgendwann, wie Sergio auch, dein Erbe antreten musst. Ich hasse den Gedanken und verdränge ihn schnell.

Seit unserem ersten Mal warst du jede Nacht bei mir. Du hast nicht viel mit mir gesprochen, aber du hast dich mit meinem Körper abgelenkt, genau wie mich von diesen ganzen Vatersachen. Immer diese Väter, nicht wahr?

»Komm du doch her«, erwiderst du von der Galerie über mir. Du stehst seitlich am Geländer und schaust in deiner Schuluniform zu mir runter.

Ich lehne mich zurück, während mein Herz einen Takt schneller schlägt, wie immer, wenn du in meiner Nähe bist. Seitdem du mir so nahe warst, ist es noch extremer. »Wieso? *Du* stalkst mich doch. Komm runter, wenn du was willst.« Herausfordernd sehe ich zu dir hoch. Du siehst echt gut aus, wie du da so zu mir runterschaust, wie ein kleiner Gott, der *alles* überblickt. Du hast deine Hemdärmel hochgekrempelt und deine Haare sind unordentlich, wie immer am Ende eines Schultages. Ich habe diese Woche jeden Tag deine Lippen gespürt, deine Hände, deinen

Körper. Und ich glaube, ich bin ein wenig süchtig nach dir geworden. Weil jede Sekunde, in der du nicht bei mir bist, die pure Folter für mich darstellt. Gleichzeitig will ich dich aber auch nicht drängen, denn mir ist klar, dass du zurzeit andere Probleme hast, mit denen du klarkommen musst. Du sagst und zeigst mir schon, wenn ich für dich da sein soll. Und wenn nicht, lasse ich dich in Ruhe. Anscheinend bringt dir die Ablenkung durch meinen Körper sowieso viel mehr als Reden. Manchmal bist du richtig entfesselt und wie getrieben. Ich wusste gar nicht, dass es sich so gut anfühlen kann, die Kontrolle über sich zu verlieren, was mir mit dir regelmäßig passiert, seit ich darf.

»Hast du deswegen zwei Knöpfe deiner Bluse vor vierzig Minuten geöffnet? Weil du wusstest, dass ich da bin?«, fragst du interessiert und stützt deine Unterarme auf das Geländer, sodass dein Siegelring in der schummrigen Bibliotheksbeleuchtung aufblitzt. Gott, du siehst so gut aus.

»Vielleicht war mir einfach nur heiß!«, bemerke ich sanft und stütze mein Kinn auf meinen Handballen. Von hier unten bist du atemberaubend. Hast du eigentlich mal deinen Bizeps angesehen? Ich ertappe mich dabei, wie ich den Kopf zur Seite neige, um dich besser betrachten zu können. Du hebst eine Braue, weil du genau weißt, was ich da tue.

»Du musst keine Knöpfe öffnen, du hast auch so meine volle Aufmerksamkeit, Babygirl«, meinst du einfach so, als hätte ich nichts gesagt. Deine Augen funkeln verspielt. Das erste Mal seit einer Woche, und ich liebe das. Ich hasse es, wenn dein Vater dich fertigmacht, aber ich liebe es, wenn du dann immer wieder zu dir kommst und deine Augen von Braun zu Blau wechseln.

Ich spiele mit meinem Stift. »Du musst dich auch nicht extra in Pose stellen, du hast trotzdem meine volle Aufmerksamkeit.« Ich drehe mich ein bisschen, schlage die Beine übereinander, wobei mein Rock etwas nach oben rutscht, und klimpere übertrieben mit den Wimpern. Du betrachtest meine Beine. Deine Augen schimmern dunkel, weshalb mir heißer wird. Ich spiele nach wie vor mit dem Stift – inzwischen ein wenig hektisch, weil dein Blick mich geradezu verbrennt. Ich liebe es, wie du mich immer ansiehst.

»Komm hoch«, forderst du mit dunkler Stimme, die schon ein bisschen heiser ist, und mir stockt kurz der Atem. Wie immer, wenn du so mit mir sprichst.

Ich überschlage die Beine andersrum, obwohl ich zu dir hochrennen will. Deine Augen folgen der Bewegung sehr genau. »Und dann?«, frage ich interessiert, obwohl mein Herz schon rast und gleich aus meiner Brust springt, um direkt vor deinen Füßen zu landen.

Deine Finger streichen gedankenverloren über das Geländer. »Dann … werde ich dir dein Höschen ausziehen und dich umdrehen, gegen eines dieser Regale hier drücken und dir zeigen, wie tief es von hinten ist.« Oh Gott, fast fällt mein Kopf auf die Tischplatte vor Verzweiflung, weil deine Worte direkt in meinen Unterleib schießen und da alles in Brand setzen. Hilfe, Ilian.

»Komm hoch«, formst du sehr genau mit deinen perfekten Lippen, die in dieser Woche überall auf mir waren. »Außer, ich soll es da unten auf dem Tisch mit dir machen.« Ich trommle inzwischen mit dem Stift, immer schneller, und verkrampfe meine Zehen in den Boots. »Aber wie auch immer, ich will *dich* jetzt ficken. Also beweg dich«, meinst du total selbstverständlich. Ich muss aufpassen, dass ich nicht erzittere, weil Gott, deine Stimme ... Was machst du nur mit mir? Wieso bist du denn so heiß? Und warum konnte mein Opa mir nicht ein bisschen früher sagen, dass wir nicht verwandt sind? Ich habe ja so viel verpasst.

»Okay, ich zähle bis drei«, sagst du ein wenig drohend. »Eins.«

Ich atme zittrig ein und erhebe mich mit einem Ruck, wobei ich alles andere liegen lasse.

»Geht doch. Zwei.«

Trocken schlucke ich, bevor ich zur Treppe gehe. Dein Blick mir folgt.

»Zweieinhalb.« Du klingst ein bisschen heiser.

Mit zittrigen Knien steige ich Stufe für Stufe nach oben und halte mich dabei am Geländer fest, weil mein Puls rast und ich drauf und dran bin, einfach zu stürzen. Du machst Wackelpudding aus mir.

»Zweidreiviertel.«

Ich komme oben an und lehne mich seitlich ans Geländer. Je näher ich dir bin, desto weniger kann ich mich aufrecht halten.

»Drei«, hauche ich.

Du bist in drei Schritten bei mir, packst mein Gesicht am Kiefer und küsst mich, weshalb ich den Kopf weit in den Nacken legen muss. Oh, ich liebe es, wenn du mich küsst. Du überfällst mich total, wie immer. Auch das liebe ich und bin überhaupt nicht überrumpelt davon. Mit dem Rücken stößt du mich gegen das Geländer und ich keuche an deinem perfekten, weichen, so sinnlichen Mund. Ich umklammere deine Unterarme und küsse dich ebenfalls. Dein Kuss ist so besitzergreifend und einnehmend. Deine Zunge drängt sich hart zwischen meine Lippen. Einerseits habe ich mich schon an deinen gewöhnt, andererseits ist das unmöglich, Ilian. Hast du dich mal geküsst? Weißt du, wie gut sich das anfühlt? Ich kralle meine Finger etwas tiefer in deine Haut.

»Scheiße, wieso bist du so heiß?«, flüsterst du in den Kuss und ich runzle die Stirn, weil ich nicht heiß bin. Du bist heiß. Wie die Hölle. Und ich liebe es, wenn du mich verbrennst und verschlingst. Wieder küsst du mich und ich dränge meinen Körper an deinen, wie ich es in der letzten Woche so oft getan habe – an allen möglichen Orten. Ich hatte ja keine Ahnung, was mir entgangen ist, Ilian. Wieso hast du mir das denn nicht früher gezeigt?

»Fuck«, murmelst du und ich beginne, hektisch an deinem Hemd rumzunesteln, weil ich deine seidige, perfekte Haut berühren will.

Mit einer Hand packst du mich unter dem Knie und setzt mich aufs Geländer, was ein bisschen gefährlich ist, aber ich vertraue dir. Du würdest mich nicht fallen lassen, niemals.

Dein Arm ist fest um mich geschlungen und du küsst mich noch tiefer. Ich habe es endlich geschafft, dein Hemd zu öffnen, wobei meine Finger immer noch zittern, weil das Adrenalin in Schüben durch mich hindurchrauscht. Gierig streiche ich über deine makellose Haut. Stöhnend presst du dein Becken an mich, direkt zwischen meine Beine, was *mich* das Stöhnen erwidern lässt.

»Scheiße«, murmelst du wieder. Ich will dich gerade so sehr, wie ich noch nie irgendwas in meinem Leben. Das denke ich jedes Mal, wenn du mich berührst. Es wird mit jedem Mal etwas heftiger. Warum bist du denn auch immer so überwältigend?

Mit einer Hand greifst du unter meinen Rock und zerrst mein Höschen zur Seite, während ich deinen Gürtel öffne, bevor ich den Knopf deiner Hose fast schon aufreiße, weil ich es nicht aushalte, ohne dich in mir zu spüren. Mit einem Ruck schlägst du meine Hand weg und im nächsten Moment schiebst du dich unter meinem Rock einfach in mich. Ich stöhne laut auf.

Oh Gott, das fühlt sich so gut an. Dein Arm umfasst mich noch fester und mit der anderen Hand hältst du meinen Kiefer fest.

»Da. Unten. Könnte. Jeden. Moment. Jemand. Reinkommen!«, lässt du mich wissen und begleitest jedes Wort mit einem harten Stoß. Oh fuck, was? Ich bin in einer anderen Welt, wenn du in mir bist. Es ist mir egal, ob jemand reinkommen und uns sehen könnte. Hauptsache, du bleibst da drin, wo du bist.

Ich stöhne und klammere meine Beine fester um deine Hüften. »Fuck, ich liebe deine Pussy«, murmelst du an meinen Lippen und küsst mich wieder. Bei deinen Worten zieht sich alles in mir noch verlangender zusammen und ich keuche lusterfüllt. Ich kralle meine Fingernägel in deinen Nacken und deine Finger packen meinen Kiefer fester, bohren sich förmlich hinein. So bist du manchmal und ich habe rausgefunden, dass ich es mag. Gelegentlich bist du grob, dann total sinnlich, langsam und gründlich. So gründlich.

»Fuck«, wispere ich ein bisschen atemlos und in mir zieht sich alles zusammen. Schon triffst du diesen einen Punkt in mir, der alles explodieren lässt, und als ich komme, hältst du mir, wie so oft, den Mund zu. Ich schreie dumpf gegen deine Haut, wie so oft, und beiße dir in die Handfläche. Wie immer.

»Fuck … fuck, fuck, fuck«, zischst du heiser und ich verkrampfe meine Zehen und sacke gegen dich, die Stirn an deine Schulter gepresst. »Fuck«, stöhnst du nochmal und schiebst dich bis zum Anschlag in mich, was mich nochmal hochzucken lässt. Ich umfasse mit einer Hand das Geländer, als es mich noch und *auf* einmal überrollt. »Oh Gott, Ilian«, murmle ich absolut im Delirium und mein Kopf fällt nach hinten. Ich lasse mich in deine Arme sacken, spüre, wie ich mich nochmal um dich herum zusammenziehe und du flüsterst: »Oh fuck …«, bevor du dich erneut tief in mich schiebst und kommst, deine Stirn an meine gepresst.

Mein Herz rast und mein Atem geht total gepresst. Oh mein Gott, mit dir ist alles immer so was von total überwältigend. Du fegst wie ein Tornado über mich hinweg und ich liebe es, wenn du mich mitreißt. Nur mit dir kann ich so richtig fühlen. Nur mit dir schaffe ich es, hundertprozentig auf mein Herz zu hören und meinen Kopf völlig auszuschalten, obwohl ich das normalerweise nie tue.

Ich löse ein wenig meine verkrampften Finger und schaue über meine Schulter nach unten. »Wow, das ist echt hoch«, hauche ich atemlos.

»Ich lass dich nicht fallen«, antwortest du genauso atemlos und küsst mich nochmal. Das weiß ich doch, Ilian. Ich weiß alles von dir. Ich weiß, dass du mich niemals fallen oder meine Hand loslassen würdest. Ich weiß, dass du ebenso verbunden mit mir bist wie ich mit dir. Und ich weiß auch, dass sich das niemals ändern wird. Komme, was wolle. Wir gehören zusammen.

Dann ziehst du dich aus mir zurück und schließt deine Hose, bevor du mich vom Geländer hebst. »Ich hab es nicht mal zu diesen Bücherregalen da hinten geschafft. Was machst du mit mir?« Du streichst mir mit dem Daumen über die Unterlippe und ich lehne mich noch etwas kraftlos an das Geländer, wobei ich deine Fingerspitze küsse.

»Ich weiß es nicht. Ehrlich nicht«, antworte ich verdutzt und schüttle den Kopf. Ich verstehe nicht, wieso ich so eine Macht über dich habe, wieso du mich so sehr willst. Ich bin gar nicht so besonders wie viele andere hier. Aber ich weiß trotzdem, dass unser Band so stark ist wie kein anderes. Egal, ob wir zusammenpassen oder nicht.

Mein Zopf ist in den Nacken gerutscht und ich habe beinahe einen Kniestrumpf verloren, wie so oft, wenn du mich in der Schule in irgendwelchen Ecken, in denen keine Kameras hängen, überfällst oder mich kurz mit in dein Auto nimmst, um dir einen blasen zu lassen. Du bist echt versaut, Ilian. Und so gewissenlos.

»Okay, egal was es ist, hör nicht auf damit«, erwiderst du seufzend.

»Okay.« Ich nicke mit gerunzelter Stirn und richte mein Höschen.

»Sollen wir jetzt nach Hause fahren?«, fragst du und schließt dein Hemd. Schade. Die Aussicht war echt schön.

Ich sinke auf den Boden, weil ich mich nicht mehr aufrecht halten kann, und strecke meine weichen, wackligen

Beine von mir. Du stehst immer noch über mir und richtest dein Hemd.

»Ich glaube, ich kann jetzt nirgendwohin«, meine ich atemlos. »Ich kann so nicht nach Hause.« Ich deute auf mein Gesicht, das mein Dad oder Zayden natürlich genauestens analysieren werden. Eine andere Erklärung als die offensichtliche fällt mir nicht ein, weil ich echt geflasht bin. Zu Hause konnte ich mich ja in meinem Zimmer verstecken, wenn du mit mir fertig warst, aber das geht jetzt nicht.

Du gehst vor mir in die Hocke. »Wir können auch einfach noch ein bisschen hierbleiben.« Du streichst mir eine Strähne hinter das Ohr. Diese unschuldige Berührung fühlt sich genauso gut an, wie deine harten und stürmischen Küsse. Mein Bauch kribbelt sofort und ich verliere mich in deinen Augen. Wieso sind die denn so schön? Wieso liebe ich es, wenn du mich so ansiehst wie jetzt?

»Okay«, wispere ich gebannt.

»Lies mir was vor«, meinst du und ich runzle die Stirn, weil ich etwas auf dem Schlauch stehe. Du bist immer so sprunghaft in deinen Gedanken. »Sag mir, was du willst, ich hol es dir.«

Okay, ich sammle mich schnell und überlege, was ich dir vorlesen könnte, wobei ich die feuchten Strähnen aus meiner Stirn streiche.

»Hmm … bring mir *Der große Gatsby*.« Das Buch kenne ich noch sehr gut, weil meine Mom es mir immer vorgelesen hat. Ich wollte etwas Erwachsenes, weil ich mit den ganzen Kinderbüchern nicht so gut klarkam und die Happy Ends mich nicht befriedigt haben. Im echten Leben läuft es nun mal nicht so. Deshalb mochte ich es brutal realistisch.

»Yes, Ma'am.« Du beugst dich nochmal vor und küsst mich kurz, viel zu kurz. Meine Lippen und ich bleiben in der Luft hängen, als du dich zurückziehst. Dann stehst du auf und schlenderst davon. Du hast einen echt hübschen Hintern, Ilian. Hat dir das mal jemand gesagt? Ich ziehe den Haargummi, der sowieso nur noch an meinen Spitzen hängt, aus meinen Haaren und lehne den Hinterkopf an, während ich über deinen Hintern sinniere, den ich leider nicht mehr sehen kann, als du zwischen den Regalen verschwindest.

Kurz schließe ich die Augen und genieße einfach nur dieses Gefühl, das mich durchrauscht und was nur du in mir entfachen kannst. Es ist so warm und wohltuend. Es fließt durch all meine Zellen und ich muss ein bisschen lächeln. Es wird immer stärker, je mehr ich an dich denke, immer intensiver. Ich weiß, was es ist. Aber ich sage es nicht. Wir sagen es beide nicht.

Mein Körper entspannt sich total. Er gaukelt mir vor, wie einfach es wäre, sich in deine Arme fallen zu lassen. Sich in dieses Gefühl fallen zu lassen. Aber mein Kopf weiß es besser. Nichts ist einfach in diesem Leben. Und sobald wir uns eingestehen, was das zwischen uns ist, sobald wir ihm einen Namen geben, wird sich uns irgendwas in den Weg stellen. Ich spüre es. So war es bei Sergio und Rosalie auch.

»Bist du jetzt eingeschlafen?«, höre ich deine Stimme über mir und ich öffne wieder meine Augen.

Ich grinse. »Nein.«

Du reichst mir deine große Hand. »Komm.« Ich lege meine Finger in deine und lasse mir von dir aufhelfen, wie so oft in meinem Leben. Du verschränkst unsere Hände. Dieses Gefühl rauscht wieder unaufhaltsam durch mich hindurch und macht meine Knie ganz weich, lässt meinen Kopf schwirren, sodass ich nicht klar denken kann. Ich liebe es, bei dir nicht klar zu denken. Das muss ich nicht.

Du führst mich zwischen die Regale zu einer der Sitzecken dort, wo du dich auf die dunkelrote Chaiselounge sinken lässt und mich zwischen deine Beine ziehst, sodass mein Rücken an deiner Brust lehnt. Oh mein Gott, das fühlt sich perfekt an. Ich liebe es, mich an dich zu lehnen, deine Brust an meinem Rücken zu spüren. Ich liebe es, an deiner Seite einzuschlafen, mit deinem Arm um meine Taille.

Du legst einen Arm um meine Mitte und streichst mir die Haare über eine Schulter, weshalb ich erschauere. Ich sinke entspannt an deinen Körper, ich kann es nicht verhindern und das will ich auch nicht. Deine Nase streicht durch mein Haar und alles in mir zieht sich zusammen. Diese Wärme fließt weiter durch mich hindurch bis in meine Zehen. Meine Lider gleiten ein bisschen zu. Ich glaube, ich habe mich noch nie in meinem Leben irgendwo so fallen lassen wie in deinen Armen, die so perfekt für mich sind. Du bist perfekt für mich. Ich liebe es, dass ich das alles jetzt endlich zugeben darf, nach all den Jahren der unterdrückten Gefühle, des Wegsehens und Zwingens.

»Du liest«, flüsterst du. Deine Nase streicht weiter durch mein Haar, als du mir das Buch auf den Schoß schiebst. Früher, wenn du bei uns übernachtet hast, habe ich dir auch immer zusammen mit meinem Teddy vorgelesen, weil du keine Mom hattest, die das gemacht hat. Das hat mein Herz nicht ertragen, also blieb ich wach, bis Dad uns allen *Gute Nacht* gewünscht hat. Dann bin ich mit dem Gatsby-Teddy und dem Gatsby-Buch in dein Zimmer geschlichen, habe mich neben dem Bett auf den Boden gesetzt und dir, meine Taschenlampe in der Hand, vorgelesen. Später habe ich erfahren, dass Dad es gewusst und mich gelassen hat. Ein paarmal haben er und Mom uns sogar dabei beobachtet. Manchmal habe ich dir den Gatsby-Teddy auch dagelassen, wenn es dir wegen deines Dads nicht so gut ging. Und manchmal bin ich auch dageblieben.

Ich kann kurz nicht reagieren, weil dein Arm so fest um meinen Bauch liegt und sich so perfekt anfühlt. Tief atme ich deinen Duft ein und sinke noch etwas mehr gegen dich.

»Was ist los?«, neckst du mich sanft und küsst meine Schläfe.

»Sei still«, nuschle ich und rutsche ein bisschen tiefer.

»Okay«, wisperst du grinsend. Dein Atem streift mein Ohr, weshalb ich ein bisschen erschauere. Ich liebe es, wie fest dein Arm um meinen Körper liegt und wie gut du riechst. Wie warm dein Körper ist und wie heiß dein Atem. Und wie geborgen ich mich in diesem Moment fühle, als könnte mich nichts verletzen. Niemals. Niemand.

Ich kneife die Augen kurz zusammen und bemerke, dass meine Hand auf deinem Unterarm liegt. Ich weiß nicht, wie sie dahin gekommen ist, aber ich streiche über deine weiche, sanfte Haut. Dann atme ich tief nochmal durch und greife mit der anderen Hand nach dem abgenutzten Buch.

»Lies mir deine Lieblingsstelle vor«, murmelst du heiser. »Und ich hab schon gewusst, dass es dieses Buch sein wird.« Natürlich hast du das. Du weißt immer, was ich empfinde und was ich denke. Ich würde es dir allerdings auch nie vorenthalten.

Ich blättere das Buch durch und suche meine Lieblingsstelle. Es wurde schon so oft gelesen. So viele Menschen hatten es schon in ihren Händen und sind in diese Welt abgetaucht. Aber niemand verbindet damit so viel wie wir beide.

»Hier«, sage ich leise. »Das ist eine meiner Lieblingsstellen.« Aber auch das weißt du, nicht wahr?

»Warte, ich sage sie dir«, flüsterst du in mein Ohr und ein neuer Gänsehautschauer streicht über meine Arme. Du klappst das Buch wieder zu und wisperst weiter in mein Ohr: »*›Ich würde nicht zu viel von ihr erwarten‹, wagte ich, ihm zu raten. ›Man kann die Vergangenheit nicht wiederholen.‹*

›Die Vergangenheit nicht wiederholen?‹, rief er ungläubig. ›Aber natürlich kann man das!‹« Während du mir das aus dem Kopf zitierst, streichen deine Finger meine Haarlängen nach. Gott, ist das perfekt.

»*Er blickte sich aufgeregt um, als lauerte die Vergangenheit gleich hier im Schatten seines Hauses, nur knapp außer Reichweite seiner Hand. ›Ich werde alles genauso herrichten, wie es vorher war‹, sagte er und nickte entschlossen. ›Sie wird schon sehen.‹*« Du schiebst mein Haar über eine Schulter und ich lege den Kopf ein bisschen schief, als deine Nasenspitze über meinen Nacken streicht. »*Er redete viel von der Vergangenheit, und ich hatte den Eindruck, dass er etwas Bestimmtes wiederzufinden versuchte, eine Vorstellung von sich selbst vielleicht, die in seine Liebe zu Daisy eingeflossen war. Seit fünf Jahren war sein Leben verworren und ungeordnet, doch wenn er, ein einziges Mal nur, an einen bestimmten Ausgangspunkt zurückkehren und langsam alles noch einmal durchgehen könnte, vielleicht würde er dann herausfinden, was dieses*

Etwas war.« Meine Augen sind geschlossen und ich habe nicht vor, sie zu öffnen. Ich liebe deine Stimme, Ilian.

»Und? War das deine Lieblingsstelle?«, murmelst du, obwohl du es sehr genau weißt. Trotzdem nicke ich leicht, auch wenn eine Bestätigung nicht nötig ist, denn wir beide wissen es.

»Diese Seite ist in deinem Buch zu Hause am abgenutztesten.« Ich muss schlucken. Es ist wirklich unglaublich, wie gut du mich kennst. »Aber wieso eigentlich diese Stelle?«, fragst du jetzt.

Ich überlege kurz. »Weil ich es liebe, wie sehr er an ihre Liebe glaubt und wie hart er kämpft. Außerdem … außerdem kommt mir das so vertraut vor.«

»Hm-hm«, machst du leise in mein Ohr, was ein bisschen wie ein schadenfrohes *AHA* klingt. Oder ein: *Ich weiß Bescheid.* Oder ein: *Du kannst mir nichts vormachen, Babygirl. Ich weiß, dass du mich liebst.*

Das ist okay, das darfst du wissen. Wir dürfen es nur nicht laut sagen. Es ist unser Geheimnis.

Deine Lippen streichen über die Kuhle unter meinem Ohr und ich sinke noch ein bisschen tiefer gegen dich. Deine Fingerspitzen streichen über meinen Bauch. Du bist so sanft und ich so weich unter deinen starken Fingern, als würde ich gleich zerfließen und mich auflösen. Ich spüre, wie meine Lider schwer werden, immer schwerer, bis ich sie irgendwann nicht mehr aufhalten kann. Also lasse ich einfach los. Ich lasse mich fallen in deine Dunkelheit, die so weich, warm und vertraut ist.

22. Zwischen den Zeilen, Rosalie

XX

Sergio

Eine Woche, Rosalie.

Eine Woche ist vergangen, seit du bei mir im Auto saßt und ich dir gnadenlos ehrlich meine Gedanken und meine Gefühle ausgeschüttet habe. So was passiert mir nicht mehr sehr oft. Ich behalte diese Dinge für mich, verdränge das Meiste davon im Alltag sogar, denn ich kann sonst nicht funktionieren. Aber ich wusste nicht, wie gut es tun würde, mich mit dir zu unterhalten. Ich wusste nicht, wie sehr ich das nach all den Jahren noch brauche. Dich noch brauche. Deine Nähe und deinen Duft. Dass du mich verstehst. Weil du mich immer verstanden hast.

Eine Woche.

Genau so lange versuche ich jetzt schon wieder, dich zu vergessen. Denn bei dir ist es wie bei einem Tornado. Du kommst, fegst über mich hinweg und dann dauert es ewig, bis ich wieder aufgeräumt habe. Nicht, dass du mich falsch verstehst. Du bringst einfach nur meine Emotionen zum Kochen und das darf nicht passieren, Baby. Aber das kannst du nachvollziehen, nicht wahr? Deshalb haben wir die letzte Woche beide so weitergemacht, wie wir es zuvor getan haben. Du liebst mich noch, Rosalie. Das weiß ich einfach, wie ich nichts anderes weiß. Ich habe es in deinen Augen gesehen. Und ich kann nicht glauben, dass du mich immer noch so anschaust. Ich würde lügen, wenn ich sagen würde, dass mir das nicht gefällt. Dass ich wirklich will, dass du weitermachst. Ohne mich. Ich bin zu egoistisch. Am liebsten wäre mir: entweder mit mir oder gar nicht. Und fuck ja, das ist so falsch.

Aber du hast recht.

Bis zum nächsten Leben versuchen wir es einfach weiter, Tesoro.

Und ich halte mich weiterhin an deiner bedingungslosen, treuen Art zu lieben fest, die mir so viel Kraft gibt, wie du wahrscheinlich nicht einmal ahnst.

Ich sitze in meinem Büro und arbeite ein paar alte Verträge durch, die ich neu verhandeln will. Neben mir steht eine Flasche Whisky, den ich schluckweise genieße. Gerade überlege ich, wie ich die Terekov-Wolkov-Verbindung zu Ilians Gunsten formulieren kann, als das Telefon klingelt. Normalerweise lasse ich mich nicht stören, wenn ich mich konzentriere, aber es hört nicht auf, also nehme ich ab, lehne mich zurück und greife nach einem Kugelschreiber. Jetzt wird es wieder Zeit, zu funktionieren.

»Ja?«, melde ich mich abgelenkt.

»Mr. de Luca?«, fragt eine männliche Stimme kleinlaut zurück.

»Ja?«

»Hier ist Rektor Snider.« Er räuspert sich. Ich schließe genervt die Augen und massiere mir die Schläfe. Okay, die Privatschule gehört mir, hat mal meinem Vater gehört, aber er will sie ja nicht mehr, wie alles andere hier auch, deshalb könnte es alles Mögliche sein, von einer renovierungsbedürftigen Turnhalle bis zu Spendenaktionen oder Ilian, der mal wieder einem der Lehrer gesagt hat, er solle mich anrufen, wenn ihm was nicht passt. Dieser Scheißer.

»Ja …« Ich lasse den Kuli klacken. Meine Stimme ist äußerst sanft. Du wüsstest jetzt, dass du nicht weiterreden solltest. Er weiß es nicht. »Was gibt es denn, Rektor Snider?« Normalweise führe ich Telefonate der anderen Sorte und nicht solche. Die schiebe ich auf Mom ab.

Er räuspert sich unbehaglich und es raschelt. »Nun …«

»Nun?« Ich hab keine Zeit für diese Scheiße. Ehrlich nicht.

Er räuspert sich wieder und Giovanni schiebt sich gerade ins Büro. Ich sehe zu ihm hoch. Er wirkt zurzeit etwas gestresst. Ich frage mich, ob – wenn meine Vermutung stimmt – mein Vater ihm Probleme macht, weil hier einiges nicht so läuft, wie er das gern hätte. Du mit mir in diesem Auto zum Beispiel, Rosalie.

»Jetzt sagen Sie es einfach. Was ist los?«, hake ich drängend nach und Giovanni sieht mich fragend an. Ich beuge mich vor und mache den Lautsprecher an, damit er mithören kann. Ich bin ja nicht so.

»Also …« Snider räuspert sich schon wieder. Dann höre ich, wie er etwas trinkt, und massiere mir genervt die Schläfe, mein Blick auf Giovanni liegend. Er setzt sich hin und lehnt sich amüsiert zurück. »Also, Mr. de Luca …«

»Ja, Rektor Snider?« Ich sehe zu dem Papierhaufen auf dem Tisch und dann wieder zu Giovanni. Der hebt die Augenbrauen.

Wieder räuspert Snider sich. »Es geht um Ihre Schwester.«

Ich stocke, weil es nie um meine Schwester geht. Sie ist eine Musterschülerin, die nie was falsch macht. Wenn, dann ist es immer Ilian. Ich habe arrangiert, dass die Anrufe, die Ilian betreffen, zuerst bei mir reinkommen, und wenn ich es absegne, Ivan hinzugezogen wird. Ich mag es nicht, wenn der ungemütlich wird und seine Beherrschung verliert.

Wieder höre ich am anderen Ende der Leitung, wie getrunken wird.

»Was ist mit ihr?«, frage ich ernst und sehe aus dem Fenster zu dem Haus rüber, wo alle Zimmer erleuchtet sind, auch das meiner Schwester.

»Ihr ist nichts zugestoßen! Ihr geht es gut … sehr gut.« Er räuspert sich.

»Aha.« Ich schaue wieder zu Giovanni. »Und worum geht es dann?«

»Sie hatte heute ein … kleines Aufeinandertreffen in der Bibliothek.« Ich weiß, wieso er mich anruft und nicht drüben unsere Mutter. Weil ich das so wollte und eingefädelt habe, gleich informiert zu werden, wenn was mit meiner Schwester ist. Ich sollte ja auf sie aufpassen. Das tue ich.

»Was für ein Aufeinandertreffen?«, frage ich angespannt.

»Mit Ilian Terekov.«

Ich unterdrücke ein Aufstöhnen und lasse meine Stirn gegen meine Handfläche sinken. Habe ich diesem Scheißer nicht gesagt, dass er sich zusammenreißen soll? Damit es niemand mitkriegt. *Oh, Ilian, ich werde dich killen.*

»Was für ein Aufeinandertreffen?«, wiederhole ich emotionslos und sehe verzweifelt zu Giovanni. Der trommelt mit den Fingern. Wieso um Himmels willen passiert mir das? *WIESO?*

»Es … war … sehr … innig. Sie sollten sich die Videos … ansehen. Ab kurz nach achtzehn Uhr.«

Ich blinzle und umfasse den Stift ein wenig zu fest. »Und was werde ich auf diesen Videos sehen?« Ich glaube nicht, dass ich sie mir anschauen will, Rosalie. Nur so eine Vermutung.

»Mr. Terekov hat … Miss Rush … Sehen Sie es sich einfach an.«

»Okay«, flüstere ich gereizt. »Rufen Sie nicht bei den Rushs an. Ich regle das.« Ich weiß nämlich nicht, wie der Carter-Dad dieses *Aufeinandertreffen* aufnehmen würde.

»Wie Sie meinen.« *Oh ja, das meine ich.*

»Danke für Ihren Anruf und lassen Sie die Videos verschwinden. Sofort.«

»Jawohl.« Ich lege auf und pfeffere den Hörer auf die Station.

»Scheiße«, zische ich und reibe mit den Handballen über meine Augen. Ich lasse meinen Blick zu Giovanni huschen. »Wieso?«, frage ich.

Er hat die Hände im Schoß gefaltet. »Hormone«, meint er ausdruckslos und völlig steif.

»Er soll seine Hormone nicht in der Bibliothek der Schule, die mir gehört, an meiner Schwester ausleben«, knurre ich.

»Ja, das sollte er wirklich nicht tun.« Giovanni ist zu Stein erfroren. Oh, das wird meinem Vater nicht gefallen, wenn er es wirklich erfährt.

Ich straffe mich. »Zwei Möglichkeiten: Entweder bringe ich ihn um oder ich bringe ihn um.« Fragend hebe ich die Schultern.

»Das wäre für Ihre Partnerschaft mit den Terekovs nicht förderlich, Sir.«

Ich atme tief durch, bevor ich mich dem PC zuwende. Okay, zugegebenermaßen liebe ich diesen Scheißer und kann ihn nicht umbringen. Aber ich sollte wirklich darüber nachdenken.

»Sie sollten sich diese Videos vielleicht auch nicht ansehen. Wenn Sie wollen, sehe ich sie mir an.« Ich schaue ihn düster an. »Ihr Blutdruck, Sir.«

Gepresst atme ich aus und ein Vibrieren geht durch meinen Körper. »Okay.« Ich wende mich wieder vom PC ab. »Ich rufe Onkel Caden an, damit er mal ein ernstes Gespräch mit seinem Neffen führt.« Ich sehe Giovanni an, als wäre das die Idee des Jahrhunderts.

»Wenn Sie meinen, Sir.« Er dreht den Monitor zu sich. Ich nehme den Hörer von der Station und drücke die Kurzwahl drei. Die Festnetztelefone sind bei uns sicherer als die Handys. Ich schwinge meine Füße auf den Tisch und lausche dem Freizehen, den Blick zu Giovanni gerichtet, während ich auf dem Stuhl vor und zurück wippe. Sein Gesicht ist völlig ausdruckslos, während er in den Monitor sieht. Ich will nicht wissen, was er da genau betrachtet.

»Was glaubst du, was mein Vater dazu sagen wird … Äh, *würde*, meine ich?«, frage ich ihn stichelnd.

»Nichts Gutes.« Er schüttelt etwas apathisch den Kopf, ohne den Blick vom Monitor zu nehmen. Aha. Wie interessant. Es wird immer heißer, Rosalie.

»DAS glaube ich auch, GIOVANNI!«, erwidere ich.

»Ja?«, meldest du dich abgelenkt und ich stocke, weil ich nicht mit dir gerechnet habe. Jetzt geht ein anderes Vibrieren durch meinen Körper und kurz legt deine Stimme meine Zunge lahm, Rosalie. Was machst du denn, Baby?

»Du bist nicht Caden«, stelle ich monoton fest und du musst lachen.

»Das wäre etwas ekelhaft.«

Ich verziehe das Gesicht, weil Gott, ja, das wäre es in der Tat, Rosalie. Und dein Lachen. Es bringt mich fast um, Tesoro. »Ist er da?«, frage ich. Ich weiß, wieso du in seinem Büro sitzt und die Telefonate beantwortest. Du gehst ihm zur Hand. Ich mag das. Ich mag es, wenn dein geniales Gehirn nicht verkümmert, weil du überlegen musst, welche Perlen zu deinem Outfit passen, wie es die anderen Frauen hier tun.

»Ja, eine Minute, Mr. de Luca«, spielst du die Sekretärin und ich muss lächeln. Ich vermisse deine Lebhaftigkeit, Rosalie. Ich vermisse die Farben, die du in meine Welt bringst. Dann rufst du: »DAAAAAAAD!«, was alles Professionelle zunichtemacht. Ich lache leise und streiche mir durch das Haar.

Stille. Eine Sekunde, zwei … dann klackt es und dein Vater geht mit einem »Japp!« ans Telefon.

»Japp!«, antworte ich mit hochgezogenen Brauen.

»Japp?« Das kommt jetzt fragend.

»Ich habe gerade einen Anruf von Snider bekommen. Ilian und Catalina hatten Sex in der Bibliothek der Schule. Wusstest du das?«, falle ich gleich mit der Tür ins Haus. Eine Eigenschaft, die ich schon immer hatte. Ich rede nicht um den heißen Brei. Das habe ich von deinem Vater gelernt.

»Nein, wusste ich nicht.«

»Oops«, mache ich trocken. »Eigentlich wollte ich auch nur sagen, dass du mal bitte ein Gespräch mit ihm darüber führst, wo man Sex haben darf und wo nicht.«

»Das … ist eine sehr gute Idee«, bemerkt er etwas steif und ich nicke zustimmend. Ich werde jetzt keine Moralpredigt darüber halten, dass Ilian meine Schwester nicht anfassen soll, denn ich wusste, dass es passieren würde. Er empfindet was für sie. Und er hat sowieso nicht mehr viel Zeit. Also belasse ich es dabei.

»Ich habe extra dich angerufen und nicht Carter-Dad … oder diesen grantigen Russen.« Deine Familie weiß bereits, dass Ilian Natalia heiraten wird. Natürlich ist keiner von ihnen begeistert davon, ganz im Gegenteil, aber ich habe die Situation erklärt und auch versprochen, den Vertrag gemeinsam mit deinem Vater durchzugehen und zu befristen.

»Das ist sehr freundlich von dir«, meint er selbst leicht angepisst und ich grinse.

»Okay, dann wünsche ich noch einen schönen Tag. Arrivederci!«

»Ebenfalls!«, knurrt er düster in den Hörer, bevor er auflegt, und ich es ihm lachend nachtue. Ich liebe es, wenn dein Vater angepisst ist. Er ist dann wie ein wütender, kleiner

Roboter, der versucht, menschlich zu sein, und es einfach nicht schafft.

Ich setze mich wieder richtig hin und rolle an den Schreibtisch heran. Giovanni hat den Monitor wieder umgedreht und sieht mich an, bemüht darum, sich nichts anmerken zu lassen.

»Und?«, frage ich interessiert.

»Hormone«, stellt er nüchtern fest. »Schauen Sie es sich einfach nicht an, Sir.«

»Fuck«, flüstere ich kopfschüttelnd. »Ich meine, ist das zu glauben? Sie waren süß und klein und jetzt …« Ich deute zum Monitor und Giovanni zieht etwas angewidert den Kopf zurück.

»Passieren solche Dinge.«

»Jaja.« Ich nicke. »Und was machen wir jetzt?«

»Sie lassen Mr. Rush mit ihm reden. Wenn Ilian sich nicht fernhält, schicken Sie ihn weg.«

Jetzt lege ich den Kopf schief und mustere ihn nachdenklich. »Wieso sollte ich so was tun, Giovanni? Er ist auch meine Familie.« Das sind doch niemals seine Worte, Rosalie. Die hat ihm doch jemand ganz Bestimmtes vorgekaut.

»Nun …«, meint er jetzt etwas unbehaglich, während ich ihn mit hochgezogenen Brauen mustere. »Wenn Mr. Terekov so weitermacht, könnte das Wolkov-Terekov-Bündnis gefährdet werden.« Oder jemand ganz Bestimmtes will nicht, dass seine Tochter *beschmutzt* wird, wie *er* es nennen würde.

»Das wird nicht gefährdet. Bis zur Ehe kann Ilian tun, was er will. Er liebt meine Schwester. Sie liebt ihn auch, so viel habe ich mittlerweile begriffen. Und ich halte Liebende nicht voneinander fern.«

Giovanni nickt. »Wie Sie meinen, Sir.« Ich weiß, dass er tief in seinem Herzen derselben Ansicht ist. Seine Loyalität gilt nur nicht seinem eigenen Herzen, sondern jemand ganz Bestimmtem. »Ich habe das Video bereits gelöscht.«

Ich nicke leicht. In dem Moment klopft es an der Tür in einem bekannten Takt. A ja. »Komm rein, Savio!«, rufe ich und lehne mich beschwingt in dem gemütlichen Stuhl zurück. Savio war die ganze Woche für mich in Washington und siehe da, er lebt noch.

Ich werfe Giovanni einen Blick zu, der über seine Schulter zu Savio schaut, während dieser gerade den Raum betritt. »Er scheint dich echt zu lieben«, murmle ich Giovanni zu und meine nicht seinen Sohn. Das weiß er auch.

Ich lasse meinen Blick zu Savio schweifen, der seine ausdruckslose Bodyguard-Miene aufgelegt hat, professionell, wie er ist. Nur in seinen braunen Augen schimmert Unzufriedenheit. Schließlich kommt er an meinen Tisch und faltet die Hände vor dem Schoß, bereit, seinen Bericht abzugeben. Ich mustere ihn gebannt und er sieht direkt in meine Augen.

»Ich habe jetzt die letzten sechs Tage damit verbracht, die besagte unbekannte Person zu suchen. Als ich im Hotel in Washington ankam, hatte sie anscheinend zwei Stunden zuvor ausgecheckt. Sie hat nichts im Zimmer hinterlassen. Auf den Videoaufnahmen war auch nichts zu sehen.«

»Unter welchem Namen hat diese Person eingecheckt?«, unterbreche ich ihn.

»Anthony Cohen. Ich habe auch das Personal befragt. Besagter Mr. Cohen wurde nicht gesehen.« Ich notiere mir den Namen und nicke nachdenklich. Ich dachte mir natürlich, dass er weg sein würde. Zwei Stunden vor Savios Eintreffen, also hat ihn jemand gewarnt. Dieser Jemand sitzt mir sicher gerade gegenüber, doch ich sehe jetzt nicht zu ihm.

»Und du sagst, die Videoaufnahmen zeigen nichts? Sind sie lückenhaft? Wurde was gelöscht?« Ich lasse meinen Blick wieder hoch zu Savio gleiten.

»Die Aufnahmen vom Flur und den Aufzügen, genau wie von der Lobby sind lückenhaft, Sir.«

»Konntest du rausfinden, ab welchem Zeitpunkt sie gelöscht wurden?«, frage ich weiter und fühle mich fast in meiner Intelligenz beleidigt.

»Ja. Vor vier Monaten das erste Mal.«

»Das ist mehr, als ich gedacht habe, rauszufinden, Savio. Danke. Du kannst dir heute freinehmen«, sage ich zufrieden. Er nickt, teilt aber meine Freude, seine Ergebnisse betreffend, nicht. Allerdings hat er auch keine Ahnung, welche Schlüsse ich für mich daraus ziehe.

»Danke, Sir«, erwidert er, dreht sich um und geht.

Ich seufze und richte meinen Blick jetzt auf Giovanni. »Weißt du, wer der Lieblingsschauspieler meines Vaters ist, Giovanni?«, frage ich lauernd. Er ist so gut darin, nichts preiszugeben.

»Nein, Sir.«

»Anthony Hopkins«, meine ich. »Er liebt den Film *Das Schweigen der Lämmer*. Er liebt es auch, wenn seine Lämmchen schweigen. Aber das weißt du ja, Giovanni.«

»Tatsächlich, Sir.« Das kommt etwas hohl.

»Ja, und weißt du, wer sein Lieblingssänger aus den USA ist?«, bohre ich weiter nach und stütze meine Wange auf eine Faust.

Giovanni schüttelt langsam den Kopf.

»Leonard Cohen«, erkläre ich. »Was für ein Zufall, dieser Anthony Cohen, nicht wahr?« Ich drehe den Zettel unter meinem Finger hin und her.

»Zufälle gibt es, die gibt es gar nicht«, murmelt Giovanni, während ich ihn nur ansehe.

»Du weißt, dass ich dir vertraue, oder?«, frage ich nun ernst und eindringlich. Vielleicht täusche ich mich. Vielleicht weiß er nichts. Vielleicht.

»Ich würde niemals zu Ihrem Nachteil handeln, Sir«, antwortet er leise.

»Du weißt, wenn es da doch etwas gäbe, würde ich es dir verzeihen, solange du es mir selber sagst, nicht wahr?«, erwidere ich. Das ist seine Chance, sich zu erklären, zu beichten. Denn ganz ehrlich, ich will nicht mal daran denken, es anders rauszufinden. Allein bei der Vorstellung, ihn zu verlieren, wird mir ganz anders. Er ist so alt wie mein Vater und kennt mich, seit ich auf der Welt bin. In den letzten Jahren hat er mir zur Seite gestanden. Ich könnte es kaum ertragen, sollte er ein Verräter sein.

Also sehe ich abwartend in seine vertrauten, so undurchsichtigen Augen. »Diese eine Sache kann ich Ihnen nicht sagen, Sir.«

Ich ziehe meinen Kopf leicht zurück, weil er seine letzte Chance vertan und mir gerade bestätigt hat, mehr zu wissen. Womit er mir auch verdeutlicht, dass seine Loyalität immer nur einem gegolten hat. Das ist okay.

»Gut«, sage ich leise, meine Stimme hat sich verändert. Sie klingt jetzt distanzierter. Ich lehne mich langsam wieder zurück. »Dann darfst du jetzt gehen.«

»Jawohl, Sir«, erwidert er erschöpft, bevor er sich erhebt und ich ihm nachsehe, als er das Büro verlässt. Das erste Mal, seit ich ihn kenne, sind seine Schultern nicht so straff, wie sie es sonst sind.

Ich bin versucht, ihm zu folgen, wie so oft in den letzten Jahren, um rauszufinden, wohin er jetzt fährt, aber ich tue es nicht. Denn wenn die Antwort doch anders ausfällt als erwartet, wird es mich nur noch mehr ficken, und das kann ich nicht gebrauchen, bei den harten Mauern, die ich um mich errichtet habe. Nur eine Person darf die zum Einsturz bringen und das bist du. Jeder andere soll sich fernhalten, wenn es darum geht, sich durch meine Schichten zu kämpfen, Tesoro.

23. Unter meiner Haut, Irina

XX

Zayden

Die Tür des Clubs knallt laut hinter mir zu, als ich sie zuschlage. Anschließend ziehe ich mir eine Zigarette aus der Schachtel in meiner Hosentasche, die ich mir hart zwischen die Lippen schiebe und anzünde. Meine Hände sind blutig und aufgeschürft. Der Zigarettenrauch brennt in meinen Augen. Hitze flutet meinen Körper in Wellen und der Schweiß rinnt über meinen Rücken, während der Mond grell auf dem Schnee glitzert. Meine Boots versinken darin und der kühle Wind streift meine überhitzten Wangen sowie mein feuchtes Haar.

Ich schniefe tief und lasse den Nacken knacken. Obwohl ich keinen Mantel trage und mir dementsprechend kalt sein müsste, würde ich mir am liebsten auch noch den Pullover vom Körper zerren, weil die Hitze mich immer wieder von innen heraus packt und meine Haut in Flammen setzt. Jede Zelle prickelt und ich wische mit dem Handrücken über meine schweißnasse Stirn.

Dreißig Minuten. So lange hat es gedauert, den Typen, der uns bestohlen hat, zu finden, bewusstlos zu schlagen und ihm das Genick zu brechen. Dreißig Minuten, um mich abzuregen. Dreißig Minuten, um den Stress loszuwerden. Trotzdem bin ich immer noch so wütend.

Tief ziehe ich an der Kippe, die ich zwischen Daumen und Zeigefinger halte, als ich über den fast leeren Parkplatz schreite. Meine Schritte knirschen auf dem frostigen Boden. Ich kicke achtlos eine leere Dose zur Seite und sie scheppert auf die Straße.

Dann reiße ich die Tür meines Autos auf, klemme die Zigarette zwischen meine Lippen und lasse mich schwer in den Sitz fallen, bevor ich auch diese Tür hinter mir zuknalle und das Fenster einen Spalt öffne. Ich lehne den Hinterkopf nach hinten. Der Rauch steigt mir weiterhin in die Augen und ins Haar. Ich ziehe noch zweimal und schnippe den Rest der Kippe dann aus dem Fenster. Er erlischt zischend im Schnee, während ich noch dabei bin, den Restrauch aus meinen Lungen strömen zu lassen. Die Straßenlaternen hier hinten flackern und aus den Gullis ringsum dampft es. Es ist ein Rattenloch und ich fühle mich wohl hier.

Tief durchatmend schließe ich die Augen und lege meine Hände ans Lenkrad. Die Ringe, die ich wieder trage, bohren sich in das Polster und ich atme gepresst durch die Nase ein und wieder aus. Das Adrenalin rauscht weiterhin durch meine Venen und pumpt in mein Herz, das immer noch rast. Ich höre nach wie vor das Betteln dieses Bastards, höre nach wie vor, wie sein Genick mit einem lauten Knacken bricht. Höre nach wie vor, wie seine Kieferknochen unter meinen Fäusten zertrümmern. Spüre nach wie vor seine Angst. Spüre nach wie vor seinen Schweiß an meinen Fingern, das Blut, das sich unter meine Fingernägel gegraben hat.

Ich lasse langsam den Nacken kreisen, sodass er laut knackt, und entspanne meine Schultern langsam etwas. Das hat gut getan, aber es war nicht genug, Irina. Es war nicht genug. Ich brauche noch mehr.

Seit einer Woche schickt mein Vater mich von Ort zu Ort und lässt mich solche Dinge erledigen. Seit einer Woche spüre ich, wie die Dunkelheit in mir wieder zum Leben erwacht. Seit einer Woche gehst du mir aus dem Weg, genau wie ich dir. Eine Woche ist es her, dass ich dir wehgetan habe, und eine Woche ist es her, seit mir klargeworden ist, dass ich tief in meinem Inneren immer noch dieser Bastard bin, der nichts kann, als andere zu verletzen. Dass ich immer noch der Egoist bin, der seine Fehler auf andere schiebt. Dass ich immer noch das Monster in mir habe, das an nichts anderes denkt als an seine eigene Sättigung – komme, was wolle. Du hast einen besseren Mann aus mir gemacht, aber wenn du nicht mehr an mich glaubst, kann ich das auch nicht mehr sein. Wenn du nicht an mir festhältst und mir vertraust, wie soll ich mir dann selbst vertrauten? Wie soll ich mit deinem Strahlen fertig werden, wenn meine Dunkelheit wieder so überwältigend wird?

Seit einer Woche versuche ich jetzt schon, dagegen anzukämpfen, aber mit jedem Tag kommt das Monster etwas stärker zum Vorschein. Wenn ich es jetzt nicht stoppen kann, wird es mich diesmal völlig in Besitz nehmen. Ich versuche, festzuhalten. An dir, an den Jungs, an meiner Familie. Aber alles entgleitet mir. Besonders schlimm seit einer Woche. Besonders schlimm, seit du mich so angesehen und dich von mir entfernt hast. Das hast du noch nie getan. Du hast mich noch nie so angesehen, als wäre ich ein Monster.

Mein Handy klingelt, was mich aus den Gedanken reißt. Ich öffne die Augen, bevor ich es aus meiner Hosentasche ziehe. Es ist unterdrückt, wie immer, aber ich habe da so ein Gefühl, wer es sein könnte. Trotzdem nehme ich ab.

»Ja?«, frage ich noch etwas heiser und rolle mit den Schultern.

»Hey.« Ich hatte recht. Es ist Selina. Ich lasse meinen Kopf wieder gegen den Sitz sinken. Selina ruft mich jeden Tag an. Die ganze Woche über. Und jedes Mal, wenn sie das tut, fühle ich mich ein bisschen schlechter. Jedes Mal, wenn sie das tut, sind da diese Bilder in meinem Kopf. Jedes Mal, wenn sie das tut, denke ich daran, wie du mich angesehen hast. Und weißt du was? Ich lege trotzdem nicht auf. Ich lege nicht auf, weil das hier der leichteste Weg ist. Von irgendwem angehimmelt zu werden und bestätigt zu bekommen, dass ich doch gar nicht so schlimm bin. Dabei bin ich das, Irina. Ich bin genau so schlimm, wie ihr es alle denkt. Ich bin ein widerlicher Bastard. Nicht wahr?

»Hi«, antworte ich mittlerweile schon, denn ich muss mir nichts vormachen. Irgendwas an ihr zieht mich schon wieder an und das ist absolut nicht gut, schon klar. Aber ich komme bei ihr nun einmal nicht aus meiner Haut, das war schon immer so. Und der Grund, weshalb sie für mich ein absolutes Tabu dargestellt hat, war der Gedanke, dass sie dir wehgetan haben könnte. Das hat sie aber gar nicht. Sie hatte mit der Victor-Sache nichts zu tun, das hat sie mir geschworen und etwas in mir wollte ihr so leicht glauben, dass ich es einfach getan habe. Also was jetzt?

»Was machst du?«, fragt sie etwas träge.

»Ich sitze in meinem Auto und denke darüber nach, damit gegen die nächste Wand zu fahren. Und du?« Irgendwann im Laufe der Woche habe ich doch tatsächlich angefangen, normale Gespräche mit der Frau zu führen, die ich vor ein paar Monaten noch umbringen wollte. Die ich aus tiefstem Herzen gehasst habe. Tja, so sind wir Menschen nun einmal, Irina, nicht wahr? Sobald der andere von Nutzen sein könnte, vergisst man den Groll.

»Ich liege in meinem Bett und denke darüber nach, vom Balkon zu springen.« Ich weiß mittlerweile ein bisschen was von ihr. Sie muss heiraten. Ich weiß weder wen noch wo sie ist. Allerdings frage ich jetzt auch nicht mehr, denn ich bemerke selbst, dass ich wieder gefährdet bin. Ich darf mich dieser Sucht nicht nochmal hingeben. Und ja, das war sie. Selina war meine Sucht, nicht mehr, nicht weniger.

»Wieso tust du es nicht einfach?«, frage ich sie.

»Weil ich dich dann nie wiedersehen würde«, lallt sie etwas. Offenbar hat sie getrunken.

»Das wäre äußerst tragisch«, meine ich kühl, denn ich hatte zuletzt wirklich nicht den Eindruck, als würde ihr was daran liegen, mich zu sehen. Sie sagt, es würde ihr leidtun. Sie sagt, sie hätte sich geändert. Ob ich das glaube, weiß ich nicht. Aber da sind diese zwei Seiten in mir. Einer ist es egal und die andere will, dass es wahr ist. Das ist die suchtgefährdete Seite, die immer genau darauf angesprungen ist, was Selina von mir haben wollte.

Also sitze ich hier, Irina, statt zu dir nach Hause zu fahren, und telefoniere mit ihr.

»Ja, das wäre es«, stimmt sie mir zu. »Dann kann ich nie wieder deine Hände auf mir spüren.« Fest beiße ich die Zähne aufeinander und verkrampfe meine Hand am Lenkrad. Fuck, wie macht sie das? Ist das Absicht? Denn sofort spüre ich sie wieder unter meinen Fingern. Als hätte sie einen Schalter umgelegt. Sofort weiß ich wieder, wie perfekt ihre Haut war, und sofort fühle ich mich wie ein Bastard, weil ich daran denke.

Was läuft nur falsch bei mir?

»Die wirst du sowieso nie wieder spüren«, gebe ich zu bedenken und mahle mit den Kiefern.

»Aber ich darf es mir doch vorstellen. Wie du mich küsst und deine Finger in mich schiebst.« Gepresst atme ich aus und knirsche mit meinen Zähnen. Ich verkrampfe meine Finger noch fester um das Lenkrad sowie den Hörer und blähe meine Nasenflügel. Nein, verdammt! Ich will jetzt nicht daran denken! Ich will es nicht, Irina! Schon gar nicht, wenn es zwischen uns beiden so beschissen läuft und ich gefährdet bin! »Weißt du noch das eine Mal in der Schuldusche?« Ja, ich erinnere mich noch an das eine Mal in der Schuldusche, als ich nach dem Training darin stand und sie auf einmal nackt hinter mir aufgetaucht ist und mir so einfach einen runtergeholt hat. Fuck, ich spüre, wie ich hart werde.

Nicht gut.

Gar nicht gut.

Ich will jetzt nicht daran denken, verfluchte Scheiße!

Gleich überschreite ich wieder diesen einen Punkt, nach dem ich nichts mehr wahrnehme und mein Gewissen praktisch nicht mehr existiert. Aber gleichzeitig spinnen sich meine Gedanken weiter und ich spüre ihren nassen Körper an meinem Rücken, ihre Lippen und ihren heißen Atem zwischen meinen Schulterblättern, weshalb ich erschauere. FUCK!

Ich will ihr sagen, dass sie damit aufhören soll, aber das kann ich nicht. Stattdessen schließe ich meine Augen, während ich immer stärker mit den Zähnen knirsche.

»Ich würde dich so gern nochmal anfassen ...«, murmelt sie verlangend und heiser mit ihrer Sexstimme. Ich wehre mich noch, aber ich weiß schon, dass ich den Kampf verloren habe. Und ich bin angewidert von mir selber. Ich hasse mich selber am meisten, Irina. Nicht dich. Nicht sie. Nicht die Situation. Mich.

»Fuck«, zische ich angespannt und sie stöhnt. Ich fühle, wie mein Herz schneller schlägt, und alles, was jetzt folgt, nehme ich gar nicht mehr wirklich wahr. Es passiert wie auf Autopilot. Ich reiße meinen Gürtel auf, worauf die Schnalle in der Stille des Autos klimpert. Ich sehe nur noch sie. Sie. Ihr Stöhnen. Ihre Lippen. Ich erinnere mich noch genau. Ich habe nur noch ihre Titten und ihre perfekten Beine vor Augen.

»Ich wollte dir eigentlich einen blasen, aber da bist du schon gekommen.« Ihre Stimme ist belegt. Ich wehre mich nicht mehr und lasse ihre Worte was auch immer mit mir machen. Lasse die Lust und das Verlangen durch meine

Venen pulsieren, während ich die Knöpfe meiner Hose öffne und mich umfange. Jetzt entkommt mir ein Stöhnen, weswegen sie auch aufstöhnt. Das Geräusch schießt direkt in meinen Magen und von dort in meinen Schwanz. Fuck.

»Ich will deinen Mund auf mir«, murmelt sie gequält und lusterfüllt. Fuck, nein, das ist echt nicht gut, aber ich will auch meinen Mund auf ihr. Jetzt. Allerdings schaffe ich es noch, meine Zunge zu zügeln und all das nicht zu sagen, während meine Finger sich hart bewegen und mein Atem schneller geht.

»Ich will, dass du mich leckst.«

»Fuck, Selina«, stoße ich jetzt knurrend aus und sie stöhnt lauter. Ich schmecke sie noch auf meiner Zunge.

»Ich komme gleich«, informiert sie mich und ich spüre plötzlich wieder, wie es war, als sie um meinen Schwanz herum kam.

Ich kann gerade noch so meine Hand nach vorn schieben, als ich auch schon explodiere, und zwar so heftig wie lange nicht mehr. Geschafft lasse ich meine Stirn gegen das Lenkrad sinken. Ihr Stöhnen hallt durch den Hörer, weshalb sich meine Nackenhaare aufstellen. Meine Muskeln zucken und Schweiß rinnt über meinen Nacken, während mein Herz unaufhörlich rast.

Wir atmen beide schwer und ich wünschte, das Verlangen würde nun nachlassen. Aber das tut es nicht. Fuck, das ist echt beschissen. Und gleichzeitig fühle ich mich wie ein fucking mieser Bastard. Der ich auch bin, Irina, machen wir uns nichts vor. Ich bin ein verfickter Bastard.

Noch einmal atme ich gepresst. Dann klemme ich das Handy zwischen Ohr und Schulter und greife mit der freien

Hand nach einer der vielen Servietten im Fußraum, bevor ich mich saubermache, und dann meine Hose schließe.

»Gott, habe ich dein Stöhnen vermisst«, murmelt sie vor sich hin. Ich angle mir eine Zigarette aus der Schachtel in meiner Hosentasche und schiebe sie mir zwischen die Lippen. Dann taste ich wahllos nach einem Feuerzeug und zünde sie mir an. Nein, verdammt, sie soll mein Stöhnen nicht vermissen. Ich sollte mich nicht daran erinnern, wie sie sich anfühlt! Ich brauche sie nicht, ich will sie nicht! Ich bin ein verdammter Feigling, der sich für den leichten Weg entschieden hat, Irina, und jetzt fühle ich mich wie Scheiße.

»Fuck. Selina«, knurre ich jetzt ernst.

»Was?«, fragt sie irritiert. Ich weiß nicht, habe ich dich jetzt betrogen? Es fühlt sich zumindest so an. Denn wenn ich auch nur an dein Gesicht denke, wird mir schlecht. Scheiße, Irina, wie sind wir an diesen Punkt gekommen? Ich will dir nicht wehtun, Baby, was mache ich hier eigentlich?

Fuck, ich muss mich wirklich von ihr fernhalten. Sie hat immer noch viel zu viel Macht über mich. Vor allem jetzt, da es bei dir und mir gerade so brüchig ist und wir so wenig Sex haben. Wenn ich an dich denke, verkrampft sich mein Magen heftiger und meine Kehle wird eng.

»Wieso machst du das?« Ich wische den Schweiß von meiner Stirn und öffne das Fenster. Es muss doch einen Hintergedanken geben, oder?

»Weil ich dich brauche«, antwortet Selina sofort. »Ich brauche dich, Baby.« Ich mag es nicht, wenn sie mich so nennt. Ich will es nicht. Es ist falsch.

Tief ziehe ich und die Glut leuchtet im dunklen Auto auf. Was ist das, Irina? Wieso ist da wieder dieser Sog? Diesmal wehre ich mich vehementer gegen ihn als beim ersten Mal, denn da hatte ich noch keine Ahnung von nichts. Jetzt habe ich sie einmal durchschaut und versuche alles, um gegen diese Sucht zu kämpfen. Das ist aber gar nicht so leicht, Irina. Es war doch vorbei. Ich war sicher. Ich hatte damit abgeschlossen. Wieso spüre ich ihn jetzt, nach drei Jahren, nach dir und nachdem wir zwei Jungs miteinander bekommen haben? Ich verstehe das nicht.

»Ruf mich nicht mehr an, Selina«, fordere ich kraftlos, obwohl ich weiß, dass sie es trotzdem tun wird und ich trotzdem rangehen werde. Das ist wie Heroin. Du machst einen Entzug, bist längere Zeit clean, aber wenn jemand sich neben dir etwas davon spritzt und die Nadel liegen lässt, erinnerst du dich daran, wie es war. Du denkst dir – nur ein Mal. Nur ein Mal den Rausch spüren. Nur ein Mal abdriften. Doch erlaubst du es dir nur das eine Mal, war es das für immer. Du verlierst alles, außer deinen Stoff, und es ist dir egal. Weil du nur den Stoff siehst. Ich kann das nicht nochmal durchmachen, Irina. Ich kann nicht nochmal alles wegen ihr verlieren. Ich will es nicht. Der bloße Gedanke daran, ohne dich zu sein, dass du mich verlässt, fickt mich. Und doch fühlt es sich an, als könnte ich nichts dagegen tun, dass es genau darauf hinausläuft.

»Ich kann nicht.« Das klingt gequält und so, als hätte sie es bereits versucht.

»Also? Wie hast du dir das dann vorgestellt? Willst du, dass ich sie mit dir betrüge? Willst du ihn mit mir betrügen?«, frage ich, weil ich wirklich nicht weiß, was sie vorhat. Und weil ich dich nicht betrügen will, Irina, wenn ich das nicht schon getan habe. Wenn ich das allein durch diese

Telefonate nicht schon tue. Ich will es nicht, Baby, aber wenn Selina da ist und gewisse Dinge sagt und tut, fühle ich mich wie auf Autopilot. Und es ist so leicht, all den Problemen mit dir zu entfliehen. Dem Gefühl, nicht genug für dich zu sein. Unzulänglich zu sein. Ein Bastard zu sein.

»Ich weiß es nicht, Zayden! Ich weiß nur, dass ich nicht auf dich verzichten kann und es mich zerreißt ohne dich.« Und ich weiß nur, dass ich ihr das meiste, was sie sagt, nicht glaube und es mir egal ist. Dir ist klar, dass Heroin nicht gut für dich ist. Nicht gut für deinen Körper. Dass alles, was es dir verspricht, eine Lüge ist. Denn wenn du von deinem Trip runterkommst, fickt es dich erst richtig. Das ist dir klar, trotzdem nimmst du diese Nadel. Ich mahle mit den Kiefern. Ich will nicht rückfällig werden, Irina.

»Ich muss jetzt auflegen«, meine ich etwas heiser.

»Okay«, antwortet sie geschlagen und ich beiße hart die Zähne aufeinander. Wieso? Wieso löst sie jetzt wieder das Streben in mir aus, dass es mich interessiert, wie sie klingt, wie es ihr geht? Dabei sollte es mir egal sein. Wie macht sie das nur, Irina? Ich will mich dafür nicht interessieren, wie es ihr geht.

»Wann kommst du nach Chicago?«, höre ich mich fragen und würde mir dafür am liebsten selbst eine verpassen, aber es ist schon zu spät. FUCK!

»Zwei Wochen«, erwidert sie sofort.

»Okay.« Ich atme tief durch. »Wir reden dann.«

»Okay«, wispert sie und ich schlucke.

»Ciao, Selina.«

»Ciao.«

Ich lege auf und schmeiße mein Handy in die Mittelkonsole. Ich würde so gern daran glauben, dass ich nicht rückfällig werde, und ich werde alles dafür tun. Aber wie ich Selina kenne, wird sie mir die Nadel eigenhändig in den Arm rammen, und sobald der erste Rausch durch meine Venen fließt, werde ich einknicken.

Zwei Wochen, Irina.

Halt mich auf.

Fuck, Baby, halt mich auf.

* * *

Ich bin nach dem Telefonat noch vier Stunden unterwegs, weil ich versuche, den Kopf freizukriegen, ohne daran zu denken, was da eben passiert ist. Doch so wirklich gelingt es mir nicht, also beschließe ich, zu dir nach Hause zu fahren.

Dort werde ich vergessen, was vorhin passiert ist, nicht mehr an Selina denken und keine Scheiße mehr bauen. Ich liebe dich, egal, was gerade zwischen uns steht. Mir ist bewusst, dass ich schwach bin. Und ich hasse mich dafür. So ist das mit dem Runterkommen nach dem Rausch. Nach und nach kehrt mein Gewissen zu mir zurück. Es sagt mir, dass ich ein Bastard bin. Dass ich dich nicht verdient habe, und das habe ich wirklich nicht, Irina, machen wir uns nichts vor. Dass ich lieber härter um die Beziehung mit dir kämpfen sollte, als mich in die Arme einer anderen zu flüchten, nur weil ich sie kenne und meine Bestätigung bei ihr kriege. Es sagt mir, dass ich gegen die Sucht angehen soll, weil nur Feiglinge sich ihr hingeben.

Ich wünschte, ich könnte daran festhalten. Ich wünschte, ich könnte mir vertrauen, Irina. Ich habe noch zwei Wochen, bis sie kommt. Vielleicht ist es bis dahin zwischen uns wieder stabil. Vielleicht bin ich dann resistent, wie ich es einmal war.

Ich fahre durch unser dunkles Tor und mein Magen ist verkrampft, weil ich nicht weiß, wie ich dir in die Augen sehen soll. Es ist jetzt zwei Uhr in der Nacht. Meine Knöchel sind aufgeschürft und blutig, als ich auf meinem Parkplatz stehen bleibe. Ich atme noch einmal durch und streiche mir über das Gesicht. Meine Mutter sagt immer, dass am Ende alles gut wird, und wenn nicht, ist es nicht das Ende, aber meine Mutter hat mir nie verraten, was passiert, wenn alles gut ist und man es wieder kaputt macht. Was ist dann mit dem legendären Ende? Was, wenn es gut war und dann nicht mehr?

Ich lasse meinen Blick zum Haupthaus schweifen. Oben sind alle Lichter aus. Bei Onkel Caden im Büro ist es noch hell und in Rosalies Zimmer auch. Im Salon flackert der Fernseher. So heimisch. Ich weiß genau, wer gerade was macht, ohne nachzusehen. Allerdings werde ich da jetzt nicht reingehen. Es passiert wieder, ich kapsle mich ab. Ich laufe davon. Vor mir, vor dir, vor ihnen. Vor allem, was gut ist. So machen es Feiglinge.

Ich öffne die Tür und steige aus. Immer noch trage ich keinen Mantel und die eisige Luft peitscht um mein Gesicht. Das Zuschlagen der Tür hallt über den Platz und ich schreite sofort durch den Garten, vorbei am Poolhaus. Dieses Poolhaus. Dieser Rosengarten. Dieses Früher, was gerade mal ein paar Jahre zurückliegt. Wir sind fast einundzwanzig. Wir sollten uns nicht wie einundfünfzig fühlen. Wieso tun wir das dann alle?

Ich sehe förmlich noch die Lichter, das Gebrüll der Partywütigen, von denen niemand weiß, wer sie eingeladen hat. Ich sehe immer noch Selina dort im Rosengarten zwischen den saftig rot blühenden Pflanzen, wie sie mich zu sich lockt. Ich sehe dich mit Rosalie am Poolrand sitzen, während ihr Cocktails trinkt. Ich sehe Sergio besoffen aus dem Poolhaus stolpern und ich sehe mich, wie ich vom Dach in den Pool springe und alles vollspritze. Ich sehe Ilian und meine Schwester hinter den Hecken. Ich sehe Sophia auf dem Steg sitzen und in ihr Notizbuch kritzeln.

Jetzt bist du da drin, in unserem Anbau mit unseren Kindern. Selina ist weiß Gott wo. Sergio ist drüben in dem Haus. Rosalie ist allein in ihrem Zimmer. Meine Schwester hat erfahren, dass sie keine Rush ist, und ihre ganze Welt wurde zerstört. Und Ilian wird heiraten müssen. *Am Ende bleibt doch nichts mehr gut, oder Mom?*

Ich ziehe den Schlüssel aus meiner Hosentasche. Bei uns brennt lediglich im Wohnzimmer ein schummriges Licht. Du bist noch wach und ich bin verwundert, weil wir uns seit einer Woche eigentlich vehement aus dem Weg gehen. Und ausgerechnet heute, da ich mich fühle, als hätte ich dich betrogen, bist du also noch wach. Als würdest du es spüren. Hast du es gespürt, Baby? Habe ich dir das Herz aus der Brust gerissen, weil du gefühlt hast, wie ich an unserem Band gezerrt und es in den Dreck gezogen habe?

Noch einmal atme ich die eisige Luft ein, dann öffne ich die Tür und gehe in unser Haus. Leise lasse ich sie hinter mir zuklacken und schiebe die Schuhe von meinen Füßen, bevor ich die zwei Schritte durch den Flur mache und ins Wohnzimmer sehe. Du sitzt auf der weißen Couch und hast eine Wolldecke über deinen Schoß gezogen. Neben dir steht ein Glas Wein und du hast deinen Reader in der Hand. Der Fernseher gegenüber ist aus und der Kamin knistert.

Sofort fühle ich mich noch schlechter. Sofort verkrampft es sich noch heftiger in mir. Sobald ich dich da sitzen sehe, wie der Engel, dem ich die Flügel schon lang ausgerissen habe, dem ich das Strahlen genommen habe, flutet mich der Schmerz. Ich lehne mich mit der Schulter in den Türrahmen und betrachte dich. Du bemerkst mich und siehst auf. Du hast deinen Kopf zurückgelegt. Dein Blick wirkt resigniert und ich lasse meine Schläfe gegen das Holz sinken. Du bist so schön, Baby. Viel zu schön.

Ich kann dich nicht so gut ansehen. Ich weiß, dass es Betrug war, auch wenn ich sie nicht angefasst habe. Bei Selina ist es schon Betrug, dass ich jeden Tag mit ihr spreche. Das hast du einfach nicht verdient, Irina.

Du sitzt da so perfekt und unschuldig. Ich komme manchmal nicht umhin, zu denken, dass ich dich über die Jahre langsam in meinen groben Händen zerquetscht habe. Du warst wie die heiße Sonne, als du in mein Leben getreten bist, und jetzt ist davon nur noch ein blasser Funke übrig, der immer weiter erlischt. Damals dachte ich, dass ich dich mit meiner Dunkelheit nicht überschatten werde. Ich dachte, dass dein Strahlen dafür zu hell ist. Aber vielleicht ist meine Dunkelheit auch zu schwarz.

»Alles klar?«, frage ich leise und mit unterdrückter Wut in meiner Stimme. Dabei bin ich gerade nicht mal wütend auf dich wie sonst, wenn ich die Fehler für alles an dir suche, Irina. Ich bin wütend auf mich selber.

»Ja, ich konnte nicht schlafen«, antwortest du genauso. Normalerweise würde ich jetzt deine Hand nehmen, mit dir hochgehen und dich an mich ziehen. Wir würden innerhalb von Sekunden schlafen. Aber es fühlt sich momentan nicht richtig an, das zu tun. Ich weiß nicht, ob ich es je würdig war, deine Hand zu nehmen.

»Wieso?«, erkundige ich mich stattdessen.

»Kopfchaos.« Normalerweise würde ich dich jetzt fragen, wie ich das Chaos wieder richten kann. Ich würde mich zu dir setzen, deine Füße auf meinen Schoß ziehen und sie massieren. Ich würde irgendwas tun. Aber ich fühle mich zu schuldig, um auch nur einen Schritt auf dich zuzugehen. In meiner Brust wird es eng, weil ich mich fühle, als wäre ich schuld an deiner Schlaflosigkeit. Und vielleicht bin ich das ja, Irina. Natürlich, was sonst?

»Meine Mutter hat Schlaftabletten. Soll ich dir welche holen?«, frage ich stattdessen.

»Nein, schon gut. Ich lese einfach noch ein bisschen.« Deine Stimme ist belegt. Ich nicke, während mein Magen sich verkrampft. Das Chaos, was du im Kopf hast, Irina, habe ich in meinem Herzen. Ich hasse mich gerade und würde am liebsten meine Tasche packen und gehen. Weglaufen, weil es das ist, was ich in solchen Situationen tue.

»Okay, ich geh dann duschen«, kündige ich stattdessen an und du nickst.

Ich stoße mich ab, drehe mich um und gehe die Treppe nach oben. Das fühlt sich so falsch an. Früher waren wir zusammen bis zum Morgen wach und haben gelacht. Wir haben zusammen Wein getrunken. Ich hatte den Kopf in deinem Schoß und du hast mir vorgelesen, während deine

Finger durch mein Haar strichen. Doch jetzt bist du dort und ich hier. Nichts ist da, wo es sein sollte, obwohl wir in einem Haus leben.

Ich betrete das große Bad im Flur und wasche mir schnell die Hände, sodass das Blut von meinen Fingern in den Abfluss rinnt. Diesmal sehe ich dabei nicht in den Spiegel. Ich kann nicht, ich will nicht.

Nachdem ich meine Hände abgetrocknet habe, verlasse ich das Zimmer wieder und öffne die Tür gegenüber, die in den Raum führt, in dem die Jungs schlafen. Noch teilen sie sich ein Zimmer. Hoffentlich bist du noch lange genug da, dass sie jeweils ihre eigenen nutzen können. Ich habe nämlich das Gefühl, dass ich dich verliere, wenn das so weitergeht. Dieser Gedanke löst den puren Widerwillen in mir aus, den puren Schmerz und nackte Angst.

Es ist so still hier drin, bis auf die regelmäßigen, tiefen Atemgeräusche. Auf der weißen Kommode steht ein Nachtlicht, das Sterne an die Decke und die Wände projiziert und dabei eine leise Melodie spielt.

Über den weißen Gitterbetten drehen sich träge Mobiles. Durch einen Spalt zwischen den Jalousien fällt etwas Mondlicht in das Zimmer. Ich trete zuerst an Rowans Bett, stütze meine Hände auf das Gitter und sehe zu ihm runter.

Er liegt immer auf dem Rücken und hat die Ärmchen über dem Kopf angewinkelt. Seine kleinen Hände sind zu lockeren Fäusten geballt. Er trägt einen dunkelblauen Pyjama. Seine schwarzen Haare sind ein Desaster und er hat getrocknete Tränenspuren an den Schläfen. Als ich ihn so betrachte, wird mir innerlich ganz warm. Ich habe das hier wirklich nicht verdient. Nichts davon. So viel Perfektion, dass ich Ehrfurcht empfinde, wie vor nichts anderem.

Mit einem Finger streiche ich ihm die Haare aus der weichen Stirn und mit dem Fingerknöchel über seine noch weichere Wange. Er regt sich etwas, weshalb ich die Hand wieder zurückziehe. Ich glaube, das Einzige in meinem Leben, was ich wirklich aufrichtig, tabulos und bedingungslos liebe, sind diese beiden Jungs. Sie könnten anstellen, was sie wollten, ich würde nie damit aufhören.

Ich wende mich um und Rayens Bett zu. Der liegt auf dem Bauch und hat seinen dicken Pampershintern weit in die Luft gestreckt. Er trägt nur ein weißes Shirt, weil er seine Hose abgestrampelt hat. Er sabbert. Seine halb geöffneten Schmolllippen, die von dem Kissen etwas zusammengedrückt werden, sind feucht. Neben seinem Gesicht hat er beide Hände zu Fäusten geballt und gerade zieht er im Schlaf die Augenbrauen zusammen. Früher, als er das erste Mal so dalag, hast du mich gerufen. Wir haben ihn stundenlang angesehen, während du deinen Kopf an meiner Schulter hattest. Alles war so perfekt. Wieso gewöhnen wir uns so schnell an Perfektion und schätzen sie nicht mehr?

Auch Rayen streiche ich über das Haar und den Nacken, der so weich ist. Er regt sich nicht. Sein Schlaf ist tiefer als Rowans. Sein ganzes Wesen ist entspannter. Während Rowan stets besorgt und bekümmert über die kleinsten Kleinigkeiten wirkt, ist Rayen alles egal. Er nimmt alles gelassen hin.

Ich beuge mich runter und küsse ihn auf die Schläfe, wobei ich seinen Duft einziehe, der so einmalig ist. Sein

Hintern sackt nach unten und er streckt alle Gliedmaßen von sich, wobei er seufzt. Ich hebe träge einen Mundwinkel, dann wende ich mich ab und verlasse leise ihr Zimmer, bevor ich die Tür hinter mir schließe.

Ich gehe in unser Schlafzimmer, dann in unser Badezimmer, um zu duschen. Doch egal, wie lange und heiß ich das Wasser über mich laufen lasse, ich werde sie nicht los. Sie ist unter meiner Haut und ich werde sie da genauso wenig wegbekommen, wie ein Junkie das Heroin wieder aus seinen Venen pumpen kann, wenn es erstmal im Organismus ist. Weil ich schwach bin. Und ich habe das Gefühl, dass diese Schwäche mich alles kosten wird. Dass dieses Heroin uns alle verzehren wird. Dass ich alldem hier nicht gewachsen bin. Und ich hasse mich dafür, Irina.

24. Romeo oder Gatsby, Ilian?

XX

Catalina

Es ist nun später Abend und ich liege in meinem Bett.

Wir haben ein bisschen Ärger bekommen, weil ich auf dir eingeschlafen bin, weshalb wir erst gegen acht zu Hause waren. Mein Handy war unten in meiner Tasche und Ich habe die Anrufe von Dad nicht gehört. Aber er hat sich jetzt wieder beruhigt und ich mache mich unsichtbar. Ich habe heiß geduscht, meine Haare sind noch nass und ich habe mich in meinem Bett breitgemacht. Du bist oben, weil Onkel Caden dich nochmal zu sich gerufen hat, aber dann wirst du zu mir kommen, um einen Film mit mir zu schauen. Auf meinem Nachttisch flackert eine rosa Kerze, die ihren Duft verströmt, ansonsten brennt kein Licht. Ich bin noch echt müde, obwohl ich auf dir den tiefsten Dornröschenschlaf meines Lebens hatte.

Mein Laptop steht vor mir auf dem Bett und ist aufgeklappt. Gerade will ich einen Film aussuchen, als mein Blick auf die Videodatei fällt, die ich von dem Stick, den Sergio mir gegeben hatte, auf meinen Laptop gezogen habe.

Catalina, steht da.

Ich habe dieses Video jetzt schon, seit ich weiß, dass ich nicht Dads Tochter bin, und doch habe ich es nicht über das Herz gebracht, es mir anzusehen. Allerdings brauche ich mich vor der Gewissheit jetzt sowieso nicht mehr zu verstecken, nicht wahr? Die Fakten sind klar und ich habe sie mittlerweile akzeptiert. Es ändert sich ja nichts. Und irgendwie bin ich auch ein wenig gespannt darauf, was seine letzten Worte an mich waren. Wir hatten nie die Möglichkeit, uns wirklich als Tochter und Vater zu unterhalten, deshalb sollte ich wenigstens so viel Respekt haben, mir das Video anzusehen.

Ich bewege die Maus auf die Datei und stocke nochmal. Mein Herz schlägt einen Takt schneller und ich ziehe die Decke über mein Kinn, bevor ich kurz die Augen schließe und einfach doppelklicke. Dann ziehe ich meine Hand zurück, bevor ich es mir anders überlegen kann, und meine Lider wieder aufmache.

Es öffnet sich eine Videodatei und ich sehe das vertraute Büro, in dem jetzt Sergio sitzt. Nur damals hing das Porträt von unserem Vater noch nicht dort. Die Bücherregale in seinem Rücken sind immer noch dieselben, sogar die Buchtitel. Und ja, ich kenne alle Buchtitel in diesem Büro auswendig, weil ich mich immer mehr darauf konzentriere, als auf meinen Bruder, wenn er irgendwas von mir will.

Und da sitzt er. Donovan de Luca. Ich habe fast vergessen, wie perfekt sein Gesicht war. Ich habe in den letzten Jahren auch nicht viel über ihn nachgedacht oder auf ihn geachtet. Aber jetzt erkenne ich natürlich, dass ich seine Augen habe. Es lässt sich kaum verleugnen.

Ich drücke auf Pause und vergrößere das Bild, um ihn mir mit meinem neuen Wissen genauer anzusehen. Er trägt in dem Video einen weißen Pullover, der sich eng um seine muskulösen Oberarme spannt. Ich erinnere mich daran, dass er sehr groß war. Oder hat er nur auf mich so groß gewirkt? Ich weiß es nicht mehr.

Er ist rasiert, das war er immer, nicht so wie mein Dad. Donovan de Luca hatte scharfkantige Gesichtszüge, was ich fast völlig vergessen habe. Sein Haar war dunkelbraun, und jetzt, da ich ihn genauer betrachte, bemerke ich, dass meine Lippenform seiner sehr ähnlich ist. Seine Augen waren so hellblau und durchdringend, als hätten sie alles erkennen und in einem lesen können – die ganze Geschichte eines Menschen bis zur Geburt mit einem Blick aufsaugen. Ich hatte als Kind immer Angst vor ihm, wenn er mich so ansah. Als hätte er versucht, etwas aus einem zu holen, was man ihm nicht geben wollte. Manchmal, wenn ich im Garten gespielt habe, habe ich ihn auf seinem Balkon gesehen. Da hat er mich an den Bruder von Mufasa erinnert. Er war immer dieser Bösewicht Scar in meinem Kopf, während Dad Mufasa war.

Wir haben die gleichen Augen, aber andere Blicke – immer gehabt. Wahrscheinlich, weil ich noch nicht so viel gesehen habe wie er. Er hatte hohe Wangenknochen und eine kerzengerade Nase. Und er war ohne Frage einer der schönsten Männer, die ich je gesehen habe. Perfekt. Sein Gesicht war perfekt. Ich liebe Perfektion und Symmetrie. Deshalb liebe ich dein Gesicht auch so, Ilian. Man könnte es mit einem Lineal ausmessen und es gäbe keine Abweichungen von der einen zur anderen Gesichtshälfte. So war es auch bei ihm. Bei Dad oder Onkel Caden ist es nicht so.

Ich atme tief durch und drücke auf Play. Mein Herz hämmert auf einmal in meiner Brust los. Es ist, als hätte ich ein Date oder würde irgendeine berühmte Persönlichkeit treffen, die ich schon lange kennenlernen wollte. Ich bin so aufgeregt und Wärme flutet meinen Bauch. Das ist komisch.

Er spielt mit einem Kugelschreiber, wie Sergio es immer tut, und ich in der Schule auch. Die Ähnlichkeit zu Sergio ist frappierend. Und das, obwohl Sergio rein vom Optischen, zumindest auf den ersten Blick, eher Dorian de Lucas Gemälden ähnelt. Allerdings hat er die Symmetrie seines Vaters, seine Blicke und Gestik, die Art, wie er sich zurücklehnt oder einen Mundwinkel hebt.

Dieser hat den Kopf ein bisschen gesenkt, sieht aber hoch in die Kamera. Seine Wimpern sind pechschwarz wie meine, wie Sergios.

»Hi, Tesoro«, meint er mit einer ganz rauen und leisen Stimme, so kultiviert und eindringlich. Jetzt erinnere ich mich auch wieder an sie. So hat er Mom oft genannt und mich auch immer mal wieder. Jetzt verstehe ich, wieso.

»Hi«, flüstere ich seufzend und streiche über den Bildschirm. Ich frage mich, ob er mich vielleicht mal im Arm gehalten hat. Oder ist er immer auf Abstand gegangen?

Habe ich es vielleicht einfach nur vergessen, weil ich zu jung war?

»Ich werde dir jetzt endlich all diese Dinge sagen, die ich dir eigentlich schon so lange sagen wollte«, beginnt er.

Ich runzle meine Stirn und wüsste so gern, ob er aussieht wie ich, wenn er seine Stirn runzelt. Daran kann ich mich nicht erinnern.

Er runzelt seine Stirn, als hätte er mich gehört, und ich zucke ein bisschen zusammen, weil das echt gruselig ist. Er scheint, nachzudenken. »Ich hab schon einige solcher Aufnahmen hinter mir. Dich habe ich mir bis zum Schluss aufgehoben.« Tief atmet er durch und ich tue es ihm nach, während er nachdenklich den Kugelschreiber in seiner Hand betrachtet. In meinem Magen zieht sich alles zusammen, als er wieder in die Kamera sieht.

»Erstmal das Wichtigste. Ich liebe dich. Genau so, wie du bist, weil ich weiß, dass du nur perfekt sein kannst.« Ich lächle ein bisschen. »Ob du jemanden umgebracht hast oder den Weltfriedensnobelpreis gewonnen hast. Ich liebe dich. Ich denke, du wirst im Lauf deines Lebens einige Dinge erfahren, die dir nicht sehr gefallen werden. Über mich oder deine Mutter. Hasse sie nicht. Sie war immer für mich da. Sie hat immer zu mir gehalten, selbst in den dunkelsten Momenten. Und sie hat versucht, mir zu geben, was ich brauche. Aber ich wollte immer mehr und mehr. Hasse sie einfach nicht. Niemals.« Er macht eine kurze Pause und der Kugelschreiber zwischen seinen Fingern stockt. Ich könnte meine Mutter nicht hassen, selbst wenn ich es wollte. Sie ist alles. »Ich habe ein paar Fehler gemacht, die einen größer, die anderen kleiner, auf die ich nicht sehr stolz bin. Ich glaube nicht daran, dass es nur Gut und nur Böse gibt. Aber ich glaube daran, dass manche Menschen eher dafür gemacht sind, im Licht zu wandeln, und manche sich in der Dunkelheit wohler fühlen. Ich wünsche mir für dich, dass du deine perfekte Balance zwischen Licht und Dunkelheit findest. Ich wünsche mir für dich, dass du deine Hoffnungen nicht in einen Menschen investierst, der nicht die gleichen Hoffnungen für dich hegt.«

Mit einer Hand streicht er über seinen Schreibtisch und die Uhr an seinem Handgelenk blitzt auf. Ich würde mich so gern daran erinnern, wie er roch, und herausfinden, wie er aussah, als er morgens am Tisch saß. Auch so perfekt? Erst jetzt, da er so direkt zu mir spricht, wird mir wirklich klar, dass er mein Vater ist. Auch, wenn niemals jemand meinen Dad ersetzen kann. Jetzt spüre ich eine kleine Verbindung und eine gewisse Wärme, die ich zuvor nicht empfunden habe.

»Ich weiß, dass dein Weg nicht leicht sein wird, deswegen will ich dir noch ein paar Ratschläge mitgeben. Erstens: Fünf ist eine gute Zahl. Alle guten Dinge sind fünf.« Er lächelt. Mit den Augen. »Zweitens: Vertrau niemandem, außer deiner engsten Familie. Und was Sergio betrifft: Was auch immer er für dich bereithält, vertrau darauf, dass es der richtige Weg ist, denn er würde nie etwas tun, was dir schadet. Drittens: Jeder Tag, an dem du nicht lachst, ist ein verlorener Tag. Finde einen Grund zu lachen. Viertens: Blut ist dicker als Wasser. Erinnere dich daran. Immer wieder.« Ich muss kurz pausieren. Denn mein Dad hat mir was anderes beigebracht. Er hat gesagt, dass Blut nicht immer dicker als Wasser ist. Das Blut sei scheißegal, es komme auf das Herz an. Mir wird klar, wie verschieden diese beiden

Männer sind, die meine Mom in ihrem Leben geliebt hat. Ich drücke wieder auf Play.

»Fünftens: Denke mit dem Kopf und nicht mit dem Herzen. Niemals.« Er sieht eindringlich in die Kamera und mein Herz stolpert protestierend, als ich an dich denke. »Das Herz führt uns zu oft in die Irre. Sechstens: lass dich nicht von deinem Herzen leiten, aber dafür, wenn es darauf ankommt, von deinem Bauch. Dein Instinkt trügt nicht. Vertraue keinem Mann, der nicht zu deiner Familie gehört. Keinem Mann, der dir immer nur Komplimente macht. Und überhaupt keinem Menschen, der dich nie kritisiert. Die Menschen, denen du wirklich vertrauen kannst, werden nie ein Blatt vor den Mund nehmen.« Ich verziehe ein bisschen das Gesicht und frage mich, was seinem Herzen alles angetan wurde, dass er so gedacht hat. Das ist zermürbend. Er war ohne Hoffnung. Ich würde ihm gern sagen, dass man seinem Herzen vertrauen soll, weil es immer den richtigen Weg findet. Ich würde ihm gern sagen, dass Menschen uns manchmal einfach nicht verletzen wollen und deshalb nicht schlecht über uns reden. Ich würde ihm gern sagen, dass Kritik nicht gleich Ehrlichkeit bedeutet. Ich würde ihm gern sagen, dass Vertrauen in Fremde sich oft auszahlt und die eigene Familie einen genauso verraten kann. Ich würde gern sagen, dass es nun mal das Leben ist, wenn einem das Herz gebrochen wird, und dass man immer jemanden haben sollte, der es wieder repariert.

Gott, ich wünschte, er wäre noch da und ich könnte ihm all das sagen. Es brennt regelrecht in mir.

»Und mach deine Mutter nicht traurig. *Das* ist ein Befehl.« Jetzt sieht er ein bisschen streng aus und ich zucke vom

Desktop zurück. Das ist der Böser-Mann-aus-der-dunklen-Villa-Blick. Schließlich schaut er konzentriert auf seinen Tisch und dann wieder in meine Augen. Direkt in meine Augen. Das geht mir ein bisschen unter die Haut.

»Ansonsten sei nicht traurig, dass ich nicht mehr da bin, denn mit mir hättest du nicht das Leben, das du bis jetzt gehabt hast. Aber egal, was auch immer du tust, ich bin da. Ich verspreche dir, dass ich trotzdem auf dich aufpassen werde, egal was auch passiert. Wobei ich denke, dass du sehr gut alleine wissen wirst, wie du auf dich aufpassen kannst, Catalina. Das Leben ist für die Lebenden gemacht. Also lebe. Aber vergiss nie, dass ich dich liebe.«

Der Bildschirm wird schwarz. Ich starre ihn immer noch an und sehe mein eigenes Spiegelbild dort, wo er soeben noch war.

Ich würde mir das Video am liebsten noch zehnmal anschauen. Also drücke ich wieder auf Play, und als es vorbei ist, nochmal. Und nochmal. Und nochmal. Mit jedem Mal fällt mir noch etwas ein, was ich ihm gern sagen würde, sodass ich irgendwann anfange, es aufzuschreiben. Vielleicht bringe ich das zu ihm in die Gruft.

Ich schaue das Video so lange, bis meine Mom an die Tür klopft. Du scheinst immer noch oben zu sein. Erstaunlich, ich habe mich total in der Zeit und in ihm verloren.

»Baby?«, fragt sie mit weicher Stimme und tritt ein. Ich streiche mir über das Gesicht und schaue auf. Meine Haare fallen wild und halbtrocken über meinen Rücken.

Sie schließt leise die Tür hinter sich. »Alles okay?«

»Wieso?«, will ich heiser wissen, weil ich so lange nicht gesprochen habe.

»Ich hatte nur so ein Gefühl, dass ich nach dir sehen sollte«, meint sie weich und kommt näher. Ich schaue zu ihr hoch. Sie hat ihre schwarzen Haare zusammengebunden und ihre grünen Augen wirken so müde. Wie zur Bestätigung gähnt sie. Sie trägt ihren schwarzen, flauschigen Bademantel. Wahrscheinlich wollte sie gerade unter die Dusche und hat das Licht bei mir gesehen.

Sie tritt an das Fußende meines Bettes, sodass sie nicht in den Bildschirm sehen kann, in dem das Video auf Pause steht.

In mir vermischen sich all diese Worte, Gefühle, alles, was Sergio in der Gruft gesagt hat, alles, was ich gerade gehört habe, zu einem Klumpen.

Sie runzelt die Stirn, als ihr das Fragezeichen in meinem Gesicht auffällt, und umrundet mein Bett, bevor sie sich auf die Kante setzt und durch meine Haare streicht. Dann schweift ihr Blick zum Laptop und sie stockt, genau wie ihre Finger in meinem Haar. »A ja«, seufzt sie dann wissend und betrachtet wieder mich. »Willst du darüber reden?«

»Ja«, antworte ich sofort drängend nickend. Ich habe so viele Fragen und ich glaube, so wirklich beantworten kann sie mir nur meine Mutter.

Sie streicht meine Haarlängen nach, die durch ihre Finger gleiten, und legt dann meine Haare über meine Schulter, bevor sie mir wieder in die Augen sieht. »Was willst du wissen? Ich erzähle dir alles.«

»Erzählst du mir auch, was damals wirklich war?«, frage ich sie leise und sie lächelt ein bisschen.

»Das wird aber dauern.« Bedeutungsvoll sieht sie mich an und wirft dann einen Blick auf meinen Wecker. Es ist schon nach elf.

»Ich hab Zeit.« Ich schiebe den Laptop etwas zur Seite und ziehe sie neben mich, sodass sie mit dem Rücken in den weichen Kissen landet. Wahrscheinlich werden wir zusammen einschlafen, aber das ist egal. Es wäre nicht das erste Mal. Dad bringt sie dann in ihr Bett. »So viel Zeit.«

Mom lacht. »Eigentlich nicht. Eigentlich musst du jetzt schlafen.« Aber sie drückt trotzdem meinen Kopf an ihre Brust und streicht weiter durch meine Haare, während ich ihren vertrauten Duft einatme. Bei dir fühle ich mich immer wie eine Frau. Bei ihr und Dad wie ein kleines Mädchen. Das liebe ich. Ich will manchmal einfach ein kleines Mädchen sein.

»Okay«, murmelt sie dann. »Also, das war so. Ich war vierzehn …«

25. Unser Geheimnis, Catalina

XX

Ilian

Ich weiß jetzt seit einer Woche, dass ich eine andere Frau heiraten muss, Catalina. In der Zeit habe ich es nicht geschafft, es dir zu sagen. Denn ich habe Angst, in deinen Augen zu sehen, was ich da zwangsläufig finden werde, wenn ich es dir mitteile. Dazu kommt, dass es sich ausgerechnet um Natalia handelt. Wenn es wenigstens jemand anders wäre, wobei es bei jeder falsch wäre. Nur du bist richtig. Ich muss selbst noch akzeptieren, mich von dieser Vorstellung vorerst zu verabschieden, dich an meiner Seite zu haben. Vorerst wird sie meine Frau werden und wir werden gemeinsam wieder zu meinem Vater ziehen. Sergio hat mir angeboten, hierzubleiben. Aber ich habe wegen eines ganz bestimmten Grundes abgelehnt. Ich werde ganz sicher nicht Natalia Tag für Tag vor deiner Nase rumtanzen lassen. Stattdessen werde ich sie so weit wie möglich von dir fernhalten, denn mir ist bewusst, dass sie es sowieso schon auf dich abgesehen hat. Ihr würdet euch gegenseitig skalpieren. Wenn du es tust, okay. Andersrum, nicht okay.

Ich weiß, wie sie ist. Sie würde die ganze Zeit versuchen, dich irgendwie zu provozieren, mit ihren Händen an mir rumtatschen und dich quälen. Mir ist zwar klar, dass du dich gegen sie wehren kannst, und ich würde sie auch in ihre Schranken weisen, aber es muss einfach nicht sein. Ich will dich nicht in so eine Situation bringen.

Also ziehe ich aus.

Doch zuvor muss ich es erstmal schaffen, es dir zu sagen. Ich weiß, dass ich es nicht länger vor mir herschieben kann. Du wirst es so oder so erfahren. Und mit jedem weiteren Tag wird es schwerer.

Momentan bin ich im Büro meines Onkels, unter dem Dach. Zwischen uns brennt die Schreibtischlampe. Ich fühle mich wie bei einem FBI-Verhör. Er sitzt mir gegenüber. Den Kopf leicht gehoben. Er wippt mit einem Lineal zwischen Zeige- und Mittelfinger hin und her. Ich kenne ihn, er macht mich nervös. Weswegen ich umso ruhiger bleibe. Ich kenne seine Methoden, aber davon lasse ich mich nicht aus der Bahn werfen. Auch wenn das wirklich alles andere als leicht ist. Ich habe einen Heidenrespekt vor meinem Onkel. Vor beiden. Aber vor dem hier noch ein bisschen mehr, wenn ich ehrlich bin. Der andere ist riesig und laut und flippt nach außen aus. Aber er hier – Onkel Caden – fickt dich von innen auf alle Arten, die es gibt, wenn ihm irgendwas nicht passt. Das kann einen echt zermürben. Nicht schön, Catalina. Aber das weißt du ja nicht, weil du immer sein Liebling warst und er dir alles hat durchgehen lassen. Mir nicht. Gar nicht.

Er nimmt mich grundsätzlich hart ran, weil ich sonst so werde wie er, was auch immer das heißen mag.

Das Lineal stockt und er deutet damit mit einem Mal auf mich. Ich weiß, dass sich meine Pupillen weiten, ansonsten bewege ich mich nicht.

»Denkst du, dass sie rausgefunden hat, eine de Luca zu sein, ist ein Freifahrtsschein für dich, sie mit deinem kleinen, schmutzigen Freund zu besudeln?« Er deutet mit dem Lineal an mir herab und ich folge mit dem Blick.

Ich verkneife mir jeglichen Kommentar über die Größe meines Freundes. Sonst habe ich wahrscheinlich das Lineal an der Stirn.

»Sprich!« Seine Augenbrauen heben sich und das Lineal wippt wieder.

»Nein«, antworte ich vorsichtig. Ich habe ja nicht vor, dich zu besudeln. Das würde ich nie. Ich tue nur all die Dinge, die du auch unbedingt mit mir tun willst, Baby. Das sage ich meinem Onkel ebenfalls nicht. Er hebt die Braue, weil er leider ein verschissener Gedankenleser ist oder so was. Er kann immer einschätzen, was in meinem Kopf vorgeht.

»Ich liebe sie«, erkläre ich freimütig.

»Oh, ich weiß«, antwortet er unzufrieden. »Das Problem ist, ich kenne diese Art von Liebe. Sie ist krankhaft, obsessiv und völlig zerstörerisch.« Ich räuspere mich, weil er recht hat. Vielleicht bin ich ein bisschen besessen von dir, aber ich würde dich nie zerstören, Babygirl. »Du weißt, dass du ihr das Herz brechen wirst, oder?« Er schmeißt das Lineal auf den Tisch und lehnt sich zurück. Jetzt runzle ich die Stirn.

»Das hatte ich eigentlich nicht vor.« Er stöhnt genervt, greift wieder nach dem Lineal und schmeißt es mir gegen die Stirn. Es klatscht laut dagegen und fällt dann zu Boden.

»Au!«, sage ich vorwurfsvoll und reibe mir über die Stirn. »Was zum Teufel …«

»Du wirst heiraten. Eine andere Frau, die nicht Catalina ist, und bis dahin willst du dich mit ihr vergnügen, verstehe ich das richtig? Heb das auf und gib es mir!« Er deutet auf das Lineal und ich gehorche sofort, weil ich mich jetzt sicher nicht mit ihm anlegen will. Ich sage ihm auch nicht, dass ich nicht vorhatte, mit irgendwelchen Vergnügungen mit dir aufzuhören, sobald ich verheiratet bin.

»Ich weiß, was du denkst.« Er zieht das Lineal wieder über den Tisch zu sich und nimmt es zwischen seine Finger. Ich spanne mich etwas an. »Du denkst, das wäre alles so leicht. Du könntest sie einfach feuchtfröhlich weitervögeln, weil das mit dieser Natalia ja keine Herzenssache ist … Tja …« Er schmeißt wieder das Lineal nach mir. Ich kann mich nicht rechtzeitig ducken, weil es so unerwartet kommt, und es knallt wieder gegen meine Stirn.

»AU!«, rufe ich jetzt total entsetzt. »Das ist Misshandlung!«

»Ich misshandel dich gleich mal«, murmelt er düster und öffnet auffordernd seine Hand. Mein Onkel ist so ein Psycho. Habe ich das schon mal erwähnt?

Ich hebe das Lineal auf und klatsche es ihm in die Hand. Er nimmt es und wippt wieder damit. Er konditioniert mich wie einen Hund. Das ist nicht okay. Ich weiß, was er tut! Ich mache das auch manchmal, nur nicht mit dir!

»Denkst du etwa, sie wird mit dem Wissen leben können, dass du in diesem Schloss mit einer anderen Prinzessin sitzt? Denkst du, das wird leicht? Denkst du nicht, dass es schwerer wird, je länger du das hier fortführst? Sprich!« Er zeigt mit dem Lineal auf mich und ich zucke zusammen. Er lächelt zufrieden.

»Ich finde, du solltest wirklich dieses Lineal weglegen.«

»Ich finde, du solltest deinen kleinen Freund in der Hose lassen, zumindest was sie betrifft.«

»Es wird nicht leicht, das weiß ich schon.« Ich sage ihm immer noch nicht, dass er nicht klein ist. »Aber ich kann nicht, okay. Ich kann das nicht …«

Er seufzt. »Ich verspreche dir eins: Solltest du irgendwelche Spielchen mit ihr spielen, ihren Kopf ficken, sie manipulieren, und sollte sie auch nur eine Träne wegen dir vergießen, komme ich in dein Haus und mache das Gleiche mit dir.« Meine Augen werden immer größer und ich ziehe meinen Kopf langsam zurück, denn diese Vorstellung ist wirklich unangenehm, Catalina.

»Das hatte ich nicht vor«, versichere ich ihm also und weiche ihm vorsichtshalber schon mal aus.

»Gut. Du wirst ab jetzt euer Techtelmechtel in deinem oder ihrem Schlafzimmer halten. Nirgendwo sonst. Denn ich esse in dieser Küche.« Ich denke nicht daran, was ich da mit dir gemacht habe … Nein! »Ich sehe fern in diesem Salon.« Aber das war so witzig, Catalina. Du auf dem Couchtisch, nackt vor mir … »Stell dir nur vor, Zayden platzt rein, während du seine kleine Schwester betatschst.« Okay, dann würde ich sterben, aber wenigstens glücklich. Das macht den Nervenkitzel ja aus. »Wenn du willst, dass das noch eine

Weile gut geht, beschränke dich auf das Schlafzimmer und halte dich in der Schule und allen anderen öffentlichen Orten von ihr fern.«

»Okay«, gebe ich mich geschlagen, weil er ja recht hat. Eigentlich. Nur noch ein Mal will ich es unbedingt in der Turnhalle mit dir machen, auf der Tribüne von hinten.

Das Lineal klatscht wieder gegen meine Stirn. Ich blinzle und schließe die Lider.

FUCK!

»Was sollst du machen?«

»Mich von ihr an öffentlichen Orten fernhalten«, knurre ich und reibe mir die Stirn.

»Richtig, und wenn ich höre, dass du dich nicht daran hältst, kümmert sich Carter um das Problem.« Er bückt sich selbst nach dem Lineal und knallt es auf den Tisch.

»Okay.« Jetzt schrumpeln meine Eier ein bisschen.

»Ich kann dir erzählen, was er damals, als wir sechzehn waren, mit dem Typen gemacht hat, mit dem deine Mom ausging. Es endete mit einer zertrümmerten Kniescheibe.«

»Nein, danke«. Ich winke ab.

»Schade«, säuselt er. »Ich liebe alte Geschichten.«

»Ja, ich weiß.« Diese Geschichten sind immer ziemlich verstörend, Catalina.

»Apropos deine Mutter«, meint er nun ernster und ich spanne mich etwas an, wie immer, wenn es um das Thema geht. »Ich habe vorhin mit ihr telefoniert. Sie wird die nächsten Monate ausschließlich in Chicago sein.« Uhhhh ... Nicht, dass das was für mich ändern würde. »Sie glaubt, dass du sie nicht sehen willst, aber ich habe ihr gesagt, sie soll dich anrufen, also geh ran, wenn sie es tut.« Ich atme tief aus. Eigentlich würde ich das nicht tun. Tatsächlich bin ich die letzten Male wirklich nicht rangegangen, aber jetzt lässt er mir keine andere Wahl. »Tu es für dich, nicht für sie.«

»Okay«, gebe ich mich geschlagen und frage mich, über was ich mit meiner Mutter reden soll. Sie ist mir so fremd.

Er seufzt, murmelt etwas von »Verdammte Ava«, bevor er mir deutet, dass ich sein Büro verlassen kann. Ich gehorche eilig, ohne nochmal zurückzusehen. Denn ich will zum Abschied nicht nochmal das Lineal an die Stirn bekommen, weil er sonst was in meinen Augen sieht. Leise schließe ich die Tür hinter mir. Fuck, er hat ja recht. Bald wird sich alles ändern. Und ja, das wird verdammt schwer für dich. Aber ich bin mir sicher, dass wir das irgendwie schaffen. Egal, wie. Ich werde dich nicht aufgeben. Es ist mir egal, wen ich heiraten muss. Es ist mir egal, was ich dafür machen muss. Zur Not haue ich mit dir ab. Denn für dich überwinde ich sämtliche Grenzen und lasse alles hinter mir. Obsessiv, krankhaft und zerstörerisch, das bin ich, aber ich werde dich nicht zerstören, niemals.

Gut, vielleicht ein bisschen, wenn ich dir sage, dass ich sie heiraten muss, aber danach nicht mehr. Versprochen, Babygirl.

* * *

Als ich gestern zu dir ins Zimmer kam, hast du mit deiner Mom im Bett geschlafen. Das war echt ein bisschen süß, Catalina. Ich habe es nicht übers Herz gebracht, euch zu wecken, sondern habe euch zugedeckt und bin dann in mein Zimmer gegangen. Allerdings standest du dann um vier Uhr nachts plötzlich vor meinem Bett. Anfangs wusste ich nicht, ob du wieder schlafwandelst, also habe ich dich lediglich vorsichtig gemustert. Das war der Fall. Du hast dich einfach zu mir ins Bett gelegt. Auch gut, Catalina. Dann konnte ich endlich die Augen schließen, davor lag ich nämlich wach.

Ich habe es dir immer noch nicht gesagt.

Der nächste Tag ist angebrochen und ich weiß, dass ich es tun muss.

Wir verlassen gerade das Haus und die Kälte empfängt uns. Es hat wieder geschneit und der Wind ist eisig, der Schnee stechend hell. Ich bin echt müde, während ich die Stufen hinter dir runtergehe. Sophia hat heute eine Stunde später Unterricht und wird dann von meinem Onkel gefahren. Deswegen sind wir heute nur zu zweit. Ich betrachte dich genauer. Du hast einen Dutt am Hinterkopf und bist wie immer ungeschminkt. So liebe ich dich am meisten. Mit deinem perfekten Gesicht brauchst du gar keine Schminke. Du trägst deine Uniform und eine Strumpfhose, weil es heute so kühl ist, sowie deinen dunkelroten Mantel darüber und Doc Martens. Dein Kinn ist hinter einem rot-schwarz-karierten Schal versteckt Das liebe ich, Baby. Ich nehme deine Hand und ziehe sie an meine Lippen, du verschränkst unsere Finger fest und ich seufze. Deine Augen funkeln, als sie zu mir hochsehen. Fuck, ich kann und werde darauf nicht verzichten. Scheißegal, was mein Vater sagt oder sonst wer. Da könnte ich mir ja gleich irgendwas amputieren lassen, wenn ich versuche, auf dich zu verzichten. Geht nicht. Punkt.

Ich entriegle meinen Wagen und öffne dir die Tür.

»Ist alles okay?«, fragst du mich leise und drehst dich nochmal zu mir um. Du wirkst in letzter Zeit so besorgt. Ich weiß, wieso. Natürlich bemerkst du, dass etwas nicht mit mir stimmt, aber du bohrst auch nicht, weil dir klar ist, dass ich es dir selbst erzählen werde, wenn ich so weit bin. Nun, ich bin nicht so weit, aber ich muss es dir trotzdem sagen. Tief atme ich durch. Vielleicht sollte ich es jetzt gleich tun.

»Setz dich«, verlange ich sanft, woraufhin du mich alarmiert musterst. Jetzt verschwindet das Funkeln in deinen Augen und weicht der Vorsicht. Das hasse ich. Trotzdem nimmst du Platz und ziehst deine Tasche auf den Schoß. Ich schließe sanft deine Tür und umrunde den Wagen, bevor ich mich auch auf dem Fahrersitz niederlasse, den Motor starte und die Heizung aufdrehe. Die Scheibe ist gefroren und taut nur langsam. Ich schmeiße meine eigene Tasche auf den Rücksitz und klappe das Handschuhfach auf, um mir eine neue Packung Zigaretten herauszunehmen. Du beobachtest mich dabei die ganze Zeit sehr genau. Und ja, ich schinde Zeit.

»Sagst du es mir jetzt?«, fragst du sanft. Leider kann ich inzwischen durch die Scheibe hindurchsehen und losfahren. Das tue ich auch. Ich setze zurück, bevor ich wende und auf das Tor zuhalte, wobei die Reifen auf dem Eis knirschen.

Wir passieren das Tor und ich atme tief durch. Ich spüre immer noch deinen Blick auf mir und jetzt fängt langsam dein Fuß an, zu wippen. Also platziere ich meine Hand auf deinen Oberschenkel. Sofort legst du deine Finger darüber und hältst sie fest. Ich weiß nicht, ob irgendwas schon mal so schwer war für mich wie das jetzt.

Aber ich tue es jetzt einfach. Ich sage es dir. Es wird nichts daran ändern, dass es passieren muss. Aber wenn du es weißt, können wir darüber reden, wie es weitergeht, und das ist wichtig.

»Du weißt ja, dass meine Familie seit Jahren Probleme mit den Wolkovs hat, oder?«, fange ich an und du nickst. Gut. »Es ist alles etwas eskaliert die letzten Monate, und mein Vater hat nur eine Möglichkeit gesehen, um das alles zu beenden, bevor …« Deine Finger krampfen sich um meine und in meiner Brust zieht sich alles zusammen. Ich drücke deine Finger. Als ich dich schlucken höre, räuspere mich, weil ich mit einem Mal einen Kloß in der Kehle habe. Wir fahren über den Waldweg und es ruckelt etwas, wegen eines Schneehaufens, der von einem der Bäume herabgefallen ist. »Mein Vater sieht nur eine Möglichkeit«, spreche ich weiter und du versteifst dich. Ich spüre, wie die Muskeln an deinen Beinen sich anspannen. Am Ende der Straße an der Bushaltestelle bleibe ich stehen und wende mich dir zu. Damit ich dich direkt ansehen kann. Deine Augen huschen schon forschend in meine und ich halte deinen Blick. Du bist zu intelligent und hast es wahrscheinlich schon begriffen.

Ich nehme deine Hände. »Ich muss Natalia heiraten.« Du keuchst und ich halte dich noch ein bisschen fester. »Das wird aber nichts an uns ändern. Ich liebe dich.« Es ist so einfach für mich, das auszusprechen, denn es gibt nichts, was ich so sicher weiß, als dass ich dich liebe. Tränen schießen in deine Augen. »Nicht sie. Nicht irgendwen. Niemanden, außer dir. Egal, wer auch immer auf dem Papier meine Frau sein wird, mein Herz gehört dir«, sage ich sehr eindringlich, und als du blinzelst, laufen die Tränen über. Ein paar dunkelblaue Sprenkel tanzen in deinen Augen. Ich hebe eine Hand und umfange deine Wange, wische mit dem Daumen unter deinem Auge entlang. »Ich will das nicht tun, ich muss aber«, versichere ich dir leise. Du versuchst sichtlich, das zu begreifen, während du immer noch meine Hand festhältst und schniefst. Ich hasse das. »Es wird nicht für immer sein«, spreche ich weiter. »Es wird eine Ehe auf Zeit und es wird auch keine Ehe im herkömmlichen Sinne. Ich will sie nicht.« Du siehst runter auf unsere Hände und deine schwarzen Wimpern sind tränennass.

»Wann?«, wisperst du und der Klang deiner Stimme lässt meine Brust sich noch mehr verkrampfen.

»Kurz nach meinem Geburtstag, wenn wir beide achtzehn sind.« Du ziehst die Augenbrauen zusammen. Dein Blick schießt wieder hoch in meinen.

»Ich will das nicht. Ich will nicht, dass du sie heiratest!«, braust du dann auf. »Ich habe dich doch gerade erst gekriegt. Das ist falsch, du gehörst nicht zu ihr!«

»Ich weiß! Ich will sie auch nicht heiraten, glaub mir.«

»Ich weiß, aber es ist trotzdem falsch.« Du schniefst wieder und wischst dir über die Augen.

»Ich weiß, dass es falsch ist. Aber ich kann es nicht ändern, glaub mir. Ich würde, wenn ich könnte.« Du atmest zittrig aus und schluckst. Ich streiche weiter mit dem Daumen über deine Wange, meine Hand in dein Haar gegraben.

»Es ist nicht für immer.«

»Wie lange?«, fragst du verzweifelt.

»Fünf Jahre«, antworte ich und hasse das so sehr. Dein Kopf sinkt gegen die Lehne, während du immer noch meine Hand hältst.

»Also können wir nichts dagegen tun?«, fragst du und Ernüchterung tritt in deinen Blick, sowie Resignation.

»Vorerst nicht.« Ich seufze schwer, weil ich mir darüber schon selbst den Kopf zerbrochen habe. Mein Vater hat sich allerdings sehr klar ausgedrückt und er wird seine Meinung nicht ändern. Letztendlich muss ich nun mal tun, was er von mir verlangt. Egal, wie sehr es mir widerstrebt. »Aber es wird nicht für immer sein«, verspreche ich dir. Du betrachtest mich einen Moment niedergeschlagen. Ich wünschte, ich könnte deine Augen wieder zum Strahlen bringen. Es ist nicht richtig, wenn du wegen mir traurig bist.

»Okay«, flüsterst du. Ich ziehe dich an mich heran und lehne meine Stirn an deine. »Aber du darfst nie wieder laut sagen, dass du mich liebst«, flüsterst du.

»Wieso?«, frage ich und atme tief deinen Duft ein.

»Weil das alles kaputt macht. Das muss unser Geheimnis bleiben.«

»Nichts kann uns kaputt machen«, versichere ich dir. Du streichst durch meine Haare und krallst dich dann darin fest.

»Okay ... dann liebe ich dich auch«, murmelst du heiser, worauf sich das, was sich in meiner Brust soeben noch verkrampft hat, löst. Alles wird so viel leichter. Alles wird so perfekt. Denn solange du mich liebst, ist alles perfekt. »Und ich warte auf dich, egal wie lange. Ich brauche nur ein bisschen Zeit, um das zu verstehen.«

»Ich weiß. Die kriegst du, aber in der Zwischenzeit ... küss mich.« Du küsst mich. Vielleicht hast du recht. Vielleicht hätte das unser Geheimnis bleiben sollen, aber jetzt haben wir es ausgesprochen und können es nicht mehr zurücknehmen. Und das würde ich auch nie. Weil nichts mehr der Wahrheit in meinem Leben entspricht als das. Weil es das Einzige ist, was sich nie ändern wird. Egal, was ich tun muss, wen ich heiraten muss, wohin ich gehen muss und was sonst noch passiert. Ich liebe dich, Catalina. Für immer.

26. Hi, Tesoro

XX

Catalina

Ich sitze auf meinem Platz und starre auf meinen Block. Wir haben Geschichte. Es geht um die Geschichte Chicagos in den 1920-1930ern und um Al Capone, den Urvater von allem, was wir jetzt leben. Wir haben wohl dem Mann, dem die Schule gehört, zu verdanken, dass wir das im Unterricht durchnehmen. *Danke, Sergio, für diese wichtigen Bestandteile der Allgemeinbildung.*

Ich halte den Bleistift starr in meiner Hand und starre die Karos auf meinem Block an. Meine Ohren sind bei Mrs. Delphino, aber mein Kopf ist ganz woanders, ganz zu schweigen von meinem Herzen, das ist nämlich einen Sitzplatz weiter hinten bei dir, Ilian.

Ich fange an, in jedes zweite Karo ein X zu zeichnen. So etwas tue ich immer, wenn ich mit dem Kopf dabeibleiben will. Wenn ich denken und mich sortieren muss. Dann mag ich die Perfektion. Sie ist dann besonders mein Freund.

Du hast mir gesagt, dass du mich liebst.

Du hast mir gesagt, dass du Natalia heiraten musst.

Du hast mir gesagt, dass ich es trotzdem immer für dich sein werde.

Ich male zwei XX nebeneinander. Mein Kopf ist so voll, dass nicht einmal die Karos ihn sortieren können. Zurzeit passiert so viel. Alles war so geordnet, so richtig, so, wie ich es kannte. Dad war mein Dad, Mom war meine Mom, Onkel Caden war Onkel Caden. Du warst du. Immer. Und jetzt ist alles mit einem Schlag anders. Nicht nur, dass meine gesamte Familiengeschichte, von der ich glaubte, sie zu kennen, eine Lüge ist, sondern auch, dass wir beide nur eine begrenzte Zeit miteinander haben.

»Miss Rush«, werde ich angesprochen, starre aber immer noch auf meinen Block. »Sagen Sie uns doch mal, wie Alphonse Capone der Geldwäsche den Weg geebnet hat.«

Ich konzentriere mich immer noch auf meinen Block und male ein X nach dem anderen. »Er hatte als Erster die Idee, Geldwäsche in Form von Waschsalons zu tarnen«, antworte ich leise und runzle die Stirn. Wie kann es sein, dass ich gestern noch das Gefühl hatte, wir beide könnten alles schaffen, wobei heute alles hoffnungslos scheint? Wie kann es sein, dass ich gerade erst entdeckt habe, wie tief meine Gefühle für dich wirklich sind, und ich sie schon wieder aufgeben muss?

»Danke, Miss Rush.« Ich nicke abwesend. Auf meinem Block reiht sich X an X. Er ist schon halb voll.

Ich stelle mir vor, wie es sein wird, wenn du sie heiratest. Heiraten, Ilian. Das ist so falsch. Ich weiß, wie es in dieser Welt normalerweise läuft. Ich weiß, dass die meisten Ehen schon von Kindheit an vorversprochen und festgelegt sind. Ich weiß, dass Kinder nicht mehr als Koalitionen und Papier bedeuten. Kapital. Aber ich dachte irgendwie, dass das an uns beiden vorbeigehen würde. Und wenn das passiert, hätte ich eher gedacht, dass Sergio mich in eine Ehe drängen würde. Nicht, weil ich denke, er wäre ein schlechter Mensch, sondern, weil er nun einmal der Oberboss ist. Nachdem ich erfahren habe, dass ich seine richtige Schwester bin, war mir sofort klar, dass ich auch eine Geldquelle bedeuten könnte. Aber jetzt ist es anders. Ich blieb verschont, du nicht.

Ich kann mir das gar nicht vorstellen. Du mit Natalia? Natalia, die uns alle immer gepiesackt hat? Natalia, die kein Herz besitzt? Ich will nicht, dass du mit so einer Person zusammen sein musst. Ich will, dass du mit mir zusammen bist.

Ich fühle mich so hoffnungslos.

Wie ein Ballon, aus dem man mit einem Mal die Luft gelassen hat, sodass er nicht mehr aufsteigen kann. Wir hatten gar nicht genug Zeit. Ich will dich für immer, jetzt, da ich dich haben kann. Und ja, ich bin noch jung, aber das ist mir bereits klar. In meinem Leben hat sich immer alles um dich gedreht. Du warst immer da, ich war immer bei dir. Und allein, dass du zu deinem Vater ziehen musst, ist falsch. Dann auch noch mit ihr, mit dieser Giftspritze. Was, wenn sie dich verpestet oder um den Finger wickelt? Sie wird dann deinen Ring tragen und sicher nicht müde, ihn mir unter die Nase zu reiben.

Dein Arm streckt sich mit einem Mal an mir vorbei und du legst mir einen Zettel auf mein Pult. Sofort schlägt mein Herz einen Takt schneller, nur, weil du mich flüchtig gestreift hast. Ich greife danach, bevor ich ihn entfalte.

Entspann dich, Babygirl. Sonst explodiert dein Kopf.

Mein Mundwinkel hebt sich automatisch. Ich würde mich ja gern entspannen. Ich weiß, dass du nichts an der Situation ändern kannst, genauso wenig wie meine Anspannung und meine Grübelei, aber ich komme gerade nicht aus meiner Haut.

Ich glaube, ich muss ein paar Stunden weg, schreibe ich dir. Du kennst das schon. Manchmal, wenn mein Kopf wirklich zu voll ist, setze ich mich in den städtischen Bus und fahre irgendwohin. Ich habe aber mein Handy bei mir, damit sich niemand Sorgen macht, und komme am Abend abgeklärter wieder zurück. Manchmal brauche ich einfach Zeit mit meinem Gedanken allein.

Ich gebe dir den Zettel zurück und schlage die Seite um, als ich sie vollgemalt habe.

Natürlich kriege ich eine weitere Antwort. *Hmpf.* Unter normalen Umständen würde ich dir sagen, dass sie äußerst unbefriedigend ist, aber heute ist mir nicht danach, weiter zu diskutieren. Ich beschließe, in der Pause abzuhauen. Einmal war mein Kopf so voll, dass ich drei Ortschaften weiter gefahren bin, und dann war ich so fertig, dass ich auf dem Rückweg eingeschlafen bin und mein Dad mich auf der anderen Seite der Stadt abholen musste.

Ich lehne mich zurück und werfe über die Schulter einen Blick zu dir. Du musterst mich nachdenklich. Ich will auf keinen Fall, dass du dich noch schlechter fühlst, weil es sicher schon schlimm genug für dich ist, ausziehen zu müssen. Schlimm genug, fünf Jahre mit dieser Furie verbringen zu müssen. Da könnte ich nicht ertragen, dass ich der Grund bin, dass es dir noch schlechter geht, weil du mit deinem Gewissen kämpfst. Ich kann mir vorstellen, wie du dich fühlst, und das hasse ich am meisten. Ich hasse, dass dein Vater dir das antut. Aber so sind die eigentlichen Väter dieser Welt. Sie schauen nicht nach deinem Wohlergehen, sondern nach dem Profit, den sie aus dir ziehen können. Ich hebe einen Mundwinkel und versuche, dir mit meinen Augen zu sagen, dass alles gut wird. Ich habe ernst gemeint, was ich zu dir gesagt habe. Ich liebe dich und ich werde auf dich warten, egal, wie lange. Es tut mir nur um die verschwendete Zeit leid. Es tut mir weh, dich so lange loslassen zu müssen, und vor allem tut mir die Vorstellung weh, dich mit einer anderen zu sehen. Das habe ich schon oft, aber damals hast du mich noch nicht so tief berührt. Weder mich noch meinen Körper. Jetzt ist es schlimmer.

Du hebst auch einen Mundwinkel. Deine Augen antworten mir, dass du weißt, dass alles gut wird. Und solange wir beide irgendwie daran glauben, wird es das vielleicht auch.

* * *

Ich nutze die erste Pause und mache mich davon.

Du weißt Bescheid und wirst für mich lügen, wie immer. Erzählen, dass ich Unterleibsschmerzen hatte und nach

Hause musste. Du kannst jeden von allem überzeugen, wenn du es willst – dank Onkel Caden. Das ist in dieser Hinsicht äußerst praktisch.

Die Bushaltestelle ist nicht weit von der Schule entfernt und ich habe alle meine Bücher im Spind verstaut, damit ich nicht so viel herumschleppen muss. Sie ist leer, weil sie, wenn überhaupt, von Schülern genutzt wird, die gerade Unterricht haben. Der Großteil jedoch wird gefahren oder hat teure Autos. In unseren Kreisen nutzt man eigentlich nicht den Bus. Denn das entspricht nicht dem Stand, den die meisten hier glauben, innezuhaben. Aber ich liebe das. Ich gebe einen Scheiß auf meinen Stand. Ich kann stundenlang auf der Bank hinten sitzen, Musik hören, meine Gedanken treiben lassen und die Leute draußen beobachten oder diejenigen im Bus. Darüber nachdenken, wo sie hinwollen, wo sie herkommen, während die Landschaft an mir vorbeizieht. Das hat Sophia mir mal geraten. Sie macht das auch oft. Sie überlegt sich Geschichten zu den Menschen, wenn ihr Kopf zu voll ist, und versetzt sich einfach in diejenigen hinein. Deshalb versteht sie mich auch immer – *immer*. Sie weiß stets genau, wie ich mich fühle und was sie sagen muss, damit es mir besser geht.

Es ist eiskalt und windig. Mittlerweile haben wir halb zehn am Morgen. Der Himmel ist heute grau und wolkenverhangen. Immer wieder rieseln ein paar dünne Schneeflocken herab, die vom Wind verweht werden. Ich öffne meinen Dutt. Endlich. Ich hasse Dutts, sie bereiten mir Kopfschmerzen. Außerdem sind meine Haare lang genug, um mich zusätzlich im Nacken und auf dem Rücken zu wärmen. Aber sobald ich den Haargummi rausgezogen habe, peitscht der Wind mir die wirren Strähnen in die Augen, die tränen.

Ich schniefe und ziehe meine Schultern hoch, die Arme vor der Brust verschränkt, bis endlich der Bus kommt und ruckelnd vor mir hält. Er ist leer und der Fahrer lässt die vordere Tür aufgleiten.

Ich steige ein, die Wärme umhüllt mich sofort, und bezahle ein Ticket bis zur Endstation, bevor ich durch die Schranke schreite und ganz nach hinten durchgehe. Dabei lasse ich meinen Blick kurz aus dem hinteren Fenster schweifen, über den Verkehr und die dunkle Limousine, die hinter dem Bus darauf wartet, dass er losfährt.

Ich ziehe meine Jacke aus, lasse mich auf den dunkelblauen Sitz sinken und stelle meine Tasche ab. Dann stopfe ich mir meine Hörer in die Ohren, lehne meine Schläfe an die Scheibe und stütze meine Knie an den Sitz vor mir.

Der Bus setzt sich in Bewegung und ich entspanne mich. Hier auf diesen Polstern fühlt man sich wie ein ganz normaler Mensch. Wie eine Schülerin, die nach Hause fährt. Wie eine Bankangestellte, die zu spät zur Arbeit kommt. Wie eine Mutter, die ihr Kind abholt. Dann und wann ist es ganz schön, sich normal zu fühlen. Vor allem, wenn man gerade erfahren hat, dass man von einer der mächtigsten Familien überhaupt abstammt. Und zwar nicht über mehrere Ecken, sondern direkt.

Auf dem See schwimmen ein paar Eisschollen und werden vom Wind hin und her getrieben. Die kahlen Äste biegen sich. Aber hier drin ist es warm. Von den Ampeln wird Schnee herabgeweht und die Scheibenwischer der Autos arbeiten hektisch.

Die ersten Weihnachtsangebote und Dekorationen prangen an den Kaufhäusern. Der Bus hält immer wieder und es steigen ein paar Leute ein, die ich heute nicht so sehr beachte, weil ich mit meinen eigenen Gedanken beschäftigt bin.

Wie wird das, Ilian, wenn du mit dieser Furie verheiratet bist? Wird sie dann in deinem Zimmer wohnen? In deinem Bett schlafen und am Tisch neben dir sitzen? Und was, wenn sie sich in einer Beziehung mit dir als Engel entpuppt und gar nicht als Biest? Oftmals zeigen Menschen, die Angst haben, verletzt zu werden, sich so, wie Natalia. Diese Menschen verletzen lieber andere, bevor sie selbst Schmerz empfinden. Was, wenn in ihr dieser Engel schlummert, der bei dir zum Leben erwacht? Verliebst du dich dann in sie?

Der Gedanke treibt mir direkt neue Tränen in die Augen und ich blinzle sie weg, weil mein Blick verschwimmt. Ich wünschte, ich hätte wenigstens ein paar Jahre mit dir gehabt. Allerdings weiß ich, dass ich anfangen muss, jetzt rational zu werden. Denn je mehr ich mich emotional darin verstricke, desto schwieriger wird es für uns beide. Ich muss irgendwie meinen Kopf dazu bringen, bei dir zu funktionieren, und mein Herz fürs Erste besänftigen und stilllegen. Sonst schaffen wir es nicht.

Es ist klar, dass du das machen musst. Es ist klar, dass es keinen anderen Weg gibt. Es ist klar, dass dein Vater es bestimmt hat – ich hasse ihn übrigens –, und es ist klar, dass ich absolut nichts dagegen tun kann, ebenso wenig wie du. Also muss ich anfangen, es zu akzeptieren. Genau, wie ich akzeptiert habe, dass Dad nicht mein Dad ist, aber trotzdem immer mein Dad sein wird; dass du nicht mein Mann bist, aber dein Herz mir immer gehören wird. Das hast du gesagt und du lügst mich nicht an. Oder?

Ich muss einfach verstehen, dass sich an unseren Gefühlen nichts ändern wird. Wahrscheinlich werde ich es nur mit der Zeit schaffen. Das ist nichts, was ich mir einreden kann, ich muss es spüren und sehen. Dann glaube ich es. Dann kann ich auch stark sein und an uns festhalten, bis du wieder zu mir zurückkommst.

* * *

Ich glaube, ich sitze tatsächlich fünf Stunden in diesem Bus. Irgendwann haben wir die chicagoer Grenze hinter uns gelassen. Ich bin müde geworden, aber ich habe mir verboten, ganz einzuschlafen, weil Dad sonst wieder ausflippt, dass ich sonst wo bin und er mich einsammeln muss.

Als der Fahrer die Endstation ansagt, bemerke ich, dass ich bis Detroit gefahren bin. Das ist nicht gut. Dad wird mich killen. Detroit ist gefährlich. Detroit ist Dads No-Go Nummer eins auf seiner No-Go-Liste. Es ist bereits viertel nach drei am Nachmittag und noch denken alle, ich sei in der Schule, die heute bis vier Uhr geht. Bis ich wieder zu Hause bin, wird es neun sein.

Fuck, wieso träume ich auch immer so viel vor mich hin?

Aber ich habe das gebraucht und jetzt geht es mir besser. Ich weiß, was zu tun ist. Wir kriegen das schon irgendwie hin. Das sagt mein Bruder immer zu dir, zu Zayden, zu Rosalie oder Sophia. Ja. Wir kriegen das hin, Ilian. Ich versuche einfach, daran zu glauben und ruhig zu bleiben.

Der Bus wird langsamer und ich ziehe die Kopfhörer aus meinen Ohren und stopfe sie in meine Tasche, bevor ich mich strecke, wobei mein Nacken und mein Rücken knacken, weil ich mich die letzten Stunden nur mäßig bewegt habe und immer wieder eingenickt bin. Der Bus ist wieder leer. Nur ein Typ mit Rastas und einer Tüte voll mit leeren Flaschen, die er wahrscheinlich zum Recyceln bringen will, sitzt ganz vorn. Er hat Kopfhörer auf und nickt im Takt seiner Musik.

Ich stehe auf und schlüpfe in meinen Mantel, ehe ich mir noch ein paarmal durch das Haar fahre und den Schal aus meiner Tasche nehme. Ich binde ihn mir um, sodass meine Haare dazwischen eingeklemmt sind, und schultere meine Tasche.

Die Druckluft wird hörbar ausgeglichen, als der Bus hält, und die eisige Luft von draußen strömt durch die geöffneten Türen herein. Ich checke kurz mein Handy. Keine Anrufe. Du weißt, dass ich klarkomme, und wenn nicht, bist du der Erste, den ich kontaktiere. Wie immer. Ob ich das wohl auch noch kann, wenn du mit ihr verheiratet bist? Wirst du eigentlich mit ihr schlafen? Der Gedanke, die bloße Vorstellung, dass du mit ihr tun könntest, was du mit mir tust, treibt mir die Übelkeit in den Magen. Ich versuche krampfhaft, nicht darüber nachzudenken. Nicht jetzt. Noch ist es nicht so weit.

Das alles kommt mir in den Sinn, während ich zum Ausgang gehe, durch den der Typ gerade verschwindet und dem Busfahrer noch ein Peace-Zeichen mit den Fingern formt. Dann schüttle ich den Gedanken noch vehementer ab, weil ich mich konzentrieren muss.

Es ist eisig kalt, hier drüben noch schlimmer. Langsam zieht der Himmel sich immer weiter zu, weswegen es dunkler wird. Der Busbahnhof ist überdacht und voll. Die Massen drängen sich an mir vorbei. Ich schlängle mir einen Weg hindurch und tauche hinter dem Bus wieder auf. Die Autos haben bereits ihre Scheinwerfer eingeschaltet, die die nasse, schmutzige Straße beleuchten. Hier stinkt es nach Gulli und überall liegt Müll. Die Straßenlaternen sind teilweise zerschlagen und in der Ferne höre ich eine Polizeisirene. Die Autos müssen hinter dem Bus warten, weshalb ich schnell die Straße überquere, da ich auf der entgegengesetzten Seite zurückfahren muss. Ich sehe einen kleinen Imbiss hinter der Haltestelle und bemerke, dass ich echt Hunger habe.

Die orangefarbenen Plastikmülleimer, die an den Ampeln befestigt sind, sind vollgestopft, und die Säulen der Laternen mit Flyern und Stickern beklebt. Hier laufen ein paar zwielichtige Gestalten herum, doch ich sehe niemandem ins Gesicht. Dad hat mir gesagt, dass ich mich in solchen Situationen unsichtbar machen soll.

Während ich über den zerschlagenen Asphalt Richtung Imbiss gehe, knöpfe ich meinen Mantel zu. Ich will mich hier keinem anbieten, ehrlich nicht. Ein besoffener Typ mit schwarzem Hoodie und Kapuze über den Augen torkelt mir entgegen und ich weiche ihm mit einem Ausfallschritt aus. Ich werde ihm sicher keine Gelegenheit bieten, mich zu bestehlen. Hier muss man echt auf seinen Arsch aufpassen.

Ein paar Prostituierte lachen ein paar Meter weiter und mustern mich abfällig. Sie mögen keine Frauen, auch das hat Dad mir gesagt. Und Mom hat es mir mit einem Todesblick zu Dad bestätigt.

An dem Imbiss angekommen, wo es nach Bratfett riecht, stelle ich mich auf die Zehenspitzen, um über die Theke sehen zu können. Ich hätte erstmal nachschauen sollen, wann mein Bus kommt, aber ich werde mir jetzt was zu essen kaufen, wenn ich schon mal hier bin.

Der Verkäufer mustert mich fragend. »Eine mittlere Pommes mit Ketchup, Mayo und Senf«, bestelle ich die weltseltsamste Kombination. Das sagst zumindest du. Aber hast du mal Senf mit Ketchup und Mayo probiert? Das schmeckt mit den richtigen Pommes echt gut.

Ich krame fünf Dollar aus meiner Manteltasche und schiebe sie über den Tresen. Der Verkäufer nimmt sie entgegen und macht sich ans Werk. Er taucht die Pommes in das Frittierfett, woraufhin es zischt, bevor er mir die fünfzig Cent Rückgeld gibt, die ich in seine Trinkgeldbüchse schmeiße. Er bedankt sich mit zwei erhobenen Fingern.

Seufzend lasse ich mich auf die Fersen sinken, drehe mich um und lehne meinen Rücken an den Imbisswagen, wobei ich an dem kleinen Siegelring mit dem CC an meinem Ringfinger drehe. Es sind so viele Leute unterwegs, ein einziges Gemisch aus Farben, Nationalitäten und Sprachen. Der Schnee hier ist zu dreckigem Matsch verkommen, der den Passanten an den Schuhen klebt. Der Geruch des Bratfettes steigt immer weiter in meine Nase.

Eine Papiertüte mit Pommes taucht vor meinem Gesicht auf, weshalb ich zusammenzucke. »Bitte«, sagt der Verkäufer leicht zweifelnd. Ich wirble zu ihm herum und nehme sie ihm ab. Er versteht das mit dem Senf wohl nicht. Auch gut.

»Danke schön.« Ich greife noch nach einer roten Plastikgabel, dann schiebe ich mir eine Pommes in den Mund, während ich zu der Haltestelle zurückspaziere. Auf der anderen Straßenseite blinkt in Blau und Grün: »WE'RE OPEN!« Und daneben in Pink: »AMERICAS BEST CUPCAKES. MAKE AMERICA GREAT AGAIN!« Diese grellen Farben tun mir in den Augen weh und dieser Spruch ist dämlich. Egal, wer ihn sagt.

Über den verschiedenen Haltestellen steht auf Anzeigetafeln, wann und wohin der nächste Bus fährt. In fünf Minuten kommt einer, der direkt die chicagoer Innenstadt ansteuert. Da müsste ich dann umsteigen, um zu unserem Anwesen zu kommen. Zu Sergios und unserem Haus gelangt man nicht so leicht, wenn man kein Auto besitzt. Oder man läuft eben den weiten Waldweg von der Haltestelle hoch. Ich könnte auch einfach dich anrufen und du holst mich in der Stadt ab.

Ich schiebe mir noch eine Pommes in den Mund und balanciere auf dem Bordstein. Die Haltestelle ist eine der hinteren, wo der Verkehr nicht so dicht ist und nicht so viele Menschen unterwegs sind. Wieder pfeift der kalte Wind um meine Ohren, in denen es schon wehtut.

Meine Boots versinken im Schneematsch, während ich einen Fuß vor den anderen setze, um das Gleichgewicht auf dem Bordsteinrand nicht zu verlieren. Ich hasse Natalia Wolkov. Ich hasse sie und ich hasse deinen Vater. Das ist alles, woran ich gerade denken kann.

Wieder schiebe ich mir ein paar Pommes in den Mund und kaue langsam, als rechts neben mir sich eine Neonreklame im schwarzen Lack eines Autos spiegelt, das eben noch nicht da war. Ich sehe aus dem Augenwinkel nach rechts. Es fährt in Schrittgeschwindigkeit direkt neben mir, weshalb ich stocke. Die Pommes in der einen Hand, die Gabel in der anderen.

Instinktiv weiche ich einen Schritt zurück. Es ist nie gut, wenn ein Auto mit getönten Scheiben in Schrittgeschwindigkeit neben einem herfährt. Und das auch noch in dieser Gegend, hier hinten, wo so gut wie niemand ist.

Wirklich nicht.

Und schon gar nicht, wenn es ein Audi ist.

Der Wagen hält, als ich stehen bleibe. Mein Herz fängt an zu rasen. Oh mein Gott, jemand will mich entführen. Jemand hat rausgefunden, wer ich bin, und wie viel Lösegeld ich einbringe. Fuck. Okay. Wo. Ist. Mein. Handy?

Es ist in meiner Tasche.

Keine ruckartigen Bewegungen jetzt. Er könnte mich anschießen.

Ich mache noch einen vorsichtigen Schritt nach hinten und die Scheibe des Beifahrerfensters senkt sich langsam, weshalb mein Herz kurz aussetzt.

Fuck. Fuck. Fuck.

Ich erstarre völlig, und statt wegzurennen, sehe ich auch noch wie ein Trottel gebannt ins Auto. Es dauert fünf Atemzüge, die immer schwerer über meine Lippen kommen, dann beugt der Mann hinter dem Steuer sich vor. Meine Kehle wird trocken, während kalter Schweiß in meinem Nacken ausbricht.

Eine männliche, raue und leise Stimme spricht zu mir. »Hi, Tesoro.« Und alles in mir sackt nach unten, weil ich diese Stimme kenne. Die Alarmglocken in meinem Kopf schrillen. Das kann nicht sein, das ist unmöglich.

Ich trete total wie in Trance etwas näher, obwohl ich das nicht tun sollte, beuge mich langsam vor und sehe in eisblaue Augen.

Meine Augen.

Die Augen meines leiblichen Vaters.

27. Donovan de Luca, Ilian

XX

Catalina

Ich war noch nie in meinem Leben so kurz davor, in Ohnmacht zu fallen. Die Pommes fallen mir aus der Hand, gefolgt von der Gabel, während ich in der Eiseskälte auf dem Bordstein stehe und mit offenem Mund in den schwarzen Wagen starre.

Mein Gehirn will einfach nicht begreifen, was ich da sehe. Das kann unmöglich sein. Er ist doch tot. Ich dachte, er wäre tot. Er wurde auf Zaydens Hochzeit in der Unterführung zum Bahnhof erschossen. Ich war in der Gruft mit Sergio. Da stand sein Name. Da stand Donovan Jacob de Luca. Inklusive *Todesdatum*.

Und jetzt sitzt er vor mir in dem Audi auf dem schwarzen Ledersitz und betrachtet mich stirnrunzelnd, als wäre *ich* hier diejenige, die von den Toten auferstanden ist.

Mein Herz rast.

Meine Gedanken kreisen.

Ich verstehe das nicht und mir wird schlecht.

Ich kriege meinen Mund nicht mehr zu und traue mich nicht, zu blinzeln, weshalb meine Augen ganz trocken werden und zu brennen beginnen.

»Steig ein«, fordert er völlig gelassen und ich ziehe meine Brauen zusammen. Das ist tatsächlich *seine* Stimme. Ich habe sie gerade erst auf dem Video gehört. Mom hat mir erst alles über ihn erzählt. Und jetzt sitzt er vor mir. Ich verstehe das nicht.

»Catalina. Beweg dich«, sagt er nun mit etwas Nachdruck.

Mein erster Impuls ist es, wegzurennen und auf keinen Fall in dieses Auto zu steigen, denn Donovan de Luca ist tot. Tot. Das hier ist bestimmt nur ein billiger Trick. Das kann nicht sein. Es ist unmöglich.

Ich bemerke erst, als ich keuchend atme, dass ich die Luft angehalten habe. Mir wird schwindelig und meine Sicht trübt sich, weshalb ich ein paarmal blinzeln muss.

Er seufzt. Dann öffnet er seine Tür, steigt aus und umrundet den Wagen. Ich reiße die Augen auf, weil er mich um zwei Köpfe überragt, und sehe langsam an ihm hoch. Über die schwarze Jeans, den dunkelbraunen Ledergürtel und den schwarzen Pullover mit V-Ausschnitt. Den offen stehenden Mantel. Die goldene Kreuzkette, die zwischen seinen Schlüsselbeinknochen liegt. Den markanten, perfekt rasierten Kiefer. Derselbe Mund, der auf dem Video zu mir gesprochen hat. Dieselbe kerzengerade Nase. Und diese zweifelnden und gleichzeitig belustigt funkelnden, eisblauen

Augen. Der schwarze Schal, den er sich um den Nacken gelegt hat, weht in meine Richtung, als ein starker Wind geht. Sein Duft zieht in meine Nase. Ein paar Schneeflocken verfangen sich in seinen dunkelbraunen, dichten Haaren. Ich kenne diesen Duft. Mein Magen verkrampft sich, Punkte tanzen vor meinen Augen.

»Fällst du jetzt um?«, fragt er etwas alarmiert und in dem Moment passiert es tatsächlich. Meine Lider flattern, meine Augen verdrehen sich nach oben, der Schwindel übermannt mich völlig und ich kippe weg, spüre aber noch, wie er nach mir greift und mich auffängt, wobei er auf Italienisch flucht.

Dann ist erstmal alles schwarz.

* * *

Mein Hintern ist echt verdammt warm. Als würde ich auf glühenden Kohlen sitzen. Das ist das Erste, was mir auffällt. Ich ziehe die Augenbrauen zusammen. Ich bin in einem Auto. Die Sitzheizung ist eingeschaltet. Ein Duft strömt unentwegt in meine Nase, der vertraut und doch fremd ist.

Eisblaue Augen blitzen durch meinen Geist und ich reiße meine mit einem Ruck auf. Ich lasse meinen Kopf sofort nach links schnellen, als mir einfällt, was eben passiert ist, bevor ich das Bewusstsein verloren habe, weil mein sonst so logischer Verstand restlos überfordert war.

Da ist er.

Ich habe nicht geträumt.

Donovan de Luca sitzt neben mir und steuert seinen Audi mit drei Fingern seiner aufgestützten, linken Hand. Seine rechte liegt locker in seinem Schoß. Der Siegelring mit dem XX, den Sergio auch trägt, blitzt im Licht der einfallenden

Straßenlaternen. Draußen ist es noch etwas dunkler geworden.

Ich bin umgekippt. Das ist mir noch nie passiert. Und jetzt bin ich atemlos.

»Da unten liegt Wasser«, informiert er mich und ich ziehe den Kopf erschrocken zurück, weil er *spricht*. Dann taste ich, ohne von ihm wegzusehen, nach der grünen Pellegrino-Flasche und ziehe sie in meinen Schoß, bevor ich sie langsam aufschraube.

Oh mein Gott, das wird mir niemand glauben.

Er lebt.

Oder lebt er doch nicht?

Ist das hier einer meiner irren Träume, während ich schlafwandle, oder sitze ich noch im Bus?

»Hast du Hunger?«, fragt er und wieder rucke ich meinen Kopf erschrocken zurück. Ich fühle mich wie ein Reh und er ist der Jäger mit der Flinte in der Hand. »Du konntest ja deine Pommes nicht aufessen.«

Ich hatte Pommes. Stimmt. Ich stand an der Bushaltestelle. In Detroit. Da waren dieser Hippie mit den Pfandflaschen und die lachenden Prostituierten und der zweifelnde Imbissverkäufer. Und er.

Ich trinke etwas von dem Wasser, das in meinem Rachen prickelt, dann schließe ich die Flasche wieder und schaue kurz raus, um herauszufinden, was hier vor sich geht, wo ich bin, ob ich wach bin oder träume, und was zum Teufel in meinem Gehirn falsch läuft. Wir verlassen gerade Detroit. Da bin ich ausgestiegen. Da war dieser *Imbissverkäufer*.

Und dann war da Donovan den Luca, der *Hi, Tesoro!* gesagt hat.

Ilian, bitte wecke mich jetzt auf, ich kann nicht mehr. Ich bin so überfordert!

Mein Handy!

Ich brauche mein Handy.

Mit einem Ruck ziehe ich meine Tasche vom Rücksitz und krame es raus. Dad hat angerufen, denn ich sollte seit einer halben Stunde zu Hause sein. Du hast dich auch gemeldet, wahrscheinlich, um mich zu warnen. Das Bedürfnis habe ich auch, Ilian. Hier stimmt was nicht. Donovan de Luca sitzt neben mir. Ich sehe kritisch aus dem Augenwinkel zu ihm und dann schnell wieder nach vorn.

Aber mein Handy ist noch da. Also ist er kein irrer Psychopath, der sich als Donovan de Luca ausgibt, mein Handy klaut und mich in einer Lagerhalle festhält, bevor er mich an einen Stuhl bindet und Sergio anruft, um eine Million zu verlangen, um …

»Willst du auch mal was sagen?«, fragt er mich jetzt interessiert und gibt Gas, als wir auf den Highway fahren, weshalb er meine Gedanken unterbricht. Das mag ich nicht.

Ich schüttle ganz langsam meinen Kopf. Ich *kann* nicht.

»Also willst du dich nicht vergewissern, ob ich wirklich ich bin?«, erkundigt er sich nun weiter. Er spricht leise und so gelassen.

Das sollte ich möglicherweise tun! *Das ist eine echt gute Idee, Fake-Donovan-de-Luca.* Ich halte immer noch mein Handy in der Hand, während ich ihn mit zusammengezogenen Brauen mustere.

Er wendet mir den Blick kurz zu. »Ja?«

Ich öffne den Mund, um etwas zu sagen, aber kein Ton verlässt meine Lippen. So hat Dad mir das nicht beigebracht.

Wirklich nicht. Aber es ist, als hätte mir jemand die Stimmbänder durchgeschnitten. Ich kann einfach nicht.

»Okay, dann machen wir es einfach so«, murmelt er vor sich hin und ich werde noch etwas skeptischer. Wie machen wir es denn? »Als ich dir bei deiner Kommunion deine Kette umgelegt habe, habe ich noch unter dein Kinn getippt und dir gesagt: *Immer hochhalten, Tesoro.*«

Das stimmt. Das ist keine Lüge. Ich verkrampfe meine Finger um das Handy.

»Bei deiner Einschulung habe ich mich für das Foto, das jedes Jahr mit mir und den Erstklässlern gemacht wird, neben dich gestellt und dir *Ameisenkacke* zugemurmelt, damit du lachst.«

Das stimmt. Ich habe gelacht. Sehr. Ich verkrampfe meine Finger noch etwas mehr. Das kann einfach nicht möglich sein.

»Als du dir mit zwölf beim Fahrradfahren den Arm gebrochen hast, war ich nicht zufällig im Krankenhaus, so, wie ich es dir erzählt habe. Ich hatte auch diese riesige Süßigkeitentüte nicht zufällig dabei. Ich war wegen dir da.«

Ich erinnere mich an die Tüte. Ich habe sie nie vergessen.

Fuck, wie kann das sein?

»Brauchst du mehr Beweise?«

Ich lasse meinen Blick über ihn schweifen und denke darüber nach, ob ich ihm glauben kann. Also mein rationales Ich ist mehr als skeptisch. Diese Seite braucht Beweise. Zum Beispiel, wenn man seinen Sarg öffnen würde, der sich als leer erweist. Und einen DNA-Test, der aber von meinem Onkel persönlich durchgeführt werden müsste, weil ich nur ihm vertraue und keinen Ärzten.

»Willst du meine Tätowierung sehen?«, fragt er weiter, als er den Zweifel in meinem Gesicht bemerkt, und ich nicke langsam. *Das ist auch eine gute Idee, Fake-Donovan-de-Luca.* Er meint sein Familienemblem, das sich in dieser Welt jeder tätowiert, um seine Zugehörigkeit zu demonstrieren. Mein CC ist am Rippenbogen. Fake-Donovan hebt seinen Pullover und zeigt mir seine rechte Seite.

Da ist es.

Sein XX ist genau da, wo mein CC sitzt. Es ist schon etwas verblasst, aber immer noch vorhanden. Deutlich unter die Haut gestochen.

Ich atme mit einem Stoß aus und streiche mir über das Gesicht, bevor ich bemerke, wie fucking heiß mir ist. Also reiße ich den Schal von meinem Hals und befreie meine Haare aus dem Kragen, ohne den Blick von ihm zu nehmen, während er seinen Pullover wieder sinken lässt.

»Noch mehr Beweise?«, erkundigt er sich. Ich glaube, jetzt habe ich genug gesehen und genug gehört.

Er ist gar nicht tot, Ilian. Er sitzt hier neben mir. Er ist kein Fake.

Diese Erkenntnis sickert nur sehr, sehr langsam in meinen Kopf, und als sie einrastet, sinken meine Schultern mit einem Ruck und ich atme gepresst aus.

Das ist unmöglich und unglaublich.

Ich kann den Blick nicht von seinem Gesicht nehmen und fühle mich, als würde ich die schwerste Matheaufgabe der Welt lösen.

»An der nächsten Ausfahrt gibt es ein Diner«, meine ich monoton und immer noch auf der Hut, bereit, sofort aus dem

Auto zu springen, wenn es sein muss. Auch bei über hundert Meilen die Stunde. Oder zweihundert.

»Gut«, erwidert er und liefert mir damit den letzten Beweis, dass er es ist. Er hat dieses Wort damals ständig gesagt. Ich habe es immer gehört, wenn er in der Nähe war. Und Sergio nutzt es auch oft. *Oh Gott, Sergio*. Er wird ausflippen, was ich nachvollziehen kann. Oh scheiße, wenn ich an meinen Bruder denke, verkrampft sich mein Magen. Er hatte also doch recht. Er hat ein paarmal geäußert, dass er glaubt, sein Vater würde noch leben. Und jetzt stellt sich raus, dass er recht hatte. Ich weiß nicht, wie ich das finde, Ilian. Ich weiß nicht, was mit meiner Familie wird, wenn er zurück ist. Irgendwie habe ich ein schlechtes Gefühl dabei.

Oh fuck, was passiert hier?

»Okay, ich muss kurz zu Hause anrufen«, informiere ich ihn immer noch fassungslos, bevor ich mein Handy entsperre und das Hintergrundbild von uns beiden aufleuchtet.

»Warte noch«, hält er mich auf und ich hebe den Blick.

»Ich muss wenigstens Bescheid sagen, dass es mir gut geht. Keiner weiß, dass ich unterwegs bin«, erkläre ich.

»Okay«, seufzt er. Ich werde schon nicht verraten, dass ich mit diesem Geist hier sitze. Das würde mir sowieso keiner glauben, wenn ich kein Selfie von uns beiden schicke.

Meine Finger sind etwas schwitzig, als ich mein Telefonbuch öffne und Dad zurückrufe. Ich halte mir das Handy an mein Ohr, die Augen immer noch auf das perfekte Profil des Mannes neben mir geheftet.

»Ja?«, hebt Dad nach dem zweiten Klingeln gestresst ab.

»Ich bin's, Dad.« Ich räuspere mich, damit er keinen Verdacht schöpft, dass es mir irgendwie nicht gut geht.

»Fuck, wo bist du?«, fragt er atemlos und ich selbst atme tief durch. Gott, wie wird das für ihn, wenn jetzt Donovan de Luca, der ja mein Vater ist, wieder in die Stadt kommt? Hat er überhaupt vor, zurückzukehren? Und welchen Einfluss wird das auf Dad, Mom, Sergio, Rosalie, Zayden, mich oder dich haben? Wieso wird mir jetzt wieder schlecht?

»Ich bin Bus gefahren und eingeschlafen. Bin aber schon auf dem Rückweg, keine Sorge«, meine ich schnell. Ich fühle mich nicht schlecht, dass ich ihm das verheimliche oder ihn belüge, denn ich werde ihm die Tatsache, dass Donovan de Luca noch lebt, sicher nicht am Telefon hinknallen. Es ist sowieso schon ein sensibles Thema und ich werde Dads Blutdruck jetzt nicht unnötig erhöhen, weil ich ihm unbedingt erzählen muss, mit wem ich im Auto sitze. Er würde durchdrehen. Besser wäre es, wenn er es einfach selbst sieht und dieser Donovan-Vater sich erklärt.

»Oh, scheiße, Prinzessin. Du sollst doch nicht immer im Bus einschlafen!« Er seufzt schwer und ich nicke zustimmend.

»Ja, ich weiß. Es tut mir leid. Ich bin in …« Ich lasse meinen Blick fragend zu dem Mann neben mir schweifen, der mir eine Vier mit den Fingern deutet. »So in vier Stunden zu Hause.«

»Ernsthaft?«, fragt Dad genervt.

»Ich bin bis Detroit gefahren«, murmle ich kleinlaut.

»FUCK, WAS?«, blafft er jetzt.

»Ja, ich bin eingeschlafen. Es tut mir leid, ich liebe dich!«, erwidere ich.

»Detroit ist voller kapuzentragender Hip-Hop-Vergewaltiger.«

»Du hast Vorurteile«, tadle ich ihn, weil er mir immer sagt, ich solle keine haben.

»JA! Wenn es um dich geht, schon!«

Ich hebe einen Mundwinkel. »Es geht mir gut, Dad.« Er brummt was in sich hinein. »Ich bin in ungefähr vier Stunden da. Dann kannst du mich bestrafen, wie du willst.«

»OKAY! Das werde ich!«, blafft er und ich muss lachen. »Wenn nicht, dann hole ich dich, wo auch immer du bist.« Das klingt wie eine Drohung, dabei liebe ich es, mit ihm Auto zu fahren. Mit ihm macht alles Spaß. Wir gehen dann immer zum Fastfoodessen, ins Kino, kaufen uns diese leckere Limonade, die es nur im Sommer am Stand an der Highwayauffahrt gibt, oder putzen das Auto zusammen, wobei Dad mich jedes Mal nass spritzt und sich totlacht. Ich habe ihn schon mal eingeschäumt. Da hat er nicht mehr gelacht und sein Auto wütend nur noch in Jeans fertiggeputzt. Deshalb standen ein paar sabbernde Frauen und Verkäuferinnen aus dem Drugstore nebenan. Ich habe Mom ein Bild davon geschickt und sie ist völlig ausgeflippt.

»Okay. Bis gleich«, meine ich lächelnd.

»Bis *gleich*!«, schnaubt er spöttisch, und bevor er auflegt, höre ich ihn noch: »Bis gleich, Isabelle. Sie ist in Detroit, Isabelle«, murmeln.

Ich nehme das Handy von meinem Ohr und schreibe dir schnell, dass bei mir alles okay ist und ich auf dem Heimweg bin, dann stecke ich es weg und hebe den Blick zu dem perfekten Mann neben mir, der starr nach vorn sieht.

»Okay«, meine ich jetzt leise und wende mich ihm zu. Es bringt ja nichts, zu verdrängen, dass er da ist. Er sitzt ganz offensichtlich hinter dem Steuer des Autos, in dem ich mich auch befinde, und ist nicht tot.

»Okay«, sagt auch er. Irgendwas an ihm schüchtert mich echt ein. Ich kann es nicht so wirklich zuordnen. Ich schätze, es ist seine Aura und die Autorität, die er ausstrahlt. »Was willst du wissen?«

»Wo kommst du her?«, platzt es als Erstes völlig erstaunt aus mir heraus, während ich ihn immer noch verstört betrachte.

»Aus Washington. Da war ich die letzten Monate«, antwortet er gelassen. Ich runzle meine Stirn und frage jetzt nicht, wieso er da war. Mich interessiert, wieso er nicht *in Chicago* war. Wieso er gegangen ist. Und was hier eigentlich gespielt wird. Wieso er ausgerechnet jetzt auftaucht und was er vorhat.

»Wir dachten, du bist tot«, meine ich verwirrt.

»Ich war auch fast tot«, erklärt er freimütig und überholt einen Mercedes über die linke Spur. »Aber ich habe es nochmal geschafft.«

Das überdenke ich kurz. Also stimmt die Geschichte, er ist eben nur nicht gestorben.

»Also hat jemand auf dich geschossen, aber du bist nicht daran gestorben«, spreche ich meine Gedanken laut und mehr für mich selbst aus, um zu verstehen. Um das alles nachvollziehen zu können, aber das tue ich nicht.

»Richtig«, antwortet er immer noch so ruhig und schiebt sich wieder auf die mittlere Spur. Die Scheinwerfer der anderen Autos blenden und ich ziehe meinen Mantel aus, weil es echt warm hier drin ist, bevor ich meine Sitzheizung abstelle und die Ärmel meiner Bluse hochkremple. Ich trage immer noch meine fucking Schuluniform.

»Ich verstehe das trotzdem nicht«, flüstere ich mehr zu mir.

Er sieht nach vorn. »Die Kugel, die mich getroffen hat, hat mein Herz knapp verfehlt, und Giovanni, den du ja kennst, hat mich in ein Krankenhaus gebracht. Ich habe alles unter Verschluss gehalten und einen falschen Namen verwendet. Denn ich habe mich dazu entschlossen, deiner Mutter die einzige Freiheit zu geben, die sie haben kann. Und dafür musste ich sterben.«

Ich starre ihn immer noch an, ich kann nicht anders. Er lebt. Sein Herz schlägt, er atmet und er redet mit mir. Ich bin total perplex. Er war doch gar nicht mit meiner Mutter zusammen, wieso musste er ihr die Freiheit geben?

»Was heißt das?«, frage ich konfus.

Schwer seufzt er und sieht weiterhin stur nach vorn, wobei er einen LKW überholt. »Das heißt, dass ich nie aufgehört habe, deine Mutter zu lieben, und dass ich ziemlich radikal werden kann, wenn es um sie geht. Dass ich dazu neige, Fehler zu machen, wenn es um sie geht. Und ich war kurz davor, den größten Fehler meines Lebens zu begehen, sie mir einfach zu nehmen und nach Italien zu verschleppen. Mir ist klargeworden, dass das immer wieder passieren würde. Dass ich immer wieder rückfällig werden würde. Somit blieb mir keine andere Wahl, als zu gehen. Vorerst.«

Langsam nicke ich und versuche einfach nur, mich darauf zu konzentrieren, was er sagt. Nicht darauf, dass er lebt und eigentlich tot sein sollte. »Und jetzt besteht keine Gefahr mehr?«, hake ich nach, denn dass er gegangen ist, ist knappe drei Jahre her. Ich frage mich, ob das gereicht hat, um nicht mehr radikal zu sein und meine Familie zu zerstören.

»Jetzt gibt es andere Dinge, die wichtiger sind.« Ich erkundige mich jetzt nicht, was das für Dinge sind. Erstmal muss ich andere Dinge erfahren und meinen Kopf ordnen. Eins nach dem anderen, Catalina, das sagt Onkel Caden immer.

»Du warst also in Washington?«

»Washington, Chicago, hier und da.«

Ich sehe auch wieder nach vorn und lehne meinen Kopf an den Sitz. Hat er das gerade wirklich gesagt? Ich glaube, ich falle gleich wieder in Ohnmacht. »Chicago?«, flüstere ich entsetzt.

»Ab und zu. Giovanni und meine Anwälte waren die Einzigen, die wussten, dass ich noch lebe. Giovanni hatte den Auftrag, auf Sergio aufzupassen, mich über alles zu informieren. Ich wusste immer, wo du bist und was du tust, auch die letzten Jahre, und Sergios Entscheidungen habe ich auf diesem Weg kontrolliert, da Giovanni sein engster Vertrauter und Berater ist. Mein Sohn ahnt ohnehin, dass ich noch lebe, und meine Tochter weiß jetzt, woher sie kommt. Außerdem haben sich ein paar andere Dinge geändert und ich kann mich nicht mehr fernhalten.« Ich überlege wieder, was genau er meint, aber auch das frage ich ihn erstmal nicht.

Ich falte meine Hände wie zum Gebet und starre in den inzwischen sternenklaren Himmel, bevor ich anfange, mit meinem Kreuz zu spielen, weil ich nervös werde. Ich kann das alles nicht glauben. Ein kleiner Teil von mir denkt immer noch, dass es nicht real ist. Außerdem bin ich irgendwie echt … *sauer*. Das fällt mir erst jetzt auf, da ich mich langsam von dem Schock erhole. Ich bin sauer. Denn, als er gegangen ist, hat mein Bruder eine Verantwortung übernehmen müssen, die ihn von uns allen entfernt hat. Er fehlt mir. Mit seinem Fortgang hat er Sergio und Rosalie getrennt. Er hat meinen Bruder leiden lassen. Er hat so gelitten. Alle haben so gelitten. Und jetzt sitzt er hier neben mir und sagt mir, dass er nur mal eben ein paar Jahre wegmusste, weil er zu gefährlich für Mom war.

Ich atme tief durch. Zwei Mal, um mich ein bisschen zu zusammenzureißen. Meine Mutter sagt, dass ich es wegatmen soll, wenn mich meine Wut zu sehr überwältigt, weil ich sonst nicht klar denken kann.

»Okay.« Ich fahre mir über das Gesicht und lehne mich etwas tiefer in den Sitz. Meine Glieder tun weh, der Schock sitzt immer noch tief. Ich habe Angst davor, was jetzt auf uns alle zukommt, denn ich bin nicht so dumm, zu glauben, dass er zufällig ausgerechnet jetzt nach Chicago zurückkehrt. Da steckt mehr dahinter als die Tatsache, dass ich jetzt weiß, wer er ist.

»Und wer hat auf dich geschossen?«, frage ich ihn nun, ohne ihn anzusehen. Ich habe Kopfschmerzen, Ilian. Mein Gehirn explodiert gleich und quillt aus meinen Ohren.

»Jemand aus einer anderen Familie«, meint er ausweichend und ich belasse es erstmal dabei. Dabei ist es eine sehr unbefriedigende Antwort, aber gut.

Ich starre an die Autodecke. »Du warst also in Washington?«, erkundige ich mich etwas erschöpft. Wieso ist mein Leben so verrückt?

»Ja.«

Ich drehe mich wieder zu ihm um und lassen meine Augen von seinen Händen über seine muskulösen Arme in sein Gesicht gleiten. Auch er trägt keinen Mantel mehr. Wahrscheinlich hat er ihn ausgezogen, als ich bewusstlos war.

»Du hast also alle zurückgelassen und bist gegangen«, schlussfolgere ich mehr für mich.

Er runzelt leicht die Stirn. »Ja.«

Ich nicke ein bisschen verwundert. »Okay.«

Er sieht mich an. »Ich weiß, was du jetzt denkst. Aber es war für euch alle am besten so«, meint er sanft und ich massiere mir die pochende Stirn. Für Sergio war es der absolute Untergang. Und für Rosalie auch. Sie hat so gelitten, obwohl sie versucht hat, es nicht zu zeigen. Ich war noch zu jung, um ihr wirklich helfen zu können. Aber ich habe gehört, wie sie nächtelang geweint hat, und bin auch manchmal zu ihr ins Bett gekrabbelt. Auch, wenn ich schon vierzehn war. Sophia und ich haben uns einiges ausgedacht, um sie zum Lachen zu bringen. Das war am Anfang echt schwer.

»Ich verstehe«, murmle ich, aber das tue ich nicht. Kein bisschen. »Und du hast die ganze Zeit gesehen, was ich mache, sagst du? Wie?«, frage ich und überlege, ob in meinem Zimmer Wanzen versteckt sein könnten.

»Giovanni hat Kameras bei euch im Haus installiert. Auf die in deiner Schule und alle anderen öffentlichen chicagoer

Kameras konnte ich sowieso zugreifen. Und ich habe deinen Laptop gehackt und dein Handy«, erklärt er in aller Seelenruhe.

Ich werde mit jedem seiner Worte etwas blasser und denke angestrengt darüber nach, was ich auf meinem Handy habe, was ich alles schon an meinem Laptop gegoogelt habe und wie oft er offen stand, wenn du da warst, während Musik lief, oder eine Serie, die ich nicht gesehen habe, weil du auf mir warst. Und in mir. Ich denke daran, was wir in der Schule gemacht haben. Ich denke daran, wie oft meine Mom nur im Handtuch in meinem Zimmer war. Keine schöne Vorstellung, dass mein Vater das alles mitbekommen hat. Und ich denke darüber nach, wo im Haus die Kameras sind und ob er meine Mom heimlich beobachtet. Der Gedanke macht mich echt rasend. Ich überlege, was er von dem, was wir zwei in der letzten Woche so in der Schule getrieben haben, gesehen hat und rutsche ein bisschen tiefer in meinen Sitz.

»Das ist … *kriminell*«, meine ich total atemlos und apathisch, während ich darüber nachdenke, was meine restliche Familie so macht. In unserem Haus. Überall. Ständig. Zayden. Dad. Onkel Caden und Tante Alayna.

Er sieht mich etwas zweifelnd an, aber ich meide seinen Blick. Ich kann nicht mehr. Ich werde ihn mit diesem Wissen nie wieder ansehen können, ohne vor Scham im Boden zu versinken. Ich räuspere mich. »Du hast meine Familie beobachtet«, stelle ich fest.

»Nicht bei diesen Dingen, keine Sorge«, versichert er mir etwas zynisch. Also waren die Kameras im Grunde nutzlos für ihn, denn irgendein Paar treibt es immer in diesem Haus, ohne ein Geheimnis daraus zu machen. Die Frauen bei uns sind echt laut.

Danke, Mom. Danke, Tante Alayna. Danke, Rosalie, und – vor allem – danke, Irina! Ich hatte ein sehr sanftes Herantasten an Sex. Nicht.

Ob er wohl weiß, dass was zwischen dir und mir ist, und ein Problem damit hat?

»Wie oft hast du dir diese Aufnahmen angeschaut, als du weg warst?«, frage ich nun lauernd.

»Jeden einzelnen Tag«, meint er ruhig.

»Warst du da ganz alleine, wo auch immer du warst?«, erkundige ich mich jetzt, weil ich mir das einfach nicht vorstellen kann. Und damit meine ich nicht, ob Giovanni bei ihm war.

»Nicht immer«, antwortet er gelassen.

»Das ist alles so … falsch«, flüstere ich in mich hinein und er muss lachen. Oh mein Gott, er lacht. Er ist wirklich real. Ich weiß immer noch nicht, wie ich das finde.,

»Das hat deine Mutter auch ständig gesagt. Sie musste immer alles in Richtig und Falsch kategorisieren«, erinnert er sich und ich lächle ein bisschen. Ich mag es, wenn man mich mit Mom vergleicht. Sie ist eine der stärksten Frauen, die ich kenne. Ich schaue auf die Schilder am Highway. Wir kommen der Ausfahrt zum Diner immer näher und ich bemerke, dass ich echt hungrig bin, ganz zu schweigen von müde. Jetzt noch mehr durch den Adrenalinschub, der nach und nach abebbt.

»Wir werden bald in Chicago sein.«

Und so, wie er das sagt, klingt es nicht, als wäre das was Gutes. Zumindest nicht für uns, Ilian.

28. Der de Luca-Fluch, Ilian

XX

Catalina

Donovan de Luca tankt und schaut zu mir ins Auto, wobei ihn die roten Reklametafeln unheilvoll von hinten erleuchten, als wäre er der Teufel persönlich. Direkt aus der Hölle gekommen, um im Garten Eden ein wenig für Ärger zu sorgen.

Ich muss aus dem Auto raus. Meine Beine sind ganz steif, genau wie mein Rücken, weshalb ich den Gurt löse, die Tür öffne und aussteige. Die Fahrt mit dem Bus und dem Auto machen sich langsam bemerkbar. Das Schild über der Tankstelle zeigt, dass wir noch etwa hundertzehn Meilen vor uns haben. Ich werfe einen Blick auf die Uhr im Armaturenbrett. Es ist sieben Uhr abends. Ich reibe mir die Augen und ich streiche mir mit beiden Händen durch das wirre Haar.

Donovan de Luca ist mit dem Tanken fertig. »Abendessen?« Er nickt zu dem kleinen Diner. Ich bemerke wieder, was für einen Hunger ich habe und was für eine Espressolust. Ich nicke und er hängt den Zapfhahn ein.

»Geh schon mal rein.«

Ich kratze mir den Kopf und verwüste meine Haare dabei noch mehr, bevor ich mit halb geschlossenen Augen an ihm vorbeischlurfe. Dabei fällt mir nicht zum ersten Mal auf, wie groß er ist. Heilige Scheiße, er ist riesig. Das habe ich echt vergessen, aber ich bin auch echt müde und durcheinander. Außerdem sehne ich mich nach deinem Körper. Alles auf einmal.

Er sieht mir stirnrunzelnd hinterher, wie mir ein Blick über die Schulter verrät, als ich das Schnellrestaurant betrete und von einer total munteren Bedienung überfallen werde. Ich stütze mich mit beiden Händen an den Tresen und lehne mich vor, bevor ich die Speisen überblicke, wobei ich mit den Knien abwechselnd vor und zurück wippe.

»Ich hätte gerne einen Espresso. Die Pancakes mit Blaubeeren. Drei Donuts mit Schokolade und einmal *diesen* Riesenmuffin.« Ich deute auf die Leckerei hinter der Glasscheibe. Wehe, sie gibt mir einen anderen.

»Den gibt es aber nur noch mit Pfirsich.«

Ich muss lächeln, als ich an dich und deine Pfirsichliebe denke. Du isst ständig Sonnenblumenkerne oder Pfirsiche. »Pfirsich ist perfekt«, meine ich leise, bevor ich mir nochmal durch das Haar fahre.

Sie macht mir einen Espresso und schiebt ihn über den Tresen. »Setz dich, der Rest kommt gleich, Schätzchen«, sagt sie kaugummikauend und ich hoffe, sie hat dabei nicht in den Espresso gespuckt. Ehrlich. Da bin ich pingelig. Ich habe mal meinen Teller nicht geleert, weil Zayden am Tisch geniest hat – in eine völlig andere Richtung. Aber er hat geniest und das hat mir gereicht. Tante Alayna war genervt. Dad hat dann meine Reste gegessen. Happy End für alle.

Ich bedanke mich freundlich und gehe zu einem Tisch am Fenster, auf dem eine rotkarierte Tischdecke liegt.

Ich schütte etwas Zucker in meinen Espresso, bevor ich ihn in zwei Schlucken runterkippe, weil ich sonst echt einschlafe. Das Glöckchen bimmelt, als die Tür sich hinter mir öffnet, und ich sehe über die Schulter.

Donovan de Luca betritt den Raum, als würde der Diner ihm gehören. Vielleicht ist das so. Ich weiß es nicht. Ich stütze mein Kinn auf einen Handballen, bevor ich ihn genauer mustere. Er sieht mich auch kurz an und runzelt die Stirn. Mit einem Ellbogen lehnt er an dem Tresen und bestellt einen Espresso und die Pancakes mit Blaubeeren.

Ich tippe mit dem Finger gegen meine Unterlippe und frage mich, ob ich träume. Immer noch. Das ist alles so … surreal. Und er ist so perfekt. Perfekte Symmetrie. Perfekte Haltung. Perfekter Rücken. Perfekte Haut. Perfektes Lächeln. Perfektes Lachen.

Die Bedienung schmilzt förmlich vor ihm dahin und vergisst, den Espressoknopf zu drücken. Er erinnert sie sanft daran. Ich wette, mit diesem Lächeln kann er alles kriegen, was er will.

Er setzt sich mit seinem Espresso mir gegenüber. Mit einer hochgezogenen Augenbraue sieht er mich an, weil ich den Blick nicht von ihm nehmen kann, und schüttet etwas

Zucker in seine Tasse. Er müsste es doch gewohnt sein, angestarrt zu werden. Hat er sich mal angesehen?

Ich schmeiße meine Haare auf die andere Seite meiner Schulter und lehne jetzt meine Wange gegen meine Handfläche.

Er beobachtet mich ganz genau, bevor er seinen Espresso trinkt. Ich versuche, Ähnlichkeiten zu finden, und reibe meine Fingerspitzen selbstvergessen aneinander.

»Was ist deine Lieblingsfarbe?«, frage ich lauernd.

»Rot«, meint er mit gerunzelter Stirn. »Und deine?«

»Schwarz.« Ich tippe penetrant mit den Fingernägeln auf den Tisch, um seine Geduld zu testen. Mein Dad flippt nach zwanzig Sekunden aus und brüllt, wenn ich das mache.

Er sieht mich ungerührt an, während ich trommle. Geduldig also. Nicht aus der Ruhe zu bringen.

»Obwohl schwarz eigentlich keine Farbe ist. Lieblingsessen?«

»Pizza aus dem Steinofen meines Onkels«, sagt er ruhig und etwas rau. »Und deins?«

»Spaghetti mit Fleischklößchen von Tante Alayna.« Und nur von Tante Alayna. Keine italienische Küche ist so gut wie sie.

Er grinst schief. Wow. Ich habe noch nie so ein einnehmendes Lächeln gesehen. Bis auf deins, weil ich dich liebe.

Die Pancakes kommen. Es ist ein riesiger Haufen.

»Lieblingsland?«, erkundige ich mich und verteile Sirup auf meinen Pancakes.

Er zieht die Brauen zusammen, als würde er wissen wollen, ob ich das ernst meine. Ich nicke wissend, weil man

einen Italiener nicht nach seinem Lieblingsland fragen muss.
»Meins auch.«

Ich esse zwischendurch ein paar Blaubeeren, weil ich es nicht aushalte. Dann schneide ich die Pancakes in akkurate Quadrate, weil ich versuche, mit dem Kopf dabeizubleiben. Er schaut mir sehr interessiert dabei zu und spielt mit der Gabel. Ich lasse meinen Blick kurz zu seiner Hand schießen und ich merke mir das, denn ich habe so was bei ihm noch nicht gesehen. Ich habe nicht darauf geachtet. Ich habe auf gar nichts geachtet.

»Lieblingsschriftsteller?«, frage ich.

»Karl Marx. Deiner?« Seine Stimme klingt immer etwas rau und heiser, wie man sich den Paten der Paten eben so vorstellt. Ich muss über meine Gedanken grinsen und fange wie immer an, meine Pancakes von der Mitte nach außen zu essen, während er einen äußerst kultivierten Bissen von seinen nimmt.

»Jack London.«

Er grinst schief, während er kaut. Er hat so viel Stil, selbst beim Essen.

»Lieblingsschauspieler?«, bohre ich weiter.

»Anthony Hopkins. Robert de Nero. Und deiner?«

»Johnny Depp«, antworte ich. Er nickt und isst eine Blaubeere. Ja, der hat nicht so viel Stil wie seine beiden, aber er ist echt hübsch und ein echt guter Schauspieler.

»Lieblingssänger?«

»Leonard Cohen.«

»Ein Amerikaner?«, stichle ich, weil er ja so italienisch ist.

»Manchmal machen die Amerikaner auch was richtig.« So ein kleiner arroganter Italiener, dieser Donovan de Luca.

»Und deiner?« Er schmunzelt, als würde er meine Gedanken hören. Vielleicht sieht er sie mir auch an, weil ich sie nicht verstecke.

»Viele. Ich lege mich da nicht so fest«, meine ich.

»Also ein Fan der Vielfalt.«

»Nur was die Musik betrifft«, winke ich ab, weil, Ilian, *denk* nicht mal an Vielfalt, okay? »Du wurdest …« Ich sehe mich um und wispere weiter, weil ich hier keinem vertraue, man weiß ja nie. »*Beerdigt.*«

»Ich war nicht in dem Sarg. Offensichtlich.« Er nimmt einen Bissen. »Giovanni hat mich auch nicht irgendwo abgeladen und ich wurde auch nie gefunden. Das ist nur das, was alle glauben sollten. Die Menschen glauben manchmal am liebsten das, was sie glauben wollen. Wie leicht man ihnen weismachen konnte, dass der große Bösewicht fort ist.« Er lächelt etwas überheblich und isst weiter. Ich kenne dieses Lächeln von Sergio. Er nutzt es, wenn er besonders viel empfindet, aber nur wenig davon zeigen will. Ob das bei ihm auch so ist?

»Sergio war mit mir in der Gruft«, sage ich nachdenklich und esse noch etwas von den Pancakes. »Dein Name stand da.« Unzufrieden runzle ich die Stirn.

»Es sollte ja auch jeder denken, dass ich tot bin«, erwidert er geduldig und in seinen Augen flackert es etwas.

Ich schüttle leicht den Kopf und sehe runter auf meinen Teller. Das ist doch verrückt. Völlig irre. Das glaubt mir doch niemand. Ich glaube es mir nicht mal selbst.

Unsere Espressos kommen, die wir mit einem Nicken auf unsere leeren Tassen bestellt haben. Ich bedanke mich und starre in die schwarze Flüssigkeit. Momentan weiß ich nicht, wie ich damit umgehen soll, was hier gerade passiert. Ich blicke wieder auf und treffe auf seine blauen Augen, die mich durchdringend mustern, während er seinen Espresso trinkt.

»Ich hatte Glück mit meinem Zuhause. Mir ging es immer gut und ich wurde wie eine Prinzessin behandelt, war bestens versorgt, egal, worum es ging. Aber Sergio hatte es nie leicht. Vor allem nicht, nachdem du weg warst. Seitdem hat er sich verändert und ich denke nicht, dass er glücklich damit ist.«

»Das sind nur die anfänglichen Schwierigkeiten, bis er es wirklich akzeptiert. Danach wird es leichter«, meint er scheinbar gelassen.

»Mein Bruder ist ein Herzensmensch. Man darf ihm nicht sein Herz nehmen, sonst verkümmert er«, murmle ich.

»Er hat es doch noch«, sagt er und ich denke an Rosalie und Sergio.

»Nein, das hat er nicht.« Ich lächle traurig und picke noch eine Blaubeere von meinem Haufen, die ich mir in den Mund schiebe.

»Und du? Hast du dein Herz noch?«, fragt er mich jetzt etwas angespannt und ich schaue wieder hoch. Sofort klopft mein Herz wie zur Bestätigung etwas schneller, wenn ich nur an dich denke. Aber allein bei dem Gedanken, dass du Natalia heiraten sollst, verpufft die Aufregung mit der Freude und zurück bleibt Trockenheit.

»Noch«, sage ich leise. Wahrscheinlich weiß er das bei all den Spionen und Kameras in meiner Umgebung, von denen ich nichts wusste.

»Gut«, meint er etwas gepresst und spielt immer noch mit der Gabel, wobei er mich mit seinen durchdringenden Augen anstarrt. Da ist er wieder. Der Blick. Der Ich-sauge-jedes-Geheimnis-jeden-Gedanken-alles-was-du-bist-und-warst-aus-dir-heraus-bis-du-nur-noch-eine-leere-Hülle bist-Blick.

»Er war der erste und einzige Junge in meinem Leben«, fühle ich mich genötigt, mich zu verteidigen, wieso auch immer, und trinke meinen Espresso aus.

Er antwortet nicht, sondern schaut mich nur geduldig an, so wie ich ihn, obwohl mein Herz einen Takt schneller schlägt. Er wäre ein guter FBI Agent.

»Wirklich?«, hakt er schließlich nach, doch ich verstehe die Frage nicht.

»Ja«, meine ich fast pikiert.

»Der Ilian Terekov, der an Natalia Wolkov versprochen ist?« Immer noch so verdammt geduldig starrt er mich an. Ich wundere mich nicht, dass er davon weiß, und ignoriere den Stich in meiner Brust, als er das so einfach sagt. So einfach. Das tut echt weh, weshalb ich mir kurz auf die Unterlippe beiße.

»Es wird sicher nicht so viele Ilian Terekovs in Chicago geben«, antworte ich leise. Mein Herz ist ein einziger verkrampfter Knoten, aber das muss ich ihm nicht zeigen.

»Nein«, meint er sanft.

Ich atme tief durch und denke darüber nach, wieso jemand glaubt, dass Natalia gut genug für dich ist, weil das meiner Meinung nach niemand ist. Nicht mal ich selbst.

»Tja«, seufze ich und lehne mich zurück. »So ist das eben hier.« Ich picke ein Pfirsichstück aus meinem Muffin und versuche wieder einmal, nicht daran zu denken, wie ihr zusammen aussehen werdet. Wie ihr sein werdet. Kaum hatte ich den Gedanken verdrängt, ist er schon wieder da.

»So ist das eben hier«, gibt er mir recht.

»Und was willst du jetzt machen, wenn wir in Chicago sind?«, frage ich etwas heiser und räuspere mich. Kurz durchzuckt mich die blanke Angst, wenn ich daran denke, dass er meine Mutter von meinem Dad trennen könnte. Dass er Sergio noch mehr wehtun könnte. Dass er mir mein Zuhause nehmen könnte.

»Das werde ich sehen, wenn ich da bin.«

Ich mustere ihn forschend und würde so gern hinter seine makellose Fassade blicken. Ob da wohl auch alles so makellos, so aufgeräumt ist?

»Keine Sorge, deine Mutter ist sicher vor mir. Und ich hätte nicht gedacht, dass ich das mal sagen würde.«

Ich ziehe die Brauen zusammen. »Mal schauen, ob du das noch sagst, wenn du sie siehst.« Denn es ist immer was anderes, den anderen wirklich zu sehen oder nur an ihn zu denken, an das Abbild, das man im Kopf hat.

»Bring mich nicht auf Gedanken«, meint er emotionslos. Ich fange an, die Sachen auf dem Tisch zu ordnen, um mich zu beschäftigen. »Bist du fertig?«, fragt er dann leise und ich sehe auf den halb gegessenen Muffin.

»Ja«, antworte ich genauso leise und wir gehen nach draußen, nachdem er gezahlt hat. Durch die eisige Winterluft. Ich laufe vor ihm her und er öffnet mir die Tür, woraufhin ich mich in den Sitz sinken lasse. Kurz darauf nimmt er neben mir Platz und startet den Motor. Er benutzt kein Navi. Es ist, als würde er alle Straßen des Staates auswendig kennen.

»Dann auf nach Chicago«, meint er und klingt dabei seltsam. Seine Stimme hat einen Unterton, den ich nicht zuordnen kann.

Ich schnalle mich an und wir fahren los. Die Landschaft um uns herum ist eingeschneit. Der Mond scheint auf die weite Landschaft. Ich schiebe meine Schuhe von den Füßen und sehe aus dem Fenster. Wieder fange ich an, mit meinem Kreuz zu spielen, und überlege, was uns alle erwartet, wenn er in Chicago ist.

Erneut schießen mir Bilder durch den Kopf. Ich versuche, mir vorzustellen, dass du heiratest. Du lachend mit einer anderen Frau, den Arm um ihre Schultern geworfen, und mir wird wieder ein bisschen schlecht. Warte mal, Ilian. Das geht nicht.

Wie du mit einer anderen nächtelang redest, wenn du nicht schlafen kannst, und ihre Fingerspitzen küsst. Ilian, bitte! Das geht einfach nicht.

Ich drehe den Kopf zur Seite und schaue meinen leiblichen Vater an. Er hat sich zurückgelehnt und lenkt mit einer Hand den Wagen. Ich schaue ihn an und denke jetzt nicht an alles andere.

Jetzt, da er zurück in die Stadt kommt, wird sich sicher alles ändern. Nichts wird mehr so sein, wie es war, und die Würfel werden neu gerollt. Und ich werde dasitzen und abwarten, dass du dich irgendwann wieder von Natalia trennst. Aber was, wenn du dich wirklich verliebst und ich zurückbleibe? Ich glaube nämlich, ich werde nie wieder jemanden außer dir lieben, Ilian.

»Liebst du meine Mutter wirklich immer noch?«, frage ich etwas verzweifelt.

Er verzieht das Gesicht und nickt. »Ja.«

»Fuck«, flüstere ich.

»So eine Liebe kann man leider nicht einfach abstellen.« Er sieht fast bedauernd aus. Oh Gott, bin ich jetzt dazu verdonnert, zwanzig Jahre auf einem Balkon zu stehen? Ist das der de Luca-Fluch? Ilian! Ich kann das nicht. Du darfst dich nicht in sie verlieben. Sie darf nicht bezaubernd sein. Sie soll einfach die Bitch bleiben, die sie ist, denn die wirst du nämlich gar nicht erst lieben können.

Geschlagen streiche ich mir über das Gesicht. »Also hört das nie auf, egal, wie viel Distanz man zwischen sich und den anderen bringt und wie lange man sich nicht sieht?«

»Niemals«, meint er kopfschüttelnd.

»Wow«, murmle ich trocken. Sehr aufmunternd.

»Japp.«

Wir fahren eine Zeit lang und die Landschaft rauscht an uns vorbei.

Er sieht auf die Uhr, dann atmet er durch und drückt einen Knopf an seinem Lenkrad, der ihn mit dem letzten Anrufer verbindet.

Es klingelt *sieben Mal.* »Ja«, ertönt dann Giovannis etwas atemlose Stimme und ich schüttle ungläubig den Kopf. Dieser Mann war immer in der Nähe und ganz still. Sergio hat ihm vertraut. Ich bin echt ein bisschen schockiert von ihm.

»Ich bin in einer Stunde da, sag ihm Bescheid.«

»Jawohl, Sir.« Giovanni klingt nicht sehr glücklich. Ganz im Gegenteil.

»Er wird dich nicht erschießen. Er weiß es doch sowieso schon«, erwidert mein Vater.

»Ich weiß, Sir.« Giovanni wirkt nicht beruhigt.

»Soll ich ihn lieber anrufen und es ihm selbst sagen?« Das scheint ihn zu amüsieren.

»Nein, Sir!«, ruft Giovanni panisch.

»Siehst du«, sagt mein Vater sanft. »Du kannst es ihm schonend beibringen, ich vertraue da voll auf dich.«

»Sehr freundlich, Sir.« Das klingt total sarkastisch und mein Vater grinst.

»Ruf mich dann an.« Seine Stimme wird weicher.

»Ja, Sir«, blafft Giovanni fast.

Mein Vater legt ungerührt auf.

»Was heißt, Sergio weiß es schon?«, frage ich. Natürlich habe ich Sergios Vermutungen damals mitbekommen, aber ich dachte, er hätte den Gedanken verworfen, dass unser Vater noch lebt.

»Ah, dein Bruder ist zu schlau für diese Welt. Er hat die ganze Zeit nicht geglaubt, dass ich tot bin. Hat sich mit mir unterhalten, aber leider meine Antworten nicht gehört.«

Ich grüble kurz, was er meinen könnte.

»Ich hab natürlich auch eine Kamera in *seinem* Büro – hinter dem Gemälde meines Vaters. Und eine in seinem Auto«, erklärt er. Er sieht total selbstzufrieden aus. Ich lache ungläubig und sehe wieder nach vorn. Privatsphäre gleich null. Das merke ich mir.

»Was hast du jetzt mit mir vor, wenn wir zurück sind?«, frage ich ihn dann das, was mir die ganze Zeit auf der Seele brennt.

»Du wirst mit mir nach Hause kommen«, beschließt er und reißt mir somit völlig den Boden unter den Füßen weg.

Ich falle und pralle mit einem heftigen Ruck auf, der mir die Luft aus den Lungen presst.

»Was?«, frage ich atemlos. »Und was ist mit *meinem* Zuhause?« Ich habe doch schon eins. Ich habe eine Familie. Will er jetzt, dass ich zu ihm ziehe? Bei dem Gedanken wird mir total flau im Magen und mein Herz rast. Ich kann das nicht. Ich kann mich nicht von meiner Familie trennen. Wir haben nicht mehr viel Zeit. Die darf er mir nicht nehmen. Er kann nicht aus dem Nichts auftauchen und mir sagen, dass ich mit ihm nach Hause komme.

So läuft das nicht in meiner Welt.

»Dort kannst du immer hin, wenn du willst«, erklärt er gelassen und will anscheinend damit wirklich sagen, dass ich bei ihm leben soll. Als hätte er einen Anspruch auf mich, nur weil er mich gemacht hat. Ich habe schon einen Dad, ich habe schon ein Leben, ein Zuhause, eine Familie. Ich werde ihn besuchen, wenn er das will, aber ich will mich nicht von meinem Zuhause trennen.

»Ich bin wieder da und werde selber ein Auge auf dich werfen. Jetzt, da du weißt, wer du bist, und alt genug bist.« Er hat so eine Art, die mich daran hindert, mit ihm zu diskutieren, obwohl die Wut und die Entrüstung in mir aufwallen und meine Kehle ganz trocken wird.

»Ich soll bei dir leben?«, wispere ich starr.

»Ja.«

Mir wird total schlecht. Kotzübel. Die Atmosphäre im de Luca-Haus ist ganz anders als bei uns. Nicht so warm. Nicht so familiär. Nicht mein Zuhause, nicht du, nicht Tante Alayna, nicht mein Dad, Onkel Caden, mein Bruder und meine Neffen. Nicht meine Mom. Fuck, ich will das nicht!

Ich schaue ihn aus dem Augenwinkel an und rege mich kaum noch.

»Du wirst dich daran gewöhnen«, sagt er, ohne mich anzusehen.

Ich lasse meinen Kopf an die Lehne sinken. Das ist alles? Ich werde mich daran gewöhnen? Ich werde mich niemals daran gewöhnen, ohne meine Familie zu sein! Sie sind mein Alles und ich brauche sie!

Aber ich widerspreche nicht und sehe aus dem Fenster.

Es gibt Menschen, mit denen kann man über alles reden, wie zum Beispiel Dad. Und dann gibt es Menschen, deren Meinung man einfach hinnehmen muss. Donovan de Luca gehört eindeutig zu Letzteren. *Das* merke ich mir ebenfalls.

29. Du hast mich zerstört, Dad

Sergio

Ich sitze im Büro. Eben habe ich mit den de Luzios telefoniert. Mit dem Boss, von dem ich gar nicht wusste, dass er existiert, weil die de Luzios ursprünglich von Maria geführt wurden, die bei einem FBI-Einsatz ums Leben kam. Jetzt gibt es anscheinend in Baton Rouge einen neuen Boss und mit dem habe ich geredet.

Er war die Arroganz in Person. Er hat mich gefragt, was er dafür bekommt, wenn er die Augen offenhält. Denn ich habe einen Tipp bekommen, dass jemand, der meinem Vater ähnelt, in Baton Rouge gesehen wurde. Ich habe ihm gesagt, dass die de Luzios eventuell wieder zurück nach Chicago dürfen, wenn er mir hilft. Das fand er interessant. Immerhin wurde die Familie vor Jahren vertrieben und beinahe ausgerottet, als mein Vater noch in den Zwanzigern war, da sie für einen Überfall auf Dorian de Luca, meine Mom und den Tod meiner Großeltern verantwortlich waren. Richtig erholt haben sie sich immer noch nicht, da das FBI in Baton Rouge massiv gegen sie vorgegangen ist und alles völlig zerschlagen hat.

Ich mache gerade meine Zigarette aus, als es an der Tür klopft. Es ist Giovanni, ich höre es an der Art des Klopfens.

»Komm rein, Giovanni«, sage ich abgelenkt und er tritt ein. Gut, dass er da ist. Er muss nämlich noch was für mich erledigen. Ich blicke von dem Monitor auf. »Ich brauche …«, setze ich an und stocke, als ich sein Gesicht sehe. Er wirkt fast nervös. Mein Herzschlag beschleunigt sich. Das bedeutet nichts Gutes.

»Was ist los?«, frage ich sofort alarmiert.

Er schluckt, stellt sich aufrecht vor den Tisch und verschränkt die Hände vor dem Schritt, während ich bemerke, wie ich mich versteife. Giovanni ist ausnehmend blass. »Sie hatten doch diese Vermutung, Sir.«

»Welche?«, hake ich nach, weil ich am Tag tausende Vermutungen habe, und betrachte ihn forschend.

»Bezüglich Ihres Vaters.«

Jetzt wird alles in mir taub. Ich umschließe den Kugelschreiber, der zuvor neben mir auf dem Tisch lag, so fest, dass meine Knöchel weiß hervortreten. Reglos starre ich Giovanni an, genau wie er mich. Wenn er mir jetzt sagt, dass ich recht hatte und er davon wusste, verliere ich den Verstand.

Mein Herz setzt kurz aus, ehe es weiterrast. Ich balle die freie Hand zur Faust. Gestern habe ich ihm die Gelegenheit gegeben, ehrlich zu mir zu sein. Jetzt ist es zu spät.

Ich bin bis aufs Äußerste angespannt und hebe leicht den Kopf. »Ja, Giovanni?« Meine Stimme ist drohend leise, denn ich bin mir sicher, mit allem, was Giovanni und meinen Vater betrifft, recht gehabt zu haben. »Was ist mit dieser Vermutung, Giovanni?«, bohre ich nach, als er nicht weiterspricht. Mein Gesicht ist wie eingefroren.

»Sie lagen richtig«, sagt er sachlich, aber etwas steif. »Und Ihr Vater wird nach Hause kommen.«

Sofort verkrampft sich alles in mir. Es fühlt sich an, als hätte er mir gerade einen Magenhieb verpasst, der alles in mir zusammenquetscht. Ich keuche und sacke etwas zusammen. Natürlich hatte ich diese Vermutung, aber ein Teil in mir hat mir immer wieder zugewispert, dass ich verrückt bin und die Hoffnung aufgeben soll.

Und jetzt steht er hier vor mir und sagt mir, dass mein Vater nach Hause kommt, als wäre er nur im Urlaub gewesen. Als hätte ich nicht die letzten Jahre in dem halben Glauben verbracht, er sei tot. Als hätte ich nicht diese Kerze in der Kapelle für ihn angezündet.

Ich habe es gewusst.

Und niemand hat mir geglaubt, außer Onkel Caden.

Ich kann es einfach nicht fassen, diese Bestätigung zu kriegen.

Fünf Mal atme ich tief ein und aus und muss mich mit aller Macht davon abhalten, jetzt zu meiner Waffe zu greifen und ihn einfach zu erschießen. Das hier ist Giovanni, ich vertraue ihm. Ich habe ihm vertraut. Ich habe ihm alles anvertraut.

Und er hat mich belogen. Jahrelang. Er hat alles mitbekommen und mich hintergangen.

Er steht da und betrachtet mich, er blinzelt nicht mal.

»Wie lange weißt du es schon?«, frage ich heiser und wünsche mir, dass er mir sagt, er hätte es selbst gerade erst rausbekommen, aber ich sehe schon in seinen braunen Augen, dass das nicht der Fall ist.

»Immer«, antwortet er mit belegter Stimme.

Etwas in mir vereist. Einfach so.

Ich nicke langsam. Ich habe es ja geahnt und sollte mich nicht wundern. Jeder andere hätte jetzt eine Kugel gefressen.

Fuck, ich habe es ja geahnt.

»Und du hast ihm alles erzählt, was hier passiert ist, oder?«, will ich leise wissen.

»Ja, Sir.« *Ja, Sir.* »Und ich habe an Sie weitergegeben, was er gesagt hat.« Ich habe oft gestockt, wenn Giovanni mir Ratschläge gegeben hat, weil sie wie die meines Vaters klangen, wie seine Worte aus einem anderen Mund gesprochen.

Ich bin noch dabei, zu verdauen, dass er wirklich noch lebt. So eine Information steckt man nicht mal einfach so weg, auch wenn man sie schon immer vermutet hat. Ich darf mich jetzt nicht auf die Wut konzentrieren, die mich wegen Giovanni lähmt.

»Wie viel Zeit habe ich noch?«, frage ich monoton.

»Ihr Vater wird in einer Stunde hier eintreffen und er hat Ihre Schwester dabei«, rattert er mechanisch runter.

Ich erstarre auf ein Neues und beiße meine Zähne hart aufeinander. Mein Herz schlägt noch schneller und meine Nackenmuskeln zucken. Jetzt kann ich die Wut kaum mehr aufhalten. Ich habe keine Ahnung, was meine Schwester bei ihm macht und wieso er sie bei sich hat. Ich habe keine

Ahnung, was er glaubt, wer er ist, dass er sich hier einfach so ankündigen kann und Catalina mit sich herumkutschiert. Ich habe keine Ahnung, was er sich anmaßt, uns alle durch diese Scheiße gehen zu lassen, um dann einfach wiederzukommen, wenn es ihm behagt.

Langsam ziehe ich meine Waffe aus dem Hosenbund und lege sie vor Giovanni auf den Tisch, damit er sie mir wegnimmt. Ich will nichts tun, was ich später bereue, ich bin nämlich gerade echt geladen.

Er zieht sie mit einer Hand zu sich und steckt sie dann in seinen Hosenbund.

»Giovanni. Was heißt, er hat meine Schwester dabei?«, frage ich mit vor Wut bebender Stimme.

»Er hat sie in Detroit eingesammelt, da sie mit dem Bus rumgefahren ist.«

Okay. Ich weiß, dass meine Schwester manchmal mit dem Bus durch die Gegend tuckert. Aber ich hatte keine Ahnung, dass sie bei einem dieser Ausflüge unseren Vater mitschleppen würde.

»Giovanni. Wie soll ich jetzt deiner Meinung nach reagieren?«, frage ich und meine Stimme bebt noch etwas mehr. Ich bewege mich nicht, denn wenn ich mich bewege, tue ich wirklich was Dummes. Eine Stunde, dann soll er hier sein? Nach all den Jahren kommt er also einfach so in sechzig Minuten vor die Tür gefahren und hat meine Schwester dabei?

»Ich würde die nächste Stunde dazu nutzen, den Schock zu verarbeiten.«

Mein Kiefer verhärtet sich und ich starre ihn entgeistert an. Mein Magen zieht sich erneut zusammen. Jetzt bin ich echt froh, dass er meine Waffe hat. Hat er gerade wirklich gesagt, ich solle meinen Fuckschock verarbeiten? Ist das sein Ernst? Ich bin nicht geschockt. Ich bin wütend!

»Ich weiß, das ist nicht einfach«, meint er eindringlich.

»Nicht einfach?!«, blaffe ich ihn an. »ER VERPISST SICH EINFACH SO UND KOMMT DANN HER, ALS WÄRE ER NIE WEG GEWESEN, UND ES IST *NICHT EINFACH?*«, fahre ich aus der Haut und springe auf. Hart schlage ich meine Hände auf den Schreibtisch und funkele Giovanni an, wozu ich mich etwas vorbeuge. »ICH HAB DIR VERTRAUT!«, brülle ich weiter.

»Und ich habe immer das Beste für Sie getan, Sir«, sagt er beschwichtigend und bleibt ruhig.

Ich atme gepresst aus und fahre mir über die Stirn. Nein, ich werde mich jetzt nicht auf Giovanni konzentrieren. Ich muss jetzt in erster Linie mit deiner Familie sprechen, Rosalie. Denn wenn er glaubt, hierher zurückkommen zu können, wie es ihm behagt, hat er dabei nichts Gutes im Sinn.

»Zieh alle Männer von der Suche nach meinem Vater ab. Weih sie ein, ich will sie nicht schocken, sonst arbeiten sie nicht richtig. Ich muss rüber zu den Rushs. Meine Waffe behältst du, bis ich mit ihm geredet habe, sonst stirbt er *wirklich*«, presse ich hervor.

»Jawohl, Sir.«

»Gut, jetzt geh mir aus den Augen«, speie ich noch aus. Ich brauche keinen Verräter in meinem Rücken. Seine Loyalität gilt meinem Vater? Dann soll er auch bei ihm bleiben und keine doppelten Spielchen spielen.

Ich deute zur Tür.

Er wendet sich ab und geht. Sobald die Tür sich geschlossen hat, schießt eine neue, heiße Wutwelle durch mich hindurch. Ich nehme den Locher und schmettere ihn gegen die Tür, sodass er auseinanderfällt und die Papierschnipsel sich überall wie Konfetti verteilen.

»FUCK!«, brülle ich.

Mit beiden Händen fahre ich mir über das Gesicht und atme langsam ein und aus. Meine Finger zittern und das Blut rauscht in meinen Ohren, als ich mechanisch nach dem Telefonhörer greife und drüben bei den Rushs anrufe. Ich habe jetzt nicht viel Zeit, also muss ich versuchen, wenigstens ein wenig rational zu handeln.

Ich fasse es nicht. Er kommt nach Hause. In einer Stunde wird er wieder hier sitzen.

Onkel Caden nimmt nach dem dritten Klingeln ab. »Japp.« Gleich wird er nicht mehr so unbeschwert klingen.

Meine Stimme bebt immer noch vor Wut, als ich spreche. »Trommel alle zusammen. Schnell. Wir müssen reden. Ich komme.«

»Okay«, sagt er, ohne weiter nachzufragen. Ich lege auf. Dann stecke ich mein Handy sowie meine Zigaretten ein und greife nach meinem Autoschlüssel. Anschließend drehe ich mich zu diesem Fuckgemälde. Erst jetzt sehe ich dieses kleine Grinsen auf seinen Lippen. Dieses selbstgefällige Ich-habe-euch-alle-verarscht-Grinsen. Ich frage mich, wie er sich fühlen würde, wenn er in dem Glauben gelebt hätte, ich wäre tot, und ich dann überraschenderweise vor der Tür stünde.

»Du hast mich gefickt«, sage ich mit einer sehr deutlichmachenden Handgeste in seine Richtung, bevor ich mich abwende und die Bürotür aufreiße.

Savio, der davor steht, zuckt zusammen und ich stürme an ihm vorbei. »Schließ die Tür ab!«, rufe ich über die Schulter, dann verschwinde ich aus dem Haus. Die Laternen sind bereits eingeschaltet. Es ist dunkel und die Sterne funkeln über dem schwarzen See. Ich stecke mir hektisch eine Zigarctte zwischen die Lippen. Einige der Männer erstarren auf der Stelle, die anderen sehen mir verwirrt nach, weil ich normalerweise meistens ruhig und gefasst bin.

Ich ziehe hart an der Zigarette und reiße meine Autotür auf. Es ist eisig kalt. Ich setze mich ins Auto, die Kippe zwischen den Lippen, und starte den Motor. Mit einer wedelnden Handbewegung deute ich den Wachmännern am Tor, es zu öffnen, und die Gitter gleiten auf.

Ich rausche hindurch und meine Reifen quietschen, als ich zu schnell um die Ecke biege.

»FUCK«, zische ich und schlage mit der flachen Hand auf mein Lenkrad. »FUCK!« Ich ziehe hart an der Zigarette und bin komplett überfordert mit meinen Gefühlen. Was ich am meisten spüre, ist diese Wut. Es ist gut, dass Giovanni mich gewarnt hat, denn sonst hätte ich meinem Vater wortlos die Faust ins Gesicht geschlagen.

Fuck.

Es zu vermuten ist eine Sache, aber die Bestätigung zu kriegen, reißt mir den Boden unter den Füßen weg. Ich kann es einfach nicht glauben. Ich bin völlig starr und mein Herz pumpt wild, während meine Gedanken rasen, sodass ich sie kaum greifen kann. Sie sind so wirr.

Wäre er nicht gegangen, wäre vieles in meinem Leben ganz anders gelaufen. Ich hätte auf vieles nicht verzichten müssen, hätte in so jungen Jahren all die Verantwortung nicht tragen müssen. Ich bin zu jung, um seelisch schon so alt zu sein. Ich hätte nicht sein müssen, wer ich bin. Hat er überhaupt an jemand anderen als an sich gedacht, als er ging? An mich sicher nicht, sonst hätte er mir das nicht zugemutet. Okay, mittlerweile liebe ich dieses Leben, weil es alles ist, was mir geblieben ist. Aber was, wenn ich eine andere Wahl gehabt hätte? Was wäre dann aus dir und mir geworden? Was wäre aus *uns* geworden?

Ich rase durch das Rush-Tor, sobald es geöffnet wurde, und parke einfach schräg auf dem Hof, bevor ich aussteige und immer zwei Stufen zur Tür nehme.

Onkel Caden reißt sie von drinnen auf und ich stocke, weil ich sonst in ihn hineinrennen würde. Sein Blick ist gehetzt und alarmiert. Sein dunkles Haar etwas chaotisch. Er trägt einen dunkelroten Pullover, der nicht so akkurat sitzt, wie es normalerweise der Fall ist.

»Was ist?«, fragt er fast panisch und ich atme erst einmal tief ein und aus. Um ihm mitzuteilen, was los ist, muss ich runterkommen oder wenigstens so ruhig werden, dass ich sprechen kann.

»Sind die anderen da?«, erkundige ich mich leise. Er macht eine ausladende Handbewegung Richtung Salon und lässt mich dabei nicht aus den Augen.

Ich nicke seufzend und gehe voran. Er folgt mir in den Salon, wo in dem Kamin ein Feuer knistert, dessen Schein über die Gesichter meiner Familie spielt. Kurz überblicke ich sie alle.

Mom und der Carter-Dad sitzen auf dem Sofa, er reibt seine Hände aneinander und Mom mustert mich sofort forschend. Tja, darauf wird sie nie kommen. Tante Alayna hat neben dir Platz genommen, Sophia auf ihrer anderen Seite. Du siehst besorgt zu mir hoch und ich halte deinen Blick, der mir ein bisschen Ruhe gibt.

»Was ist los?«, murmelst du etwas atemlos von meiner Erscheinung. Ich winke ab und fahre mir durch die Haare. Zayden sitzt im Sessel, auf seinem Oberschenkel Rowan, der an ihm herumtatscht, und Irina vor dem Kamin mit Rayen, der auf ihr eingeschlafen ist. Ilian lehnt mit dem Steißbein am Fensterbrett und runzelt die Stirn. Onkel Caden bleibt neben mir stehen.

»Fuck, Bro, was ist los?«, fragt Zayden und überblickt mich blitzschnell.

Ich atme tief aus und ziehe mir einen Stuhl heran, dann lasse ich mich darauf sinken, stütze die Unterarme auf die Knie und falte die Hände. Ich muss mich jetzt beherrschen, sonst kann ich nicht sprechen, und es ist wichtig, dass sie erfahren, dass er noch lebt, bevor er zurückkommt.

Ich atme fünf Mal durch und schnippe diese eine Haarsträhne nach hinten.

Fokus.

Wenn ich jetzt aufgelöst bin, sind es alle außer Onkel Caden ebenfalls.

Ich muss Ruhe bewahren und mich konzentrieren.

Fokus.

Ich atme noch einmal.

Fokus.

Dann richte ich mich mit einem Ruck auf und straffe die Schultern. Ich lasse meinen Blick über türkise, dunkel- und hellgrüne Augen gleiten und bleibe bei Onkel Caden hängen, der sich auf der Couchlehne neben mir niedergelassen hat.

»Gut«, meine ich schließlich. Meine Stimme ist ruhiger, als ich mich innerlich fühle. Ich bin durcheinander, denn ich habe das selbst noch nicht so wirklich verstanden.

Ich sehe auf meinen Siegelring und streiche mit dem Daumen darüber. In fünfundvierzig Minuten wird er wieder da sein. Er wird da sein und alles an sich reißen. Er wird da sein und tun, was auch immer er für nötig hält.

Ich hebe langsam wieder den Blick zu niemand Bestimmten, weil es für jeden schockierend sein wird. Egal, wie, wo und zu wem ich es sage.

»Ich hatte ja immer den Verdacht, dass mein Vater noch lebt«, fange ich ruhig an und spüre die Spannung, die sich augenblicklich ausbreitet. »Diesen Verdacht hat Giovanni mir eben bestätigt. Er lebt. Er hat Catalina aufgegabelt. Sie sind in fünfundvierzig Minuten da.«

Totenstille.

Ich schaue zu meiner Mom. Sie war gerade dabei, sich die Haare hinter das Ohr zu streichen, ist dabei aber erstarrt und sieht mich ungläubig an. Ich sehe es förmlich in ihrem Kopf arbeiten. Sie hat mich immer beschwichtigt, mir immer gesagt, dass ich mich nicht reinsteigern soll. Dass ich mir keine Hoffnungen machen soll. Aber ich habe es gewusst.

Ich lasse meinen Blick zu Carter-Dad schweifen, der neben Mom sitzt. Er wirkt total schockiert und angepisst. Seine Schultern verspannen sich und seine Augen blitzen gefährlich.

Onkel Caden lacht ungläubig und hart, denn er hat meine Vermutung immer geteilt. »Dieser kleine Bastard«, flüstert er. Alle sind einfach nur geschockt. Mein Bruder massiert sich langsam die Stirn und sogar Rowan auf seinem Schoß hält still, obwohl ihm der Schnuller aus dem Mund gefallen ist.

Du streckst einfach so deine Hand nach mir aus und ergreifst meine Finger fest. Ich lasse es geschehen und drücke deine etwas.

»Sergio?« Mom glaubt mir offenbar kein Wort.

»Ja?«, frage ich sanft. »Ja, Mom. Wie ich sagte. Er lebt.«

Sie runzelt ihre Stirn und wirkt wie vor den Kopf gestoßen. Okay, ich sollte das vielleicht erklären.

»Okay, also ausführlicher …«, meine ich nun leise. »Er hat seinen Tod vorgetäuscht und Giovanni war durchgehend mit ihm in Kontakt. Ich weiß nicht, wer noch davon wusste. Ich weiß nicht, was passiert ist. Ich weiß nur, dass er nach Hause kommen will und wird, und ich weiß, dass das einige Veränderungen für uns bedeutet.« Ich sehe kurz in die Runde, vor allem zu Ilian. Denn mein Vater wird meine Schwester jetzt nicht mehr einfach weiter hier leben lassen, nachdem sie weiß, wer sie ist. Ilian spannt sich an und seine Fingerknöchel umfangen das Fensterbrett fester.

»Was meinst du genau?«, fragt er.

»Das weiß ich selber noch nicht, aber es wird Veränderungen geben.« Ich sehe zurück zu Mom. »Er hat Catalina in Detroit aufgegabelt, als sie mit dem Bus dorthin gefahren ist. Ich schätze, er wird sie nach Hause bringen. Wenn er jetzt wirklich zurück ist, steht er wieder über mir, darüber habe ich keine Entscheidungsgewalt. Es ist einfach so. Das ist, als würde Francesco wieder auferstehen.« Was ich mir wirklich langsam wünsche. »Und ich habe auch bei allem anderen nicht mehr viel mitzureden. Ich schätze, er wird die Partnerschaft zu euch auflösen.« Ich sehe zu Onkel Caden.

»Denke ich auch«, sagt er knapp. Darüber wirkt er nicht sehr glücklich. Er wechselt einen Blick mit Carter-Dad, der jeden Moment explodiert.

»Er wird einiges, was ich tue, anders machen, woraus wir nicht profitieren werden. Soll heißen, wir haben ein echtes Problem«, sage ich schließlich. »Und ich weiß auch nicht, was jetzt mit meiner Schwester passieren wird.«

Einige Nacken knacken, bevor der Carter-Dad mit einem Ruck von dem Sofa hochschießt und sich hart ins Haar fasst. »Fuck«, stößt er aus und verschwindet mit harschen Schritten über die Terrassentür aus dem Haus. Wir sehen ihm kurz nach und die Tür knallt hinter ihm.

»Er soll es euch selber erklären, ich werde hier nicht seinen Dolmetscher spielen.« Ich streiche mir über das Gesicht, immer noch meine Finger fest um deine gelegt. »Von deinem Vater wird er wieder die alten Konditionen verlangen«, sage ich zu Ilian, wobei ich aus dem Augenwinkel zu Irina schaue. Sie weiß bestens über die Geschäfte ihrer Familie Bescheid. Dann wende ich mich wieder an Ilian. »Bereite deinen Vater darauf vor.« Er nickt knapp und mit verbissenem Kiefer. Seine Augen funkeln hart. Momentan sind sie so grün, wie ich sie noch nie gesehen habe.

»Ich glaube das nicht«, murmelt Mom.

»Tja, du kannst dich nachher ja selber überzeugen«, meine ich etwas bitter.

Sie blinzelt. »Wir haben ihn beerdigt!«, ruft sie schließlich lauter.

»Der Sarg war offensichtlich leer. Es war ja sein ausdrücklicher Wunsch, dass der Sarg geschlossen ist. Und weißt du noch, Mom, dass er einen Tag vor seinem Abgang sein Testament geändert hat? Die Abschiedsvideos? Die legendären letzten Worte am Tag davor? Ich habe es dir gesagt.«

Mom schluckt hart und ihre Augen blitzen auf, als ihr all diese Dinge wieder einfallen, dann sieht sie zu Onkel Caden, als wäre er Gott und wüsste alles. Der nimmt ihre Hand. »Ich glaube auch, dass er noch lebt.«

Mom überzeugt sich mit einem langen Blick in seine Augen davon. Dann schnaubt sie, steht mit einem Ruck auf, schiebt sich an uns vorbei und verschwindet nach draußen, dem Carter-Dad hinterher, wobei sie die Tür hinter sich ebenfalls zuknallt.

Ich schaue wieder zu Onkel Caden.

»Wir reden noch darüber«, murmelt er mir zu, steht ebenfalls auf und folgt den beiden.

Ich massiere mir die Schläfe. »Das wär's dann«, meine ich völlig ausgelaugt. Erschöpftes Stöhnen ertönt von allen Seiten und ich stehe mit einem Ausatmen auf, wofür ich deine Hand loslassen muss. Ich rolle meine Schultern, um sie zu lockern. Vergeblich. In mir herrscht ein einziger Aufruhr. Mir ist immer noch nicht alles so wirklich klar, aber es war mir wichtig, erstmal mit den anderen darüber zu sprechen.

»Ich muss mich noch um ein paar Dinge kümmern«, sage ich und salutiere träge, bevor ich mich abwende, die Hände in die Hosentaschen schiebe und den Salon einfach verlasse.

Meine Schritte hallen wegen der hohen Decken des Foyers wider, während ich über den weißen Marmor schreite und mein Kopf sich heißarbeitet.

»Sergio«, ertönt deine Stimme dann auf einmal hinter mir, also stocke ich und atme tief durch. Ich bin sowieso schon so aufgewühlt. Wahrscheinlich werde ich gleich kotzen müssen, weil die Emotionen, die seit Jahren in mir brodeln, einfach hochkochen und aus mir rausschießen.

Ich drehe mich langsam um und sehe dich im Durchgang zum Salon stehen. Du ziehst deinen weißen Pullover über eine Hand. Dein Blick aus türkisen Augen ist so schmerzerfüllt, während deine langen, dunkelbraunen Haare dein Gesicht umspielen. Du bist so perfekt, wie du dastehst, und mich einfach nur ansiehst.

»Ja?«, frage ich leise, meine Stimme ist sofort sanfter geworden.

Du atmest tief durch. Dann setzt du dich einfach in Bewegung und kommst auf mich zu. Ich ziehe den Kopf zurück, weil ich nicht weiß, was das wird, und mein Herz zu schnell schlägt. Aber du lässt dich nicht beirren und das ist gut so, Rosalie, denn ich halte die Zügel nicht mehr in den Händen. Du bleibst direkt vor mir stehen. Ich sehe runter in dein so vertrautes Gesicht, bevor du mir die Arme um meinen Nacken legst und dich an mich schmiegst. Dein Duft zieht sofort in meine Nase.

Ich erstarre kurz. Solche Situationen müssen normalerweise gemieden werden. Denn nach all der Zeit bist es immer noch du, die es schafft, mich aus der Reserve zu locken. Was dir mit einer Umarmung gelingt, schaffen andere nicht mal nach drei Jahren mit allem, was sie auch immer versuchen. Ich beiße die Zähne zusammen, als die Gefühle für dich mich völlig überwältigen.

Ich hebe einen Arm und lege ihn langsam um deine Taille. Meine Schultern sacken nach unten. Du schaffst es immer, mich zu entspannen. Du hast so viel Macht über mich, aber du bist eine dieser Frauen, die diese Macht nicht ausnutzen, sondern absolut sensibel damit umgehen. Dein Atem streift meinen Hals, weshalb eine Gänsehaut mich flutet.

»Es wird alles gut«, flüsterst du in mein Ohr und ich sinke mit dem Gesicht in dein Haar. So nahe waren wir uns seit drei Jahren nicht mehr. Jeder Sicherheitsabstand wurde gerade überschritten. Ich spüre, wie du tief durchatmest, und lege auch den zweiten Arm um dich. Ich kann nicht anders. Meine Hand ruht zwischen deinen Schulterblättern und du hältst mich einfach nur fest – hier im dunklen Foyer. Ich hatte ja keine Fuckahnung, wie dringend ich das gebraucht habe. Es entsteht der zweite, wirklich tiefe Riss in meiner Mauer. Für beide bist du verantwortlich, Rosalie. Einmal jetzt. Einmal in diesem Auto.

Ich lasse es zu, ich könnte jetzt sowieso nichts dagegen unternehmen, selbst wenn ich es wollte. Dann spüre ich, wie du durch mein Haar streichst, und atme leise aus. Eine Ruhe flutet mich, wie ich sie ewig nicht mehr empfunden habe.

Dein Gesicht presst sich an meinen Hals und ich glaube, ich könnte hier noch ein Jahr so stehen. Mit dir in meinen Armen, wie es sein soll.

Mein Herz klopft noch einen Takt schneller und ich spüre, wie ich dich näher an mich ziehe, ohne es zu beabsichtigen.

Fuck.

Du sackst völlig gegen mich und ich halte dich fester. Deine Arme schlingen sich stärker um mich. Ich würde dich am liebsten nie wieder loslassen. Nicht noch einmal. Ich kann das nicht nochmal.

»Wenn du jetzt nichts sagst, mache ich etwas sehr Dummes«, murmle ich in dein Haar und ziehe tief noch einmal deinen Duft ein.

Ich höre dich zittrig lachen und muss auch lächeln. »Du tust doch nie was Dummes«, antwortest du und löst dich zaghaft von mir. Du lächelst mich an, dein Türkis strahlt und Tränen schwimmen darin.

Ich betrachte dich noch ein paar Sekunden. Wenn du da bist, ist mir alles fuckegal. Ob er zurückkommt, ob er meine Schwester hat, ob jetzt alle durchdrehen … Weil du alles bist für mich.

»Okay«, wispere ich und fahre mir durch das Haar, als du noch einen Schritt zurückmachst. Ich lächle, zwinkere dir zu, wie früher immer, und diesmal ist dein Lächeln echt.

Dann wende ich mich ab und gehe.

Ich habe immerhin noch einen Empfang vorzubereiten und ich glaube jetzt, dass ich mich dem auch stellen kann, Rosalie.

30. Luzifer ist zu Hause, Baby

XX

Catalina

Fast eine Stunde nach dem Telefonat mit Giovanni habe ich mich immer noch nicht daran gewöhnt, wer neben mir sitzt. Donovan de Luca lebt. Wir passieren langsam das Ortsschild, das uns zeigt, dass wir in Chicago einfahren. Ich betrachte die vertrauten Gebäude, die in die Höhe ragen, während der Mond sich in den verglasten Fronten spiegelt und die Leute blicklos über die Fußgängerüberwege hetzen, ohne zu wissen, wer in die Stadt zurückgekehrt ist. Ich beobachte *ihn*, um rauszufinden, was es mit ihm macht, wieder hier zu sein. Das kalte, kleine Lächeln auf seinen Lippen lässt mir das Blut in den Adern gefrieren. Ich bin zwiegespalten, was ihn betrifft, aber eins weiß ich, ich will nicht mit ihm in sein Zuhause. Ich will in meins.

Wir fahren an meiner Schule vorbei und ich schaue an dem Gemäuer hoch. Mir kommt in den Sinn, dass ich vielleicht bald gar nicht mehr das Mädchen sein kann, das ich jetzt bin. Das macht mir etwas Angst.

Wir passieren all die Orte, wo ich schon so oft war. Mit dir, mit Dad, mit Mom, mit Rosalie und Sophia. Früher mit Sergio und Zayden, die kaum noch Kontakt haben, seit er da drüben tut, was auch immer er tut. Der sich so von sich selbst entfernt hat. Er ist mein Bruder und ich liebe ihn. Deshalb hasse ich das hier am meisten. Für ihn war es das Schlimmste, was mein … *Vater* getan hat.

»Hast du auch nur ein Mal diese Kameras benutzt, wenn Sergio den Verstand verloren hat, weil es ihm da drüben zu viel wurde und er zu uns rüberkam, um eine Stunde mit Dad oder Onkel Caden reglos im Büro zu sitzen? Denkst du wirklich, dein Tod hat irgendwas besser gemacht? Wenn du dageblieben wärst, wäre es sicher hart für alle gewesen, aber es hätte seinen natürlichen Lauf genommen und so viel Schmerz wäre erspart geblieben«, murmle ich, während ich an den Gebäuden hochsehe. Er antwortet nicht. »Und weißt du, wie ich mich gefühlt habe, nach fast siebzehn Jahren zu erfahren, dass mein Vater nicht mein Vater und meine Familie nicht meine Familie ist – zumindest vom Blut her?«

Ich verschränke die Arme vor der Brust und schaue an dem Turm der Kathedrale hoch, an dem wir gerade vorbeifahren. Ich habe keine Ahnung, woher dieser Ausbruch gerade gekommen ist, weil ich mich eigentlich besser beherrsche und nicht alles bei jemandem rausposaune, dem man solche Ansagen besser nicht macht. Aber irgendwie kocht es in mir. Immer noch.

»Ich hatte meine Gründe für diese Entscheidung.«

»Hoffen wir, dass sie meinem Bruder reichen«, murmle ich, denn mir reichen sie nicht. Ich beiße die Zähne ein bisschen aufeinander, denn ich will nicht weiter diskutieren.

»Vielleicht wird es für dich leichter zu verstehen sein, wenn du alle Gründe kennst.«

Das glaube ich nicht, aber ich werde mir natürlich trotzdem, wenn es so weit ist, alles anhören, was er zu sagen hat. Ich bin kein Fan davon, etwas nur aus einer Perspektive zu betrachten. Das macht das alles hier allerdings nicht besser.

»Okay«, erwidere ich leise und etwas kraftlos.

Er atmet lange aus und lehnt sich weiter zurück. »Wir sind gleich da.«

Ich schaue nach vorn und sehe den waldgesäumten Weg, der zum de Luca-Anwesen führt. Mein Magen verkrampft sich, denn mein Zuhause liegt gegenüber und ragt weiß sowie hell erleuchtet in den Sternenhimmel.

»Und wann kann ich nach Hause?«, frage ich erschöpft.

»Später«, meint er leise und ich atme laut aus. Eigentlich will ich jetzt sofort nach Hause. Wäre ich bloß nicht mit diesem dummen Bus gefahren.

Das Haus kommt hinter dem hohen, schwarzen Tor in Sicht und die Engel, die auf den Säulen links und rechts sitzen, schimmern im Mondschein und im glitzernden Schnee sowie dem Flutlicht.

»Egal, was du getan hast«, bemerke ich leise ohne den Blick vom Tor zu nehmen, das wie eine Gefängnistür aussieht. »Du hättest dableiben, zu deinen Taten stehen und ein besserer Mann werden können. Ich hätte sicher hinter dir gestanden, wenn ich gewusst hätte, wer du bist, egal, was du gemacht hast.«

Er runzelt die Stirn und hält vor dem Tor, dann sieht er zu mir rüber. »Dafür bin ich jetzt da.«

Zu spät, denke ich, sage es aber nicht. Schweigend straffe ich mich, als einer der Wachmänner zu dem Wagen schlendert und mit einem Handzeichnen andeutet, dass er das Fenster öffnen soll, wobei er leicht gelangweilt und müde wirkt, allerdings auch ein bisschen überheblich und stoned.

Donovan de Luca öffnet langsam das Fenster, während der Wachmann sich nach unten beugt, eine Hand an der Waffe, weil man ja nie weiß.

»Hi, Salvatore!«, säuselt er dem Mann entgegen und stützt seinen Ellbogen auf auf die heruntergelassene Scheibe. Der Wachmann wird augenblicklich steif und blass. Seine tiefdunklen Augen drohen, ihm aus dem zugegeben sehr hübschen Kopf zu fallen. Er ist völlig erstarrt und schluckt angestrengt, bevor er sich mit einem Ruck aufrichtet, die Schultern strafft und dem anderen hektisch deutet, sofort das Tor aufzumachen, wobei er in sein Headset murmelt.

Mein … Vater salutiert locker mit zwei Fingern und die Gitter gleiten auf wie die Pforten zur Hölle. Luzifer ist zurückgekehrt.

Wir rollen langsam durch den grellen Mondschein über die Einfahrt. Mehrere Audis stehen auf den Parkplätzen, wie es immer ist. Er umrundet den Brunnen und parkt direkt vor dem Haus. Die Engel- und die Teufelsstatuen sehen mich warnend an. Am liebsten würde ich aus dem Auto in den See springen und rüberschwimmen. Einer der Engel streckt die

Hand in meine Richtung und ich bin versucht, ihn zu berühren.

»Ich muss kurz mit deinem Bruder sprechen, warte im Auto. Dann bringe ich dich nach Hause«, meint mein … Vater und ich nicke widerstrebend seufzend, bevor er seine Tür öffnet und sie sanft wieder schließt, während ich das Haus betrachte. Es ragt wie immer majestätisch in die Höhe. Mein … Vater salutiert den Teufeln auf dem Brunnen zu.

Er sieht nochmal über die Schulter und mustert mich. Sein Blick ist nachdenklich und meiner folgt ihm, als er die Treppe erklimmt und die Bodyguards ihm die Türen öffnen. Dann verschwindet seine große, dunkle Gestalt im Haus. Ich würde gern drüben anrufen und Bescheid sagen, dass ich hier bin, aber mein Akku ist leer. Mir wird ganz flau im Magen. Ich lehne meine Schläfe an den Sitz und sehe zu dem weißen Haus auf der anderen Seite des Sees.

Zu meinem Zuhause. Was auch immer sich jetzt ändern mag.

Das wird sich nie ändern, Ilian.

31. Sein Atem, Rosalie

Sergio

Der Kugelschreiber in meiner Hand schreibt nicht mehr und ich schüttle ihn genervt. Die Uhr an der Wand tickt ohrenbetäubend laut. Fast so laut, wie mein Herz pocht.

Ich schüttle erneut den Stift und schmeiße ihn schließlich genervt gegen die Tür. Es klackt, als er zu Boden fällt. Ich lehne mich mit einem Ruck in meinem Stuhl zurück und streiche mir mit beiden Händen durch das Haar.

Die Meldung, dass mein Vater das Gelände befahren hat, habe ich vor einer Minute erhalten, Salva hat es mir durchgegeben. Seitdem ist mein Innerstes wieder in Aufruhr und ich versuche, durchzuatmen. Ich versuche, ruhig zu bleiben.

Er ist wieder da. Gleich wird er hier reinkommen, aber ich werde mich zusammenreißen. Es gibt jetzt erstmal keinen

Grund, ihn zu erschießen. Zumindest keinen Grund, der schlimm genug wäre.

Ich schließe meine Augen und atme nochmal durch. Dabei denke ich an dich.

Ich denke an dich.

Das ist immer gut.

Ich denke an dich und wie du mich ansiehst. Daran, wie du meine Hand hältst. An deine Ruhe und daran, wie deine Augen in Italien mit dem Meer um die Wette strahlen.

Das beruhigt mich tatsächlich etwas.

Zwei Minuten. Er wird gleich dieses Haus betreten und alles wird sich ändern.

Langsam öffne ich meine Lider und richte mich auf, sodass ich gerade sitze, wobei ich einen neuen Kugelschreiber aus der Halterung ziehe und ihn neben den anderen vieren drapiere.

Die Uhr tickt. Ich starre die geschlossene Tür an und halte meine Hände ruhig. Nicht mehr lange. Sein Auto ist schon vorgefahren. Ich habe schon das Schließen der Tür vernommen. Jetzt höre ich, wie die Haustür zufällt, und schlucke alles herunter, was hochkommen will.

Schritte ertönen. Schritte, die ich schon so lange nicht mehr gehört habe. Sie stocken vor dem Büro. Ich atme mit einem Stoß aus. Fünf Sekunden dauert es, dann ... öffnet die Tür sich und ich fühle, wie mein Blut in den Adern gefriert.

Er steht da.

Als wäre er nie weg gewesen. Und ich sitze hier und kann mich nicht regen. Jetzt begreife ich es endgültig. All die Nächte, in denen ich nicht schlafen konnte, ergeben einen Sinn. Mein Gespür, mein Instinkt, der mich immer gewarnt hat. Mein Kopf, der stets gearbeitet und sich um das eine Thema gedreht hat – alles erscheint nun logisch. Ich habe mich nicht getäuscht.

Er lebt. Und er steht vor mir.

Ich betrachte ihn, während ich nur schwer atmen kann.

Er sieht perfekt aus. Seine dunklen Haare sind makellos nach hinten gekämmt. Seine scharfen Züge glatt rasiert. Seine hellblauen Augen klar und undurchdringbar. Der schwarze Pullover betont seinen Oberkörper und sein Mantel steht offen, wie immer. Die schwarze Jeans endet perfekt an den Fesseln. Der dunkelbraune Gürtel passt zu seinen Schuhen.

Er steht da und starrt mich an, seitlich an die Tür gelehnt. Die Uhr funkelt im Schein der Deckenlampe.

Kurz kann ich nicht reagieren. Meine Kehle schnürt sich zu. Ich rege mich nicht. Eine falsche Bewegung und entweder explodiere ich oder ich implodiere wegen all der Gefühle, die in mir aufwallen. Ich bin wütend. Ich hasse ihn. Aber da ist auch noch diese andere Seite. Diese Seite, die immer das Gute in ihm gesehen hat. Die Seite, die so zerrissen war, als ich gehört habe, dass er gestorben ist. Dieses simple, so tiefe Gefühl, was nur ein Kind seinem Elternteil gegenüber empfinden kann. Aber ich lasse nicht zu, dass meine Schultern oder mein Kinn jetzt sinken. Ich halte beides weiterhin oben. Er regt sich ebenfalls nicht. Sein Blick ist so alles durchdringend, wie er es immer war. Es gab Nächte, da dachte ich, er würde mich nie wieder so ansehen. Es gab Nächte, da habe ich ihn verflucht, weil er sich mir entzogen hat. Und es gab Nächte, da habe ich ihn völlig aufgegeben. Aber nichts, was in all diesen Nächten in mir stattfand, gleicht dem, was ich jetzt empfinde, auch nur im Geringsten. Es überfordert mich, denn der Zorn ist so überwältigend und vermischt sich mit so viel Sehnsucht.

Langsam atme ich aus. Um uns herum scheint alles so still zu sein, was ungewohnt ist, in diesem Haus voller Menschen.

Ich stütze meine Fingerspitzen auf den Tisch und er sieht mich abwartend an. Das Blut rauscht wieder in meinen Ohren. Ich atme nochmal durch, dann stoße ich mich mit einem Ruck vom Stuhl hoch und stehe hinter dem Schreibtisch.

Er schluckt.

»Komm doch rein, in dein Büro.« Meine Stimme klingt etwas belegt. Ich kann immer noch nicht fassen, dass er da ist, obwohl ich wusste, dass er kommt. Es ist erstaunlich, wie sehr man seine eigenen so logischen Schlüsse doch unterbewusst infrage stellt und nicht an sie glaubt. Nicht an sich selbst glaubt. Immer nur zweifelt. So ging es mir in all der Zeit, in der er nicht da war.

Ich mustere ihn erneut, während ich hinter dem Schreibtisch stehen bleibe und mich keinen Millimeter bewege, weil jeder Schritt jetzt zu viel wäre.

Ich versuche alles, um mich innerlich dagegen zu verschließen, was er in mir auslöst. Denn das könnte ich nicht ertragen. Er hat mich so heftig im Stich gelassen, dass ich ihm nicht nochmal die Macht geben will, genau das zu tun, mich erneut zu enttäuschen.

Er kommt rein und schließt die Tür hinter sich. Er bewegt sich. Er ist so was von *nicht* tot. Ganz im Gegenteil.

Er nähert sich dem Tisch, ohne mich aus den Augen zu lassen, genauso wenig wie ich ihn. Ich beobachte aufmerksam, wie er einen Schritt nach dem nächsten auf mich zumacht. Er hat sich nicht verändert. Weder sein Äußeres noch die Art, wie er geht, wie er mich ansieht oder wie er sein Kinn hält.

Dad legt seine Fingerspitzen auf den Tisch, als er mir gegenübersteht. Ich lasse meinen Blick zu seinen Händen gleiten und dann langsam wieder hoch in seine Augen. Seine hellblauen Augen, von denen ich unterschwellig ehrlich dachte, dass ich sie nie wieder sehe.

Kurz erstarre ich. Es ist wie ein Drahtseilakt, denn ich weiß nicht, was ich tun werde, wenn er sich mir noch weiter nähert. In den letzten Jahren habe ich gelernt, mich zu beherrschen. Ich wusste immer, wie ich auf was reagiere. Ich wusste, was mit mir passiert, wenn du mir zu nahekommst oder meine Mom. Aber jetzt gerade weiß ich es nicht. Ich weiß nicht, was ich machen werde.

Er umrundet langsam den Tisch und ich ziehe die Schultern zurück, während er auf mich zugeht und seine Fingerspitzen über das Holz gleiten lässt. Ich balle eine Hand zur Faust und mahle mit den Zähnen. Mein Atem beschleunigt sich.

Direkt vor mir bleibt er stehen und ist mir somit so nahe, wie seit fast drei Jahren nicht. Ich starre direkt in seine Augen und verhärte meinen Kiefer. Wie von selbst ballt sich auch die andere Hand zur Faust. Mein Herz pumpt hart und mein Magen verkrampft sich. Ich kann seinen Duft riechen, weshalb alles in mir sich zusammenzieht und widerstrebend an mir zerrt.

Wir sehen uns an. Er ist mir so nah und doch war ich noch nie so weit von ihm entfernt. Noch nie. Er überblickt mein Gesicht und ich seins. Während er sich gar nicht verändert hat, habe ich es getan, und das weiß ich.

»Ich bin so stolz auf dich«, sind die ersten Worte, die er an mich richtet. Seine raue Stimme schießt direkt in mein Herz. Ich höre, was er sagt. Ich verstehe es nur nicht. Und ich glaube es auch nicht. Denn ich brauche sein Lob nicht. Nicht mehr. Ich hätte es gebraucht, als ich meinen Weg verloren habe, als ich mich selbst verloren habe. Wegen ihm. Dann ist er gegangen. Er ist gegangen und hat mich hier mit alldem allein gelassen.

Ich starre ihn an und blähe meine Nasenflügel, während mein Atem sich noch etwas mehr beschleunigt.

»Tu es«, fordert er mich auf, weil er wahrscheinlich den Zorn in meinen Augen sieht. Wenn ich ihm jetzt eine reinhauen würde, würde ich ihn totschlagen. Einfach so. Und dann wäre er für immer weg. Und ich für immer hier.

Also lasse ich mich einfach kraftlos und schwer auf den Stuhl sinken.

»Nein«, antworte ich heiser, denn es waren seine Worte, die mir zu verstehen gegeben haben, dass ich die Kontrolle wahren soll.

Egal, wie ehrlos sich dir gegenüber jemand verhält, vergiss niemals deine Ehre.

Und er war ehrlos. Kein Vater darf seinen Sohn einfach so zurücklassen, wenn er einen Einfluss darauf hat.

Tief atmet er aus und lehnt sich mit dem Steißbein gegen den Tisch vor mir. Sein Blick gleitet kurz zu den Kugelschreibern, dann sieht er wieder zu mir. Mein Blick liegt ununterbrochen auf ihm und auf seiner Brust, die sich hebt und senkt.

Er atmet. Er ist hier.

Ich lehne meinen Kopf an den Sitz. »Und, war es schön …«, frage ich ihn als Erstes mit leiser Stimme. »Alle hier für dumm zu verkaufen und zu gehen?«

»Nein«, antwortet er. Und trotzdem hat er es gemacht. Und trotzdem hat er an nichts anderes gedacht, als an … ja, an was? Wieso das alles?

Ich reibe meine Hände aneinander und mustere ihn abwartend. Gerade habe ich nicht viel zu sagen, zumindest nichts, was er hören will.

»Ich bin gegangen, weil es für deine Mutter besser so war, genau wie für viele andere, und weil ich gewusst habe, dass du es auch ohne mich schaffen wirst. Noch besser als mit mir«, erklärt er ruhig und bestätigt somit alles, was ich bereits vermutet habe. Die letzte Hoffnung auf eine plausible Erklärung schwindet dahin und ich fühle, wie die Ernüchterung mich packt. Es ist so anstrengend, immer etwas in jemandem zu sehen, was gar nicht da ist. Sei es ein guter Mann, ein hingebungsvoller Vater, eine selbstlose Person. Irgendwas. Es ist nicht da.

»Ich verstehe«, meine ich kaum hörbar, denn im Endeffekt dreht sich bei ihm alles um meine Mutter. Das war schon immer so, der Rest war scheißegal. Habe verstanden. »Und ja, ich habe es ohne dich geschafft. Aber dafür habe ich viele Dinge opfern müssen, die ich liebe und die mich ausmachen. Und das hast du nicht bedacht bei deinem grandiosen Plan für Mom.« Ich spreche ebenfalls ruhig und drehe den Siegelring an meinem Finger. »Oder vielleicht hast du ja auch genau das bedacht, nicht wahr?« Denn es ist ja kein Geheimnis, dass er immer wollte, dass ich mich mehr auf das Geschäft konzentriere und weniger auf dich und das, was ich liebe.

»Hätte ich gesehen, dass es dir wirklich zu viel wird, dann wäre ich sofort wiedergekommen.« Seine Stimme ist rau und er wählt die Worte mit Bedacht. »Allerdings … weiß ich, dass ich dein Wohl für das Wohl deiner Mutter geopfert habe.«

Da ist er wieder, der Magenhieb. Ich hasse Magenhiebe, Rosalie. Ich kann nicht mal zynisch werden und mich aus der Situation retten. Es ist einfach zu bitter.

»Das macht nichts. Ich tausche gerne mein Wohl für das meiner Mutter ein, aber … ich werde nicht so gerne enttäuscht.« Und das hat er einmal zu oft getan. Er hat nicht mehr viele Chancen bei mir offen. Nach allem, was war, eigentlich nur noch eine.

Ich schaue auf meine Hände, die endlich aufgehört haben, zu zittern. Dass sie gezittert haben, merke ich erst, als es aufhört.

Er geht vor mir in die Hocke und ich runzle die Stirn. Ich mag es nicht, zu ihm runterzublicken. Aber ich kann auch nicht mehr zu ihm aufsehen, nach allem, was war. Und ich frage mich, wann ich das zuletzt konnte.

Dann nimmt er meine Hände in seine. Sie sind warm und sein Griff ist fest. Der Widerstand in mir ist kaum zu überbrücken. Ich weiß nicht, wie ich ihn je überwinden soll und ob ich das überhaupt will. Er schützt mich und baut die Distanz auf, die ich eigentlich schon immer zu meinem Vater gebraucht hätte. Dann wäre er mir nicht so unter die Haut gegangen mit all seinen negativen und auch positiven Taten.

Er sieht zu mir hoch und ich beiße die Zähne aufeinander, weil die Emotionen wieder hochbrodeln. »Es tut mir leid«, sagt er. Ich habe diese Worte noch nie von ihm gehört. Seine Stimme ist belegt und er schluckt hart. Er sollte sich für so vieles mehr entschuldigen als das. Nicht, dass er weggegangen ist, ist die Schande, sondern, was er damit angerichtet hat. Was er dafür zerstört hat. Die Leichen, über die er gestiegen ist, ohne mit der Wimper zu zucken.

Aber es tut ihm leid, wie schön.

»Ich habe dich im Stich gelassen. Und das wird nicht noch einmal passieren.« Jetzt wäre es auch egal, denn ich brauche ihn nicht mehr so wie damals.

»Steh auf, Dad«, sage ich träge und ziehe meine Hände zurück. Ich kann ihn gerade nicht berühren.

Er erhebt sich und atmet tief durch. »Ich habe ein Leben lang Zeit, um es wiedergutzumachen«, meint er etwas heiser. Er wirkt wirklich mitgenommen, genau, wie ich mich fühle, aber ich zeige es nicht.

»Hoffen wir, dass es reicht«, entgegne ich, bevor ich langsam aufstehe und seinen Stuhl freimache. Er kann ihn haben. Er kann alles haben, ich will es nicht.

Sein aufgewühlter Blick gleitet über mich und wird entschlossener. Dann sieht er weiter zu seinem Stuhl. Als er ihn betrachtet, ist etwas in seinen Augen, was ich da noch nie wahrgenommen habe. Es ist der de Luca-Machtzerfressenheitsglanz. Und er widert mich an. Er hat sich kein Stück verändert und wird einen Scheiß wiedergutmachen.

Habe verstanden.

Mit einem Mal stößt er sich ab, als könnte er es nicht länger aushalten, und setzt sich auf seinen Stuhl, wobei er fast erleichtert wirkt, während mir das Kotzen kommt. Dieses Bild weckt so viele falsche Gefühle in mir. So viele negative Erinnerungen.

Ich trete einen weiteren Schritt zurück und sehe zu ihm runter. Der Anblick ist so vertraut und doch so fremd. So falsch. Vielleicht ist es nicht das, was ich will, aber ich habe trotzdem alles so viel besser gemacht als er. Ich war weniger profitorientiert, weshalb die Geschäfte florierten. Ich war immer fair und habe jeden Anflug von Krieg im Keim erstickt. Doch jetzt wird sich alles radikal ändern.

Und Rosalie, eigentlich will ich jetzt nur noch zu dir. *Sofort.*

Dad bewegt seine Schultern etwas, dann lehnt er sich zurück.

Ich umrunde den Tisch und sehe ihn von der anderen Seite an. »Setz dich«, sagt er sanft und ich schnaube. Will er mir jetzt sagen, wann ich mich setzen darf und wann nicht?

»Ich stehe lieber«, meine ich tonlos und reibe meine Hände aneinander.

»Okay.« Er rollt an den Schreibtisch, dann nimmt er einen Kugelschreiber nach dem anderen und legt sie nebeneinander auf die dunkle Platte, bevor er nach dem in der Mitte greift und sich wieder zurücklehnt.

»Aus welchem Grund bist du zurück?«, frage ich immer noch emotionslos, weil ich zu viel empfinde.

»Es gibt verschiedene Gründe, aber vorrangig der, dass ich wieder nach Hause wollte. Dass deine Schwester weiß, wer sie ist. Ich will dir allerdings nicht alles aus der Hand reißen und ab jetzt alleine entscheiden.« Das wird nur die Zeit zeigen, denn er entscheidet alles gern allein.

»Du wolltest also wieder nach Hause«, wiederhole ich etwas zynisch. »Du hast dich tot gestellt und dann wolltest du eben wieder nach Hause.«

»Ich wollte dir bei ein paar Dingen unter die Arme greifen.« Er seufzt und ich runzle meine Stirn ungläubig.

»Das ist sehr edelmütig von dir.« Als hätte er dabei an mich gedacht. Ich weiß, wieso er hier ist. »Hast du Angst, dass Rosalie und ich Babys machen?«, frage ich ihn geradeheraus, denn kaum hatte ich ein bisschen Kontakt zu dir, steht er wieder auf der Matte.

Sein Blick wird kühl. »Ich dachte, du wärst darüber hinweg.«

»Dachtest du das? Und ich dachte, du wärst tot. Ich dachte auch, Giovanni erstattet dir Bericht. Wieso dachtest du dann überhaupt irgendwas?« Oh, jetzt kommt die Wut an die Oberfläche.

»Ich habe natürlich immer gewusst, was du tust«, erklärt er und der Unterton in seiner Stimme wird etwas schärfer.

Ich stütze meine Hände auf den Tisch und beuge mich zu ihm vor. »Du hast also immer gewusst, was ich tue? Hast du auch gewusst, wie sehr ich gelitten habe, als du weg warst? Hast du gewusst, wie scheiße es mir ging, weil ich auf meine Familie verzichten musste? Denn wenn du das alles wusstest und nicht zurückkamst, dann bist *du* der Verräter, für den ich Giovanni gehalten habe«, speie ich aus.

»Es hat dich nur stärker gemacht«, knurrt er untypisch ungehalten.

»Maße dir nicht an, mir zu sagen, was mich stark macht oder wer ich bin. Ab heute kannst du tun, was du willst. Aber misch dich nie wieder in mein Leben an«, kontere ich. »Es ist mein Leben, und da du wieder da bist, brauche ich das hier nicht mehr!« Ich schnippe hart gegen die feinsäuberlich aufgereihten Kugelschreiber auf dem Tisch, sodass sie durcheinanderwirbeln, bevor ich mich abstoße. »Ich wünsche dir, dass du das Gleiche erlebst und den gleichen Schmerz fühlst wie ich. Und wenn du endlich nachvollziehen kannst, was ich empfunden habe, dann weißt du, wo du mich findest«, sage ich noch, wende mich mit einem Ruck ab und verlasse … sein Büro.

32. Nichts ist wie immer, Rosalie

XX

Sergio

Fünfzehn Minuten später, als ich in meinem Schlafzimmer bin und gerade aus der Dusche komme, klopft es an meiner Tür. Ich erkenne sein Klopfen immer noch. Mein Schlafzimmer ist der einzige Raum, in dem er meine Privatsphäre respektiert.

Ich schiebe die Boxershorts über meine Hüften. Die Abkühlung habe ich gebraucht, denn ich musste ein bisschen runterkommen. Ich wollte nicht ausflippen, und doch bin ich es. Das schafft nur er. Er ist der Einzige, der mich immer so aus der Reserve lockt. Kein anderer kann das.

Ich werfe das Handtuch um meinen Nacken. Aus meinem Haar tropft das Wasser auf meine Brust, als ich das Zimmer durchquere. Nein, ich werde ihn jetzt nicht wegschicken. Ich bin kein Bastard. Er ist schließlich mein Vater.

Also öffne ich ihm die Tür, und er steht wieder vor mir. Ich weiß nicht, wie lange es dauern wird, bis ich mich wieder daran gewöhne, ihn jederzeit vor mir zu sehen. Wäre er Carter-Dad oder Onkel Caden, würde ich jetzt bei ihm sitzen und ihn keine Sekunde aus den Augen lassen. Ich hätte mich immer wieder davon überzeugt, dass er wirklich da ist, weil ich weiß, dass nichts, was die beiden tun, jemals mit der Absicht geschieht, einen von uns zu verletzen. Davor würden sie sich lieber selbst verletzen.

»Ich bringe Catalina jetzt rüber. Kommst du mit?«, fragt er mich gelassen, aber in seinen Augen blitzt etwas. Ah, er will wohl nicht allein rüberfahren. Würde ich an seiner Stelle auch nicht wollen. Denn was ihn da erwartet, wird nicht schön sein.

»Ich muss mich kurz anziehen«, erkläre ich das Offensichtliche.

»Ich warte unten«, meint er, wendet sich ab und geht. Ich sehe ihm nach, wie er durch den Gang schreitet, und in mir verkrampft es sich. Das ist alles so bitter, Rosalie.

Schließlich mache ich die Tür wieder zu und gehe in mein Ankleidezimmer, wo ich mir eine dunkelblaue Jeans rausnehme und sie anziehe. Dann streife ich mir noch ein Muskelshirt und den weißen Pullover über, der oben auf dem Haufen frischer Wäsche liegt. Ich greife nach meiner Uhr, lege sie an und föhne mir im Bad noch schnell das Haar.

Alles zu seiner Zeit, Dad.

Als ich fertig bin, greife ich mir mein Handy. Ich muss wirklich dringend mit Ramon sprechen, der zurzeit in New

Orleans ist. Er muss mich kurz runterbringen. Denn ich will nicht nochmal die Kontrolle über mich verlieren.

Ich lehne mich mit dem Steißbein an meinen Schreibtisch und scrolle nach seiner Nummer, bevor ich auf Anrufen drücke und mir das schwarze Gerät ans Ohr halte. Meine Nummer ist nicht unterdrückt.

Er nimmt nach dem achten Klingen ab. »Ja?«, säuselt er. Allein seine Stimme zu hören, bringt mich schon runter. Was hat dieser Typ nur an sich? Mir fällt auf, dass ich ihn schon viel zu lange nicht gesehen habe. Er ist bereits seit drei Wochen unterwegs.

»Hi«, sage ich und streiche mir über die Augen, während mein Blick, ohne wirklich was wahrzunehmen, an den dunkelblauen Kissen auf dem Bett hängen bleibt.

»Was ist los?«, will er sofort wissen.

»Sitzt du?«, frage ich mit einer erhobenen Braue zurück.

Er stöhnt genervt und es raschelt im Hintergrund. »Ja, jetzt.«

Ramon ist kein Mensch, bei dem man drum herumreden muss. Er mag es so direkt wie ich oder Onkel Caden. »Mein Vater lebt. Er ist im Haus«, lasse ich die Bombe platzen und gebe ihm die Zeit, das zu verdauen. Immerhin geht es um seinen Cousin, auch wenn er ihn nie sonderlich mochte.

»Heilige Pimmelkackscheiße. WAS?«, brüllt er mir ins Ohr. Ich habe schon mit so einer Reaktion gerechnet.

»Ich hatte ja die ganze Zeit den Verdacht und heute kam er wieder …«

»ER KAM?!«, unterbricht er mich total außer sich.

»Er ist hier.«

»ER IST HIER?« Ramon ist fassungslos und ich verstehe es. »Oh scheiße, scheiße … äh …« Er räuspert sich. »Scheiße«, meint er dann etwas beherrschter. Ich höre jemanden im Hintergrund etwas murmeln. Es ist eine Männerstimme. »NICHTS! Gar nichts …«, weicht Ramon wem auch immer aus. »Also … du sagst … er …«

»Lebt«, unterbreche nun ich ihn.

»Bist du dir sicher, dass er es ist und kein Doppelgänger? Jeder Mensch hat mindestens zwei Menschen auf diesem Planeten, die aussehen wie er.«

Ich schnaube. »Keiner hat so ein perfektes Gesicht, Ramon. Nicht mal wir beide.«

»Aber wir sind nahe dran.« Er klingt pikiert und ich muss lächeln. »Nein, jetzt im Ernst. Er kam. Stand da. Und sagte?«

Tief atme ich durch. »Giovanni kam, stand da und sagte: Sir, wissen Sie noch der Verdacht, den Sie hatten? Er ist wahr! Ihr Vater lebt!«

»Gottverfluchter Giovanni«, murmelt Ramon düster in sich hinein und ich seufze.

»Japp, und kurz darauf kam er aufs Anwesen gefahren, stand im Büro und sagte mir, es täte ihm leid … Ich bin ausgeflippt und meinte, er soll seinen Scheiß selber machen.«

»Natürlich bist du das. Scheiße … NEIN, BLEIB SITZEN!«, blafft er jemand anderen an und ich runzle leicht meine Stirn. Ramon ist immer mit irgendwem unterwegs und beschäftigt. »Okay. Und was jetzt?«

»Ich weiß es nicht«, wispere ich. »Er sitzt wieder auf diesem Stuhl.«

»Natürlich tut er das. Er ist mit diesem Scheißstuhl verheiratet.«

»Japp, und ich weiß nicht, wie lange ich das aushalte, bis ich völlig ausflippe. Denn er ist immer noch der, der er war, als er uns verlassen hat«, erkläre ich und stütze mich mit einer Hand am Tisch ab.

»Tja. Manchmal muss man alles niederbrennen, damit was Neues wachsen kann. Aber jetzt versuch erstmal, dich nicht reizen zu lassen. Und ich weiß, wie schwer das bei ihm ist«, murmelt er.

»Wie lange bist du noch weg?«, frage ich seufzend.

»Ich komme, so schnell ich kann. Versprochen.«

»Gut, dann versuche ich so lange, ihn nicht zu erschießen.«

»Ach, erschieß ihn, wenn du willst«, säuselt Ramon und ich schnaube.

»Tja, das Problem ist ja, dass ich das nicht mal kann. Gefühle und so.«

»Gibt ja genug Leute, die da nicht zögern würden.«

»Bring mich nicht auf Ideen«, erwidere ich trocken.

»Nein, natürlich nicht. Wir erschießen keine Daddys. Halt mich auf dem Laufenden!«

»Mach ich.«

»Und vögel endlich diese Rosalie!« Als er das sagt, durchrauscht es mich heiß. Die Mauer, die ich so hart errichtet habe, bröckelt und ich kann nur daran denken, zu dir zu fahren. Dich zu schmecken, zu riechen, zu fühlen. Zu lange habe ich das nicht getan, Rosalie. Und ich brauche dich jetzt. Brauche deine ruhigen Hände und deine so zuversichtlichen Augen. Die meiste Zeit verdränge ich, wie sehr du mir fehlst. Aber jetzt gerade kann ich es nicht mehr verstecken, wie immer, wenn mir etwas zu viel wird. Es ist mir scheißegal, was die Konsequenzen sind, ich will jetzt einfach nur zu dir. Jetzt, wo mein Vater da ist und sowieso wieder alles an sich reißen wird, kann ich mich dem widmen, was ich so lange vernachlässigt habe – mein Herz.

»Werde ich«, beschließe ich inbrünstig, weil mich jetzt wirklich nichts mehr davon abhält, Rosalie. Ich will einfach nur zu dir, wie noch nie zuvor in meinem Leben.

»Na dann hat es ja wenigstens irgendwas Gutes. Ruf mich später nochmal an. Ich muss mich hier um so einen trotteligen Riesen kümmern, BEVOR ER ETWAS WIRKLICH DUMMES TUT, WAS ER NICHT TUN SOLLTE!«

Wen auch immer er meint, ich nicke und lächle leicht. »Gut, ich ruf dich an. Bis dann.«

»Bis dann, Amore.« Er legt auf, woraufhin ich mein Handy in die Hosentasche schiebe. Es geht mir schon etwas besser und ich versuche, mich nicht weiter reinzusteigern, mich nicht reizen zu lassen und meinem Vater meine Gefühle nicht zu offen preiszugeben.

Mit dem Gedanken stoße ich mich ab, verlasse mein Zimmer und gehe dann nach unten ins Foyer, wo ich mich kurz umsehe.

Dad und Catalina warten bereits. Meine Schwester trägt immer noch ihre Schuluniform und sieht zerstreut zu mir hoch, als ich komme. Dann wird ihr Blick forschend, lauernd und schließlich alarmiert. Ich habe keine Ahnung, was sie in meinem Gesicht entdeckt hat. Aber da steht sie nun mit ihrem Daddy. Das wird noch richtig lustig, Rosalie, ich rieche es. Mein Vater sieht zu mir hoch und steckt sein Handy ein. Wie immer schwerbeschäftigt.

Ich greife nach meinem Mantel, bevor ich ihn mir überziehe und meine Schwester einmal von oben bis unten mustere. Sie sieht so müde aus.

»Alles klar?«

Sie nickt und ihre Augen fragen: *Und bei dir?*

Ich hebe einen Mundwinkel und ziehe leicht an ihrem Haar, wie ich es früher immer getan habe. Das Lächeln, was ich kriege, ist echt süß und herzlich. Sie hat lange nicht mehr diese Seite von mir gesehen. Das hat niemand. Nicht mal ich selbst.

»Fahren wir«, sagt mein Vater und ich schlüpfe noch schnell in meine Schuhe, bevor ich einen Arm um Catalinas Schultern lege und sie gegen mich sackt, weil sie so müde ist. Mein Vater hält uns die Tür auf und wir treten in die eisige Nacht hinaus. Der kühle Wind peitscht über meine Wangen und Catalina gähnt, wofür sie sich den Unterarm vor den Mund hält.

Mit einem Blick über die Schulter sehe ich zu meinem Vater, der uns betrachtet. Sein Ausdruck ist weich geworden. Berührt ihn hier irgendwas? Ich könnte mir nicht vorstellen, was.

Ich weiß, dass er darauf bestehen wird, dass Catalina bei ihm mitfährt, und da ich lieber allein bin, um meine Gedanken zu ordnen, beuge ich mich zu ihr runter. »Fahr mit ihm«, murmle ich ihr zu und ziehe meinen Arm zurück. Sie sieht mich kurz an, wendet sich ab und trottet zu seinem Audi.

Mein Vater wirft mir noch ein kurzes Stirnrunzeln zu. Wahrscheinlich hätte er uns gern alle in seinem Auto, wie eine glückliche, kleine Familie.

Er sagt aber nichts, sondern öffnet meiner Schwester wortlos die Tür, während ich zu meinem Wagen gehe, ihn entriegle und einsteige. Ich starte den Motor. Es ist kalt hier drin. Ich wende, bevor ich das Tor ansteuere. Mein Vater reiht sich hinter mir ein. Das tut er nicht oft und nicht gern. Er fährt gern voraus. Tja, ich auch.

Ich habe ein paar Nachrichten von Camillo auf meinem Handy, die ich mit einer Hand beantworte, während ich das Tor passiere und dann auf die Brücke biege. Ich lasse meinen Blick in den Rückspiegel schweifen, der sofort von den eisblauen Augen hinter mir erwidert wird. Er folgt mir dicht, als hätte er es eilig. Aber ich lasse mich nicht aus der Ruhe bringen und schicke eine Sprachnachricht an Camillo.

Ja, es ist wahr. Nein, es ändert sich nichts für dich. Du bleibst mein Mann. Nein, das erzählst du ihm nicht. Nein, auch das nicht. Alles bleibt so, wie es ist.

Das Tor des Rush-Anwesens kommt in Sicht und ich biege nach links ab und halte an. Tony nickt mir zu und lässt das Tor aufgleiten. Erst, als es komplett offen ist, fahre ich hindurch, über den Kies. Dann parke ich neben dem Brunnen auf dem Platz, den ich meistens nutze.

Mein Vater hält sanft neben mir. Catalina reißt die Tür sofort auf und springt raus. Die Haustür wird mit einem Ruck geöffnet und Ilian kommt raus, während mein Vater und ich aus unseren Autos steigen. Dad ist nicht amüsiert. Er hebt eine Augenbraue, als Catalina die Stufen hochgeht, Ilian sie kurz überschaut, ihr in den Nacken greift und sie an sich zieht. Er murmelt was in ihr Haar und sieht über ihren Kopf hinweg zu meinem Vater.

Er steckt sein Revier ab und das sollte er bei meinem Vater auch tun.

Dessen Blick wird kühler und funkelt unheilvoll. Ich suche Augenkontakt zu Ilian, den er sofort aufnimmt, und versuche, ihm zu vermitteln, dass er ihn nicht herausfordern soll. Sonst kommt Dad nämlich auf Ideen. Dumme Ideen. Denn seiner Ansicht nach gehören wir alle ihm, weil wir sein Blut haben.

Ilian versteht und führt Catalina hinein. Ich kann mein schadenfrohes Schmunzeln gerade so verkneifen und sehe über die Schulter zu meinem Vater, während ich meine Tür zuschlage. Er schaut angepisst an die Stelle, wo die beiden bis eben waren, dann gleitet sein Blick zu mir.

»Nach dir.« Ich deute zur Tür und er setzt sich harsch in Bewegung.

Er erklimmt die Treppe vor mir, als würde sie ihm gehören. Ich schlendere ihm nach. Dann treten wir durch die noch offene Tür ins Foyer und ich überblicke kurz das Bild. Catalina und Ilian gehen gerade nach oben. Sie hält seine Hand und zieht ihn hinter sich her, wie sie es tut, seit sie noch klein waren.

Der Blick meines Vaters folgt ihnen kurz und verdüstert sich.

Onkel Caden und Tante Alayna stehen etwas abseits. Sophia schläft sicher schon. Du bist nicht hier, Rosalie. Wo bist du denn? Ich habe heute wieder nicht nachgesehen, weil ich so zerstreut war. Und ich will jetzt wirklich, wirklich zu dir, Tesoro.

Carter-Dad steht mit verschränkten Armen mitten im Foyer und sieht meinen Vater mit erhobenen Brauen an und Mom kommt gerade aus dem Salon gerauscht, ihr Handy in der Hand, und stockt. Ich lehne mich mit der Schulter in den Türrahmen und verschränke die Arme vor der Brust.

Mein Bruder ist nicht da. Dafür kommt Irina gerade mit den Jungs durch die Hintertür und murmelt was. Sie hält Rayen im Arm – ja, ich kann die beiden unterscheiden, schließlich bin ich ihr Onkel – und Rowan tapst in seinen Stiefeln neben ihr her und wirkt hochkonzentriert. Es ist schon spät. Wahrscheinlich wollen sie nicht schlafen. Sie sind zurzeit etwas quengelig. Aber wo ist mein fucking Bruder?

Mein Vater weiß noch gar nichts von diesen Kindern. Sein Blick gleitet zu ihnen. Ich sehe sofort, wie er zu kalkulieren beginnt.

Irina stockt und bleibt keuchend stehen.

»Wo ist mein Bruder?«, frage ich sie.

»Musste was erledigen …« Irina wirkt etwas irritiert und Rowan tapst wie eine kleine, süße Lawine auf mich zu, die türkisgrünen Augen funkeln. Er streckt die Arme aus und stolpert fast, weshalb alle nach vorn zucken.

»SEO«, ruft er erfreut. Seo bedeutet Sergio, Rosalie, aber das weißt du ja. Ich lächle und gehe in die Hocke. Er prallt sofort gegen mich. Ich nehme ihn hoch und setze ihn auf meine Hüfte. Seufzend lehnt er seine Wange an mich und ich lasse meine Nase durch sein schwarzer Haar streichen. Er riecht so gut.

Onkel Caden hat seinen Todesblick auf meinen Vater gerichtet. Der Carter-Dad lässt seinen Nacken knacken und pumpt seine Fäuste. Mein Vater starrt nur meine Mutter an, die reglos zwei Schritte neben mir steht und zurückstarrt. Moms Augen rasten ohne Umschweife in denen meines Vaters ein. Er atmet nicht, sie auch nicht. Sie wirkt wie zu Eis erfroren. Ihre kleinen Hände ballen sich zu Fäusten und ich trete einen Schritt zur Seite, neben den Carter-Dad, der total angespannt ist.

Mom stößt mit einem Ruck den Atem aus und schüttelt dann ungläubig den Kopf. Sie tauscht einen langen Blick mit meinem Vater, den ich nicht lesen kann. Das ist wohl ihre eigene Sprache. Dann sinkt sie seitlich gegen den Carter-Dad, der ihr den Arm um die Schultern legt.

»Wie konntest du ihm das antun?«, fragt meine Mutter und verschränkt in ihrem dunkelblauen Pullover die Arme vor der Brust, während Rowan heiß gegen meinen Hals atmet, mir irgendwas erzählt und ich ihn auf den Kopf küsse.

Dein Vater hat seine Hände inzwischen auch zu Fäusten geballt und pumpt sie. Ich deute Irina mit einem Nicken, dass sie mit Rayen in den Salon gehen soll, während ich Rowan so drehe, dass er nichts sehen kann. Denn dein Vater wird jeden Moment die Beherrschung verlieren, was ihm normalerweise nie passiert. Nicht Carter-Dad, sondern deiner wird gleich ausflippen.

»Ich wollte, dass du frei bist«, antwortet mein Vater und Mom hebt ungläubig die Brauen. Sie sagt nichts und scheint etwas schockiert über diesen Grund.

Dein Vater löst sich jetzt plötzlich aus seiner Starre und marschiert an allen vorbei, direkt auf meinen zu. Es ist, als würde man einen Unfall betrachten, man kann nicht wegsehen, man kann es nicht verhindern, obwohl man genau weiß, was gleich passieren wird.

»Bro!«, warnt Carter-Dad gerade noch, da holt Onkel Caden aus und rammt meinem Vater seine Faust mit aller Wucht mitten ins Gesicht. Wir erstarren alle, außer mein Vater, der taumelt einen Schritt zurück.

»Das war für deinen Sohn.« Dein Dad holt aus und verpasst meinem gleich nochmal einen schnellen, heftigen Hieb gegen den Kiefer. »Und das ist für meine Tochter.«

Dann schubst er ihn hart, reißt die Tür zu seiner Rechten auf und stürmt hinaus. Wahrscheinlich würde Onkel Caden ihn sonst umbringen. Kurz ist es völlig still. Ich glaube, niemand atmet. Immer noch nicht. Mein Vater beißt fest die Zähne aufeinander und bläht die Nasenflügel. Seine Nackenmuskeln zucken, weil er sich wehren will, weil er deinem Dad hinterher und ihn einfach erschießen will. Carter-Dad hebt warnend die Augenbrauen. Ich schlucke hart und reiche sanft Rowan meiner Mom, die ihn mir sofort abnimmt und ihm etwas ins Haar murmelt, bevor sie zu Irina in den Salon geht.

»Das war das erste und letzte Mal«, sagt mein Vater gefährlich leise mit vor Wut bebender Stimme zu Carter-Dad.

»Dann mach so was nicht nochmal«, antwortet der sofort knurrend, während ich mir durch das Haar fahre und dann an meinem Vater vorbei nach draußen zu deinem gehe.

Onkel Caden steht auf der Veranda, die Hände auf das Geländer gestützt, das er fest umklammert. Der Pullover spannt über seinen Rücken, der sich schnell hebt und senkt. Normalerweise fährt er nicht so aus der Haut, aber er weiß auch, wie er sich wieder beruhigen kann. Momentan atmet er durch die Nase und hat die Augen geschlossen. Er ist völlig fokussiert darauf, runterzukommen. Ich lege eine Hand auf seinen angespannten, harten Rücken. »Starke Rechte«, wispere ich anerkennend. Dann ziehe ich mein Etui aus der Manteltasche und nehme eine Zigarette heraus, die ich ihm reiche.

Er sieht mich aus dem Augenwinkel an. »Dabei macht eigentlich Carter die Drecksarbeit.« Seine Stimme ist rau, Emotionen, die er sonst so gut unterdrückt, schwingen unverkennbar darin mit. Er nimmt die Zigarette und zündet sie sich mit seinem Zippo an, bevor er den Kopf in den Nacken fallen lässt und den Rauch mit geschlossenen Augen ausstößt. Ich stütze meine Unterarme auf das Geländer.

»Aber das war eine persönliche Sache, das regelt man selbst.« Ich klopfe ihm auf die Schulter. Ich verstehe ihn so gut. Mein erster Impuls war auch, meinem Vater eine reinzuhauen. Aber ich wollte mich als seinen Sohn nicht selbst entehren.

»Oh ja«, sagt er und zieht nochmal hart, bevor er sich mir zuwendet. »Wie geht es dir?«

Mein Blick liegt auf dem Haus gegenüber. »Ich fühle mich, als wären die letzten Jahre umsonst gewesen. Und dir?« Gespielt interessiert sehe ich ihn von der Seite an.

»Ich fühle mich, als würden wir uns im Vorhof zur Hölle befinden«, antwortet er.

»Ich glaube, wir sind schon in der Hölle. Der Teufel musste nur zurück auf seinen Thron.« Mit dem Daumen deute ich über die Schulter zum Rush-Haus. Er wird da drin jetzt einiges zu erklären haben und möglicherweise sollte ich neben ihm sitzen. Aber ich will es nicht.

»Das glaube ich auch.«

Wir atmen beiden tief durch und ich sehe gedankenverloren weiter zu dem Haus gegenüber. »Weißt du …«, meine ich leise. »Wäre er nicht gegangen, wäre ich mit ihr zusammen gewesen. Vielleicht hätte ich sie schon geheiratet. Das ist mein größtes Problem. Er hat mich meiner Zukunft beraubt.«

Er legt mir eine Hand auf die Schulter. »Das hättet ihr ganz sicher«, sagt er und meine Nasenflügel blähen sich. Das denke ich auch. Es hätte irgendwie funktioniert, Rosalie. »Aber dafür ist es noch nicht zu spät.«

Träge hebe ich einen Mundwinkel. »Ich bin jetzt nicht mehr, wer ich mal war. Mein Vater ist zurück und er wird uns nie zusammen sein lassen«, entgegne ich und mache mir ebenfalls eine Zigarette an, bevor ich mich Onkel Caden zuwende. »Für manche Dinge ist es einfach irgendwann zu spät. Chance vertan, Zug verpasst. Donovan de Luca im Weg. Was auch immer.«

»Du bist noch, wer du bist«, antwortet er. »Hier drin. Und solange du noch du bist, ist die Chance nicht vertan.« Er tippt mir an die Brust und ich atme aus. Ich weiß, dass es noch in mir steckt, tief drin, aber ich kann es kaum rauslassen. Besonders jetzt, da mein Vater wieder da ist. Aber noch weniger, als ich auf seinem Stuhl saß und er sein musste. »Warten wir ab, was er so geplant hat.«

»Wenn er kein Arschloch ist, wird er es uns jetzt sagen«, meine ich etwas hohl und ziehe hart an der Zigarette. Tja, na ja, was er ist, hat er mir ja vorhin wieder bestens präsentiert. Also was erwarte ich eigentlich noch?

»Ich bin mir sicher, dass er für einige Überraschungen sorgen wird.«

»Das glaube ich auch.« Ich schnippe meine Zigarette in den Schnee, obwohl sie noch nicht aufgeraucht ist, und Onkel Caden tut es mir nach. »Gehen wir rein und hören es uns an.«

»Ja.« Er klingt selbst total verbittert. Wir stoßen uns beide vom Geländer ab, dann ziehe ich die Tür auf und lasse ihn an mir vorbeigehen, bevor ich ihm ins Foyer folge.

Wir betreten den Salon, wo alle Platz genommen haben. Irina sitzt mit Rowan und Rayen wie meistens vor dem Kamin.

Carter-Dad und Mom haben sich auf dem hellen Sofa niedergelassen. Sie hat eine Hand auf seinen Oberschenkel gelegt, wahrscheinlich, um ihn ein bisschen zu beruhigen. Carter-Dad hat einen Fußknöchel auf sein Knie gezogen und den Arm hinter ihr auf der Lehne ausgestreckt. Er mustert meinen Vater unentwegt.

Tante Alayna sitzt auf ihrem Platz gegenüber, die Arme vor der Brust verschränkt, ein Bein über das andere geschlagen, und betrachtet meinen Vater stirnrunzelnd. In ihren grünbraunen Augen blitzt es immer wieder, weil sie sich wahrscheinlich in Gedanken hineinsteigert.

Catalina und Ilian sind wieder unten. Meine Schwester hat sich umgezogen und trägt jetzt Leggins und einen weiten Pullover von Ilian. Ihre schwarzen Haare sind ein Nest auf ihrem Kopf aus vielen wirren Strähnen, die ihr in den Nacken fallen. Sie sitzt auf dem Boden neben dem Carter-Dad, den

Hinterkopf an sein Knie gelehnt, die Beine ausgestreckt. Ilian steht am Fensterbrett, wie immer.

Mein Vater hat einen Sessel für sich beansprucht. Onkel Caden nimmt zwischen Mom und Tante Alayna Platz und streicht deiner Mutter durch die Haare. Die reißt sich etwas aus den Gedanken und lehnt sich an ihn, aber ihre Augen blitzen immer noch unheilvoll. Ich glaube, sie will meinen Vater killen. Ich setze mich in die Mitte auf den Dreisitzer neben Carter-Dad. Die Wange meines Vaters ist etwas gerötet und aufgeschürft.

Er hat sich zurückgelehnt, seine Unterarme liegen auf den Armlehnen und sein Siegelring glänzt im Schein des Feuers.

»Was hast du jetzt vor?«, fragt der Carter-Dad und ist bemüht ruhig. Er muss jetzt diese Rolle übernehmen, weil es in seinem Bruder zu sehr brodelt.

»Die Geschäfte weiterführen«, meint mein Vater ruhig. Natürlich. Die Geschäfte weiterführen.

»Was hast du mit ihr vor?« Carter-Dad deutet auf Catalina zu seinen Füßen und sein Blick wird härter. Wir spannen uns alle etwas an und ich reibe mir über das Kinn. Ich weiß jetzt schon, dass es niemandem gefallen wird, was er vorhat.

»Sie wird bei uns einziehen«, antwortet mein Vater sanft. Uuuh. Damit habe ich so schnell nicht gerechnet. Er scheint ja echt Pläne zu haben. Mein Magen verkrampft sich. Das gefällt mir überhaupt nicht. Ilians Nacken knackt laut und meine Mutter hebt die Augenbrauen.

»Einen Fuck wird sie«, blafft der Carter-Dad sofort. »Außer, sie will es.«

»Das steht nicht zur Debatte«, sagt mein Vater ungerührt von all diesem Hass um ihn herum und anscheinend nichtsahnend, dass er gleich eine Kugel von irgendwem frisst. Ich schaue kurz auf die Uhr, um nachzusehen, wie lange er schon zurück ist, weil es erstaunlich ist, wie schnell er alles platt walzt.

»Willst du das hier wirklich gleich so anfangen, Donovan?«, fragt Onkel Caden, der sich anscheinend wieder etwas beruhigt hat, aber seine Augen funkeln eisig.

»Ich bin zurück. Ich wohne dort drüben. Ich bin euch dankbar für das, was ihr getan habt. Und jetzt will ich, dass meine Tochter bei mir wohnt.« Das kommt klipp und klar und ich schnaube. Er will Macht, ihr Hofnarren!

»Sie ist aber auch meine Tochter«, zischt Mom mit blitzenden Augen und ihre Schultern beben vor Wut, während ihre Wangen sich langsam röten.

»Das weiß ich.« An meinem Vater prallt nach wie vor alles ab.

»Und auf dem Papier ist sie Carters Tochter«, fährt Mom brodelnd fort. »Auf dem Papier und für sie auch!«

»Für mich gelten diese lächerlichen Gesetze nicht, Isabelle«, erinnert sie mein Vater sanft und nachsichtig, weshalb sie eine Braue hebt und Carter-Dad knurrt: »Vorsicht!«

»Natürlich nicht, *du* hast dich ja auch tot gestellt, *Donovan.* Denkst du, du kannst wie Jesus auferstehen und sie einfach mit in dein hübsches Süßigkeitenhaus auf der anderen Seite nehmen? Sie kennt dich nicht mal richtig.« Mom deutet auf Catalina. »Sie empfindet nichts für dich. Und ich werde sie nicht aus ihrem Umfeld reißen. Nur über meine Leiche. *Das steht nicht zur Debatte.*«

Ich hebe anerkennend meine Brauen. Gut gebrüllt, Tiger.

Die Finger meines Vaters fangen langsam an, auf die Armlehnen zu trommeln.

»Ich würde dich wirklich ungern umbringen, Isabelle. Ich denke, wir kommen zu einer anderen Lösung«, säuselt er.

»Das denke ich nicht, Donovan. Sie bleibt. Sie bleibt in ihrem Zuhause, sie beendet ihre Schule. Was anderes ist für sie nicht vorgesehen. Keine Ehe, kein Mann, kein Leben im Haus des Todes.« Meine Mutter drückt sich ebenfalls klar aus. »Denkst du etwa, dass sie hier irgendwer rausrückt, nur weil du du bist? Du hast Interesse an deiner Tochter? Dann sorge dafür, dass sie auch Interesse an dir hat. Denn im Moment benimmst du dich wie das Monster, das du warst!«, gibt sie zurück und der Blick meines Vaters wird immer kälter.

»Mach dir keinen Kopf, ich werde dafür sorgen, dass sie Interesse an mir hat. Ich bin jetzt wieder zurück und sie weiß, wer sie ist. Alles ist jetzt anders.«, erklärt Dad betont ruhig.

Ich sehe zu meiner Schwester, der die Angst in den Augen steht. Sie zieht ihre Knie an und umfängt sie mit einem Arm.

»Sie wird hier nicht ausziehen, außer sie will es«, beschließt Carter-Dad jetzt und streicht Catalina durch die Haare. Seine Stimme ist so ruhig und endgültig, dass es nichts Gutes verheißt.

»Ich will es nicht!«, keucht Catalina und der Blick meines Vaters gleitet zu ihr. »Das ist mein Zuhause«, setzt sie leise nach.

Ich atme gepresst aus und in den Augen meines Vaters blitzt es.

»Du wolltest es so. Jetzt beschwer dich nicht«, meint Mom.

»Aber nicht ihr Leben lang, Isabelle!«, zischt Dad und ich bemerke, dass er echt wütend wird. Ich bin zwar selbst angepisst wie nie zuvor, aber ich weiß, dass ich gerade der Einzige bin, der ihn nicht abgrundtief hasst und ihn unter Umständen umstimmen kann, also raffe ich mich zusammen.

»Gehen wir kurz eine rauchen«, schlage ich vor und stehe auf. Er fixiert nochmal meine Mutter. Carter-Dad hebt eine Augenbraue. Er sieht aus, als wolle er ihn jeden Moment erschießen. In Gedanken hat er es garantiert schon getan.

Mein Vater steht mit einem Ruck auf. Ich gehe vor und durchquere den Salon. Dabei höre ich seine herrischen Schritte hinter mir, als wir durch das Foyer zur Tür gehen, die uns aufgehalten wird. Wir verzichten beide auf unsere Mäntel.

Er zündet sich eine Zigarette an, sobald wir draußen sind, und hält mir sein Etui hin, aber ich winke ab. Mir ist sowieso schon schlecht von alldem. Er stützt sich genau so am Geländer ab wie dein Dad vorhin und ich lehne mich seitlich mit der Hüfte neben ihn. Dabei versuche ich, ihm sachlich zu vermitteln, dass er es hier mit Menschen zu tun hat und nicht mit kleinen Ameisen, die er zertrampeln kann, wenn es ihm passt.

»Das ist nicht gut. Du warst fast drei Jahre weg. Wir haben hier ein Leben ohne dich aufgebaut. Beide. Sie hat

Carter-Dad als ihren Vater kennengelernt und sie hätte keinen besseren haben können. Und du kommst hierher, als würde dir die Welt gehören …« Ich spüre, wie die Wut in mir aufwallt, und schlucke sie hart runter, aber sie kämpft sich wieder an die Oberfläche. »Als wärst du Gott, und bestimmst einfach über das Leben der anderen. Nein! Nein …« Ich schüttle meinen Kopf. »Du kannst nicht einfach, und nein, das kannst du *wirklich* nicht, einer Mutter ihre Tochter nehmen. Das kannst du nicht.«

Sein Blick schweift zu mir. »Ich nehme sie ihr nicht weg«, meint er ungerührt und distanziert. Ich habe es so satt, eine Emotion aus ihm rauskitzeln zu wollen. Das hat früher nicht geklappt, also wird es auch heute nicht klappen. Er wird als Eisklotz sterben. Gut, wenn ihn das glücklich macht. Aber nicht, wenn er dabei meiner Familie schadet.

»DU WARST EWIG WEG UND DAS ERSTE, WAS DU TUN WILLST, IST DEINE TOCHTER AN DICH ZU REISSEN? UND DANN? LEBT SIE IN DEM HAUS BEI DEN GANZEN MÄNNERN?«, brause ich auf.

»Von den Männern wird sie keiner anrühren. Davon abgesehen sind es sieben Minuten bis hierher. Deine Mutter kann sie jederzeit sehen«, antwortet er schneidend. »Ich würde sie ihr nie entreißen! Ich kann sie auch noch ein paar Tage hierlassen.«

Ich schnaube und mein Atem dampft in einer dichten Wolke davon. »Und dann? Du sitzt doch sowieso den ganzen Tag im Büro? Was bringt es dir, sie bei uns zu haben? Willst du, dass sie dich von Anfang an hasst? Willst du sie nicht erst ein wenig in Sicherheit wiegen, wie du es sonst tust?«, frage ich scharf und die ganze Wut in mir droht, entfesselt zu werden.

»Ich will, dass sie da ist, wo sie hingehört.«

»Das ist sie«, knurre ich.

»Das ist *deine* Meinung«, antwortet er sachlich.

»Die letzten beinahe siebzehn Jahre war dieser Ort auch gut genug. Was ändert deine Meinung jetzt auf einmal? Dass sie bald achtzehn wird und Kohle bringt?«, frage ich echt angepisst.

»Jetzt bin ich hier ... Und ich will, dass meine Tochter da ist, wo ich bin«, erklärt er zunehmend sauer, aber das ist mir scheißegal. Er hat kein Recht, wütend zu sein.

»DU HÄTTEST AUCH VORHER DA SEIN KÖNNEN, ABER DAS WOLLTEST DU NICHT – FÜR *MOM*. Jetzt bist du selbst schuld, dass Catalina keine Bindung zu dir hat, und das wird sich auch nicht ändern, wenn sie bei dir *lebt*. Sie ist fast erwachsen!«, speie ich ihm entgegen. »Sie hat ein Leben, sie wird zur Frau! Es ist zu spät!«

Er bleibt ruhig. Ich verpasse ihm gleich die dritte Faust für heute. Er macht mich wahnsinnig. Kommt hierher und schmeißt alles um. »Ich habe nicht vor, ihr Leben zu beenden. Und ich hab zu lange auf euch verzichtet. Ich habe sie fast siebzehn Jahre lang in Ruhe gelassen. Und jetzt will ich auch was von ihr. Das heißt nicht, dass sich für sie alles ändern wird.«

»Du hast nicht verzichtet, du hast mich *geopfert*«, meine ich bitter und stoße die Tür auf, denn ich kann nicht länger mit ihm diskutieren, sonst flippe ich völlig aus. »Und somit beschmutzt du die einzige selbstlose Tat deines Lebens: deiner Tochter ein kurzes, freies Leben gegönnt zu haben.

Herzlichen Glückwunsch. Zwei Stunden, so schnell warst du noch nie darin, alles zu zerstören und platt zu walzen wie ein Panzer.«

Er atmet gepresst durch. Die Ader an seiner Schläfe pocht. »Glaubst du etwa, ich mache das gerne?«, fragt er mich leise. »Glaubst du, ich mache das mit Absicht? Dass ich mir jeden Tag erstmal überlege, wen ich als Nächstes zerstören kann, wie du es so schön nennst?« Er kommt einen Schritt näher, weshalb ich die Tür wieder loslasse.

»So langsam …« Ich bewege mich ebenfalls auf ihn zu. »Könnte man fast den Eindruck kriegen, ja.«

»Tja, so ist das aber nicht.« Er macht noch einen Schritt auf mich zu und jetzt berühren sich fast unsere Nasenspitzen. »Ich. Habe. Meine. Gründe. Für alles, was ich tue.«

»Die interessieren mich einen Scheiß«, antworte ich hart. Scheinwerfer fluten uns, aber wir regen uns beide nicht, sondern starren uns an.

»Dann solltest du vielleicht anfangen, dich dafür zu interessieren.«

»Ich glaube eher nicht«, stoße ich aus. Wir reden beide sehr leise und sind komplett auf uns fokussiert. Nur am Rande nehme ich wahr, dass eine Autotür knallt und Schritte auf dem gefrorenen Boden knirschen. »Ich glaube, ich sollte anfangen, mich von meinem Daddy abzukapseln. Oder was denkst du?«

»Ich glaube, das ist die schlechteste Idee, die du je hattest.«

Ein Räuspern ertönt neben uns und ich sehe aus dem Augenwinkel nach links. Du stehst da und hast ein paar

Papiere an die Brust gepresst. Der Kragen deines dunkelroten Mantels ist nach oben geklappt und deine langen, dunkelbraunen Haare liegen über deiner Schulter. Was für ein Glück für ihn, dass du vor mir stehst, Rosalie.

Du wirfst mir einen kurzen, prüfenden Blick zu und schaffst es, dass ich mich von meinem Vater abwende und einen Schritt zurücktrete. Alles verblasst, wenn du da bist. Auch er und meine Wut auf ihn.

»Alles okay?«, fragst du mich leise und ich sehe die Wut nun in deinen Augen aufblitzen, die meinem Vater gilt. Ich weiß, wie du zu ihm stehst.

Ich überblicke dich kurz. »Alles okay«, erwidere ich sanft. Dann siehst du zu meinem Dad und die Luft scheint noch eisiger zu werden.

»Rosalie«, sagt mein Vater knapp.

»Donovan«, antwortest du ebenso. Ihr mustert euch ein paar Sekunden, wobei seine Ader an der Schläfe noch mehr pocht, du aber unerschrocken zurückblickst. Normalerweise bist du gut darin, deine Gefühle zu verbergen. Gerade tust du es nicht. Du lässt ihn alles sehen. Jedes Fünkchen Verachtung, das du für ihn an den Tag legst. Und ich bin so stolz auf dich. Ich halte dir die Tür auf, denn ich mag es nicht, wenn er dich ansieht. Ich mag es nicht, wenn er sich von dir herausgefordert fühlt. Er soll seine Finger von dir lassen, sonst muss ich sie ihm abhacken.

Du folgst meiner stummen Aufforderung, gehst an ihm vorbei und hinein. Ich schaue dich nochmal kurz an, bevor ich die Tür loslasse und sie zufällt.

Dann schaue ich zurück zu meinem Vater. Der starrt immer noch an die Tür. Sein Blick ist so hart. Ich weiß, dass sein größtes Problem bei dir und mir liegt. »Es ist egal, wer, oder? Ob sie nun Rush, Al Rasheed oder Wolkov mit Nachnamen heißen würde. Du erträgst keine Frau an meiner Seite, nicht wahr?«, frage ich leise.

»Oh doch«, meint er. »Eine, die angemessen ist, schon.«

»Wirklich? Du würdest es ertragen, wenn ich eine andere Frau, die ich wirklich liebe und mit der ich zusammen sein will, die einen Nachnamen trägt, der dir zusagt, heirate? Mit ihr lebe. Völlig auf sie fixiert bin? Kinder mit ihr habe ...« Seine Augen blitzen. »Aaah«, mache ich verstehend.

»Fahren wir einfach«, meint er bitter.

»Fahr schon mal vor, ich komme später nach. Du hast sicher einiges aufzuarbeiten. Ich habe dir einen Donovan-Ordner auf dem PC hinterlassen. Da findest du alles, was du brauchst.« Die Zeit habe ich mir vorhin noch genommen, Rosalie. Das musste sein.

»Du bist so freundlich«, säuselt er zynisch.

»Ich wünschte, ich könnte das Gleiche von dir behaupten.« Damit stoße ich die Tür auf, ohne ihn nochmal anzusehen, gehe rein und schließe sie vor seiner Nase.

Genug ist genug, Rosalie und ich denke, mein Vater hat das Maß ordentlich gefüllt. Jetzt will ich nur noch zu dir, Baby. Ich weiß, ich bin ein wenig planlos und ich weiß, ich sollte vermutlich die Finger von dir lassen, aber ich kann gerade nicht. Du bist wie eine Schmerztablette bei Migräne, wie die heiße Dusche im tiefsten Winter und ich brauche dich gerade. Vorausgesetzt, du willst mich noch, Tesoro.

33. Unser Irgendwann, Sergio

Rosalie

Donovan de Luca ist zurück. Du hattest recht, er lebt noch. Vor einer Woche erst haben wir uns darüber unterhalten. Du hast mich gefragt, was für mich ein Grund wäre, so was zu vergeben, und ich habe gesagt: keiner.

Für mich gibt es keinen plausiblen Grund, seinen Sohn dermaßen im Stich zu lassen, wie er es bei dir getan hat.

Jetzt ist er hier. Er atmet. Er spricht. Er lebt. Ich würde es nicht glauben, wenn es nicht so offensichtlich wäre, und wenn ich nicht das empfinden würde, was allein sein Anblick in mir auslöst. Denn schon vorhin, als ich ihn gesehen habe, spürte ich sofort diese Abneigung. Diesen Hass. Und das schafft nur einer innerhalb von ein paar Sekunden.

Ich kann mir gar nicht vorstellen, was gerade in dir vorgeht. Ich kann mir gar nicht vorstellen, wie durcheinander du sein und was du empfinden musst. Als ich meinem Vater die Unterlagen gebe, die ich mit Jaxon von unserem Anwalt geholt habe, bin ich noch immer abgelenkt und mit den Gedanken bei dir. Ich meine, da täuscht dein Vater seinen Tod vor, kommt hierher, als wäre nichts gewesen, und sagt: »Rosalie.«

Einfach nur Rosalie!

Das muss man erstmal schaffen.

Wie dreist.

Wie egoistisch.

Wie widerlich!

Darüber kann man nur den Kopf schütteln. Ich bin immer noch total entsetzt und überlege, dich gleich anzurufen. Im Salon wird heiß diskutiert. Ich höre gar nicht richtig zu, aber es geht um Catalina und darum, wie jetzt weiter mit deinem Vater umgegangen werden soll. Denn dass er natürlich für Probleme sorgen wird, ist klar. Er ist dein Vater. Der hat das Wort »Problem« erfunden.

Seit ein paar Stunden ist er wieder in Chicago und meine Familie balanciert schon am Rande des Wahnsinns. Auch eine Kunst. Ich lasse sie diskutieren und wende mich ab. Ich habe kein gutes Gefühl dabei, dass er wieder da ist, und ich will gar nicht daran denken, was er alles geplant hat. Und das hat er. So war es schon immer.

Meinen Kopf schüttelnd verlasse ich den Salon und ziehe mein Handy aus der Tasche. Ich werde dich gleich anrufen, denn du bist nicht mehr da und sicher mit ihm nach Hause gefahren. Du warst vorhin schon so durch den Wind, als du uns mitgeteilt hast, dass er lebt. Am liebsten hätte ich einfach deine Hand genommen und dich hoch in mein

Zimmer gebracht. Ich hätte mich so gern mit dir ins Bett gelegt und dir gezeigt, dass du nicht allein bist. Dass du durch diesen ganzen Wahnsinn nicht allein musst. Egal, wie es zwischen uns ist. Ob wir zusammen sind oder nicht. In so einer Situation würde ich dich nie im Stich lassen. Nicht so wie ER.

Ich seufze und betrete den oberen Flur. Es ist still, weil alle unten sind. Ich drücke auf die Kurzwahl deiner Nummer, die nach wie vor auf der eins liegt, weil du immer meine Nummer eins sein wirst. Völlig gedankenverloren halte ich mir das Handy ans Ohr, als ich meine Zimmertür öffne und einen harten Griff um meinen Unterarm spüre, sodass mir das Telefon aus der Hand fällt. Eine winzige Sekunde will ich schreien. Dann presst sich eine Hand auf meinen Mund und Panik durchflutet mich.

FUCK! Es fängt an! Donovan dreht durch!

Ich werde mit dem Rücken an eine harte Brust gezogen. Ich erkenne dich erst, als dein Atem mein Ohr streift und du wisperst: »Nicht schreien.«

Du drängst dein Becken an mich und drückst mich mit dem Vorderkörper gegen die Tür. Ich kann gar nicht folgen. Du bist hier. Du drängst dich an mich. Du berührst mich, du hältst mich, du bist hart und … was tust du hier? Sanft nimmst du deine Hand von meinem Mund und mein Atem geht sofort schneller.

»Was?«, frage ich verwirrt und spüre dich mit jeder einzelnen Faser. Du presst meinen Unterarm, der immer noch in deinem Griff ist, gegen die Tür über meinem Kopf. Dann streichst du mit deiner flachen Hand über ihn, bis deine Finger über meinen liegen und du sie miteinander verschränkst. Du verschränkst tatsächlich unsere Finger miteinander, Sergio, und mir schießen die Tränen in die Augen, weil diese kleine Berührung alles in mir explodieren lässt.

Den anderen Arm schlingst du um meinen Bauch und meine Knie geben fast nach, als mein Körper zum Leben erwacht und tausend Emotionen auf mich einstürmen. Liebe, Angst, Schmerz, Leidenschaft, absolute Hingabe, absolute Selbstaufgabe, Verlangen, Lust, Glück ... Tausend Bilder. Tausend Mal du und ich. Tausend Mal leben, lachen, lieben. Tausend mal wir.

Du streichst mit deiner Nase mein Haar zur Seite. Dann gleitet dein heißer Atem über meinen Nacken, als du meinen Duft einziehst. Meine Lider fallen wie von selbst zu. Egal, was du auch immer tust, hör einfach nicht auf.

Bitte hör nie wieder auf.

Ist das ein Traum? Ich weiß es nicht. Fuck.

Du schnippst den Knopf meiner Jeans auf und deine Lippen streichen über meinen Nacken, weshalb ich erschauere. Ich habe deine Lippen so lange nicht mehr gespürt, allerdings habe ich auch nie gedacht, dass das nochmal der Fall sein würde. Tief in mir hatte ich die Hoffnung schon begraben, die Flamme so weit erstickt, bis nur noch ein paar winzige Funken davon übrig waren, die sich einfach nicht löschen ließen. Egal, wie sehr ich es auch probiert habe.

Wenn das ein Traum ist, will ich jetzt bloß nicht aufwachen, wie sonst immer. Du zerrst meinen Reißverschluss auf und das Herz in meiner Brust gleicht einem Presslufthammer. Ich kann mich nicht rühren, denn ich will nicht, dass du verpuffst, oder dass du aufhörst. Deine Lippen sind in der Kuhle unter meinem Ohr und mein Atem beschleunigt sich erneut.

»Sergio?«, frage ich gequält und lusttrunken in einem.

»Mhmm«, summst du zurück und streichst mit deiner Nase hinter meinem Ohr entlang, weswegen alles in mir prickelt. Deine Finger schließen sich fester um meine und ich liebe das. Ich liebe es, wenn du mich anfasst.

»Sag mir, dass du mich noch willst«, flüsterst du in mein Ohr und deine Fingerspitzen schieben sich in meine Jeans und geradewegs mein Höschen. In meinem Bauch wird es heißer und alles krampft sich zusammen. Ich kann nicht klar denken, du bist so nah, dein Duft ist überall, und jetzt ziehst du auch noch mein Ohrläppchen zwischen deine Zähne, weshalb Gänsehaut meinen Rücken hinabrieselt.

»Was?«, frage ich total benebelt, während dein Mittelfinger an meiner Mitte nach unten streicht.

»Sag mir, dass du mich noch willst«, wiederholst du und beginnst, mich zu massieren, wobei du in mein Ohr stöhnst. Du stöhnst in mein Ohr und in mir explodiert alles. Sprengt die unsichtbaren Ketten, an die ich mich gefesselt habe, um dir fernzubleiben. Ich bin wie berauscht. Keine Droge dieser Welt kann diese Empfindungen in mir auslösen wie du, wenn du mich berührst und mit dieser Stimme sprichst. Ich schlucke trocken und versuche, mich irgendwie zusammenzureißen, einen klaren Gedanken zu fassen und zu sprechen. Obwohl du jetzt einen Zeigefinger hinzunimmst und quälend langsam an mir entlangstreichst. Wieder stöhnst du genüsslich direkt in mein Ohr. Nichts war je so intensiv wie deine Finger zwischen meinen Beinen oder dieser Laut, der über meine Haut fegt und die kleinen Funken in mir zu einer Stichflamme hochlodern lässt.

Ich keuche und lasse meinen Kopf gegen deine Schulter sinken, als alles in mir zusammenfällt.

Du bist hier.

Du berührst mich.

Du willst, dass ich dich will.

GOTT.

»Ich will dich«, erwidere ich, wobei ich nicht weiß, wie mir das gelungen ist. Denn diese eine Gewissheit wird sich nie ändern. Deine Finger massieren mich etwas härter und deine Lippen streichen über meine Kieferlinie. Ich stöhne jetzt ebenfalls, ich kann nicht anders, und dränge dir mein Becken entgegen, während ich mit einer Hand in deinen Nacken greife. Du packst den Saum meines Pullovers und ziehst dich etwas zurück, als du ihn mir über den Kopf zerrst.

GOTT!

Ich trage nur noch meinen schwarzen BH und meine Jeans, in der du immer noch eine Hand hast. Jetzt greifst du allerdings in den Bund und reißt sie meinen Hintern runter, nicht ohne mich weiterhin zu massieren. Ich stöhne wieder und lasse meine Stirn gegen die Tür sinken, während ich mit zitternden Beinen aus der Jeans trete.

Ich glaube, ich kippe gleich einfach um.

Was passiert hier?

»GOTT«, keuche ich total überwältigt und du nickst in meinem Nacken, während deine Finger weiter nach hinten streichen und du sie in mich schiebst. Wieder stöhnst du, genau wie ich. Du bist in mir, endlich, und das ist so perfekt! Die Stichflamme in mir wird langsam zum Waldbrand, breitet sich aus und verschlingt nach und nach alles. Sie füllt dieses schwarze klaffende Loch mit ihren heißen Flammen, das sich langsam zusammenzuziehen scheint. Ich biege meinen Rücken durch und kneife die Augen fester zusammen. In dem Moment, als du deine Finger in mich schiebst und sie zweimal gezielt bewegst, komme ich.

Ich falle auseinander, sofort.

Ich kann gar nicht anders, selbst wenn ich wollte, denn ich habe das hier zu lange nicht gespürt. Außerdem kennst du meinen Körper immer noch in- und auswendig. Meine Beine geben jetzt unter mir nach, weshalb du mich mit der Brust an meinem Rücken stärker gegen die Tür presst, sodass ich das Gleichgewicht nicht verliere.

Der Orgasmus ist so intensiv.

Oh mein Gott, was passiert hier?

Du stöhnst wieder und hältst deine Finger in mir still. Ich zucke immer noch etwas und mein Atem geht gepresst und hart. Genau wie deiner. Das Blut rauscht heiß durch meine Adern. Jede einzelne Zelle in mir ist wie elektrisiert und prickelt, steht unter Strom. Das schaffst nur du mit ein paar Bewegungen. Du entziehst mir deine Finger äußerst langsam, weshalb ich ein protestierendes Geräusch von mir gebe, und nimmst sie dann aus meinem Höschen.

Bitte hör jetzt nicht auf! Wenn du es tust, drehe ich durch! Das war noch nicht genug nach all der Zeit!

Zum Glück greifst du nach meiner Hand und drehst mich zu dir um. Ich starre dich an. Kann es immer noch nicht glauben. Dein Atem geht schwer, dein Blick ist dunkel und lustverhangen. Ich habe das so vermisst, ich habe *dich* so vermisst. Du umfasst den Saum deines Pullovers und streifst ihn mit dem Muskelshirt darunter über deinen Kopf. Ich kann dich nur atemlos anstarren.

Passiert das wirklich?

Du nimmst meine Hand und legst sie auf deine Brust, wobei du einen Unterarm über mir abstützt und die Augen schließt. Ich keuche, als ich deine warme Haut endlich wieder unter meinen Fingern spüre, denn ich habe wirklich gedacht, ich würde dich nie wieder so berühren. Du bist so unglaublich perfekt, wie für mich gemacht. Ehrfürchtig streiche ich mit den Fingerspitzen über deine klar definierte Brust und genieße das Kribbeln, das dabei wieder in mir entsteht. Das Gefühl, am Leben zu sein, das ich so intensiv empfinde, wenn wir zusammen sind. Du hältst immer noch mein Handgelenk und ziehst meine Hand weiter runter auf deinen Bauch, unter dem die Muskeln zucken.

Gleich falle ich in Ohnmacht.

Ich lasse meine Augen gierig über jeden Zentimeter Perfektion vor mir gleiten.

Seit ich dich das letzte Mal so gesehen habe, hast du an Muskelmasse zugelegt. Deine Schultern sind breiter geworden, deine Arme definierter. Jeder Muskel sitzt am richtigen Fleck, ist nicht zu wuchtig, aber doch klar erkennbar. Ich könnte dich den ganzen Tag nur anstarren und wäre glücklich. Selig. Im Himmel.

Ich beiße mir auf die Unterlippe, weil ich dich küssen muss. Du ziehst die Augenbrauen zusammen und beugst deinen Kopf vor, weshalb alles in mir erstarrt. Dein Atem streift meine Lippen und du schiebst meine Hand weiter runter zu deinem Gürtel. Das hast du immer getan. Erst dann lässt du mich los und stützt dich auch mit der anderen Hand über meinem Kopf ab. Ohne meinen Blick von deinem zu nehmen, ziehe ich den Gürtel aus der Schlaufe. Mein Herz überschlägt sich fast, mein Atem geht wieder schneller, aber ich schaffe es, meine Finger vom Zittern abzuhalten.

Bitte, küss mich doch endlich!

Im nächsten Moment prallen deine Lippen auf meine.

Gott. Du küsst mich.

Und du stöhnst.

Genau wie ich.

Es ist so überwältigend, deinen Mund wieder auf meinem zu spüren, deine Zunge, die über meine gleitet, so sinnlich und tief. So berauschend. Du schmeckst nach Whisky, nach dir, nach uns. Nach langen Sommernächten voll Lachen und wildem Geknutsche. Du schmeckst nach heimlichen Berührungen unter dem Esstisch und der Aufregung, wenn ich in deinem Zimmer auf dich gewartet habe. Du schmeckst nach dem Mann, der immer für mich da war, der immer vor oder hinter mir stand, je nachdem, was ich gebraucht habe. Du schmeckst nach diesem einem Menschen, der mich nie im Stich lassen würde und dem ich mit allem, was ich bin, vertraue. Du schmeckst nach Herzrasen und Bauchkribbeln. Du schmeckst nach Liebe, Glück und Frieden. Du schmeckst nach allem, was ich brauche. Du schmeckst nach meiner Vergangenheit und meiner Zukunft.

Ich liebe dich so sehr und ich kann nie wieder auf dich verzichten, Sergio.

Wieder überwältigen mich die Gefühle so sehr, dass ich die Tränen zurückdrängen muss.

Ich gehe auf die Zehenspitzen und reiße jetzt den Gürtel ganz auf, während meine Zunge leidenschaftlich über deine streicht und du mir dein Becken ungeduldig entgegenbewegst. Ich kann es nicht mehr aushalten und reiße deinen Knopf auf, bevor ich den Reißverschluss aufziehe und meine Hand einfach in deine Shorts schiebe. Du stöhnst wieder, genau wie ich, als ich dich umfasse. Du bist hart und verdammt groß. Ich habe es so vermisst, zu sehen, was ich bei dir auslöse. Zu spüren, wie sehr du mich willst, selbst nach all der Zeit noch, lässt weitere Flammen auflodern. Ich küsse dich tiefer, was du erwiderst. Mein Atem überschlägt sich fast, während ich meine Hand fahrig an dir bewege. Du packst fest meinen Nacken und ich erschauere heftig. Gleichzeitig drängst du deine Hüften meinen Fingern entgegen. Ich werde gleich wahnsinnig, Sergio. Ehrlich.

Bitte!

Du reißt mein Höschen zur Seite. Dann umfasst du mich mit beiden Händen an den Oberschenkeln und hebst mich mit einem Ruck hoch, sodass ich meine Finger aus deiner Hose nehme, um mich in deine Schulter zu krallen. Deine Arme sind angespannt und deine Muskeln spielen verführerisch. Ich streiche gierig darüber, weshalb du erschauerst. Du küsst mich weiter und ich schlinge meine Beine fest um dich, sodass ich dich dazwischen spüren kann. Völlig losgelöst reibe ich mich an dir, denn ich brauche dich gerade so, und du stöhnst auf. Ich gebe mich dem aufgestautem Verlangen nach dir einfach hin und kann nicht mehr klar denken.

Drei Jahre! Drei Jahre habe ich auf das hier verzichtet!

Du trägst mich durch das Zimmer, bevor du mich auf meine Fensterbank setzt und eine Hand über meinem Kopf an die Scheibe stützt. Tief siehst du mir in die Augen, dann positionierst du dich zwischen meinen Beinen. Ich explodiere gleich vor Lust und Sehnsucht nach dir. Ich bin gefangen von deinem Blick, der so dunkel ist und glüht. Gefangen in den Gefühlen, die mich fluten. Gefangen in diesem berauschenden Chaos. Ich halte den Atem an, während mein Herz so sehr schlägt, dass der Puls in meinen Ohren widerhallt. Dann stößt du mit einem Ruck in mich.

Endlich. Tief.

Ich lasse meinen Kopf nach hinten gegen die Scheibe fallen. Du fühlst dich so gut an und wir stöhnen beide auf. Das hier ist das Paradies auf Erden. Nichts hat sich je besser angefühlt, als wenn du in mir bist. Niemals.

Du legst einen Arm um meine Taille und drückst mich dir entgegen, während du anfängst, dich zu bewegen. Nicht etwa langsam und genüsslich, sondern als hätten wir keine Zeit. Du treibst dich hart und schnell in mich. Ich will jetzt nicht darüber nachdenken, ob wir noch Zeit haben oder nicht. Ich will dich nur spüren, alles in mir aufsaugen, diesen Moment genießen.

Dein hektischer Atem streift meine Schulter, als du dich mit beiden Händen neben meinem Körper am Fensterbrett abstützt und dein Kopf zwischen deine Schultern sinkt. Ich habe ein Bein um dich geschlungen und halte mich mit einer Hand am Fenstergriff fest, während ich immer wieder nach hinten rucke. Mit der anderen kralle ich mich in deinen Arm. Deine Stöße sind gezielt, ungeduldig, drängend.

Du hebst den Kopf, um mich anzusehen, und unsere Blicke versinken ineinander. Deine Stirn glänzt feucht und ich spüre, wie auch mir der Schweiß im Nacken ausbricht.

Gott, ich liebe das.

Ich liebe dich.

So sehr.

Wir können die Augen nicht voneinander nehmen. Das ist so intensiv, du bist so tief – in meinem Körper und meiner Seele. Deine Lippen sind einen Spalt geöffnet und der Atem entweicht ihnen hektisch. Dein Blick ist völlig abgedriftet und vernebelt. Allein, dich anzusehen, lässt mich fast kommen und wirbelt die Emotionen noch höher. Alles was davor so stumpf war, erwacht wieder endgültig zum Leben.

Ich wusste gar nicht, dass ich davor wie tot war.

Ich wusste gar nicht, dass ich ohne dich eigentlich nicht gelebt habe.

Ich wusste gar nicht, dass ich dich brauche wie die Luft zum Atmen.

Ich wusste gar nicht, was für eine Macht du über mich hast.

Ich wusste gar nicht, dass ich erst jetzt mein ganzes Herz zurückhabe.

Denn du bist mein Herz, Sergio.

Jetzt weiß ich es, denn ich spüre es wieder ganz – und es rast wie wild.

Du beugst dich vor und drückst deine Lippen auf meine. Ich dränge mich dir entgegen und kralle meine Hand in deinen Nacken. Dein Name entkommt mir als atemloses, völlig überwältigtes Keuchen in deinen Mund und du stöhnst auf. Fest legst du deine flache Hand an meinen unteren Rücken und streichst mit ihr hinauf zwischen meine Schulterblätter, weswegen ich heftig erschauere. Du hältst mich dort fest und presst meine Brust an deine, sodass ich deinen hämmernden Herzschlag spüren kann.

Hast auch du jetzt dein ganzes Herz wieder? Bin ich immer noch dein Herz?

Wir sind uns ganz nah. Unsere erhitzten, schwitzenden Körper drängen sich aneinander. Ich spüre jeden zuckenden Muskel, jede Faser, doch es ist immer noch nicht genug. Deine Zunge drängt sich wieder grob zwischen meine Lippen. Hektisch hebe ich mein Bein etwas weiter und schlinge auch das andere um dich, weshalb du in meinen Mund stöhnst und tiefer in mich stößt.

Ich keuche auf und versinke in diesem Rausch. Da bist nur noch du. Alles andere ist unwichtig.

Wer wir sind.

Woher wir kommen.

Wohin wir gehen.

Völlig egal.

Jetzt verlagerst du dein Gewicht etwas, ziehst dich fast ganz aus mir zurück und stößt dann gezielt tief in mich, sodass ich sofort explodiere. Du bewegst dich stöhnend weiter, und ich erschauere am ganzen Körper. Jeder Muskel spannt sich an und ich kralle mich an dir fest. Ich zerfalle. In deinen Armen. Ich presse mich weiter an dich, während meine Muskeln heftig zucken und ich deinen Namen hauche. Der Orgasmus ist noch intensiver als der vorherige und trägt mich fort. Weg, in eine Welt, wo alles perfekt ist.

Dann entspannen sich meine Muskeln mit einem Ruck wieder.

Mit einer Hand packst du meinen Oberschenkel und ziehst mich grob näher, als ob das möglich wäre. Dabei stößt du weiterhin in mich, weshalb mein Kopf gegen die Scheibe ruckt und du deine Hand an meinen Hinterkopf legst, damit ich nicht nochmal dagegenkrache. Deine Finger bohren sich in meinen Oberschenkel und du ziehst dich erneut ganz aus mir zurück.

»Achtung«, flüsterst du an meinem Mund und drängst dich hart, bis zum Anschlag, in mich, sodass ich völlig unverhofft und ohne jegliche Vorwarnung noch einmal komme. Ich glaube, so tief wie jetzt warst du noch nie in mir. Du murmelst einen italienisch-amerikanischen Fluch direkt an meinen Lippen und lässt los. Ich spüre sehr genau, wie du tief in mir explodierst, während ich auch zucke und die Wellen unnachgiebig über uns hinwegspülen. Du stöhnst, dein ganzer Rücken ist angespannt, deine Zähne graben sich in meine Unterlippe, weswegen ich keuche und meine Augenbrauen zusammenziehe. Ich liebe es, wenn du so wild bist, wenn du durch mich die Kontrolle verlierst.

Ich komme und komme und komme. Und du kommst und kommst und kommst und *kommst, Sergio*!

Heilige Scheiße!

Es hört gar nicht mehr auf und du bleibst völlig ruhig in mir, sodass ich es genau spüre. Wenn ich nicht gerade schon einen Orgasmus hätte, würde mich allein das nochmal zum Kommen bringen.

Oh.

Mein.

Gott.

Es dauert einen Moment, einen langen Moment, dann entspannst du dich mit einem Ruck, und auch ich sacke in mich zusammen.

Du lehnst deine Stirn an meine und ich schließe meine Augen, während unser hektischer Atem sich vermischt und unsere Herzen endlich wieder im Einklang schlagen. Ich hebe träge eine Hand und streiche durch dein Haar. Das habe ich zu lange nicht mehr getan, obwohl es das Natürlichste dieser Welt ist. Du bewegst dich noch einmal schleppend in mir, weshalb ich zucke, und ziehst dich dann zurück. Was ich nicht mag. Gar nicht.

Du schließt träge deine Hose, bleibst aber zwischen meinen Beinen stehen – nach wie vor deine Stirn an meiner. Dein Duft umnebelt mich und deine Lippen streichen über meine. Sie sind perfekt. Ich habe sie so vermisst. Zwar habe ich immer noch nicht den Hauch einer Ahnung, was das gerade war, aber ich will jetzt nicht sprechen, ich will jetzt nur fühlen, ich will jetzt nur mit dir sein. Dich nur spüren.

Du richtest mit einem Finger mein Höschen, weshalb ich wieder etwas zucke. Ich versuche, meinen keuchenden Atem zu beruhigen, öffne die Augen schließlich, um direkt in deine zu sehen. Dein Dunkelblau verschlingt mich geradezu. Es ist, als wären alle Barrieren niedergerissen. Du bist wieder mein Sergio.

Du ziehst deinen Kopf etwas zurück und betrachtest mich. Total berauscht und hingerissen schaue ich zu dir hoch.

»Das wollte ich schon seit drei Jahren machen«, erklärst du heiser.

»Ich wollte auch seit drei Jahren, dass du das machst«, erwidere ich ebenso rau und nicke langsam. Du klemmst mir die Haare hinter das Ohr und mein Gesicht neigt sich sofort automatisch deiner Hand entgegen. Es ist so vertraut und doch habe ich es so lange nicht erlebt.

Ich streiche über deine perfekte Brust und sehe meinen Fingerspitzen dabei zu.

»Du bist wirklich da, oder?«, frage ich leise und du hebst zweifelnd eine Braue. Deine Augen werden langsam wieder klarer.

»Hat man das nicht gespürt?«

»Und gehört!«, brüllt jemand von unten. Ich will gar nicht genau wissen, von wem das kam. Du grinst träge.

»Meine Träume sind immer sehr realistisch«, informiere ich dich und ignoriere den Ruf einfach. Du beugst dich über mich, um das Fenster zu schließen, das angekippt war.

»Nun, das war kein Traum.«

Ich atme tief durch. »Okay.«

Du reichst mir deine Hand, um mir vom Fensterbrett zu helfen. Dann wirfst du einen Blick auf deine Uhr und führst mich zum Bett. Ich folge dir widerstandslos, weil ich dir immer folge. Egal wohin.

Wir sinken zusammen auf meine Matratze. Hier lagen wir früher sehr oft. Du ziehst mich an deine Brust und ich frage mich prompt wieder, ob das real ist. Das ist zu perfekt. Du riechst zu gut und ich darf dich wieder berühren. Ich summe und streiche mit meiner Nase über deine Haut. Ich bin wie ein Junkie, der endlich wieder etwas von seinem Stoff bekommt.

»Es ist vielleicht egoistisch, aber ich brauche das gerade«, murmelst du in mein Haar, während deine Fingerspitzen über meinen Rücken gleiten.

»Es ist nicht egoistisch und ich brauche das auch«, antworte ich träge. Du küsst mich auf die Stirn, während dein Atem mich streift.

»Ich weiß«, wisperst du noch und dann bist du still. Genau wie ich.

Ich liege einfach nur da und sauge alles von dir auf, was ich kriegen kann. Dabei denke ich nicht an später oder an morgen, sondern genieße den Moment. Und obwohl ich es nicht will, weil du mir viel zu leicht das Herz brechen kannst, und ich alles versuche, um mich selbst zu schützen, so wie die letzten Jahre auch, kann ich nicht verhindern, dass diese kleine Flamme der Hoffnung nun wieder konstant lodert. Diese Hoffnung darauf, dass wir unser Irgendwann vielleicht doch noch bekommen. Vielleicht ist es ja jetzt an der Zeit für uns. Vielleicht sind wir jetzt endlich bereit. Und vielleicht beginnt unser Irgendwann genau jetzt.

34. Zu lieben, Rosalie

XX

Sergio

Ich war in dir, Rosalie.

Tief in dir.

Jetzt bin ich es nicht mehr.

Stattdessen sitze ich in meinem Auto und fahre über die Brücke, zurück in mein Haus, was im Grunde gar nicht mein Haus ist. Ich habe es nur warmgehalten, während der Boss sich eine Pause gegönnt hat. Auch gut.

Es tut mir nicht leid, dass ich dir in deinem Zimmer aufgelauert habe.

Es tut mir nicht leid, dass ich neben dir lag, bis du eingeschlafen bist.

Es tut mir nicht leid, dass ich beobachtet habe, wie friedlich zu dabei ausgesehen hast.

Mir tut es leid, dass ich diese Grenze nicht schon früher überschritten habe. Diese imaginäre Grenze, die erst mein Vater und ich mir dann selbst auferlegt habe. Erst mein Vater, indem er gedroht hat, er würde dich verheiraten, wenn ich dir zu nah komme und dann ich selber, weil das Leben für dich mit mir als Oberboss zu gefährlich gewesen wäre. Aber der originale Boss ist ja zurück und somit sinke ich wieder im Rang. Nicht, dass mir das was ausmachen würde.

Jetzt, da ich dich gespürt habe, da ich dein Stöhnen wieder gehört habe; jetzt, da ich wieder weiß, wie du schmeckst, fühle ich mich zum ersten Mal seit drei Jahren wieder lebendig. In der Sekunde, als ich meine Finger an dir hatte – und in dir –, ist das Leben wieder in meine Glieder zurückgekehrt und ich konnte wieder fühlen. Es hat geprickelt. Es hat in meiner Brust geprickelt und das erste Mal, seit ich dich gehenlassen habe, konnte ich wirklich wieder was empfinden. Weil nur du das schaffst. Du bist mein Tornado. Eigentlich liebe ich es, wenn du über mich hinwegfegst und mich aufwirbelst. Es ist nur schwierig, das zuzulassen, wenn mein Vater in der Nähe ist oder ich ein Oberboss sein muss. Tja, ist das eine nicht der Fall, passiert das andere.

Aber ich fühle mich jetzt viel besser. Viel geordneter. Irgendwie viel mehr wie ich selbst. Du hast das Talent, alles aus mir herauszukitzeln, was ich hinter der Mauer vergrabe, so tief vergrabe, weil es mir sonst im Weg steht. Zumindest im Alltag. Aber Zeit mit dir ist kein Alltag. Sie ist exklusiv, also genieße ich dieses Prickeln, solange ich kann, und speichere es in mir ab.

Ich weiß nicht, was kommen wird, Rosalie, und ich will auch nicht darüber nachdenken. Jetzt will ich die Nachwellen davon genießen, was du mit mir machst. Daran denken, wie du mich eben angesehen hast. Mich an dein Stöhnen erinnern, aber besser nicht zu genau, sonst werde ich wieder hart. Hauptsache, ich habe es gespeichert und kann es abrufen, wenn ich es brauche.

Ich halte vor dem schwarzen Tor und meine Schultern spannen sich automatisch etwas an. Jetzt werde ich auf das Grundstück fahren und das Haus betreten. Das Büro wird nicht verriegelt sein. Und ER wird hinter dem Schreibtisch sitzen.

Na schön.

Auch das werde ich überstehen, also rolle ich über den Kies, sobald die Gitter sich geöffnet haben. Aha, er steht auf meinem sonstigen Parkplatz. Kurz blitzt Wut in mir auf. Dieser männliche Drang danach, sein Revier zu verteidigen. Kurz brodelt es in mir. Aber dann parke ich einfach neben ihm. Der Klügere gibt ja bekanntlich nach.

Anschließend steige ich aus. Und dabei denke ich daran, wie du dich angefühlt hast, als ich meine Finger in dich geschoben habe und du gekommen bist.

Das beruhigt mich.

Meine Schritte knirschen auf dem frostigen Boden, als ich den Platz überquere, die Hände in meinen Manteltaschen. Ich bin jetzt ganz ruhig. Die letzten Jahre war ich stets ganz ruhig. Ich war nicht mehr impulsiv. Was mich am meisten an allem ärgert, ist, dass er immer noch die Macht hat, diese Impulsivität in mir zu wecken. Deshalb ist es ganz gut, dass ich bei dir war. Ich könnte zwanzig Frauen vögeln, keine würde es schaffen, dass ich mich danach langfristig so entspannt und innerlich ausgewogen fühle. Du bist wie ein fucking Spa-Wochenende.

Ich betrete das Haus, nachdem der Bodyguard vor der Tür mir geöffnet hat, und schreite durch das Foyer. Eigentlich würde ich jetzt am liebsten direkt hochgehen, aber ich muss noch was aus dem Büro für Camillo holen, damit er morgen seinen Auftrag für mich erledigen kann. Es ist ein Stick, der in einer Schublade des Schreibtisches liegt.

Als ich näher komme, sehe ich, dass Giovanni Wache vor dem Büro hält. Er ist wie eine Ex, die man mit einem Neuen sieht, und kurz zieht sich mein Magen zusammen. Ich mustere ihn fünf Sekunden, dann wende ich den Blick wieder ab. Ich habe nicht das Bedürfnis, mich mit ihm zu unterhalten.

Ich habe auch nicht das Bedürfnis, zu klopfen, also gehe ich einfach rein. Das Bild, was mich erwartet, trifft mich kurz unvorbereitet. Ich fühle mich wieder wie siebzehn.

Mein Vater sitzt auf dem Sessel hinter dem Schreibtisch, die Unterarme auf die schwere Platte gestützt und ein Glas Cognac zwischen den Händen. Die angebrochene Flasche steht neben ihm. Der Computer ist aus, was mich überrascht. Ich habe eigentlich damit gerechnet, dass er sich jetzt selbstgefällig, wie er ist, in seine Arbeit stürzt und einfach so tut, als wäre er nie weg gewesen. Aber jetzt sitzt er einfach nur da und sieht von seinem Cognac zu mir hoch.

Ich stocke und schließe leise die Tür hinter mir. Einfach an dich denken, Rosalie. Und wo ich eben mit meinen Fingern war. Das lenkt mich hiervon ab. Ich rieche dich noch und ich schmecke dich noch. Ich höre dich noch meinen

Namen stöhnen und erschauere leicht. Okay, zu viel an dich gedacht, Baby.

Ich fahre mir durch die seit drei Jahren das erste Mal wieder chaotischen Haare, bevor ich die drei Schritte durch das Büro mache und mich neben den Schreibtisch stelle. Seine trüben Augen folgen mir. »Ich brauche da was«, murmle ich und deute auf die entsprechende Schublade, weshalb er auf dem Bürosessel zur Seite rollt und ich in die Hocke gehe, um die unterste zu öffnen. Kurz wühle ich in den ganzen Sticks herum und ziehe den roten für Camillo hervor, ehe ich die Schublade wieder schließe und mich erhebe. Dann trete ich einen Schritt zurück und sehe stirnrunzelnd zu ihm runter.

»Was muss ich dafür tun, dass du mir vergibst?«, will er etwas angetrunken wissen. Mit der Frage überrumpelt er mich. Sie ist seltsam und passt so gar nicht zu seiner Scheißegal-Einstellung.

Ich betrachte ihn kurz, wie er da so mit seiner leicht verfärbten Wange und seinem glasigen Blick sitzt. Vielleicht bist du das in mir, aber ich spüre, wie es in meinem Magen sticht. Okay, Mitleid ist in diesem Business eigentlich tödlich. Aber er ist mein Vater. Also seufze ich und streife den Mantel ab, schmeiße ihn über einen der Stühle und verstaue den Stick in meiner Hosentasche. Dann nehme ich mir eines der Gläser vom Silbertablett und setze mich ihm gegenüber. Ich ziehe die Flasche heran und schenke mir etwas von dem Cognac ein.

Dann schließe ich sie, trinke einen Schluck und stütze auch meine Unterarme auf den Tisch. Ich lasse meine Augen über sein Gesicht gleiten. »Egal, was ich dir jetzt sage, du wirst es nicht tun. Also wozu diese Frage?« Meine Stimme ist noch heiser und ich räuspere mich.

Er reibt sich über die Augen sowie die Stirn und streicht sich durch das dunkelbraune Haar, sodass es genauso chaotisch aussieht wie meins. Auch ein äußerst seltener Anblick.

»Weißt du, was das Problem ist?«, fragt er und betrachtet die goldene Flüssigkeit in seinem Glas. »Wenn du so viele Dinge tust, die die Leute verletzen, fängst du irgendwann an, dich zu verschließen. Du fängst irgendwann an, gar nicht mehr zu versuchen, gut zu sein. Ehrenhaft zu sein. Jemanden zu schonen. Und nicht verletzend zu sein. Weil es sowieso nichts mehr bringt. Du wirst sowieso von allen als Monster gesehen. Du kannst letztendlich tun, was du willst, weil deine schlechten Taten immer mehr wiegen als deine guten. Und irgendwann gibst du es einfach auf. Du gibst auf, zu versuchen, gut zu sein.«

Ich höre ihm sehr genau zu, während ich meinen Cognac schwenke und ihn beobachte. Die letzten Jahre haben nichts an ihm verändert. Vielleicht haben sie ihn sogar noch mehr aufgeraut. Ich denke an seine Worte. Jene Worte, die ich mir jeden Tag vorgebetet habe. »*Das Wichtigste, was am Ende bleibt, ist nicht das, was du besitzt, sondern die Menschen um dich herum, die dich lieben. Und wenn es nur einer ist.*« Ich trinke einen Schluck. »Das hast du gesagt. Aber du gibst dir keine Mühe, dass dich auch nur einer liebt. Du gibst den Menschen keine Chance. Denkst du wirklich, ich hätte so reagiert, wenn ich dich auch nur ansatzweise verstehen würde? Wenn ich wüsste, dass du mich genug liebst, um nicht egoistisch zu sein? Dass mein Wohl vor deinem steht?

Das ist nicht so. Und ich hasse das. Du hattest die Chance, es bei Catalina anders zu machen, aber auch bei ihr rennst du gerade völlig gegen eine Wand. Ich habe Stunden damit verbracht, ihr klarzumachen, was für ein Mensch du warst. Was für gute Seiten du hattest. Und dann kommst du und zeigst ihr erstmal das Schlechteste von dir. Du nimmst uns die Möglichkeit, dich zu lieben, obwohl wir es gerne tun würden. Weil Kinder ihre Eltern immer lieben wollen, auch wenn es andersrum nicht so ist.«

»Ich liebe dich«, meint er sofort fast verteidigend.

»Ich weiß, aber nicht mehr als dich selbst«, gebe ich zu bedenken. »Und was hast du jetzt überhaupt mit Catalina vor?«

»Ich werde ihr etwas Zeit geben, aber sie dann zu mir holen. Und was den Rest betrifft – ich habe nur etwas andere Prioritäten und zeige meine Gefühle nicht so wie andere«, antwortet er etwas bitter. Wahrscheinlich meint er den Carter-Dad oder Mom, die beide ihre Gefühle so offen zeigen. So sind wir groß geworden, wir alle.

»Das ist nicht schlimm. Du musst nicht jeden Tag jedem, den du liebst, sagen, dass du es tust. Das mache ich selber nicht. Ich kann meine Gefühle auch nicht sehr gut zeigen. Aber du kämpfst ja regelrecht darum, dass man sie nicht nur nicht sieht, sondern, dass man auch glaubt, du würdest das Gegenteil empfinden. Unsere Beziehung zueinander ist ein fortwährender Kampf, aber ich habe es satt, gegen meinen Vater zu kämpfen und mich ihm jeden Tag beweisen zu müssen.«

»Ich will nicht gegen dich kämpfen. Und du hast dich in meinen Augen schon bewiesen«, kontert er nachdenklich, während er mich mustert, und trinkt einen Schluck. »Ich bin nicht hier, um gegen dich zu kämpfen.«

»Du hasst alles, was ich liebe«, versuche ich, ihm klarzumachen.

»Nicht alles«, meint er heiser.

»Sicher. Nicht alles. Aber alles außer Mom und Catalina. Nicht wahr?« Und das wäre dann fast alles. Aber da bist auch noch du, da ist dein Vater sowie der Mann, den ich Dad nenne. Das ist nicht richtig. Nicht für mich. Und für mich ist das ein Kampf.

»Ich kann dir nichts vormachen.«

»Was hättest du gemacht, wenn dein Vater Mom nicht akzeptiert hätte?«, frage ich, weil ich weiß, wie intensiv er Mom liebt und geliebt hat. Ich weiß, dass es ungefähr das Gleiche ist.

»Erstmal hätte ich versucht, mich fernzuhalten.«

»Sicher«, schnaube ich.

»Doch das hätte ich nicht geschafft.« Natürlich hätte er das nicht. Wer schafft das schon, wenn die andere Person dich auch will? Okay, wenn sie dich nicht will, geht es irgendwie. Aber wenn beide sich wollen und sich ständig sehen? Wie soll das funktionieren? Wenn beide so leidenschaftlich sind und sich so sehr lieben? »Wahrscheinlich wäre ich mit ihr gegangen«, antwortet er ehrlich und trinkt einen Schluck.

»Und sogar in den schlimmsten Stunden mit dir habe ich nicht einmal darüber nachgedacht, mit ihr zu verschwinden. Obwohl ich das jederzeit hätte tun können. Mit Onkel Cadens Hilfe hättest du uns nicht gefunden. Aber das habe ich nicht. Weil du mein Vater bist.« Ich trinke auch von meinem Cognac.

Ich sehe, dass er sich eine Erwiderung verbeißt, die wahrscheinlich mal wieder unter die Gürtellinie geht. »Dann bist du der bessere Mann von uns beiden«, sagt er schließlich, was nicht die Antwort ist, die er ursprünglich geben wollte.

»Was wolltest du eigentlich sagen?«, frage ich ihn direkt.

»Das, was ich dir schon einmal gesagt habe. Du kannst sie nicht mit deiner Mutter vergleichen.«

»Das kann ich in der Tat nicht, wie ich dir auch schon einmal gesagt habe. Es hat sich nichts geändert in all den Jahren. Es gibt keinen anderen in ihrem Leben. Keine Bars. Kein Ausgehen. Keine One-Night-Stands. Kein Verlieben ...«

»Das weißt du doch nicht«, unterbricht er mich harsch und ich schnaube.

»Hat Giovanni dir denn nicht erzählt, dass ich immer jemanden hatte, der sie für mich überwacht hat? Ich wusste immer, wo sie war. Nun, sie war zu Hause. Immer. Bei ihrer Schwester, ihrer Familie. Hin und wieder auch mal bei ihren Freundinnen. Du hast recht, ich kann sie nicht mit Mom vergleichen.« Denn meine Mutter war auf einem ganz anderen Trip, das weiß ich mittlerweile. Sie hat nun einmal nicht nur einen Mann geliebt. Ich verurteile sie deshalb nicht. Wer wäre ich, es überhaupt in Betracht zu ziehen? Aber er soll sich nicht anmaßen, über dich zu sprechen, wenn er keine Ahnung hat.

Seine Augen blitzen. »Rede nicht über deine Mutter.«

»Ich liebe meine Mutter. Ich tue meiner Mutter nicht weh. Das tust du«, antworte ich. »Ich bin froh, dass sie damals getan hat, was auch immer sie getan hat. Sonst wäre sie jetzt nicht, wo sie ist. Und abgesehen von allem, ob du nun hier bist oder nicht, geht es ihr da drüben gut. Und alles, was ich mir für meine Mutter wünsche, ist, dass sie lacht. Das tut sie da drüben.«

»Ja, da drüben ist das Paradies, der Garten Eden, und hier ist die Hölle. Schon verstanden«, meint er zynisch.

»Du machst es hier zur Hölle! Ich habe das hier nicht als Hölle empfunden, als du weg warst. Aber du mit deinen ständigen Intrigen, deinen ichbezogenen Entscheidungen, deinem Trampeln über sämtliche Gefühle und Menschen, machst es zur Hölle«, erkläre ich sehr eindringlich. »Es kann auch ganz anders sein. Und das ist nicht lasch. Hier lief alles in den letzten Jahren immer geregelt. Nicht lasch. Ich war einfach nur etwas entspannter als du.«

»Ich habe nicht gesagt, dass es schlecht war, wie du es gemacht hast«, antwortet er. »Ich sage nur, dass alles, was ich entscheide, dem Wohl der Familie dient. Und dass der Wert eines Einzelnen nicht über dem großen Ganzen steht.«

»Das war eine wunderbare Beschreibung über dich, Dad«, nicke ich ab.

»So ist das. So wurde es mir beigebracht. Ich werde mich dafür nicht entschuldigen.«

»Und so lange kann ich dir auch nicht vergeben«, beantworte ich schließlich seine Frage, weil ich mit ihm nicht weitermachen kann, solange er so ein Monster ist. Er atmet durch, während ich mein Glas ausleere und es auf den Tisch stelle. Dann klopfe ich zweimal darauf und erhebe mich langsam. Ich sehe auf meine Uhr. Es ist 01:23 Uhr. So früh bin ich lange nicht mehr hochgegangen.

»Dann wünsche ich dir noch eine stressfreie Nacht«, sage ich, greife nach meinem Mantel und wende mich ab.

»Was ist jetzt mit euch?«, fragt er hinter mir und ich sehe über die Schulter. Ich werde ihm jetzt nicht sagen, was mit uns ist. Sonst verheiratet er dich noch, weshalb ich ihn erschießen oder mit dir abhauen müsste. Denn ernsthaft, mir reicht es.

»Nichts«, antworte ich nur und schwinge meinen Mantel über die Schulter. Mir ist klar, dass er weiß, dass ich lüge, weil ich es ihn sehen lasse. In mir ist dieser Teil, der ihm trotzen will. Ich bin einundzwanzig und darf immer noch nicht vögeln oder lieben, wen ich will? Das ist lächerlich.

»Gute Nacht, Dad«, meine ich sanft.

»Gute Nacht, Sergio«, flüstert er dunkel. Ich öffne die Tür und verlasse sein Büro mit einer seltsamen Mischung von Freiheit und Schwere.

35. Fieber, Catalina

XX

Ilian

Donovan de Luca ist zurück in der Stadt.

Und das Erste, was er getan hat, sobald er hier war, war zu verlangen, dass du bei ihm einziehen sollst. Dabei weißt du gerade erst seit ein paar Tagen, dass er dein Vater ist. Ich mag ihn nicht, Catalina. Aber damit stehe ich nicht allein da. Fast niemand kann deinen Vater leiden. Nicht einmal sein eigener Sohn. Aber ich kann es verstehen. Ich habe auch Probleme mit meinen Eltern. Es ist nicht leicht mit diesen Mafiavätern. Sie sind nicht so wie meine Onkel. Die Familie bedeutet ihnen nicht so viel wie das Geschäft. Das steht immer an erster Stelle. Und dein Vater ist noch mal ein ganz anderes Kaliber. Als Oberboss muss das wohl so sein, aber mir ist das Ganze trotzdem nicht geheuer.

Einziehen.

Er will, dass du da drüben *einziehst*, bei diesen notgeilen Wichsern.

Ich mag es nicht, wenn du in der Nähe von notgeilen Wichsern bist, Catalina. Es reicht schon, wenn sie dir in der Schule nachsabbern, ohne, dass du es bemerkst. Es reicht schon, wenn ich Nasen brechen muss, ohne, dass du es mitbekommst. Im Haus deines Vaters kann ich nicht auf dich aufpassen. Dort kann ich nicht einfach irgendwem die Nase brechen. Dort kann ich nicht einfach reinspazieren und mich frei bewegen. Wie soll ich da auf dich aufpassen, Babygirl?

Ich habe schon immer ein Auge auf dich gehabt, ohne, dass es dir wirklich bewusst war. Ich war immer da, ich habe dich immer gesehen. Egal, ob du zu Hause die liebe Tochter warst oder im Poolhaus das verrückte Partygör. Ich war immer da und so ist es auch richtig. Wenn wir nicht zusammen sind, ist es falsch. Und ich hasse es, wenn die Dinge falsch laufen, Catalina. Da kann ich echt ungemütlich werden, aber das habe ich dich so direkt nie sehen oder spüren lassen. Diese eine Seite von mir halte ich von dir fern, denn sie hat nichts mit dir zu tun.

Ich weiß nicht, ob ich es zulassen kann, dass du da drüben einziehst. Schließlich war dein Vater dein Leben lang nicht da und hat praktisch auf dich geschissen. Und jetzt spielt er sich auf, als hätte er ein Recht dazu. Was will er denn von dir? Will er dich als sein süßes kleines Püppchen vorzeigen oder will er dich vielleicht verheiraten? Will er jetzt, da du bald achtzehn wirst, seinen Profit aus dir schlagen? Ich habe keine Ahnung und ich hasse das. Genauso wie das Wissen, im Grunde nichts tun zu können, wenn er etwas entscheidet. Aber zur Not werde ich mir schon was einfallen lassen. Das habe ich immer.

Ich komme gerade von meinem Vater, weil ich ein paar Dinge erledigen und was mit ihm besprechen musste. Natürlich folge ich brav, wenn er mich ruft. Ich tue, was ich zu tun habe, verbeiße mir meine Kommentare, die mir so auf der Zunge liegen, und gehe wieder. Ich bin gut darin geworden, mir verbale Entgleisungen zu verkneifen, und nur zu tun, was verlangt wird. Momentan habe ich nicht wirklich Elan, mich mit meinem Vater oder dem Geschäft zu befassen.

Ich denke darüber nach, dass ich irgendwann unseren Terekov-Verlobungsring an Natalia Wolkovs Finger stecken muss, und bin genervt. So fucking genervt, Catalina. Sie stalkt mich in der Schule, will die ganze Zeit mit mir reden, aber ich habe echt keinen Bedarf. Ich werde noch oft genug mit ihr reden MÜSSEN. Und das viel zu früh, deswegen will ich mich jetzt noch nicht mit ihr auseinandersetzen. Alles zu seiner fucking Zeit. Vielleicht sperre ich sie dann einfach in unseren Keller, wobei meinem Vater DAS sicher auch nicht gefallen wird.

Du warst heute nicht in der Schule, weil du krank bist. Wahrscheinlich hast du dich gestern bei deinem kleinen Ausflug erkältet. Das hat diese kleine Klette namens Natalia noch mehr zum Anlass genommen, mir am Arsch zu hängen. Ich mag keine Kletten. Ehrlich nicht. Frauen, die mir am Arsch hängen, interessieren mich nicht. Klar, wenn ich mal Druck abbauen muss, dann benutze ich sie, aber mehr ist da nicht drin. Ganz im Gegensatz zu dir.

Ich habe dir ein paar Donuts gekauft und gehe gerade über den Parkplatz des Rush-Anwesens. Es ist neuer Schnee gefallen, der mich etwas blendet, und Fußspuren ziehen sich über den Boden. Die Luft ist eisig und ich atme sie tief ein, sodass sie in meiner Lunge sticht. Ich liebe es, wenn es so kalt ist. Zwei Männer verlassen das Haus, wahrscheinlich waren sie bei meinem Onkel, und die Tür wird mir aufgehalten. Während ich mir den Schnee von den Schuhen klopfe, betrete ich das warme Foyer. In dem Moment knallt die hintere Tür zur Terrasse.

»Nicht jetzt, Dad!«, knurrt Zayden und ich streife mir die Schuhe von den Füßen. Stirnrunzelnd schäle ich mich aus meinem Mantel, bevor ich ihn aufhänge, als mein Cousin auch schon durch das Foyer marschiert.

Fuck, ist der abgefuckt. Ehrlich, Catalina. Gar nicht gut. Zurzeit ist er richtig mies drauf. Ich höre ihn und Irina schon seit Monaten streiten.

Er rauscht an mir vorbei, ohne mich wahrzunehmen, und verlässt das Haus durch die Vordertür, die hinter ihm zuknallt. Dabei wollte ich ihm einen Donut anbieten. So unhöflich. Ich seufze und streiche mir durch die Haare. Es ist besser, ihm in dieser Stimmung aus dem Weg zu gehen und keine Fragen zu stellen. Wenn er reden will, zeigt er es. Wenn nicht, sollte man es auch nicht probieren. Niemand, außer Rosalie. Im Augenwinkel bemerke ich eine Bewegung, weswegen ich zur Treppe sehe. Da kommt die total verpeilte Rosalie. Seit gestern ist sie echt komisch.

Sie stolpert über den ebenen Boden, läuft gegen Wände, pikst sich mit der Gabel ins Kinn, vergisst, worum es im Gespräch ging, und hört mittendrin auf, zu reden. Oder sie fängt einfach an zu kichern und wird ganz rot. Sie erinnert mich momentan etwas an Sophia. Gerade kommt sie mit einem Stapel Unterlagen die Treppe runter und wirkt schon wieder echt abgedriftet. Stirnrunzelnd starrt sie vor sich hin und scheint höchst konzentriert, aber sicher nicht wirklich anwesend. Dann erschauert sie plötzlich und schließt kurz die Lider, weswegen ihr nächster Schritt ins Leere geht. Als ich schon nach vorn zucke, um sie aufzufangen, kann sie sich am Geländer abfangen, und ich sehe sie düster an. Ich will keinen Herzinfarkt. Dafür bin ich zu jung.

»Scheiße«, murmelt sie vor sich hin und sieht ertappt zu mir. Ich ziehe eine Braue hoch und ihr Gesicht wird ausdruckslos. Sie zuckt fast trotzig mit den Schultern und hebt ihr Kinn.

»Enthalte dich einfach eines Kommentars«, rät sie mir königlich und geht an mir vorbei.

So lustig.

Manchmal.

Nicht immer.

Aber immer öfter.

Zumindest seitdem sie Sex mit Sergio hatte, wie wir alle mitbekommen haben.

Heute war ich beim Training und danach bei meinem Vater. Also gehe ich erstmal hoch in mein Zimmer, um zu duschen. Ich habe das alte Zimmer von Sergio bekommen, als ich vor drei Jahren hergezogen bin, aber mittlerweile ist es voll und ganz in meinen Besitz übergegangen. Ich habe es so eingerichtet, dass ich mich wohlfühle. Sobald ich die Tür hinter mir geschlossen habe, lasse ich meine Tasche zu Boden fallen und gehe zu meinem Laptop, der auf dem

Schreibtisch direkt unter dem Fenster steht. Darauf ist alles fein säuberlich geordnet. Ich mag Ordnung und Sauberkeit, zumindest auf meinem Schreibtisch. Diesen Tick haben alle Rushs bis auf meinen Onkel Carter. Dem ist das fuckegal. Der liebt das Chaos. Am liebsten würde er überall Unordnung schaffen. Wenn er sich mit seinem Bruder streitet und ihn reizen will, dann fängt er an, Onkel Cadens Schreibtisch durcheinanderzubringen. Einmal hat er alle Schubladen »neu geordnet«. Onkel Caden ist ausgerastet und wir sind alle ins Poolhaus geflüchtet.

Ich klappe meinen Laptop auf und lasse Musik spielen. Dann knöpfe ich mein Hemd auf, das mich immer total nervt. Ich weiß gar nicht, wofür ich in die Schule gehe, aber okay. Mein Vater will es so, also tue ich es. Natürlich.

Vielleicht wollen sie uns auf diesem Weg sozialisieren, weil diese Welt ja so sozial ist. Ich ziehe die Krawatte aus. Eine Krawatte in der Schule, Catalina. Ich bin kein fucking Banker, sondern werde ein verdammter Mafiaboss. Diese ganze Uniformscheiße ist für diejenigen, die später kleine, süße Angestellte werden, die brav dem System folgen. Die Hemden und Krawatten dienen dazu, sich schon mal an die Halsfessel zu gewöhnen und ihr ganzes Leben lang gewürgt zu werden. Von der Kleidung. Vom System. Von den gängigen Regeln. Ich werde keiner von ihnen sein, auch wenn mein Uropa Keaton J. Rush meint, ich würde perfekt zum FBI passen, und versucht, mich da reinzubekommen. Allerdings kann ich das als Terekov-Nachkomme vergessen. Ich streife mir das Hemd ab und schmeiße es in den Wäschekorb, dann öffne ich meine Hose und ziehe sie aus, bevor ich sie über den Stuhl hänge und die Socken und

Shorts folgen lasse. Nackt gehe ich ins Bad und stelle mich unter die ebenerdige Dusche mit den schwarzen Fliesen.

Ich drehe das Wasser auf und lasse es über meinen Kopf laufen, bevor ich ihn zurücklege und die Augen schließe.

Ich nutze die Zeit unter der Dusche immer, um meine Gedanken zu ordnen. So hat es mir mein Onkel Caden geraten. Wenn ich mich entspannen will, dusche ich heiß. Wenn ich runterkommen muss, dusche ich kalt. Heute habe ich das Wasser auf lauwarm gestellt. Ich seife mich ein und wasche mir die Haare, dann lasse ich die Schultern rollen und das Wasser einfach auf meinen Nacken prasseln, bis es kribbelt.

Vor meinem geistigen Auge taucht das Bild, was ich vor vier Tagen mit dir unter der Dusche gemacht habe, auf. Fuck, daran wollte ich eigentlich nicht denken. Ich erstarre, das hätte nicht passieren sollen.

Wieso bist du denn auch so heiß, Catalina? Was soll das? Du willst mich reizen, nicht wahr? Selbst wenn du nicht da bist, muss ich daran denken, wie das Wasser über deinen Körper gelaufen ist und ich dich eingeseift habe – sehr, sehr gründlich.

Schon habe ich den Ständer meines Lebens. Das ist gerade nicht gut, denn ich bin kurz davor, rüberzugehen und dich zu ficken, egal, ob du krank bist oder nicht. Ich öffne die Lider, die ich geschlossen hatte, und sehe an die Wand, hinter der du liegst. Wieso eigentlich nicht? Ich könnte dich gesund vögeln, zum Schwitzen bringen, damit die Bakterien abgetötet werden und aus dir herausströmen. Das wäre dir eine große Hilfe, ich wäre auch ganz sanft.

Das klingt nach einem guten Plan. Dich zu ficken, ist immer ein guter Plan.

Also stelle ich die Dusche kurzerhand ab und steige hinaus, wobei mir der Dampf folgt. Nicht gerade gründlich rubble ich mich etwas mit einem Handtuch trocken und fahre damit auch durch meine Haare. Dann nehme ich mir ein anderes aus dem Regal neben dem Waschbecken, schlinge es mir um die Hüften und schlendere aus dem Bad. Ich nehme die Donuts sowie mein Handy mit und öffne meine Tür einen Spaltbreit, bevor ich lausche. Einige wissen, dass wir was miteinander haben, die anderen ahnen es. Aber keiner von ihnen spricht es an. Ich habe keine Ahnung, was Onkel Carter tun würde, wenn er genau wüsste, was ich so mit dir mache, oder mich dabei erwischen würde, wie mich halb nackt zu dir rüberschleiche. Ich glaube, er würde mich am Nacken wieder zurück in mein Zimmer befördern und einschließen. Und das muss ja wirklich nicht sein. Sonst bleibt mir nur der Weg über den Balkon, doch draußen ist zu kalt und bei Weitem nicht so bequem, wie hier über den Gang zu spazieren und die fünf Schritte zu deinem Zimmer zu machen. Die Luft ist rein.

Fünf Schritte, dann betrete ich einfach dein Zimmer, als wäre es meins, und das ist es irgendwie auch. Ich stelle die Donuts auf die Kommode neben der Tür und schaue zu dem hohen weißen Bett in der Mitte des Raumes. Du schläfst. Catalina. Ich habe einen Ständer und du schläfst. Was soll ich davon halten?

Du liegst auf dem Bauch, die Decke weit über dein Kinn gezogen. Dein weißer Pullover ist am Rücken völlig nass geschwitzt und du atmest durch den Mund, weil deine Nase verstopft ist. Dein Gesicht ist mir zugewandt und total gerötet. Deine Haare sind ein wirrer Knoten mitten auf dem Knopf, aus dem die Strähnen fallen. Im Zimmer ist es warm und deine Stirn glänzt feucht. Zerknüllte Taschentücher liegen überall auf dem Boden, eine leere Tasse Tee steht auf dem Nachttisch. Dort entdecke ich auch ein Fieberthermometer, das deine Mutter dir wahrscheinlich in den Mund gezwungen hat. Du hast das schon immer gehasst. Früher bist du immer geflüchtet, wenn sie mit dem Thermometer kam, egal wie krank und schwach du warst. Du hast dich hinter mir versteckt und gesagt, sie solle mein Fieber messen und nicht deines. Ich habe dich dann immer irgendwie überredet. Es hat so gut geklappt, dass deine Mutter mich irgendwann schon immer mit dem Thermometer losgeschickt hat, wenn es so weit war. Kein Problem, ich kriege dich immer zu allem. Kurz betrachte ich dich und überlege, dass ich dich jetzt eigentlich nicht wecken sollte, um deine Genesung nicht zu stören. Aber Catalina. Ich bin ein Bastard und ich will jetzt vögeln.

Also werde ich das tun. Ich werde dabei auch besonders vorsichtig und sanft sein. Versprochen. Ich drehe den Schlüssel im Schloss, dann mache ich die drei Schritte zum Bett über den beigen Teppich und schaue zu dir runter.

Du bist zwar krank, aber trotzdem wunderschön. Und so wehrlos.

Ich werde noch härter.

Ich lege mein Handy auf den Nachttisch und gehe direkt vor dir in die Hocke, lasse meine Hand einfach unter die Decke gleiten. Du trägst nur den Pullover und einen Slip, genau wie heute Morgen, als ich gegangen bin. Sanft lege ich meine Hand auf die Rückseite deines Oberschenkels, der genauso erhitzt ist wie alles andere. Deine Haut ist seidig weich und ich streiche zart an ihr herauf. Nur mit den Fingerspitzen. Dabei stütze ich meinen anderen Unterarm auf das Bett und lehne mein Kinn darauf. Ich beobachte genau dein Gesicht, weil ich es liebe, zu sehen, wie du langsam immer tiefer in diese andere Welt gesaugt wirst. Wie du dich der Lust ergibst, wie du die Kontrolle verlierst, während ich sie immer mehr über dich und deinen Körper gewinne.

Du zuckst etwas unter meinen Fingern und runzelst leicht die Stirn. Dann schniefst du. Bei einer anderen würde mich das echt abturnen, bei dir nicht. Du könntest mich mit nichts abturnen. Egal, was du auch tust, du bist perfekt für mich und das Heißeste, was ich je berührt habe. Jetzt im wahrsten Sinne des Wortes.

Ich streiche einfach über deine Mitte und dein Höschen. Du zuckst wieder.

»Hmmhmm«, brummst du widerwillig. Aber ich lasse mich nicht beirren und schiebe dein Höschen zur Seite, bevor ich hauchzart direkt an dir entlanggleite. Jetzt regst du dich etwas mehr und öffnest langsam und sichtlich schwerfällig die Lider. Deine Augen sind gerötet und dein Blick etwas trüb.

»Hi«, murmle ich und schiebe im selben Moment zwei Finger in dich. Du stöhnst auf und zuckst hoch, bevor du dein Gesicht im Kissen vergräbst. »Bleib einfach liegen und entspann dich«, fordere ich leise und du nickst, während ich meine Finger langsam in dir bewege und die Zähne zusammenbeiße, weil du dich so gut anfühlst und ich am liebsten über dich herfallen würde. Aber das tue ich jetzt nicht. Nicht so heftig wie sonst. Gedämpft stöhnst du wieder ins Kissen. Dein Hintern zuckt hoch, aber du wirkst zu schwach, um auch nur einen Finger zu heben oder deinen Hintern gar oben zu halten. Also bleibst du einfach liegen und entspannst dich völlig. So liebe ich das. Ich liebe es, dass du mich mit deinem Körper alles machen lässt, dass du mir so vertraust und dich mir immer völlig hingibst, egal, ob krank oder nicht. Das können bei Weitem nicht alle Frauen. Für die meisten ist es eine Überwindung und man kriegt nie hundert Prozent. Ich bei dir hingegen schon, was ich zu schätzen weiß. Mir ist klar, dass du diese hundert Prozent nicht jedem geben würdest. Mit einem genüsslichen Laut bewege ich meine Finger noch etwas länger in dir, bis du es kaum noch aushältst und dich unruhig windest. Erst dann ziehe ich sie zurück und reiße die Decke von dir, weshalb du erschauerst. Ich knie mich zwischen deine Beine und schiebe sie weiter auseinander, was du kraftlos geschehen lässt.

Fuck, Catalina, du hast so einen heißen Arsch. Am liebsten würde ich draufklatschen, was ich normalerweise immer mache. Aber jetzt wollte ich ja sanft sein.

Also sei sanft, Ilian. Fuck.

Etwas angespannt reiße ich mein Handtuch auf und stütze mich mit einer Hand neben deiner Hüfte ab, bevor ich mich selbst umfange und mit meinem Schwanz über deine Mitte streiche. Du stöhnst wieder und versuchst den Hintern zu heben. Okay, Catalina, das ist eine Einladung. Ich haue fest auf dein erhitztes Fleisch. Du zuckst zusammen und sackst nach unten.

»Beweg dich nicht«, knurre ich an deinem nassen Nacken und schiebe mich mit einem Ruck in deine lodernd heiße Mitte. Dabei stöhne ich gegen deine Haut. Deine Finger krallen sich in das Kissen, wobei du ebenfalls stöhnst. Dann packe ich eine deiner Arschbacken und bewege mich drängend in dir. Das fühlt sich so verdammt gut an.

Du keuchst und stöhnst in einem und ich summe an deinem verschwitzten Haar. Deine Haut ist so heiß, dass ich innerhalb von Sekunden auch schweißüberströmt bin. Aber das ist gut. Schwitzen ist gut, wenn man krank ist. Ich helfe dir gern, Baby. Kein Problem. Doktor Ilian kümmert sich um dich.

Ich schiebe eine Hand von vorn unter dich und drücke meine Finger auf deinen Lustpunkt. Du murmelst was, was ich nicht verstehe. Das ist okay. Ich muss dich nicht immer verstehen. Kurz zuckt dein Hintern wieder hoch und du drückst ihn mir entgegen. Aber das musst du nicht, Baby, oder willst du, dass ich mich wieder vergesse? Kannst du haben. Ich gebe dir wieder einen festen Klaps auf deinen perfekten Arsch und drücke dich mit dem Becken nach unten.

»Beweg dich nicht, hab ich gesagt«, erinnere ich dich heiser an deiner Schulter. »Wenn du so weitermachst, höre ich auf, dich zu vögeln.« Du nickst und keuchst wieder. Ich lasse meine Lippen über deine glühende Haut streichen, während ich mich weiter in dir bewege und dich mit ein paar Fingerstreichen kommen lasse. Du ziehst dich heftig um mich herum zusammen und erschauerst am ganzen Körper. Ich unterdrücke einen Fluch und lasse meinen Kopf zwischen meine Schultern fallen. Du fühlst dich so verdammt perfekt an, wenn du kommst. Ich liebe es und könnte es den ganzen Tag spüren. Jetzt stütze ich mich mit beiden Händen rechts und links von dir ab und zögere meinen eigenen Orgasmus noch etwas hinaus, während mein Becken hart gegen deinen Arsch ruckt.

»Fuck, Catalina!«, knurre ich, als du schon entkräftet zusammensackst. Dann lasse ich auch einfach los. Ich habe gerade keine Geduld und will dich auch nicht noch mehr strapazieren, obwohl ich zugeben muss, dass ich es echt liebe, dich an deine Grenzen zu treiben.

Was ich noch mehr liebe, ist, in dir zu kommen. Tief in dir.

FUCK!

Ich presse meine Stirn gegen deine Schulter und beiße die Zähne zusammen, während die heißen Wellen der Lust mich durchrauschen. Du erschauerst wieder, als ich mich tief in dich gedrückt halte, mich nochmal zurückziehe und in dich stoße. Dann lässt dieser Druck endlich nach. Das war echt anstrengend, Catalina. Den ganzen Tag ohne dich in der Schule. Mit diesen Gedanken an dich. Nicht lustig, ehrlich nicht.

Ich küsse dich auf den Nacken und ziehe mich dann aus dir zurück. Als Nächstes schiebe ich dein Höschen wieder ordentlich an seinen Platz, bevor ich die Decke über dir ausbreite. Ich schlinge mir das Handtuch wieder um die Hüften und küsse dich auf die Schulter, bevor ich mich neben dich in die weichen, nach Tante Alaynas Weichspüler duftenden Kissen sinken lasse.

»Jetzt kannst du weiterschlafen«, erlaube ich dir großzügig und streiche dir ein paar wirre Strähnen zurück. Mit einem Ruck drehst du dich schwerfällig auf den Rücken.

Du siehst echt fertig aus, Baby. Deine Haut ist gräulich und du hast tiefe Schatten unter den geröteten Augen. Deine Lippen sind blass, dein Atem geht schwer und du wischst dir gerade mit dem Ärmel über das schweißnasse Gesicht. Du erschauerst erneut, bevor du die Decke mit trägen Bewegungen höher ziehst.

Ich könnte fast ein schlechtes Gewissen bekommen. Fast.

Kurz betrachtest du mich und wirkst leicht skeptisch.

»Was ist los?«, frage ich heiser.

»Bist du ein Fiebertraum?«, erkundigst du dich mit nasaler, heiserer Stimme und schniefst nochmal. Deine Nase klingt echt voll, Catalina. Du deutest mit dem Zeigefinger auf mich und ich nehme ihn, um ihn zu küssen.

»Ja, das bin ich«, sage ich sanft und lächle beruhigend. Du bist einfach zu süß, wenn du verwirrt bist.

»Hm hm.« Du nickst verstehend, als hättest du das die ganze Zeit geahnt. Ich würde gern wissen, was du sonst noch so geträumt hast. »Das wäre ja auch viel logischer«, murmelst du zusammenhanglos und es ist okay, Baby. Alles ist gut. Dann rollst du dich an meine Brust und sackst schnaufend an ihr zusammen, als hättest du gerade einen Marathon hinter dich gebracht. Du vergräbst dein Gesicht an meiner Halsbeuge und röchelst da wie ein kleiner Gremlin.

Du bist mein kleiner Gizmo, Catalina, und alle anderen de Lucas sind die bösen Gremlins. Außer Sergio. Du schlingst einen Arm um meinen Bauch und nuschelst noch etwas, was ich nicht verstehe, wobei du nickst.

»Ich bin, was auch immer du willst, Babygirl«, murmle ich in dein Haar und streiche dir die losen Strähnen über deine

Schulter nach hinten. Es dauert nur ein paar Sekunden, dann bist du schon wieder eingeschlafen, hast dich aber fest an mich geklammert. Das ist okay. Ich liebe es, wenn du mir so nahe bist, auch wenn du dabei total verschwitzt und heiß bist.

Mit der freien Hand ziehe ich die Schublade des weißen Nachttisches auf meiner Seite auf und angle nach einer Packung Sonnenblumenkerne, die dort immer für mich gebunkert sind. Ich fange an zu knuspern und schnappe mir mein Handy, um Nachrichten zu checken. Vlad hat geschrieben, ob ich Lust hätte, heute was mit ihm zu machen, aber ich denke eher nicht. Vielleicht treffe ich mich für eine Stunde mit ihm. Ansonsten habe ich nichts geplant. Ich beantworte noch ein paar weitere Nachrichten, während du vor dich hin röchelst. Du sabberst auch ein bisschen auf meine Schulter, Catalina. Aber das ist okay. Sabber mich voll, Baby. Ein wahrer Mann erträgt das.

Es beginnt wieder zu schneien und es wird dunkler. Ich gähne und eine träge Schläfrigkeit breitet sich in meinen Gliedern aus, als mein Handy vibriert und einen eingehenden Anruf anzeigt. Es ist MOM. Mein Daumen stockt instinktiv über dem Display. Die letzten Male bin ich nicht rangegangen, denn ich wollte ihre Stimme nicht hören und das Gefühlschaos vermeiden, was mich dabei immer überfällt, aber mein Onkel musste mir ja ins Gewissen reden. Und wenn er etwas kann, dann das, also seufze ich und hebe kurzerhand ab.

»Ja?«, frage ich leise und starre an die weiße Decke.

»Hey«, meint sie sanft, und wie immer, wenn ich ihre Stimme höre, zieht sich etwas in mir zusammen. Ich wünschte, es wäre nicht so. Dann wäre vieles einfacher, aber das kann ich nicht einfach abstellen. Egal, wie gut ich sonst in der Lage bin, mich zu beherrschen, oder eben nicht.

»Hey.« Ich klinge etwas unterkühlt, aber daran ist sie sicher schon gewöhnt.

»Wie geht's dir?«, fragt sie und ich sehe zu dir runter.

»Ganz gut und dir?« Jetzt mache ich Smalltalk mit meiner Mutter, was besser ist als das, was wir die letzten zwei Jahre besprochen haben.

»Ja, auch ganz gut.« *Werde jetzt nicht widerlich, Ilian.*

Ich nicke. »Okay.« Das ist alles so angespannt zwischen uns.

»Hast du gerade Zeit?«, erkundigt sie sich dann. Ein Teil von mir will NEIN sagen und sträubt sich, irgendetwas an unserem Verhältnis zu ändern und sie in mein Leben zu lassen. Aber ein anderer Teil fragt sich, was sie will und was sie so macht. All das eben.

»Ja«, meine ich etwas widerwillig und sie antwortet ein paar Sekunden nicht. Verdammter Onkel Caden. Düster starre ich an die Decke, als könnte ich durch sie in sein Büro sehen. Jetzt seufzt sie.

»Okay, kannst du zu deinen Großeltern kommen?« Ich hebe eine Braue.

»Wieso kommst du nicht her?« Sie lacht angespannt.

»Ach, das hat viele Gründe«, erwidert sie ausweichend. Als ich nicht antworte, fügt sie erklärend hinzu: »Ich gehe Carter zurzeit aus dem Weg.« Das ist verständlich, Catalina.

»Und stattdessen bist du bei meinen Großeltern.«

»Ja.« Sie klingt echt angespannt. »Ich habe meinem Vater einen neuen Mustang vor die Tür gestellt. Deshalb kann ich eine Weile bleiben.«

»Aja.« Mein Opa Mason Rush und sie hatten in den letzten Jahren ein paar Schwierigkeiten. Er ist nicht so ganz damit einverstanden, wie sich seine Tochter verhält und mit wem sie Kontakt hat, was noch sehr nett ausgedrückt ist.

»Wir können uns aber auch in der Stadt treffen, wenn du das möchtest, und was essen gehen.«

»Nein, nein. Ich komme.« Ich grinse in mich hinein. Mein Opa ist einfach zu witzig, wenn er angepisst ist. Er lässt es nie an mir aus, denn er liebt mich über alles. Zayden und ich sind seine Lieblinge. Weiß der Geier, wieso. »Ich bin in einer halben Stunde da.«

»Gut, gut, gut.« Sie seufzt und klingt immer noch so verdammt angespannt. »Dann bis gleich.«

»Bis gleich.« Ich lege auf und lasse das Handy sinken, bevor ich mir die Stirn massiere. Wieso tue ich das? Sie wird mich doch sowieso wieder enttäuschen. Immer hoffe ich, dass sie sich geändert und wirkliches Interesse an mir hat. Dass sie zur Abwechslung nicht zuerst an sich selbst denkt, sondern an mich. Doch dann wird sie irgendwas tun, weswegen ich auf dem Boden der Tatsachen lande. Jedes Mal wird es ekelhafter und einschneidender, wenn das passiert. Und ich schotte mich immer mehr von ihr ab. Trotzdem gebe ich ihr eine neue Chance, wobei ich mich anschließend frage, warum ich das getan habe. Aber gut, manchmal lernt man eben nie aus. Und ich versuche es – erneut.

Ich sehe zu dir runter. Du hast dich nicht bewegt und wirst es wahrscheinlich auch die nächsten Stunden nicht. Jetzt schnarchst du. Du bist süß, wenn du schnarchst. Ich könnte es mir die ganze Nacht anhören, aber das tue ich jetzt nicht. Stattdessen ziehe ich vorsichtig meinen Arm unter dir hervor. Dabei gehe ich vor, als müsste ich eine Bombe entschärfen, obwohl du im absoluten Tiefschlaf bist und nichts davon mitkriegst. Nicht mal, als es unten lautstark scheppert. Nichts. Keine Wimper regt sich. Ich stehe auf, wobei ich mir das Handtuch zuhalte. Dein Arm fällt lasch neben dich. Statt mich lege ich dir die Donuts ins Bett, beuge mich vor und küsse dich nochmal auf die Schläfe. Du schwingst deinen Arm um das Paket und ziehst es langsam an deine Brust, dann schmatzt du. Ich verstehe schon, man muss Prioritäten setzen. Kein Problem. Mein Gesicht wird ausdrucklos, dann wende ich mich ab und verlasse dein Zimmer.

Ein Treffen mit meiner Mutter bei meinem Opa. Auch gut. Wieso nicht? Wieso sich nicht noch einmal das Herz brechen lassen, Catalina?

36. Meine Mutter, Catalina

XX

Ilian

Eine dreiviertel Stunde später stehe ich vor Mason Rushs Haus in der Vorstadt. Alle anderen Zufahrten sind frei von Schnee und Eis, nur seins nicht. Seins ist überwuchert und matscht vor sich hin. Ich liebe dieses Haus. Es ist so gemütlich. Ich schnippe meine Zigarette in einen der Gulli, aus denen es dampft, und schließe die Autotür hinter mir. Ich habe hinter dem kirschroten Mercedes meiner Mutter geparkt. Sie hat ein chicagoer Kennzeichen, obwohl sie nie hier ist. Auch gut. Wahrscheinlich hat sie wieder mal einen ihrer ach so wichtigen Fälle. Keine Ahnung, welchen armen Bastard sie gerade noch ärmer macht. Ich schlendere durch den Matsch auf die Haustür zu. Dabei muss ich durch den knöchelhohen Schnee stapfen und betrachte die weiße Fassade, die gar nicht mehr so weiß ist. Vertrocknete

Pflanzen in schmutzigen Übertöpfen stehen auf der Veranda und die Hollywoodschaukel wippt träge im Wind. Sie quietscht etwas. Der Schein der Laternen fällt auf die drei Stufen, die zu der Veranda führen, wo der Lack schon etwas von den Streben des Geländers abgeblättert ist. Unten im Erdgeschoss brennen alle Lichter, wahrscheinlich gibt es bald Essen. Oder auch nicht. Je nachdem, wie Emilia Rush gelaunt ist. Ich trete auf die abgewetzte Fußmatte, auf der WELCOME steht und klingle einfach. Dann lehne ich mich mit einer Schulter in den Rahmen und warte, die Hände in den Manteltaschen vergraben.

Es dauert etwa zehn Sekunden, bevor die Tür geöffnet wird und meine Mom mit dem Handy am Ohr vor mir steht. Natürlich, sie und ihr Handy. Das ist eigentlich ihre große Liebe. Sie trägt ihr mittlerweile wieder etwas heller blond gefärbtes Haar in einem perfekten hohen Zopf, der so lang ist, dass er über ihrer Schulter liegt. Ihr noch perfekteres Gesicht ist leicht geschminkt. Stilvoll, nicht nuttig, nicht aufdringlich. Ihre Augen gleichen den meinen und schimmern im Licht der Deckenlampe in einer dunklen Mischung aus Braun und Blau. Ich weiß, dass meine gerade braungrün wirken. Sie hat ein Muttermal über ihrer rechten Oberlippe und ihre Nase ist so gerade, als wäre sie gemacht worden, was sie aber nicht ist. Ich habe sie auch, die perfekten Züge meiner Mutter, zusammen mit dem harschen von meinem Vater. Ich bin locker zwei Köpfe größer als sie und sehe sie mit schief gelegtem Kopf an, während sie sich den weinroten Cardigan an der Brust zusammenhält. Dazu trägt sie überraschenderweise das erste Mal, seit ich meine Mutter kenne, eine schwarze Jeanshose und einen gleichfarbigen Pullover. Halleluja. Sonst ist sie immer in Etuikleidern oder Kostümen unterwegs. An ihren Füßen entdecke ich keine Heels, sondern puschlige rosa Hausschuhe von meiner Oma, was mich echt irritiert. Ich runzle die Stirn, als ich sie betrachte, dann sehe ich nach oben in ihr Gesicht, um mich zu vergewissern, ob das wirklich meine Mutter ist. Sie überschaut mich ein paar Sekunden. »Ja, Mister Monroe, ich werde Sie gleich nochmal anrufen«, meint sie freundlich, aber ich erkenne genau, wie genervt sie ist, als sie einen Schritt zurückmacht, um mich reinzulassen.

Ich trete ein und der vertraute Duft meiner Kindheit steigt mir sofort in die Nase, weshalb mir ganz warm im Bauch wird. Nachdem ich mir die Schuhe abgestreift habe, stelle ich sie akkurat hin.

»Ja, ich muss erstmal beim Richter Akteneinsicht fordern. Das kann ein paar Tage dauern.« Sie schließt die Tür. »Ich melde mich dann bei Ihnen. Ich tue mein Bestes, okay? Lassen Sie mich einfach meine Arbeit machen.« Mister Monroe ist wahnsinnig, wenn er sie NICHT einfach ihre Arbeit machen lässt. Ich ziehe meinen Mantel aus und die Waffe aus meinem Hosenbund, die ich auf die Kommode lege. Mein Opa mag es nicht, wenn hier jemand bewaffnet in seinem Haus rumläuft. Mom deutet mir mit der Hand, ins Wohnzimmer vorzugehen, was ich tue. Dabei rücke ich ein Familienbild an der Wand gerade. Es zeigt meine Mutter und meine beiden Onkel als Teenager. Sie steht genervt in der Mitte ihrer Brüder. Onkel Caden hat den Arm um sie geschwungen und lächelt charmant, während Onkel Carter total genervt aussieht und als würde er gleich einschlafen, weil er zu viel gekifft hat.

Ich betrete das Wohnzimmer, in dem ich schon so oft war. Ich habe es geliebt, hier die Tage zu verbringen, manchmal die ganzen Ferien. Von hier aus kann man in die offene Küche schauen. Am Kühlschrank hängt immer noch das Bild, was ich vor Jahren meiner Oma zu ihrem Geburtstag gemalt habe. Es ist ein kotzendes Einhorn. Das Wohnzimmer ist das reine Chaos. Eines der roten Sofakissen liegt auf dem Boden. Der Tisch ist voll mit Tassen und Zeitschriften. Es ist überraschend still, aber mir ist schon aufgefallen, dass der weiße Mustang nicht da ist. Wahrscheinlich sind meine Großeltern unterwegs. Also schlendere ich einfach in die Küche und höre, wie meine Mutter die Tassen vom Esstisch sammelt, während sie Mister Monroe abwürgt und auflegt.

Ich öffne den Kühlschrank und nehme mir die Packung Orangensaft, bevor ich nach einem der Gläser in dem Schrank über der Spüle greife und mir etwas einschenke. Hinter mir spült meine Mutter die Tassen. Ich lehne mit dem Steißbein an der Anrichte und betrachte sie dabei.

Sie dreht den Kopf über die Schulter zu mir.

»Und wie lang bist du diesmal hier?«, erkundige ich mich. Ich weiß, dass ich distanziert klinge, aber ich kann nicht aus meiner Haut. Ein Teil von mir würde sie so gern viele andere Sachen fragen, aber das tue ich nicht.

Sie wischt ihre Hände an dem Küchenhandtuch trocken.

»Darüber wollte ich mit dir sprechen.« Uh, was wird das jetzt?

»Okay«, sage ich.

»Willst du Kaffee?«

»Klar!« Ich seufze und ziehe einen der Stühle vom Esstisch zu mir, bevor ich mich darauf niederlasse. Sie wirft mir einen Blick zu, während sie die Maschine einschaltet.

»Aja«, sagt sie dann und lächelt leicht.

»Was?«, frage ich und streiche mit dem Zeigefinger an meinem Glas Orangensaft entlang. Sie stellt eine Tasse unter den Automaten.

»Du sitzt auf Cadens Platz«, erklärt sie dann, ohne sich umzudrehen.

»Und was bedeutet das?«, frage ich.

»Das weiß ich noch nicht.« Schon immer habe ich mich automatisch auf diesen Platz gesetzt. Das war irgendwie immer meiner. Vielleicht, weil ich meinem Onkel Caden am ähnlichsten bin.

Ich beobachte sie genau. Kurze Zeit später setzt sie sich und stellt erst mir, dann sich eine Tasse Kaffee hin. Ich stütze einen Ellbogen auf die Rückenlehne und umfange mein Handgelenk mit der anderen Hand. Meine silberne Uhr blitzt im Licht der Deckenspots.

»Okay, schieß los«, sage ich.

Sie überlegt kurz und ich tippe mit meinem Zeigefinger auf meinen Handrücken.

»Ja?« Ich habe keine Ahnung, was sie von mir will, und warte. Sie trinkt einen Schluck Kaffee und mustert mich dabei nachdenklich.

»Ich bin noch etwa drei Monate im Süden beschäftigt, danach komme ich endgültig nach Chicago zurück.« Aha, also hat die Zeit der Weltreisen ein Ende. Sie stellt die Tasse ab. »Ich werde dann nur noch für die Dauer meiner Fälle in den anderen Staaten unterwegs sein.«

»Okay.« Mein Gesicht ist völlig ausdruckslos. Wenn sie jetzt erwartet, dass ich in Jubel ausbreche, ist es dafür ein paar Jahre zu spät. Sie seufzt und streicht mit ihren perfekt manikürten Fingernägeln über den Esstisch.

»Okay«, meint sie schließlich mehr zu sich selbst. Ihre Augen liegen unentwegt auf meinem Gesicht, so wie meine auf ihrem. »Ich weiß, dass ich in der Vergangenheit nicht für dich da war.« In mir verkrampft sich alles. Was soll das jetzt? »Ich war einundzwanzig, als ich erfahren habe, dass ich schwanger bin, und mitten im Studium. Für mich kam ein Leben als Mutter und Ehefrau nie infrage. Ich bin nicht so groß geworden wie deine Tante Alayna oder Isabelle. Alaynas Traum war es immer, eine Familie zu gründen, Isabelle wurde darauf getrimmt, genau das zu wollen. Bei mir war es anders. Ich hab als junges Mädchen viel Zeit mit meinem Großvater Keaton verbracht, der mir immer gesagt hat, dass ich niemals heiraten, sondern mir eine Karriere aufbauen soll, um auf eigenen Füßen zu stehen und unabhängig zu sein. Als ich sechzehn war, habe ich mich verliebt – ein einziges Mal in meinem Leben. Und er hat mir sehr wehgetan.« Sie seufzt und ich frage mich, in wen sie verliebt war, denn meine Mom ist keine Frau, die ihr Herz verschenkt, zumindest nicht so, wie ich sie kennengelernt habe. »Es war nicht dein Vater«, meint sie erklärend.

»Wer dann?«, frage ich und trinke nun auch einen Schluck.

»Catalinas Vater«, sagt sie. Ich spucke ihn über den Tisch, weshalb sie zurückzuckt und die Küchentücher von einer Seite näher zieht. »WAS?«, keuche ich und starre sie ungläubig an. Meine Mom und dein Dad. WAS?

»Es war Donovan«, bestätigt sie und streicht sich über die Stirn. »Ich war jung und naiv, er war gut aussehend und charmant. Das reicht schon für eine Sechzehnjährige, um sich zu verlieben oder zu denken, sie wäre verliebt. Er hat damals bei deinem Großvater beim FBI gearbeitet. Sein Vater hat ihn als Maulwurf eingeschleust.« Fuck, ich kann das nicht glauben, Catalina. Ich reiße mir, ohne den Blick von ihr zu nehmen, eins der Tücher ab und wische damit über den Tisch. »Er hat gesagt: spring. Und ich bin gesprungen.«

»Du?«, entkommt es mir ungläubig.

»Ich«, antwortet sie etwas bitter.

»Okay.« Ich bin immer noch etwas starr, Catalina, und knülle das Tuch zusammen, bevor ich es neben meine Tasse lege.

»Er wollte Isabelle. Ich wollte ihn, aber es hat nicht funktioniert«, fasst sie zusammen. »Als mein Vater gemerkt hat, wie abhängig ich von Donovan war, hat er mich nach New York gebracht, damit ich dort mein Studium beginne. Die ersten paar Monate waren sehr schwer für mich, aber mein Opa hat sich gut um mich gekümmert. Er hat mich jeden Tag angerufen und dafür gesorgt, dass ich mich nicht aus New York rausbewege. Er hat mir gezeigt, wie ich dagegen ankämpfen kann. Er hat mir erzählt, was Donovan gerade so treibt, dann habe ich von Sergio erfahren, anschließend von Catalina. Über die Jahre wurde es immer leichter für mich, ihn zu vergessen. Ich konnte nur nie vergessen, was er mir angetan hat, und ich habe mir geschworen, mich nie wieder zu verlieben. Nie wieder.« Sie wischt ein paar Krümel vom Tisch, während ich ihr stirnrunzelnd zuhöre. Dann seufzt sie. »Ich habe außerdem meinen ganz eigenen Weg gefunden, das zu verarbeiten.« Ich glaube, davon will ich nichts wissen. »Jedenfalls hat mir dann ein guter Freund deinen Vater empfohlen. Er hat einen Anwalt gebraucht und ich machte gerade ein Praktikum bei einer großen Kanzlei, wo ich dann auch gearbeitet habe. Dein Vater sollte meine absolute Generalprobe sein.« Ich kann mir fast ein kleines spöttisches Lächeln nicht verkneifen. »Ich wusste natürlich, wer er ist und woher er kommt. Wir haben uns gut verstanden. Er war lustig, wir haben gelacht, wir haben getrunken …«

»Jaja …« Ich winke ab, weil ich das echt nicht hören will, und sie nickt.

»Es ist ein paarmal während der Zeit passiert, in der ich ihn vertreten habe. Wir waren beide Anfang zwanzig. Er ist noch total außer Kontrolle. Ständig betrunken oder bekifft. Er war damals nicht der Kotzbrocken, der er jetzt ist. Er war süß. Er war lustig. Er hat fremde Leute auf der Straße angesprochen und so getan, als könnte er kein Englisch, und hat sich einfach mit ihnen unterhalten. Keiner wusste, was das für eine Sprache ist und was er will. Es war nicht mal eine Sprache, sondern irgendein ausgedachtes Kauderwelsch.« So kann ich mir meinen Vater gar nicht vorstellen. Er ist meistens so fokussiert. »Er hat sich an einer Bushaltestelle hinter ein paar Touristen gestellt, und egal, wohin sie gegangen sind, um ihm auszuweichen, er ist ihnen gefolgt. Immer wieder. Sogar durch die Stadt hindurch. Ohne etwas zu sagen. Ich meine, er hat mich wirklich zum Lachen gebracht. Aber ich habe mir verboten, mich in ihn zu verlieben, ich durfte nicht. Also blieb es bei einer Affäre. Als der Fall abgeschlossen war, haben sich unsere Wege wieder getrennt, was für mich schwerer war, als ich gedacht hätte. Aber ich habe jegliche Zuneigung zu ihm bekämpft. Ich habe getan, was mein Überdad mir geraten hat, mich ins Studium gestürzt und nur dafür gelebt, irgendwann erfolgreich zu sein.« Sie seufzt, während ich noch einen vorsichtigen Schluck trinke und mir versuche, das vorzustellen. Wie sie waren, als sie jung waren. Wie sie war. Ich sehe es vor mir. Immer so ehrgeizig, immer darauf aus, die Beste zu sein, sich durchzukämpfen. Das kenne ich. »Ich würde gerne Donovan die Schuld daran geben, was auch immer danach passiert ist, aber auch, wenn er mein Herz gebrochen hat, kann er nichts für meine Entscheidungen. Ich weiß, dass ich Fehler gemacht habe. Als ich erfahren habe, dass ich schwanger bin, und das ausgerechnet von Ivan, ist für mich eine ganze Welt zusammengebrochen. Denn ich wollte nie dieses Leben in der Dunkelheit, was er lebt, was meine Brüder leben. Ich wollte nie etwas damit zu tun haben. Ich wollte ein Leben im Licht – mit Schatten. Aber keine völlige Dunkelheit.« Sie räuspert sich und ich nicke langsam. Das kann ich verstehen. »Nicht nur das, ich wollte auch keine Kinder. Ich wollte keine Familie. Der Erste, mit dem ich gesprochen habe, war Caden, weil mein Vater mich umgebracht hätte und Carter Ivan. Ich konnte damals nicht einschätzen, wie dein Vater reagieren würde. Ich wusste nicht, was ich machen soll, und Caden hat das mit Ivan geregelt. Ivan wollte dich bei sich haben, er wollte dir ein guter Vater sein, also hat Caden ihm das Versprechen abgenommen, dass du bei ihm bleiben darfst, solange Caden sieht, dass es gut läuft. Ich wollte dich auf die Welt bringen und so tun, als wäre das alles nur ein Traum gewesen, als wäre das alles nicht passiert.« Meine Hand um mein Handgelenk verkrampft sich automatisch, dann zwinge ich mich dazu, sie locker zu lassen. Sie bemerkt es natürlich. Es ist nicht schön, zu hören, wie wenig erwünscht man eigentlich war. »Ich will aber, dass du weißt, dass es in meinem bisherigen Leben das Schwerste überhaupt war, dich nach den Tagen im Krankenhaus, in denen ich dich gestillt habe und du auf meiner Brust geschlafen hast, aus meinen Armen zu geben. Ich wollte das nicht. Ich wollte keine Bindung, aber sie war sofort da. Und ich habe dich sofort geliebt. Trotzdem bin ich gegangen. Die ersten acht Monate danach habe ich jeden Abend im Bett geweint. Ich habe schon ein paarmal meine Taschen gepackt und wollte zurück nach Chicago. Ich habe jeden Tag Caden gefragt, wie es dir geht. Ich habe jeden Tag deinen Vater angerufen. Dann, als ich gemerkt habe, wie gut es alle im Griff haben, dass du gut versorgt und geliebt wirst, habe ich losgelassen. Bei den Terekovs hattest du ein Zuhause. Das hättest du bei mir nicht gehabt.« In mir zieht es sich zusammen. »Dann habe ich mich in die Arbeit gestürzt, so tief ich nur konnte, und der erwähnte Freund, den ich bis heute noch habe, hat mir durch diese Zeit geholfen. Ich hab was für ihn getan und er hat was für mich getan. Ich habe jeden Tag an dich gedacht. Ich habe jeden Tag mit meinem Bruder telefoniert. Ich habe dir Briefe geschrieben, die ich nie abgeschickt habe. Und dann habe ich mich von all dem völlig abgekapselt. Ich wusste, dass ich keine gute Mutter abgebe.

Ich wusste, dass ich in der Welt nicht bestehen kann, in der dein Vater lebt und in die du hineingeboren wurdest. Und ich wusste, egal was auch passiert, meine Brüder werden immer auf dich aufpassen und dich lieben, als wärst du ihr Kind, weil sie so viel herzlicher sind, als ich es war. Ich bin kein Herzmensch, ich bin ein Kopfmensch. Ich funktioniere nach Logik und nicht nach Gefühlen. Zumindest seit damals.« Ich nehme meine Hände unter den Tisch, weil sich langsam alles in mir verkrampft, je länger sie spricht. »Das alles soll keine Entschuldigung dafür sein, dass ich dein ganzes Leben lang gefehlt habe. Ich hatte immer eine Mutter, die sich um mich gesorgt hat, deshalb kann ich mir nicht mal ansatzweise vorstellen, wie es für dich ohne mich gewesen sein muss. Ich kann dir nur so viel sagen: Swetlana war dir mit Sicherheit eine bessere Mutter, als ich es je hätte sein können.«

»Denkst du?«, frage ich und meine Stimme ist kühl.

»Ja. Das denke ich.«

»Du hast es nicht probiert«, sage ich heiser und sie zieht kurz die Augenbrauen zusammen.

»Es gibt Dinge im Leben, bei denen kann man es sich nicht leisten, zu versagen. Und ein guter Elternteil zu sein, ist so eine Sache«, meint sie sanft. »Außerdem war ich permanent auf der Flucht vor meinen Gefühlen und vor mir selbst. Viel zu fixiert darauf, alles zu sein, aber nicht das.«

»Ich habe einfach nicht in dein Leben gepasst, so, wie du es wolltest«, stelle ich fest.

»Nein, nein. *Ich* habe nicht in dein Leben gepasst. Das alles soll aber keine Entschuldigung dafür sein, dass ich gefehlt habe. Ich will nur nicht, dass du denkst, es wäre deine

Schuld. Mir war es wichtig, dass du erfährst, wieso ich es getan habe. Hätte ich mich nicht die ganze Zeit abgelenkt und anderweitig beschäftigt, hätte ich auch früher Zeit gehabt, zu fühlen, was ich jetzt fühle.«

»Ich verstehe, wieso du es getan hast«, sage ich hohl, was aber nicht heißt, dass ich es billige. Das muss ich aber auch nicht.

»Ich weiß, dass dein Vater dir gerade sehr zusetzt. Caden hat mir alles erzählt, zumindest soviel ich erfahren darf, ohne in Schwierigkeiten zu geraten. Wenn du noch genug Platz in deinem Leben hast, jetzt, wo du älter wirst, obwohl es immer voller wird, würde ich gern ein Teil davon sein. Um die Zeit, die ich hier bin, mit dir zu nutzen. Ich kann damit zwar nichts wiedergutmachen, und das will ich auch nicht, aber ich weiß, dass jetzt die Dunkelheit auf dich zukommt, die ich nie wollte. Und ich kann das nicht so stehen lassen.« In mir ist alles verknotet. Meine Finger habe ich unter dem Tisch fest einander verkrampft. Am liebsten würde ich meine Mutter zum Teufel schicken. Ich würde ihr gern sagen, dass sie dafür fast siebzehn Jahre zu spät kommt. Dass ich sie jetzt auch nicht mehr brauche und mir keine falschen Hoffnungen mehr machen will. Dass ich jetzt auf sie scheiße. Am liebsten würde ich brüllen. Aber ich bleibe still. Was mir einiges abverlangt.

»Du kannst mir jetzt auch nicht helfen«, sage ich schließlich, denn mein Weg steht fest. Sie betrachtet mich kurz und ich sehe ihr in die Augen.

»Ich weiß, dass du glaubst, Verpflichtungen zu haben. Ich weiß, dass dein Vater glaubt, dass du Verpflichtungen hast. Allerdings bist du nun einmal nicht nur ein Terekov. Du bist auch ein Rush. Meine Brüder handhaben alles etwas anders. Deshalb gäbe es kein Problem, wenn Keaton dich rausholt, vorausgesetzt du willst das. Du musst nicht diese Laufbahn einschlagen. Du kannst zum FBI gehen, Jura studieren und Anwalt werden. Du hast Cadens Kopf, du hast Keatons Gene, du hast meine Gene, und die sind ziemlich stark. Ich sage das nicht einfach so daher, ich kenne mich ein bisschen mit der Mafia aus. Achtzig Prozent meiner Klienten sind Mafiosi und zehn Prozent von ihnen Aussteiger, die noch leben. Ich will dir allerdings nichts aufzwängen. Ich will nur, dass du weißt, dass du eine Alternative, eine Möglichkeit hast. Dass du Mason Rushs Enkel bist und dass du gar nichts musst, wenn du nicht willst. Schon gar nicht, wenn dein Vater so mit dir umgeht.« Ich runzle meine Stirn. Ein Leben außerhalb der Mafia kam für mich noch nie infrage. Ich wurde als Terekov-Erbe erzogen. Derjenige, der einmal alles übernimmt. Derjenige, der die ganzen Geschäfte weiterführen soll. Ein Leben außerhalb dessen ist für mich unvorstellbar. Gar nicht greifbar. Mein erster Impuls ist es, sofort abzulehnen, weil das nun mal keine Option für mich ist. Allerdings hat mir mein Onkel beigebracht, keine voreiligen Schlüssel zu ziehen und alles immer genau zu überdenken.

Ich nicke und sie nickt ebenfalls.

Wobei ich mich fühle wie ein Verräter.

»Ich denke nicht, dass ich das in Anspruch nehmen werde. Denn sie haben mich großgezogen, sie sind meine Familie und haben immer ihre Verpflichtungen erfüllt. Das ist jetzt kein Vorwurf, aber ich denke, dass ich auch meine erfüllen sollte. Im Gegenzug«, sage ich leise.

»Ich weiß, dass sie dich großgezogen haben. Ich weiß aber auch, dass man seinem Kind eine Wahl lassen sollte, um glücklich zu werden. So wie mein Vater Caden und Carter die Mafia überlassen hat, obwohl das gegen alles geht, für was er steht. Du bist nicht auf der Welt, um Verpflichtungen zu erfüllen, und ja, ich hätte dir das alles natürlich schon viel früher sagen sollen. Aber es ist nie zu spät, das zu begreifen. Das Leben ist keine Verpflichtung, und nur weil sie dich großgezogen haben, bist du ihnen nichts schuldig. Dein Vater wollte das. Er wollte dich und er liebt dich. Da gibt es nichts zu begleichen.«

»Ich werde darüber nachdenken«, meine ich, aber ich werde nichts tun, weswegen ich mich wie ein Verräter fühle. Sie nickt wieder und seufzt dann. Ich bin vollkommen verwirrt. In mir herrscht das pure Chaos. Ein Strudel von Wut, Unglauben und das, was mich am meisten stört: Verständnis. Es wäre so viel leichter, sie einfach zu hassen und zu verurteilen. Es wäre so viel leichter, ihr vorzuwerfen, dass sie den einfachen Weg genommen und nur an sich gedacht hat. Aber stimmt das? Kann das nicht jedem passieren?

Tja, ich hatte trotzdem keine Mutter, was eine Kerbe hinterlassen hat. Jedes Mal, wenn ich in der Schule die Kinder mit ihren Eltern oder auch dich mit deiner Mutter, Rosalie und Sophia mit ihrer, oder Zayden mit seiner beobachtet habe, wurde diese Kerbe tiefer. Ich werde sie nie wieder füllen können, auch sie kann es nicht mehr. Obwohl sie sagt, dass sie jetzt für mich da sein will, es wiedergutmachen will, so hat sie mich oft genug enttäuscht, weshalb ich ihr unmöglich vertrauen kann. Wie soll ich ihr dann glauben? Ich versuche, mich abzuschotten, irgendwie mit dem Chaos klarzukommen.

»Okay, war das dann alles?«, frage ich etwas hohl, weil ich anders nicht damit umgehen kann. Momentan.

Sie nickt und leert ihren Kaffee. Ich nicke auch. »Ich bin noch eine Woche hier und dann bis Februar im Süden. Ab Februar bin ich dann endgültig wieder da und habe erstmal bis zum Herbst keine Fälle. Wenn du also reden willst, wenn du noch irgendwas wissen willst, wenn irgendwas ist, auch was deinen Vater betrifft, ruf mich an. Auch wenn es dir schwerfällt. Versuch es.« Das werde ich nicht tun, Catalina. Sie ist niemand, den ich anrufen würde, wenn ich Probleme habe. Aber ich will sie auch nicht verletzen. Ich will ihr nicht sagen, dass ich das sicher nicht tun werde. Also nicke ich wieder und sie seufzt.

Ich stehe auf und bringe meine Tasse zur Spüle. Sie ist noch halb voll, aber ich vertrage keinen Kaffee mehr, weil mir schlecht ist, also schütte ich ihn in den Abfluss. Ich bin aufgewühlt, das mag ich nicht. Sie erhebt sich ebenfalls und ich räuspere mich.

»Okay«, meine ich geschäftig und sie hebt einen Mundwinkel, während sich mein Bauch immer mehr verkrampft.

»Okay.«

»Grüß die beiden von mir.«

»Sicher.«

Ich hebe auch einen Mundwinkel und wende mich dann ab. Ich gehe in den Flur, ziehe meinen Mantel an und schlüpfe in meine Schuhe. Sie folgt mir. Ich will hier nur noch raus, denn ich mag es nicht, wenn ich so durcheinander bin.

Ehrlich, das fickt mich. Sie öffnet die Tür für mich und lehnt sich dagegen.

»Fahr vorsichtig«, sagt sie nun.

»Klar.« Ich nicke ihr nochmal zu, dann schiebe ich mich an ihr vorbei. Ihr Duft streift meine Nase, aber er weckt keine Erinnerungen. Keine Momente, als ich an ihrer Brust lag, ganz im Gegensatz zu dem Duft deiner Mom oder meiner Oma. Da ist nichts. Gar nichts. Ich gehe nach draußen und nehme einen tiefen Atemzug der kühlen Luft. Dann überquere ich die Straße, ohne zurückzusehen, um zu meinem Auto zu gelangen. Der Lichtstrahl aus dem Flur, der durch die geöffnete Haustür fällt, scheint über den Garten. Fest ramme ich meine Fäuste in meine Manteltaschen und setze mich dann ins Auto, sobald ich es entriegelt habe. Ich schaue immer noch nicht zurück. Ich kann nicht, ich will nicht … Sobald ich den Motor gestartet habe, fahre ich los. Doch ich will noch nicht nach Hause. Wahrscheinlich werde ich in irgendeiner Bar enden. Aber alles ist besser, als jetzt zu Hause zu sein. Hauptsache, ich denke nicht mehr nach und fühle mich so beschissen. Das ist erstmal das Einzige, was ich will, Catalina.

37. Mein Vater, Rosalie

XX

Sergio

Beim Abendessen sitze ich jetzt wieder einen Stuhl weiter links und mein Vater neben mir. Das ist gleichermaßen ungewohnt, als auch verstörend vertraut.

Das Licht des Kronleuchters fällt warm auf den gedeckten, langen und dunklen Tisch, an dem die Männer Platz genommen haben. Sie wirken teilweise etwas verwirrt. Manche können ihren Unglauben kaum verbergen, und das, obwohl mein Vater schon seit gestern Abend zurück ist, und starren ihn erstaunt an.

Camillo sitzt neben mir und wirkt etwas steif. Schon seit gestern. Er wirft meinem Vater immer wieder Blicke zu, während er sich sein Risotto reinschaufelt. Ich habe mich auch noch nicht so wirklich daran gewöhnt, dass er wieder da ist. Als ich heute Morgen aufgewacht bin, war es erstmal echt seltsam, nicht gleich runter ins Büro zu gehen und den Rechner zu starten. Ich habe geduscht und mich angezogen. Dann saß ich zwanzig Minuten auf meiner Bettkante und habe die Tür angestarrt. Ich bin ihm den ganzen Tag aus dem Weg gegangen und habe diverse Dinge erledigt, bevor er plötzlich vor meiner Tür stand. Ich war mit Camillo unterwegs. Wir waren in den Lagerhallen an den Docks und haben uns um den Ungaren gekümmert, der im Bunker hängt. Ich habe mit Ramon telefoniert und deinen Vater angerufen. Eine halbe Stunde war nötig, um mich wieder einigermaßen runterzubringen. Wenn ich mich zu tief in die Gedanken verstricke, was mein Vater getan hat und was er im Begriff ist, zu tun, brause ich immer wieder auf. Meine Schwester ist krank geworden, das ist ihr Glück. Dad wollte nämlich heute schon rüber zu ihr und nochmal mit ihr sprechen. Aber Mom hat ihm gesagt, dass sie Fieber hat und schläft. Sie muss sich wohl gestern erkältet haben.

Ich trinke einen Schluck und stelle mein Glas dann wieder ab. Mein Vater sitzt lebendig und makellos wie immer neben mir. Seine dunkelbraunen Haare sind nach hinten gekämmt und seine hellblauen Augen so klar, wie sie es immer waren. Sein dunkelroter Pullover ist an den Ärmeln etwas hochgekrempelt und er ist glatt rasiert. Sein Duft strömt zu mir rüber, weshalb ich weiß, dass er keine Einbildung ist. Außerdem starrt ihn Camillo ständig an, also halluziniere ich nicht. Es sei denn, wir haben das gleiche Zeug genommen, was nicht sein kann.

Salva beugt sich gerade zu ihm rüber, um was zu sagen. Camillo schnaubt und spießt aggressiv einen Pilz auf. Salva schmunzelt und lehnt sich wieder zurück.

Ich werfe unter dem Tisch einen Blick auf mein Handy. Ich habe mich heute noch nicht bei dir gemeldet und weiß auch nicht, ob ich das tun sollte, weil ich keine Ahnung habe, ob mein Vater mein Handy abhört. Mittlerweile traue ich ihm alles zu. Ein Mann, der seinen Tod vortäuscht, ist zu allem fähig.

Er isst einen kleinen Bissen und trinkt einen Schluck Wein, bevor er sein Besteck akkurat zur Seite lehnt und sich zurücklehnt.

Ich esse weiter. Ich habe Hunger.

»Also, ich wollte ein paar Worte zu euch sagen, jetzt, da ich wieder da bin«, meint er lässig an die Männer gewandt. Alle hören auf zu essen und widmen ihm ihre völlige Aufmerksamkeit. Camillo verengt die Augen. Er steht mir eben hundertprozentig loyal zur Seite und ich liebe das. »Erstens: Ich bin es wirklich. Ich bin kein Double. Ihr könnt eure kleinen Wetten jetzt beenden.« Ein paar Männer stöhnen auf und Costa schmeißt seine Serviette auf den Tisch. Sie hätten ja nur mal Giovanni fragen müssen, er wusste es. Der sitzt still und reglos neben meinem Vater. Natürlich tut er das.

»Zweitens: Es wird sich hier nicht viel ändern. Sergio und ich sind eure Ansprechpartner.« *Mach deinen Scheiß doch alleine, Dad. Machst du doch sowieso im Endeffekt.* »Eure Aufträge laufen so weiter wie gehabt. Wenn ihr Fragen habt, könnt ihr euch an Giovanni wenden.« Natürlich, denn der weiß ja alles. Mehr als ich sogar. »Ansonsten steht jetzt nichts Konkretes an. Ich werde aber im Laufe der nächsten Tage jeden nochmal einzeln ins Büro holen.« Ein Boss, der sich um seine Mitarbeiter sorgt. Wie schön. »Ansonsten war es das so weit von meiner Seite. Ihr wisst, wo ihr mich findet.« *Wissen sie das, Dad? Nicht, dass du wieder verschwindest.*

Es wird gemurmelt und genickt, dann essen sie teilweise weiter. Manche sind schon fertig. Ich schiebe meinen Teller von mir und trinke meinen Wein aus. Ich werde auch noch in sein Büro müssen, denn ich habe da ein paar Fragen, die er mir noch nicht beantwortet hat.

Er leert sein Glas und murmelt Giovanni noch was zu. Dann erhebt er sich, womit das Essen beendet ist, und sieht zu mir runter. Er sieht zu mir runter, Rosalie, wie er es sein ganzes Leben schon tut. Und ich schaue zu ihm hoch. Natürlich.

»Willst du mir weiter aus dem Weg gehen?«, fragt er mich leise.

»Nein, ich wollte eigentlich mit dir reden.« Ich schiebe meinen Stuhl zurück.

»Dachte ich es mir.« Er geht vor und ich folge ihm mit den Händen in den Hosentaschen. Er entsperrt die Bürotür und hält sie mir auf. Ich schiebe mich an ihm vorbei in den Raum. Leise klackt das Holz hinter mir, als er es schließt. Er macht das Licht an, bevor er den Schreibtisch umrundet und sich auf dem Stuhl niederlässt. Ich betrachte ihn ein paar Sekunden, während er sich zurücklehnt, als wäre er nie weg gewesen. Während er reuelos dasitzt und so tut, als hätte er noch irgendeinen Anspruch auf irgendwas. Man kann doch nicht einfach sein Baby ein paar Jahre abgeben und es dann, wenn man wieder Lust darauf hat, zurücknehmen. So läuft das nicht.

Ich nehme ihm gegenüber Platz und greife nach der Schneekugel. Er schwingt etwas von links nach rechts und wartet, während ich die Kugel schüttle und die künstlichen Flocken auf die Miniatur von Chicago herabrieseln. Auf die vertrauten Dächer der Kathedrale und auf den See, der blau hineingezeichnet wurde. Dann stelle ich sie wieder hin und beobachte sie ein paar Sekunden.

»Wo warst du?«, frage ich schließlich, nachdem ich mich etwas gesammelt habe, und schaue in seine Augen.

Er stockt mitten in der Bewegung. Dann rutscht er an den Tisch heran und verschränkt seine Hände darauf. Mit dem Daumen streicht er über seinen Zeigefinger. »Hauptsächlich in Washington. Ab und zu auch hier.«

Als er das sagt, lasse ich den Kopf nach hinten fallen. Er ist mir auf der Nase herumgetanzt, Rosalie. Er war einfach hier, weil er es kann. Weil er einen Scheiß auf andere gibt. Weil er sich für so überlegen hält.

Eine Weile starre ich die Deckenspots an und nicke mehr für mich selbst. Er ist ein Meister darin, alle für dumm zu verkaufen und sich über sie zu stellen.

Schließlich wende ich ihm den Blick wieder zu. Ich werde jetzt nicht ausflippen. Ich habe mich schon gut abreagiert. Gemeinsam mit Camillo. Das mache ich eigentlich mit Ramon, aber der ist ja nicht da.

Dann streiche ich mir über die müden Augen. Ich frage ihn nicht, was er in Washington getan hat, denn ich kann es mir denken. Ich mustere sein reueloses Gesicht, das sich kein bisschen verändert hat. »Hattest du außer Giovanni noch jemanden im Haus, der dich informiert hat?« Noch einen Verräter?

»Nein, ich habe zusätzliche Kameras angebracht.«

Er hat Kameras angebracht, Rosalie.

»Hier und bei den Rushs.«

Bei euch auch, Rosalie. Als würde es ihn was angehen, was ihr da drüben tut.

»Wo denn?«, will ich wissen und bin nur mäßig überrascht. Mich kann nichts mehr überraschen. Er ist so skrupellos, dass ich ihm mittlerweile einiges zutraue.

»Hier im Haus: in allen Fluren, im Esszimmer, dem Salon, in der Küche. Und im Büro.«

Oh Gott. Das ist das Erste, was ich denke. Denn Ramon und ich sind ein paarmal in all diesen Zimmern zusammen oder getrennt mit irgendwelchen Frauen eskaliert. Nicht schön.

Ich seufze und stütze meine Schläfe auf meine Faust. Er wirkt so reuelos. Es scheint ihm alles egal zu sein.

»Im Rush-Haus: Im Foyer, Salon, Esszimmer«, erklärt er weiter. Ich kann nur ungläubig den Kopf schütteln und wüsste gern, wie er sich fühlen würde, wenn ich das mit ihm täte. Ich glaube zu wissen, weshalb er euch ausspioniert hat. Erstens: wegen meiner Schwester. Zweitens: um zu überprüfen, ob ich mich auch von dir fernhalte. Als würde er irgendwas mitbekommen, wenn ich das nicht will. Als hätte er ein Recht darüber, zu bestimmen, was ich mit wem tue.

Ich werde heute noch Onkel Caden Bescheid sagen, dass er all die Räume abchecken und die Kameras entfernen soll, zumindest die, die er nicht selbst angebracht hat. Und ich werde mich jetzt nicht darüber aufregen, dass mein Vater das getan hat. Je mehr ich mich aufrege, desto mehr Energie verschwende ich an falscher Stelle.

»Das ist sogar unter deinem Niveau«, informiere ich ihn ruhig.

»Ich wollte auf meine Tochter aufpassen. Nicht die Rushs ausspionieren.«

»Sicher nicht«, antworte ich trocken. »Und wie stellst du dir das jetzt vor?«

Seine Daumen tippen aneinander. »Wir werden das Geschäft zusammen führen. Du und ich, wie es sein soll.«

Ich strecke mich, bevor ich etwas tiefer in den Sitz rutsche. Er sagt das so einfach, aber er wird das sowieso nicht können. Er ist ein Führertyp und keiner, der ein Teil der Kontrolle abgeben kann. Er braucht die Zügel in seinen Händen. Er mag es, alles zu bestimmen. Er mag es, die Regeln selbst aufzustellen, sodass der Vorteil bei ihm liegt und bei sonst niemandem. Er mag es, sich alles so zurechtzulegen, dass es für ihn passt.

Und ich weiß das alles. Aber ich weiß auch, dass ich ihm nicht zu widersprechen brauche, weil sowieso alles darauf hinausläuft, dass es genau so weitergeht, wie er es will. Nur, dass wir nichts zusammen tun. Er bestimmt, ich mache.

»Schön«, meine ich teilnahmslos.

Er atmet tief durch. »Okay, was noch?«, erkundigt er sich sanft.

Ich überlege kurz, was ich noch von ihm wollte. Natürlich gäbe es da einiges, aber das meiste davon wird er mir gar nicht oder nicht ehrlich beantworten. Also stelle ich die eine Frage, die mir schon so lange auf der Seele brennt.

»Wer hat es getan? Wer hat dich angeschossen?«

»Ich kannte ihn nicht«, erwidert er glatt. »Höchstwahrscheinlich jemand aus einer anderen Familie.«

Ungläubig lege ich den Kopf schief. Das stinkt nach einer Lüge. Als wüsste er nicht, wer ihn angeschossen hat. »Du hast deinen Tod vorgetäuscht. Du hast das geplant. Du warst bei Carlos. Du hast dein Testament geändert. Du hattest einen Plan, damit du nicht an deiner Schusswunde stirbst und weggebracht werden kannst. Du musst Papiere gehabt haben, du musst vorher schon den Krankenhausaufenthalt, der unter Verschluss gehalten wurde, organisiert haben. Du hast deinen letzten Willen geschrieben, die Sargscheiße war geklärt sowie die Beerdigung. Und du weißt nicht, wer dir durch diesen glücklichen Zufall geholfen hat?«

»Ich hatte Ärger mit Alexander Wolkov, von dem ich dir nichts gesagt habe. Deshalb habe ich die Tage zuvor vorgesorgt. Deswegen war ich bei Carlos. Deswegen habe ich die Videos aufgenommen. Deswegen haben wir das Gespräch geführt. Das mit der Beerdigung war schon immer so geplant. Und dass ich diesen Umstand nutzen könnte, um meinen Tod vorzutäuschen, ist mir erst eingefallen, als ich im Krankenhaus aufgewacht bin.«

»Nein, Dad.« Ich schüttle den Kopf. »Verkauf mich nicht für dumm. Nicht schon wieder. Ich war schon einmal zu schlau für diese Lügen und ich bin es immer noch. Wäre dir die Idee erst im Krankenhaus gekommen, hätte Giovanni nicht gleich behauptet, du seist tot. Nicht mal eine Stunde, nachdem du angeschossen wurdest, hat Onkel Caden mir schon gesagt, dass du tot bist. Andernfalls hätte ich wenigstens einen Anruf aus dem Krankenhaus bekommen, dass mein Vater eingeliefert wurde. Jetzt sag mir die

Wahrheit. Du hast mich lange genug belogen und langsam reicht es mir mit dir.«

Mein Vater hebt beide Hände und kratzt sich mit dem Daumen an der Stirn. Dann seufzt er tief. »Okay. Du hast recht«, gibt er schließlich nach. »Du bist schon immer zu schlau gewesen.« Jetzt schmeichelt er sich ein, damit ich ihm glaube. Es wird immer lustiger hier, Rosalie. »Du hast recht, ich hatte es geplant. Aber ich werde dir nicht sagen, wer mich angeschossen hat.«

Wahrscheinlich, weil er einen Deal mit dieser Person hat. Dann soll er wenigstens einmal sein Wort halten. Ist ja okay. Ich werde nicht weiter bohren. »Gut«, meine ich erschöpft.

»Ich habe, wie gesagt, ein Leben lang Zeit, um den Fehler bei dir wiedergutzumachen. Und das habe ich auch wirklich vor.«

Es gäbe nur eine Sache, womit er es wiedergutmachen könnte, und zwar, dass er mich mit dir zusammen sein lässt und dich als das sieht, was du bist – nicht als Insekt und Störfaktor. Er bemerkt gar nicht, dass das meinen Groll auf ihn nur schürt.

»In Ordnung.« Ich seufze, weil es bei manchen Menschen einfach nichts bringt, zu reden. Mein Vater ist einer davon. Er bildet sich eine Meinung und bleibt dabei. Deshalb ist es mir die Energie und die Zeit nicht wert, mit ihm zu diskutieren. »War's das dann?«

»Ja, das war's«, antwortet er nach kurzem Überlegen.

»Okay.« Ich stehe auf und lasse meine Schultern rollen. Sein Blick folgt mir. »Ich muss nochmal mit Camillo los. Wir sehen uns beim Frühstück.« Denn ich will einfach nicht, wie ich es sonst tun würde, in der Nacht zu ihm ins Büro kommen und bis zum Morgen mit ihm hier sitzen. Dafür bin ich zu wütend.

Er nickt knapp und beißt die Zähne aufeinander. Ich schnappe mir noch einen der Kaugummis, die in der Packung hinter dem Monitor stehen, und werfe ihn mir in den Mund, bevor ich salutiere und zwei Schritte rückwärtsgehe.

»Wenn was ist, du hast ja meine Nummer«, sage ich noch.

»Dito«, antwortet er etwas rau und senkt den Blick.

Ich wende mich ab und verlasse das Büro. Und selbst, wenn ich wollte, Rosalie, wüsste ich nicht, wie ich es ihm verzeihen soll, dass er mich im Stich gelassen hat. Denn was bleibt uns, wenn wir nicht mal unseren Eltern vertrauen können?

38. Meine Väter, Ilian

XX

Catalina

Irgendwas berührt mich an der Schulter und ich fühle mich, als hätte ich noch nie in meinem Leben je richtig geschlafen. Ich gebe ein unzufriedenes Brummen von mir und bewege meine Schulter, um dieses lästige Etwas abzuschütteln. Ich kann gar nicht richtig atmen und mein Kopf pocht.

»Catalina«, knurrt mein Dad aggressiv verschlafen. »Steh auf! Du musst in die Schule! Dein Wecker brüllt seit einer halben Stunde das ganze Haus zusammen.« Er wirft mein Handy, aus dem das nervige Geräusch kommt, hörbar neben mich ins Kissen. Es klingelt immer noch wie verrückt. Ich taste danach und schalte es ab, ohne hinzusehen.

»Ich hab heute keine Schule«, flüstere ich und kuschle mich tiefer ein. Meine Augen brennen und mein Kopf dröhnt.

Ich habe nicht vor, jemals wieder aus diesem Bett zu kommen.

»Catalina!«, blafft er mich an. »Steh auf jetzt!«

Ich öffne ein Auge und blinzle angestrengt. Meine Augen tränen sofort los, weil ich so müde bin. Ich schaue hoch zu meinem Dad. Seine schwarzen Haare sind ein einziges Chaos. Er trägt nur Trainingshosen und wirkt genauso angepisst und verschlafen wie ich.

»Steh auf«, knurrt er eindringlich.

»Kannst du nicht anrufen und sagen, dass ich später komme? Ich bin echt müde«, flüstere ich heiser. »Und ich glaube, ich habe wieder Fieber.« Theatralisch fasse ich mir an die Stirn, weswegen er die Brauen hebt und ein Fieberthermometer aus seiner Hosentasche zieht, als wäre es normal, dass er immer eins dabeihat wie sonst seine Waffe. Auffordernd hält er es mir entgegen. Ich mache mich unter der Decke ganz klein, denn ich hasse Fiebermessen. Mom hat mir das Teil mal so hart in den Rachen gerammt, dass ich kotzen musste. Da war ich vier und sie abgelenkt von Tante Alayna, die sich über Onkel Caden aufgeregt hat. Ja, und jetzt hasse ich es.

Er hält es mir näher unter die Nase. Sein Blick duldet keinen Widerspruch und ich zucke zusammen.

Noch bevor er näher kommen kann, ziehe ich mich mühevoll nach oben. Mein ganzer Körper tut weh. Draußen ist es noch dunkel. Ich habe zwar kein Fieber mehr, aber ich fühle mich immer noch schwach. Das war eine echt heftige Grippe. Okay, sie ist jetzt vorbei, aber ich will noch zu Hause bleiben. Doch mein Dad lässt nicht locker. Er steht da mit dem Thermometer in der Hand und erdolcht mich förmlich mit seinem Blick. Kannst du mir nicht helfen, Ilian? Wo bist du überhaupt? Du hast die ganze Zeit neben mir geschlafen und jetzt bist du nicht da. Das mag ich nicht.

»Okay, ich stehe schon auf«, wispere ich heiser und schlafe fast im Sitzen wieder ein.

Dad packt mich einfach und stellt mich auf die Beine. Ich taumle wie ein Kegel, der von der Bowlingkugel gestreift wurde. Er hält mich an den Schultern fest.

»WACH JETZT AUF!«, brüllt er mir ins Gesicht, doch ich zucke nicht mal. Das ist nicht das erste Mal, dass er das macht. Wirklich nicht.

»Ich kann nicht«, wispere ich kraftlos mit schweren Lidern und sacke gegen ihn, die Augen wieder geschlossen und die Stirn an seine Brust gelehnt. Er riecht so gut.

»Oh fuck!«, murmelt er.

»Nur noch fünf Minuten«, nuschle ich an seiner weichen Haut und schmiege meine Wange daran. Ich könnte einfach so weiterschlafen.

Er schüttelt mich leicht. »WACH JETZT AUF!« Sanft klatscht er seine Riesenhände gleichzeitig auf meine Wangen und ich reiße bemüht die Augen auf. Ich weiß, wie gerötet und feucht sie sein müssen.

»Du warst jetzt lange genug krank und bist wieder gesund«, meint er total empört.

Ich halte mir das freie Nasenloch zu und ziehe demonstrativ mit der vollen Seite die Rotze hoch. Sein Gesicht wird staubtrocken.

»Anziehen«, knurrt er. Ich öffne den Mund und zeige ihm meine hoffentlich verschleimten Mandeln.

Er klappt ihn wieder zu. »Jetzt!«, murmelt er und schiebt mich in Richtung meines Schrankes. Ich wehre mich nicht und lasse meinen Kopf nach hinten an seine Schulter fallen. So stark diese Schulter. Man könnte glatt daran schlafen. Das versuche ich auch.

»Die Uniform liegt auf meinem Schreibtisch«, flüstere ich verpennt. Mein Dad stöhnt genervt und schiebt mich zu besagtem Tisch.

»Soll ich dich noch anziehen?«, blafft er und ich bin versucht, mit Ja zu antworten.

»Ich mach das schon«, nuschle ich und setze mich schwer auf den Stuhl, bevor ich meine Wange auf meinen Laptop lege und müde schmatze. Ich kann auch hier schlafen. Zur Not benutze ich meinen Rock als Kissen.

»Oh fuck!« Er zieht mich nach hinten, zerrt mir den Pullover über den Kopf. Zum Glück trage ich einen BH darunter. Dann packt er meinen Arm und stopft ihn in den Ärmel der Bluse. »Ich dachte nicht, dass ich das nochmal tun muss«, schimpft er vor sich hin. »Ich sollte echt Zulage verlangen.« Dasselbe macht er mit dem anderen Arm. Ich lasse das alles mit mir machen, meine Augen halte ich geschlossen. Meine Gliedmaßen sind wie Gummi.

Dann zerrt er mich auf dem Stuhl herum und knöpft total genervt meine Bluse zu, während mein Kopf automatisch nach vorn fällt und ich ein bisschen weiter nicke.

Genervt greift er unter meine Arme, stellt mich auf die Beine und schiebt meinen Rock an meinem Körper hoch. Ich schmatze wieder und lehne meinen Kopf an seine Schulter, als er ein bisschen in die Hocke geht, um den Rock an der Seite zu schließen. Dann drückt er mich wieder auf den Stuhl und ich schmiege meine Wange nun an seinen Bauch und seufze behaglich. Ein bisschen hart, aber immer noch gemütlich dieser Bauch.

Noch genervter schiebt er mich zurück, hockt sich vor mich, um mir meine Kniestrümpfe anzuziehen. Dabei murmelt er die ganze Zeit total aggressiv und genervt vor sich hin und schimpft über meine Mutter. Wieso auch immer.

Als Nächstes nimmt er meine Bürste und dreht mich auf dem Stuhl mit dem Rücken zu sich, um meine Haare zu kämmen. Das tut er äußerst grob. Ich lasse den Kopf in den Nacken fallen und döse noch ein bisschen. Das ist wie eine harte Kopfmassage von einem echt angepissten Friseur. Er bindet meine Haare zusammen, packt mich unter den Armen und trägt mich halb ins Badezimmer. Während er hinter mir steht, lehne ich den Hinterkopf an seine Schulter. Perfekt.

Er drückt Zahnpasta auf die Zahnbürste vor mir, packt meinen Kiefer und öffnet meinen Mund mit einem Ruck, bevor er sie in meinen Mund steckt. Ich würge.

»Beschwer dich nicht!«, zischt er aufgebracht und schrubbt aggressiv meine Zähne. All das lasse ich widerstandslos geschehen. Dann drückt er meinen Kopf nach vorn. »Ausspucken!« Ich spucke halbherzig. Die Hälfte landet auf meinem Kinn, worauf er das kalte Wasser anstellt und meinen Kopf darunter schiebt. Grob wischt er mit der Hand in meinem Gesicht herum und ich schimpfe leise. Er macht sogar meine Nase sauber, sodass sie danach wehtut, weil er zu fest drückt.

»Ruhe!«, knurrt er, obwohl ich gar nichts gesagt habe, zieht mich wieder hoch und rubbelt mein Gesicht mit einem

Handtuch trocken, bis es ganz rot ist und ich gefühlt keine Haut mehr habe.

»Jetzt komm!« Er packt mich wieder an den Schultern und schiebt mich aus dem Bad. Sehnsüchtig schaue ich zu meinem Bett, während ich nach meinem dunkelroten Cardigan greife und ihn lustlos über meine Arme ziehe. Ich bin so fertig. Ich gehöre echt ins Bett und nicht auf die Schulbank. Aber ich ahne schon, dass jeder Protest zwecklos ist. Gestern lag ich noch den ganzen Tag im Bett. Du warst unterwegs. Als es mir besser ging und ich Mom das siebte Mal angerufen habe, dass sie mir noch mehr Kekse bringen und mir ihre Kreditkartendaten schicken soll, damit ich diesen einen Film kaufen kann, den ich sehen wollte, kam Dad hoch, weil er mich durchschaut hat. Mit seinem Todesblick hat er verkündet, dass ich morgen meinen Arsch wieder in die Schule bewegen soll.

Kein Film, keine Kekse. Nur ich in dieser Uniform. Und wo bist du überhaupt? Du hättest ihn überzeugen können, dass ich noch einen Tag brauche …

Dad seufzt und schaut auf die Uhr auf meinem Nachttisch, während ich mein Handy vom Bett angle und es dann in die Tasche neben der Tür schmeiße.

»Okay. Ich will noch kurz mit dir reden«, quält er mich weiter. »Setz dich.« Es geht bestimmt um meinen leiblichen Vater. Donovan de Luca. Um den dreht sich alles, seit er vor zwei Tagen zurückkam. Ich dachte, das wäre ein Traum gewesen. Genau wie du im Handtuch, als du dich einfach auf mich draufgelegt hast.

Ich lasse mich auf meine Bettkante sinken und sehe abwartend hoch in seine türkisfarbenen Augen.

Dad schüttelt den Kopf, dann setzt er sich neben mich und ich betrachte stirnrunzelnd die Hüllen der Sonnenblumenkerne auf meinem Nachttisch. Warst du doch da, Ilian?

»Okay«, seufzt Dad, weshalb ich wieder zu ihm sehe. Er lässt seinen Nacken knacken. »Was ist das zwischen Ilian und dir?«, kommt er direkt auf den Punkt. Ach ja, das Thema. Ich habe nur darauf gewartet, dass es jemand anspricht. Ich will aber mit ihm nicht darüber reden. »Mh-mh«, macht er und schüttelt verneinend den Kopf. »Kein Ausweichen, Prinzessin.«

Wieso kennt er mich so gut?

Ich hebe langsam die Schultern. Ich habe keine Ahnung, wie ich das erklären soll, ohne dass es komisch klingt.

»Du fühlst dich schon länger zu ihm hingezogen, richtig?«, hilft er mir auf die Sprünge. Seine türkisfarbenen Augen mustern mich geduldig, etwas müde und weich.

Ich nicke. Das ist gut, das kann ich so stehen lassen.

»Er fühlt sich auch schon länger zu dir hingezogen, richtig?«

Ich nicke. Auch wenn ich es nicht verstehe.

Jetzt ziehen sich seine Augenbrauen unwillig zusammen und er starrt an die Wand hinter meinem Kopf. »Und ihr habt dem jetzt nachgegeben, weil du weißt, dass ihr nicht verwandt seid, richtig?«, nuschelt er kaum verständlich vor sich hin und ich verziehe das Gesicht. Böses Thema, schlechtes Thema, kein Dad-Thema.

Iiiiiiiiiiiiiih, Iliaaaaan, wo bist du denn, wenn ich dich brauche?

»Ja, okay, antworte darauf nicht. Ich will es eigentlich gar nicht wissen!«, blafft er auf einmal, als er sich wahrscheinlich mal wieder gedanklich hineingesteigert hat. Ich muss ein bisschen grinsen, weil er so lustig ist. »Ja. Was soll ich dir dazu sagen?«, fragt er mich jetzt, als hätte ich das Gespräch gesucht, und ich betrachte ihn etwas zweifelnd. »Dein Vater wird nie erlauben, dass ihr zusammen seid. Also … dein Erzeuger. Ihr werdet für das, was ihr haben wollt, und eure Gefühle kämpfen müssen. Er wird euch einen Stein nach dem anderen in den Weg legen. Schau mich nicht so an! Es ist, wie es ist. Es … ich brauche es dir jetzt nicht schönzureden. Ich will, dass du weißt, worauf du dich einlässt, wenn du diesen kleinen Scheißer lieben willst. Liebst du ihn?«, erkundigt er sich mit hochgezogenen Brauen. Ich komme kaum hinterher mit meinem müden Gehirn.

»Ja?« Das klingt wie eine Frage, aber nur, weil ich von der Gesamtsituation überfordert bin.

»Natürlich tut sie das«, murmelt er in sich hinein. »Bist du bereit, Blut, Schweiß und Tränen, deine Nerven, dein Herz – vielleicht alles – zu verlieren?«

Mir fällt langsam alles aus dem Gesicht und ich kriege etwas Angst vor seinen Prophezeiungen.

»Denn das wirst du leider. Du wirst es nicht leicht haben. Du hättest dir wirklich … Aber eigentlich ist es egal, in wen du dich verliebt hättest. Weil er höchstwahrscheinlich keinen Mann an deiner Seite dulden wird. Deswegen wäre es eigentlich vernünftiger, dich von Ilian fernzuhalten. Aber was wäre das dann für ein Leben …«

»Ein unschönes«, murmle ich, während ich immer noch an seinen Worten nage.

»Und ein unerfülltes. Ich will nur, dass du weißt, dass es nicht leicht für dich wird. Aber das ist okay, weil du eine Kämpferin bist. Du hast das Herz deiner Mutter und du wirst es schaffen.«

Ich betrachte ihn leicht zweifelnd. Was meint er damit, dass mein Vater niemanden an meiner Seite akzeptieren wird? Und wieso sollte er dich nicht wollen? Du bist perfekt. Jeder sollte dich wollen.

Er atmet tief durch und nimmt meine Hand. Sanft streicht er mit seinem rauen Daumen über meine Knöchel. Das ist so vertraut. »Jetzt, wo du weißt, dass er dein Vater ist, wird er gewisse Ansprüche an dich stellen, die die Männer dieser Welt an all ihre Frauen stellen. Egal, ob Tochter oder Partnerin. Aber du bist besonders. Du bist anders. Und ich glaube, dass du es schaffen kannst, ihn davon zu überzeugen, dass anders nicht immer falsch ist. Lass dir von ihm nur nicht einreden, dass es schlecht ist, auf sein Herz zu hören, oder wie irgendwas zu sein hat. Du weißt es selber am besten.«

Ich denke an die Worte, die mein Vater auf seinem Video an mich gerichtet hat, dass ich mit dem Kopf denken soll und nicht mit dem Herzen, weil das Herz uns in die Irre führt, aber mein Herz hat mich noch nie enttäuscht. Es hat mich zu dir geführt und du bist richtig. Das Richtigste, was ich habe.

Ich nicke langsam und versuche jetzt erstmal, diese Ängste zu unterdrücken, die in mir hochkochen. Die Angst vor dem Ungewissen. Ich bin dem nicht gewachsen, was Dad gesagt hat, und ich kann nicht auf dich verzichten. Ich will gar nicht daran denken, es mir nicht mal vorstellen. Ich will auch nicht da drüben leben. Aber solange es noch nicht so ist, werde ich mir nicht den Kopf zerbrechen.

»Okay«, murmle ich und nicke mehr für mich.

»Okay. Was auch immer passiert, ich stehe vor dir, hinter dir oder sonst wo, wo du mich brauchst.«

Ich atme tief durch und lächle leicht, weil ich das weiß. Das ist eine der wenigen Gewissheiten, die ich habe. Er würde mich nie im Stich lassen oder enttäuschen. Das kann er gar nicht, weil er er ist.

Jetzt seufzt er. »Okay, das war's erstmal«, stellt er dann fest und ich grinse. Er ist wie Mason Rush, wenn der mit einem Verhör fertig ist und zufrieden all seine Punkte abgearbeitet hat.

»Okay.«

»Dann ab in die Schule.«

Tief seufze ich und erhebe mich dann, genau wie er. Er gähnt und streckt sich. Ich stelle mich auf die Zehenspitzen und küsse ihn auf die stopplige Wange, bevor ich nach meiner Tasche und dem dunkelroten Schal greife und mein Zimmer verlasse.

Sophias Tür steht offen, sie ist sicher schon unten.

»Ich gehe schlafen«, verkündet Dad. »Viel Spaß in der Folterkammer.«

»Ja, danke«, entgegne ich trocken und werfe noch einen Blick zu deiner Tür, die geschlossen ist. Ich frage mich, ob du unten wartest, und gehe die Stufen hinab, während ich mir den Schal umwickle.

Du bist nicht im Foyer, Sophia schon. Sie zieht gerade ihren Mantel an. Ich stelle meine Tasche ab und angle nach meinem.

»Wo ist Ilian?«, frage ich sie. Du hast mir nicht geschrieben und auch nicht angerufen, was komisch ist. Noch komischer, als nicht in meinem Bett zu liegen, weil wir immer wissen, wo der andere ist.

»Ich weiß nicht.« Sophia zuckt mit den Schultern und mustert mich etwas irritiert, weil ich keine Ahnung habe, wo du steckst. »Ich dachte, du weißt, wo er ist«, murmelt sie und schließt ihren Mantel.

Ich ziehe meinen Zopf aus dem Kragen und schultere meine Tasche. Es alarmiert mich, dass du mir nichts gesagt hast, also nehme ich mein Handy raus und rufe dich an.

»Kannst du Tony Bescheid sagen, dass er uns fahren soll?«, frage ich Sophia leise.

»Mache ich«, antwortet sie und verschwindet nach draußen. Ich folge ihr. Langsam wird es hell. Alles ist vereist. Es ist kalt und der Wind ist heute stark. Frischer Schnee ist gefallen und ein paar Männer schippen ihn gerade vor der Tür weg.

Du nimmst nach dem achten Klingeln ab. »Ja?«, meinst du etwas müde und im Hintergrund hört man das Rattern einer Straßenbahn. Du bist also wirklich nicht in deinem Zimmer, was mir ein Blick auf den Parkplatz bestätigt.

»Wo bist du?«, frage ich und wische mir unter der Nase entlang, als sie wieder etwas läuft.

Du atmest durch. »Ähm …«, machst du. »In … der … Pianobar. Im Westviertel.«

Ich werfe einen Blick auf meine Handyuhr, dann runzle ich die Stirn. »Es ist sieben Uhr am Morgen. Was machst du da?«

»Ich bin abgesackt, aber ich fahre gleich«, verkündest du. »Ich komme dann in die Schule.«

Das ist komisch. »Wieso bist du abgesackt?« Das tust du nur, wenn dich was bedrückt.

»Mutterscheiße«, brummst du unwillig. Sophia geht gerade schon mit Tony zu einem der Autos, als ich im Augenwinkel bemerke, wie das Tor aufgleitet, damit der Wagen davor auf das Anwesen fahren kann. Ich hebe den Kopf etwas und erkenne den schwarzen Audi meines Vaters. Das ist noch komischer. Wieso kommt er jetzt her? Mein Magen verkrampft sich unwillig.

»Was hat sie wieder gemacht?«, frage ich. Ich hasse deine Mutter. Sie hat dich im Stich gelassen. Alles andere war ihr wichtiger. Dir ging es immer scheiße, wenn sie dich erneut versetzt hat. Ich kann es nicht ausstehen, wenn sie dir immer wieder neue Hoffnungen auf Besserung macht und dich dann doch enttäuscht.

»Nichts. Sie hat nur mit mir geredet. Und hat mir ihre Lebensgeschichte erzählt.« Du fluchst leise vor dich hin und ich beobachte, wie der schwarzglänzende Audi näher rollt. Auf der Motorhaube rinnt der Tau in Schlieren herab und die Scheibenwischer arbeiten träge. Er bleibt direkt vor der Verandatreppe stehen. Ich lasse den Blick zu Sophia und Tony schweifen.

Er mustert mich fragend und ich gebe ihm zu verstehen, dass er fahren soll. Es wird sicher einen Grund haben, wieso

Donovan de Luca mich persönlich abholen kommt, denn dass er wegen mir da ist, kann ich mir denken.

Tony spricht in sein Headset, wahrscheinlich um Onkel Caden Bescheid zu sagen, und hält dann Sophia die Tür auf, als er wohl das Go erhält.

Ich bin total abgelenkt von alldem. »Okay, wir … reden in der Schule«, murmle ich zögernd, während ich langsam die Stufen runtergehe.

»Okay«, meinst du etwas angetrunken.

»Willst du nicht lieber zu Hause bleiben? Wenn ich zurückkomme, nehme ich uns Burger mit, dann können wir reden.« Denn du klingst nicht, als könntest du so zur Schule gehen. Mit Alkoholfahne und unklarem Kopf. Das wäre nicht gut.

»Das … ist … theoretisch eine sehr gute Idee, aber praktisch nicht.«

»Wieso nicht?«, frage ich und bleibe neben der Beifahrertür stehen, bevor ich mich etwas bücke und ins Auto sehe.

Mein Vater sitzt da in seinem schwarzen Mantel, beugt sich jetzt rüber und öffnet mir die Beifahrertür. Ich ziehe sie von außen auf und schiebe meine Tasche in den Fußraum. Es ist echt ein bisschen komisch, einfach in sein Auto zu steigen. Ich habe das alles immer noch nicht verdaut und muss erstmal etwas Zeit vergehen lassen, ihn ein wenig besser kennenlernen und rausfinden, was er vorhat.

»Weil ich es praktisch nicht mag, wenn du alleine in der Schule bist. Aber okay. Ich finde meine Autoschlüssel nicht!«

»Okay.« Ich setze mich und ziehe die Tür zu. »Ich rufe jetzt Onkel Caden an, er soll dich holen, und dann legst du dich hin und wir sehen uns später. Schlaf ein bisschen.«

Du brummst irgendwas Unverständliches, was sich nach Zustimmung anhört, und ich seufze schwer. Ich hasse es, wenn es dir nicht gut geht. Deshalb werde ich dir jetzt nicht sagen, wer neben mir sitzt. Ich schnalle mich an und der Wagen rollt los, während ich ein Taschentuch aus meiner Manteltasche nehme und mir die Nase putze.

»Okay. Also ich sage jetzt Onkel Caden Bescheid und du schickst ihm deinen Standort.« Ich glaube nämlich nicht, dass du so genau weißt, wo du bist, und dass das mit der Pianobar stimmt. Vielleicht verwechselst du sie mit einer anderen, weil du nämlich viel zu betrunken bist. Ich frage mich echt, was genau zwischen dir und Ava vorgefallen ist.

»Yes, Ma'am.«

»Und … ich weiß, du hörst es nicht gerne, aber glaub deiner Mutter nicht alles, okay?«, murmle ich noch und höre dich seufzen.

»Ich glaube nur sehr wenigen Menschen alles.«

»Das ist sehr weise.« Ich muss ein bisschen lächeln und stopfe das zusammengeknüllte Taschentuch in meine Manteltasche.

Das Tor öffnet sich langsam und wir fahren hinter Tony vom Anwesen.

»So bin ich. Hat hier jemand meinen Schlüssel gesehen?«, fragst du wohl wen anders und nun seufze ich.

»Okay, ich lege jetzt auf. Bleib, wo du bist, und schick Onkel Caden deinen Standort!«, erinnere ich dich nochmal.

»Mach ich. Tu nichts, was ich nicht auch tun würde.« Ich lasse meinen Blick zu meinem Vater schweifen und runzle die Stirn. Du wärst sicher nicht bei ihm eingestiegen. Das war wahrscheinlich nicht sehr schlau von mir, aber ich möchte wissen, was er von mir will.

»Mach ich nicht. Bis später.«

»Ciao, Babygirl«, murmelst du. Mir wird ganz warm im Bauch, wenn du mich so nennst.

Du legst auf und ich schicke schnell eine Nachricht an Onkel Caden, dass er dich abholen soll, weil du abgesackt bist, und nicht in die Schule kommen kannst. Ich weiß, dass du bei ihm immer in den besten Händen bist. Sobald er mir geantwortet hat, dass er sich um dich kümmert, stecke ich mein Handy weg und wende mich etwa mehr nach links.

Da sitzt er. Makellos wie immer. Hellwach, fit, ausgeruht. Ein frischer Duft strömt von seinem Kragen aus zu mir rüber. Ich falte die Hände im Schoß und beobachte ihn aufmerksam und lauernd.

»Alles okay?«, fragt er leise. Gerade will ich ihm antworten, als ich bemerke, wie es in meiner Nase zu prickeln beginnt. Ich reiße die Augen auf, halte mir den Unterarm vor den Mund und niese gegen den Stoff meines Mantels. Sofort kommen mir die Tränen und ich stöhne.

»Gesundheit«, sagt er mitfühlend-irritiert, weil das so plötzlich kam, und reicht mir ein Taschentuch aus der Innentasche seines Mantels.

»Danke«, näsle ich und putze meine Nase, bevor ich mich gegen den Sitz sacken lasse.

»Und du bist dir sicher, dass du in die Schule kannst?«

Ich könnte jetzt Nein sagen, denn er weiß noch nicht, wie gut ich lügen kann. Aber ich tue es nicht, weil ich Dad nicht übergehen will. »Das passt schon«, winke ich träge ab.

»Okay, wenn du meinst«, erwidert er. Wir schieben uns durch den dichten Verkehr. Scheinbar ist jeder auf dem Weg zur Schule oder zur Arbeit.

»Wieso holst du mich ab?«, frage ich interessiert.

»Das wollte ich dir gerade erklären.« Sein Mundwinkel hebt sich und ich nicke, schniefe und schalte die Sitzheizung ein. »Das Gespräch, nachdem ich dich nach Hause gebracht hatte, lief ja nicht sonderlich gut«, stellt er schließlich fest. Wahrscheinlich lag es daran, dass er einfach bestimmen wollte, wo ich lebe. Dass das nicht widerstandslos akzeptiert wird, hätte ich ihm gleich sagen können. »Ich bin ein Mann, dessen Entscheidungen von allen befolgt werden. Das lebe ich auf diese Art seit über zwanzig Jahren. Aber vielleicht sollte ich es bei dir etwas anders angehen. Ich weiß, dass du von zu Hause nicht ausziehen willst, und ich hatte eigentlich nicht vor, dass du so bald erfährst, woher du kommst und dass ich dein Vater bin. Aber jetzt weißt du es, und für mich ergibt sich somit die Chance, das nachzuholen, was ich verpasst habe. Ich hätte dich wirklich gerne bei mir. Deswegen würde ich vorschlagen, du probierst es einfach. Es ist vielleicht gar nicht so schlimm, wie du es dir vorstellst. Außerdem lebt deine Mutter nur sieben Minuten entfernt. Du kannst sie jederzeit besuchen, jederzeit tun und lassen, was du willst. Aber ich hätte auch gern etwas von dir …« Ich betrachte ihn und denke daran, was mein Dad vorhin gesagt hat. Dass ich mit dir nicht zusammen sein darf. Dass er es mir schwer machen wird, dass er keinen Mann an meiner

Seite akzeptieren wird. Allein bei dem Gedanken daran verkrampft sich mein Magen. Wir haben doch gerade erst irgendwie zusammengefunden. Wir führen zwar keine offizielle Beziehung, aber dennoch weiß ich, dass wir einander gehören.

»Was ist mit Ilian und mir?«, frage ich jetzt direkt und er wirft mir einen kleinen Seitenblick zu.

»Na ja, er wird heiraten«, antwortet er mit hochgezogenen Brauen.

»Ja, in etwas mehr als einem Jahr«, meine ich sofort defensiv. Ich glaube trotzdem daran, dass wir noch eine Zukunft haben, Ilian. Und an deine Worte. Du hast gesagt, dein Herz gehöre mir. Es wird schon schwierig, weil du heiraten wirst. Wenn jetzt noch mein Vater dazwischenfunkt, was dann?

»Außerdem wird er nicht für immer verheiratet bleiben, und wenn er es nicht mehr ist, dann will ich mit ihm zusammen sein. Sergio hat den Vertrag zwischen den Terekovs und den Wolkovs auf fünf Jahre begrenzt.« Fünf Jahre, Ilian. Aber besser fünf Jahre als nie. Wenn du mich danach noch willst. Daran denke ich jetzt besser nicht.

Mein Vater atmet durch und lehnt den Hinterkopf gegen die Stütze, bevor er zu mir sieht, während wir an einer roten Ampel stehen.

»Ilian wird erstmal heiraten und somit außerhalb deiner Reichweite sein. Was danach ist, steht jetzt noch in den Sternen«, lässt er mich gelassen wissen. Ich streiche mir über das Gesicht. Das ist alles so kompliziert, Ilian. Wieso haben wir nicht zueinander gefunden, als es noch einfach war?

»Ich weiß nicht, ob ich das kann«, meine ich schließlich ehrlich. »Auch wenn ich jetzt weiß, dass du mein Vater bist. Ich … habe schon einen Dad und er war immer für mich da. Ich … kann euch nicht einfach austauschen. Das funktioniert nicht. Du kannst doch auch was von mir haben, wenn ich drübenbleibe. Ich kann vorbeikommen. Du kannst mir ein Zimmer einrichten und ich kann ab und zu da schlafen, aber ich brauche meine Familie.« Kurz zucken seine Kiefermuskeln, was wohl ein Zeichen von Unzufriedenheit und Wut ist, weshalb ich mich etwas anspanne. Ich kann ihn noch nicht so gut einschätzen, dafür kenne ich ihn zu wenig. Er fährt sanft wieder los, als sie Ampel auf Grün schaltet.

»Ich habe nie gesagt, dass du uns austauschen sollst. Ich hätte nur gerne, dass du mir auch eine Chance gibst, ein Teil deines Lebens zu werden.«

»Ja«, meine ich sofort. »Das kannst du sein. Ich habe auch nicht gesagt, dass ich das nicht will. Ich will nur deshalb nicht alles andere aufgeben. Meine … Eltern … würden nie verbieten, dass wir uns sehen, ich zu dir fahre oder du mich abholen kommst, so wie du es bei Sergio getan hast. Ich will auch, dass du ein Teil von meinem Leben bist, aber deswegen will ich nicht den anderen Teil meines Lebens aufgeben oder darauf verzichten.« Er schluckt und seine Finger trommeln auf dem Lenkrad. Ich beobachte ihn aufmerksam, versuche rauszufinden, in welcher Stimmung er ist.

»Bei Sergio hat es doch auch geklappt.«

»Ich habe schon ewig nicht mehr so lange mit irgendjemandem diskutiert, wenn ich was wollte«, murmelt er vor sich hin.

»Ich will nicht diskutieren«, verteidige ich mich sofort. »Ich will nur nicht, dass du mich von meiner Familie trennst.«

»Ich will dich doch gar nicht von ihnen trennen. Ich will nur, dass du als meine Tochter auch bei mir lebst.«

»Aber ich bin auch Moms Tochter und Dads Tochter.« Eine Ader an seiner Schläfe beginnt, zu pulsieren. Ich muss ihn nicht gut kennen, damit mir klar wird, dass es ein Zeichen von aufkeimender Wut ist, deswegen klappe ich meinen Mund zu. Ich will ihn nicht reizen.

»Ich weiß, dass du auch die Tochter deiner Mutter bist. Glaube nicht, dass ich das vergessen könnte«, meint er mit einem humorlosen, harten Lächeln und wirft mir einen kleinen Blick zu. Ich starre ihn reglos an. »Probier es einfach«, sagt er dann sanfter. »Du wirst sehen, es ist nicht so schlimm.« Allein bei der Vorstellung verkrampft sich alles in mir und Widerstand bildet sich in meinem Magen.

»Ich will nicht«, wispere ich und mache mich ein bisschen klein im Sitz. Seine Finger trommeln härter.

»Wir können es doch langsam angehen lassen. Du holst mich für ein Wochenende ab und wir verbringen Zeit miteinander. Wenn es gut läuft, wiederholen wir das, und nach ein paar Monaten sehen wir dann weiter«, schlage ich ihm den Deal vor.

»Einen Monat«, hält er dagegen und sieht mich wieder an. Darüber denke ich kurz nach.

»Okay, vorausgesetzt das reicht, damit ich dich richtig kennenlerne. Aber wenn nicht, machen wir zwei draus!«, füge ich noch schnell hinzu und er gibt ein humorloses Lachen von sich. Allerdings entspannen sich seine Züge etwas. Er wirkt alles andere als zufrieden und verdreht leicht die Augen. Aber als er mich wieder ansieht, funkeln sie etwas, wieso auch immer.

»Einen Monat, Catalina«, nagelt er mich fest, aber seine Stimme klingt amüsiert.

»Okay, dann musst du mich in diesem Monat eben sehr oft abholen.« Sonst kann ich ihn ja nicht kennenlernen.

»Kein Problem.« Er schmunzelt in sich hinein.

»Okay, aber ich will nicht die ganze Zeit in dem Haus sein. Wir müssen dann auch was unternehmen. So ist das, wenn man der Vater einer Tochter ist. Ich bin kein kleiner Soldat, den du in deinem Büro festnageln kannst.« Ich grinse verspielt und er bedenkt mich mit einem düsteren Blick, bevor er sich wieder auf die Straße konzentriert. Mittlerweile haben wir die Innenstadt verlassen und fahren den Hügel hinauf, der zu meiner Schule führt. »Du musst mit mir ins Autokino. Das liebe ich. Und in diesen Supermarkt, wo es gratis Käseproben gibt. Und du musst mit mir in den Freizeit…«

»Nein.« Das kommt echt entrüstet. »Ich gehe nirgendwohin, wo es gratis Käseproben gibt.« Ich lache.

»Du bist ja ein Snob«, stelle ich dann mehr für mich fest und nicke. Er verzieht das Gesicht, als hätte er sich verhört.

»Ich habe Stil.«

»Nein, du bist ein Snob. Du denkst, alles, was gratis und günstig ist, wäre schlecht. Kaufst du deine Sachen nach Preis oder Qualität?«

»Ich kaufe meine Sachen gar nicht selber.«

»Ah, ein Obersnob.« Ich nicke verstehend. »Warst du schon mal in einem Möbelhaus? Das macht echt Spaß.«

»Was macht daran Spaß?«, fragt er ehrlich vor den Kopf gestoßen.

»Dad und ich waren in jedem Ausstellungsraum und haben so getan, als würden wir da leben und als würden uns die Leute stören. Ilian und ich haben uns alle möglichen teuren Schränke und Betten auflisten lassen, aber nichts gekauft. Nur, um den Mitarbeitern ein bisschen Arbeit zu machen, weil sie im Lager Donuts gegessen haben. Mom hat mich da mal drei Stunden lang gesucht, weil ich mich unter einem Bett versteckt habe. Als sie mich gefunden hat, hat sie gelacht und geweint und gleichzeitig geschimpft.« Er schnaubt.

»Das kann ich mir vorstellen«, murmelt er vor sich hin.

»Man kann überall Spaß haben, wenn man ein lustiger Mensch ist. Bist du kein lustiger Mensch?« Weil, Ilian, ich kann nicht mit unlustigen Menschen. Echt nicht.

»Ich bin total lustig«, sagt er staubtrocken, ohne eine Miene zu verziehen. »Okay, ich mache mit dir einen Monat lang ein paar dieser Dinge und dafür ziehst du danach bei mir ein.«

»Kein Deal.« Ich lehne mich zurück und verschränke die Arme vor der Brust. »Was du machen musst, ist viel einfacher, als das, was ich dann machen muss. Das ist nicht ausgewogen.«

»Das sagst du nur, weil du nicht weißt, was du mir abverlangst.«

»Du auch nicht. Du weißt auch nicht, was du mir abverlangst. Stell dir mal vor, jemand hätte dir mit sechzehn gesagt, du sollst in ein anderes Haus ziehen und deine Familie zurücklassen, auch wenn sie nur sieben Minuten entfernt sind, nur um bei jemandem zu leben, den du gar nicht kennst. Das ist nicht so leicht.«

»Ich bin mit achtzehn ausgezogen und musste alles für eine Zeit hinter mir lassen«, erklärt er.

»Für eine Zeit ist was anderes als auf Dauer.«

»Wie gesagt, es wird nicht so schlimm, wie du denkst, und du musst niemanden aufgeben.« Er bremst leicht, als wir vor der Schule ankommen. Hier herrscht das übliche Chaos. Einige werden gebracht, andere parken gerade ein. Als mein Vater mit dem Audi auf das Gelände fährt, machen alle Platz und starren.

So ist das also, seine Tochter zu sein. Alle starren dich an. An ihm scheint das völlig vorbeizugehen. Er beachtet keinen der Anwesenden, sondern hält sanft und wendet sich mir etwas zu.

»Einen Monat.«

»Und danach entscheide ich.« Er mustert mich ein wenig müde.

»Einen Monat, dann sehen wir weiter. Deal?« Er hält mir seine Hand entgegen.

»Einen Monat, dann sehen wir weiter, aber du bestimmst nichts über meinen Kopf hinweg.« Denn so, wie er sich bei uns zu Hause im Salon benommen hat, ist das seine übliche Vorgehensweise. Schließlich hat er selbst zugegeben, dass er normalerweise die Entscheidungen trifft und alle sich danach richten.

Er seufzt tief und zieht seine Hand zurück.

»Steig jetzt aus«, sagt er sanft. Ich betrachte ihn noch ein paar Sekunden.

»Es wäre doch viel schöner, wenn ich freiwillig bei dir leben würde, oder?« Mit diesen Worten greife ich nach meiner Tasche, schnalle mich ab und öffne die Tür. »Danke fürs Fahren.« Ich schenke ihm noch ein kleines Lächeln, dann steige ich aus und schließe behutsam die Tür.

Sobald ich in der kühlen Luft stehe, trete ich einen Schritt zurück, sodass ich in den Wagen schauen kann, während die Massen an mir vorbeiströmen und mich anstarren. Er lässt das Beifahrerfenster herunter und beugt sich etwas rüber, weshalb ich den Kopf neige, um ihn ansehen zu können.

»Du bist wirklich die Tochter deiner Mutter«, stellt er fest und ich lächle breiter.

»Danke schön.«

Er runzelt seine Stirn und murmelt etwas in sich hinein. »Pass auf dich auf, Tesoro«, meint er noch und salutiert locker, bevor er das Fenster wieder hochfahren lässt. Ich wende mich ab und gehe auf das Gebäude zu. Dann drehe ich mich um, sehe aber nur noch seine Bremslichter aufleuchten, als er vom Schulgelände fährt. Ich umklammere fest meine Tasche und atme leise aus.

Dad hat recht. Ich muss ihm zeigen, dass anders manchmal besser ist. Nicht gut. Sondern besser. Ilian.

39. Hoffnung, Sergio

XX

Rosalie

Es ist sieben Uhr zwölf und du warst in mir, Sergio.

Ich liege in meinem Bett und habe gerade die Augen aufgemacht. Ich hatte einen Sextraum – als ob es nicht reichen würde, dass wir auch in der Realität Sex hatten, und ich mich seitdem aufführe, als wäre ich total debil. Das ist lebensgefährlich. Ich laufe gegen alles und jeden, stolpere über unsichtbare Hürden, kann keinem Gespräch mehr richtig folgen und nicke nur noch, egal, was man zu mir sagt. *Rosalie, hast du zugenommen?* Ich nicke. *Rosalie, schenkst du mir dein Auto?* Ich nicke. *Rosalie, putzt du den ganzen Monat das Haus?* Ich nicke. *Rosalie, hast du einen Pickel auf der Stirn?* Ich nicke. Ich nicke einfach bei allem. Als wäre man in einer Disco, in der man aufgrund der lauten Musik nichts hört, sich aber trotzdem unterhält. Man nickt und macht: »Hm hm«, als hätte man alles verstanden. Vielleicht hat man gerade eine Tonne Koks gekauft und weiß es nicht. Oder eine neue Waschmaschine oder eine Waschmaschine voll mit Koks. Kann bei uns alles passieren. Auf jeden Fall bin ich echt verwirrt und muss die ganze Zeit an dich denken. In den ungünstigsten Situationen spüre ich dich. Sehe ich irgendwelche Dinge, verbinde sie mit dir, obwohl sie nichts mit dir zu tun haben. Eine Banane, Sergio. Ich habe gekichert, als ich sie gegessen habe. Mein Vater hat den Kopf geschüttelt, ist aufgestanden und wortlos hochgegangen. Er hat ja recht.

Das geht so nicht mehr weiter. Das ist echt nicht normal.

Oder findest du das normal?

Ich muss mich wieder zusammenreißen. Schließlich bin ich keine vierzehn mehr. Das war weder mein erstes Mal noch hast du meine Welt erschüttert. Okay, das hast du schon, aber deswegen muss ich jetzt nicht zu einem Trottel mutieren.

Ich seufze und drehe mich auf die Seite, schaue hinaus zu dem dunklen Haus. Der See ist heute aufgewühlt und schlägt hohe Wellen. Es ist windig und kalt. Ich will nicht aufstehen, aber ich muss, weil ich heute ein paar Dinge für meinen Vater erledigen muss. Den habe ich vorhin weggehen gehört, deshalb bin ich wach geworden. Er war auch extra laut, damit ich auf keinen Fall weiterschlafe.

Es bringt alles nichts, ich muss jetzt aufstehen. Also schlage ich die Decke zurück und schwinge meine Beine aus dem Bett. Es war auf diesem Fensterbrett, da sind noch Abdrücke am Fenster … Ich erwische mich dabei, dass ich an diese Stelle starre und darüber nachdenke, wie du deine Hand dagegen gedrückt hast.

Wie du gestöhnt hast.

Wie du gekommen bist …

FUCK!

Ich muss jetzt echt damit aufhören.

FOKUS, würde deine Mutter sagen. Vorausgesetzt, sie würde noch mit mir reden. Aber das hat sie aufgegeben, weil ich seit zwei Tagen neben der Spur laufe und sie zu ungeduldig ist zu warten, bis ich etwas begreife. Jetzt weiß ich, wie Sophia sich die ganze Zeit fühlt. Sie ist die Einzige, die es ohne Probleme mit mir aushält. Sie sitzt einfach neben mir und denkt an irgendwas anderes. Dann seufzt sie, worauf ich seufze und so geht das immer weiter. Ich habe zwar keine Ahnung, wieso sie seufzt, aber ich weiß, wieso ich es tue. Das muss reichen.

Ich gähne und stehe endlich auf, bevor ich ins Bad gehe und mich gemächlich fertig mache. Beim Zähneputzen betrachte ich mich und meine strahlenden Augen und frage mich, was du wohl gerade machst. Du bist sicher schon länger wach. Ich überlege, dich anzurufen, was in den letzten zwei Tagen ständig passiert. Allerdings habe ich mich noch nicht getraut, denn wir haben nicht darüber gesprochen. Ich habe keine Ahnung, ob das jetzt einmalig war und ich mir einfach keine Hoffnungen machen sollte. Ob das zwischen uns was verändert hat.

Mit der Zahnbürste im Mund seufze ich, wobei sich eine Blase bildet, und sehe mich, ohne eine Miene zu verziehen, im Spiegel an. *Du bist so ein Volltrottel, Rosalie Rush.*

Dann spucke ich aus und wasche mir den Mund, bevor ich aufs Klo gehe, mir die Haare kämme und wieder in mein Zimmer zurückschlurfe.

Als ich dich auf meinem Bett entdecke, schreie auf.

»FUCK!« Ich erstarre und überschaue dich. Du liegst seitlich auf einen Ellbogen gestützt, hast ein Bein ausgestreckt – wie ein Calvin-Klein-Unterwäschemodel hast du dich in Pose geschmissen. Ich betrachte dich äußerst skeptisch. Du hast Schatten unter den Augen, das mag ich nicht. Aber dein Dunkelblau funkelt amüsiert und du bist frisch rasiert. Deine schokoladenbraunen Haare liegen makellos nach hinten an. Dein beigefarbener Pullover mit dem feinen Strickmuster ist bis zu deinen Ellbogen hochgekrempelt, die Uhr und dein Siegelring blitzen im Tageslicht. Die dunkelblaue Jeans sitzt perfekt, genau wie der braune Gürtel. Du siehst so perfekt aus, wohingegen ich an ein Eichhörnchen auf Speed erinnere. Ein ziemlich verwirrtes Eichhörnchen.

Du stützt deine Wange auf deine Handfläche und verengst die Augen skeptisch, weswegen ich meine auch verenge und du eine Braue hebst.

»Bist du wirklich da?«, frage ich dich. Du starrst mich völlig entgeistert an, als würdest du an meiner geistigen Zurechnungsfähigkeit zweifeln, so wie mich jeder zurzeit ansieht. »Okay, du bist wirklich da.« Auf diese Weise schaust du mich nur in echt an.

»Mein Vater fährt Catalina in die Schule, weil er sich mit ihr unterhalten will. Deshalb habe ich Camillo mit meinem Handy nach Downtown geschickt, falls mein Vater mich orten will, und mir etwas Zeit genommen«, erklärst du freimütig und beugst dich vor zu meinem Nachttisch, um nach den Nüssen zu greifen, von denen ich gestern Abend ein paar gegessen habe. Du nimmst dir eine Handvoll, lehnst dich wieder zurück und schnipst dir eine in den Mund. Es knackt, als du kaust. Ich reiße mich aus meiner Ich-glotze-dich-wie-ein-Trottel-an-Starre und komme zu dir, bevor ich mich vorsichtig neben dir niederlasse.

»Hi.« Du schnippst dir noch eine Nuss in den Mund und es knackt wieder.

»Hi«, schaffe ich es, total geistreich zu antworten. Ich bin echt ein Kamel, wenn es um dich geht.

»Alles klar?«, fragst du zweifelnd und richtest das Kissen, auf dem dein Ellbogen lehnt, etwas, um es dir gemütlicher zu machen. Dein Duft strömt in meine Nase und in meinem Magen zieht sich alles zusammen. Nein, ich werde jetzt nicht abdriften. Das wäre echt irre.

»Ja, es ist alles total klar. Ich verhalte mich wie ein Volltrottel, aber sonst ist alles gut. Denkst du, dein Vater ortet dich?«

»Wieso verhältst du dich wie ein Volltrottel? Ja, ich denke schon.« Du schnippst dir noch eine Nuss in den Mund und betrachtest mich interessiert. Ich bin immer noch verwirrt.

»Du warst echt lange nicht hier, bis auf das eine Mal vor zwei Tagen, und jetzt liegst du hier, als wärst du nie weg gewesen. Wieso sollte er das tun?« Ich ziehe ein Bein hoch.

Du runzelst nachdenklich die Stirn. »Ich bin hier, weil mein Vater zurück ist und ich jetzt nicht mehr seinen Job machen muss. Ich kann wieder der enttäuschende Sohn sein.« Ich sehe dich etwas gereizt an, weil ich nicht will, dass du so von dir sprichst. »Also besteht für mich jetzt kein

Grund, mich fernzuhalten, außer meinem Vater selbst. Und deshalb glaube ich, dass er mein Handy ortet, weil er nicht will, dass ich bei dir bin. Immer noch nicht. Und weil ich nicht möchte, dass er aus dem Affekt heraus etwas Dummes tut, wie etwa dich zu verheiraten, habe ich Camillo mit meinem Handy losgeschickt.«

»Das ist äußerst gewitzt.«

»Ich weiß.« Du schnippst dir noch eine Nuss in den Mund und nickst zufrieden. »Willst du reden?«, fragst du dann nebenbei und greifst nach einer der Zeitschriften – über Waffen, die ich für meinen Vater bestellen sollte –, die ebenfalls auf meinem Nachttisch liegen, um sie durchzublättern. Bei manchen Modellen stockst du und nickst nachdenklich. Ich will dir schon fast eine Neuerscheinung zeigen, auf die mein Vater schwört, aber dann schüttle ich den Kopf. Ich werde jetzt das bisschen Zeit, die ich mit dir habe, mit Sicherheit nicht vergeuden und über Waffen sprechen. Denn ja, wir sollten tatsächlich dringend reden.

»Ähm …«

Du schaust dir gerade eine genauer an, runzelst die Stirn und murmelst: »Die ist aber nicht sauber ausgearbeitet.«

»Okay. Reden wir.« Du schaust hoch zu mir mit deinen dunkelblauen Augen, in denen ich immer sofort versinke wie im Meer. Deine vollen Lippen verziehen sich zu einem Lächeln, das mich kurz etwas ablenkt. Du bist so schön, wenn du lächelst. Und du hast keine Ahnung davon. Du klappst die Zeitschrift zu und ich räuspere mich.

»Sprich.«

»Du bist gar nicht fordernd«, stelle ich fest, während du völlig geduldig zu mir hochsiehst, und ich versuche, dieses Wirrwarr in meinem Kopf zu ordnen.

»Nur ein bisschen.« Das habe ich bemerkt.

»Okay, gehe ich richtig in der Annahme, dass du mich immer noch willst?«, frage ich, denn ich habe vor, systematisch vorzugehen. Das ist in solchen Momenten immer am besten – hat mein Vater gesagt und was mein Vater sagt, ist immer wahr.

»Oh ja.« Du nickst bedeutungsvoll und ich nicke auch, während mein Herz einen kurzen Hüpfer macht. Scheiße. Scheiße. Scheiße. Scheiße. DU WILLST MICH NOCH! »Ich will dich, aber …« Das *Aber* kommt ja immer bei uns. Es gibt einfach keine Situation, in der es kein *Aber* gibt. Wie sollte es auch anders sein? »Ich will nicht, dass mein Vater es mitbekommt, denn wie gesagt, er könnte etwas Dummes tun.« Du lachst zynisch. »Sich tot stellen, dich kaltstellen, man weiß es nicht.« Und das ist wirklich wahr. Denn bei deinem Vater muss man mit allem rechnen. »Ich weiß, vorher war der Grund, dass er nicht da war, weil ich mich um das Geschäft kümmern musste. Jetzt ist der Grund, dass er da ist. Es ist alles ein bisschen kompliziert. Aber das bedeutet nicht, dass ich nicht ab und zu rüberkommen kann, um die Zeit zu nutzen, die wir haben. Wenn du das noch willst. Das bedeutet allerdings …«, führst du weiter aus, inklusive Handbewegungen wie ein Dozent, während ich deiner Hand folge, ebenso wie deinen Gedanken, zumindest versuche ich es, und mein Herz immer schneller schlägt. »Das bedeutet allerdings, dass ich keine Ahnung habe, ob wir jemals wirklich zusammen sein können, wir nicht darüber sprechen und nicht darüber nachdenken; ich mich nicht regelmäßig melde und einfach vor deiner Tür stehe, wenn sich die Gelegenheit ergibt, und wir echt …« Ich beuge mich vor und küsse dich, weil ich es nicht mehr aushalte. »Vorsichtig sein müssen«, nuschelst du an meinem Mund und ich nicke, meine Lippen immer noch auf deinen. Was auch immer.

Mir egal, wie wir es machen. Hauptsache, ich bekomme dich *irgendwie* wieder.

»Keine Dates mehr«, nuschelst du weiter und greifst mir ins Haar, während das Herz bis in meine Kehle schlägt. Was passiert hier?

»Keine Nutten mehr!«, antworte ich heiser und küsse dich intensiver.

»Es waren keine Nutten.« Du krallst dich mittlerweile geradezu in mein Haar und lehnst dich mir entgegen.

»Kein Gar nichts!«, knurre ich und spüre dein Lächeln an meinen Mund, während ich meine Augenbrauen wütend zusammenziehe.

»Okay.« Damit umfasst du meine Taille, ziehst mich zu dir runter und wirbelst mich auf den Rücken. Atemlos sehe ich zu dir hoch. Du bist immer noch mit einem Ellbogen aufgestützt und schaust zu mir runter. Ich kann nicht glauben, dass das hier wirklich passiert, dass du echt da bist, dass es wieder so aussieht, als könnten wir doch am Ende zusammen sein. Irgendwie. Ich hebe eine Hand und streiche über deinen glattrasierten Kiefer.

Du bist hier.

Du willst mich.

Du berührst mich.

Und ich darf dich wieder berühren.

»Also sind wir wieder bei null und keiner darf es wissen?«, frage ich leise und meine Stimme ist heiser vor Emotionen.

»Japp.« Du siehst mir ernst in die Augen und ich streiche durch dein Haar. Das habe ich schon immer geliebt, deine seidigen Strähnen unter meinen Fingern zu spüren.

»Ich will dir nicht wehtun. Ich weiß nicht, wohin das führt. Sag nur Ja, wenn du das auch verkraften kannst. Ich weiß wirklich nicht, ob es funktionieren wird, denn ich bin noch nie so ungeplant an etwas rangegangen.«

»Ich mag den ungeplanten Sergio«, gebe ich zu und du verziehst dein Gesicht.

»Ich nicht, ich kann ihn überhaupt nicht leiden. Er bringt mich nur in Schwierigkeiten.«

»Vielleicht sind es gute Schwierigkeiten«, wispere ich und hebe die Augenbrauen. Du packst meine Kniekehle und winkelst mein Bein mit einem Ruck an, dann streichst du meinen Oberschenkel hinauf. Alles in mir erwacht wieder prickelnd zum Leben und die Flammen in mir lodern höher. Du berührst mich tatsächlich wieder. Ich spüre deine rauen Fingerspitzen und dein Duft umnebelt mich.

»Offensichtlich«, murmelst du und küsst mich erneut. Ich kann nichts gegen das Lächeln tun, das sich auf meinen Lippen ausbreitet. Ich kann nichts gegen die wohlige Wärme tun, die sich in meiner Brust ausbereitet und in jede einzelne meiner Fasern ausstrahlt. Ich kann nichts dagegen tun, dass ich so verdammt glücklich bin. Du hast die Macht, mich zum glücklichsten Menschen dieser Welt zu machen, oder zum traurigsten.

So könnte ich mir vorstellen, jeden Morgen aufzustehen. Genüsslich lasse ich meine Finger durch dein Haar streichen und sauge deinen Geschmack in mir auf, genau wie das Gefühl deiner Hand auf mir. Sowie das Gefühl deines Körpers an meinem. Es ist mir egal, dass wir nur ein paar geklaute Minuten haben, es ist besser als nichts.

»In fünfzehn Minuten treffe ich mich mit Camillo wieder am Tor«, informierst du mich und hakst deinen Zeigefinger an die Seite meines Slips unter dem weißen Schlafshirt. »Das heißt, ich muss in zehn Minuten wieder los«, wisperst du und rollst mir den Slip langsam vom Hintern, wofür ich ihn etwas hebe.

»Schaffst du das?«, necke ich dich etwas, obwohl ich genau weiß, dass du es schaffst. Du hast mich schon innerhalb kürzerer Zeit zum Orgasmus gebracht.

»Hm hm«, meinst du bedeutungsvoll nickend, schwingst dich zwischen meine Beine, bevor du dich auf eine Hand stützt und deinen Gürtel mit der anderen umfasst. Deine Zunge schiebt sich in meinen Mund und umspielt meine drängender. Mir wird sofort heiß und diese Flamme in mir lodert noch höher, setzt alles in Brand. Ich stöhne in deinen Mund und recke mich dir schamlos entgegen, während du deine Knöpfe öffnest, bevor ich bemerke, dass du deine Boxershorts etwas runterschiebst. Ich ziehe auch mein anderes Bein hoch und spüre dich zwischen meinen Schenkeln, weswegen ich an deinem Mund stöhne.

»Okay, wenn du so weitermachst, brauche ich zwei Minuten«, informierst du mich und schiebst dich mit einem Ruck in mich, Sergio. Dann stöhnst du selbst. Ich schließe die Lider, während die Lust mich durchrauscht und ich aufkeuche. Unkoordiniert kralle ich meine Finger in das Bettzeug und dein Haar. Mein Hinterkopf presse ich in die Matratze und ich biege meinen Rücken durch.

Mit einem Mal bist du wieder in mir und erschütterst meine Welt bis in ihre Grundfesten.

Mit beiden Händen stützt du dich neben meinem Kopf ab und treibst dich drängend und schnell in mich. Dein Kuss wird immer tiefer und dein Atem immer stockender und gepresster. Genau wie meiner. Mein Pulsschlag erhöht sich und sofort wird mir noch heißer. Ich schlinge ein Bein um dich und du stöhnst rau, während ich dir mit dem Becken entgegenkomme. Ich selbst kann mir das Keuchen auch nicht verkneifen und kralle meine Faust in deinen Pullover. Mit meiner Zunge rausche ich über deine und Schauer jagen durch meinen Körper. Es geht alles so schnell, dass ich gar nicht wirklich folgen kann. Ich ergebe mich einfach der Lust, die nur du so heftig in mir entfachen kannst. Ich lasse mich einfach davontragen, fühle nur und denke nicht an später oder was werden könnte. Alles in mir ist auf dich fixiert, jeder einzelne Sinn, und ich sauge alles gierig auf, was ich kriegen kann.

Deine Lippen verlassen meine und streifen über meinen Kiefer. Heftig erschauere ich, als dein Atem mich trifft und du dich noch härter bewegst. Selbstvergessen neige ich den Kopf, um dir besseren Zugang zu gewähren, und beiße mir auf die Unterlippe, weil das laute Stöhnen aus mir herausbrechen will.

Es dauert nicht lange, bis du gezielter zustößt, und ich weiß, dass du willst, dass ich komme. Ich ergebe mich. Selbst wenn ich wollte, könnte ich es nicht zurückhalten, denn je öfter du den Punkt triffst, desto intensiver baut sich der Orgasmus auf, bis ich schließlich explodiere. Er rauscht durch meine Venen, wie die Glut sich durch dünnes Papier frisst, und lässt meinen gesamten Körper heftig prickeln und pulsieren.

Deine Lippen knallen wieder auf meine und meine Zehen verkrampfen sich genauso wie meine Finger in deinem Rücken. Ich stöhne in deinen Mund, so, wie du an meinem, und ich dränge mich dir entgegen. Lasse mich einfach gehen. Lasse mich fallen, weil ich weiß, dass du mich auffängst. Immer. Egal in welcher Situation.

Die Glut prickelt immer weiter und lässt den Atem in meiner Kehle stocken, weil es so intensiv ist. Du stößt noch ein paarmal etwas härter zu. Dann keuchst du an meinem Mund, hältst dich tief in mich gepresst und kommst auch.

Du verharrst in mir. Kein Laut verlässt deine Lippen, nur dein heißer lauter Atem erfüllt den Raum, während deine Muskeln an deinem Rücken zucken. Ich lasse die Augen geschlossen und bin auch ganz still, konzentriere mich nur auf dich und dein Pulsieren tief in mir. Ich liebe es, dich so zu fühlen. Deine Stirn sinkt gegen meine und unser hektischer Atem vermischt sich. Dein Duft umnebelt mich ebenso wie deine Nähe so intensiv. Alles mit dir ist so intensiv.

Du bleibst ein paar Sekunden reglos über mir. Dann spüre ich, wie du dich langsam entspannst. Auch mich überkommt ein Frieden, den ich so nur mit dir empfinde. Besonders nach dem Sex. Es ist, als wären kurz alle Sorgen und Ängste davongetragen worden, weggebrannt von der Glut. Zittrig und völlig überwältigt atme ich aus. Du küsst mich nochmal flüchtig, bevor du dich aus mir zurückziehst, dich erneut auf eine Hand stützt und deine Hose schließt. Ich beobachte das mit trägen Lidern.

Du steigst vom Bett und richtest deinen Gürtel, während ich mich gemütlich auf den Bauch rolle. Mit einem Mal sind meine Lider ganz schwer und ich muss gähnen.

»Daran könnte ich mich gewöhnen«, gebe ich zu und kuschle mich verschlafen in das Kissen. Sie riechen nach dir und ich liebe das. Du runzelst warnend die Stirn.

»Besser nicht«, murmelst du und siehst düster aus dem Fenster zu eurem Haus rüber. »Gewöhn dich lieber an gar nichts.«

»Ich werde es versuchen«, verspreche ich dir und sage dir jetzt nicht, dass ich mich eigentlich schon an dich gewöhnt habe, und es ist, als hätte es diese drei Jahre Pause nicht gegeben. Als wären wir immer zusammen gewesen. Du beugst dich nochmal nach unten, die Hände auf die Matratze gestützt, und küsst mich. Lang und genüsslich.

»Du bist so eine schlechte Lügnerin«, murmelst du und deine Lippen streichen nochmal über meine lächelnden.

»Nur weil ich dich eigentlich nicht belügen will.«

»Das ist auch gut so«, meinst du und ziehst dich dann mit einem Ruck zurück. »Bis dann, Tesoro.« Du grinst träge. Ich grinse ebenso zurück und umfasse mein Kissen wohlig seufzend.

Ich fühle mich wie eine gesättigte Katze, die in der Sonne liegt und deren Strahlen genießt. Du bist meine Sonne und du hast echt extreme Strahlkraft. Du verdrehst leicht die Augen, aber deine Lippen lächeln.

Dann öffnest du einfach wie so oft die Tür und verschwindest wie ein Geist, als wärst du nie da gewesen. Kaum, dass sich die Tür hinter dir schließt, bin ich schon eingeschlafen. Und als ich nach einer Stunde wieder aufwache, frage ich mich, ob du das vielleicht gar nicht warst.

Allerdings signalisiert mir mein Herz sofort, dass ich nicht geträumt habe. Denn es ist wieder ganz. Jetzt habe ich wieder Hoffnung, obwohl ich sie laut dir besser nicht haben sollte. Aber das ist so ein Ding mit der Hoffnung. Sie ist da, immer. Auch wenn man sie eigentlich nicht zulassen sollte und sie nur tief verborgen in einem schwelt. Man hofft immer – auf bessere Zeiten, darauf, dass der andere sich ändert, man bekommt, was man will, oder darauf, dass etwas anders wird. Manchmal ist Hoffnung eben alles, was uns bleibt. Alles, was uns weitermachen lässt; alles, was uns daran hindert, aufzugeben.

Hoffnung. Sergio.

Ich wusste gar nicht, dass ich noch so viel davon habe. Ich wusste gar nicht, dass ich uns im Grunde, tief in meinem Herzen, nie aufgegeben habe. Ich wusste gar nicht, dass ich mir so sicher war, dass du irgendwann tatsächlich zu mir zurückkommst. Dass du dein Versprechen hältst, so wie du es gesagt hast. Und dass wir, genau wie unsere Liebe, tatsächlich ein *Immer* sind.

40. Rot und Schwarz, Irina

XX

Sieben Tage später …

Zayden

Mein Kopf liegt im Nacken und das Wasser aus der Dusche prasselt hart in mein Gesicht. Das tut verdammt gut. Ich mache mich gerade fertig, weil ich gleich rüber zu Donovan de Luca fahre, um ein paar Dinge mit ihm zu besprechen. Es ist schon später Abend. Alles, was ich höre, ist das prasselnde Wasser, das gegen die Duschwand und meinen Rücken fällt. Ich streiche mir mit beiden Händen durch das Haar, bevor ich den Kopf wieder nach hinten lege.

Ich kann es nicht glauben, dass er zurück ist. In den letzten Tagen hatte ich keine Gelegenheit, mit ihm zu sprechen, weil Sergio immer in seiner Nähe war und dieses Aufeinandertreffen besser nicht mitbekommen sollte.

Immerhin weiß er nicht, dass ich seinen Vater angeschossen habe.

Wir hatten einen Deal.

Donovan hat ihn gebrochen.

Ich hasse Männer, die ihr Wort nicht halten. Ja, ich weiß, ich bin selbst einer davon. Deshalb hasse ich es ja so sehr. Meine Mutter sagt immer, man könne nur an anderen hassen, worauf man entweder neidisch ist oder was man insgeheim selbst an sich nicht mag.

Aber um Donovan werde ich mich dann noch kümmern. Jetzt muss ich erstmal wach werden. Ich habe mich am Nachmittag nochmal hingelegt, weil ich die Nacht wieder unterwegs war.

Neun Tage.

Neun Tage blocke ich jetzt schon jeden Anruf von Selina Sanchez ab. Ich versuche wirklich, mich fernzuhalten. Ich versuche wirklich, mich auf dich zu konzentrieren. Aber du machst es mir nicht gerade leicht, Irina. Du bist zurzeit immer auf der Lauer. In dich gekehrt. Und still. So kann ich nicht zu dir durchdringen. Gut, ich könnte mir natürlich auch mehr Mühe geben, statt ständig unterwegs und beschäftigt zu sein, um dir aus dem Weg zu gehen. Aber ich weiß nicht, ob mir das Ergebnis gefallen würde, wenn wir uns richtig unterhalten. Denn in den letzten Tagen hat sich wieder einiges in mir aufgestaut, genau wie in dir. Ich sehe es in deinen Augen, wenn ich an dir vorbeigehe und du mir nachschaust. Wir haben nicht noch einmal darüber gesprochen, was ich dir bei diesem einen Streit an den Kopf geworfen habe. Ich weiß, dass es an dir nagt. Ich weiß, dass es scheiße war, was ich gesagt habe. Ich weiß auch, dass es nicht gerade hilfreich war, im Auto mit Selina zu telefonieren und mir dabei einen runterzuholen. Ich versuche es, Irina. Ich versuche es, aber sie schleicht sich immer wieder in meinen Kopf. Seit zwei Wochen haben du und ich uns nicht mehr angefasst. Wieder völlige Funkstille zwischen uns. Bald platze ich. Wirklich.

Aber ich denke jetzt nicht zu genau darüber nach, genauso wenig über das, was mich zurzeit verfolgt.

Meine Schwester soll zu Donovan ziehen, der gerade einen auf Übervater macht, um sich bei ihr einzuschleimen.

Donovan de Luca ist von den Toten auferstanden.

Rayen hat gerade eine heftige Grippe hinter sich, er hat sich bei meiner Schwester angesteckt.

Rosalie hat ständig Sex mit Sergio und ist total verwirrt, weshalb sie mir auch keine Hilfe ist. Sie rennt gegen Wände. Sie fällt vom Sofa. Sie seufzt ohne ersichtlichen Grund und verfährt sich auf Strecken, die sie seit ihrer Kindheit kennt.

Mein Onkel ist nur noch im Büro und kapselt sich von allen ab.

Mein Dad ist ein brodelnder Vulkan, der bald den See und das Haus drüben in die Luft jagen wird.

Und alles, woran *ich* denken kann, ist Selinas Pussy.

Deshalb weiß ich, wie gefährlich es wieder für mich wird. Denn ihr ist es immer gelungen, dass mir alles egal wurde, außer ihr. Deshalb habe ich den Kontakt völlig gekappt und gehe nicht mehr ran, wenn sie mich anruft. Auch, wenn es mir einiges abverlangt. So war es schon immer. Sie weiß genau, wie sie meine Sucht wieder aktiviert und alles andere aus meinem Leben drängt, sodass ich nichts mehr sehe bis auf sie.

Ich stelle das Wasser ab und greife nach einem Handtuch, bevor ich mich fahrig abtrockne und es mir dann um die Hüften schlinge. Mit einem anderen rubbele ich über meine Haare und lasse es schließlich um meinen Nacken liegen. Seit mehr als einer Woche schaue ich nicht mehr richtig in den Spiegel. Aber der ist ohnehin gerade beschlagen. Gott sei Dank. Wenn ich mich nicht mal ansehen kann, wie willst du es dann schaffen? Zumal ich nicht weiß, was du in meinen Augen lesen würdest, wenn du hineinsieht. Ich meide zurzeit den direkten Blickkontakt zu dir.

Ich öffne die Tür und stocke, weil ich deine Stimme höre. Vorhin warst du noch bei den Jungs im Zimmer, als ich duschen gegangen bin.

»Verdammte Scheiße, wann verstehst du es endlich? HÖR AUF DAMIT!«, donnerst du ungewohnt hart und ich runzle leicht die Stirn. »Er ist verheiratet! Wir haben zwei Kinder! Er ist glücklich *ohne* dich!« Jetzt stellen sich meine Nackenhaare auf und ein kleiner Adrenalinschub schießt durch meinen Körper, als ich begreife.

Fuck, Irina. Telefonierst du etwa mit Selina? Die Vorstellung lässt mein Herz rasen.

Ich verlasse schnell das Bad und finde dich im Schlafzimmer vor. Du stehst neben dem Bett und hältst mein Handy am Ohr, die andere Hand zur Faust geballt. Deine Wangen sind gerötet. Deine Augen hasserfüllt.

»Lass ihn in Ruhe!«, sagst du gerade, während die Wut heiß in meinem Bauch aufwallt. Fuck, wieso sprichst du mit ihr? Hat sie dir irgendwas erzählt, was dich nur noch mehr verunsichern und von mir treiben wird? Ich kille sie!

Ich mache die drei Schritte zu dir und reiße dir das Handy aus der Hand. Erst in dem Moment bemerkst du mich. Deine dunkelgrünen Augen sehen so wütend und enttäuscht zu mir hoch. So rasend. Und deine Brust unter dem weißen Strickpullover hebt und senkt sich heftig. Ich unterdrücke alles, was dein Blick mit mir macht. Jede Reue, jede Schuld, jede Angst, dich zu verlieren.

Stattdessen halte ich mir das Handy selbst ans Ohr. »Selina!«, knurre ich und kriege meine Zähne dabei kaum auseinander, während ich nur zu dir runtersehe und du immer ernüchterter wirkst.

»Es tut mir leid, ich habe es nicht gewusst!«, meint sie wirklich erschüttert und ich schnaube hart.

»Was denkst du, wieso ich nicht rangehe? Du musst es nicht immer wieder versuchen!«, zische ich.

»Ich will doch nur mit dir reden!«, ruft sie verzweifelt und ich lasse meinen Nacken knacken. Dein Blick wird immer ungläubiger und der Schmerz und die Erkenntnis zucken durch deine Augen. Das hasse ich. Ich hasse es, dich so ernüchtern zu müssen. Ich hasse es, dass du siehst, wer ich wirklich bin. Dass ich nicht der Mann bin, den du verdienst.

»Keine Anrufe mehr, Selina«, stoße ich aus. Damit lege ich einfach auf.

»Wie oft telefonierst du mit ihr?«, fragst du mich sofort, während ich das Handy auf das Bett schmeiße.

»Gar nicht!«, lüge ich.

»Verarsch mich nicht!«, rufst du aus und ich runzle die Stirn.

»Ich habe sie die ganze letzte Woche abgewürgt!«, erkläre ich eindringlich und das ist keine Lüge.

»Und davor?«, hakst du ungläubig und schockiert nach. Davor habe ich eine Woche lang jeden Tag mit ihr gesprochen. Weil ich schwach und triebgesteuert bin, Irina. Und es hat absolut nichts mit dir zu tun, aber wie soll ich dir das erklären, Babygirl? Das verrate ich dir jetzt nicht. Genauso wenig wie ich das letzte Telefonat in meinem Auto erwähne. Ich versuche, mir immer wieder zu sagen, dass es nur ein Ausrutscher war. Dass ich schwach geworden bin, weil es mit dir gerade nicht läuft. Doch immer wieder strafen meine Gedanken meine Worte lügen. Denn die zeigen mir immer wieder Selinas Körper, lassen mich ihr Stöhnen hören, was sich mit deinem vermischt und fuck, wieso sind wir so kaputt, Irina? Wieso bin ich so kaputt? Ich liebe dich, verdammte Scheiße.

Aber ich schweige und sehe zu dir runter. »Ich habe sie abgewürgt, okay?«, frage ich erschöpft.

»Du tust es wieder, oder? Sie wickelt dich wieder um den Finger! Und ich werde zum Schluss die Gefickte sein!«, stößt du aus und deine Stimme bebt. Deine kleinen Hände ballen sich zu Fäusten und ein paar blonde Strähnen fallen dir chaotisch in die Stirn.

»Nein, wirst du nicht!«, entgegne ich sofort eindringlich. Zu gern würde ich dir eine Sicherheit geben, dass es nicht so sein wird, weil ich es nicht vorhabe. Ich will es ja auch gar nicht. Ich will *dich.* Aber du entfernst dich emotional immer mehr von mir, sodass es mir vorkommt, als wärst du nicht mehr da. Und doch weiß ich, dass Selina dir niemals das Wasser reichen kann. Du hast keine Ahnung, wie viel Macht du über mich hast, Irina, und wie leicht du all das, was zwischen uns steht, mit einem Fingerschnippen geradebiegen könntest. Aber du bist zu stolz. Ich bin zu feige. Und so stürzen wir in unser Verderben.

»Dann sag es mir … Sag mir, dass du sie nicht anfassen würdest, selbst wenn sie vor dir stünde. Schau mir in die Augen und sag es mir!«, forderst du und dein Grün funkelt zweifelnd zu mir auf.

Ich betrachte dich ein paar Sekunden und mein Magen zieht sich zusammen. Ich werde dir gleich in die Augen sehen und lügen. Ich spüre es und es fühlt sich nicht gut an. Aber was genau soll ich sonst tun? Dir sagen, was wirklich in mir vorgeht? Dir sagen, dass ich dich liebe und gleichzeitig hasse, weil du dich mir verwehrst? Dir sagen, dass ich es scheiße finde, wie es zwischen uns läuft, ich jedoch nicht die Kraft habe zu kämpfen, weil ich darin sowieso nicht gut bin? Dass ich es einfach mag und mich gern dahin flüchte, wo es problemlos, vorwurfslos und unkompliziert ist? Dass sie mich sehr wohl noch um den Finger wickeln kann, wenn sie es wirklich will, da ich gerade anfällig bin? Zumindest mit ihrem Körper. Dass ich bei ihr wieder schwach werde? Dass das vor einem Jahr niemals der Fall gewesen wäre, aber jetzt wieder in mir aufflammt? Soll ich dir all das sagen, Irina?

»Ich werde sie nicht anfassen.«

»Du lügst!«, wisperst du angespannt und ich lasse den Kopf geschlagen nach hinten fallen und streiche mir über das Gesicht. Die Flammen lodern langsam höher in mir auf und nehmen meinen ganzen Körper ein. Inzwischen komme ich nicht sehr gut dagegen an.

»WAS WILLST DU VON MIR HÖREN?«, rufe ich jetzt aus und schnappe mir fahrig die Boxershorts von der Kommode, die ich mir in einer schnellen Bewegung unter dem Handtuch überstreife, nur um meine Hände beschäftigt zu halten.

»VIELLEICHT, DASS DU MICH NIE BETRÜGEN WÜRDEST!«, brüllst du jetzt laut, während ich mir angepisst die schwarze Jeans und den dunkelgrauen Pullover anziehe. »AUCH NICHT, WENN SIE SONST ETWAS TUT! DASS SICH DIE VERGANGENHEIT NICHT WIEDERHOLEN WIRD UND DASS ICH BEI DIR AN ERSTER STELLE STEHE, EGAL, WAS SIE MACHT!«

Ich zupfe hart an dem Kragen des Pullovers, der mir die Luft abzudrücken scheint, und funkle zu dir runter. Ich würde dir das alles ja liebend gern sagen. Und weil ich es nicht kann, werde ich noch wütender. Auf mich.

»ICH WÜRDE DICH NIE BETRÜGEN, IRINA! DIE VERGANGENHEIT WIRD SICH NICHT WIEDERHOLEN. DU STEHST BEI MIR AN ERSTER STELLE, EGAL, WAS SELINA SANCHEZ MACHT!«, wiederhole ich laut und spöttisch, weil du mich echt anpisst. Weil ich mich echt anpisse. Weil diese ganze Scheiße hier mich anpisst. Alles hier pisst mich so an. Und du bist meine Nummer eins, wirst du immer sein. So oder so, Irina.

»FICK DICH, ZAYDEN!«, schreist du mich an und greifst dir mit einer Hand ins Haar. »Ich glaub das nicht«, murmelst du vor dich hin und streichst dir fahrig über das Gesicht. Deine Hand zittert.

»Was willst du denn noch alles hören, Irina? Du glaubst es mir doch sowieso nicht, weil du eigentlich etwas ganz anderes hören willst! Du glaubst mir nur, wenn ich dir jetzt sage: *Ich bin ein Arschloch, ich werde dich auf jeden Fall betrügen! Ich kann nicht treu sein …*«

»ICH HASSE DICH!«, unterbrichst du mich. Deine Stimme überschlägt sich und Tränen schießen in deine Augen. »ICH HASSE DICH SO SEHR!« Du schubst mich. Ich rucke nur mit den Schultern nach hinten und fange dein Handgelenk ab, während die Wut heißer durch meinen Bauch pulsiert. Du übertreibst es wieder. Erneut überschreitest du eine Grenze. Und das alles wegen nichts. Es ist nichts passiert. Was willst du von mir? Du beschwörst es ja geradezu herauf! Du sprichst mehr davon, als ich daran denke. Willst du vielleicht, dass ich dir wehtue? Brauchst du das?

»Werd jetzt nicht hysterisch«, speie ich dir entgegen, während jeder Muskel in meinem Körper sich langsam anspannt und ich von Sekunde zu Sekunde wütender werde, Irina. Das ist nicht gut. Hör auf, mich zu reizen. Du kennst mich und weißt normalerweise, wo meine Grenze liegt.

Tränen laufen über deine Wangen und dein Atem geht gepresst. »Du sagst mir, sie würde dich im Gegensatz zu mir ficken. Du telefonierst mit ihr. Du denkst wieder ständig an sie und glaubst, ich sehe es nicht, wenn du abdriftest. Und jetzt sagst du mir, *ich soll nicht hysterisch werden?*«, presst du durch zusammengebissene Zähne hervor und versuchst, dein Handgelenk loszureißen, aber ich lasse dich nicht, sondern ziehe dich mit einem Ruck an mich, weswegen du mit einem Stoß ausatmest und deine Nasenflügel blähst.

»Da. Ist. Nichts. Mach es nicht zu etwas, was da verfickt nochmal nicht ist!«, zische ich, bevor ich dich mit Schwung loslasse und du einen Schritt nach hinten taumelst, dich aber gerade so an der Kommode abfängst.

»VERKAUF MICH NICHT FÜR DUMM!«, rufst du tränenerstickt.

»WIE SOLL ICH SIE DENN FICKEN, SIE IST DOCH GAR NICHT HIER! DU BILDEST DIR DAS EIN! DA IST NICHTS!« Langsam verliere ich jegliche Beherrschung und denke nicht mehr nach, funktioniere nur auf Autopilot, angetrieben von Wut. Ich verliere mich in mir selbst und beginne, nur noch rotzusehen.

»Ach so, und wenn sie da wäre, würdest du es tun?«, fragst du bissig. »Anscheinend bereitest du das ja schon in deinem Kopf vor!«

»SEIT WANN KANNST DU IN MEIN HIRN SCHAUEN?«, rufe ich. »DENN SCHÖN WÄRE ES, DANN WÜRDEST DU MICH MAL WIEDER FICKEN!« Die roten Punkte werden intensiver und meine Finger kribbeln, als ich sie zu Fäusten balle.

»ICH KENNE DICH UND ICH KENNE SIE! UND KLAR, ICH FICKE MIT DIR UND DENKE DABEI DARÜBER NACH, OB DU VIELLEICHT AN SIE DENKST, SICHER!«, antwortest du genauso laut und ich höre, wie im Nebenzimmer einer der Jungs zu brüllen beginnt. »WEISST DU WAS? MACHEN WIR ES DOCH SO: DU FICKST MIT IHR, ICH FICKE MIT AARIK …«

Vor meinen Augen wird es schwarz.

Ich sehe nichts mehr.

Es knallt.

Und dann ist es totenstill.

Erst nach vier Sekunden bemerke ich schwer atmend, dass *ich* das war. Meine Hand schwebt noch in der Luft, meine Finger prickeln und dein Kopf ist auf die rechte Seite geruckt.

Fuck, habe ich dir gerade eine geknallt?

So sehr habe ich mich wirklich noch nie verloren.

Sobald ich das realisiere, verkrampft sich alles in mir und ich starre dich fassungslos an. Ich tue so was nicht. Ich schlage keine Frauen, niemals. Und schon gar nicht dich, ich liebe dich. Aber irgendwie habe ich gerade gar nichts mehr gesehen und nichts mehr gehört. Die schwarzen Punkte tanzen immer noch vor meinen Augen und verziehen sich nur langsam. Ich fühle mich, als wäre das Schritt Nummer zwei in den Abgrund gewesen.

Du siehst in die Richtung des Schrankes und beißt die Zähne aufeinander. Deine Brust hebt und senkt sich schnell. Du weinst nicht mehr. Dein Blick wird völlig leer und meine Brust verkrampft sich fester. Das Prickeln in meinem Körper nimmt zu und wandert in meinen Nacken.

»Geh«, stößt du aus, ohne mich anzusehen.

Ich mahle mit den Zähnen und balle meine Fäuste fester. Ich will nicht gehen. Fuck, ich wollte das nicht. Ich will mich entschuldigen, dir über die Wange streichen, IRGENDWAS, VERDAMMT NOCH MAL!

Aber ich war wie auf Autopilot. Ich wende mich um, greife nach meinem Handy und meinen Schlüsseln, während jetzt beide Jungs ohrenbetäubend laut brüllen, und reiße die Schlafzimmertür auf. Gerade will ich einen Schritt hinausmachen, als ich sehe, dass mein Vater die Treppe hinaufkommt. Ich stocke.

Er bleibt stehen, als er mich bemerkt. Ich weiß nicht, was er in meinem Gesicht sieht, aber sein Blick wird sofort alarmiert.

»Fuck«, flüstert er und ein paar Sekunden starren wir uns nur an. Ich fühle mich wie Scheiße. Jetzt bin ich echt ein

Bastard. »Was … ist los?«, fragt er forschend und sieht zur Schlafzimmertür. Seine Schultern spannen sich an und sein Blick wird lauernd, während etwas Farbe aus seinem Gesicht weicht.

»Ich muss hier raus«, stoße ich aus. Das Babygeschrei hallt schmerzhaft in meinen Ohren nach und pusht mich wieder hoch. Ich kann das nicht. Ich kann das alles nicht. Was mache ich hier überhaupt? Wieso haben wir Kinder? Irina, wir sind einundzwanzig. Wieso haben wir geheiratet? Wieso tue ich das alles? Ich will das doch gar nicht.

Mein Dad nickt und verschwindet erstmal kommentarlos ins Kinderzimmer, während ich nach unten rausche und im Foyer meine Schuhe anziehe. Ich reiße irgendeine meiner schwarzen Jacken von der Garderobe und verlasse das Haus einfach, wobei ich die Tür nicht einmal schließe. Ich kann nicht. Rot und Schwarz tanzt es immer noch vor meinen Augen und meinen Blick habe ich stur nach vorn gerichtet.

Ich rausche einfach ab. Völlig auf Autopilot, wobei meine Finger zittern und der Schweiß in meinem Nacken ausbricht. Ich marschiere durch den Garten und umrunde das Haus. Mein Atem kommt schwer und entweicht meinen Lippen in dichten Wölkchen, während meine harschen Schritte auf dem Frost knirschen.

Auf einmal war alles rot. Und dann alles schwarz. Anschließend habe ich nichts mehr gesehen. Gar nichts. Es war so dunkel. Ich habe diese wallende Hitze in mir nicht mehr kontrollieren können. Alles ist aus mir rausgebrochen wie eine Tsunamiwelle. Wie ein aggressiver Hund, der sich von seiner Kette losreißt.

Ich habe dich geschlagen, Irina.

»FUCK!«, schreie ich über das Grundstück, fasse mir mit beiden Händen ins nasse Haar und verkralle mich darin, wobei ich nicht stehen bleibe und weiter das Haus umrunde. Der Schweiß rinnt über meinen Rücken und die Feuchtigkeit in meinem Haar kühlt meinen heißen Nacken.

Ich kicke hart einen Stein aus dem Weg und schiebe mich grob an den Autos vorbei. Dann reiße ich die Tür meines Wagens auf und lasse mich auf den Sitz fallen, bevor ich sie hinter mir wieder zuschlage und den Motor starte. Ich sehe noch meine Mom am Fenster, die mich wahrscheinlich gehört hat, doch ich kann sie nicht mal anschauen.

Mit einem Ruck parke ich rückwärts aus. Etwas Kies wirbelt auf und prallt gegen die Karosserien der anderen Autos, als ich wende und der Wagen einen Satz nach vorn macht. Direkt vor dem noch geschlossenen Tor bremse ich scharf.

Tony winkt dem Wachmann, der es schnell aufgleiten lässt. Noch bevor es ganz offen ist, brause ich hindurch und biege scharf rechts auf die Brücke ab. Meine Reifen drehen durch und ich gebe Gas.

Ich erhöhe das Tempo immer weiter und ich weiß nicht, wann ich wieder stehen bleibe, Irina.

41. Alles auf Schwarz, Irina

XX

Zayden

Meine Augen sind geschlossen. Mein Hinterkopf liegt auf der Lehne des schwarzen Samtsofas und ich bin tief hinuntergerutscht. Das Blut rauscht träge in meinen Ohren und alles ist angenehm schwammig. Ich rieche die Lust und den Zigarettenrauch. Ich rieche das Geld und die Macht. Den Alkohol und die Drogen.

Mit den Fingerspitzen taste ich nach meinen Zigaretten, die irgendwo neben mir liegen, und ziehe eine heraus. Ich habe eine dreiviertel volle Flasche Whisky in mich hineingeschüttet und kann nicht mehr klar denken. Das ist gut. Ich will nämlich gerade nicht klar denken.

Ich bin im Nordviertel, in Sergios Viertel – *Donovan* de Lucas Viertel. Zu ihm bin ich in diesem Zustand nicht gefahren, obwohl ich es vorhatte. Nicht jetzt. Sonst hätte ich was Dummes getan oder gesagt und das hätte uns allen den Arsch gekostet.

Im Südviertel kennen alle meinen Dad, deshalb konnte ich da nicht hin. Im Westviertel kennen alle *deinen* Dad. Also bin ich hier und sitze im XX – ein Stripclub/Sexclub. Das ist insofern gut, weil mich kein Schwein beachtet, da alle mit ihren Schwänzen und den Titten der Nutten beschäftigt sind. Die wummernden Bässe verhindern jeden klaren Gedanken oder ein normales Gespräch.

Ich öffne meine schweren Lider und schiebe mir die Zigarette zwischen die Lippen, bevor ich mein Zippo unkoordiniert aus meiner Hosentasche angle und drei Anläufe brauche, um mir die fucking Fuckzigarette anzuzünden.

Dann sehe ich an die verspiegelte Zimmerdecke. Auf der Bühne ölen sich gerade zwei Nutten gegenseitig ein und machen dabei ein bisschen rum. Zwei Sitze neben mir bekommt ein tätowierter Typ einen geblasen. Irgendwo stöhnen eine Frau und ein Mann. Die roten Lichter tanzen über die nackten Körper der Kellnerinnen, die nur ein knappes Höschen und zwei X-Aufkleber auf den Nippeln tragen.

Es wird gelacht, so künstlich gelacht, aber das ist mir scheißfuckegal.

Ich ziehe tief und stoße den Rauch an die Decke, während ich beobachte, wie ein paar Plätze weiter ein Typ gerade eine Line vom Oberschenkel einer anderen Nutte schnupft, sie dann gleich seinen Kopf zwischen ihre Beine lotst und stöhnt. Ich habe den Ständer meines Lebens, aber ich lasse ihn, wo er ist. In meiner fucking Hose.

Dann stütze ich meinen Fuß auf die Kante des niedrigen Tisches vor mir, schmeiße einen Unterarm über meine Stirn und schließe meine Augen wieder. Ich denke nicht. Ich bin nicht hier, um zu denken. Wahrscheinlich bin ich hier, um mir zu beweisen, dass ich dir nicht fremdgehe, oder um ein paar Männer zu sehen, die verzweifelter sind als ich. Davon gibt es hier einige. Jeder, der hierherkommt, ist verzweifelt. Es riecht praktisch danach. Sie hassen ihr Leben, sie hassen sich selbst und tauchen dann zwischen dem Gesindel und dem Sex unter, in dem erbärmlichen Versuch, das alles für ein paar Sekunden hinter sich zu lassen.

»Hey!«, höre ich plötzlich eine Stimme direkt über mir und verziehe mein Gesicht, ohne meine Augen zu öffnen, als ich sie erkenne. Nein, das passiert jetzt nicht wirklich. Ich bin betrunken. Wir haben wegen ihr gestritten. Selina ist nicht hier. Du hast recht, Irina. Ich denke zurzeit echt oft an sie, deshalb bilde ich sie mir jetzt ein. Wäre nicht das erste Mal. Damals, als sie noch da war, bevor es dich in meinem Leben gab, ist das immer mal wieder passiert, wenn ich zugekokst war.

Sie steht nicht hinter mir und sagt: *Hey*.

Fingerspitzen streichen durch mein Haar. Ein unangenehmer Schauer rieselt über meinen Rücken. Ich wette, das ist irgendeine Nutte, die hier arbeitet. Auch, wenn die Berührung sich erschreckend vertraut anfühlt und mir eiskalt wird. Tief atme ich durch, senke meine Hand und öffne mit einem Ruck meine Augen. Nein, ich halluziniere nicht. Sie ist da.

Selina steht hinter mir, hat beide Hände auf meine Rückenlehne gestützt und schaut zu mir runter. Ich frage mich trotzdem noch, ob mein bekokstes Hirn mir einen Streich spielt. Vielleicht ist das ja eine dunkelhaarige Hure, die ich mit Selina verwechsle. Aber wie könnte man diese schwarzen Augen verwechseln. Ihre dunklen, glatten Haare fallen über eine Seite und streifen meine Schulter. Sie ist tief gebräunt. Ihr Gesicht wirkt noch zierlicher und eleganter als zuvor und ihre schwarzen Wimpern umrahmen ihre schwarzen Augen, die zu mir herunterschauen. Ihre Lippen sind perfekt rot geschminkt und schimmern im Licht der Spots.

Ich brauche ein paar Sekunden, in denen ich sie einfach nur anstarre und fassungslos bin. Allerdings bin ich auch zu betrunken, um es wirklich zu realisieren und zu hinterfragen.

Der Blick, mit dem sie mich anschaut, ist fasziniert. So hat sie mich oft angesehen. Als wäre ich der Mittelpunkt ihrer Welt. Aber das war nur gespielt, oder? Sie sieht mich nicht wie du an. Nicht so, als würde sie mich hassen. Und das ist nicht gespielt, Irina, oder? Dein Hass.

»Endlich«, haucht sie zittrig. In mir zieht es sich zusammen, als ich ihre Stimme höre, die so vertraut ist und doch so bitter in meinen Ohren klingt. Nach allem, was sie sich geleistet hat, ganz zu schweigen von dem Hass, den ich ihr gegenüber empfunden habe, ist es plötzlich, als wäre nie was vorgefallen. Manipuliert sie mich schon wieder? Mein Onkel sagt, dass man nur manipuliert werden kann, wenn man es auch selber will. Will ich das, Irina? Ist *das* der leichte Weg?

Ich richte mich auf und drücke fahrig die Zigarette im Aschenbecher auf dem versifften Tisch aus. Dann sehe ich über meine Schulter. Selina umrundet mich in ihrem schwarzen Wollkleid mit dem offen stehenden, schwarzen Mantel darüber. Ohne Strumpfhosen und in High Heels.

Ich lasse meinen Blick über ihre Beine schweifen, die noch etwas weiblicher geworden sind und seidig glatt schimmern, über den sanften Schwung ihrer Hüfte, die schmale Taille, diese perfekten Titten und hoch in ihr Gesicht. Ich bin nicht der Einzige, der sie ansieht. Wie immer. So war es schon damals.

Sie ist immer noch absolut perfekt. Vielleicht noch perfekter als zuvor.

Aber sie starrt nur mich an. Nicht wie immer. So war es damals nicht.

Ich beobachte sie ganz genau, innerlich skeptisch. Einerseits hat sie sich verändert, andererseits überhaupt nicht.

Sie bleibt vor mir stehen, während ich immer noch zu ihr aufsehe und es einfach nicht glauben kann. »Ich hab dich so vermisst«, stellt sie fest, als sie mich weiterhin betrachtet. Ich habe keine Ahnung, was ihre Worte mit mir machen, weil ich einfach zu dicht bin.

Ich stütze meine Unterarme auf die Oberschenkel und falte meine Hände. »Was machst du hier?«, frage ich etwas heiser.

»Ich stalke dich«, gibt sie mit einem kleinen Lächeln zu. »Ich hab es nicht mehr ausgehalten.«

Mit meinen Augen halte ich ihren Blick fest, der wie immer so intensiv und brennend ist. Darin funkelt ein Feuer, das einen bei lebendigem Leib zu verschlingen droht. Wie immer. Das mich schon einmal verschlungen hat. Sie ist Gift.

Aber vielleicht will ich ja Gift schlucken, damit diese Scheiße endlich stoppt.

»Selina, was machst du in *Chicago*?«, frage ich nachdrücklicher, während mein Kopf sich dreht und mein Blick etwas verschwimmt. Ich erinnere mich daran, dass sie gesagt hat, sie würde in zwei Wochen kommen. Das war vor etwas über einer Woche. Oh fuck.

»Er wollte geschäftlich her und wir sind schon früher geflogen«, erklärt sie und lässt sich in den Sessel neben mir sinken, bevor sie die Beine überschlägt und mich mustert. Sie lässt keine einzige Sekunde den Blick von mir. Ich beuge mich vor und greife nach meinem Glas. Ich weiß, was ich jetzt tun sollte.

Nein, ich weiß es nicht.

Ich weiß gerade nicht mal mehr, wie ich verdammt nochmal heiße.

Oder wer ER ist. Oder wo sie all die Jahre war. Mit wem sie verlobt ist.

Mit einem Ruck lehne ich mich zurück und sie zieht ihren Mantel aus. Das Kleid schmiegt sich um ihre Titten, die etwas größer geworden sind. Ich atme gepresst aus und schiebe ihr ein leeres Glas zu, das die Kellnerin vorhin gebracht hat.

»Danke.« Sie schenkt sich ein. Vielleicht sollte ich sie fragen, wo ihr Mann ist und was sie hier macht. Woher sie eigentlich kommt. Woher sie wusste, dass ich hier bin. Noch besser, ich sollte aufstehen und gehen. *Genau.*

Doch das tue ich alles nicht. Ich leere mein Glas und stelle es ab.

Sie trinkt ebenfalls einen Schluck. »Waren wir hier nicht schon mal zusammen?«, fragt sie und sieht sich um. Die Rotlichter tanzen über ihr makelloses Profil und sie wirkt mäßig beeindruckt von dem, was um sie herum geschieht. Dem ganzen Sex, den Drogen und der Lust an allen Ecken.

»Oh ja, das waren wir«, murmle ich träge und erinnere mich daran, wie ich all diese Nutten habe zusehen lassen, als ich Selina an der Bühne von hinten gefickt habe.

»Oh ja, das waren wir«, wiederholt sie murmelnd und lässt den Blick über meinen Körper schweifen. Ihre Augen werden dunkler. Das ist ihr Fickblick. Er hat sich nicht verändert. Und mein Körper reagiert darauf. Auch das hat sich nicht geändert. Komisch ist es trotzdem, denn eine Zeit lang hätte Selina mich sonst wie ansehen können, ich hätte sie nicht angerührt. Tja, da ist er also. Der Moment, der alles entscheidet.

Ich lasse den Kopf zurückfallen und schließe die Augen, bevor ich durchatme. Ich bin betrunken. Aber ich weiß, ich sollte jetzt gehen. Sie und ich, während du und ich in dieser Situation sind, hier in diesem Club – keine gute Kombination. Zu viel Sex. Zu wenig Logik. Zu viele Reize. Zu wenig Möglichkeit, nachzudenken.

Ja, ich sollte jetzt aufstehen und gehen.

Ich lasse den Nacken knacken … dann spüre ich ihre Hand plötzlich auf meinem Oberschenkel und beiße die Zähne aufeinander. Ich öffne die Augen nicht. Die Augen zu öffnen, bedeutet immer, sich irgendwas stellen zu müssen. Denken zu müssen. Sehen zu müssen. Ich will nicht mehr sehen, Irina.

»Ich weiß noch bis heute, wie es war«, murmelt sie in mein Ohr und ihre Fingerspitzen streichen weiter hoch, während ihr Atem meine Haut streift und ich mich schlagartig an jedes einzelne Mal erinnere, als sie mich so angefasst hat.

Fuck.

Ich öffne noch immer die Augen nicht.

Ich lasse es einfach geschehen und den Alkohol entscheiden, was ich machen werde, weil ich mich insgeheim nicht dagegen wehren will. Hier ist sie, die einfache Variante. Für ein paar Sekunden tue ich einfach so, als wäre das hier völlig normal. Als hätte ich keine fucking Probleme. Wie jeder andere Mann hier drin. Deswegen sitzen sie doch hier, oder?

»Es war … Jedes. Einzelne. Mal …« Ihre Finger fahren weiter hoch und ihre Nägel kratzen über den Stoff meiner Jeans. Ich drehe den Kopf etwas zur Seite und entspanne mich langsam wieder. Nicht gut. Ich sollte mich nicht zu sehr entspannen. »Der Himmel, wenn du mich gefickt hast.« Sie streicht über meinen Schwanz und ich stöhne ergeben, weil sich das fucking gut anfühlt. Sie stöhnt in mein Ohr und umfängt mich über der Jeans.

Falsch, falsch, falsch.

Ich muss jetzt gehen. Ich muss jetzt aufstehen und gehen.

Doch ich bewege mich nicht.

Ich öffne die Augen nicht.

Aber ich spüre ihre weichen Lippen an meinem Hals. Fuck. Ihr Duft steigt in meine Nase und sie lässt ihre Hand langsam und fest an mir auf und ab gleiten, ihre Lippen wandern weiter über meinen Hals. Mein Atem beschleunigt sich, während ich den Kopf nach hinten sinken lasse und ihre Zunge an meiner Kehle spüre. Ein Stöhnen bricht über meine Lippen und meine Hüften bewegen sich ihr entgegen. Scheiße, ich will sie. Ich hasse das. Ich hasse mich.

Sie summt genüsslich und ich tue nichts, um sie aufzuhalten. Mein Kopf hat sich schon lange verabschiedet. Die Lust rauscht durch meine Venen und ihre Lippen vermischen sich mit den Bässen und dem Stöhnen um mich herum. Mit dem Geruch von Lust. Mit der elektrisierten Luft, die über meine Haut rauscht. Mit der Hitze in mir, die diesmal nichts mit Wut zu tun hat.

Ich bemerke erst, dass ich mich bewegt habe, als meine Hand schon in ihrem Nacken liegt und ich sie mit einem Ruck an meinen Mund ziehe, sodass unsere Lippen aufeinanderkrachen. Jegliche Bedenken habe ich über Bord geworfen und ich fühle nur noch. Fühle alles, außer Schuld, Hass, Vorwürfe, Reue und mein Gewissen.

Ihre Zunge streicht über meine und ich stöhne wieder, packe mit der anderen Hand ihren Schenkel und ziehe sie mit einem Ruck auf meinen Schoß. Fuck. Das ist perfekt. Das ist falsch. Das ist schmutzig. Das ist gut. Das ist schlecht.

Sie umfängt mit beiden Händen mein Gesicht und senkt ihr Becken, sodass ich ihre Hitze spüren kann. Mein Atem geht noch schneller. Hinter mir lacht eine Nutte. Neben mir stöhnt eine andere und auf mir keucht *Selina*. Meine Finger liegen fest in ihrem Nacken und ich küsse sie drängend. Ihre Lippen nach den vielen Jahren wieder zu spüren, ist genau der Sog, der mich schon immer in ihren Bann gezogen hat. Fuck.

Ich hebe ihr mein Becken entgegen, während ich mit einer Hand fest ihren Arsch packe und sie sich auf mir bewegt. Mit meiner Zunge streiche ich hart über ihre und meine Finger verfangen sich grob in ihrem Haar, sodass sie ihren Kopf kaum bewegen kann.

Wieder stöhnt sie und beißt mir in die Unterlippe, als sie ihre Hüften kreist. Die Bässe der Musik werden härter, Marihuanageruch strömt in meine Nase und irgendwo klirren Gläser. Überall wird gestöhnt und ich höre die Geräusche, die beim Sex einhergehen.

Ich greife unter Selinas Kleid, während sie mich weiter küsst. Es ist mir egal, wo wir sind, wer wir sind und wieso wir hier sind.

Ich habe keine Ahnung, was ich bei alldem hier empfinde, ob überhaupt was hochkommt. Ich fühle gerade nur die Lust zum Vögeln. Mehr nicht. Ich schiebe ihren Slip zur Seite und streiche über ihre Mitte, weshalb sie lauter stöhnt und mich drängender küsst. Ich habe sie schon tausendmal so angefasst. Nichts hat sich verändert.

Als ich sie an meinen Fingern spüre, halte ich es kaum mehr aus und reiße meinen Gürtel auf sowie die Knöpfe meiner Jeans, ohne von ihren Lippen zu lassen.

Ihr Atem geht gepresst. Ich lege einen Arm um ihre Taille, halte sie fest und beuge mich dann vor, um mir eines der eingepackten Kondome zu nehmen, die hier überall auf den Tischen liegen. *So besoffen bin ich dann auch nicht, Selina.*

Mit ihr im Arm lehne ich mich wieder zurück und schiebe sie ein wenig auf meinem Schoß nach hinten. Mein Atem geht total schwer, meine Lungen brennen, genau wie meine Augen und meine Brust. Aber ich sehe nichts außer ihr und wie das Rotlicht über ihr Gesicht und ihren Körper tanzt. Ihr schwarzer Blick saugt mich ein. Das Kleid ist bis zu ihren Oberschenkeln hochgerutscht. Ich öffne das Kondom und rolle es mir über.

Anschließend lehnt sie sich wieder vor und küsst mich. Ich halte sie nicht ab, sondern fasse ihr ins Haar, während sie ihr Becken hebt und ich sie am Arsch packe. Ich zweifle nicht eine Sekunde, sondern stoße ihr hart entgegen, als sie auf mich sinkt.

Sie stöhnt, genau wie ich. Ich lasse meinen Kopf wieder nach hinten fallen. Sofort fängt sie an, sich hart zu bewegen. Ihre Lippen gleiten über meinen Kiefer und ihr heißer Atem streift mich. Ich bohre meine Finger in ihr Fleisch, während ich ihre Bewegungen steuere und einfach fühle. Ich spüre das befreiende Gefühl von rauschender Lust, das mich schon immer so heftig mitgerissen hat. Ich spüre das Verlangen und wie es jede Zelle in mir einnimmt. Ich spüre das Rasen meines so verkrüppelten Herzens. Ich spüre ihren Körper auf mir und stoße ihr wieder grob entgegen.

Sie lässt den Kopf nach hinten fallen und die roten Lichter tanzen über ihr Gesicht und ihr Haar.

Eine Sekunde.

Nur eine Sekunde werden diese Haare blond, doch das reicht, damit ich meine Hand fest um ihren Hals schließe.

Es wird rot vor meinen Augen.

Es wird schwarz.

Bis ich nichts mehr erkenne.

Es rauscht in mir, die Hitze kocht wieder über. Ich sehe dich. Gleichzeitig hasse ich mich, und das ist keine gute Kombination.

Mit einem Ruck wirble ich sie herum und schubse sie auf den Bauch auf die Couch, bevor ich mich von hinten einfach wieder in sie schiebe, eine Hand fest in ihrem Haar verkrallt, ein Knie neben ihr auf das Sofa gestemmt, den anderen Fuß auf dem Boden. Die andere Hand kralle ich wieder in ihren Arsch. Das ist so falsch. Sie ist so falsch, Irina, aber ich kann nicht aufhören.

Ich bin total krank in meinem Kopf, trotzdem will ich mehr, mehr, mehr. Mehr dich vergessen. Mehr vergessen, was du zu mir gesagt hast, wie du mich nur noch ansiehst. Mehr vergessen, wie wir waren, wie wir nie wieder sein werden.

Grob reiße ich sie am Haar nach oben und knalle ihren Vorderkörper gegen die Rückenlehne des Samtsofas. Sie keucht auf und ich treibe mich härter in sie. Dabei schließe ich erneut meine Augen und runzle die Stirn.

Ich. Hasse. Das.

Ich verstehe es nicht.

Aber ich ficke sie trotzdem weiter. Härter. Schneller. Noch ein bisschen mehr.

Es ist dunkel, so dunkel. Ich sehe nichts. Das will ich auch nicht. Denn alles, was ich sehe, tut weh. Und das mag ich nicht, Irina. Ich mag es, wenn es sich gut anfühlt.

Und das hier fühlt sich nicht gut an. Du fühlst dich gut an. Aber wir hassen uns. Ich hasse dich. Du hasst mich.

Fuck, Baby, was ist mit uns passiert?

Mit einem Ruck ziehe ich mich aus ihr zurück. Das ist falsch. Ich kann das nicht. Ich will das nicht. Trotz allem will ich immer noch dich und ich habe nichts mehr in Selina zu suchen.

Fuck, was habe ich gemacht?

Ich taumle einen Schritt zurück und rolle mir den Gummi ab, bevor ich meine Hose fahrig schließe.

Selina dreht sich um. Ihr Haar ist völlig durcheinander. Sie ist völlig verwüstet. »Was?«, keucht sie schweratmend. Ich ziehe meine Brauen zusammen und atme gepresst durch die Nase.

Herzrasen. Ich habe Herzrasen und mein Magen ist verkrampft.

Ich lasse meinen Blick in ihr verschwitztes Gesicht und über ihr chaotisches Haar gleiten, das jetzt verknotet ist.

Das war's. Ich habe dich geschlagen und betrogen in einer Nacht, Irina. So schnell geht das, und ich habe viel zu spät daran gedacht, aufzuhören. Weil ich ein Bastard bin.

Ich streiche mir über das feuchte Gesicht. Fuck, ich bin so betrunken. Aber das ist natürlich keine Ausrede. Ich habe auch nicht vor, mich zu rechtfertigen. Ich habe nicht vor, die Schuld bei dir zu suchen. Ich habe mich dazu entschieden und es getan. Punkt. Das bin ich. Schauen wir mal, ob du mich jetzt immer noch so sehr lieben kannst.

Ich betrachte Selina frei von jeglichen Emotionen. Ich fühle mich wirklich, als hätte sie alles aus mir herausgesaugt. Jede Wut, jeden Zorn, jede Freude, jedes bisschen Glück, dich, die Jungs … Da ist nichts mehr.

»Wieso bist du wütend?«, fragt sie heiser und setzt sich hin. Ich stehe immer noch vor ihr und versuche zu begreifen, was ich hier tue.

»Vielleicht, weil ich gerade eine andere Frau als meine gefickt habe.« Ich fuchtele träge eine Zigarette aus der Schachtel und setze mich schwer auf meinen Platz zurück. Fuck, Irina. Fuck, Irina. Fuck, Irina.

Sie sieht von mir weg, während ich die Zigarette anzünde und den Rauch an die verspiegelte Decke stoße. »Was ist?«, will ich wissen, als mir klar wird, dass sie was sagen wollte.

»Sie ist doch gar nicht deine Frau«, meint sie leise. Ich hebe eine Braue und schaue hoch in die Spiegel, die uns auf dem schwarzen Samtsofa zeigen, verschwitzt, um uns herum Sex und die Abgründe der Menschheit. Ich sollte gehen, aber das kann ich jetzt noch weniger als zuvor. Jetzt weiß ich wirklich nicht mehr, wie ich dir in die Augen sehen soll.

»Was meinst du damit?«, frage ich gereizt und ziehe tief.

»Wenn sie wirklich das wäre, was du willst, dann hättest du das hier nicht getan.«

»Sie ist, was ich will!«, antworte ich sofort. »Ich liebe sie.« Das kommt leise, mein Magen verkrampft sich. Ich schlucke hart und ziehe wieder tief.

»Bist du dir sicher?«, hakt Selina zweifelnd nach. Gleich schlage ich die zweite Frau an einem Abend.

»Ja, ich bin mir sicher. Ich liebe sie. Ich habe sie nur nicht verdient und bin ein Bastard.« Mit dem Rauch forme ich Kringel, die an die Decke steigen.

»Du bist kein Bastard. Es sind nur wir, die zusammengehören.«

Als sie das sagt, will ich schnauben, aber um diesen Laut von mir zu geben, fehlt mir die Kraft. Wenn ich etwas gelernt habe, dann, dass Selina nicht die Frau ist, die wirklich an meine Seite gehört. Sie ist nur die, die die Macht über meinen Schwanz hat. Ich liebe sie nicht, habe sie nie geliebt.

Sie ist nur zum Ficken gut. Und nicht mal dafür, wie es aussieht.

»Selina, wir gehören nicht zusammen. Ich liebe dich nicht«, sage ich leise und sanft, bevor ich meinen Kopf nach links drehe und sie mit einem trägen Lächeln mustere. »Ich habe es geliebt, dich zu ficken, aber ich liebe nicht dich. Habe ich nie.«

»Du belügst dich«, murmelt sie, doch Unsicherheit flackert in ihren dunklen Augen auf.

Ich seufze tief. »Kann sein«, meine ich, weil sie in der Hinsicht recht hat. Ich belüge mich in vielen Dingen. Den ganzen Tag lang. Aber nicht darin, dass ich dich wirklich liebe. Wenn ich auch verlernt habe, es zu zeigen. Du bist alles für mich und das wird sich nie ändern, egal, was ich dir antue.

»Es ist so und eines Tages wird dir das alles klar werden. Und dann bin ich da. Ich werde immer da sein«, versichert sie mir sanft. Ich wünschte, du würdest das jetzt zu mir sagen, dann wäre alles so viel leichter, Irina. Aber wir stecken schon zu tief in der Scheiße, nicht wahr? Und jetzt kommen wir da nicht mehr raus. Nicht, wenn wir uns nicht voneinander lösen und das kann ich nicht. Ich kann nicht ohne dich existieren. Nicht mehr.

Mein Handy klingelt nicht zum ersten Mal heute. Ich atme tief durch und ziehe es aus meiner Hosentasche. Es ist mein Onkel. Bei allen anderen bin ich nicht rangegangen. Bei ihm tue ich es. Ich nehme ab und halte es mir ans Ohr, während die Bässe weiter wummern und Selina neben mir sitzt. Wie falsch. Wie widerlich. Sie zündet sich auch eine von meinen Zigaretten an.

»Ja«, frage ich knapp.

»Wo bist du?«, will er leise und genauso knapp wissen. Er ist wütend, aber versucht, sich zu kontrollieren. Das höre ich sofort.

»Im XX«, antworte ich und bin nicht überrascht von seiner Wut. Sicher hat er dich schon gesehen und sicher hast du eine gerötete Wange. Ja, ich bin ein Arschloch. Ich weiß. Das muss er mir nun wirklich nicht sagen.

»Okay, soll ich zu dir kommen, um mit dir zu reden, oder kommst du nach Hause?«

Nach Hause, Irina. Klar. Ich komme nach Hause, schaue mir dein Gesicht an, während du den Sex an mir riechst, und weiter geht es. Weil ich wütend auf mich bin und du wütend auf mich. Wir flippen beide wieder aus und diesmal bringe ich dich um, weil ich ein Bastard bin, der sich nicht kontrollieren kann.

»Ich hatte nicht vor, nach Hause zu kommen«, sage ich heiser und bestelle noch eine Flasche Whisky bei der vorbeilaufenden Kellnerin.

»Das ist wahrscheinlich auch besser so. Aber so, wie ich dich kenne, wirst du Millionen Dinge tun, die alles noch schlimmer machen.«

Ich lasse meinen trägen Blick zu Selina schweifen, die gerade den Rauch ausstößt. Tja, zu spät. *Hättest du mich mal früher angerufen.*

»Könntest recht haben«, meine ich trocken.

»OKAY, ich weiß, dass ich dich jetzt sowieso mit nichts, was ich sage, davon abhalten kann! Du willst jetzt einfach alles wieder selbst zerstören …«

»Das will ich nicht«, unterbreche ich ihn mit gerunzelter Stirn. Wer will sich schon alles mutwillig selbst zerstören? Ich komme einfach nur nicht aus meiner fucking Haut.

»Dann nimm dir eine Auszeit. Nicht hier. Nicht zu Hause. Fahr eine Woche irgendwohin. Komm ein bisschen runter. Sieh wieder klar und überleg dir, ob du wirklich so abfucken oder lieber dagegen ankämpfen willst.«

Spöttisch lache ich auf. »Gut, dann nehme ich mir eine Auszeit. Time out, habe verstanden.« So einfach ist das, ja? Ich verschwinde ein paar Tage und dann ist alles wieder gut, wenn ich zurückkomme? Klar. Alles, was ich tue, nehme ich mit. Egal, wohin ich gehe.

»Gibt es irgendwas Bestimmtes, was du mir sagen willst?«, fragt er gereizt.

»Ja, da gibt es einiges. Ich bin zu jung für diese Scheiße. Ich kann das alles nicht. Sie schiebt seit Monaten Paranoia und unterstellt mir irgendeine Scheiße. Ihr fällt aber nicht ein, sich vielleicht mal eine Stunde für mich zu nehmen, sodass wir auch mal ein bisschen Frau und Mann sein können. *Nein, ich gebe die Kinder nicht ab, Zayden. Ich mache das besser. Ich mache das selber* …«, fasse ich unbeherrscht zusammen.

»Also Klartext: Du bist zu jung dafür, um die perfekte Frau an deiner Seite und zwei gesunde Kinder zu haben. Und weil ihr gerade nicht so viel Sex habt, wie du es gerne hättest …«

»GAR KEINEN!«, stelle ich klar.

»DAS PASSIERT NACH DER GEBURT VON ZWEI KINDERN! DAS WIRD SICH WIEDER EINRENKEN. ABER NICHT, WENN DU DAS JETZT ZUM ANLASS NIMMST, TOTAL ZU ESKALIEREN!«

»Zwei Jahre, sie sind zwei Jahre alt! Was für eine Geburt?«, frage ich genervt. Denn, Irina, das geht ja nicht erst seit gestern so. Und nicht nur dieser fucking Sex ist das Problem, sondern so viel mehr.

»Das braucht manchmal eben etwas länger, um sich wieder einzupendeln. Aber Sex ist nicht alles. Ich dachte, das hättest du mittlerweile auch verstanden.«

»Es geht auch nicht nur darum. Es funktioniert einfach nicht, ich versuche es doch!«

»Versuchst du es wirklich, Zayden, oder suchst du nur nach Ausreden, damit du es nicht versuchen *musst*?«

Ich seufze und streiche mir über das Gesicht. Das ist so ermüdend. Es ist so ermüdend, alles erklären zu müssen und trotzdem nicht verstanden zu werden, weil alle in mir nur den Buhmann sehen.

»Ich will nur nicht, dass du etwas tust, was du wirklich noch mehr bereuen wirst, und etwas, womit du dein Gesicht verlierst.«

Ich sehe wieder zu Selina, die gerade ihre Zigarette ausdrückt. »Lass gut sein, Onkel Caden. Für manche schwarze Schäfchen ist es zu spät, du musst sie nicht wieder einsammeln.«

»Nur, wenn sie nicht selber zu der Herde zurückwollen.«

Vielleicht will ich das ja nicht mehr, Irina. Keine Ahnung.

»Sicher.« Ich streiche mir wieder über das Gesicht und ziehe noch einmal, bevor ich ebenfalls meine Kippe ausmache.

»Du hast alles, was man sich wünschen kann.«

»Ich habe alles, was du dir vielleicht wünschst oder mein Vater«, erwidere ich genervt. Denn was weiß er schon von meinen Wünschen?

»Gut, dann lass sie gehen!«, ruft er aus.

»Gut«, höre ich mich sagen. »Schön, dann soll sie gehen!«

»Ah, sag du es ihr selber«, meint er spöttisch.

»Einen Scheiß mache ich«, schnaube ich. Ein paar Sekunden ist er still, dann klingt er ruhiger, als er wieder die Stimme hebt.

»Du bist kein schwarzes Schaf. Du hast nur das gleiche Problem wie dein Vater und gibst viel zu schnell auf. Ich ruf dich wieder an, geh dann ran.« Er scheint trotzdem noch angepisst zu sein. Zum Glück bin ich betrunken genug, dass es mir scheißegal ist.

»Sicher, Sir, wenn ich nicht zu tief in meinem Timeout stecke.« Ich lasse meinen Blick erneut zu Selina schweifen. »Ciao.«

Er legt einfach auf und ich schmeiße mein Handy auf das Sofa und drehe mich zu Selina. Jetzt ist sowieso jede Hürde gesprengt, jede Grenze überschritten. Jetzt ist die Waage nicht mehr ausgeglichen und ich kann es auch ganz lassen mit dem Ausbalancieren. Es gibt nichts mehr auszubalancieren.

Ich sehe in die schwarzen Augen mir gegenüber.

Dann eben alles verlieren, Irina.

Dann eben alles auf Schwarz.

42. Paranoia, Zayden

Irina

Du bist ein gutes Mädchen. Das hat mein Vater immer zu mir gesagt. Ich bin die, die nie ihre Hausaufgaben vergessen hat; die, die immer allen anderen bei ihren Arbeiten geholfen hat. Die, die immer für jeden da war und deswegen oft selbst zurückgesteckt hat. Die, die nie Nein sagen konnte. Außer zu Drogen. Die habe ich immer abgelehnt. Egal, was die anderen auch getan haben, ich habe es gelassen. Ich musste mich nie auf diese Art beweisen und es hat mich oft zum Außenseiter gemacht, aber das habe ich irgendwie weggesteckt. Ich war immer ein braves Mädchen. Die, die total wohlbehütet in einem perfekten Elternhaus aufgewachsen ist. Die, die lieber in einem guten Buch versunken ist, anstatt sich am Wochenende irgendwo die Kante zu geben.

Und eines war in diesen Büchern immer gleich. Sobald das Paar nach einigem Drama und Hin und Her endlich zusammengefunden hat und sie ihr Happy End bekommen haben, war die Geschichte vorbei. Sie lebten glücklich und zufrieden, bis an ihr Lebensende. In fast jedem einzelnen Buch, das ich gelesen habe, lief es so – und ich habe echt viele Bücher gelesen. Niemand hat darüber geschrieben, wie es danach weitergeht. Niemand hat darüber geschrieben, dass danach der eigentliche Kampf beginnt. Niemand hat darüber geschrieben, dass ein Happy End nicht für immer ist. Niemand hat gesagt, dass es so schwer ist, oder ich habe diese Bücher gemieden, in denen es nach dem Happy End erst so wirklich losging. Ich lese auf jeden Fall jetzt keine Romanzen mehr, sondern Krimis oder Thriller. Schön blutig. Kein Happy End, für niemanden.

Früher, als ich noch dieses gute Mädchen war, war ich der festen Überzeugung, dass alles gut werden würde. Dass es kein Ende gibt, wenn nicht alles perfekt ist und so, wie man es sich vorgestellt hat. Ich war der festen Überzeugung, dass wir für immer zusammenbleiben würden. Ja, natürlich, wusste ich, dass es ab und zu nicht leicht werden würde. Und dass du manchmal ein bisschen Hilfe brauchst, wenn es um deine Gefühle geht. Aber niemals hätte ich mir träumen lassen, dass es so schwer wird, wie es jetzt ist, und dass wir uns innerhalb von zwei Jahren so weit voneinander entfernen könnten. So weit, dass ich gar nicht mehr weiß, wie ich wieder auf dich zugehen soll, wie ich mich dir öffnen soll, wie ich zu dir durchdringen soll. So weit, dass ich nicht mehr offen mit dir sprechen kann. So weit, dass wir wie zwei Fremde nebeneinanderher leben und ich keine Ahnung habe, wie ich das ändern soll. So weit, dass ich nicht weiß, ob ich dich anfassen und ob ich ehrlich zu dir sein kann. So weit, dass ich Angst haben muss, dass du dich einer anderen hingibst, weil mir bewusst ist, wie wichtig dir das Körperliche ist. Und das bekommst du nicht mehr, denn je länger wir keinen Sex mehr miteinander hatten, desto mehr hatte ich Angst davor. Was total bescheuert ist, aber ich kann es nicht ändern. Ich kann auch nicht mit dir darüber reden. Manchmal fühle ich mich, als wäre ich in mir selbst eingesperrt.

Dabei konnte ich mich dir zu Anfang öffnen, wie keinem Menschen jemals zuvor. Ich habe dir vertraut, und hatte keine Hemmungen, weil du das gar nicht zugelassen hast. Aber je mehr Zeit verging, desto weiter habe ich mich von dir entfernt, bis ich mich bestätigt fühlte. Ich habe tief in mir immer geahnt, dass es so kommen würde. Ich habe geahnt, dass du irgendwann erkennen würdest, wie kaputt ich wirklich bin, wie zerbrochen, nach diesem einen Tag in dieser Hütte. Und dass du erkennen würdest, dass dein Bild von mir als perfektes Mädchen nichts weiter als eine Illusion ist.

Ich weiß, ich hätte schon viel früher mit dir darüber reden sollen, was wirklich in mir vorgeht, aber ich habe es nicht getan. Ich habe es immer wieder vor mir hergeschoben, weil ich nicht wusste, wie ich anfangen sollte. Ich wusste gar nicht wirklich, wie ich das Chaos in mir in Worte fassen sollte, ob du mich verstehen und mich ernst nehmen würdest. Oder ob du das nur als Ausrede dafür sehen würdest, dass ich keine Lust mehr habe oder dich nicht will. Das Problem ist, ich will dich zu sehr. Du bist zu perfekt, und das schüchtert mich ein.

Ich habe geschwiegen, ich habe gewartet und jetzt ist es zu spät.

Jetzt bist du seit zwei Tagen weg und ich habe keine Ahnung, wo du bist.

Seit zwei Tagen stelle ich mir vor, was du wohl tust. Seit zwei Tagen habe ich kaum ein Auge zugemacht. Da sind nur diese Bilder in meinem Kopf, sobald ich die Lider schließe. Und dieses miese Gefühl in meinem Bauch. Diese Angst, dass ich dich jetzt endgültig verloren habe und du was Besseres findest. Jemanden, der dir all das geben kann, was du wirklich brauchst und bei mir nicht mehr kriegst.

Vielleicht sogar *sie*.

Ich war wirklich schockiert, als ich an dein Handy gegangen bin und SIE dran war. Du hast mir zwar gesagt, dass sie dich hin und wieder angerufen hat, aber nicht, dass ihr anscheinend öfter Kontakt hattet. Und dass sie sich so selbstverständlich meldet und »Hey« seufzt.

Ich habe mich so verraten gefühlt, so als hättest du mir ein Messer in den Rücken gerammt und es nochmal schön umgedreht, damit ich auch ja spüre, wie verdammt dumm ich bin. Aber bevor ich ihr endlich all das sagen konnte, was ich ihr schon immer mitteilen wollte, hast du mir das Handy abgenommen und mit ihr geredet. Du hast ihren Namen genannt und ich habe dich dabei genau angesehen. Ich kenne dich in- und auswendig, denn ich habe früher mein halbes Leben damit verbracht, dich heimlich zu beobachten. Auch und vor allem im Umgang mit ihr. Und während ich dich gemustert habe, hat sich dieses Messer immer weiter in meinen Rücken gebohrt, durch meine Organe, meine Lunge, sodass ich immer schwerer Luft bekommen habe. Denn ich habe genau in deinen Augen gesehen, was sie wieder mit dir macht, ohne, dass du es bemerkst. Ich habe gesehen, dass du dich nicht mehr von ihr abschottest. Ganz im Gegenteil. Sie hat es mit nur ein paar Worten geschafft, Emotionen in deinen Augen aufflackern zu lassen, und das gelingt ihr nur, wenn du dich ihr geöffnet hast.

Das zu erkennen, war viel schlimmer, als die Ohrfeige, die du mir verpasst hast. Das hat so viel mehr wehgetan und kaputt gemacht. Es war, als wäre noch das letzte bisschen Vertrauen in uns in tausend Einzelteile auf dem Boden zerschmettert, die ich einfach nicht mehr zusammensetzen kann. Besonders nicht allein.

Diese Ohrfeige hätte ich wegstecken können. Ja, das hätte ich wirklich. Denn ich weiß, wie du bist. Ich weiß, dass du dir damit selbst mehr wehgetan hast als mir. Ich habe noch nie körperliche Gewalt erfahren, bis auf das eine Mal. Es hat mich geschockt, erschüttert und kurz völlig aus der Bahn geworfen, als ich deine Hand so schmerzhaft auf meiner Wange gespürt habe, die mich sonst nur leidenschaftlich oder sanft berührt hat. Du hast mich noch nie auf diese Art angefasst, ganz im Gegenteil, du hast immer dafür gesorgt, dass ich mich beschützt fühle, immer auf mich aufgepasst, und als du es getan hast, ist in mir wieder etwas mehr zusammengebrochen. Aber das hätte ich reparieren können. Wenn ich wüsste, dass du mich noch wirklich liebst, und wenn ich dir noch vertrauen würde. Allein schon, dass du mit ihr telefonierst, ist ein Vertrauensbruch. Es ist, als würdest du damit alles mit Füßen treten, was wir haben. Als würdest du *mich* mit Füßen treten.

Obwohl du weißt, was sie mir angetan hat. Ich habe dir viel von meiner Schulzeit erzählt, wenn auch nicht alles, weil das zu demütigend wäre. Damit meine ich nicht das mit Victor. Ich kann mich noch zu gut daran erinnern, wie du sein kannst, wenn sie einen Teil deines Lebens ausmacht, auch wenn er noch so klein zu sein scheint. Und mittlerweile ist das der Fall. Ob du es dir eingestehst oder nicht.

Das wirklich zu erkennen, war so ernüchternd, so schmerzhaft. Es war so zerschmetternd. Es war die berühmte Kirsche auf dem Haufen Scheiße, der sich momentan unser Leben nennt.

Ich bin eskaliert, völlig. Das passiert zurzeit öfter. Du nennst es hysterisch. Genau deswegen würde ich niemals wirklich mit dir darüber reden, was in mir vorgeht. Sonst weist du mich wahrscheinlich noch ein. Du bist ausgeflippt und jetzt bist du weg.

Die Schuld, die nach der Ohrfeige sofort in deinen Augen aufblitzte, hat dich weggetrieben. Ich weiß nicht, was du tust. Ich weiß nicht, wie weit du dich von dir entfernst. Ob ich dir jetzt vielleicht völlig egal geworden bin, ob du womöglich sogar froh bist, endlich von mir weg zu sein, und für immer weg bleibst. Ich weiß nicht, ob du allein bist, ich weiß gar nichts mehr – und das macht mich wahnsinnig.

Wirklich wahnsinnig, Zayden.

Rosalie hat mich vorhin überredet, rüber in den Salon zu kommen, damit ich nicht die ganze Zeit hier mit den Kindern allein bin. Meine Wange ist aber etwas verfärbt, deswegen habe ich mich erstmal ferngehalten. Ich wollte mich eigentlich niemandem zeigen, weil das so demütigend ist. Ich bin keine Frau, die sich einfach schlagen lässt. Ich bin doch im Grunde zu stark dafür, oder? Aber niemand hat mich darauf angesprochen, als ich rüberkam, und ich habe auch mit niemandem das Gespräch deswegen gesucht.

Was soll ich denn sagen?

Wie soll ich das rechtfertigen? Vor allem vor mir selbst.

Deine Mom sitzt nun mit Rowan auf seiner Decke und puzzelt mit ihm vor dem knisternden Kamin. Er hat die Augenbrauen zusammengezogen und die Zunge zwischen die wenigen Zähne geklemmt, weil er sich so hart konzentriert. Ich sehe ihn an und doch durch ihn hindurch, wie die letzten zwei Tage auch schon. Deine Mutter hat ihr Kinn auf ihr angezogenes Knie gestützt und hilft ihm, die großen Puzzleteile ineinanderzuschieben. Ich sitze auf der Couch daneben. Rayen hat zwei Autos in der Hand und fährt damit über alles, was er erwischt. Auch über mich. Er zeigt mir diese Autos immer wieder und erklärt mir irgendwas. Ich muss mich immer wieder dazu zwingen, nicht abzudriften und mich auf ihn zu konzentrieren, aber das ist gar nicht so leicht.

Er hatte die letzten Tage noch leicht erhöhte Temperatur, aber das ist es jetzt wieder besser geworden. Heute ist der erste Tag, an dem er nicht die ganze Zeit weint und quengelt, sondern normal gegessen hat. Dein Vater telefoniert leise und sieht dabei in das Feuer des Kamins, während er auf seinem Sessel sitzt, einen Ellbogen auf das Knie gestützt und sich über das Gesicht streicht. Er wirkt etwas müde und erschöpft. Ich weiß, dass du, ich und Catalina ihm Kopfzerbrechen bereiten. Dabei wünschte ich, es wäre nicht so. Aber unsere Probleme sind seine Probleme. Er hat einfach ein zu großes Herz, und Menschen mit zu großem Herz leiden immer am meisten. Ich weiß, wovon ich spreche.

Sophia, Catalina und Ilian sind in der Schule. Es ist Nachmittag und sie lernen noch für eine Prüfung in der Bibliothek. Das habe ich mitbekommen, weil Rosalie vorhin im Vorbeigehen gesagt hat, dass ihre Schwester sie angerufen hat. Dicke Flocken rieseln vor den Fenstern herab. Hier drin ist es schön warm. Früher habe ich es immer genossen, Zeit mit deinen Eltern zu verbringen und mich hier im Salon aufzuhalten. Es ist immer so friedlich, obwohl es gleichzeitig laut und chaotisch ist. Aber in mir herrscht schon lange kein Frieden mehr.

Rosalie ist oben bei ihrem Vater und Alayna räumt die Küche auf, was man hört, denn die Töpfe und Gläser klappern. Sie sortiert wieder die Schränke neu, um sich abzulenken, weil sie sich auch Sorgen um dich macht. Genau wie alle anderen. Ich weiß, dass jeder mehrmals versucht hat, dich anzurufen, aber du bist bei keinem von ihnen rangegangen. Nicht mal bei Rosalie, und das will was heißen.

Ist dir was passiert?

Das glaube ich eher nicht. Denn du kannst immer auf dich aufpassen.

Bist du vielleicht gerade mit einer anderen zusammen?

Rowan gluckst, deine Mutter lacht und küsst seine Finger.

Berührst du vielleicht gerade die Haut von irgendeiner fremden Frau?

Rayen tatscht mit seinen Händen auf meine Knie.

Küsst du sie?

Dein Vater nimmt sanft seine Hände von meinem Bein und zieht ihn zwischen seine Knie.

Stöhnst du wegen ihr?

In der Küche poltert es und Alayna murmelt: »Oops.« Ich zucke nur kurz zusammen, nehme meinen Blick aber nicht von den Flammen, die im Kamin vor sich hin lodern.

Hast du deine Finger in ihr?

Mir wird schlecht. Ich habe die letzten Tage schon ein paarmal gekotzt, als die Bilder zu scharf wurden.

Die Haustür knallt mit einem Mal und ich sehe hoch. Erst nehme ich gar nichts wahr, weil mein Kopfkino mich nach wie vor verfolgt. Dann schärft sich mein Blick. Deine Mutter sieht bedeutungsvoll zu deinem Dad, der auflegt und mir Rayen auf den Schoß setzt.

Meine Arme schließen sich automatisch um ihn und ich konzentriere mich auf den Durchgang, als harsche Schritte im Foyer ertönen. Dein Vater steht in dem Moment auf, als du reinkommst. Ich überschaue dich, weswegen sich mein Magen noch mehr verkrampft.

Du hältst deine Jacke mit einem Finger über der Schulter, trägst immer noch die Sachen von vor zwei Tagen. Dein dunkelgrauer Pullover ist leicht ausgeleiert und an der Brust etwas schmutzig, genau wie deine schwarze Jeans. Deine schwarzen Haare sind das totale Chaos, das dir in die Stirn fällt. Du hast einen Bartschatten auf den Wangen, tiefe Ringe und bist blass. Deine Augen sind trüb und leicht gerötet. Dein Blick ist kalt und leer. Das letzte Mal, als ich dich so gesehen habe, ist ein paar Jahre her. Und zwar, als du noch mit *ihr* zusammen warst, oder was auch immer das zwischen euch war. In mir zieht sich alles zusammen, ehe die Kälte in deinen Augen auch von mir Besitz ergreift.

Du überschaust uns alle kurz, dann bleibst du bei mir hängen. Es ist, als würde ich einen Fremden betrachten und nicht meinen Mann. Nicht den Mann, der mich bei unserer Hochzeit über die Schulter geschmissen und in den Sonnenschein getragen hat … Meine Kehle wird ganz trocken und meine Hände fangen an, zu zittern, weswegen ich sie zu Fäusten balle, um sie ruhig zu halten. Du lässt deinen Blick über mich schweifen und ich kann nur daran denken, dass ich dich verliere, dass du wahrscheinlich sonst was gemacht hast und dass ich so verdammt hilflos bin. Dass ich nicht weiß, was ich tun soll und langsam wirklich wahnsinnig werde. Wirklich, wirklich wahnsinnig.

Dein kühler Blick gleitet weiter zu deinem Vater. Der atmet gepresst durch.

Die Wut blitzt in seinen Zügen auf. »Carter«, beschwichtigt deine Mutter ihn sofort.

»Nein!«, sagt er knapp zu ihr, setzt sich in Bewegung, wobei jeder Muskel von ihm angespannt ist, und nickt dich harsch ins Foyer. Dein Blick ist voller Hohn. Du schnaubst, als du dich abwendest und gelangweilt ins Foyer schlenderst. Mir wird noch übler.

Du bist in einem Modus, den ich schon kenne. Nur warst du es nie, seitdem wir zusammen sind. Irgendwie habe ich echt ein ganz mieses Gefühl. Ich weiß, dass ich mit dir reden muss, und ich weiß erst recht, dass mir deine Antworten nicht gefallen werden. Das letzte Mal, als ich dich so gesehen habe, war wegen IHR. Wegen Selina. Ich kann das nicht nochmal durchmachen. Aber vielleicht ist es ja gar nicht so. Vielleicht bin ich nur wieder hysterisch.

Dein Vater folgt dir aus dem Salon und kurz darauf höre ich seine harte Stimme donnern: »Eine fucking Frage, Zayden: Habe ich dir beigebracht, Frauen zu schlagen?«

»Nein. Hast du nicht«, antwortest du, als müsste er das doch am besten wissen. Deine Mutter versteift sich, ihr Blick liegt auch Richtung Foyer. Ein paar Sekunden ist es still und ich halte den Atem an, weswegen sich Rayen auch anspannt, wie ich nur am Rande mitbekomme.

Dann klatscht es dumpf und ich zucke zusammen, genau wie deine Mutter.

»Wie war das?«, fragt dein Vater mit bebender leiser Stimme.

»Wunderbar«, meinst du rau. »Willst du nochmal?« Das kommt äußerst teilnahmslos.

»Nein, ich will nicht nochmal. Und du?« Oh Gott. Ich habe deinen Vater noch nie so wütend erlebt. Normalerweise brüllt er, wenn er außer sich ist, aber er ist nicht so leise wie jetzt. Das ist beängstigend.

»Schade«, sagst du auch noch und jetzt donnert er wieder los: »Fuck, Zayden … Was ist los mit dir?«

»Weiß nicht, sag du es mir. Ihr wisst doch alle so gut über mich Bescheid. Jeder hier ist Doktor Freud.«

Es poltert. »ICH HABE DICH GEFRAGT, WAS MIT DIR LOS IST. Komm mir jetzt nicht mit diesen beschissenen null acht fünfzehn Antworten«, knurrt dein Vater unbeherrscht.

»Ich weiß es nicht. Sag du es mir«, wiederholst du nachdrücklicher. Deine Mutter verzieht das Gesicht und tätschelt Rowans Knie, als der ihr ein Puzzleteil unter die

Nase hält, aber er sieht in Richtung Flur. Ich weiß nicht, ob er versucht, sie abzulenken oder sich selbst.

»Frag doch mal den Ober-Doktor Freud da oben, vielleicht weiß der ja, was mit mir los ist.«

»Ich. Frage. Aber. Dich!« Dein Dad betont jede Silbe sehr genau.

»Tja, ich habe keine fucking Ahnung. Vielleicht ficke ich einfach nur gerne.« Bei deinen Worten erstarrt alles in mir. Was soll das jetzt? Hast du tatsächlich mit einer anderen geschlafen? Deine Mutter schiebt sich neben mich und legt eine Hand auf meine. In meiner Kehle steigt langsam die Galle hoch, aber ich schlucke sie runter, genau wie die Panik. Ich versuche zu atmen, obwohl sich meine Lunge völlig zusammenschnürt.

Keine voreiligen Schlüsse, Irina. Dreh jetzt nicht durch. Werde nicht hysterisch.

»Sag mir, dass du sie nicht betrogen hast«, murmelt dein Vater jetzt dunkel.

»Okay. Ich habe sie nicht betrogen.« Das kommt spöttisch und mein Herz verkrampft sich. Ist das witzig für dich, Zayden? Bin ich so wenig ernst zu nehmen? Ist es dir etwa scheißegal, was du mir antust?

Langsam schiebe ich Rayen zu deiner Mutter und sie zieht ihn sofort an sich. Dann erhebe ich mich mit steifen Gliedern, während alles in mir kalt und verkrampft ist, und gehe ins Foyer. In mir gefriert Stück für Stück alles, jede Ader, jede Zelle, jede Pore. Alles, was mal warm war, wird kalt bei dem Gedanken, wie kaputt wir wirklich sind, und innerlich durchzieht mich ein eisiger Schauer.

»Fuck, Zayden«, sagt dein Vater gerade und lässt von deinem Kragen ab, an dem er dich gegen die Wand gedrückt hatte, als ich im Türrahmen erscheine. Ich umfange mich selbst, weil ich sonst auseinanderfalle, als wir uns betrachten. Deine Augen geben nichts preis. Ich wünschte, ich könnte einfach in deinen Kopf schauen und Gewissheit haben. Obwohl mich das wahrscheinlich wirklich völlig um den Verstand bringen würde. Vielleicht aber auch nicht. Diese kleine Hoffnung ist immer noch da.

»Wir sollten reden«, sage ich zu dir. Meine Stimme klingt fremd. Ich habe keine Kraft. Für gar nichts.

»Sicher.« Du deutest ausschweifend zur Hintertür und hebst deine Jacke vom Boden auf. Ich beiße die Zähne aufeinander und gehe vor, direkt an dir vorbei. Es dauert ein paar Sekunden, dann höre ich, wie du mir folgst, und wir treten hinaus. In die Eiseskälte und die untergehende Nachmittagssonne, die sich kurz durch die Wolken geschoben hat und auf dem Schnee glitzert. Ich trage nur einen grauen Cardigan und ein schwarzes Top, also verschränke ich die Arme, um der Kälte zu trotzen. Du reichst mir deine Jacke. Ich nehme sie nach kurzem Zögern und frage mich, was du in dieser Jacke die letzten zwei Tage gemacht hast, als ich sie mir über die Schultern lege. Sie riecht nach Rauch und deinem Parfum. Tief durchatmend lehne ich mich mit der Hüfte an das Geländer und du dich mit der Schulter an einen Stützbalken, bevor auch du die Arme verschränkst. Ich mustere dich genauer. Du wirkst so gleichgültig. Deine Haut ist fahl, fast gräulich. Die dunklen Barstoppeln ziehen sich über deinen Hals und deine Kehle. Deine türkisfarbenen Augen sind stumpf, deine Pupillen klein. Du streichst dir durch die wirren Haare. Ich hasse, dass du so fertig aussiehst. Ich hasse es, dass ich dir genauso wenig helfen kann wie du mir. Ich habe immer gehofft, dass ich für dich da sein kann, wenn du mich brauchst. Aber das kann ich nicht. Wie man sieht.

Der Geruch nach Schweiß und Zigaretten strömt von dir zu mir und mein Magen dreht sich wieder um.

»Wo warst du die letzten zwei Tage?«, frage ich dich einfach ohne irgendeine bestimmte Betonung.

»Stripclub, Bar, Pub, Casino, Diner, Stripclub. Hotel. Stripclub. Zu Hause«, ratterst du herunter. Sofort sind diese Bilder wieder da, doch ich versuche, ruhig zu bleiben und sie zurückzuhalten. Versuche, nicht verletzt zu sein, weil es dir völlig egal zu sein scheint, wie es mir geht. Kein *Sorry, Baby*. Kein *Tut mir leid, was passiert ist*. Kein *Ich melde mich das nächste Mal*, oder dergleichen. Nein, einfach nur diese knappe Erklärung. Verstehe schon.

»Und was hast du da gemacht?«, frage ich und bemerke, dass ich noch etwas hohler klinge. Ich wünschte, ich könnte wütend werden. Ich habe langsam keine Kraft mehr dazu. Keine Kraft mehr, mir die ganze Zeit den Kopf zu zerbrechen und auszuflippen. Keine Kraft, hysterisch zu werden. Keine Kraft, zu kämpfen. Ich will einfach nur die Gewissheit und dann versuchen, damit umzugehen.

Du betrachtest mich eine Weile, dann lehnst du deine Schläfe ebenfalls an den Balken.

»Getrunken, gekokst, getrunken, gezockt, gegessen, getrunken, gekokst, geraucht, geschlafen, getrunken.« Deine Stimme ist heiser. Dass du gekokst hast, sorgt dafür, dass sich mein Magen verkrampft. Das hast du ewig nicht gemacht. Seitdem wir zusammengekommen sind, nicht mehr. Wie so vieles, was du anscheinend neuerdings wieder tust.

»Wieso kokst du?«, frage ich und reibe mir über die Arme. Mir ist immer noch kalt, trotz der Jacke. Ich will gar nicht wissen, wie nah du dem Abgrund schon bist oder wie lange du schon fällst, ohne dass ich es bemerkt habe.

»Ich kann besser mit manchen Dingen umgehen, wenn ich kokse«, antwortest du knapp. Ich fahre mir über die Stirn und beschließe, das erstmal nicht weiter zu vertiefen. Wenn du dich so abkapselst, kann ich sowieso nicht wirklich zu dir durchdringen. Du willst das nicht. Egal, was ich jetzt sage, es würde in dieser Hinsicht nichts ändern.

»Gehen wir jetzt nach Hause?« Du hältst mir deine Hand hin und ich schaue sie etwas verwirrt an. Wieder sind da diese Bilder. Wieder frage ich mich, was du mit dieser Hand in den letzten zwei Tagen vielleicht gemacht hast. Hast du damit eine andere Frau berührt? Dann hebe ich meinen Blick in deine Augen und sehe direkt hinein.

»Hast du mich betrogen, Zayden?«, frage ich leise. Du siehst ungerührt zu mir zurück, bevor du einfach nach meiner Hand greifst und unsere Finger verschränkst. Mein Magen zieht sich wieder ruckartig zusammen.

»Natürlich nicht, Irina. Komm jetzt.« Das schlechte Gefühl in mir wird noch größer. Ich spüre, dass etwas nicht stimmt. Absolut nicht. Die Alarmglocken in mir schrillen. Aber … ich *will* dir glauben. Ich *will* mit dir nach Hause gehen. Ich *will,* dass alles wieder gut wird. Ich *will* dich nicht aufgeben und ich *will* mein Happy End zurück. Du ziehst einen Mundwinkel hoch und öffnest die Hintertür zum Salon. Ich folge dir einfach, obwohl ich mich immer noch wie betäubt fühle, kaum anwesend und auf der Hut. Du überblickst kurz deine Eltern. Deine Mutter erstarrt, als sie dich mustert. Sie ist noch mit Rayen beschäftigt, der uns gar nicht bemerkt. Dein Vater hat die Ellbogen auf die Oberschenkel gestützt und beschäftigt sich mit Rowan, der zwischen seinen Beinen steht. Dein Dad sieht nicht zu dir hoch. Du betrachtest kurz die Szene, dann lässt du mich los und machst die paar Schritte zu deinem Vater. Nun hebt er den Blick, doch du erwiderst ihn nicht. Stattdessen beugst du dich runter und greifst von hinten unter Rowans Arme, der etwas irritiert über die Schulter schaut, weil er so abgelenkt war. Dann quietscht er und seine Augen funkeln, als er dich erkennt. Aber nicht einmal das Bild kann diese Kälte in mir vertreiben. Du setzt ihn mir auf die Hüfte und er schlingt seinen Arm um meinen Hals. Ich umfange ihn automatisch. Dann wendest du dich deiner Mutter zu, ohne was zu sagen. Sie sieht aus, als wäre sie versucht, dir Rayen nicht zu geben, und hebt eine Braue. Du ignorierst auch sie, nimmst Rayens Hand und ziehst ihn von ihr weg, bevor du ihn mit einem Arm hochhebst. Er plappert aufgeregt und betatscht dich, als wärst du einen Monat nicht da gewesen. Dich lässt das völlig kalt, weshalb in mir noch mehr gefriert – als ob das möglich wäre.

Dann nimmst du wieder meine Hand. Seit wann fühlt sich das eigentlich so fremd an? Das ist neu. Schon damals, als du zum ersten Mal unsere Finger miteinander verschränkt hast, war es das Richtigste dieser Welt. Als wäre meine Hand für deine gemacht.

Du ziehst mich zur Tür, ohne noch einmal zu deinen Eltern zu sehen, aber ich tue es. Ich erkenne die Sorge in den Augen deines Vaters und das Blitzen in denen deiner Mutter, als sie uns nachblicken. Du ignorierst auch das völlig, ziehst mich auf die Terrasse und ich schließe die Tür hinter uns. Ein Teil von mir möchte schreien, aber mir fehlt die Kraft.

Ich folge dir wie auf Autopilot, als du uns durch den Garten lotst. Rayen plappert weiter auf dich ein. Du bist völlig fokussiert und nickst immer wieder abwesend, während er an deinem Haar spielt und zieht, was du gar nicht registrierst. Du trittst zur Seite, damit ich die Haustür unseres Anbaus öffnen kann. Wieso zittern meine Finger eigentlich so? Ich krame den Schlüssel aus meiner Jeanstasche und schiebe ihn ins Schloss.

Ich kann mich noch daran erinnern, als wir diese Tür das erste Mal geöffnet haben, und wie du mich über die Schwelle getragen hast. Ich weiß noch, wie glücklich wir da waren und wie schwanger ich war. Ich habe so gelacht, dass mir schlecht wurde. Dann hast du mir die Haare gehalten, als ich das erste Mal ins Waschbecken gekotzt habe, und dich beinahe totgelacht. Du hast Rosalie gerufen, dann habt ihr zusammen gelacht.

Jetzt lachen wir nicht mehr. Ganz im Gegenteil. Mir war noch nie weniger nach Lachen zumute. Eigentlich würde ich lieber weinen.

Ich öffne die Tür, du trittst hinter mir ein und kickst sie mit dem Fuß wieder zu. Dann folgst du mir durch den Flur. Das Einzige, was man hört, ist Rayens Plappern. Rowan hingegen ist völlig still geworden und klammert sich an meinem Hals fest. Er spürt deine Stimmung, so wie meine. Rayen nicht, dem ist das total egal. Aber das ist gut so. Er ist viel resistenter als Rowan und kann schlechte Schwingungen zu seinem eigenen Wohl an sich abprallen lassen. Wir gehen die Treppe nach oben. Du schweigst und ich betrachte dich unsicher über die Schulter. Du siehst zu mir hoch, während du Rayens Hand aus deinem Haar löst. Mein Magen verkrampft sich wieder, und ich weiß gar nicht wirklich, wieso. Also wende ich den Blick wieder ab. *Bleib einfach ruhig, Irina.*

Wir gehen den Gang entlang ins Kinderzimmer, wo ich Rowan auf seinen Spielteppich setze. Er sieht stirnrunzelnd zu mir hoch und ich streiche ihm durch die Haare. »Alles gut«, murmle ich ihm zu, aber er macht nicht den Eindruck, als würde er mir glauben. Ich glaube mir ja selbst nicht. Du setzt Rayen daneben, der sich einfach auf seine Spieldecke auf den Rücken fallen lässt, die Beine in die Luft gestreckt, und sich links und rechts irgendein Spielzeug packt. Dein Blick liegt auf mir. Du schiebst deine Hände in die Hosentaschen, bevor du uns langsam umrundest.

»Ich geh duschen«, sagst du. Deine Stimme ist ohne Klang. Ich nicke mechanisch, während du dich abwendest und durch den Flur in unser Schlafzimmer verschwindest.

»Ich komm gleich, Baby«, murmle ich Rowan zu. »Ich muss mich nur mit deinem Papa unterhalten.« Ich streiche ihm nochmal durch das Haar und weiß, dass er viel mehr mitbekommt, als gut für ihn ist. Mir ist klar, dass ich den beiden momentan nicht die Mutter bin, die sie verdient haben oder brauchen, und ich verabscheue mich dafür. Aber in mir drin ist es so chaotisch. Ich komme nicht mal mit mir selbst klar, wie soll ich dann für sie ein Vorbild und eine Stütze sein? Ich muss unbedingt mit dir reden. Jetzt!

Ich stehe noch ein paar Sekunden regungslos neben den Jungs, nach wie vor ist dieses eiskalte, harte Gefühl im Bauch, als würden sich dort Eisklumpen hindurchschieben. Dann wende ich mich ab, schließe die Tür und gehe auch ins Schlafzimmer. Du bist schon im Bad, denn ich höre das Wasser laufen, aber ich brauche einfach Gewissheit. Also öffne ich leise die Tür einen Spalt, bevor ich hineinsehe. Das Wasser im Waschbecken läuft und etwas Feuchtigkeit perlt dir vom Gesicht und aus den Wimpern. Du bist noch bekleidet, hast deine Hände am Waschbeckenrand abgestützt und den Kopf zwischen die Schultern gesenkt. Deine Schulterblätter heben und senken sich unter deinen tiefen Atemzügen. Im Spiegel dir gegenüber sehe ich, dass du die Augen geschlossen hast, wie das Wasser über deine Schläfen rinnt und von deiner Nasenspitze tropft. Bei dem Anblick verkrampfe ich mich noch mehr, dennoch trete ich einfach ein. In mir ist immer noch dieser Teil, der nicht will, dass es dir schlecht geht, der sich irgendwie verantwortlich für alles fühlt, was falsch läuft. Ich handle komplett impulsiv.

»Zayden?«, frage ich leise und dein Kopf hebt sich mit einem Ruck. Du siehst mich durch den Spiegel hinweg an.

»Was ist los?«, verlange ich jetzt, drängender zu wissen. »Bitte sag es mir einfach.«

Du siehst mich noch ein paar Sekunden an, betrachtest mich ganz genau, und ich halte deinen Blick über den Spiegel, während das Wasser rauscht. Dann greifst du nach dem Hebel und schaltest es ab, bevor du mit dem dunkelgrauen Stoff deines Pullovers über dein Gesicht wischst und dich anschließend zu mir umdrehst.

»Es ist nichts«, sagst du ruhig und öffnest langsam deinen Gürtel, ohne mich aus den Augen zu lassen. Dein Blick ist so nachdenklich. Wieder würde ich zu gern in deinen Kopf schauen können.

»Du quälst dich wegen nichts?«, frage ich. »Ist es die Ohrfeige?« Du siehst mich nur an, während du den Gürtel aus den Schlaufen ziehst und auf den Boden fallen lässt. »Zayden, bitte rede mit mir!«, flehe ich dich jetzt an.

»Ich will nicht reden. Wir haben genug geredet«, meinst du völlig ruhig und glatt. Du umfasst den Saum deines Pullovers, bevor du ihn dir gemeinsam mit dem Muskelshirt über den Kopf ziehst. Ich kann dich ein paar Sekunden nur anstarren.

»Ich will einfach duschen und ein paar Stunden schlafen. Dann sehen wir weiter.« Du knöpfst deine Hose auf und ich atme gepresst aus. Ich dringe einfach nicht zu dir durch. Du lässt die Hose mit den Boxershorts sinken, dann wendest du dich von mir ab. »Zehn Minuten«, meinst du noch und trittst in die begehbare Dusche. Ich lasse meine Augen hektisch über deinen Körper gleiten – auf der Suche nach irgendwelchen Anzeichen, dass du mich betrügst, so, wie ich es tief in mir ahne. An deinem Rücken und deinen Armen ist nichts, außer deiner Tattoos, aber ich stocke, als ich eine bläuliche kleine Verfärbung an deinem Nacken bemerke. Sofort habe ich wieder das Bild von Lippen auf dir im Kopf. Mein Magen krampft sich erneut so heftig zusammen, dass mir noch übler wird, als sowieso schon, während du das Wasser einschaltest.

»WAS IST DAS?«, frage ich dich fassungslos und reiße die Glastüren der Dusche auf. Du siehst mich über deine

Schulter hinweg an. Das Wasser rinnt über deine Haut und der Dampf steigt an die Decke.

»Was ist was?«, konterst du gereizt.

»DAS!« Ich deute auf deinen Nacken und die Verfärbung.

»Ich weiß nicht, was du meinst. Ich habe keine Augen im Hinterkopf«, blaffst du mich an und deine türkisfarbenen Augen blitzen. Langsam werde ich wirklich wieder wütend. Willst du mich eigentlich für dumm verkaufen?

»Das an deinem Nacken, das aussieht wie ein Scheißknutschfleck, Zayden«, erwidere ich und meine Hände fangen an, zu zittern. Du reibst dir über den Nacken und deine Finger streifen die Stelle. Wer hat dich da geküsst?

Du betrachtest mich ein paar Sekunden ungerührt, dann greifst du nach dem Shampoo und drückst etwas davon in deine Handfläche.

»Keine fucking Ahnung, was das ist«, meinst du und schließt die Tür, bevor du dir die Haare mit beiden Händen einshampoonierst. Mir reißt der Geduldsfaden.

»WILLST DU MICH EIGENTLICH VERARSCHEN?« Ich öffne erneut die Tür und trete zu dir in die Dusche, sodass das Wasser auch mich benetzt. Meine Kleidung, mein Gesicht, meine Haare … Doch das ist mir völlig egal. Ich kann dich nur anstarren und spüre, wie das Blut heftig durch meine Venen rauscht; spüre, wie meine Hände immer mehr zittern, wie alles in mir bebt. Fahrig wische ich mir mit dem Handrücken über die Augen, als das Wasser meine Sicht verschleiert. »Meinst du das ernst? Willst du mich für blöd verkaufen, Zayden?« Meine Stimme klingt schrill und meine Brust hebt und senkt sich schnell. Du wischst dir das

Shampoo aus dem Gesicht, als du deine Haare ausspülst, und streichst sie anschließend nach hinten. Dein Blick verhärtet sich, während du zu mir runtersiehst und ich weiterhin zu dir hochstarre.

»Ich habe gesagt, zehn Minuten. Zieh dich um. Versorg die Jungs. Dann reden wir.« Deine Stimme ist leise und heiser. Jetzt sagst du mir auch noch, was ich zu tun habe. In diesem Zustand, in dem ich jetzt gerade bin, macht mich das nur noch wütender, weshalb ich dich schubse. Wenn auch ohne Erfolg, denn du bleibst ungerührt stehen.

»NEIN, WIR REDEN JETZT! VERDAMMT NOCHMAL!«, schreie ich dich an. Tränen der Wut und Verzweiflung mischen sich mit dem Wasser und ich reibe mir über das Gesicht. Du ballst deine Hände an den Seiten zu Fäusten.

»Lass das«, knurrst du mich an.

»Oder was? Verschwindest du dann wieder, um sonst was zu tun? Um irgendeine andere zu vögeln?«

»ICH HAB GESAGT, LASS ES!«, brüllst du und schlägst mit der Faust gegen den Regler, sodass das Wasser abgeschaltet wird.

»Ich würde es ja gerne lassen. Aber du gibst mir gar nichts. Keine Erklärung. Keinen Respekt. Du behandelst mich wie ein Stück Scheiße, und ich soll mir das einfach gefallen lassen?«

»Ich hab gesagt, wir reden in zehn Minuten. Verpiss dich jetzt einfach aus der Dusche!«, zischst du und deine Augen blitzen. Deine Schultern spannen sich langsam an.

»GUT!«, schreie ich, reiße die Tür auf und trete hinaus. Ich höre noch, wie du das Wasser wieder einschaltest. Ich versuche, die Wut in mir zurückzudrängen. Versuche, dieses

Chaos irgendwie zu beherrschen, das schon seit Monaten in mir wütet und alles durcheinanderbringt. Ich war noch nie so dermaßen durcheinander. So wenig ich selbst. Ich fühle mich ruhelos, getrieben, anfällig für alles – als könnte mich eine kleine Bewegung oder ein falsches Wort über die Klippe stoßen. In einem Moment bin ich mir sicher, dass irgendwas mit dir nicht stimmt, dass du mich betrügst, dass du sonst etwas machst. Im nächsten fühle ich mich wie eine hysterische Ehefrau, die total übertreibt, weil sie sonst nichts Besseres zu tun hat und Paranoia schiebt. Nichts anderes ist es, was mich nachts wach hält und seit Monaten nicht richtig schlafen lässt. Zusammen mit den Rückschlägen wegen dem, was in der Hütte passiert ist, ergibt es das ultimative Chaos. Die totale Verwüstung.

Ich bin pitschnass und tropfe alles voll, weswegen ich mir sämtliche Klamotten vom Körper reiße und ins Bad schmeiße, bevor ich dir Tür hinter mir zuknalle. Anschließend gehe ich ins Schlafzimmer. Die Gedanken kreisen währenddessen in meinem Kopf und vermischen sich zu einer wirren Abfolge von Bildern. Ich weiß nicht, was wahr ist. Ich weiß nicht, was ich tun soll. Ich bin total überfordert und kann meine Gedanken nicht ordnen. Aus dem Kleiderschrank nehme ich mir Leggings, die ich über meine feuchten Beine streife. Als sie an meinen Schenkeln klebt, ziehe ich sie mit einem Brüllen hoch. Meine Hände zittern immer noch so sehr. Dann greife ich wahllos nach einem blauen Pullover, in den ich schlüpfe. Weil meine Haare nach wie vor alles volltropfen, schnappe ich mir das Handtuch, was ich heute Morgen über die Heizung gehängt habe, und trockne sie mit hektischen, ruckartigen

Bewegungen ab, während ich im Zimmer auf und ab gehe und versuche, meinen Atem zu beruhigen.

Scheiße, Scheiße, Scheiße, Scheiße.

SCHEISSE!

Ich kann mich einfach nicht entspannen.

Ich weiß nicht, ob ich dich nicht wieder über die Schwelle treiben werde.

Ich weiß nicht, was ich tun werde.

Ich weiß nur, dass es wirklich übel wird.

Gedankenverloren sehe ich zu meinem Handy, das auf dem Nachttisch liegt, und fasse einen Entschluss.

Ich werde die Jungs erstmal wegbringen.

Sie haben schon genug von unseren Streitigkeiten miterlebt. Ich atme tief durch, weswegen sich mein Herzschlag aber auch nicht beruhigt, bevor ich mir mein Handy hole und die Nummer deiner Mom wähle. Während ich darauf warte, dass sie abhebt, wippe ich mit meinem Fuß und starre aus dem bodentiefen Fenster direkt auf den dunklen, heute so rauen See.

Fuck, ich hasse das. Die Jungs haben überhaupt keine Konstante mehr, alles ist so wirr. Mal bist du da, mal nicht. Im Prinzip kümmere ich mich in erster Linie um sie. Aber wegen der Probleme zwischen uns verliere ich mich manchmal dermaßen in Gedanken, dass ich auch zu nichts zu gebrauchen bin und deine Mom sie mir abnimmt. Was noch ein weiterer Grund dafür ist, mich selbst zu hassen.

In was versage ich eigentlich nicht?

Was bringe ich eigentlich auf die Reihe?

»Ja?«, geht deine Mom ran und unterbricht meine Gedanken. Ich räuspere mich.

»Hey, kann einer von euch die Jungs nehmen? Wir müssen reden«, frage ich schon jetzt so müde und gleichzeitig heiser, weil ich dich gerade so angeschrien habe.

»Sicher. Zieh sie an. Ich fahre mit ihnen zu Mason«, murmelt deine Mom zögernd.

»Okay. Danke.« Meine Stimme ist tonlos.

»Nicht dafür.« Sie seufzt und unterbricht die Verbindung. Ich lege mein Handy auf die Kommode, bevor ich das Handtuch über den Sessel der Sitzecke schmeiße. Ich muss mich jetzt zusammenreißen, wenigstens, bis sie aus dem Haus sind. Einigermaßen, irgendwie. Das Wasser im Bad läuft noch, als ich das Zimmer nach ein paar tiefen Atemzügen verlasse und zu den Jungs gehe. Rowan hat sich ein Buch genommen, sieht aber sofort zu mir hoch, als ich eintrete. Rayen schlägt die beiden Autos, die er hält, aneinander und erzählt dabei einen Reim. Ich zwinge ein zittriges Lächeln auf meine Lippen.

»Habt ihr Lust, Mason zu besuchen?«, frage ich. Rayens Kopf schießt sofort in die Höhe und er lässt alles fallen, womit er eben noch gespielt hat. Seine Augen strahlen und er nickt. Er ist so süß, aber nicht mal das kann mich gerade wirklich erreichen. Er nimmt sofort meine Hand, bereit zum Aufbruch. Rowan mustert mich forschend. »Er hat ein paar ganz tolle neue Autos, hat er gesagt«, helfe ich sanft nach und er nickt, bevor er ebenfalls meine Hand nimmt, die ich ihm entgegenstrecke. »Gut, dann müssen wir uns aber erst anziehen.«

Ich schaffe es, dass meine Finger nicht mehr so zittern, als ich ihnen jeweils einen dickeren Pullover sowie dickere Socken überstreife. Das alles geschieht wie auf Autopilot.

Mit dem Kopf bin ich gar nicht anwesend. Dann packe ich sie in ihre Winterjacken, Mützen und natürlich ihre Handschuhe und Schals, bis sie wie kleine Schneemänner aussehen. Rayen plappert in einer Tour. Rowan nicht. Irgendwann erkennt man nur die Augen und die pummligen Wangen, die sicher knallrot werden, sobald sie an die kalte Luft kommen. Dann bringe ich sie jeweils an einer Hand nach unten, während wir vorsichtig die Treppe hinabsteigen. Im Flur ziehe ich ihnen die Schuhe an. Rayen plappert dabei auf Rowan ein und wippt die ganze Zeit mit den Füßen hin und her, was es mir nicht gerade einfach macht, ihn in seine Stiefel zu kriegen. Beim ersten benötige ich mehrere Anläufe, die mich schneller als sonst meine Geduld kosten. Sonst habe ich Unmengen davon für die beiden. Beim zweiten zische ich ihm zu: »Halt still!«, packe seinen Fuß und ramme den Stiefel darauf, was mir augenblicklich leidtut.

Scheiße!

Wieder versuche ich, mich zu beruhigen, und atme tief durch. »Sonst klappt das nicht.« Ich beuge mich vor und küsse seine Nasenspitze, bevor ich ihn sanft auf die Beine ziehe. Er ist still geworden und ich hasse das. Ich will nicht, dass er wegen mir still wird. Wirklich nicht.

Ich hasse mich so sehr!

»Okay, grüßt ihn von mir und gebt ihm einen Kuss, ja?«, sage ich etwas zittrig, darum bemüht, mir nichts anmerken zu lassen, und richte ihnen nochmal die Mützen, als es an der Tür klopft.

Ich erhebe mich seufzend und öffne, wobei ich durch das Fenster in der Tür schon die Silhouette deiner Mutter erkenne. Sie steht in ihrem Mantel mit der Handtasche da und wirft mir kurz einen prüfenden Blick zu.

»Alles okay, wir müssen nur reden«, beruhige ich sie, auch wenn gar nichts okay ist und ich mich richtig scheiße fühle. Auch wenn sie das sofort sieht. Aber es bringt ja alles nichts. Wir müssen nun mal reden und sie kann auch nichts an der Lage ändern. Das muss ich selbst.

»Okay, Carter ist drüben«, meint sie und streckt ihre Hand aus, die Rowan gleich nimmt, wofür er sich von der Bank gleiten lässt. Er schmiegt sich an ihr Bein und sie streicht ihm über die Mütze. Wenigstens haben sie ihre Großeltern als Konstante. Rayen geht auf sie zu und sie streckt ihre andere Hand nach ihm aus. »Heiße Schokolade mit Marshmallows«, murmelt sie vertraulich in Rowans Richtung und seine Augen fangen an zu glänzen. Er ist so ein Schatz. Ich liebe die beiden so sehr. Ich lächle leicht und wünschte, ich könnte ihnen so viel mehr geben als das, was sie von mir in letzter Zeit bekommen. »Also bis später«, sagt deine Mutter zu mir, während ich die Schläfe an die Tür lehne, die ich offen halte, und nicke. »Lass dich nicht reizen, er ist zurzeit nicht er selbst.« Ja, das ist mir schon aufgefallen. Es ist nicht zu übersehen und ich habe auch schon endlose Gespräche mit deiner Mom darüber geführt. Aber nicht jetzt. Jetzt muss ich mich auf dich konzentrieren.

»Ich versuche es«, antworte ich, weil ich mehr nicht versprechen kann. Ich bin zurzeit irgendwie auch nicht ich selbst. Und das ist das Problem. Normalerweise komme ich damit klar, wenn du auch nur ansatzweise drohst, in dieses Muster zu verfallen. Je mehr du aufdrehst, desto ruhiger werde ich, wobei es noch nie so schlimm war wie jetzt. Nicht mal ansatzweise. Im Gegenteil, du warst der perfekte Mann und wir waren die perfekte Familie. Wir beide waren perfekt, vielleicht zu perfekt. Vielleicht zu glücklich. Und jetzt ist die Waage gekippt. Inzwischen ist alles kaputt, kalt und zerschmettert. Dunkel. Es scheint keine Sonne mehr in unserem Leben. Zum ersten Mal habe ich keine Kraft mehr, irgendwelche Wärme in mir zu finden oder dir zu geben, obwohl du sie so sehr bräuchtest, und das ist das Problem. Ich habe meine Wärme verloren.

»Also sag tschüss«, meint deine Mom.

»Tschüss«, sagen beide artig und winken mir, aber Rowan sieht nochmal unsicher zu mir hoch. Ich lächle beruhigend.

»Tschüss, Baby!« Ich zwinkere ihm zu und reiße mich zusammen. Er schickt mir einen feuchten Kuss per Hand und ich fange ihn auf – natürlich, schließlich muss man das. Das ist Regel Nummer eins. Er lächelt zufrieden, bevor ich ihm auch einen zurückschicke, den er ebenfalls fängt und in seine Tasche steckt, wie immer. Deine Mutter lacht, weil sie es liebt, wenn er das tut. Dann hüpfen die beiden an den Händen deiner Mom durch den Schnee Richtung Parkplatz. Ich sehe ihnen hinterher und spüre die Kälte gar nicht, die dabei ins Haus strömt. Wenigstens sind sie jetzt gut untergebracht, das ist das Wichtigste. Wenn ich nicht für sie sorgen kann, springen hier so viele Menschen ein, die in der Lage sind, ihnen das zu geben, was sie brauchen. Wobei keiner von ihnen weder dich noch mich ersetzen kann, das weiß ich. Ein weiterer Grund, warum es so unmöglich weitergeht. Ehrlich nicht.

Es muss sich irgendwas ändern. Wenn es nur um uns gehen würde, wäre das nicht so schlimm. So ist es aber nicht. Zuerst sollte es um die beiden gehen, denn wenn wir fallen, betrifft es auch sie. Und das hat kein Kind verdient, Zayden.

43. Keine Bremse, Zayden

Irina

Ich gehe, ohne zu zögern oder zu viel zu denken, direkt nach oben. Ich werde einfach versuchen, ganz ruhig mit dir zu sprechen, auch wenn es die letzten Male nicht so gut hingehauen hat. Jetzt atme ich nochmal durch und öffne die Schlafzimmertür, bevor ich eintrete und den Blick schweifen lasse.

Du sitzt auf der Bettkante, die Unterarme auf die Oberschenkel gestützt, und reibst deine Hände aneinander. Den Blick hast du auf deine Finger gesenkt, an denen du wieder diese Ringe trägst. Deine schwarzen Haare sind noch feucht. Du hast dich nicht rasiert, trägst einen frischen schwarzen Pullover und gleichfarbige Trainingshosen. In mir sticht es, wenn ich mir ausmale, was du die letzten Stunden gemacht haben könntest, wobei ich nicht mal weiß, ob meine

Vorstellung nicht total übertrieben und irre ist. Vielleicht bist du lediglich irgendwo in einer Bar und einem Stripclub versackt, wie so oft, aber vielleicht auch nicht. Ich werde langsam echt wahnsinnig. Ich schließe leise die Tür hinter mir, weshalb du aufblickst. Deine türkisfarbigen Augen wirken immer noch stumpf. Ich weiß, dass einer von uns sich wirklich überwinden und einen Schritt auf den anderen zumachen muss, wenn das hier irgendwie funktionieren soll, aber es ist so schwer. Es ist so schwer, über seinen Schatten zu springen, seinen Stolz hinter sich zu lassen. All die Zweifel, all die Wut, all der Zorn und die Verletzung … sind zu stark in mir verankert. Allerdings weiß ich auch, dass du nicht den ersten Schritt machen wirst. Nicht in dieser Stimmung. Also atme ich nochmal tief ein und gehe auf dich zu. Du beobachtest mich, genau wie dich.

Es ist, als wären wir zwei wilde Tiere, beide auf der Lauer, beide auf der Jagd und bereit zum Sprung. Nicht wissend, was der andere vorhat und was sein nächster Zug sein wird. Seit wann sind wir eigentlich Feinde, Zayden?

Ich bleibe direkt vor dir stehen. Du richtest dich etwas auf, stützt deine Hände links und rechts neben dir ab und siehst zu mir hoch.

»Und? Was jetzt?«, fragst du rau.

»Jetzt will ich die Wahrheit von dir wissen«, meine ich leise und mein Magen verkrampft sich schon wieder.

»Welche Wahrheit, Irina?«

»Es gibt nur eine Wahrheit. Was ist das an deinem Nacken?« Meine Stimme ist kaum zu hören.

»Eine Quetschung«, antwortest du ungerührt. Da gibt es zwei Seiten in mir. Die eine, die dir alles glauben will, was du mir weismachst. Die nicht will, dass sich noch mehr ändert, und nicht ertragen könnte, dich zu verlieren. Egal, was es kostet. Die dich schon immer geliebt und sich geschworen hat, bei dir zu bleiben, zu kämpfen und nicht nachzugeben. Und dann ist da noch die andere, die mich anbrüllt, mich nicht verarschen zu lassen. Dass ich das nicht verdient habe und meine Sachen packen und gehen sollte. JETZT.

»Eine Quetschung?«, frage ich hohl.

»Ja«, antwortest du ebenso und schon tauchen wieder diese Bilder auf – von irgendwelchen Lippen auf dir, Händen, Körpern, was weiß ich, weshalb ich hart die Zähne aufeinanderbeiße.

»Was hat dich denn gequetscht?«, hake ich fast bitter nach.

»Jeden Tag komme ich mit blauen Flecken und Quetschungen nach Hause und diese sticht dir jetzt ins Auge?«, willst du immer noch so leise und teilnahmslos wissen.

»Du versumpft aber nicht jeden Tag nach einem heftigen Streit in einem Stripclub.«

»Ich fasse keine Nutten an.«

»Also war sie keine Nutte?«, zische ich und du schnaubst.

»Sehr raffiniert«, bemerkst du mit einem freudlos gehobenen Mundwinkel, weswegen meiner genauso hochzuckt. Aber mir ist alles andere als zum Lachen. Am liebsten würde ich meine Hände um deinen Hals legen und zudrücken, obwohl ich sowieso keine Kraft hätte. In diesem Moment klingelt dein Handy, was neben dir auf dem Bett liegt. Du siehst aus dem Augenwinkel auf das schwarze

Gerät, dessen Display aufleuchtet. *Anonym.* Ich betrachte dich mit einer hochgezogenen Augenbraue. Du streckst deine Hand danach aus und drückst den Stummknopf auf der Seite, bevor du wieder zu mir hochschaust.

»Geh doch ran«, sage ich sanft.

»Mitten in unserem Gespräch? Das wäre ja respektlos«, erwiderst du ebenso.

»Kein Problem«, meine ich großmütig.

»Du bist so gut zu mir.« Ich kann dir ja mal zeigen, wie gut ich bin.

Du nimmst dein Handy, drückst den grünen Knopf und hältst es dir ans Ohr. »Ja?«, fragst du, ohne den Blick von meinen Augen zu nehmen. Ich betrachte dich dabei genau und lege den Kopf schief. Ich kenne dich und lauere.

»Hallo«, sagst du. Deine Stimme ist glatt. Ich verenge meine Lider etwas, während du dich nach hinten sinken lässt und dein Gewicht auf einen Ellbogen verlagerst. »Ich unterhalte mich gerade mit meiner Frau.« Du nimmst immer noch den Blick nicht von mir und ich mustere dich weiterhin genauestens. Pass bloß auf, Zayden. Gleich habe ich dich. »Ist es wichtig?« Ich kann nicht sagen, mit wem du sprichst. Ehrlich nicht. Du bist so undurchsichtig und distanziert. »Was ist denn?«, drängst du jetzt.

»Das weiß ich jetzt noch nicht. Ich melde mich später, dann reden wir. Okay, bis dann.« Du legst auf und ich bin kein bisschen schlauer.

»Zufrieden?« Du stützt dich auch auf den zweiten Ellbogen.

»Wer war das?«, frage ich jetzt direkt.

»Dominic«, antwortest du sofort. Ich würde am liebsten brüllen, weil ich dir nicht glaube, allerdings will ich auch nicht weiter hysterisch sein. Denn im Ernst, vielleicht war das ja Dominic. Vielleicht aber auch nicht.

GOTT IM HIMMEL!

Ich streiche mir ausatmend über das Gesicht und zucke zusammen, weil meine Wange noch ein bisschen wehtut. Dann lasse ich die Hand sinken.

»Können wir jetzt weiterreden oder soll ich noch irgendwen anrufen? Jemanden einladen vielleicht?«, fragst du herausfordernd.

»Hör auf«, knurre ich dich an. Spiel nicht mit mir. Nicht so.

»Gut. Dann sprich«, forderst du und ich versuche, mich wieder zu sammeln, während du aufstehst und dich an mir vorbeischiebst. Ich verschließe alles in mir, um nicht zuzulassen, was dein Duft nach wie vor mit mir macht. Ich will das nicht. Ich will dir nicht mehr diese Genugtuung geben, dass mein Körper sofort auf dich reagiert. Du öffnest die Badezimmertür und nimmst die Jeans, die auf dem Boden liegt, bevor du deine Zigaretten aus der Hosentasche ziehst. Dann umrundest du das Bett und öffnest das Fenster. Mit dem Steißbein lehnst du dich an das Fensterbrett und zündest dir eine Zigarette an. Ich lasse mich auf den Rand des Bettes sinken und stütze mich auf die Hände, während du die Knöchel überkreuzt und eine Hand in die Hosentasche schiebst. Du ziehst an der Zigarette und stößt den Rauch über die Schulter aus.

»Ja?«, drängst du mich.

»Eigentlich will ich nur, dass alles wird wie früher. Aber ich weiß nicht wie …«, erwidere ich schließlich ausgelaugt.

»Wir machen einfach weiter. So geht das«, meinst du.

»Aber ich mache dich nicht glücklich.«

»Ich mache dich auch nicht glücklich«, antwortest du und ziehst nochmal. »Es ist nicht meine Aufgabe, dich glücklich zu machen, und nicht deine, mich glücklich zu machen. Also … müssen wir uns selber glücklich machen.« Was redest du denn da?

»Das ist falsch«, antworte ich etwas vor den Kopf gestoßen. »Wir haben geheiratet, um uns gegenseitig glücklich zu machen und uns zu helfen, wenn wir selber nicht mehr können.« Du betrachtest mich ein paar Sekunden, dann schnippst du deine kaum aufgerauchte Zigarette aus dem Fenster.

»Ein Mensch ist nicht dafür da, um den anderen glücklich zu machen, Irina«, sagst du, bevor du das Fenster schließt und tief durchatmest. Ein paar Sekunden stehst du da und siehst mich an.

»Aber du hast mich glücklich gemacht!« So ist das nun mal. Mit dir habe ich die schönste Zeit meines Lebens verbracht. »Und ja, sicher muss man erstmal selber mit sich im Reinen sein, bevor man dieses Glück mit jemand anderem teilen kann. Aber wir konnten das und wir werden es auch wieder können.« Denn wenn ich daran nicht glauben kann, ist alles dahin. Du seufzt tief, dann stößt du dich ab und kommst auf mich zu. An der anderen Bettseite bleibst du stehen, beugst dich runter und stützt deine Hände auf die Matratze.

»Okay, hör mir zu: Es tut mir leid, dass ich dich geschlagen habe. Es wird nicht wieder passieren. Ich habe mich hinreißen lassen, trotzdem hätte es, egal wie wütend ich war, nicht geschehen dürfen. Aber wir beide haben eine Grenze überschritten. Inzwischen habe ich verstanden, dass es nicht mehr wie früher sein wird. Also reißen wir uns einfach zusammen und machen weiter. Schaffst du das?«, sagst du in diesem teilnahmslosen Tonfall, der so gar nicht zu dir passt. Es sind zwar deine Worte, aber es ist, als würde sie ein Fremder aussprechen. Davon abgesehen, will ich mir nicht eingestehen, dass alles so kaputt ist, dass wir es nicht mehr hinbekommen. Denn es würde bedeuten, aufzugeben, und dazu bin ich nicht bereit.

Ich weiß nicht, ob ich jemals wirklich dazu bereit sein werde.

Also atme ich tief durch und drehe mich dir weiter zu. Das goldene Kreuz um deinen Nacken baumelt in der Luft und schimmert immer im einfallenden Tageslicht. Du bist immer noch auf die Matratze gestützt und siehst mich weiterhin so eindringlich an. Langsam hebe ich eine Hand und lege sie an deine stopplige Wange. Es ist gleichzeitig vernichtend und erleichternd, deine Haut unter meinen Fingern zu spüren. Wie lange habe ich das nicht mehr getan? Wahrscheinlich haben wir deswegen unsere Verbindung verloren, weil wir uns nicht mehr berühren – auf so viele Arten. Es dauert drei Sekunden, dann umfasst du sanft mein Handgelenk. Dein Blick verschließt sich noch etwas mehr, bevor du einen kaum fühlbaren Kuss auf meinen Handballen hauchst und meine Finger senkst. Das ist wie ein weiterer Schlag direkt in meinen Magen, und zwar mit voller Wucht.

Du hast mich noch nie abgewiesen und eine Berührung von mir hat dich noch nie kaltgelassen. Ich starre dich entsetzt an und blinzle.

»Ich hab nicht verdient so von dir berührt zu werden«, sagst du heiser und stößt dich ab.

»Stoß mich nicht von dir«, bringe ich bebend hervor. Ich sehe fassungslos zu dir hoch. Alles in mir erkaltet mit dieser Zurückweisung endgültig und bekommt die ersten Risse, die man nicht mehr reparieren kann.

»Fühlt sich nicht schön an, nicht wahr?«, meinst du rau. »Aber ich meine es ernst. Ich habe das nicht verdient, ich will das nicht. Ich will einfach nur, dass wir weitermachen.«

»Und wie stellst du dir das vor? Du berührst mich nicht, ich berühre dich nicht?«, frage ich wie betäubt.

»Alles wie immer«, antwortest du spöttisch.

»Jetzt sei kein Arschloch«, brause ich wieder auf, aber nicht wirklich laut – eher völlig verzweifelt.

»Was willst du denn von mir hören?«, fragst du erschöpft. »Willst du von mir hören, dass alles wie vorher wird? Das wird es nicht. Das war es die letzten zwei Jahre nicht. Wir sind über die frisch verliebte Fluffy-Puffy-Phase hinaus und sie kommt nicht mehr zurück. Das kommt sie nie.«

»Es muss auch nicht wie vorher werden, das wird es auch nicht. Aber was bringt es, wenn wir uns noch weiter distanzieren? Was ist das, Zayden?«, will ich wissen, weil ich es echt nicht verstehe. Was soll das? Sollen wir eins dieser Paare werden, die nach außen so tun, als wäre alles super und perfekt? Als wären wir glücklich, aber hinter den Kulissen haben wir uns nichts mehr zu sagen und jeder lebt sein eigenes Leben? Das will ich nicht und das sind nicht wir.

»Du vertraust mir nicht, und das ist gut so. Ich vertraue mir auch nicht. Und auf der Basis geht es nicht anders, als es so weiterlaufen zu lassen wie jetzt«, erklärst du sachlich.

»Was heißt, du vertraust dir nicht?«, frage ich jetzt wieder alarmiert.

»Ich vertraue mir nicht. Das weißt du doch. Ich bin ein Bastard. Ich tue dir weh, ich tue mir weh, ich tue allen weh, und das wird nicht besser werden, sondern nur noch schimmer. Ich …« Du stockst.

»Du … was?«

»Okay! Ich weiß es nicht! Okay!« Du hebst deine Arme in die Luft. »Tu, was auch immer du tun musst.«

»Du musst kein Bastard sein!«, rufe ich jetzt aus. »Machst du es dir nicht ein bisschen leicht?«

»Zu spät«, speist du aus und deine Augen blitzen.

»Weil du mich geschlagen hast?«, versuche ich jetzt, dir zu folgen.

»Ja. Weil ich dich geschlagen habe.« Du siehst zur Decke und klingst total ausgelaugt.

»Du wirst es nicht wieder tun, das …« Ich atme tief durch, weil ich nicht weiterweiß. Du bist so versteift darauf, sowieso alles falsch zu machen, dass du nicht mal versuchen willst, etwas richtig zu machen. Was soll ich da noch tun? Du musst es von dir aus wollen. Du musst von dir aus kämpfen wollen und dich nicht von vornherein ergeben.

»Hör auf damit«, meinst du nun eindringlicher. »Hör auf, irgendwas in mir zu sehen, was da nicht ist. Ich bin in der Lage, sehr widerliche Dinge zu tun, und das weißt du auch.«

»Du bist in der Lage dazu, aber du tust es nicht«, versuche ich, dir klarzumachen, weil ich weiß, dass du diese

Seite in dir hast. Allerdings hast du die, seitdem wir zusammen sind, nicht an mir ausgelassen. Nie an mir. Und ja, mein Vertrauen zu dir ist extrem angeknackst, aber wir können es wieder reparieren.

Deine Augen funkeln wütend. »Irina!«, rufst du erzürnt. »ICH HABE …« Du stockst, beißt hart die Zähne aufeinander und verkrallst dich mit einer Hand in deinem Haar.

»WAS HAST DU?«, brülle ich zurück.

»NICHTS!«, blaffst du in mein Gesicht. In deinen Augen tobt ein Sturm, während du dir die Stirn massierst. »Ich kann das einfach nicht, okay? Vielleicht … ging das alles zu schnell«, sprichst du leiser weiter. »Vielleicht bin ich all dem nicht gewachsen.« Ich verstehe nicht, wie du jetzt auf einmal an allem zweifeln kannst.

»Aber du warst dem doch gewachsen«, versuche ich, dir klarzumachen, weil du das wirklich warst. Du hattest solche Angst davor, mich zu heiraten. Trotzdem warst du der perfekte Mann. Du hattest solche Angst, als ich mit den Jungs schwanger war. Trotzdem warst du ein Vater, wie man ihn sich nur wünschen kann. Du hattest solche Angst vor der Verantwortung. Trotzdem war es für dich selbstverständlich, sie zu übernehmen.

Also wieso das jetzt alles?

»Nein, war ich nicht.« Du siehst mich ungläubig an und ich dich genauso. Ich frage mich, ob du oder ich eine verdrehte Wahrnehmung habe, oder ob ich das alles falsch empfunden habe. Wir stocken beide und atmen erschöpft aus.

Es ist, als würdest du mit Höchstgeschwindigkeit auf eine Mauer zurasen, aber deine Bremse ist kaputt. Du siehst sie kommen, du kannst nichts machen, du kannst es nicht aufhalten. Der Aufprall wird kommen. Er wird alles vernichten. Wir sind kurz davor, uns zu vernichten. Bis nichts mehr übrig bleibt.

»Doch, du warst dem gewachsen, mehr als das«, sage ich leise und kraftlos. »Wir waren perfekt, das alles war perfekt.« Du lehnst dich wieder an das Fensterbrett und deine Hände klammern sich fest darum.

»Vielleicht bin ich der Perfektion auf Dauer nicht gewachsen«, meinst du rau.

»Du hast mich zusammengehalten, als ich es nicht konnte. Du warst perfekt«, gebe ich zu und denke an all die Momente, die ich ohne dich nicht überstanden hätte. Jedes Mal, wenn du mir die nötige Kraft gegeben hast. Jedes Mal, wenn du mich aus der Dunkelheit gezogen hast.

»Das ist ja der Punkt. Ich bin nicht perfekt. Ich bin zerstörerisch. Eine Weile kann ich es zurückhalten, aber irgendwann kommt es immer wieder zurück. Ich werde dich als Nächstes zerstören. Also … denk darüber nach, was du jetzt tun willst.«

»Was soll ich deiner Meinung nach denn tun? Soll ich gehen?«, frage ich, weil sich das wie ein Ultimatum anhört und dieses Thema eigentlich nie zwischen uns zur Sprache kam.

»*Willst* du gehen?«, hakst du mit einem Mal angepisst nach und siehst zu mir.

»Nein!«, antworte ich sofort defensiv. Wieder protestiert diese Stimme in mir, die mir rät, genau das zu tun, und zwar schnell, solange ich noch kann und so lange noch was von mir übrig ist. Du nickst, als hättest du es geahnt, wirkst aber nicht sehr zufrieden mit allem.

»Okay, dann machen wir weiter.« Ich bin immer noch beim vorherigen Punkt hängen geblieben.

»Willst du, dass ich gehe?«, erkundige ich mich jetzt, weil es sich so anfühlt.

»Ich will nicht, dass du kaputtgehst«, erwiderst du nachdrücklich.

»Also schickst du mich lieber weg … anstatt …«

»Oh nein, ich schicke dich sicher nicht weg«, unterbrichst du mich hart. »Entweder gehst du von dir aus oder du gehst gar nicht. Ich bin nicht so nobel, dich um deinetwillen wegzuschicken. Ich bin nicht Sergio.« Ich bin total vor den Kopf gestoßen.

»Ich will auch nicht gehen. Wir sind verheiratet.«

»Schön. Das ist ja ein guter Grund, um zusammenzubleiben«, blaffst du nun spöttisch.

»Ich liebe dich«, rufe ich aus, weil das klar ist.

»Ich liebe dich auch«, meinst du, als wäre es das wirklich. »Das macht es aber nicht besser.« Ich reibe mir über die Stirn, die langsam anfängt, zu pochen. Wieso bist du so kompliziert? Deine Gedanken sind so wirr und schnell, dass ich dir gar nicht folgen kann. So warst du ewig nicht mehr. Ganz im Gegenteil. Du warst in den letzten Jahren wie dein Onkel. Immer sortiert, immer geordnet. Meistens habe ich gewusst, was in dir vorgeht. Wir hatten keine Geheimnisse und waren größtenteils einer Meinung. Aber jetzt verstehe ich gar nichts mehr. Ehrlich. Es ist, als würde mir ein wichtiges Puzzleteil fehlen, um das große Ganze zu erkennen. Ich atme nochmal tief aus und versuche, wenigstens meinen Kopf etwas zu klären.

»Hör mir zu. Ich weiß, dass ich mich abgekapselt habe. Ich weiß, dass ich dich vernachlässigt habe und das, was wir haben. Aber ich kann daran arbeiten, wir können an uns arbeiten. Wir können das schaffen«, lenke ich ein. Du betrachtest mich ein paar Sekunden. Dein Blick ist immer noch ausdruckslos. Dann hebst du träge einen Mundwinkel.

»Okay.« Aber es fühlt sich nicht so an, als würdest du auch nur im Geringsten daran glauben. Oder als wäre irgendwas okay. Du atmest tief durch, nimmst dir wieder eine Zigarette und öffnest das Fenster, bevor du mir den Rücken zudrehst und sie dir anzündest.

Ich betrachte dich ein paar Sekunden. Mehr denn je kommt es mir vor, als würde ich einen Fremden ansehen. »Okay«, sage auch ich und klinge leer. An deinen Schultern erkenne ich, dass du wieder durchatmest.

Ich beobachte dich und rege mich nicht, bis du deine Zigarette aufgeraucht hast und das Fenster wieder schließt. Dann drehst du dich zu mir um.

»Ich lege mich ein paar Stunden hin«, sagst du und ich nicke mechanisch.

»Tu das.« Wir sehen uns noch ein paar Sekunden an. Mein Magen ist so dermaßen verkrampft, dass es fast weh tut. Was passiert hier, Zayden?

Noch nie warst du weiter entfernt.

Dann ziehst du deinen Pullover aus, schmeißt ihn über den Sessel, schlägst deine Decke zurück und legst dich hin. Früher hätte ich mich sofort an dich geschmiegt. Jetzt nicht. Ich fühle mich, als hätte ich kein Recht darauf, und ich werde es auch nicht riskieren, nochmal von dir abgewiesen zu werden. Damit könnte ich jetzt nicht umgehen. Du greifst nach deinem Handy und schiebst es unter dein Kissen. Dann schließt du auf dem Rücken liegend deine Augen. Ich betrachte dich noch kurz, während sich die Eisschollen, die während unseres Gespräches nicht geschmolzen sind, mit ihren scharfen Kanten durch meinen Magen schieben und dort alles aufzureißen scheinen. Ich fühle mich so machtlos, so hilflos. Keiner, und ist er noch so sehr für mich da, kann mir jetzt helfen. Nicht mal ich selbst, weil alles irgendwie an dir hängt. Ich fühle mich von dir so allein gelassen. So verloren.

»Versprich mir, dass du es mir sagst, wenn es eine andere gibt«, murmle ich noch.

Du antwortest nicht.

Aber ich weiß, dass du noch nicht schläfst.

Du drehst dich auf den Bauch und schiebst einen Arm unter das Kissen.

»Weck mich in zwei Stunden«, erwiderst du stattdessen. Mir wird noch etwas kälter und das Eis in mir reißt noch mehr auf.

»Zayden?«, frage ich, während mir wirklich kotzübel wird. Du öffnest die Augen nochmal träge und siehst zu mir hoch.

»Würdest du es denn wissen wollen, Irina?« Was passiert hier? Betrügst du mich?

»Ja!«, sage ich nachdrücklich, weil ich dann wenigstens ansatzweise verstehen würde, was hier los ist, und darauf reagieren könnte.

»Okay.« In diesem Moment gewinnt diese zweite Stimme in mir die Überhand. In diesem Moment wird mir klar, dass wir noch viel kaputter sind, als ich dachte. Dass wir in Einzelteile zersplittert sind und es keine Rettung für uns gibt, weil du uns schon aufgegeben hast.

Jetzt muss ich das nur noch irgendwie akzeptieren.

»Okay«, wispere ich und stehe auf. Meine Knie sind weich und zittrig. Alles in mir bebt, obwohl ich eigentlich immer dachte, ich wäre so bodenständig und standhaft. Eine starke Frau. Von wegen.

Ich verlasse leise das Zimmer wie auf Autopilot, gehe durch den Flur, schlüpfe unten in meine Schuhe und mache mich auf den Weg, rüber in das Haus deiner Eltern. Das alles passiert, als wäre ich ein Roboter. Ohne etwas zu empfinden.

Ich atme nicht mal tief durch, bevor ich dort eintrete und die Treppe in den zweiten Stock nehme. Jeder einzelne Schritt fühlt sich an, als hätte ich Gewichte an den Beinen, genau wie an den Schultern, die nach vorn gesackt sind.

Mechanisch klopfe ich bei deinem Onkel an der weißen Bürotür und warte sein »Japp« ab. Und dann, Zayden, besiegle ich unser Anfang vom Ende, indem ich zu ihm sage: »Kannst du für mich seine Telefonate abhören? Ich glaube, er betrügt mich.«

44. Das wird schon, Babygirl

XX

Zayden

Ich schlafe natürlich nicht, Irina. Genauso wenig wie in den letzten zwei Tagen. Mein Körper ist müde, aber mein Kopf ist hellwach. Ich versuche gar nicht erst, die Augen zu schließen und abzudriften, weil es nicht funktionieren würde.

Sobald du das Haus hörbar verlassen hast, stehe ich wieder auf und streife mir den Pullover über. Draußen wird es langsam dunkel, weshalb ich das Licht anmache und den Vorhang zuziehe. Ich brauche ein paar Stunden für mich.

Ich brauche ein paar Stunden, um das Chaos in meinem Kopf zu sortieren, obwohl ich nicht glaube, dass es klappen wird. Aber ich greife trotzdem nach meinem Handy, während ich das Schlafzimmer verlasse und den Gang runtergehe, bevor ich die Stufen ins Erdgeschoss nehme. Wegen der Bewegungssensoren leuchten die Spots im Flur auf. In der

Küche schalte ich den Kaffeeautomaten ein, weil ich einen Espresso brauche. Während ich eine Tasse aus dem weißen Schrank darüber nehme und das Restwasser aus dem Automaten rinnt, sehe ich nach draußen in den beleuchteten Garten. Dicke Schneeflocken rieseln vom Himmel, sodass alles, was am Vormittag anscheinend weggeschippt wurde, von frischem Schnee bedeckt ist. Der See ist schwarz und Eisschollen treiben darauf. Auf der anderen Seite ist Donovan de Lucas Haus klar zu erkennen, wie immer. Alle Lichter brennen. Sogar die Auffahrt ist beleuchtet.

Ich drücke gleich zweimal den Espressoknopf und die Bohnen werden laut gemahlen, was in meinem Kopf nachdröhnt. Ich habe jetzt schon ein paar Tage nichts von Sergio gehört. Wahrscheinlich hält sein Vater ihn auf Trab, wie damals, damit er möglichst wenig Kontakt zu seiner Familie hat. Das tut mir für meinen Bruder leid, kommt mir aber gerade recht. Er hat so eine Art, direkt in mich hineinzusehen. Bei vielen ertrage ich die Enttäuschung und Abfälligkeit in ihren Blicken, selbst bei meinem Vater. Nur nicht bei Sergio. Ich weiß genau, wie er mich anschauen würde, wenn er irgendwas von dem wüsste, was hier gerade passiert. Immer, wenn er die Fährte aufnimmt, lenkt ihn allerdings was anderes ab. Und das ist gut. Zurzeit ist es gut.

Der Espresso rinnt in meine Tasse und ich lasse meinen Blick schweifen, während der Kaffeegeruch die Küche flutet und ich mit den Fingern auf dem schwarzen, polierten Tresen trommle. Auch das Haus meiner Eltern ist hell erleuchtet. Man kann nicht in Onkel Cadens Büro schauen, weil die gläserne Dachfront zugeschneit ist. Die Vorhänge im

Salon sind zugezogen, nur in der Küche huschen immer wieder Schatten vorbei.

Ich greife nach dem Zucker, ohne hinzusehen, und schütte etwas davon in meine Tasse. Du bist jetzt da drüben. Da drüben in dem Haus, in dem all die Menschen sind, die mir diese Blicke zuwerfen. Es ist so leicht, jemanden zu verurteilen, wenn man nicht selbst diesen Weg gegangen ist. Nicht wahr?

Ich ziehe die breite Schublade vor mir auf und nehme einen kleinen Löffel heraus, bevor ich in meiner Tasse rühre und mich dann mit dem Steißbein an die Anrichte lehne. Ich schaue hoch zu den Laternen, vor denen dicke Flocken fast hypnotisch zu Boden rieseln, während der Himmel immer dunkler wird.

Ich habe mich noch nie so weit von mir selbst distanziert. Es ist fast, als wüsste ich nicht, was ich empfinde. Mein Herz ist zu Eis erstarrt und jegliches warme Gefühl scheint aus mir herausgesaugt worden zu sein. Herausgesaugt wie das Gift einer Schlange nach ihrem Biss.

Ich trinke einen Schluck und lasse den Kopf nach hinten fallen, schließe meine Augen. Sofort blitzen wieder die Bilder der letzten zwei Tage auf. Irgendwann, nachdem ich dich geschlagen habe, hat sich etwas in mir abgeschaltet, abgekapselt. Ich habe mich damit abgefunden, dass es nie wieder gut wird. Dass wir kaputt sind. Und dass ich jetzt, da ich einmal Scheiße gebaut habe, es immer wieder tun werde. Das ist es, was passiert ist, und jetzt beginnt es wieder. Wenn wir ehrlich sind, war es doch nur eine Frage der Zeit, Irina, oder? Denn Menschen ändern sich nicht wirklich. Sie geben vor, sich geändert zu haben, aber der

Kern bleibt immer derselbe. Ob er nun rein oder pechschwarz ist.

Unter normalen Umständen hätte Selina alles versuchen können, um mich einzuwickeln, es wäre an mir abgeprallt. Weil ich dich liebe, und das ist keine Lüge. Aber, ich gebe es ja zu, sie hatte ein leichtes Spiel mit mir. Ich weiß ganz genau, was sie tut. Ich weiß ganz genau, wie süchtig sie nach mir ist und wie sehr sie es liebt, wenn ich es auch nach ihr bin. Ich liebe sie nicht. Wahrscheinlich habe ich das auch nie. Ich habe keine Ahnung, ob sie sich geändert hat. Dafür müsste ich mich eingehender mit ihr beschäftigen, doch ich habe kein Interesse daran, mehr als nötig mit ihr zu tun zu haben. Mehr als das, was ich bereits mit ihr getan habe. Zumindest hat sie während eures Telefonates, als ich unter der Dusche stand, nichts davon erwähnt, dass wir häufiger in Kontakt stehen. Sie hat mich nicht verraten. Sie hat mir beteuert, nichts damit zu tun zu haben, was zwischen dir und Victor war. Ich weiß nicht, ob sie die Wahrheit sagt. Sie macht zumindest den Eindruck, allerdings bin ich zurzeit nicht in Stimmung, irgendwas genauer zu analysieren.

Sie sagt so viel. Sie flüstert so viel. So vieles in meinen Kopf. Aber ich weiß trotzdem, dass du es für mich bist. Dass ich dich liebe. Dass ich uns zerstört habe, jetzt endgültig. Das, was wir beide schon seit Jahren langsam und qualvoll kaputt machen, habe ich jetzt endgültig ruiniert.

Du saßt verwirrt vor mir und hast versucht, noch an irgendwas Gutes zu glauben. Eine Seite von mir will dir sagen, was ich getan habe, dir die Wahl lassen, ob du damit leben kannst oder nicht. Ob du gehen willst oder nicht. Ob du mich verlassen und die Jungs mitnehmen willst oder nicht. Die andere Seite will es dir verschweigen, es abtun, als wäre es nie passiert, und einfach weitermachen. Sie ist momentan auch viel stärker. Vielleicht kann ich dich belügen, aber nicht mich selbst. Ich weiß genau, dass ich dich hintergangen habe. Ich weiß genau, wie sehr es dich zerreißen wird, wenn du das irgendwann rausfinden solltest. Ich weiß genau, wie sehr ich unsere Beziehung und alles, was wir haben, mit Füßen getreten habe. Ich weiß das alles. Und doch könnte ich nicht ertragen, dich gehen zu lassen. Ich brauche dich hier und ich brauche, was auch immer du mir gibst. Ob es nun Hass, Wut oder Liebe in deinen Augen ist. Du bist mein Zuhause. Deshalb darfst du mich nicht verlassen. Und ja, mir ist klar, wie anmaßend das ist. Ich habe ja gesagt, dass der Kern eines Menschen sich nicht ändert.

Ich bin egoistisch. Ich bin ein Bastard. Und du denkst, ich würde den leichten Weg wählen, indem ich, statt zu kämpfen, mich dieser Seite in mir ergebe. Aber du hast auch keine Ahnung, was ich getan habe. Du weißt nicht, wie mächtig diese Seite wieder in mir ist. Wie sehr sie mich vereinnahmt. Und wie wenig von dem guten Jungen übrig ist, der dir über all das hinweggeholfen und dich damals aufgefangen hat. Du hast das aus mir gemacht. Und ich habe alles aus dir herausgesaugt, weil ich es liebe, was du aus mir machst. Jetzt kannst du allerdings auch nicht mehr für mich da sein, weil ich alles genommen habe, was von dir noch da war. Dein Strahlen, dein Lächeln, das Leuchten in deinen Augen. Du bist abgefuckt, Irina. Wegen mir. Da ist irgendwann schleichend etwas falsch gelaufen.

Aber jetzt ist es so. Und ich liebe dich. Der Rest ist unwichtig.

Ich trinke noch einen Schluck Espresso, womit ich die Tasse leere. Dann wende ich mich um und stelle sie in die Maschine unter der Spüle. Ich ziehe mein Handy aus der Hosentasche. Das hier lässt sich nicht weiter hinausschieben. Ich weiß, dass ich es tun muss. Also entsperre ich mein Handy und rufe Selina an, die ich unter Dominic gespeichert habe. Ich könnte ihr auch einfach schreiben und das Unangenehme umgehen, aber dann würdest du sehen, dass ich online bin, anstatt zu schlafen, und diese Scheiße von vorhin würde höchstwahrscheinlich weitergehen.

Ja, es war Scheiße, Irina. Denn wie willst du mit mir über alles reden, wenn du gar nicht alles weißt? Du warst so verwirrt und verzweifelt. Hattest das Bedürfnis, mich zu verstehen. Tja, das kannst du nicht, Babygirl. Dafür müsste ich ehrlich sein. Aber dann verliere ich dich. Also ist das keine Option und du wirst noch etwas länger verwirrt sein.

Ich halte mir das Handy ans Ohr und es klackt in der Leitung, bevor es klingelt. Während ich warte, dass Selina abnimmt, schlendere ich zurück durch den Gang und aus der Hintertür auf die Terrasse, die vom Haus wegzeigt. Es ist eiskalt. Ich fege den frischen Schnee vom Tisch, worunter noch eine Schachtel Zigaretten vergraben liegt und fische mir eine heraus. Sie ist ein wenig klamm, aber das macht nichts.

Ich schiebe sie zwischen meine Lippen und zünde sie an. Tief ziehe ich. Es klingelt jetzt schon zum sechsten Mal. Wahrscheinlich muss sie erstmal von ihrem Mann wegkommen. »Ja?«, geht sie dann etwas gehetzt ran.

»Ich bin's«, erwidere ich und denke an ihren Anruf von vorhin. Ich habe ihr gesagt, dass sie das nicht tun soll, wenn sie weiß, dass ich zu Hause bin. In dem Moment standest du vor mir und wolltest unbedingt, dass ich rangehe. Verlierst du jetzt deinen Verstand, Irina? Ich glaube, ich habe meinen auch verloren.

»Ja, es ist Leticia!«, ruft Selina wahrscheinlich an ihren Macker gewandt.

»Beeil dich.« Sancho Esteban klingt echt genervt, doch es juckt mich nicht, dass sie bei einem anderen Mann ist. Das ist fast wie damals, als Aarik sie vor meinen Augen gefickt hat. Es war einfach so. Ich habe es nicht weiter hinterfragt.

Ich ziehe wieder und stoße den Rauch in die kalte Luft, sodass sich eine dichte Wolke bildet, die über meinen Kopf hinwegzieht.

»Ich wollte dir nur Bescheid sagen«, meint Selina dann leise. »Dass wir auch zu der Veranstaltung in der Stadthalle eingeladen sind.« Natürlich sind sie das, denn sie sind ja Donovans Gäste. Sie findet zu Donovans Ehren statt, weil der König der Stadt noch lebt und zurückgekehrt ist. Vom Bürgermeister höchstpersönlich initiiert. Dieser Arschkriecher. Ich muss unbedingt zu Donovan und mit ihm sprechen. Am besten rufe ich ihn gleich mal an, um rauszufinden, wann ich ihn allein erwischen kann.

»A ja«, kommentiere ich trocken und ziehe nochmal. »Du wirst dich von ihr fernhalten«, mahne ich sofort, weil ich nicht will, dass Selina dir zu nahe kommt. Du hast mir genug erzählt. Ich weiß, wie sie zu dir war. Okay, wir waren damals noch jünger und alle etwas wild und naiv, aber trotzdem traue ich ihr nicht über den Weg. Ich will nicht, dass sie dir irgendwas erzählt, stichelt oder sonst was.

»Sicher«, meint Selina beruhigend und ich ziehe wieder.

»Gut, ich …« Ich stocke. Irgendwie habe ich das Bedürfnis, über das zu sprechen, was in diesem XX passiert ist. Einmal und dann nie wieder. Als hätte es nicht stattgefunden. Selina wird zurück nach Spanien gehen und das war's dann. »Wegen dieser Sache im Club …« Die Bilder zucken durch meinen Kopf. Genauso, wie sie es die letzten beiden Tage schon tun. Ich war so viel unterwegs, ich bin so weit gefahren, habe so viel getrunken und gekokst, aber nichts hat die Bilder davon vertrieben, was ich dir angetan habe. Auch, wenn ich abgebrochen habe und nicht gekommen bin, Betrug war es trotzdem.

Jetzt bin ich leer.

»Es war nur Sex und es wird nicht wieder passieren, okay?«, meine ich nun und ziehe wieder tief, bevor ich den Rauch in den Himmel stoße.

»Was?«, fragt sie zittrig.

»Selina. Das war doch klar. Ich habe dir gesagt, dass ich sie nicht verlassen werde und sie liebe.«

»Das tust du nicht!«, beharrt sie wieder und ich streiche erschöpft über mein Gesicht.

»Ich war durcheinander, ich war zugekokst, du warst heiß, du warst da. Und das war's. Ruf mich nicht mehr an, schon gar nicht, wenn ich zu Hause bei ihr bin«, erwidere ich.

»Zayden!«, knurrt sie jetzt und ich hebe eine Braue.

»Ja?«

Ich höre, wie sie gepresst durchatmet, und lasse meine Schultern rollen. Sie sagt, dass sie mich liebt. Sie sagt, dass sie mich will. Sie sagt, dass sie mich braucht. All das hat sie mir immer wieder zugeflüstert. Aber ich kann nicht. Sie ist nicht die Richtige und ich liebe sie nicht.

»Jetzt sei nicht dumm«, flüstert sie rau.

»Ich bin nicht dumm, Selina. Ich bin gerade sehr klar.« Ich ziehe noch einmal, bevor ich die Zigarette in den Aschenbecher drücke, wo sie durch den Schnee und die Nässe zischend erlischt. Dann gehe ich wieder ins Haus. Meine Haut prickelt, als die Wärme auf meine Wangen trifft. »Hör zu, ich hatte einen echt üblen Streit mit ihr, sonst hätte ich das nicht gemacht. Ich will dich nicht verletzen, aber es wird nicht mehr geben als das im Club. Belassen wir es einfach dabei, okay?«

»NEIN!«, ruft sie aus, dann flüstert sie kaum hörbar: »Du gehörst mir.«

Ich schreite währenddessen durch den Gang wieder die Treppe nach oben.

»Alles okay?«, fragt Sancho Esteban im Hintergrund und ich runzle meine Stirn.

»Ja, sicher, ich komme gleich«, antwortet Selina sanft und ich verdrehe leicht die Augen. Was für eine Freakshow.

Im Durchgang zu unserem Schlafzimmer bleibe ich stehen und lehne mich mit der Schulter in den Rahmen. Mein Blick fällt auf unser Hochzeitsbild gegenüber und wie du da gestrahlt hast. Aber vielleicht ist es so, Irina. Manche Menschen sind einfach nicht für das Licht gemacht. Nicht auf Dauer.

»Ich muss jetzt aufhören. Wir reden noch«, murmelt sie.

»Selina«, knurre ich eindringlich. »Auf der Feier hältst du dich von meiner Frau fern und von mir auch. Verstanden?«

»Ja … verstanden«, murmelt sie unzufrieden. Ich seufze tief und fühle mich nicht mal im Geringsten schlecht.

»Okay. Bis dann.«

»Bis dann.« Die Leitung klackt und das Freizeichen ertönt. Ich schließe kurz meine schweren Lider, während ich das Handy von meinem Ohr nehme und tief durchatme. Okay. Das war's. Du und ich, wir werden vielleicht nie wieder, was wir waren. Aber sie und ich werden auch nicht mehr als das, was wir bei diesem einen Mal miteinander hatten. Das war nur eine wilde Fickerei, sonst nichts. Und ich bin nicht mal gekommen.

Ich nicke für mich selbst, dann öffne ich die Augen und beschließe, sofort Donovan anzurufen.

Also scrolle ich zu seiner Nummer, bevor ich mir das Gerät wieder ans Ohr halte und das Zimmer betrete. Ich hasse diesen Bastard nach wie vor. Jetzt sogar noch etwas mehr, seit er unseren Deal gebrochen hat. Trotzdem muss ich mit ihm sprechen.

Ich schließe gerade leise die Tür, als Donovan nach dem fünften Klingeln mit einem gelassenen »Ja« abnimmt. Es ist ungewohnt, dass er wieder da ist und nicht Sergio unter dieser Nummer zu erreichen ist.

»Ich bin's«, meine ich knapp.

»Ich habe schon auf deinen Anruf oder dein Auftauchen gewartet. Wie schade, dass du nicht persönlich gekommen bist.« Die letzten eineinhalb Wochen, seit seinem Auftauchen, habe ich es nicht geschafft. Außerdem war Sergio immer in der Nähe.

»Ist Sergio bei dir?«, frage ich genervt seufzend.

»Natürlich nicht«, antwortet er beschwingt. Ich hasse es, dass dieser Bastard so gute Laune hat. »Wie kann ich dir helfen?«

»Ich komme vorbei, wir müssen uns unterhalten. Halbe Stunde«, sage ich.

»Schön. Bring deine Mutter mit.«

Du kleiner Hurensohn, denke ich kopfschüttelnd. »Kann ich machen, aber meine Mutter hat kein Interesse an dir. Bis später.«

Er seufzt. »Wenn du das sagst. Bis dann!«

Trottel.

Ich hasse ihn.

Aber manchmal muss man sich eben auch mit Menschen abgeben, die man hasst.

Das weißt du ja mittlerweile am besten, nicht wahr, Irina?

* * *

Ich habe mich umgezogen und gehe gerade durch den beleuchteten Garten. Meine Boots versinken im Schnee. Dann erklimme ich die drei Stufen zur Terrasse und öffne die Tür, die in den Salon führt. Eine Hand ist in meiner Jackentasche vergraben. Ich habe mich immer noch nicht rasiert und mir ist auch nicht danach.

Du sitzt auf der Couch, hast dein Handy in der Hand und siehst ins Feuer. Ich lehne mich gegen die Tür, weswegen sie zuklackt, und mustere dich ein paar Sekunden. Du bemerkst mich gar nicht. Stellst du dir jetzt vor, wie ich eine andere ficke? Das musst du nicht, das wird nicht wieder passieren. Der Schein der Flammen tanzt über dein schönes

Gesicht. Deine Haare sind wirr, weil du vorhin einfach zu mir unter die Dusche gekommen bist. Du hast dein Knie angezogen und dein Kinn darauf gebettet. Fuck, Baby, ich liebe dich.

»Ich muss nochmal weg«, unterbreche ich deine Gedanken und du zuckst zurück.

Deine dunkelgrünen Augen gleiten zu mir und ich sehe mit schief gelegtem Kopf zu dir. »Zu Dominic?«, fragst du und deine Stimme klingt so leer. Das habe ich dir angetan, Irina. Das haben wir uns angetan.

Ich seufze leise. »Nein, zu …« Ich lasse meinen Blick Richtung Foyer schweifen. Es darf natürlich keiner hier wissen, dass ich zu Donovan gehe, denn nur mein Onkel weiß, dass ich auf ihn geschossen habe. Sie würden nur fragen, was ich bei ihm will.

Ich sehe wieder zu dir. »Nicht zu Dominic.« Wahrscheinlich ahnst du schon, dass Dominic nicht wirklich Dominic ist.

Kurz tritt wieder diese Verwirrung in deine Augen und ich halte deinen Blick. Jetzt denkst du, dass ich zu einer anderen gehe. Du weißt noch nicht mal, dass Selina in der Stadt ist. Aber zu ihr will ich gerade nicht. Ein paar Sekunden siehst du mich forschend an. Ich hasse es, dich so zu verunsichern. Dann seufzt du. »Okay.«

»Ich bin in einer Stunde wieder da«, sage ich noch, und stoße mich ab.

»Vielleicht schaffst du es ja zum Essen.« Du blickst schon wieder in die Flammen, während ich die Sofaecke umrunde. Oh Baby, ich habe dich genauso ausgesaugt, wie sie mich.

»Vielleicht«, antworte ich und schiebe nun beide Hände in die Jackentaschen.

»Okay«, murmelst du nochmal abwesend und ich setze mich in Bewegung. Normalerweise würde ich dich hier nicht so zurücklassen. Aber ich bin viel zu weit von mir selbst entfernt, um noch irgendwie darauf zu reagieren. Mich mit dem auseinanderzusetzen, was gerade in dir vorgeht, würde bedeuten, mich mit dem auseinandersetzen zu müssen, was in mir gerade vorgeht. Und das kann ich nicht, Irina.

Ich durchquere den Salon und betrete das Foyer.

»Zayden«, höre ich meinen Onkel von der Treppe aus, gerade, als ich das Haus verlassen will. Ich habe mit ihm nicht mehr gesprochen seit unserem Telefonat, kurz, nachdem ich Selina gefickt habe. Scheiße, Irina, ich habe Selina gefickt. Und ich wünschte, ich könnte es rückgängig machen.

Ich drehe den Kopf über die Schulter, meine Hand liegt auf der Türklinke.

Er steht am obersten Treppenabsatz, sein Gesicht ist ausdruckslos und seine Finger trommeln auf das Geländer. »Komm kurz hoch.«

Tief seufze ich und werfe einen Blick auf meine Uhr. Aber dann wende ich mich schließlich um und gehe die Stufen hinauf, folge ihm hoch in sein Büro. Die Tür steht offen, ein Lichtstrahl fällt in den Gang. Ich betrete das Zimmer und sehe mich um. Rosalie sitzt mit ihrem Laptop auf der Sofaecke und hat die Beine auf den Tisch gestreckt.

»Lass uns kurz alleine«, sagt mein Onkel zu ihr, weshalb ich von der Tür wegtrete. Sie schaut fragend zu mir hoch.

Seitdem ich zu Hause bin, haben wir uns noch nicht gesehen.

»Oh scheiße, Zayden«, bemerkt sie, als sie mein Erscheinungsbild genauer betrachtet.

Ich lasse das unkommentiert.

»Okay, wir reden, ob du willst oder nicht«, stellt sie fest und ich hebe unbeeindruckt die Augenbrauen. Es ist mir egal, wer mit mir reden will. Diesmal wirklich. Es ist sowieso schon zu spät für alles, Irina.

Rosalie steht auf und schiebt sich an uns vorbei, bevor sie leise das Büro verlässt und die Tür hinter sich schließt.

Mein Onkel lehnt sich mit dem Steißbein an seinen Schreibtisch, die Hände links und rechts von sich abgestützt. Ich stehe immer noch neben der Tür, die Hände in den Jackentaschen. »Okay. Kurz und knapp. Irina ahnt, dass du sie betrügst. Sie war hier und wollte, dass ich dich abhöre. Habe ich getan. Ich hab dein Telefonat mit dieser *Person* gehört.« Er meint wohl Selina. Du warst also bei meinem Onkel, Irina, damit er mich abhört. Ich kann es dir nicht verübeln. Jetzt ist die Katze aus dem Sack. Überrascht mich auch nur mäßig. Er weiß sowieso immer alles. Bei ihm war es nur eine Frage der Zeit.

»Du stürzt mich in einen wahren Gewissenskonflikt«, stellt er beinahe fasziniert fest. »Also dürfte ich erfahren, was du jetzt gedenkst, zu tun?«

»Du hast es doch gehört«, meine ich ungerührt. Immerhin hat er ja gerade gesagt, dass er das Telefonat zwischen Selina und mir mitbekommen hat.

»Also willst du dich von ihr fernhalten?«, fragt er forschend.

»Japp«, antworte ich mit rauer Stimme.

»Eine Frau wie sie wird das nicht zulassen.« Da könnte er recht haben. »Du hast ihr zu viele Karten zugespielt. Aber ich werde Irina vorerst nichts sagen. Das ist eine Sache zwischen euch, wo meine persönliche Meinung keine Rolle spielt. Ich werde es Irina auch so mitteilen.«

»Danke«, erwidere ich tonlos. Onkel Caden ist immer so rational. Ganz anders als mein Vater, der mich gerade hasst, weil er was ahnt. Er hat mir eine verpasst, Irina. Kannst du dir das vorstellen? Ich habe es gar nicht gespürt, obwohl es echt fest war. Um das zu spüren, müsste ich Zugang zu mir haben und weniger Restdrogen im Blut. »Ich kläre das schon mit ihr. Es war einmalig. Es wird auf jeden Fall nicht wieder passieren.«

»Ich wünsche es mir für euch«, sagt er und ich atme tief durch. »Wenn der Moment kommt, in dem du dich nicht mehr abkapseln kannst, weißt du ja, wo du mich findest.« Er weiß natürlich genau, was ich hier mache. Immerhin ist er der Meister darin, sich von sich abzukapseln. Er hat es sozusagen erfunden.

Ich nicke. Mir ist klar, dass es nicht auf Dauer gelingen kann, aber ich stelle mir einfach vor, dass zu diesem Zeitpunkt sich die Wogen geglättet und das Gröbste vorbei sein wird. Und dann wirst du da sein, Irina, und alles wird fucking gut. Nicht wahr?

»Dann viel Spaß bei Donovan de Luca.« Auch das hat er natürlich gehört.

»Danke«, seufze ich und nehme eine Hand aus der Jackentasche. »Bis später.«

»Zayden«, sagt er, als ich mich abwende. Ich schaue nochmal über die Schulter. »Pass nur auf, dass sie uns diesmal nicht alle mit in den Abgrund zieht. Weil ich sie sonst eigenhändig umbringen werde.«

»So weit wird es nicht kommen«, antworte ich glatt, weil ich Selina erschieße, bevor sie meine Familie nochmal angreift.

Er atmet tief durch, und durch seine Augen zuckt was, was ich nicht greifen kann. »Okay«, meint er etwas heiser.

»Okay«, wiederhole ich, öffne die Tür und ziehe mich zurück. Ich höre noch seinen leisen Fluch, bevor ich das Holz zuklacken lasse und einfach gehe. Ohne weiter darüber nachzudenken oder mich hineinzusteigern. Ich nehme die Treppe nach unten, durchquere das Foyer, schaue nicht mehr bei dir rein, und trete dann in die Eiseskälte.

Ist schon okay, Irina. Hauptsache wir haben uns, nicht wahr?

45. Eine kleine Geschichte, Irina

XX

Zayden

Weshalb Engel am Rand von Donovan de Lucas Brunnen vor der Tür sitzen, verstehe ich nicht. Dieses Haus ist voller Dämonen und der Teufel persönlich ist zurückgekehrt, um alles noch ein bisschen mehr zu verpesten. Aber wer bin ich, Irina, um über Recht und Unrecht zu urteilen. Was unterscheidet mich von Donovan de Luca?

Vor ein paar Jahren hätte ich dir endlos viele Unterschiede auflisten können. Ich hätte dir gesagt, dass ich noch ein Herz habe. Dass ich niemals gegen meine Familie agieren würde. Ich hätte gesagt, dass ich in erster Linie nicht an mich denke, sondern an meine Kinder. Ich hätte dir gesagt, dass ich treu bin und loyal. Ehrlich.

Und dass Donovan de Luca all das nicht ist.

Aber hier ist die Wahrheit: Wir beide sind gleichermaßen egoistisch, gleichermaßen illoyal jenen gegenüber, die uns lieben. Gleichermaßen ichbezogen. Und wir denken nicht zuerst an unsere Kinder, egal, ob zwanzig Jahre Altersunterschied zwischen uns liegen. Egal, ob er auf der einen und ich auf der anderen Seite des Sees wohne. Uns unterscheidet gar nichts, außer der Nachname und die Machtposition.

Wie sehr würde ich wohl abdrehen, wenn ich auf seinem Stuhl säße? Wie heftig würde diese andere Seite in mir dominieren? Tja, Sergio hat immer die richtige Balance gefunden. Er war auch immer das Licht. Ich nicht. Genauso wenig wie sein Vater.

Ich gehe die breiten Stufen des Anwesens nach oben und die Bodyguards halten mir die schweren Flügeltüren auf, damit ich eintreten kann. Das dunkle Foyer ist hell erleuchtet und vor Donovans Tür steht Giovanni. Er war mit mir einer der wenigen, der wusste, dass Donovan lebt. Ja, ich habe tatsächlich nicht in sein Herz geschossen, obwohl ich es hätte tun können. Weil ich dich hatte, Irina. Wärst du nicht gewesen, du, meine Stimme der Vernunft, hätte ich auch hierbei diese Seite gewinnen lassen. Doch dann wäre er jetzt tot. Wirklich tot. Aber aus irgendeinem Grund hat er mir vertraut, und ich weiß bis heute nicht, wieso.

Giovanni nickt mir zu, was ich erwidere, bevor ich dreimal an Donovans Tür klopfe. »Komm nur rein«, lockt er mich wie der Teufel persönlich. Ich öffne die Tür und schiebe mich in das Büro, in das ich die letzten Jahre so oft kam. Nur saß mir damals mein Bruder gegenüber und war dermaßen beschäftigt, dass er meistens abgelenkt war.

Donovan de Luca ist nicht abgelenkt. Er sitzt zurückgelehnt in seinem dunklen Stuhl und hält einen Kugelschreiber mit dem silberblitzenden XX-Logo zwischen Zeige-und Mittelfinger. Seine dunkelbraunen Haare liegen perfekt, genau wie sein weißer Kaschmirpullover. Dieser Snob.

Er hebt einen Mundwinkel zu einem trägen Lächeln, weil man mir meine Gedanken gerade wohl ansehen kann. Ich mache die drei Schritte zu dem dunklen Schreibtisch, wo ich mir die Jacke abstreife und sie über den Stuhl rechts von mir hänge, bevor ich auf dem anderen Platz nehme und die Ärmel meines schwarzen Pullovers hochschiebe.

»Interessant«, murmelt er und ich runzle meine Stirn.

»Was denn?«

»Das letzte Mal, als du hier warst, hast du den linken Stuhl gewählt«, erinnert er sich und jetzt bin ich echt verwirrt.

»Ja, und?« Muss man immer auf demselben Stuhl sitzen?

»Also haben dich die letzten Ereignisse dazu getrieben, dein Herz abzuschalten und nur mit deinem Kopf zu denken? Weil rechts nämlich die Kopfmenschen sitzen und links diejenigen, die auf ihr Herz hören. Es ist immer sehr interessant zu beobachten, wer welchen Stuhl wählt. Schon als kleiner Junge hast du immer den linken genommen. Du und dein Bruder habt euch beide darauf gesetzt, weil keiner von euch rechts sitzen wollte. Kinder sind eben alle Herzmenschen, bis manche lernen, nicht mehr darauf zu hören.«

Ich lasse mir seine Worte durch den Kopf gehen und rutsche dabei etwas tiefer in meinen Sitz. Sergio und ich haben unsere ersten vier Jahre in diesem Haus verbracht.

Ich erinnere mich nur noch mäßig daran. Dad war damals in New Orleans bei Ramon de Luca und hat dort alles an sich gerissen. Mom war hier bei Donovan de Luca, der auch alles an sich gerissen hat. Ich habe meinen Vater damals fast nie gesehen und frage mich, ob es bei Rayen und Rowan auch so wird.

Wirst du mich verlassen, Irina? Und werden sie mich dann hassen? Sergio hat irgendwann angefangen, seinen Vater zu hassen, auch wenn er zu sehr ein Herzmensch ist, um tatsächlich zu hassen. Da ist immer noch – ich habe es gesehen – diese Hoffnung in seinen Augen, auch, wenn er es nicht zugibt. Diese Hoffnung, dass es diesmal besser wird.

Werden Rayen und Rowan auch irgendwann lernen, nicht mehr auf ihre Herzen zu hören, weil ihnen klar wird, wie beschissen das Leben ist? Denn als Herzmensch hältst du es nicht lange zwischen all diesen Köpfen aus.

Ich seufze und wundere mich nicht darüber, dass Donovan die letzten Ereignisse angesprochen hat. Ich habe dich schließlich in seinem Club betrogen.

»Du weißt es also«, schlussfolgere ich aus all dem.

»Sicher«, meint er trocken und ich nicke langsam.

»Wirst du es meinem Bruder erzählen?« Das ist meine größte Sorge.

Er lässt den Kugelschreiber zwischen seinen Fingern schwingen, sodass die Spitze immer wieder auf die Armlehne des Stuhls tippt. »Ich werde es gar keinem erzählen.«

Ich höre praktisch das WENN heraus und warte.

»Wenn du ein paar Dinge für mich tust.« Natürlich.

»Du hast den Deal gebrochen«, sage ich erstmal, bevor er weitersprechen kann. »Wieso bist du zurück? Du wolltest dich fernhalten.«

»Ich will nicht, dass mein Sohn sein Leben versaut.«

Ich runzle meine Stirn. »Indem er auf diesem Stuhl sitzt?« Das hätte er sich vorher überlegen sollen.

»Indem er sich an die falsche Frau bindet.« Aaaaa ja. Es geht immer noch um Rosalie und Sergio. Ich schnaube genervt. Hat er es nicht langsam satt, jedem dazwischenzufunken, der auch nur ansatzweise glücklich ist? Das einzig Richtige in diesem Scheißhaufen hier sind mein Bruder und meine Cousine. Aber das wird Donovan de Luca niemals so sehen. Er ist viel zu verblendet. Ich erzähle ihm dann besser nicht, wie oft Sergio sich die letzten Tage zu uns geschlichen hat, während Camillo mit dessen Handy an irgendwelchen kryptischen Orten unterwegs war. Das habe ich mitbekommen, als Rosalie mit dir darüber gesprochen hat. Ich habe die beiden auch schon ein paarmal nachts oder am frühen Morgen gehört, wenn ich hoch zu Onkel Caden wollte. Entweder haben sie geredet oder gevögelt. Sergio nutzt es anscheinend aus, dass Donovan gerade sehr auf Catalina fixiert ist und versucht, ihr Herz für sich zu gewinnen. *Das hat schon bei ihrer Mutter nicht geklappt, Mr. de Luca*. Aber so ist er wenigstens beschäftigt. Eine Beschäftigungstherapie für Donovan de Luca.

»Wie auch immer.« Ich seufze. »Ich hasse es, wenn man sein Wort nicht hält.«

»Das schätze ich an dir«, meint er und ich hebe unbeeindruckt eine Braue.

»Ich habe getan, was du wolltest. Du hast nicht getan, was ich wollte. Wie soll ich dir jetzt noch vertrauen, dass du den Mund bei Irina oder Sergio hältst, was Selina angeht?«

»Du musst es einfach tun, weil dir nichts anderes übrig bleibt«, stellt er fest und ich lege meinen Kopf schief, der seit Ewigkeiten mal wieder einwandfrei funktioniert.

»Was würde es dir denn bringen, wenn du es Irina erzählst?«

»Ein Zerwürfnis der Terekovs und der Rushs wäre sehr ertragreich für mich. Ich bin noch am Überlegen«, meint er.

»Ja, natürlich. Am Ende habe ich getan, was du wolltest, damit du es nicht erzählst, doch es reicht dir nicht, und du scheißt auf mich, indem du es trotzdem erzählst, um einen doppelten Gewinn rauszuholen«, fasse ich träge zusammen. Aber so kenne ich ihn.

Sein Mundwinkel zuckt hoch und seine Augen funkeln. »Gut, Zayden Rush. Dann machen wir es doch so. Ich verrate dir ein Geheimnis von mir, denn ich kenne bereits eins von dir. Sieh es als eine Art Gleichstand.« Das klingt schon besser. Donovan beugt sich vor und verschränkt die Finger auf dem Tisch. Ich bleibe zurückgelehnt, mustere ihn aber interessiert. Er reibt langsam seine Hände aneinander, während er mich auch betrachtet. »Alayna Hastings«, fängt er schließlich an und sein Siegelring blitzt im Licht der Deckenspots. Hastings ist Tante Alaynas Mädchenname. Was will er von ihr? Ich mag es nicht, wenn er von ihr redet.

»Ja?«, frage ich warnend mit erhobenen Brauen.

Er lächelt sanft. »Sie hat eine sehr interessante Geschichte, von der nur sehr wenige Menschen wissen. Es fing alles damit an, dass ihre Mutter Grace in Spanien Urlaub gemacht hat. Ohne Harry Hastings.« Das sind Rosalies und Sophias Großeltern mütterlicherseits. Grace habe ich nie kennengelernt, weil sie verschwunden ist, als Tante Alayna in unserem Alter war, sogar noch etwas jünger. Harry lebt in Kentucky und wir haben ihn alle ein paarmal besucht. Tante Alayna nimmt uns immer alle mit, wenn sie zu ihm fährt, genau wie meine Mom uns, wenn es nach Italien geht. Deshalb sind auch diejenigen miteinander verwachsen, die nicht verwandt sind.

»Wie manche Frauen so sind … natürlich nicht alle, aber einige, wie wir wissen …«, fährt er fort und reißt mich aus den Gedanken. »War Grace nicht sehr treu. Sie hat sich da diesen heißblütigen Spanier angelacht und hatte ein paar verhängnisvolle Nächte mit ihm unter der heißen Sonne Spaniens, betrunken von Sangria und dem Gitarrenspiel.« Donovan de Luca ist mir heute viel zu verspielt. Das ist nie gut, Irina. »Sie wurde schwanger. Von diesem Spanier. Und hat Harry Hastings nichts davon erzählt. Sie bekam dieses kleine Mädchen mit den Rehaugen. Jedoch wusste keiner, wer wirklich ihr Vater war. Alayna ist in dem Glauben aufgewachsen, dass es Harry ist. Doch es ist nicht Harry. Es ist Santos Esteban.«

Mein Mund klappt auf. Ich kann es nicht verhindern. Mit einem Mal wird alles andere völlig blass und unwichtig. Mit einem Mal vergesse ich alles, Irina. Da sind nur noch seine Worte, die ich versuche, zu verstehen.

Moment mal.

Tante Alayna stammt zum Teil von der mächtigsten Mafiafamilie Europas und mitunter der Welt ab? Ihre Mutter hatte eine Affäre mit Santos Esteban? Santos Esteban,

Selinas Schwiegervater und Sanchos Dad? Sancho Esteban ist Tante Alaynas Halbbruder und Rosalies sowie Sophias Onkel? Fuck, was?

Die Gedanken fluten meinen Kopf wie ein Tsunami. Sancho ist der jüngste von den drei Esteban-Brüdern. Tante Alayna ist somit die Älteste der vier. Ich bin fucking geschockt.

Nein, das ist unmöglich.

Tante Alayna ist nicht Santos Tochter.

Wir werden nicht alle brennen.

Das kann nicht sein.

Okay, sie sieht ihrem Dad Harry nicht ähnlich, aber das hat nichts zu sagen. Ich habe auch kaum was von meiner Mom. Das passiert manchmal. Das kann nicht sein. Ich glaube das nicht.

»Genau so, wie es dir jetzt geht, ging es mir damals auch, als ich das kleine Reh in meinem Keller hatte und ein paar Nachforschungen angestellt habe. Aber du kannst mir ruhig glauben, es ist die Wahrheit. Die Geschichte geht auch noch weiter.«

Auch das noch, Irina.

»Santos wollte seine Urlaubsliebe Grace Hastings zurück. Die war aber gar nicht so begeistert davon, als sie rausgefunden hat, wer er ist, und hat versucht, sich vor ihm zu verstecken. So. Süß.« Das kommt äußerst trocken. »Natürlich hat er sie gefunden und sie hat ihm einen Deal vorgeschlagen. Nämlich, dass sie mit ihm geht und seine Frau wird, wenn er ihre gemeinsame Tochter in Ruhe lässt. Familienverpflichtungen und so. Du weißt schon. Santos hat sich darauf eingelassen und Grace einfach mitgenommen.

Die beiden haben zwei weitere Kinder gekriegt. Samuel Esteban, der älteste der drei Esteban-Brüder, stammt allerdings von seiner unter mysteriösen Umständen verstorbenen Exfrau. Sancho und Santiago sind zu hundert Prozent Alayna Rushs Brüder und Rosalie und Sophia Rushs Onkel. Jetzt kommen wir zum eigentlichen Knackpunkt. Kannst du mir so weit noch folgen?«

Das Problem, Irina, ist, dass ich sehr wohl folgen kann, sehr gut sogar. Am liebsten würde ich meinen Kopf wieder abstellen und verwirrt sein, statt die Informationen aufzunehmen und zu speichern.

Fuck. Das kann doch nicht sein.

Ich nicke steif. Alles in mir ist wie erstarrt.

»Santos hat mich vor ein paar Monaten kontaktiert, als ich in Washington war. Er will mit mir Geschäfte machen. Ich denke, er will seine Fühler auch nach seiner verschollenen Familie ausstrecken und nach Chicago kommen, weil er natürlich von den Rushs gehört hat und weiß, dass seine Tochter bei ihnen lebt. Genau, wie seine Enkelinnen. Das Zweite tangiert mich nicht weiter. Aber das Erste gefällt mir nicht. Ich will ihn nicht in Chicago. Aber ich will expandieren.« Ich denke nur noch an die Gefahr, die es für Tante Alayna und meine Cousinen bedeuten würde, wenn dieser Santos in der Nähe wäre. Diese Spanier sind skrupellos und würden sie sich einfach bei der erstbesten Gelegenheit schnappen. Bei der Vorstellung bleibt mir kurz die Luft weg. »Und da kommst du ins Spiel.«

Ich will ihn fragen, was zum Teufel ich tun soll, weil ich alles tun würde, um meine Familie zu beschützen. Aber ich bin nicht in der Lage, auch nur ein Wort rauszubringen. Ich bin völlig starr. Ihn kümmert es vielleicht nicht, wenn die Spanier sich über meine Familie hermachen, aber seinen Sohn schon, denn es ist auch seine Familie. Mit Sicherheit ist es Donovan sogar egal, doch darüber werde ich jetzt nicht mit ihm diskutieren. Ich werde tun, was nötig ist, um sie zu schützen. Allerdings ist es schon seltsam, dass Selina ausgerechnet an die Spanier geraten ist und in die Esteban-Familie reingeheiratet hat. Mittlerweile weiß ich, dass Sergio sie dorthin geschickt hat, doch von der Verbindung zu unserer Familie hat er keine Ahnung. Er kennt Sancho nur wenig, genau wie ich, mehr war da nie. Das wüsste ich.

Donovan öffnet seine Bar, nimmt eine Flasche Whisky sowie ein Glas heraus, und schenkt mir ein, bevor er es mit zwei Fingern zu mir rüberschiebt und ich es sofort umfasse, um einen kräftigen Schluck zu trinken. Ich habe den Schock meines Lebens.

»Ich möchte, dass du das Gleiche bei den Spaniern für mich tust, was dein Vater damals in New Orleans getan hat. Ich möchte, dass du dich dort einschleust. Dass du Kontakte knüpfst. Dass du Beweise sammelst. Dass du Spanien für mich holst.«

Langsam weicht auch das letzte bisschen Farbe aus meinem Gesicht, die Selina übriggelassen hat, und ich kratze mich an der Stirn, während ich ihn mustere. Die Gedanken in meinem Kopf wirbeln durcheinander. Es sind einfach zu viele. Kurz bringe ich etwas Ordnung rein und lasse den Nacken knacken, bevor ich mich etwas aufrichte und mich vorbeuge.

Ich habe da ein paar Fragen.

»Wieso ich?«, ist die erste.

»Du bist der Neffe deines Onkels und der Sohn deines Vaters«, kommt es sofort wie aus der Pistole geschossen. »Du hast Qualitäten, die man bei nur wenigen Männern findet, und ob du es glaubst oder nicht, du bist einer der Wenigen, dessen Wort ich traue, wenn er es mir gibt. Das hast du mir jetzt bewiesen.« *Hätte ich dich doch bloß umgebracht, Donovan de Luca.* »Ich weiß, dass du es schaffen kannst. Dass du skrupellos genug bist. Dass du intelligent genug bist. Dass du keine Angst davor hast, dein Herz auszuschalten, wenn es dir im Weg steht, und deinen Kopf zu nutzen, wenn nötig. Und ich weiß, dass du dich extra bemühen wirst, weil es auch ein persönliches Anliegen für dich ist. So perfekt …«, säuselt er fast ungläubig, weil er seinen Plan wohl liebt.

Ich reibe mir über das Kinn und denke darüber nach, wie schwierig es ist, nur eine Stadt für sich einzunehmen. Ein ganzes Land ist nochmal ein ganz anderes Kaliber. Vor allem bei einer so starken, mächtigen Familie. Das ist gefährlich. Es ist zeitaufwendig und unmöglich, in zwei Wochen zu erledigen. Das wäre unser Genickbruch, Irina. Denn ich wäre für eine lange Zeit in Spanien ... ausgerechnet bei ihr. Weg von euch. Weg von meiner Familie und meinen Kindern. Ohne eine Stimme der Vernunft und verpestet von diesen Leuten.

»Und dafür sagst du keinem, dass ich Selina gevögelt habe. Das ist ein bisschen zu wenig«, stelle ich fest. »Denn wenn ich gehe, wird die Beziehung zwischen Irina und mir sowieso darunter leiden, ob du es verrätst oder nicht.«

»Dafür übergebe ich deine Cousine nicht sofort an die Spanier, um sie endlich los zu sein.«

Ich balle meine Hand auf dem Tisch zur Faust und lasse wieder meinen Nacken knacken. »Keine Chance. Das wirst du nicht tun. Sonst sage ich Sergio, dass es mit deinem Wissen, unter deiner Verantwortung und unter deinem Befehl passiert ist, und somit reißt das letzte Band zwischen euch. Es ist eine komplizierte Sache mit diesem roten Band«, erkläre ich eindringlich, bevor ich die Whiskyflasche heranziehe und mir nachschenke.

Das Verspielte verlässt seine Augen sofort. Gut. Er soll nicht denken, dass ich tatenlos zusehe, wenn er meiner Familie wehtut. Ich weiß, dass ihm etwas daran liegt, Sergio wieder an sich zu binden, doch das kann er damit vergessen.

»Und meine Schwester …« Ich nehme mein Glas. »Vergöttert Rosalie. Das wäre echt tragisch.«

»Droh mir nie wieder«, sagt er sofort knapp und ich trinke einen Schluck.

»Bedroh meine Familie nie wieder«, antworte ich ebenso, ohne eine Miene zu verziehen.

Wir starren uns über den Tisch hinweg an. Es wäre gesünder für ihn, mich nicht als den kleinen Jungen zu sehen, den er ficken kann, wenn ihm danach ist. Ich empfinde nichts für ihn, zumindest nichts Gutes, und ich würde ihn, ohne mit der Wimper zu zucken, an Sergio verraten, wenn er mich fickt.

»Also haben wir einen Deal? Ja oder nein?«, will er wissen, ohne den Blick von mir zu nehmen.

Oh Irina, das wird echt übel für uns beide. Aber ich werde alles tun, um Rosalie, Sophia und Alayna zu schützen. Es ist mir egal, was ich niederwalzen muss. Ich wäre nicht wegen Selina dort, sondern wegen meiner Familie.

»Wann?«, frage ich erstmal.

»Bald«, antwortet er vage, als wäre er sich noch nicht sicher. »Ich muss noch einiges aushandeln. Ich werde dich dort offiziell als meine rechte Hand hinschicken.«

»Weiß Selina davon?«, erkundige ich mich.

»Sicher. Sie freut sich schon.« Fuck, diese Schlampe. Wusste sie auch von der Verwandtschaft? Wusste sie all das, bevor sie mich in Donovans Club gefickt hat?

Ich runzle meine Stirn. »Hast du sie zu mir geschickt, Donovan?«, hake ich nach, als es mir wie eine Erleuchtung kommt. »Um was gegen mich in der Hand zu haben?«

Er lächelt mild. »Es ist immer gut, wenn man noch ein Ass im Ärmel hat.«

Ich schnaube ungläubig und lasse den Kopf nach hinten fallen. »Es ist kein fucking Wunder …«, murmle ich, während ich zu den Spots hochschaue. Diese Hure. Ich werde sie killen, wenn ich sie in die Finger kriege. Oh, sie wird so leiden. Ich habe mir geschworen, dass sie mich nicht noch einmal ficken wird. Das hat sie jetzt getan und dafür wird sie bluten.

»Ja, es ist wirklich kein Wunder, dass du auf sie reingefallen bist.« Das kommt äußerst trocken.

Ich sehe wieder zu ihm. »Ich meinte, es ist kein Wunder, dass du alleine hier sitzt und dein eigener Sohn dich hasst. Ich muss darüber nachdenken und mit meinem Onkel sprechen. Ich melde mich dann«, speie ich diesem gewissenlosen Bastard entgegen.

Wie kann man nur so bewusst die Schwäche eines anderen Mannes ausnutzen? Vor allem dann, wenn es sich um den Sohn der Frau handelt, die man angeblich liebt. Ich bin vielleicht ein Bastard, aber Irina, ich weiß, was Liebe ist. Er nicht.

»Okay, wenn du noch ein bisschen mehr Punkte zum Nachdenken und ein bisschen Druck brauchst, ein paar Karten habe ich noch!«

»Ich pokere nicht mit einem Bluffer, Donovan. Ich pokere nicht mit unehrlichen Verrätern, die ihr Wort nicht halten. Ich melde mich bei dir.« Meine Stimme ist bitter.

»Gut!« Er lehnt sich zufrieden zurück, während ich aufstehe und meine Jacke überstreife.

»Vielleicht spreche ich mit Mom und Onkel Caden darüber«, überlege ich, während ich zur Tür gehe, denn meine Mutter hasst ihn mittlerweile sowieso und wird ihn danach verabscheuen. Wenn sein Sohn ihm nichts bedeutet, dann vielleicht das.

»Vielleicht lässt du es aber auch sein.«

»Ich überlege es mir, wie gesagt«, meine ich und reiße seine Tür auf. »Gottverdammter Lügner«, murmle ich noch und lasse sie offen stehen, bevor ich sein Haus mit steifen Schritten verlasse.

Fuck, Irina. Fuck. Fuck. Fuck.

Ich bin so wütend und werde jetzt nicht, wie ich sollte, nach Hause fahren und die Neuigkeiten mit Onkel Caden besprechen. Erstmal verlasse ich für ein paar Stunden die Stadt, um mich abzulenken, weil ich sonst Amok laufe bei allem, was ich gerade erfahren habe, Irina. Ich werde durchdrehen. Ich fühle mich wie ein Löwe im Käfig und bin bereit, alles zu zerfleischen.

Lauf, Selina Sanchez. Lauf.

46. Er ist zurück, Ilian

XX

Catalina

Ich sitze auf der Rückbank des BMW, der meinem Dad gehört, und die Stadt zieht an mir vorbei. Es ist dunkel und die Sterne funkeln. Die Heizung pumpt warme Luft ins Auto, denn draußen ist es unerträglich kalt.

Ich schaue auf die Hände meiner Mom und meines Dads, die auf der Gangschaltung miteinander verwoben sind. Sein Daumen streicht abwesend ihren Zeigefinger entlang, so wie immer. Er berührt sie auf irgendeine Art immer, so wie sie ihn immer im Blick hat. Bewegt er sich nach rechts, bewegt sie sich nach links. Manchmal frage ich mich, ob die beiden überhaupt bemerken, wie verbunden sie eigentlich sind.

Wir sind auf dem Weg zur Stadthalle, wo gefeiert wird, dass mein de Luca-Vater von den Toten auferstanden ist. Denn er ist ja vor seinem Verschwinden der Samariter der

Stadt gewesen. Der perfekte Saubermann, wie es die meisten Mafiosi nach außen hin sind.

Etliche Schulen und Krankenhäuser gehören den de Lucas und mein Vater wird zur Feier seiner Rückkehr eine große Spende tätigen. Auch eine Art, Menschen zu kaufen und ruhigzustellen. Erpressung im großen Stil. Aber so läuft das hier eben. Irgendwas muss man den Leuten bieten, damit sie einem nicht auf die Pelle rücken und erfahren, wie viele Leichen man wortwörtlich im Keller hat.

Seit zehn Tagen ist er wieder in Chicago und hat jeden Tag damit verbracht, mich von der Schule abzuholen. Mich kennenzulernen. Mir von sich zu erzählen. Meine Mitschüler haben sich im Gegensatz zu mir daran gewöhnt, dass sein Audi jeden Tag zu sehen ist. Sie starren nur noch teilweise. Dir geht es wie mir. Düster beäugst du jedes Mal das Auto meines Vaters, als würdest du mit dem Gedanken spielen, ihm die Reifen zu zerschießen. Morgens fahren wir wenigstens noch zusammen. Du hast mir schon mitgeteilt, dass du ausflippst, wenn er jetzt auch noch früh dazwischenfunkt.

Du warst ein paar Tage lang echt abgefuckt wegen deiner Mom, aber inzwischen geht es dir besser. Sie hat dir ihre Geschichte erzählt, ihre Beweggründe, dich im Stich und ohne Mom aufwachsen zu lassen. Das hat deine Welt auf den Kopf gestellt. Glaub mir, Ilian, ich verstehe dich. Es ist irgendwie ein wenig komisch, dass wir fast das Gleiche zur selben Zeit erleben. Ich habe dich abgelenkt. Ich war mit dir draußen und habe mit dir Filme geschaut. Ich habe dich massiert. Eine Stunde lang, bis meine Hände wehgetan haben. Und danach hast du dich revanchiert. Sehr gründlich, ohne auch nur eine Stelle auszulassen. Währenddessen hatte ich drei Orgasmen. Nur wegen deiner Finger.

Die meiste Zeit versuche ich, nicht darüber nachzudenken, was uns erwartet. Dass du bald heiraten musst, und zwar diese schreckliche Person, die du in der Schule geflissentlich ignorierst, während sie immer aufdringlicher wird. Ich versuche, nicht darüber nachzudenken, dass mein Vater möchte, dass ich bei ihm lebe. Ich versuche, nicht darüber nachzudenken, dass ich möglicherweise meine Familie verlassen muss. Ja, es sind nur sieben Minuten. Aber sieben Minuten zu viel. Das hier ist mein Zuhause. Ich schiebe diese Gedanken ganz weit weg, aber wenn es mich doch überkommt und ich langsam verzweifle, lenke ich mich ab. Du bist manchmal nicht da, wenn es so weit ist. Vor allem ohne dich, wenn du beim Training bist oder was für deinen Dad erledigen musst, grüble ich. Dann verbringe ich Zeit mit den anderen.

Im Büro bei Onkel Caden, wo wir Schach spielen, und ich ihm alles erzählen muss, was ich mit meinem de Luca-Vater so bespreche. Ich erzähle ihm alles, wirklich alles, und er hört es sich an. Vor dem Kamin mit Mom, schweigend, während sie durch meine Haare streicht und wir beide unseren Gedanken nachhängen. Manchmal ist es schön, sich wie ein kleines Mädchen zu fühlen, dem sie erzählt hat, dass am Ende alles gut wird. Auch, wenn das Knie jetzt blutet und es scheint, als würde es nie wieder heilen. Gelegentlich unterhalten wir uns auch ganz konkret darüber, was mich bedrückt.. Sie macht es immer besser. Sie schafft es immer, mir alles aus einem anderen Blickwinkel zu zeigen.

Ich bin oft mit Dad in seinem Auto unterwegs. Er nimmt mich überall hin mit, wenn ich das will. Das hat er schon oft gemacht. Ich habe immer in seinem Wagen gewartet, wenn es zu hässlich wurde. Wir haben alle Fastfoodketten durchprobiert und hatten unser wöchentliches Date, die existieren, seit ich sechs war, damit ich lerne, was ein richtiger Gentleman ist und wie mich ein Mann zu behandeln hat. Das tust du, Ilian, du behandelst mich wie ein Gentleman. Außer im Bett. Da bist du gar kein Gentleman. Gar nicht.

Zayden ist momentan ein nervöser, wütender Tornado. Auch das lenkt mich ab, denn ich versuche, zu ergründen, was mit ihm los ist. Dabei beobachte ich ihn, wenn er es nicht bemerkt. Vorgestern beim Essen war er so in Gedanken, dass er den feinen Salzstreuer mit seiner bloßen Faust zerbrochen hat und die Splitter auf den Tisch gerieselt sind. Er und Irina befinden sich in einer echt ekelhaften Phase. Sie sehen sich an, als wären sie Feinde, und sprechen kaum miteinander. Wenn doch, dann äußerst provokant und respektlos. Manchmal streiten sie so sehr, dass ich es vom Anbau bis in mein Zimmer höre, während du bei mir auf dem Bett liegst. Einmal bist du rübergegangen.

Ich beschäftige mich oft mit Rayen und Rowan. Als du bei Irina und Zayden warst, habe ich sie mit ins Poolhaus genommen und dort mit ihnen einen Film oben auf der Galerie angeschaut, wo die Leinwand hängt. *Bambi* in Großformat.

Ich helfe ab und zu Tante Alayna beim Kochen. Das heißt, ich esse alles, was schon fertig ist, während sie so tut, als würde sie es nicht bemerken – wie früher, als ich noch klein war und mit Sophia alles weggefuttert habe.

Gestern hatten wir einen Filmabend. Gemeinsam mit Mom, Rosalie und Sophia habe ich mir Videos von früher angesehen, als wir klein waren. Du hast mich immer in den Pool geschubst, Ilian, an meinen Haaren gezogen oder mir ein Bein gestellt. Dann hast du mich getröstet, mir wieder aufgeholfen und deine Schokolade mit mir geteilt.

Zerstört und aufgebaut. Du bist wie Zayden und Sergio in einem.

Und wehe, jemand anders hat mich angefasst. Nur du durftest mich zerstören und wieder aufbauen. Nur von dir habe ich mich zerstören und aufbauen lassen.

Mein Vater gibt sich wirklich Mühe, so viel muss ich ihm lassen. Und ich versuche wirklich, unvoreingenommen zu sein. Ich weiß, dass er und Dad eine schwierige Vorgeschichte haben. Ich weiß, dass er Sergio und Rosalie das Leben früher schwer gemacht hat. Ich weiß, dass er dich nicht an meiner Seite akzeptieren würde. Ich weiß das alles, trotzdem versuche ich wirklich, ihn nicht zu verurteilen und erstmal kennenzulernen. Natürlich ist mir klar, dass man dafür Jahre braucht. Dass es immer Seiten gibt, die man erst später sieht, und mir ist natürlich auch klar, dass er mir jetzt nur seine besten zeigt. Mir lediglich einen Einblick gewährt. Ein bisschen erinnert das Ganze an ein Date mit einem Mann. Er ist höflich und hat Manieren, gibt sich kultiviert und interessiert. Selbstverständlich lässt er nur seine positiven Eigenschaften sehen, gelegentlich flunkert er auch ein bisschen, ohne dass es zu offensichtlich ist, bis man hin und weg ist. Das ist ganz natürlich. Denn mal im Ernst, wer trifft sich zum ersten Mal mit jemandem, der einem zur Begrüßung gleich sagt: *Hi, ich bin Steven und ich gehe notorisch fremd?* Ich weiß, dass er sicher auch ziemlich tiefe Abgründe hat. Aber ich habe ein gutes Gespür für Menschen. Und ja, ein Teil von mir will sich von ihm fernhalten. Doch der andere Teil besteht darauf, ihm eine Chance zu geben. Mein Vater hat Mom enttäuscht, er hat meinen Bruder enttäuscht, keine Frage, aber vielleicht enttäuscht er mich ja nicht.

Bei ihm zu leben, kann ich mir trotzdem noch nicht vorstellen. Das liegt weniger an ihm als an den Männern, bei denen ich mich nicht frei bewegen kann; den Regeln, die ich von Sergio kenne und die da drüben herrschen. Ich will nicht immer gut angezogen und geschminkt sein. Ich will nicht immer höflich sein. Ich will auch mal zu laut lachen oder zeigen, wenn es mir nicht gut geht. Denn ich bin nicht gut darin, eine dieser Frauen zu sein. So wurde es mir nicht beigebracht. Deshalb weiß ich nicht, wie ich da drüben überleben soll, ohne völlig zu verwelken. Aber ich habe ja noch drei Wochen. Nichts ist entschieden.

Mein Vater war vorgestern bei uns zu Hause und saß dann ganz steif mit mir auf der Hollywoodschaukel. Er fühlt sich hier nicht wohl, obwohl Tante Alayna ihm Espresso brachte, auch wenn sie ihm die Tasse äußerst aggressiv hingeknallt hat, während er sich äußerst höflich bedankt hat. Meine Mom und mein Dad haben so lange das Haus verlassen. Die beiden können sich gerade meinem Vater gegenüber nicht so gut zügeln. Onkel Caden hat uns von seinem Bürofenster aus beobachtet. Ganz genau. Mir

Argusaugen. Ohne zu blinzeln oder zu zucken, geschweige denn, sich zu bewegen. Mein Vater fand das amüsant.

Meinen Bruder Sergio sehe ich jetzt wieder öfter. Das hat den simplen Grund, dass er erneut mit Rosalie anbandelt. Er schleicht sich immer wieder zu ihr und ich glaube, er versucht gar nicht, das geheim zu halten, sonst würde man es nicht mitbekommen. Es hält ihn auch niemand auf, ganz im Gegenteil. Sobald er auftaucht, sagt ihm irgendwer, wo Rosalie steckt. Unser Vater weiß von nichts und ich bin nicht so verrückt, es ihm zu verraten. In Rosalie ist endlich wieder Leben gekehrt. Sie lacht, sie strahlt, sie ist nicht mehr ganz so selbstmordgefährdet, weil sie ständig an irgendwas denkt, was ich nicht wissen will.

Nun sitze ich im Auto mit Mom und Dad, habe ein dunkelrotes Abendkleid an, dessen seidiger Stoff an meinen Beinen herabfließt, und stecke mir die Haarnadeln immer wieder richtig in den großen Dutt in meinem Nacken. Ich hasse Dutts so sehr. Aber bei öffentlichen Veranstaltungen tragen wir ihn alle. Diesen Dutt. Du wirst ihn mir sicher nachher wieder öffnen und jede Haarnadel einzeln rausziehen. Wenn ich daran denke, bekomme ich eine Gänsehaut.

Mom sieht wie immer perfekt aus. Mit dreizehn war ich echt eifersüchtig auf sie, doch dann hat Rosalie, die das natürlich alles beobachtet hat, mir erklärt, dass jeder Mensch auf seine eigene Weise schön ist. Danach hatte ich so ein schlechtes Gewissen, dass ich mich bei Mom entschuldigt habe, weil ich eifersüchtig war. Sie fand das dermaßen süß, dass sie mit mir in den Freizeitpark am Lake Michigan gefahren ist und mir Zuckerwatte gekauft hat, um mich zu belohnen. Ihr war immer wichtig, dass Zayden, Sergio und ich auf unser Gewissen hören.

»Alles klar, Prinzessin?«, fragt Dad und seine türkisfarbigen Augen visieren mich über den Rückspiegel an. Ich hebe den Blick und denke wieder einmal daran, dass Dad nicht mein Dad ist, aber trotzdem immer mein Dad bleiben wird, und mein Vater Donovan de Luca ist. Ich verkrafte das immer noch nicht, es ist so abwegig.

»Ja, alles klar«, sage ich und schiebe wieder eine lose Haarnadel zurück in meinen Dutt.

Er hebt eine Augenbraue. »Jetzt nochmal ohne Bullshit.« Er blafft immer alles und jeden an, aber bei mir klingt er immer sanft, es sei denn, ich habe wirklich Scheiße gebaut. Mom klappt die Blende runter und zieht ihren Lippenstift nach. Sie enthält sich bei uns immer. Weil sie Dad mit mir vertraut. Völlig.

»Es ist alles klar«, erwidere ich und nicke nachdrücklich.

»Isabelle, sie ist wie du«, beschwert sich Dad prompt, während Mom mit dem Zeigefinger am unteren Lippenrand entlang tupft.

»Ja, deswegen frage ich gar nicht erst«, meint sie abgelenkt flüsternd und lehnt sich wieder zurück.

»Dann soll ich es einfach so hinnehmen, wenn sie mit ihren großen Bambiaugen da hinten sitzt und so traurig aussieht?«, fragt er und schaut Mom mit hochgezogenen Augenbrauen an. Ich habe gar nicht bemerkt, dass ich traurig aussehe. Das liegt vielleicht an den Gedanken, die ich mir über den Umzug gemacht habe, der mir zwangsläufig bevorsteht.

Ich stütze mein Kinn auf seine Rückenlehne. »Es ist alles klar«, wiederhole ich und mustere ihn noch durchdringender. Ihm muss man immer alles zehnmal versichern, weil er von Mom gewohnt ist, dass man ihm nicht sagt, wenn einen was bedrückt.

Mom verdreht ihre Augen und er verzieht das Gesicht. »Wieso bist du denn so süß?«

Ich muss lachen. »Ich mag es nicht, süß zu sein«, antworte ich und schiebe meine Hand unter mein Kinn. Ich bin überhaupt nicht süß, Ilian, aber das weißt du ja. Gestern war ich nicht süß. Ich war ein bisschen außer mir. Du hast das geliebt und mich noch weiter angestachelt.

»Dann hast du Pech gehabt.«

Ich verdrehe meine Augen, genau wie er, und lehne mich wieder zurück. Die Stadthalle kommt in Sicht und ich seufze. Diese Veranstaltungen langweilen mich. Alle tun so, als würden sie sich mögen, dabei kann sich niemand leiden.

Mein Dad parkt und ich greife nach der beigefarbenen Clutch, die neben mir auf dem Sitz liegt, und klemme sie mir unter den Arm. Er steigt als Erster aus, umrundet den Wagen, öffnet Mom die Tür und dann mir. Ich schiebe mich auf die andere Seite meiner Mom, sodass sie zwischen uns läuft. Unsere Absätze hallen über den Vorplatz, während ich Ausschau nach euren Autos halte. Du bist natürlich, wie immer, bei offiziellen Veranstaltungen, mit deiner Terekov-Familie da. Ich hasse es, wenn du nicht bei uns bist. Und wenn ich wirklich bei meinem Vater einziehe, muss ich dann immer mit ihm zu solchen Veranstaltungen? Das ist so befremdlich.

»Wir sollten uns darauf vorbereiten, dass er irgendwas sagen oder tun wird, was uns nicht gefällt«, informiert Mom uns sachlich und Dad hebt sie an der Taille über eine Pfütze, die ich umrunde. Das ist so süß, Ilian. Ich liebe es, wie sie zueinander sind und Mom das einfach geschehen lässt, ohne darauf einzugehen.

»Das tut er doch immer«, sagt Dad. Mom betrachtet mich kurz und seufzt dann träge. Ich kann mir vorstellen, dass mein Vater nicht ohne ist. Schließlich habe ich ihn in meiner Kindheit oft erlebt und hatte genug Angst von ihm, um das beurteilen zu können.

Sie tauscht einen bedeutungsvollen Blick mit Dad. Jeder von uns hat diese Blicksprache, die die anderen nicht verstehen. Manchmal kommunizieren alle, ohne zu sprechen, am Tisch. Das ist echt gruselig. So wie gestern beim Frühstück, als Zayden kurz ganz starr wurde und Onkel Caden den Kopf geschüttelt hat. Ich habe keine Ahnung, worum es ging, aber dann hat Zayden sich wieder entspannt.

Auf jeden Fall sieht Dad angepisst aus, wie immer, und zieht Mom noch etwas enger an seine Seite. Ein Zug rattert den Bahnhof in der Nähe entlang und ich schaue zu der Unterführung etwas weiter hinten. Dort wurde mein Vater angeschossen. Bisher hat er noch niemandem verraten von wem. Keiner von uns weiß es. Er sagte nur, dass es einer aus einer verfeindeten Familie gewesen sein muss. Und ich frage nicht weiter nach.

Wir gehen die Stufen zur Stadthalle hoch. Es stehen ein paar Leute in Abendkleidung davor, unterhalten sich oder rauchen. Dad grüßt ein paar mit einem Kopfnicken, bevor er Mom und mir die Tür aufhält. Ich schlüpfe hinter ihr rein und er hinter mir. So ist das immer. Er hat nie nur eine weibliche Begleitung, genauso wenig wie Onkel Caden, wenn er mit seinen drei Frauen kommt.

Wir betreten die riesige Halle mit der Glaskuppel. Oben auf der Galerie und in den Ecken stehen Bodyguards völlig akkurat und steif in ihren schwarzen Anzügen. Alles, was Rang und Namen in Chicago hat, hat sich heute hier versammelt. Ich überblicke die Menge und stocke, als meine Augen bei einem der Typen hängen bleiben, den Dad über alles hasst. Ich liebe es, wenn Dad jemanden hasst. Er ist dann so lustig und wird ganz starr.

»Dad?«, frage ich aufgeregt und schiebe mich auf seine andere Seite, direkt unter seinen Arm, wie so oft, den er mir umlegt.

»Hm?«, erkundigt er sich abgelenkt, weil er den Blick gerade über die Leute schweifen lässt.

»Ist das da hinten nicht der Typ, der dich immer abfängt, um dir den Arsch zu pudern?«, will ich breit grinsend wissen.

»Oh Shit!« Er stöhnt genervt. »Andere Richtung! Abdrehen!« Er lenkt uns sofort harsch nach rechts und Mom und ich in seinen Armen müssen lachen. »Ich hasse Arschkriecher«, murmelt er vor sich hin und ich schmunzle. Schade, dass der Arschkriecher ihn nicht bemerkt hat. Es ist immer so amüsant, wie Dad auszuweichen versucht. Beim letzten Mal hat er mitten im Gespräch über den Kopf des Kriechers hinweggesehen und gerufen: »Thomas!«, bevor er verschwunden ist. Niemand weiß, wer Thomas ist. Dad ist eine rauchen gegangen.

Die runden, festlich geschmückten Tische vor dem Podium sind teilweise schon besetzt. An den beiden gegenüberliegenden Bars herrscht Hochbetrieb. Es ist laut und es wird gelacht. Musik rieselt stilvoll aus den Boxen. Ich sehe Zayden vor den Toiletten mit Irina diskutieren. Die beiden streiten wirklich nur noch. Sie sieht so schön aus in ihrem cremefarbenen Abendkleid und er so gut in seinem dunklen Hemd. Endlich hat er sich wieder rasiert und wirkt geordneter, aber immer noch erschreckend stumpf.

»Vielleicht solltest du mal nach ihm schauen«, murmelt Mom, die meinem Blick gefolgt ist, Dad zu. »Ich meine, bevor er ... bevor er hier ...« Sie fuchtelt mit ihren feingliedrigen Fingern in der Luft herum.

»Alles anzündet?«, unterbricht Dad sie unbeeindruckt.

»Ja, genau das wollte ich sagen.« Mom nickt bekräftigend.

»Ja, gut!« Er seufzt und führt uns zu einer der Bars. »Hierbleiben.«

Ich mache einen Knicks und Mom beugt sich dem Barkeeper entgegen, um was zu bestellen. Dad steckt eine Hand in seine Hosentasche und schlendert Richtung Zayden. Etliche weibliche Blicke folgen ihm, wie immer. Ich kneife warnend meine Augen zusammen und blitze in alle Richtungen, denn ich hasse es, wenn Frauen meinen Dad ansehen. Er gehört mir. Okay, nein, er gehört Mom. Aber trotzdem. Er gehört auch mir. Zwei Männer sind mein. Das sind du und mein Dad. Ist doch nicht so schwer zu begreifen, oder, Ilian? Oder?

Mom lehnt sich mit dem Rücken neben mich an die Theke und lässt ihren Blick schweifen, während sie mit dem Olivenstäbchen in ihrem Martini rührt.

Dann stockt das Stäbchen. Genau wie meine Mutter. Ihre hellgrünen Augen werden seltsam glasig, bevor sie wie verrückt zu blitzen beginnen. Ich weite meine alarmiert.

»Oh nein«, murmelt sie genervt und schnaubt.

»Was?«, frage ich. Ich hasse es, nicht zu wissen, was sie denkt, und beuge mich ihr interessiert entgegen. Ihr Blick haftet an einer Frau, die ich bisher nur einmal gesehen habe. Das war in Italien, als die Verhandlungen stattfanden. Ich weiß nicht mehr, wie sie heißt, aber sie sieht echt gut aus. Ihr dunkelbraunes Haar ist lang und liegt gewellt über einer Schulter im Seitenscheitel. Sie hat tiefdunkle Augen, die perfekt betont sind, und feine Gesichtszüge. Wie Mom und ich. Sie ist nicht besonders groß und trägt ein schwarzes Abendkleid mit langen Ärmeln, die aus Spitze bestehen. Gerade schließen sich ihre rot geschminkten Lippen um den blauen Strohhalm, als sie an ihrem Drink nippt und kurz darauf zusammenzuckt, weil sie jemand anspricht. Sie wendet den Blick über die Schulter zu einem Mann und nickt. Der streckt den Arm über die Theke, sodass er hinter ihrem Rücken liegen bleibt.

»Was ist denn?«, hake ich drängender nach. »Moooom!«

Sie schnaubt wieder. Jetzt funkeln ihre Augen eiskalt, als sie zu mir sieht. »Egal.«

»Nein, sag jetzt!« Gott, das ist, als würdest du mich nicht kommen lassen, Ilian. Das tust du manchmal gern. Vorhin auch gerade. Das ist echt scheiße.

»Okay, aber du wirst deinen Dad nicht darauf ansprechen. Ich meine damit nicht Donovan«, murmelt sie mir aus dem Mundwinkel zu.

Es gibt nur einen Dad, Ilian. Donovan de Luca nenne ich Vater. Dad ist Dad.

»Okay«, seufze ich und sehe ihr beschwörend in die Augen.

Mom deutet mit ihrem Glas in die Richtung der Brünetten, an deren Namen ich mich immer noch nicht erinnern kann. Ihre Augen gleiten durch die Menge. Immer und immer wieder. Als würde sie jemanden suchen. Der Mann hinter ihr unterhält sich über die Schulter mit einem anderen und lacht gerade.

»Das ist Ariana Bianchi.« Warum klingt das aus dem Mund meiner Mom wie ein verdammter Fluch oder eine Morddrohung?

»Ach ja, stimmt!«, erinnere ich mich wieder und nicke verstehend. Sie ist die Tochter eines sehr mächtigen Bosses aus New York und hat ein paar Schwestern. Sie wirkt wie Mitte dreißig und so, als wäre sie gedanklich gar nicht hier. So war es schon in Sizilien.

»Ja, stimmt«, wiederholt Mom spöttisch.

»Was hat Ariana Bianchi dir getan?«, frage ich interessiert und Mom stellt ihr Glas ab.

»Sie ist böse«, murmelt Mom trocken und ich betrachte Ariana wieder.

»Ach komm, so schlimm wirkt sie gar nicht«, meine ich stirnrunzelnd. Zumindest sagt mein Instinkt mir nicht: hinterhältige Schlampe! Moms Blick verdüstert sich. Ihre grünen Augen blitzen erneut und ich muss lachen. Ist sie etwa eifersüchtig? »Okay, sie ist furchtbar. Offensichtlich eine ganz schreckliche Person, und diese Haare erst!« Ich betrachte Arianas perfektes Haar und frage mich, welche Kur sie benutzt. Sicher eine italienische.

»Ja, genau!«, ruft Mom und ich tätschle mitleidig ihren Arm.

»Okay, Mom, aber was hat sie denn getan?«, hake ich nach.

»Sie …« Mom greift wieder nach dem Martini. »Hatte was mit deinem Dad!«

»OH!«, mache ich geschockt und erstarre leicht. Okay, ich verstehe. Jede Frau, die Dad auch nur ansieht, ist für Mom der Staatsfeind Nummer eins. Gut, dass sie eben nicht hingesehen hat, als er durch die Halle geschlendert ist. »Aber wann? Ihr seid doch schon ewig zusammen.«

Sie nippt an ihrem Drink. »Ja, sie ist auch eigentlich Ramon de Lucas Ex, aber als dein Dad in New Orleans war und da alle eingebuchtet hat – auch Ramon –, hatte er was mit Ariana. Damals war ich noch mit Donovan verheiratet. Dein Dad wollte Ramon so richtig verletzen, weil der ihn mit ein paar Dingen sehr verärgert hat. Es war ein kleiner Männerkrieg, den man nicht verstehen muss. Jedenfalls haben sie eine kleine Affäre gehabt. Deshalb mag ich sie nicht.« Ariana lächelt gerade etwas, als sie sich mit einer Frau unterhält. »Jaja, lächle nur«, murmelt Mom fast drohend und nickt dabei vielversprechend. »Noch einen!«, wendet sie sich dann äußerst sanft, was nie gut ist, an den Barkeeper.

Ich grinse breit und halte nach den anderen Ausschau. Okay, dann hatte Dad halt irgendwann mal was mit dieser echt hübschen, kleinen Italienerin. Who cares? Wenn ich jeden hassen würde, mit dem du mal Sex hattest, müsste ich die ganze Stadt verabscheuen. Aber Mom ist wirklich besitzergreifend, was Dad angeht. Und ich verstehe es. Er hat so eine Aura, die die Menschen in ihren Bann zieht. Das ist echt gefährlich.

Onkel Caden rückt gerade Rosalie den Stuhl zurecht, die sich in ihrem Abendkleid darauf sinken lässt. Alayna und Sophia sitzen bereits. Sophia starrt die Glaskuppel an, auf die es schneit.

Sergio kommt aus den Toilettenräumen geschlendert, wobei er den Ärmel seines Hemdes richtet. Camillo folgt ihm und murmelt ihm was zu. Sergio verkneift sich ein Lachen, aber sein Mundwinkel zuckt trotzdem. Er ist schon da, also ist mein Vater hier auch irgendwo.

Ich sehe, wie Sergio sein Handy aus der Hosentasche nimmt und es aufleuchtet. Dann hält er es sich ans Ohr und zieht die Tür zu den Toiletten hinter sich zu. Seine dunkelblauen Augen schweifen durch den Raum, wie immer, wenn er neu dazukommt, weil er sich immer wieder vergewissert, wer wo ist. Das kenne ich bereits von ihm.

Er entdeckt uns, hebt einen Mundwinkel in meine Richtung und nickt Mom zu. Sie schickt ihm einen Luftkuss und blinzelt verliebt. Ja, sie muss meinen Brüdern immer wieder sagen und zeigen, wie toll sie sind. Sergio schlendert telefonierend mit Camillo im Schlepptau zur anderen Bar. Er sieht Rosalie nicht einmal an, aber er geht sehr nah an ihrem Stuhl vorbei. Ich bemerke, wie sie erschauert, und muss grinsen.

Dad kommt im selben Moment zurück. »Nichts abgefackelt«, informiert er Mom.

Die blitzt zu ihm hoch und hängt gedanklich wohl noch an Ariana Bianchi, was er nicht weiß, weswegen er leicht irritiert wirkt. »SCHÖN!«, ruft sie.

»Alles klar, Baby?«, fragt er und nimmt den Olivenspieß aus ihrem Marini, bevor er eine davon isst.

»Alles super, Carter. Denkst du, bei Ariana ist auch alles super? Willst du dich mal erkundigen?« Mom weitet gespielt interessiert ihre Augen und er lehnt sich jetzt neben ihr mit dem Ellbogen an die Bar.

»Weiß nicht, soll ich sie fragen?«, will er wissen und isst noch eine Olive.

Ich grinse in mich hinein, während Mom ihm den absoluten Todesblick schenkt. »Willst du, Carter? Willst du sie fragen?«

»Ich weiß nicht, willst du mitkommen?«

»Wag es nicht!«, zischt Mom, reißt ihm den Spieß aus der Hand und deutet damit auf ihn.

Mein Dad ist entzückt und seine Augen funkeln verspielt. »Oder was?«

Oh nein, es ist DIE Stimme, Ilian. Ich wende mich schnell ab und konzentriere mich weiter auf die Gäste, wobei ich ihr Gespräch ausblende.

Ich sehe an ihm vorbei und beobachte, wie Zayden und Irina sich endlich an den Tisch setzen, der für uns reserviert ist. Mein Bruder wirkt gehetzt und seine Züge sind hart. Irina atmet gerade tief durch. Sie scheint gestresst zu sein, versucht es aber zu überspielen, wie jede Frau hier. Allerdings scheitert sie kläglich, denn sie ist nicht wie jede Frau hier. Sie ist ganz anders und versteckt nichts. Sie hat keine Mauern, legt keine Masken auf. Sie ist einfach sie.

Ich greife nach meiner Tasche. »Ich gehe zu Rosalie«, informiere ich meine flirtenden Eltern, ohne sie anzusehen, und verschwinde, ohne auf eine Antwort zu warten. Dann hebe ich mein Kleid leicht an und schiebe mich die Reihen entlang zu dem Tisch, an dem Rosalie, Sophia, Alayna, Onkel Caden, Zayden und Irina sitzen. Von hier aus entdecke ich auch ein paar Terekovs, weshalb mein Herz kurz stehen bleibt.

Sergej, Swetlana und Ilja befinden sich etwas abseits und unterhalten sich noch. Kilian und Sanja, deine Großcousins, sind bei ihnen. Du nicht, Ilian. Wo bleibst du denn? Das macht mich ganz nervös, wenn du nicht in meiner Nähe bist.

Ich setze mich einfach neben Rosalie. Sie schaut von ihrem Handy auf und stutzt. »Hallo.« Ich stütze mein Kinn auf eine Faust und Onkel Caden lächelt ein bisschen. Ich werde diese nervöse Rosalie jetzt noch etwas nervöser machen. Ich liebe es, wenn sie ganz rot vor Verlegenheit wird. Sergio wird das auch lieben. Der beobachtet sie nämlich, ohne hinzusehen. Sie weiß es genau, weswegen sie unruhig auf ihrem Stuhl hin und her rutscht.

»Hallo!«, sagt Rosalie beeindruckt und mustert mich anerkennend nickend.

Ich grinse breit. Das Kleid, was ich trage, haben wir zusammen gekauft. Sie ist der Meinung, dass dunkelrot meine Farbe ist. In Klamottenfragen vertraue ich ihr völlig. Okay, auch bei allem anderen.

»Und?« Ich greife heimlich nach ihrem Smirnoff Ice, weil Dad mich ja so was nicht trinken lässt, und nehme einen Schluck. Onkel Caden ist da viel lockerer und schiebt mir nun auch seins zu. Ich grinse ihn breit an und ziehe an dem Strohhalm. Die kühle Flüssigkeit rinnt durch meine Kehle.

»Und?«, fragt Rosalie mich zurück.

»Ich hab zuerst UND gefragt.« Wer es zuerst sagt, der darf zuerst, Ilian. Das weißt du ja.

»Mist«, murmelt sie. Ihre Lippen schimmern tiefrot im Kerzenschein. »Siehst du diese Schuhe?« Sie hebt einen Fuß und dreht ihn hin und her. Ich betrachte ihn stirnrunzelnd, dann ziehe ich den Kopf erschrocken zurück.

»Ja, ich sehe sie und kenne ihren Preis«, meine ich blinzelnd und blicke bedeutungsvoll zu Onkel Caden. Er zuckt mit den Schultern, als wolle er sagen: *Was soll ich machen?* Er hat den Kampf mit Rosalie und Alayna um seine Kreditkarte schon lange aufgegeben. Die Einzige, die das nicht interessiert, ist Sophia. Wenn Tante Alayna sie fragt, ob sie was braucht, sagt sie immer nein. Sie ist so bescheiden. Ganz im Gegensatz zu ihrer großen Schwester.

»Jaja«, winkt Rosalie ab. »Darum geht es gar nicht! Sie waren außerdem im Angebot, Dad.« Ihr Blick wird bedeutungsvoll, allerdings sieht sie immer noch mich an, damit ich nicht vor Onkel Caden verrate, dass diese Schuhe wahrscheinlich fünftausend Dollar gekostet haben. Zweifelnd sehe ich zu den klassisch schwarzen Heels mit der bekannten roten Sohle.

»Okay, worum geht es *dann*?«, frage ich, stütze meine Schläfe nun auf eine Faust und lege den Kopf schief, wobei ich die Brauen hebe.

Sie beugt sich etwas näher. »Ich hab sie aus Versehen …« Sie dreht sich etwas von ihrem Dad weg und wispert:

»Eine Nummer kleiner gekauft. Ich musste meine Füße reinzwängen und jetzt tun sie weh!«

Mitleidig verziehe ich das Gesicht. Das passiert nicht zum ersten Mal und ist so typisch Rosalie. »Willst du meine?« Ich hebe meinen Fuß. »Ich hab kleinere Füße als du, aber ich kaufe meine Heels immer eine Nummer größer, weil meine Füße anschwellen, wenn ich Absatzschuhe trage.« Und das hat sich nie geändert. Ich muss ständig mit ihr Schuhe tauschen.

Sie mustert meine Schuhe mit schief gelegtem Kopf und sieht dann ihr Outfit an. »Okay!« Meine sind auch schwarz, haben aber weniger als die Hälfte gekostet. Das ist zwar auch nicht günstig, aber günstiger als ihre.

Wir fangen also an, unter dem Tisch unsere Schuhe zu tauschen, wobei es ein einziges Gewusel ist, und kichern beide. Onkel Caden betrachtet uns zweifelnd und reibt sich über das Kinn, während Alayna sich genervt noch einen Drink bestellt und etwas von: *Nicht meine Gene* murmelt. Dabei sind das absolut ihre Gene.

Der Blick meines Onkels sagt ihr genau das und sie verdreht ihre braungrünen Augen, die immer funkeln, weil sie so glücklich ist.

»Passt perfekt!« Ich hebe meine Füße unter meinem bodenlangen Kleid und Rosalie stöhnt erleichtert auf.

»Gott, tut das gut.«

»Ja.« Ich nicke und überschlage die Beine. »Und sonst so?«, frage ich dann weiter.

»Ich … sitze hier und trinke diesen total köstlichen Smirnoff.« Sie deutet starr auf das Glas.

Ich grinse sie breit an. Ihr Gesicht wird ausdruckslos, weshalb ich noch breiter grinse. Ich beuge mich ihr entgegen und wispere sehr deutlich mit den Lippen geformt: »Sergiooooooo.«

Sie zieht den Atem ein, als hätte ich ihr gerade gesagt, dass ich schwanger bin. Was ich nicht bin. Gott sei Dank. Keiner hier ist schwanger. »Ist da hinten«, flüstert sie zurück und deutet kurz mit ihren Augen, die jetzt auch etwas mehr funkeln, in Richtung Bar.

»Und wo war er gestern?«, säusle ich interessiert, weil ich gesehen habe, wie er sich schnell und wie ein Schatten aus ihrem Zimmer geschoben hat. Ich war gerade auf dem Weg nach oben und bin auf der Treppe erstarrt. Er hat mir zugenickt. Ganz höflich. Dann ist er weitergegangen.

Rosalie nimmt sich einen der Flyer vom Tisch und fängt an, sich Luft zuzuwedeln. »Hör auf damit!« Sie fuchtelt vor meinem Gesicht herum. »Sonst fange ich mit Iliiiaaaan an …« Sofort, noch bevor sie deinen Namen richtig ausgesprochen hat, kichere ich hysterisch los und werde ganz rot im Gesicht. Rosalie überlässt mir den Flyer, mit dem ich mir nun Luft zufächele.

»Ganz schön heiß …«, stoße ich atemlos aus und sie verzieht ihr Gesicht.

»Das können dir alle anderen hier bestätigen, aber ich enthalte mich.«

Dad und Mom und kommen nun auch an den Tisch und setzen sich, womit wir komplett wären. Zayden steht allerdings im selben Moment auf, ohne irgendwas zu sagen, weil er jemanden anvisiert, und schiebt sich an den Leuten vorbei zu einem dunklen, rassigen Typen, der südländisch aussieht und gerade die Toilettenräume verlässt. Er zieht ihn zur Seite und sie unterhalten sich leise.

Irina folgt ihm mit dem Blick und sieht dann wieder weg. Aber ihre Augen gleiten immer wieder über die Menge, als würde sie jemanden suchen.

Auch die restlichen Leute setzen sich und ich trinke einen Schluck Wasser, wobei ich meinen Blick schweifen lasse und zusammenzucke, als du plötzlich von hinten in mein Ohr: »Hi!« hauchst, und dabei fast mein Wasser ausspucke. Sofort beschleunigt sich mein Herzschlag. Sofort will ich mich in deine Arme stürzen. Sofort wird mir ganz heiß und sofort bin ich atemlos, während dein Duft in meine Nase zieht.

Ich stelle mein Glas ab und richte den Blick über meine Schulter.

Du hast einen Unterarm auf meine Rückenlehne gestützt. »Alles klar?«, fragst du mit deiner Wange fast an meiner und mein Onkel funkelt warnend zu dir hoch. Wir sind schließlich in der Öffentlichkeit. Ich seufze verträumt und betrachte dein rasiertes, perfektes Kinn, deine hohen Wangenknochen und diese pechschwarzen Wimpern. Du bist so hübsch, Ilian.

Ich weiß nicht, was du mich gefragt hast, aber das ist ja auch egal.

»Bist du immer noch so heiß wie vorhin?«, murmelst du in mein Ohr und ein Schauer rieselt über meinen Rücken. Mein Onkel deutet mit dem Zeigefinger eine Eins. Er zählt, damit du weggehst, und alle am Tisch machen: »Ouuuuu!«, weil sie wissen, was es heißt, wenn Onkel Caden zählt. Währenddessen denke ich daran, dass du vorhin deine Finger unter diesem Kleid in mir hattest und mir dabei ins

Ohr gewispert hast, was du nach der Veranstaltung alles mit mir machen wirst.

Onkel Caden hebt den zweiten Finger.

»Okay, okay, ist ja gut!« Du streifst nochmal mit den Lippen unter meinem Ohr entlang, weshalb ich erschauere, und ziehst dich dann zurück. Ein sehnsüchtiges Seufzen bricht über meine Lippen und ein paar Augen werden verdreht.

»AB!«, fordert mein Onkel harsch und du schlenderst mit den Händen in den Hosentaschen an deinen Tisch, wobei du allen nochmal höflich zunickst.

Mein Herz rast immer noch und ich kann meine Gedanken nur sehr schwer wieder klären.

»Jetzt wirst du deinen Vater richtig kennenlernen«, murmelt Mom zynisch in meine Richtung und trinkt ihren dritten Martini aus.

Es wird leiser, als der Bürgermeister das Podium betritt. Ich lehne mich etwas an Dad, sonst falle ich vom Stuhl. Ilian, du machst immer Pudding aus mir.

Dad legt mir seinen Arm um die Schultern.

»Guten Abend, chicagoer Gemeinde. Wir haben uns heute hier aus einem besonderen Anlass versammelt«, beginnt der Bürgermeister Hendrickson, in sein Mikrophon zu sprechen, und die letzten flüsternden Gespräche klingen aus. Als ich meinen Blick kurz schweifen lasse, entdecke ich, dass Sergio bei Ramon de Luca steht, den ich eine Weile schon nicht mehr gesehen habe. Sie sind an der Bar, ihre Bodyguards um sie herum, und Sergio murmelt Ramon etwas zu. Der hebt träge einen Mundwinkel, aber sein Blick ist ganz starr auf einen Punkt gerichtet, die Hand auf dem Tresen zur Faust geballt.

Er sieht ein paar Tische weiter, dort, wo die Gesetzeshüter sich eingefunden haben. Links sitzt Mason Rush mit Emilia Rush. Mason hat sich lässig zurückgelehnt und zwinkert mir zu, als er mich bemerkt. Ich strahle ihn an. Auf seiner anderen Seite, Ilian, erkenne ich deine Mom. Sie ist da, Ilian. Ich weiß nicht, wie ich das finde. Ich kann sie nicht ausstehen, egal, was sie tut. Aber sie sieht perfekt aus, wie immer. So makellos. So schön. Gerade beugt sich jemand mit Krawatte zu ihr runter und sie winkt genervt ab. So ist sie, deine Mom, Ilian.

»Über zwei Jahre ist es her, dass diese Stadt einen ihrer wichtigsten Teile verlor.« Ein Schatten huscht über mich, als Sergio sich an mir vorbeidrängt und sich einfach auf den freien Stuhl zwischen Onkel Caden und Rosalie setzt.

»Ihm haben wir das *Maria de Luca Memorial Hospital* zu verdanken, die Stiftung für Waisenkinder, das Frauenhaus im Nordviertel und diverse Schulen sowie Kindergärten und die neu renovierte Stadtbibliothek.« Sergio schnaubt träge. Seine dunkelblauen Augen sind schon etwas glasig. »Die Trauer war groß, als er von uns gegangen ist.« Jetzt schnaubt meine Mutter und die ersten Gäste stutzen, denn sie haben nur Gerüchte über meinen Vater gehört. Er hat alles sehr bedeckt gehalten. Zayden huscht wie ein Geist an seinen Platz zurück und setzt sich lautlos. Irina beugt sich zu ihm rüber und wispert ihm was zu. Er sieht genervt zu ihr runter und zischt was. Sergio, der das beobachtet hat, runzelt die Stirn. Seine Finger trommeln auf dem Tisch.

Zayden schiebt grob einen Arm über Irinas Rückenlehne und sie richtet sich etwas auf.

»Allerdings passieren Wunder anscheinend wirklich.« Sergio flüstert Onkel Caden was zu und der tarnt sein Lachen hinter seiner Faust. Tante Alayna wirft ihnen mahnende Blicke zu und Rosalie schnippt eine Nuss zu ihrem Dad, damit er aufhört. Er sieht sie empört an und sie deutet ihm, nach vorn zu schauen.

Ich muss etwas lachen.

»Denn Donovan de Luca lebt. Er lebt und er ist in seine Stadt zurückgekehrt.« Ein Raunen geht durch die Menge. Buhu, jetzt ist es raus und alle sind für die nächsten zwei Wochen mit Tratsch versorgt. »Hier ist er.« Der Bürgermeister zeigt theatralisch auf einen Punkt hinter der Bühne.

Mein Vater schlendert ins Blickfeld, als wäre er nie weg gewesen, eine Hand in der schwarzen Hosentasche und wieder sieht er perfekt aus. Keine dunkelbraune Strähne, die ihm in die Stirn fällt, keine Bartstoppeln, keine Falte in seinem weißen Hemd, das sich eng um seine muskulösen Arme spannt. Er sieht so gut aus, so makellos und schön, dass ich mir nur schwer vorstellen kann, wirklich seine Tochter zu sein. Er wirkt wie der perfekte Mann und ich wirke gar nicht wie die perfekte Frau.

Nun klappen Münder auf und Augen werden aufgerissen, es wird getuschelt und geraunt, allerdings auch geschnaubt.

Ich lasse den Blick schweifen und höre ein paar Tische weiter Mason Rushs Stimme. »Was für eine Scheiße«, murmelt er dunkel und seine FBI-Kollegen sehen auch alles andere als begeistert aus. Sie gehören natürlich ebenfalls zu den hohen Tieren der Stadt, und als ich zu Mason schaue, verdreht er die Augen in meine Richtung. Ich grinse leicht und er schnippt sich eine Nuss in den Mund. Dann rutscht er tiefer in seinen Stuhl. Ich muss ein wenig kichern und drehe mich wieder nach vorn. Er ist wie ein älterer Dad. Das liebe ich. Deshalb bin ich auch so verrückt nach ihm, auch wenn er nicht wirklich mein Opa ist.

Mein Vater stellt sich vor das Mikro, von einem Spot erleuchtet, und hebt einen Mundwinkel. Die Hälfte der Frauen im Saal fällt jetzt wahrscheinlich in Ohnmacht. Er lässt den Blick über die Menge schweifen und seinen Anblick erstmal wirken.

»Hallo«, begrüßt er die Anwesenden locker. »Ich hoffe, ihr hattet angenehme zweieinhalb Jahre.« Seine Stimme klingt total entspannt. Er hat immer noch eine Hand in der Hosentasche und die Leute starren schockiert hoch zu ihm. Ein paar Frauen fächeln sich Luft zu und seufzen. Mom ist genervt von all dem. Die Hälfte an unserem Tisch sieht emotionslos zu ihm hoch.

»Ja, ich bin es wirklich«, sagt er zur Frau des Bürgermeisters in der ersten Reihe und ein paar lachen leise. Er hat Charme. Er ist ein Mensch, dem die Leute erliegen wollen. Er ist anziehend und er weiß es zu nutzen.

»Es ist so schön, wieder hier zu sein. All eure Gesichter zu sehen und zu sehen, was sich alles verändert hat oder auch nicht.« Er schaut zu unserem Tisch, an dem auch Sergio sitzt. »Ich war im Urlaub. Man muss sich ja auch mal eine Auszeit nehmen!«, fährt er fort. Mom schnaubt wieder und mein Dad legt ihr den anderen Arm über die Lehne und streicht über ihre Schulter.

»Aber jetzt bin ich wieder da, voller Tatendrang und Energie, bereit, mich weiter für diese Stadt einzusetzen. Deswegen spende ich fünfhunderttausend Dollar für die Sanierung des Bahnhofs und der Unterführung. Ich habe vor, weitere Projekte zu unterstützen. Ich habe vor, diese Stadt perfekt zu machen. Stück für Stück.« Es wird kurz geklatscht und ich trinke heimlich einen Schluck Whisky von Dad, als er abgelenkt damit ist, Mom zu beruhigen, die jeden Moment zur Furie wird.

»Ich mag Veränderungen, und ich wäre dafür, dass sich hier in Chicago einiges ändert. Aber auch für mich persönlich hat sich ein wichtiger Teil meines Lebens geändert.« Dad versteift sich etwas und ich mich gleich mit, weil ich seine Spannung spüre. Das macht mich immer nervös. Seine Stimmungen und die meiner Mom gehen nahtlos an mich über. Das war schon so, als ich ein kleines Mädchen war. »Ich habe erfahren, dass es noch einen wichtigen Teil meines Lebens gibt, von dem ich vorher gar nicht wusste, dass er zu mir gehört.« Oh Scheiße, er meint mich, oder? Onkel Caden pumpt einmal mit seiner Faust auf dem Tisch. Mein Vater beugt sich etwas vor und haucht vertraulich ins Mikrophon: »Ich habe eine Tochter.« Und ich wette, keiner der anderen in der Halle bemerkt, wie sehr er hier alle für dumm verkauft und unter seiner Würde hält.

Einige Gäste sind total verwirrt, während ich den Kopf alarmiert zurückziehe. Oh nein, was kommt jetzt?

»Sie war euch davor als Carters Rushs Tochter bekannt. Aber wie es das Schicksal will ...« Er sieht kurz nach oben. »Hab ich meinen persönlichen Engel bekommen. Catalina, komm auf die Bühne.«

Dad spannt sich an, genauso wie der Rest an unserem Tisch. Sergio beugt sich zu mir rüber und legt eine Hand auf mein Knie. »Einfach lächeln, du weißt doch, wie das geht«, flüstert er.

Ja, Mom hat mir früh eingetrichtert, wie ich alles ausblende und einfach höflich bin. Ich starre noch ein paar Sekunden in Sergios Augen, bevor ich mit einem Ruck aufstehe, weil ich ja keine Wahl mehr habe, wenn er mich so überraschend aufruft. Ich kann ja nicht einfach Nein sagen und unter den Tisch kriechen, obwohl ich so was als Kind öfter getan habe. Das wird schon nicht so schlimm. Ich gehe da jetzt einfach hoch und lächle. Vor der halben Stadt, aber okay.

Ich raffe mein Kleid etwas und schiebe mich an den Tischen vorbei. Alle Augen liegen auf mir, als ich die drei Stufen hoch zur Bühne nehme. Im Gegensatz zu meinem Vater genieße ich es eigentlich nicht so sehr, im Mittelpunkt zu stehen, allerdings weiß ich ganz gut, wie ich unangenehme Situationen am besten meistere. Das hat Onkel Caden mir beigebracht. Einfach daran denken, dass es gleich vorbei ist und nicht für immer währt.

Mein Vater streckt mir seine Hand entgegen, an der der Siegelring blitzt. Mir gefällt es ganz und gar nicht, wie er mich hier präsentiert und auf der Bühne zur Schau stellt, aber das werde ich ihm jetzt weder zeigen noch sagen. Ich lege meine Hand in seine und seine Finger schließen sich fest um meine. Das fühlt sich nicht schlecht an. Sein Griff gibt mir ein wenig Sicherheit, dass ich nicht falle, solange er mich hält.

Seitdem ich in Ohnmacht gefallen bin, ist das der erste direkte Körperkontakt.

Er zieht mich an seine Seite. Sein Geruch, der mir langsam vertraut wird, weil ich ihn jeden Tag rieche, strömt in meine Nase. Ich versuche, mich einfach zu entspannen. Gleich ist es vorbei.

»Dafür hat es sich gelohnt, zurückzukommen«, sagt er ins Mikro und ich überschaue kurz die Menge. Mit meinen Augen bleibe ich zwei Sekunden länger an dir hängen. Du starrst tödlich zu uns hoch. Ich sage dir mit meinem Blick, dass es gleich vorbei ist, denn ich weiß, wie sehr du das hasst. Deine Kiefermuskeln sind angespannt. Du wirst dich nicht beruhigen lassen. Mir fällt auf, dass der Blick von oben ganz anders als von unten ist. Man kann nicht so entspannt und locker sein, wie man es normalerweise am Tisch wäre. Wenn du auf der Bühne stehst, sehen dich alle an. Inmitten der Gäste gehst du als Teil der Menge unter.

»Jede Geschichte bekommt ihr Happy End, wenn auch vielleicht nicht auf einem ordinären Weg. Ich stehe für allerlei Fragen zur Verfügung und wünsche noch einen angenehmen Abend«, sagt mein Vater sanft mit seinem charmantesten Lächeln und irgendeine Frau vorn seufzt. Applaus ertönt von allen Seiten. Habe ich doch gesagt: gleich vorbei.

Dann führt er mich von der Bühne, was ich zulasse. Das erste Mal.

»Setz dich ein bisschen zu mir«, murmelt er mir zu und bringt mich zu einem der vorderen Tische, wo er mir einen Stuhl zurückzieht. Ich zögere. Das ist jetzt neu, weil ich normalerweise immer bei meiner Familie sitze. Mein Magen verkrampft sich kurz.

Ich lasse meinen Blick zu dem Tisch, an dem sie sitzen, gleiten. Dad explodiert gleich. Onkel Caden beugt sich rüber und flüstert ihm was zu. Sergio lässt gerade genervt den Kopf nach hinten fallen und stöhnt hörbar.

Okay, ich muss das hier jetzt nicht noch weiter hochpushen und nehme deshalb einfach auf dem Stuhl Platz. Mein Vater setzt sich neben mich. Wieder huscht Sergios Schatten über mich, als dieser sich einfach auf meine andere Seite sinken lässt und mit zwei Fingern in Ramon de Lucas Richtung winkt, damit er zu ihm kommt. Der stößt sich hart und widerwillig von der Bar ab, von der aus er etwas beobachtet. Dann schiebt er sich an den Tischen entlang und geht an Ariana Bianchi so dicht vorbei, dass seine Finger ihre Schulter streifen. Ich sehe es ganz genau. Und ich bemerke, wie ihre Schultern sich nach hinten bewegen und sie sich etwas aufrichtet.

Okay, wow. Das war intensiv.

Ramon setzt sich auf Sergios freie Seite, wobei er den Stuhl laut nach hinten schiebt. Mir wird gerade klar, dass ich auch mit ihm verwandt bin, was echt komisch ist.

»Alles okay, Tesoro?«, fragt mein Vater mich, während auf der Bühne weitere Reden darüber gehalten werden, wie wunderbar mein Vater ist. Ich hasse Arschkriecher, Ilian. Genau wie mein Dad.

»Ja«, antworte ich und falte meine Hände auf dem Tisch. Ich mag es nicht, nicht bei meiner Familie zu sitzen. Ich mag es nicht, den Arm meines Dads nicht auf meiner Lehne zu spüren und die ganzen Kommentare zu jedem Scheiß von meiner Mom zu hören.

Zaydens aggressiven Vibes spüre ich bis zu mir, obwohl ich jetzt weiter weg bin. Es wird nicht besser mit seiner Laune.

»Ich wollte dich nicht so überrumpeln, es war ein Spontaneinfall«, sagt mein Vater leise in meine Richtung.

»Ich bin nicht überrumpelt«, erwidere ich und sehe kurz aus dem Augenwinkel zu ihm hoch. »Mir geht es gut.«

Er grinst. »Du bist wie deine Mutter.«

»Danke sehr.« Ich nehme Sergios Grappa und trinke einen Schluck, woraufhin er die Flasche heranzieht und nachschenkt. Das Glas lässt er mit einem mitfühlenden Lächeln bei mir stehen.

»Bitte sehr«, antwortet mein Vater sanft. Ich atme aus und versuche wirklich, mich zu entspannen. Ich versuche, mich auf das Hier und Jetzt zu konzentrieren, nicht auf meine Familie drüben am Tisch, während ich meine Gefühle unterdrücke. Wie gern ich doch stattdessen mit dir lachen würde … Okay, dann sitze ich eben hier. Kein großes Drama. Es wird nicht immer so sein. Es ist nur heute so. Und später liege ich wieder mit dir in meinem Bett.

Alles wird gut, Ilian. Ich steigere mich nicht hinein.

Nein, das tue ich jetzt nicht. Ich trinke lieber den Grappa, den Sergio mir eingeschenkt hat, und versuche, das Beste aus dieser Situation zu machen.

So, wie es in unserer Familie üblich ist. Du kennst das ja.

47. Sempre, Rosalie

XX

Sergio

Sechs Whisky.

So viel habe ich gebraucht, um diese Farce zu ertragen, Rosalie.

Als ich noch war, wer mein Vater jetzt wieder ist, habe ich große Auftritte gemieden. Bei dem, was wir tun, gilt: Je weniger Aufmerksamkeit, desto besser. Zumindest ist das meine Meinung. Ich habe gespendet, Schecks ausgestellt, Bestechungsgelder gezahlt und kleine Geschenke verteilt. Aber ich habe mich nicht gern in den Mittelpunkt gedrängt. Nie. Nicht mal im Casa del Nero. Meine Reden waren immer sehr knapp und kurz.

Mein Vater hingegen liebt es, sich feiern zu lassen. Noch etwas, was sich nicht geändert hat. Momentan wird er von Fragewütigen belagert, während ich an der Bar stehe und das beobachte. Einige Paare wirbeln auf der Tanzfläche, die Stimmung ist ausgelassen. Mein Vater ist völlig entspannt. Ganz offensichtlich genießt er die Flut regelrecht. Damit füllt er die Lücke in seinem Leben. Das war schon immer so. Sex und Aufmerksamkeit.

Er ist seit zehn Tagen wieder da. Ich war in letzter Zeit viel mit Ramon, seit dieser aus New Orleans zurückkam, unterwegs, um mich abzureagieren und einfach zu eskalieren. Das hat echt gut getan. Manchmal brauche ich das, wenn meine Gefühle mich übermannen und ich sie nicht anders rauslassen kann. Ramon hat das nach seinem Aufenthalt in New Orleans auch gebraucht. Ich bin so froh, dass er wieder da ist, weil es mit ihm leichter zu ertragen ist, was gerade passiert.

Mein Vater hat mich vieles erledigen lassen, aber ich habe mir immer eine halbe Stunde für dich geklaut. Manchmal hat es auch nur für einen Kuss gereicht, aber das war okay. Dich nach so einer Eskalation mit Ramon zu sehen, ist der perfekte Ausgleich, Rosalie.

Wenn ich bei meinem Vater war, war meistens Giovanni dabei, mit dem ich immer noch nicht rede. Also habe ich ergo nicht sehr viel mit meinem Vater gesprochen, weil das heute mein erster Abend ist, an dem ich ihm nicht ausweichen kann und wir leider nicht abgelenkt werden. Jetzt bin ich froh, dass er beschäftigt ist.

Ich bin zu dem Schluss gekommen, dass es mich nicht glücklich macht, dass er zurück ist. Zwar liebe ich ihn und bin froh, dass er nicht tot ist. Ja, wirklich, das bin ich. Aber ich fühle mich beraubt, betrogen und verarscht von ihm. Ich weiß nicht, ob ich ihm das so leicht verzeihen kann. Zurzeit kotzt mich alles an. Was er tut. Was er sagt. Wie er sich bewegt. Und besonders, wie er mich ansieht. Ständig. Wenn er denkt, ich bemerke es nicht. Ich bemerke es aber, Rosalie. Und ich mag es nicht, Rosalie. Ich bin immer noch so wütend auf ihn, auch jetzt wieder. Fast drei Jahre war er weg. Was er zurückgelassen hat, war ein Haufen Scheiße. Feinde, Krieg, Verderben, Trauer. Irgendwie habe ich es geschafft, alles wieder aufzubauen. Dafür habe ich alles gegeben und vieles verloren, was mich ausgemacht hat. Es wird nie wieder zurückkommen. Einige Eigenschaften sind im Grunde mit ihm gestorben und tauchen nicht durch Zauberhand wieder auf. Weil Dinge, die tot sind, verdammt nochmal nicht auferstehen. Er hat nicht das Recht, nach all den Jahren wiederzukommen und alles an sich zu reißen, Chaos zu verursachen, Familien zu spalten.

Meine Schwester ist eben mit Ilian nach oben zur Galerie verschwunden, sobald mein Vater sich anderweitig beschäftigt hat. Diesmal hat Ilian sie hinter sich hergezogen.

Ich lasse meinen Blick über die Menge gleiten. Der Carter-Dad sitzt am Tisch und spielt mit seinem Messer. Mom hat sich zu dir gebeugt und ihr tuschelt. Was tuschelt ihr dann da, Rosalie?

Natalia Wolkov, Aariks kleine, intrigante Hurenschwester, unterhält sich gerade mit Aarik. Er starrt Irina an, die neben meinem Bruder sitzt. Zayden bemerkt das untypischerweise gar nicht. Er hat einen Arm über Irinas Stuhllehne gestreckt. Seine Augen liegen woanders. Sie sind hasserfüllt und nachdenklich. Ich folge seinem Blick und entdecke Selina und Sancho Esteban. Sancho war zweimal diese Woche bei meinem Vater. Denn der will Geschäfte mit ihm machen. Ich war kurzzeitig ein wenig aus der Bahn geworfen und bin wütend, dass Selina hier ist. Der Deal war, dass sie sich fernhält. Aber solange sie meinen Bruder nicht betatscht, ist es mir auch recht. Hauptsache, sie geht euch aus dem Weg. Warum Zayden sie so ansieht, kann viele Gründe haben. Vielleicht wegen damals. Zumindest glaube ich nicht, dass er weiß, wie Selina wirklich verschwunden ist. Er hat mich immerhin nicht darauf angesprochen.

Ich spiele mit einem Untersetzer, während ich darüber nachdenke, mit Zayden zu sprechen. Der steht allerdings plötzlich mit einem Ruck auf und schiebt sich durch die Menge, bevor er aus meinem Sichtfeld verschwindet. Er meidet mich. Das fällt mir schon länger auf, und ich lasse ihn. Noch. Dass etwas zwischen ihm und Irina nicht stimmt, habe ich schon bemerkt.

Ich sehe zurück zu meinem Vater. So perfekt. Er hat sich zurückgelehnt, streicht an seinem Weinglas entlang und unterhält sich mit dem Dekan der Universität, die der Familie gehört. Der hat mir letztes Jahr die Eier geleckt, weil ich Renovierungen habe durchführen lassen. Hier leckt jeder jedem die Eier. Immer diese kleinen Schlampen.

Mom tuschelt immer noch mit dir und ich lasse meinen Blick jetzt endlich langsam und genüsslich über dich gleiten. Man kommt ja sonst nicht dazu, Rosalie.

Du trägst ein schwarzes, seidiges Kleid mit dicken Trägern aus Spitze und einem Rückenausschnitt bis zum Steißbein, der von Spitze gesäumt ist. Wieso bist du denn jetzt so elegant, Rosalie? Ich liebe es, wenn du so bist.

Dein dunkelbraunes Haar ist im Nacken locker zusammengerafft und ein paar lose Locken gleiten über deinen gebräunten Rücken. Was willst du mir denn eigentlich mit diesem Rückenausschnitt sagen, Rosalie? Dass ich dich von hinten vögeln soll?

Du reibst dir mit einer Hand über den Nacken, den Ellbogen aufgestützt. An deinem Dekolleté funkeln kalte Diamanten, genau wie an deinem Handgelenk. Deine Lippen schimmern tiefrot und deine Augen sind dunkel betont, sodass das Türkis noch strahlender wirkt. Als wäre das möglich.

Da ich ja heute nicht der Mittelpunkt bin, sondern mein Vater, beschließe ich, mich ein wenig zu amüsieren. Außerdem sollte ein Mann seine Frau, wenn sie so aussieht, echt nicht irgendwo allein sitzen lassen. Nein, wirklich nicht. Ich sollte zu dir gehen. Würdest du meinen Ring tragen, wärst du ununterbrochen an meiner Seite, egal, wer bei mir ist oder mit wem ich mich unterhalte.

Ich schiebe eine Hand in meine Hosentasche und schlendere an den Paaren vorbei über die Tanzfläche.

Näher zu dir.

Und noch ein bisschen näher, bis ich halb hinter dir stehe und meine Mutter über deinen Kopf hinweg zu mir hochschaut.

Du hebst die Schultern leicht, weil du mich spürst, und ich strecke dir einfach meine Hand mit dem Siegelring, die Handfläche nach oben, vor das Gesicht und warte. Ich warte, Rosalie.

Du siehst über meinen Arm, der ab den Ellbogen von einem schwarzen Hemd verhüllt wird, über meine Brust, mein Kinn und hoch in meine Augen. *Ja, hallo, Baby.*

Du ziehst die geschwungenen Brauen leicht zusammen und ich hebe einen Mundwinkel. Was denn? Wirst du jetzt unsicher, hm?

Deine Augen liegen in meinen, als du zaghaft deine Hand in meine legst, ohne weiter darüber nachzudenken. Du weißt, dass mein Vater das hier nicht gut finden wird. Du weißt, dass uns alle hier anschauen werden, aber du vertraust mir. Immer noch ist da dieses grenzenlose Vertrauen, obwohl du es doch eigentlich nach all den Jahren und all den Malen, die ich dich allein gelassen habe, besser wissen solltest. Mir kann man nicht vertrauen. Ich bin ein Desaster und ich wechsle meine Stimmung schneller als andere Menschen ihre Unterwäsche. Zeitweise bin ich, wenn mir was nicht passt, kalt und distanziert und dann warm und zugänglich, so wie jetzt. Ich stoße weg, dann ziehe ich zurück. Ich traue mir ja selbst nicht. Aber ich bin zu verrückt nach dir und zu angetrunken, um an die Folgen dessen zu denken, was ich hier tue.

Ich ziehe dich sanft auf die Füße und führe dich, wie eine Frau wie du geführt werden sollte, vor mir her zur Tanzfläche. Und ich genieße es. Normalerweise tue ich so was nie. Du und ich sind kein normales Paar, das auf einer Veranstaltung mal tanzt und sich in der Öffentlichkeit amüsiert. Das waren wir nie. Heute Abend will ich das aber mit dir sein.

Ich drehe dich auf der Tanzfläche zu mir herum und deine Mundwinkel zucken nach oben. Du liebst das, Rosalie. Vorsichtig ziehe ich dich an meine Brust und halte deine Hand unter meiner über meinem Herzen fest. Das fühlt sich gut an. Du atmest zittrig aus. Ich lege meine andere Hand auf deine zarte, nackte Haut an der Mitte deines Rückens und spüre deine Wirbelsäule unter meinen Fingerspitzen. Das liebe *ich*. Du erschauerst. Das liebe ich noch mehr. Deine Lippen öffnen sich einen Spalt und ich atme tief durch. Es ist wirklich unfassbar, dass du nach all der Zeit und der ganzen Distanz, die wir durchlebt haben, immer noch diese Wirkung auf mich hast. Und das wird sich nie ändern. Für mich wirst es immer du sein, ob zusammen oder getrennt.

Ich schaue zu dir runter und bewege uns sanft. Die Band spielt im Hintergrund. Ich spüre sehr wohl all die Augen auf uns, aber es ist mir egal. So egal, weil meine Augen nur auf dir liegen.

Du hebst deine Hand und legst sie in meinen Nacken. Ich schließe meine Lider kurz, weil sich das so gut anfühlt. So vertraut. Ich lasse mich ein wenig gehen, weil ich mich nie daran gewöhnen werde, was allein eine Berührung von dir in mir auslöst.

Dann öffne ich die Lider wieder, weil ich dein Gesicht sehen will. Wir sind uns in der Öffentlichkeit nicht oft so nahe. Deine Augen sind etwas dunkler geworden. Ich lege meine Finger etwas fester über deine. Deine Hand ist klein und zerbrechlich unter meiner und ich halte sie schon, seit ich denken kann. Auch, wenn ich sie gezwungenermaßen kurz loslassen musste und nie so halten durfte, wie ich es wollte. So sehr wollte, bis es nicht mehr ging.

Dein Atem beschleunigt sich etwas. Einerseits ist da dieses Vertrauen in deinem Blick, aber andererseits auch das Wissen, dass wir das hier jetzt eigentlich nicht tun sollten. Zusammen mit einem kleinen, rebellischen Funkeln.

»Was?«, frage ich leise und bemerke, dass meine Stimme heiser ist.

»Wieso tanzen wir, Sergio?«, flüsterst du und deine Finger in meinem Nacken streichen zaghaft darüber. Ich unterdrücke einen Schauer, rolle aber meine Schultern etwas. Ich liebe es, wenn du einfach etwas mit mir tust und es erst hinterfragst, wenn es fast vorbei ist. Das ist typisch für dich.

»Weil …« Ich drehe uns ein bisschen. Du lässt dich so leicht von mir führen und passt dich mir wie immer an. »Du zu schön bist, um da so alleine zu sitzen.« Ich streiche deine Wirbelsäule hinauf, denn ich kann mich nicht zurückhalten. Deine Schultern sacken leicht nach vorn. Ich habe zu lange das Bedürfnis unterdrückt, dich in der Öffentlichkeit so anzufassen und zu zeigen, wem du gehörst. Mich zu lange davon abgelenkt, dich genauer anzusehen, und mich zu oft davon abgehalten, dir alles zu sagen, was ich eigentlich hinter meiner Mauer empfinde, immer empfunden habe. Und mir ist klar geworden, dass es egal ist, wie viel Zeit vergeht, es wird nicht besser, für keinen von uns, wenn wir getrennt sind. In den Jahren ohne dich habe ich mich vielleicht selbst etwas verloren, aber diese eine Sache ist gleich geblieben. *Immer.* Ich konnte dich nach dem Tod meines Vaters nicht halten und lieben. Doch jetzt ist alles anders. Obwohl ich natürlich nicht weiß, ob ich jemals langfristig dazu imstande wäre, dich so zu behandeln, wie du es verdienst, weil die Stimmung, in der ich mich jetzt gerade befinde, zu instabil ist. Vor allem nicht in diesem Haus. Aber zumindest weiß ich mittlerweile, dass du bei mir sicherer wärst als bei wem anders.

Es ist heiß hier drin, trotz der Kälte draußen, und ich spüre, dass mein Rücken langsam feucht wird.

»Aber was ist mit dem Sicherheitsabstand in der Öffentlichkeit?«, erinnerst du mich und schmiegst dich etwas an mich, weshalb ich lächeln muss. Deine Stimme ist auch etwas heiser.

»Scheiß auf den Sicherheitsabstand«, murmle ich und ich streiche mit meinen Fingern höher. Ich wusste gar nicht mehr, wie sehr ich deine Haut unter meiner liebe sowie deinen Duft in meiner Nase. Er ist immer derselbe für mich, egal wie oft du dein Parfüm änderst, und das tust du oft. Ich will darauf nicht verzichten. Ich will es jeden Tag. Ich will es immer.

»Wirklich?«, fragst du mit einer erhobenen Braue.

»Wirklich«, raune ich. Ich ziehe dich am Rücken näher, sodass du mittlerweile eng an mich gepresst bist und ich die Konturen deines Körpers spüre. Dein Atem geht noch etwas schneller und ich grinse verwegen.

»Du spielst mit mir«, stellst du empört fest, streichst mir aber wieder über den Nacken, während ich mit meiner Hand zwischen deinen Schulterblättern ankomme.

Ich atme tief, wobei meine Schultern sich heben und senken. »Würde ich nie tun«, antworte ich mit einem verspielten Lächeln. Oh mein Gott, ich will gerade so sehr mit dir spielen. Du hast ja keine Ahnung.

»Ich mag dich, wenn du so bist«, murmelst du und ich streiche weiter hoch in deinen Nacken und unter deine Frisur. Ich liebe es, wie weich und warm deine Haut hier ist.

»Wie bin ich denn?«, frage ich mit einem flirtenden Unterton und lege den Kopf etwas schief. Deine türkisen

Augen funkeln. Ich würde alles sagen, damit du mich immer so ansiehst. Sie funkeln wie die Diamanten an deinem Hals, die sich in dem Licht brechen. Nur nicht so kalt.

»Du bist du.«

»Und wer war ich vorher?«, hake ich amüsiert nach und drehe dich etwas weiter in die Mitte der Tanzfläche. Mein Rücken prickelt wegen der Blicke, aber ich drehe mich jetzt nicht um. Es ist mir egal.

»Nicht du.«

»Hast du etwa einen gemeinen Spitznamen für mich?«, frage ich, weil ich dich kenne.

»Einige.« Du grinst mich frech an und ich muss ein wenig lachen.

»Sag mir einen.«

»Monsterbacke.«

Ich runzle die Stirn und du lachst jetzt über mein Gesicht. »Was ist eine Monsterbacke, Rosalie?«, erkundige ich mich trocken und emotionslos.

Du lehnst deine Stirn kichernd an meine Halsbeuge. »*Du.*«

»Aber ich dachte, du magst es, wenn ich ich bin.« Mit meinen Fingern greife ich etwas fester in deinen Nacken und du stößt den Atem an meinem Hals aus, während ich die Nase durch dein Haar gleiten lasse und tief deinen Geruch einziehe. Fuck. Ich hätte diesen Geruch damals, wenn mein Vater nicht gegangen wäre, jeden Tag neben mir haben können. Vielleicht nicht sofort, weil man uns zu viele Steine in den Weg gelegt hat, aber mit der Zeit, wenn ich bereit für dich gewesen wäre und du für mich. Wenn ich nicht hätte sein müssen, wozu ich gezwungen war, als de Luca-Erbe.

»Wenn du eine Monsterbacke bist, bist du nicht du. Du bist du, wenn du Sergio bist.«

»Verstehe«, murmle ich verständnislos in dein Haar und spüre, wie du mit deiner Nase über meinen Hals streichst. Und verstehe gar nichts. Wirklich nicht, Rosalie.

Ich lasse meinen Daumen über deine Nackenmuskulatur gleiten.

»Hast du Spitznamen für mich?«, fragst du mit leicht berauschter Stimme. Ich ziehe deine Hand an meiner Brust weiter hoch und lege sie auf meine Schulter, bevor ich dich auch mit dem anderen Arm umfange.

»Nur einen«, murmle ich in dein Haar.

Ich spüre dein Lächeln an meinem Hals, weil du natürlich sofort weißt, welchen ich meine. »Immer noch?«

»Immer«, antworte ich leise und lasse meine Hand an deinem Steißbein liegen.

»Wieso tust du das jetzt so offen, Sergio?« Du streichst leicht über meine Schulter.

»Ich hab keine fucking Ahnung«, wispere ich zurück. »Der Whisky?« Meine Fingerspitzen fahren von deinem Nacken wieder herunter und du schmiegst dich an mich.

»Ja. Whisky, sicher …«, sinnierst du.

»Das wird es sein«, murmle ich und halte dich mit einer Hand am Steißbein und einer am unteren Rücken.

»Und wieso tanzt *du* mit mir?«, hake ich jetzt nach und grinse leicht.

»Weil sich sonst meine Tanzstunden nicht gelohnt hätten«, murmelst du und ich lache in dein Haar. Es stört mich, dass ich deine Augen nicht sehen kann. Ich will immer wissen, was in dir vorgeht.

»Kannst du mich ansehen, bitte?«, frage ich dich leise und du ziehst unwillig deinen Kopf zurück. »Wenn du schon so nahe bist, will ich auch was davon haben.« Ich schaue in deine türkisen Ozeanaugen.

»Ich kann aber nicht denken, wenn ich dich ansehe.«

»Oh Tesoro, du musst jetzt auch nicht denken.« Ich lächle ein bisschen und drehe uns wieder. Bedeutungsvoll hebe ich die Brauen.

»Es ist fatal, wenn ich nicht denke«, lässt du mich wissen.

»Ich finde es immer sehr schön, wenn du nicht denkst«, gebe ich zu, während ich mich an all die Momente erinnere, in denen wir beide nicht gedacht haben. Gestern Nacht zum Beispiel. Das war ein bisschen episch, Rosalie.

»Ich bei dir auch.«

»Also sollten wir jetzt einfach nicht denken.«

Du seufzt. »Okay.«

»Okay.«

Du streichst mit den Fingern über meinen Hals und ich bin kurz versucht, mich zu dir runterzubeugen, aber ich halte mich mit allem davon ab. Du schaust auf meine Lippen und dann in meine Augen, als hättest du es gespürt.

Dann schluckst du und ich räuspere mich. »Ich werde dich jetzt drehen«, informiere ich dich knapp. Denn wenn ich das nicht tue, küsse ich dich, und das wäre wirklich zu viel des Guten, schon klar.

Du lachst. »Ja, dreh mich.«

Ich nehme meine Hand von deinem Rücken, lege sie um deine Finger und drehe dich einmal unter meinem Arm. Dein Kleid schwingt, ehe ich dich mit einem Ruck wieder an meine Brust ziehe.

Du strahlst. Ich liebe das.

Ich platziere wieder deine Hand auf meiner Schulter.

»Soll ich dich auch drehen?«, fragst du und ich lache amüsiert.

»Versuch es mal«, meine ich mit hochgezogenen Brauen.

»Du wärst sicher sehr elegant.«

»Mein Kleid würde sicher auch so schön schwingen«, murmle ich und du lachst noch mehr, und zwar so, dass du keinen Ton von dir gibst. Das heißt, du wirst gleich Bauchweh kriegen.

»Bitte sei jetzt nicht lustig, Sergio!« Gequält fasst du dir mit einer Hand an den Bauch.

Ich beuge mich an dein Ohr. »Wenn ich nicht lustig bin, bin ich sexy. Soll ich sexy sein, Rosalie? Willst du das?«

»Nein, sei bloß nicht sexy!«, warnst du mich sehr eindringlich und siehst düster und streng zu mir hoch. Gleichzeitig funkeln deine Augen aber noch mehr.

Ich schmunzle. »Wieso denn nicht?« Vielsagend und charmant sehe ich dich an und lege meinen Arm um deine Taille, sodass ich sie komplett umfangen halte und du dich eng an mich schmiegst.

»Weil das verboten ist.«

»Nicht mal ein bisschen?« Meine Stimme wird rau.

»Nein«, hauchst du mir entgegen. »Nicht hier.«

Meine Finger an deiner Taille gleiten unter dem Saum des Kleides an deiner Seite hoch und deine Lider fallen etwas zu.

»Du solltest mich hier echt nicht so anfassen«, meinst du leicht atemlos.

»Weil sonst …?«, frage ich unbestimmt an deinem Ohr und ziehe deinen Duft dort ein.

»Ich dachte, wir sollen uns in der Öffentlichkeit voneinander fernhalten.« Du streichst mit deiner Hand über meine Brust. Ich sehe kurz auf deine Finger und dann wieder in dein Gesicht.

»Vielleicht will ich mich ja nicht mehr fernhalten. Vielleicht will ich ja mit dir all das in der Öffentlichkeit tun, was ich sonst heimlich tue. Vielleicht will ich dich ja an der Hand halten und mit dir auf Veranstaltungen auftauchen. Vielleicht will ich ja endlich mit dir zu einem Ende oder einem Anfang kommen.« Meine Hand kommt an der Seite deiner Brust unter deinem Arm zum Liegen. Wir haben so viel Zeit verloren. Ich weiß nicht, ob ich dir guttue oder nicht und ob wir eine Zukunft haben oder nicht. Es fällt mir nicht leicht, zu ignorieren, was da in mir ist. Was ich für dich empfinde und wie sehr ich dich brauche. Schon gar nicht, seit mein Vater zurück ist, weil er ein Chaos in mir verursacht hat, was da eigentlich nicht hingehört. Alles ist so durcheinander und offen, was zuvor sortiert und verschlossen war. Außerdem frage ich mich, wofür ich das alles aufgegeben und geopfert habe, wenn er jetzt einfach so wieder vor der Tür steht.

»Bitte sag so was nicht einfach so«, murmelst du atemlos.

»Ich sag so was nicht einfach so, du kennst mich doch.« Ich ziehe die Brauen zusammen. Eindringlich sehe ich dich an, damit du verstehst, wie ernst ich es meine. Die Sehnsucht in deinen Augen war noch nie so groß. Ich betrachte dich eine Weile. Du wirkst fast etwas unruhig und unsicher.

»Ist das jetzt der Zeitpunkt, an dem du zur Vernunft kommst und ich dich loslassen soll?«, frage ich wissend, weil es den Anschein hat.

»Ich wollte nie, dass du mich loslässt. Obwohl du so viel besser darin warst als ich.«

»Ha. Ha«, meine ich trocken.

»Was?«, hakst du belustigt nach und ich überlege kurz, dir zu sagen, dass ich dich niemals losgelassen habe, aber vielleicht sollte ich nicht so viel reden. Ich habe zu viel getrunken.

»Nichts«, sage ich also und bringe uns sanft zum Stehen.

»Nein!« Du siehst forschend zu mir auf. »Hör auf.«

»Womit?« Ich hebe eine Braue und bin echt verwirrt, weil ich ja gar nichts tue.

»Du machst wieder die Muschel.«

»Die was?«, frage ich verständnislos.

»Die Muschel!« Du beugst dich mir etwas entgegen. »Die *Muschel.*«

»Fuck, was, Rosalie?« Ich bewege uns einfach wieder und drehe uns am Rush-Tisch vorbei. Wenn du weiterreden willst, müssen wir auch weitertanzen.

»Du verschließt dich wie eine Muschel. Gerade warst du offen, jetzt machst du wieder dicht.« Du deutest mit deinen Fingern eine zuklappende Bewegung an.

»Wenn ich weiter offen bleibe, bringe ich dich total durcheinander«, meine ich eindringlich, denn mir liegt gerade echt viel auf der Zunge.

»Ich habe es schon früher geliebt, wenn du mich durcheinandergebracht hast.«

»Lass mich raten, und jetzt ist nicht mehr früher, hm?« Ich lächle müde.

»Das könnte es wieder sein.«

Wir atmen beide tief durch und du streichst durch meine Haare, weshalb ich kurz die Augen schließe. Er wird uns killen, Rosalie, aber das ist es mir wert.

»Du hast keine Ahnung, wie oft ich mir gewünscht habe, dass es wie früher ist«, wisperst du mit belegter Stimme.

Ich lege meine Hand auf deine, die an meiner Schulter ruht. »Ich weiß, ich auch«, antworte ich leise. »Also machen wir das jetzt so. Ich werde dich loslassen und wir tun so, als wäre das nie passiert?« Weil wir das ja besonders gut können. So tun, als wäre nichts. Beide.

»Okay«, seufzt du und ich bringe uns noch einmal sanft zum Stehen, nehme deine Hand von meiner Schulter und du schluckst wieder. Ich küsse deine Fingerspitzen und lächle dich ein bisschen an.

»Ah fuck«, flüsterst du und ich lache leise.

»Danke schön«, hauche ich, bevor ich sanft deine Hand loslasse und mit einem Ruck einen Schritt zurücktrete. Dann drehe ich mich möglichst ruhig von dir weg, nicht rennend, und schlendere betont lässig zur Bar gegenüber, wo ich mich seitlich anlehne und mir einen weiteren Whisky bestelle. Alles ganz locker. Damit niemand denkt, dass das hier komisch war. Heilige Scheiße.

Du bist es immer noch, Rosalie.

Immer noch mein *Für immer*. Du wirst es immer sein. Und mit einem ist es völlig klar. Ich will, dass du meine Frau wirst.

Sempre.

48. Prioritäten, Catalina

XX

Ilian

Dein Vater ist ein Manipulator. Das erkennt man mit nur ein paar Blicken, wenn man weiß, worauf man achten muss. Donovan de Luca will, dass alle nach seiner Pfeife tanzen, aber besonders bei dir. Er versucht, dich um den Finger zu wickeln. Er versucht, dich ganz unauffällig in die Richtung zu drehen, wo er dich haben will. Jetzt sitzt du an seinem Tisch. Obwohl du das eigentlich gar nicht möchtest. Ich sehe, wie unwohl du dich dort hinten fühlst, und weiß, dass du lieber bei deiner Familie wärst, aber du kannst nicht so, wie du willst. Und ich befürchte, dass das erst der Anfang ist. Du wirst gar nicht mehr so können, wie du willst, wenn dein Vater erstmal richtig loslegt. Er ist ein Kontrollfreak. Auch das erkenne ich sofort, Catalina.

Ich werde das weiter beobachten, und wenn es mir reicht, werde ich dich einfach packen und mit dir abhauen. Ob du willst oder nicht. Mir egal. Dann lasse ich nämlich den Kontrollfreak in mir an die Oberfläche. Aber jetzt noch nicht. Jetzt lasse ich erstmal meinen Blick weiterschweifen, weil dein Vater mich echt anpisst, Catalina, und ich will jetzt nicht angepisst sein. Ich bin schon wegen zu vieler Dinge angepisst. Und das ist nicht gut.

Da wäre erstmal das Gespräch mit meiner Mutter, von dem ich immer noch nicht so wirklich weiß, was ich davon halten soll. Ich finde es ja super, dass sie jetzt versuchen will, regelmäßigen Kontakt zu mir zu halten, um nachzuholen, was wir so verpasst haben. Aber das wird trotzdem nicht ändern, dass sie nicht da war. Es wird trotzdem dieses Loch nicht füllen, das in mir vor sich hin klafft. Ich habe nochmal eingehender über ihre Worte nachgedacht, eigentlich in jeder freien Minute, was mich noch wütender gemacht hat. Weil ich dachte, ich hätte mit ihr abgeschlossen. Aber das Gespräch hat mir lediglich klargemacht, dass ich wahrscheinlich nie mit meiner Mom abschließen werde. Egal, wie wütend ich bin. Egal, wie enttäuscht. Egal, wie tief die Wunden in mir sind. Ich würde mir trotzdem immer anhören, was sie zu sagen hat. Ich würde ihr immer helfen, wenn es in meiner Macht liegt.

Ihr Angebot, auszusteigen und der Verpflichtung meiner Terekov-Familie gegenüber den Rücken zu kehren, ging mir auch immer wieder durch den Kopf und hat mich einige schlaflose Nächte gekostet, während du schlummernd in meinen Armen lagst. Aber eigentlich will ich das nicht. Ich will kein sauberes Leben führen. Ich will nicht fünf Tage die

Woche acht Stunden in einem Büro sitzen und mir von irgendeinem Chef sagen lassen, was ich zu tun oder zu lassen habe. Ich will die Dunkelheit, auch wenn ich zwischendurch immer wieder etwas Licht brauche, um meine Reserven aufzutanken. Also kommt ein normales Leben auf Dauer für mich nicht infrage. Aber das ist nicht der einzige Grund, wieso ich den Gedanken gar nicht erst so wirklich weiterverfolgt habe. Natürlich besteht das Leben nicht nur aus Verpflichtungen. Damit hatte meine Mutter Recht. Ich frage mich aber, ob sie sich selbst auch an ihren Rat hält. Natürlich wäre es vielleicht nach einer Eingewöhnung einfacher. Vielleicht würde mir das Licht sogar besser gefallen. Ich weiß es nicht. Aber ich werde es nie erfahren, hauptsächlich aus dem Grund, weil ich meinen Vater nicht hängen lasse, egal, was er getan hat und was er noch tun wird. Er baut auf mich, und auch wenn er manchmal ein eiskalter Bastard ist, der nur ans Geschäft denkt, so ist er immer noch mein Vater. Ich werde mich also nicht feige davonmachen. Außerdem werde ich auch nicht einfach ins Licht schreiten, alles hinter mir lassen und dich in der Dunkelheit vergessen. Denn für dich besteht keine Chance, einfach auszusteigen. Nicht mit deinem Vater. Niemals. Und ich werde sein, wo du bist. So einfach ist das.

Jeder hat andere Prioritäten.

Für den einen ist es die Karriere. Für den anderen die Familie und für den nächsten die Menschen, die er liebt. Oder er selbst.

Eine meiner obersten Prioritäten bist du. Schon immer gewesen. Das wird sich auch nicht ändern.

Ich steuere gerade die Bar an, wo sich meine Mutter – oh Wunder – mit Ramon de Luca unterhält. Ich hebe eine Braue. Was ist das denn jetzt? Hat das mein Onkel schon gesehen? Und was will sie mit Ramon de Luca? Ich selbst hatte noch nicht oft das Vergnügen, aber er ist mit Vorsicht zu genießen, besonders, wenn man eine Frau ist. Das habe ich sofort bemerkt. Ich mag es nicht, dass sie da mit ihm steht.

Ich schaue über meine Schulter zu meinen Onkeln.

Japp.

Onkel Caden sieht es. Beobachtet es. Sehr genau und lauernd. Ganz offensichtlich weiß er nicht, was er davon halten soll, rührt sich aber nicht. Er ist heute sowieso schon den ganzen Abend angespannt, allerdings habe ich keine Ahnung, wieso. Irgendwas gefällt ihm nicht. Überhaupt nicht.

Ich schlendere weiter und stelle mich ein paar Schritte abseits neben die beiden, bevor ich einen Wodka bestelle und mich mit dem Ellbogen anlehne. Genau wie Ramon de Luca, der gerade sagt: »Okay, lass ihn einfach erstmal nicht aus den Augen. Er ist momentan echt nicht zurechnungsfähig.«

Meine Mutter steht mit dem Rücken zu mir und ich frage mich, über wen sie reden. Seit wann hat sie überhaupt was mit ihm zu tun und WER ist nicht zurechnungsfähig? Mal davon abgesehen, dass die Anwesenden hier sowieso nicht den Eindruck machen, als wären sie sonderlich zurechnungsfähig. Nebenbei bemerkt.

»Was ist mit Giuliana? Ist sie nicht bei ihm?« Meine Mutter klingt leicht gereizt und ich gehe in meinem Kopf schnell alle Frauen durch, die mit unserer Welt zu tun haben.

»Also …« Ramon de Luca druckst rum. »Sie ist momentan nicht besonders gut auf ihn zu sprechen. Du weißt ja, er ist manchmal zu sehr er selbst.«

Meine Mutter stöhnt genervt und ich frage mich, ob sie hier über Giuliana Marino reden, die ich ein paarmal auf Sizilien gesehen habe. Das ist die einzige Giuliana, die mir auf Anhieb einfällt. Sie ist die Cousine deiner Mom, deshalb kenne ich sie.

»Okay, gut. Er muss auf jeden Fall bis Februar die Füße stillhalten. Vorher geht nichts. Das würde jetzt sowieso nichts bringen!« Sie wirft einen Blick zu deinem Vater, der das hier auch beobachtet, einen Arm über die Lehne geschwungen und die Fingerspitzen aneinanderreibend. Ich erinnere mich, was meine Mom mir über sie und deinen Vater erzählt hat. Dein Vater und meine Mutter, Catalina. Sie hatten was. Was zum Teufel soll das überhaupt?

Meine Mutter schnaubt und schaut wieder zu Ramon. Der winkt deinem Vater breit grinsend, wobei er seine strahlend weißen Zähne zeigt, mit den Fingerspitzen. Dessen Blick verdüstert sich sofort. So, wie er aussieht, wird er jeden Moment rüberkommen und einen von den beiden erschießen. Sollte er sich an meiner Mutter vergreifen, müsste ich jedoch ihn erschießen, worauf irgendwer auf mich schießen würde. Und immer so weiter. Du weißt ja, wie das mit dem Ehrenmord ist.

Jetzt erhebt er sich und schmeißt seine Serviette auf den Tisch. Super.

»Oh nein«, stöhnt Mom, als sie bemerkt, dass dein Vater in seinem ach so weißen Hemd auf uns zukommt. »Ich kann das jetzt nicht.«

»Wieso nicht, Amore?«, fragt Ramon de Luca teils angespannt und teils angepisst und lehnt sich zurück, bevor er sich ein paar Nüsse in den Mund wirft und aggressiv auf ihnen kaut. Er schnaubt wie ein wütender Stier durch die Nase.

Meine Mutter nuschelt ihm irgendwas zu, was ich nicht hören kann, und reibt sich über die Stirn. Genau in dem Moment bleibt dein Vater, der Schlenderer von Chicago, vor ihnen stehen und meine Mom sieht zu ihm hoch. Sein Gesicht ist ausdruckslos, wie immer, aber in seinen Augen ist ein warnendes Funkeln.

»Ava«, meint er sanft.

»Donovan«, antwortet sie sachlich. Sehr sachlich. Als wäre sie vor Gericht und würde mit dem Richter sprechen. Sein Mundwinkel zuckt.

»Schön, dich mal wieder zu sehen.« Das klingt fast wie ein Insider.

»Ich wünschte, ich könnte das Gleiche behaupten«, murmelt sie trocken, trinkt einen Schluck Wein und stellt das Glas wieder ab. Ramon de Luca isst noch ein paar Nüsse, sein Knie wippt, und er beugt sich deinem Vater etwas entgegen.

»Bist du eifersüchtig, weil ich mich mit deiner Verflossenen unterhalte?«, stichelt er.

»Nein, bin ich nicht. Soll ich mich mal mit deiner unterhalten?«, meint dein Vater ungerührt und Ramons Knie stockt.

»Versuch es«, erwidert er leise und sehr drohend. Meine Mom bleibt von all dem völlig ungerührt und seufzt.

Dein Vater wendet sich wieder an sie, als wäre nichts geschehen. »Und? Wo geht es als Nächstes hin?«, fragt er scheinbar unverfänglich.

»In den Süden«, säuselt sie und schiebt sich auf einen Hocker.

»Interessant«, gibt dein Vater zurück und hilft ihr mit einer Hand um ihre Taille. Dann stützt er seinen Fuß auf die Metallstrebe des Hockers und lehnt einen Ellbogen an die Bar.

»Und was gibt es für einen Grund, dass du dich mit meinem Cousin unterhältst?«, erkundigt er sich dann.

»Was gibt es für einen Grund für dich, dass du dich jetzt mit mir unterhältst?«, fragt Mom.

»Aber ehrlich!«, meint Ramon und trinkt von seinem Whisky, bevor er das Glas auf den Tresen knallt. Als wolle er damit seine Aussage unterstreichen oder einen Punkt setzen.

Dein Vater ignoriert ihn völlig. »Weil ich wissen will, was du mit Ramon de Luca zu tun hast, Ava.«

»Wir haben Geheimnisse, die ich dir nicht erzählen kann«, antwortet sie spöttisch. »Weil sie so groß sind, dass sie deine Welt erschüttern werden.« Der Blick deines Vaters wird kälter und ich spanne mich an.

»Ava«, meint er sanft und neigt etwas den Kopf zur Seite, während er ihr direkt in die Augen sieht. »Du solltest doch wissen, dass ich es nicht mag, wenn du Geheimnisse vor mir hast.« Oh fuck, ich kotze gleich. Er redet mit einer Stimme, die ich nicht von ihm hören will, besonders nicht im Zusammenhang mit meiner Mutter. Gar nicht. Niemals.

»Ich wüsste nicht, wieso ich dir irgendwelche Wahrheiten schuldig wäre, Donovan.« Sie schiebt ihn mit dem Zeigefinger an der Brust nach hinten. Er betrachtet mit müder Belustigung ihren Finger, den sie gerade wieder senkt.

»Du solltest auch wissen, dass ich meine Mittel habe, um alle Wahrheiten, die ich wissen will, aus dir rauszubekommen. Aber gut. Wenn du noch ein bisschen spielen willst, dann spiel nur.« Dein Vater gibt sich gönnerhaft.

»Ich spiele nicht mit dir. Du spielst unfair. Ich mag ehrliche Gegner.« Oh, da ist sie bei deinem Vater wirklich an der falschen Adresse. Wenn es irgendjemanden auf diesem chicagoer Spielfeld gibt, der weniger fair spielt als er, dann fresse ich einen Besen.

»Komischerweise war ich zu dir immer ehrlich.« Er schmunzelt sie an.

»Sicher. So ehrlich.« Ihre undefinierbaren Augen blitzen. »Meinst du, als du am Tisch meines Vaters saßt, meine Naivität ausgenutzt, ihm ins Gesicht gesehen und ihn angelogen hast?«

»Ich habe dir nie vorgemacht, irgendwas zu empfinden, was ich nicht empfunden habe. Ich war nicht ehrlich zu dir in Bezug darauf, wer ich bin, aber das war auch schon alles.«

»Ist es nicht amüsant, wie jeder seine eigene Auffassung von der Wahrheit hat? Ich wünsche dir noch einen schönen Abend. Donovan Wild.« Meine Mutter nimmt ihr Weinglas und sieht nochmal zu Ramon, während ich mich frage, was das für ein Scheißnachname ist. Ehrlich.

»Sag ihm, ich lande um sechs.« Damit schiebt sie sich an ihm und deinem Vater vorbei und geht.

Ramon klopft ihm auf die Schulter. »Dir verfällt eben nicht jede. Nimm es nicht so schwer, Mister Wild.« Dann schlendert er davon und dein Vater sieht zu mir.

Ich hebe die Brauen und trinke einen Schluck von meinem Drink. Er will etwas zu mir sagen, aber dann tritt Giovanni an seine Seite und murmelt ihm was zu. Er erstarrt und sein Gesicht verhärtet sich, bevor er sich abwendet und ohne ein weiteres Wort verschwindet. Giovanni folgt ihm auf dem Fuß. Ich schüttle meinen Kopf und frage mich, ob es dein Vater nicht langsam leid ist, von allen gehasst zu werden. Oder ob es einfach so an ihm abprallt, wie es den Anschein macht. Vielleicht ist es einem egal, ob man gehasst oder geliebt wird, wenn man kein Herz mehr hat.

Apropos, wo bist du überhaupt?

Du stehst bei deinem Dad, hinter ihm, und hast deine kleinen Hände auf seinen Schultern gelegt. Das ist gut. Dein DAD ist ein Mann mit Herz.

»Hey«, höre ich eine Stimme hinter mir und zucke fast zusammen. FUCK. Ich schaue zurück und entdecke meine Mutter, die sich neben mich schiebt.

»Hey«, antworte ich etwas abgelenkt, denn ich bin es wirklich nicht gewohnt, dass sie bei solchen Veranstaltungen dabei ist – oder überhaupt in der Stadt. Ich habe sie die letzten Wochen öfter gesehen als in den letzten zwei Jahren. Sie hat ihr Weinglas dabei und stellt es gerade ab. Ich mustere sie interessiert. Sie ist eine Frau mit wirklich vielen Geheimnissen und ich frage mich, ob ich die überhaupt wissen will oder lieber nicht.

»Alles okay?«, erkundigt sie sich stirnrunzelnd und ich zucke mit den Schultern. Es ist schon okay, es ist immer irgendwie okay. Muss es ja sein, oder?

»Was hast du mit Ramon de Luca zu tun?«, will ich wissen. Sie lehnt sich mit dem Ellbogen an die Bar und sieht in Ramons Richtung. Er ist wieder auf seinem Platz am de Luca-Tisch. Seine Finger trommeln hart auf die Tischplatte und er starrt jemanden an. Ich weiß, dass er Ariana Bianchi beobachtet. Das hat er heute den ganzen Abend gemacht, wenn er nicht gerade mit irgendwem beschäftigt war. Süchtig. Das ist er. Das sieht man sofort. Er kann den Blick nicht von ihr nehmen und wird hibbelig, wenn er sie betrachtet. Als würde es ihm alles abverlangen, ihr fernzubleiben. Das kenne ich. So würde es mir auch gehen, wenn du länger nicht bei mir wärst. Meine Mutter seufzt, als sie seinem Blick folgt, und schüttelt leicht den Kopf.

»Er ist ein guter Freund von einem meiner Mandanten.«

»Oh supermysteriös unterwegs«, murmle ich in mein Glas und sie hebt einen Mundwinkel, wobei sie aussieht wie Keaton Rush. Ich liebe Keaton Rush, ehrlich, und kann nichts dagegen tun, dass es kurz warm in meiner Brust wird. Ich habe zwar nicht viel Kontakt zu ihm, da er in der Karibik lebt, aber ich war ein paar Mal bei ihm. Außerdem telefonieren wir regelmäßig. Er ist meistens von allen genervt, die ihn anrufen. Bei mir hingegen liebt er es. Mom seufzt wieder.

»Es ist gar nicht so mysteriös, wie es scheint. Eigentlich ist alles ganz simpel.« Ach wirklich? Simpel würde ich all das hier echt nicht nennen. Wenn es simpel wäre, hättest du meinen Verlobungsring am Finger, würdest neben mir an der

Bar stehen und dein Vater hätte nichts mitzuentscheiden. Dann wäre das hier simpel, aber mit ihm ist nichts simpel.

»Aber du darfst darüber nicht sprechen, oder?« Jetzt klinge ich wie mein Onkel Caden und sie lacht. Sie lacht nicht oft. Meistens ist sie ernst. Ich frage mich, ob sie in ihrem Leben vielleicht gar nicht viele Gründe zum Lachen hat. Wie traurig, wenn dem so ist.

»Nein, das darf ich nicht.«

»Das darf sie nicht«, murmle ich in mein Glas.

»Wie geht es dir mit deinem Vater?«, fragt sie etwas wärmer als sonst. Ich sehe zu Besagtem. Der unterhält sich gerade mit ein paar Leuten, die er nicht ausstehen kann, was er kaum verbirgt. Mein Dad macht den meistens nichts vor. Das tut keiner bei den Terekovs. Die sind einfach so, wie sie sind. Entweder friss oder stirb. Aber das kann man sich auch nur leisten, wenn man einer so mächtigen Familie angehört.

»Geht schon. Ich tue, was er will. Also gut eigentlich.« Sie schüttelt leicht den Kopf.

»Ich fliege heute nach der Veranstaltung. Über Nacht. Und bin im Februar wieder hier.« Wieso habe ich das Gefühl, dass irgendwas im Februar passieren wird, was alles verändert? Und was soll ich davon halten, dass sie dann wieder da ist? So richtig da. Sie war noch nie so richtig da. Das alles verwirrt mich, was ich nicht mag. Bei mir müssen alle Dinge klar sein. Die große Ausnahme ist meine Mutter. Was sie betrifft, gerät alles durcheinander. Und ich hasse es, wenn jemand so viel Macht über mein Leben hat, zumindest so jemand wie sie. Du darfst das, weil ich weiß, dass du mich nie verletzen würdest. Im Gegensatz zu ihr.

»Okay«, antworte ich und denke jetzt nicht an all das. Ich werde mich mit ihr arrangieren, wenn es an der Zeit ist. Vorher zerbreche ich mir nicht den Kopf.

»Dann werde ich erstmal bleiben. Ich erwarte nicht, dass du mich jeden Tag anrufst, aber du kannst ja rangehen, wenn ich es tue.« Ich atme tief durch. Ja, die letzten Male habe ich sie ignoriert. Doch nur, weil sie nicht alles richtig gemacht hat, muss ich ja nicht auch zum Arschloch mutieren, oder?

»Wenn ich nicht beschäftigt bin, geh ich ran.« Ich gebe mich wie dein Vater zuvor auch gönnerhaft. Sie sieht kurz zu dir, genau wie ich, dann wieder zu mir.

»Ich würde es verstehen«, gibt sie schließlich zu, als du gerade lachst. Automatisch hebt sich mein Mundwinkel. Na wenigstens ist sie keine der Mütter, die ihre Schwiegertochter hasst, obwohl es andersherum der Fall ist. Nun ja … Du hasst meine Mutter und ich kann es dir nicht verübeln. Ich hasse deinen Vater ja auch.

»Gut«, sage ich. Sie verzieht das Gesicht und murmelt: »Besser ist das«, bevor sie die Hand hebt, um mir durch die Haare zu streichen. Ich lasse es über mich ergehen und blocke jegliche Gefühle ab, die bei dieser Geste, an die Oberfläche wollen. Sie seufzt.

»Pass auf dich auf«, meint sie noch und leert ihren Wein.

»Immer.«

»Lass dich nicht reizen.«

»Klar.«

»Sag das nicht, als wäre es selbstverständlich. In den nächsten Monaten wirst du sehr gereizt werden. Wenn du nicht weiterweißt, ruf mich wirklich an. In der Hinsicht kannst du mir vertrauen.« Sie deutet mit dem Daumen in die Richtung, in die dein Vater verschwunden ist, und ich nicke träge. Wenigstens in einer.

Dann klemmt sie ihre Handtasche unter ihren Arm und wendet sich ab, bevor sie zu Mason Rush geht, der an seinem Tisch mit seinen FBI-Kollegen sitzt und trinkt. Sie legt eine Hand auf seine Schulter und beugt sich vor, um etwas in sein Ohr zu murmeln. Er lässt träge den Kopf nach hinten fallen und winkt ab. Ich muss lächeln. Sie küsst ihn auf den Kopf, woraufhin er ihre Hand, die noch auf seiner Schulter liegt, kurz drückt. Meine Oma steht auf und zieht Mom in den Arm. Dann küsst sie ihre Wange und löst sich von ihr. Emilia Rushs Blick wird etwas wehmütig und ich frage mich, ob sie sich je daran gewöhnen wird, sich von ihren Kindern zu verabschieden. Mom sieht kurz zu dem Tisch, an dem meine Onkel sitzen. Onkel Caden hebt eine Braue und zeigt ihr mit tödlicher Miene, dass sie telefonieren werden. Sie nickt, schließlich durchquert sie den Saal und verlässt ihn dann.

Ich atme tief durch und leere mein Glas auf ex. Nein, ich glaube nicht, dass ich ihr jemals wirklich vergeben werde. Das könnten wahrscheinlich nur sehr wenige Menschen. Tja, und ich gehöre nicht dazu. Dafür benötigt man Größe, die ich nicht besitze. Aber ich bin auch niemand, der alle Gefühle auskotzt, die gerade aufwallen. Der es ihr extra schwer machen würde, um sich irgendwie zu rächen. Oder dergleichen. Ich lasse mir nicht gern anmerken, was wirklich in mir vorgeht, außer vor denjenigen, denen ich vollkommen vertraue.

Zu diesen Menschen gehören nicht viele. Ich suche sie mir sehr genau aus und du bist ganz vorn dabei.

Ich hoffe nur, dass niemand sich zwischen uns drängen wird, so, wie ich es bei deinem Vater befürchte. Ich sehe ganz genau das Blitzen in seinen Augen, wenn er mich betrachtet. Ich sehe ganz genau, dass es ihm nicht gefällt, dass wir uns lieben. Und ich ahne, dass es für dich nichts Gutes bedeutet, dass er wieder zurück ist. Genauso wenig wie für mich. Ich frage mich, welcher Vater in der Welt, in der wir leben, etwas Gutes für sein Kind bedeutet.

Und es gibt nicht viele, die ich nennen könnte. Eigentlich trifft es nur auf meine Onkel zu. Das ist ein Armutszeugnis, Catalina.

Aber es ist, wie es ist. Man kann sich seine Eltern nicht aussuchen. Wir würden wahrscheinlich alle andere nehmen, wenn wir es könnten. Aber wenigstens kann man sich aussuchen, wen man in sein Herz lässt und wen man für immer ausschließt.

Ich frage mich, wie du dich letztendlich bei deinem Vater entscheiden wirst. Denn du hast noch eine Wahl, die wir alle nie wirklich hatten.

Sie könnte uns beide entweder ins Verderben stürzen oder uns den Himmel auf Erden bescheren.

Wie auch immer. Ich bin an deiner Seite. Jetzt. Und für immer, Babygirl. Und egal, wie du dich entscheidest, wir werden damit umgehen. Wir werden es schaffen, irgendwie.

49. Meine Wahrheit, Irina

XX

Zayden

Sie trägt schwarz, wie meistens. Sie ist jetzt verheiratet.

Und sie ist hier, als würde sie noch dazugehören, das tut sie aber nicht. Sie hat sich eigentlich jedes Recht verwehrt, hier herumzulaufen. Es ist okay, ich bin ja nicht in der Position, jemandem vorzuschreiben, wo er zu sein hat und wo nicht.

Aber ich bin immer noch ziemlich angepisst.

In den letzten Tagen habe ich alle Anrufe, sobald ich bemerkt habe, dass es Selina ist, abgewürgt und beendet. Da sie ihre Nummer unterdrückt, muss ich nun einmal rangehen, wenn mein Telefon klingelt. Kurz, nur kurz, habe ich ein bisschen daran geglaubt, dass sie sich geändert hat. Das hat sie aber nicht. Offensichtlich, sonst hätte sie sich niemals auf einen Deal mit Donovan eingelassen. Das tun, wie ich aus eigener Erfahrung weiß, entweder nur dumme, verzweifelte oder berechnende Menschen.

Jetzt ist sie hier, steht mit Sancho Esteban an der Bar und sieht perfekt aus, wie immer. Das verdeckt alles andere, nicht wahr? Ihre schwarzen Haare liegen wellig über einer Schulter und das schwarze, ärmellose Kleid fließt seidig an ihr herab. Diamanten funkeln an ihrem gebräunten Dekolleté und ihre Lippen schimmern tiefrot. Sie wispert Sancho damit gerade etwas zu. Der lehnt mit einem Ellbogen an der Bar, das schwarze Hemd spannt über seinen Armen. Seine dunkelbraunen Haare sind zurückgekämmt, die Haut gebräunt und seine grünbraunen Augen sehen gleichermaßen wachsam wie abfällig in die Runde. Ich kann immer noch nicht glauben, dass dieser Mann Alaynas jüngster Bruder sein soll. Aber jetzt, da ich darauf achte, kann ich tatsächlich ein paar ähnliche Züge erkennen. Die Form seiner Lippen, den hohen Schwung der Wangenknochen, die Augenfarbe. Ich hoffe, er hat nicht vor, näherzukommen, als er ist.

Ich habe noch kein Wort mit Selina gewechselt, seit sie hier ist. Gerade wandert ihr dunkler Blick wieder zu mir, wie immer, sobald Sancho sich dem Barkeeper zudreht. Ich habe einen Ellbogen auf deine Stuhllehne gestützt und trinke gerade einen Schluck Whisky, während ich ungerührt zu ihr zurücksehe. Schließlich habe ich nichts zu verstecken. Im Gegensatz zu ihr. Wusste sie, dass die Estebans mit Alayna verwandt sind? Wusste sie, was sie tut, als sie sich auf Donovans Deal eingelassen und mich so gezielt im XX angemacht hat?

Ihr Blick gleitet über mich und zu meinem Arm auf deiner Stuhllehne. Ihre Augen blitzen auf. Das mag sie nicht. Sie denkt immer noch, dass ich ihr gehöre. Dem ist aber nicht so. Ich nehme meinen Arm auch nicht weg, sondern beuge mich vor und ziehe die Whiskyflasche von Dad weg, um mir nachzuschenken.

Sancho murmelt Selina etwas zu, bevor er zu unserem Tisch sieht. Ich versteife meine Schultern. Hat er jetzt vor, rüberzukommen? Mein Onkel beißt die Zähne aufeinander, als Sancho Esteban sich von der Bar abstößt. Ich frage mich, wieso. Ob er auch was von dem Geheimnis weiß, das Donovan mir erzählt hat, oder will er einfach nur die Spanier nicht in der Nähe seiner Familie haben, weil sie nun einmal sehr gefährlich sind?

Sancho Esteban nähert sich. Sein Blick gleitet über alle und bleibt ein paar Sekunden länger auf Tante Alayna und Sophia liegen. Rosalie ist nicht da. Sie ist Sergio nach draußen gefolgt, nachdem sie getanzt haben.

»Spanier auf sechs Uhr«, murmelt mein Vater. Ich strecke meinen Arm ganz über deine Lehne. Ich will ihn nicht hier haben. Mein Dad auch nicht. Er weiß sicher nichts von den Neuigkeiten und ich habe nicht vor, sie ihm zu verraten. Er würde nur durchdrehen und damit niemandem helfen. Ganz im Gegenteil. Ich jedoch kann rational bleiben, wenn es mich nicht direkt betrifft. Er eher weniger, besonders wenn es um jemanden geht, den er liebt, wie etwa seine Nichten.

Sancho Esteban bleibt zwischen meinem Onkel und meinem Vater stehen. Ich lasse den Blick zu Donovan schweifen. Das ist echt ein bisschen gewagt und ich mag es nicht. Er hat alles genau im Blick und spielt mit seiner Gabel. Natürlich will er nicht, dass das Geheimnis rauskommt. Es würde ihn in eine Scheißlage bringen. Und das liebe ich.

»Ich hab mir gedacht, ich nehme dieses Aufeinandertreffen zum Anlass, mich vorzustellen, da ich wahrscheinlich öfter in der Stadt sein werde.« Sancho Esteban klingt ausnehmend höflich. Selina ist an der Bar geblieben, was auch besser so ist. Sie sieht zu Boden. Wie süß. Wahrscheinlich ein Befehl von ihrem Verlobten.

Mein Vater wechselt einen Blick mit meinem Onkel, der durchatmet und dann aufsteht. »Wie höflich.« Das kommt fast drohend. Ich ziehe die Brauen leicht zusammen, genau wie mein Dad.

Sancho schmunzelt. »Ich *bin* sehr höflich.« Dann streckt er meinem Onkel die Hand entgegen.

»Na, dann hoffen wir, dass das so bleibt«, sagt dieser, nimmt seine Hand und schüttelt sie fest. Die Feindseligkeit, die von Onkel Caden ausgeht, alarmiert mich. Anscheinend weiß er doch mehr, als er erzählt. Das wundert mich nicht. Er weiß eigentlich immer alles. Ich muss mich unbedingt mal mit ihm über das ganze Spaniendilemma unterhalten. Eigentlich steht mein Entschluss auch schon fest, aber daran denke ich jetzt erstmal nicht.

»Sicher.« Sancho lächelt jetzt und Sophia schmachtet ihren Onkel an, von dem sie nichts weiß. Ihr Kinn ist auf die Hand gestützt. Ihre Augen funkeln, weshalb ich ihr unter dem Tisch gegen das Knie trete.

Sie zuckt zusammen und starrt mich düster an.

»Na dann, schönen Abend noch«, sagt Sancho sanft.

»Ebenfalls.« Das kommt nicht sehr sanft. Mein Onkel setzt sich wieder, bevor Sancho den Blick zu mir schweifen lässt. Ob er wohl weiß, dass ich seine Verlobte gevögelt habe? Man kann nichts an seinen Augen ablesen. Dann zwinkert er Sophia zu und schlendert davon.

Ich sehe zu Onkel Caden, der die Flasche Whisky nun zu sich zieht, sich nachschenkt und das Glas leert.

»Alles klar, Bro?«, fragt mein Vater ihn.

»Ich hasse die Spanier«, verkündet mein Onkel düster. Ich weiß, dass da mehr ist.

»Wer hasst sie nicht. Kleine, arrogante Bastarde«, nuschelt mein Vater vor sich hin. Sophia murmelt Tante Alayna was zu, bevor sie aufstehen. Sie gehen wieder Gruppenpinkeln, das tun sie immer. Jaxon heftet sich an ihre Fersen, als sie zu den Toiletten verschwinden.

Ich massiere meine Stirn und lasse den Blick wieder an die Bar schweifen. Sancho hat seinen Zeigefinger unter Selinas Kinn gelegt und murmelt ihr was zu. Sie sieht mit ihren dunklen Augen zu ihm hoch. Ich nehme ihr fast ab, dass sie was für ihn empfindet. Ob er weiß, wie sie sein kann? Ob er ihr das abkauft? Sicher tut er das. Sie fickt es ihm bestimmt genauso ein wie jedem anderen.

Donovan de Luca hat sich inzwischen wieder entspannt.

Er lächelt. Er führt Smalltalk. Er bezieht meine Schwester, die bei ihm sitzt, mit in die Gespräche ein. Nur sehr wenige Menschen hier können hinter seine Fassade blicken, um mehr zu entdecken, als das, was er ihnen zeigt.

Ich habe viel über seinen sogenannten Deal nachgedacht. Ich werde ihn eingehen, denn im Grunde habe ich keine Wahl. Allerdings habe ich es ihm noch nicht gesagt.

Ich werde nach Spanien gehen und tun, was ich tun muss, damit meine Familie in Sicherheit ist. Ich überlege nur noch, etwas mehr rauszuhandeln, denn ich weiß, dass da noch was geht. Donovan ist es zu wichtig, dass mein Bruder nichts von der ganzen Esteban-Sache und Donovans Wissen darüber erfährt. Damit habe ich etwas gegen ihn in der Hand, was gut ist. Wenn ich meinem Bruder erzählen würde, dass Donovan Geschäfte mit den Spaniern machen will, obwohl er all das weiß, wovon er mir erzählt hat, und dass er Rosalie möglicherweise auf diese Art loswerden will, würde Sergio – ohne Frage – seinem Vater endgültig den Rücken kehren. Und das würde Donovan nicht riskieren. Eine Sache haben er und Selina Sanchez gemeinsam. Sie lieben es, geliebt zu werden. Dafür tun sie fast alles. Der eine mit seinem Körper, der andere mit seinem Kopf.

Ich beobachte erneut Selina und frage mich, was für sie bei all dem rausspringt. Was sie dabei herausschlägt, Donovan zu helfen. Denn mit reiner Nächstenliebe hat es nichts zu tun. Außerdem muss ich noch mit dir über diese Spaniensache reden, was ich heute auf dem Nachhauseweg im Auto erledigen werde. Da sind wir unter uns, keiner von uns kann sich vor dem Gespräch drücken oder es vorzeitig beenden, auch wenn wir es meistens so handhaben. Die letzten Tage mit dir sind wie ein kalter Krieg. Wir sticheln, wir zischen, wir beleidigen. Wir beobachten und ziehen unsere eigenen Schlüsse. Wir führen keine normalen Gespräche mehr und fühlen uns von allem angegriffen, was der andere tut oder nicht. Du denkst immer, wenn ich länger weg muss, dass ich dich betrüge. Ich denke immer, wenn du nicht an dein Handy gehst, dass du gerade mit Aarik Wolkov telefonierst, weil es nicht das erste Mal wäre. Langsam verliere ich echt meinen Verstand, Irina. Aber da bin ich ja nicht allein, nicht wahr?

Du beugst dich gerade an mein Ohr. Die blonden Locken, die du dir geformt hast, streifen dabei meine Schulter und dein Duft kriecht in meine Nase. Ich wünschte, er würde das in mir auslösen, was er einmal ausgelöst hat, aber nichts passiert. Dafür habe ich mich zu abgekapselt und bin zu angepisst. Ich kann und will nichts Positives an dir sehen. Und schon gar nicht an mir oder unserer Beziehung. So ist es leichter für mich, zu erklären, was ich getan habe.

»Du könntest sie wenigstens so beobachten, dass ich es nicht mitbekomme«, wisperst du höhnisch.

Ich reiße meinen Blick von Selina los und sehe zu dir. Deine dunkelgrünen, elegant betonten Augen zeigen, wie verletzt du bist. Du warst überrascht, als du sie hier entdeckt hast und hast dich am ganzen Körper versteift. Dann bist du wortlos aufgestanden und zu den Toiletten geeilt. Ich bin dir nicht gefolgt, wie ich es eigentlich getan hätte. Zwanzig Minuten warst du weg. Sicher hast du gebrüllt und geweint, wie so oft in letzter Zeit. Ich hätte dich vorwarnen können, aber dann hätte ich zugeben müssen, dass ich noch Kontakt zu ihr hatte, nachdem ich gesagt habe, ich würde es lassen. Und diese Lüge bin ich noch nicht bereit, aufzudecken. Ich weiß nicht, ob das jemals der Fall sein wird. Ich kann dich nicht verlieren. Finde dich damit ab.

»Ich beobachte sie nicht wegen dem, was du jetzt denkst«, meine ich leise, damit die anderen uns nicht hören. Ich muss wenigstens versuchen, dich etwas zu beschwichtigen. Mein Onkel hat gerade erst darüber gesprochen, dass wir uns heute zusammenreißen sollen. Denn gestern am Esstisch flog das Geschirr zwischen dir und mir hin und her. Ilian und Catalina sind mit Sophia wortlos nach oben gegangen. Mein Dad wollte mir eine reinhauen, Mom musste ihn zurückhalten. Onkel Caden hat dann alles gerettet.

»Klar, dann mach natürlich weiter. Ich störe dich auch nicht länger«, murmelst du zynisch und machst eine ausladende Handbewegung, bevor du einen Schluck trinkst.

Ich bemerke, wie mein Blick sich verändert. Ich bemerke, dass ich eine gewisse Kühle ausstrahle und mein Puls sich etwas erhöht, doch das schüchtert dich nicht ein. Du funkelst herausfordernd zurück, als würdest du mich absichtlich reizen wollen. Willst du, dass ich jetzt ausflippe, Irina?

Du nervst mich, Irina. Mit deinen ständigen provokanten Sticheleien nervst du so sehr. Ja, ich habe sie gefickt, aber davon weißt du nichts, und ich habe nicht vor, es wieder zu tun. Also lass es doch einfach. Wieso musst du ständig noch einen draufsetzen? Mir reicht es langsam. Ich mache das nicht länger mit. Du willst mich anpissen? Okay! Piss mich an, aber nicht hier.

Ich stehe auf, greife nach meinem Glas und leere es in einem Zug. Dann umfasse ich deinen Oberarm mit einem Ruck und ziehe dich auf die Füße, weil ich genug habe. Deine Haare fliegen herum und du stolperst einen Schritt.

»Zayden!«, zischt Mom und funkelt wütend zu mir noch. Mir scheißegal. Ich brauche dein Theater hier nicht, Irina. Du siehst mich wütend an, während ich dir deine Tasche in die Hand drücke und mich kurz an die anderen wende. »Wir fahren nach Hause«, informiere ich niemand Bestimmten.

Mein Vater mustert uns zweifelnd und nickt langsam. Ich ziehe dich mit zur Garderobe, quer durch den Saal und vorbei an den Tanzenden.

»Fuck, Zayden!« Du versuchst, dich loszureißen, aber ich lasse dich nicht los. Ich bin echt geladen, Irina. Du wolltest es so, da hast du es! Ich ziehe dich einfach weiter, vorbei an Ilian, der an der Bar steht; vorbei an Mason, der sich müde mit einem anderen Mann unterhält.

»Lass mich los!«, murmelst du mir zu.

»Hör auf, mich anzupissen«, zische ich zurück, ohne meine Schritte zu verlangsamen.

»Fick dich«, hauchst du. Ich spüre, wie die Wut heißer durch meinen Magen wallt. Du bemerkst echt nicht, wann es reicht, oder? Du musst immer das letzte Wort haben und noch einen drauf setzen. Du musst immer noch weiter austeilen und kannst nicht einfach mal den Mund halten, Irina, oder?

Ich ziehe dich weiter und reiße unsere Mäntel von der Garderobe, bevor ich dir deinen über die Schultern schmeiße und du ihn dir hektisch überstreifst. Ich hänge meinen über den Arm. Mir ist gerade zu heiß. Dann nicke ich dich hart vor.

Du schnaubst und rauschst an mir vorbei. Eine ältere Dame starrt dir hinterher und du fährst sie mit deinem Blick an. Ich folge dir und spüre einige Augen in unserem Rücken, aber es ist mir scheißegal. Wer ein Fuckproblem hat, soll kommen, ganz gleich, wer es ist. Ich niete alle um. Deinen fucking Bruder, deinen fucking Vater, meinen fucking Vater, sie können gern kommen. Ich walze alle platt.

Mir reicht diese ganze Scheiße hier.

Ich folge deinen über den Platz hallenden Heels die breite Treppe herunter und sehe nichts, nur dich vor mir und meinen Wagen, den ich jetzt mit der Fernbedienung entriegle.

Es hat wieder angefangen zu schneien. Unsere Schritte klingen gedämpft, als wir auf den Parkplatz zugehen.

Du reißt die Tür meines BMWs auf und setzt dich rein. Ich umrunde das Auto und lasse mich hinter dem Steuer nieder, bevor ich laut die Tür hinter mir zuschlage. Genau wie du. Dann starte ich den Motor, ohne auf irgendwas oder irgendwen zu achten.

Ich schweige. In mir bebt alles und ich sehe schon wieder nur noch schwarz. Ich weiß nicht mal, ob ich uns sicher nach Hause befördern kann, Irina. Aber ich bin mal wieder viel zu sehr in meinem Rausch, um auch nur ansatzweise weiter darüber nachzudenken. Dann sterben wir eben. Auch okay.

Der Sensor piept nervenaufreibend laut, weil wir beide nicht angeschnallt sind, doch auch das zieht an mir vorbei. Ich ändere nichts an dem Umstand. Stattdessen lege ich den Rückwärtsgang ein und drücke heftig auf das Gas, sodass der Wagen quietschend nach hinten saust und über den gefrorenen Boden schlittert. Ich mache eine Vollbremsung, worauf die Reifen durchdrehen. Der Wagen bricht leicht aus und du hältst dich keuchend mit einer Hand vorn an der Armatur fest.

Hart schiebe ich den Schalthebel nach oben, lenke ruckartig um und gebe Gas, bevor ich scharf rechts abbiege und den Parkplatz schlitternd verlasse.

Ich gebe Gas.

Ich gebe einfach Gas und rausche unter der Brücke hindurch am dunklen See entlang. Die Scheibenwischer kämpfen gegen die frischen Flocken, die vom dunklen Himmel fallen. Irgendwo grollt Donner. Meine Hände sind beide um das kalte Lenkrad geklammert. Ich atme gepresst durch die Nase und starre geradeaus.

»Wann hattest du vor, es mir zu sagen?«, knurrst du mich schließlich von der Seite an, doch ich bin noch zu sehr in Rage, Irina.

Mit einem Ruck lege ich einfach mitten auf der Straße eine Vollbremsung ein, sodass die Reifen schon wieder protestieren. Im Display leuchten alle möglichen Warnsignale auf und wir rutschen ein wenig über die glatte Fahrbahn. Inzwischen piept es noch heftiger.

»SCHEISSE!«, rufst du aus und krallst dich mit einer Hand fester an die Armatur, um nicht dagegen zu knallen. Dann stoppt das Auto mit einem Ruck endgültig.

Wieso sprichst du mich jetzt verfickt nochmal an?

Ich ertrage deine Stimme gerade nicht.

Wir stehen mitten an der Abzweigung, die runter zum Hafen führt. Hier gibt es nichts, bis auf die dunkle nasse Straße und den hohen Sträuchern, die sich an den Seiten erheben und sich hart im Wind biegen. Keine Menschenseele ist weit und breit in Sicht. Eine Laterne vor uns flackert.

Ich drehe mich schwer atmend zu dir um und stelle den Motor aus, damit das Signal der Gurte endlich verklingt und es wird still. So still. Eine Hand habe ich immer noch fest um das Lenkrad geschlungen, die andere zur Faust geballt, während ich dich anstarre. Das Licht über uns geht aus und es wird dunkel im Auto. Man hört unseren schnellen Atem und den Wind, der hart gegen das Auto peitscht.

Du wischst dir fahrig die blonden Strähnen aus dem Gesicht und drehst dich ebenfalls zu mir. »Wann wolltest du mir sagen, dass Selina in der Stadt ist, Zayden?« Du hörst einfach nicht auf.

»SPIELT DAS EINE VERFICKTE ROLLE?«, schreie ich dich an, sodass meine Kehle brennt.

»NATÜRLICH TUT ES DAS!«, brüllst du zurück.

»Wieso? Wollen wir mit ihr Kaffee trinken gehen?«, frage ich spöttisch und spüre, wie die Hitze in mir zu einer hohen Flamme wird, die langsam alles in mir verbrennt.

»Du telefonierst mit ihr. Du verhältst dich wie ein Bastard. Ich komme gar nicht mehr an dich ran! Du bist wieder genauso wie damals, als sie dich um ihren Finger gewickelt hat. Ich habe keine Ahnung, was mit dir los ist. Und jetzt auf einmal spaziert sie hier in diese Stadthalle, mit diesem scheißsüffisanten Lächeln, als wäre sie nie weg gewesen, und DU FRAGST MICH, OB DAS EINE ROLLE SPIELT?« Dein Atem geht schwer und deine Stimme ist laut und schneidend. Ich ertrage das nicht, Irina. Ich ertrage deine Stimme nicht. Hör auf, zu sprechen.

»Sie ist mit ihrem Verlobten da«, knurre ich und sage dir jetzt nicht, was bei uns lief. Sicher nicht. Es reicht schon, dass ich dir die Scheiße mit Spanien erzählen muss, aber dieser Ausrutscher mit Selina wird mein Geheimnis bleiben. Die, die davon wissen, werden dichthalten. Wenn nicht, bringe ich sie um. Und diesmal wirklich.

»Hast du gewusst, dass sie zu dieser Feier kommen wird?«, fragst du weiter. Da ist wieder diese Verwirrung in deinen dunkelgrünen, aufgewühlten Augen, diese Wut, diese Verzweiflung. Denkst du, du wirst verrückt, Irina?

»Ich wusste nicht, dass sie so bald kommt«, zische ich. »Ich wusste, dass sie irgendwann kommt. Ihr Typ macht hier Geschäfte.« Fuck, ich flippe gleich aus.

»Und sie hat gar nichts damit zu tun, dass du dich aufführst, wie du dich aufführst, oder?«, stichelst du wissend und ich mahle mit den Zähnen. In erster Linie hast *du* was damit zu tun, dass ich mich so aufführe. Unsere Probleme haben damit zu tun. Und irgendwo ganz weit hinten sie, ja.

»Was willst du jetzt von mir hören?«, frage ich genervt. »Sag es mir, dann kann ich es *dir* sagen und das hier hört endlich auf!«

»Ich will die Wahrheit hören. Ich will, dass du mich nicht für dumm verkaufst. Ich fühle mich wie eine Irre. Jedes Mal, wenn ich denke, ich habe etwas verstanden, passiert etwas Neues. Und jetzt spaziert sie auch noch in diese Scheißstadthalle, als würde sie ihr gehören!« Ja, das hat sie an sich. Sie taucht irgendwo auf und reißt alles an sich. Und ich mache mir nicht vor, dass es diesmal anders ist. Ich mache mir nicht mehr vor, dass sie irgendwas von dem, was sie sagt, ernst meint. Aber es ist mir auch egal. Das habe ich nach diesem einen Mal begriffen. Sie bedeutet mir nichts und es ist mir egal, was ich ihr bedeute, wer sie fickt und wen sie heiratet.

»Du willst die Wahrheit?«, frage ich mit einer erhobenen Braue und die Flamme in mir steigt höher, sodass mein Nacken langsam feucht wird.

»JA!«, speist du aus.

»Gut, hier ist die Wahrheit, Irina …« Ich beuge mich dir entgegen und du beißt die Zähne aufeinander, zuckst jedoch nicht zurück. »Ich muss für Donovan nach Spanien. Sie lebt dort mit ihrem Verlobten. Donovan will, dass ich Informationen über die Estebans beschaffe, denn er will ganz Spanien für sich. Er will mehr Macht und er findet wohl, dass ich dafür besonders geeignet bin.« Die Geschichte über Tante Alayna lasse ich aus, weil es nicht erzählen darf. Das werde ich auch nicht. Es ist sicherer für alle. »Das ist die Wahrheit, *Irina*. Ich wollte es dir nicht so sagen, aber jetzt weißt du es. Ich habe keine Ahnung, wie lange es dauern wird. Ich mache das nicht gerne. Ich will nicht weg von euch. Aber ich habe leider keine Wahl.« Ich hatte nicht vor, es dir einfach an den Kopf zu knallen. Das ist auch nicht das Hauptproblem, aber eines von vielen. Und jetzt ist es raus.

Du erstarrst mit jedem Wort etwas mehr und das Blut weicht aus deinen Wangen. Ein paar Sekunden musterst du mich völlig ungläubig und blinzelst nicht mal. »Du sollst nach Spanien, dorthin, wo sie wohnt?«, fragst du fassungslos und gar nicht mehr so laut und aufbrausend.

»Ja«, meine auch ich ruhiger. »Ich weiß noch nicht, wann. Ich weiß nicht, wie lange, und ich weiß nicht, wie oft ich nach Chicago kann, um meine Kinder zu sehen. Ich weiß nur, *dass* es passieren wird.«

»Scheiße!«, rufst du mit einem Mal und reißt die Tür auf, bevor du einfach aussteigst und ich den eisigen Wind pfeifen höre. Die Kälte peitscht um meine heißen Wangen. »GOTTVERDAMMTE SCHEISSE!«, brüllst du draußen. Deine Stimme schreckt ein paar Vögel auf und ich beiße laut die Zähne aufeinander. Mein Magen verkrampft sich. Ich steige ebenfalls aus, ohne meine Tür zu schließen, und umrunde den Wagen. Der Boden ist rutschig, weil sich immer mehr Schneeflocken sammeln. Der Wind fährt durch dein Kleid und deinen Mantel, genau wie in dein Haar, in das du beide Hände gekrallt hast.

Vor dir bleibe ich stehen. »Ich kann das nicht, Zayden«, murmelst du vor dich hin und ich streiche mir langsam über das Gesicht. Ich wusste es. Ich wusste sofort, dass das der Genickbruch für uns sein würde. Aber ich kann meine Familie nicht im Stich lassen. Selina hin oder her. Ich kann nicht riskieren, dass Rosalie, Sophia oder Alayna irgendwas zustößt. Diese Worte aus deinem Mund zu hören, habe ich schon länger erwartet. Doch jetzt, als du sie sagst, protestiert alles in mir dagegen.

Du kannst nicht einfach nicht können, Irina. Das funktioniert nicht.

Ich sehe zu dir runter und streiche dir ein paar Strähnen über die Schulter. Du erstarrst, während ich dich sehr eindringlich mustere. »Du kannst.«

»Ich werde wahnsinnig.« Genau so siehst du mich auch an und lässt langsam deine Hände aus deinem Haar sinken. Ich betrachte dich, deine geröteten Wangen und die Unruhe in deinen Augen. Dieses Flackern. Ich bin schuld daran, dass du langsam verrückt wirst. Ich sollte dir sagen, dass du nicht spinnst, dass ich Sex mit ihr hatte. Dass es nichts bedeutet hat. Dass ich dich liebe. Dass wir kaputt sind, aber uns nicht trennen können. Nur, weil wir zerbrochen sind, heißt es nicht, dass wir auseinandergehen müssen. Ich sollte dir sagen, dass es nie wieder gut wird, aber wir trotzdem zusammen sein und das irgendwie hinbekommen werden.

Ich sollte einfach ehrlich sein. Vielleicht besteht noch eine Chance, dass du nicht gehst. Doch wenn ich dir alles sage und du gehen willst, ist sie vertan, und ich muss dich dazu bringen, zu bleiben. Mit allen Mitteln. Und wenn du nicht mehr freiwillig bei mir bist, zerbricht jeder Rest von uns.

»Ich werde wirklich wahnsinnig«, flüsterst du und dein Atem entkommt deinen Lippen in Wölkchen.

Aus einem Impuls heraus lege ich beide Hände an deine Wangen. Du schließt sofort deine Lider und ziehst die Augenbrauen zusammen. Es ist meine Schuld, dass es dir so geht. Aber das ist okay, Baby, ich mache es auch wieder weg.

»Es ist okay«, flüstere ich und lehne meine Stirn an deine. Ich werde dir jetzt nicht sagen, dass du nicht verrückt wirst. Denn das wirst du, genau wie ich.

Wir verlieren unseren Verstand, Irina. Beide.

Dein Duft steigt in meine Nase. Scheiße, ich liebe dich wirklich. Das ist eine Tatsache. Ich weiß, dass ich in letzter Zeit viel gelogen habe, aber das ist meine einzige Wahrheit. Ich kann nicht ohne dich. Es gibt mich nicht mehr ohne dich.

Mit einem Aufschluchzen legst du deine Hände an meine Unterarme. Der Wind peitscht mir deine Haare über die Wangen, genau wie ein paar Schneeflocken. Mir ist schlecht, Irina. Mir ist schlecht von dem ganzen Scheiß, den ich schlucke.

Ich sollte es dir einfach sagen.

Ich kann es dir nicht sagen.

Ich werde es dir nicht sagen. Niemals.

Andernfalls wirst du gehen und ich werde den Verstand endgültig verlieren. Wirklich verlieren. Dann wird alles völlig schwarz, ohne irgendwelche Rot- und Grautöne dazwischen.

»Sag mir, dass du mich noch liebst«, murmelst du heiser und brüchig, während der Donner grollt und Tränen über deine Wangen laufen.

»Ich liebe dich«, meine ich leise und schleppend. Es klingt fast ein wenig hohl, aber es ist keine Lüge. Bei all den Lügen, die ich zurzeit so lebe, weiß ich, dass das hier die reine Wahrheit ist.

Du verziehst dein Gesicht schmerzerfüllt, als hätte ich dir gerade gesagt, dass ich dich *nicht* mehr liebe. »Ich weiß nicht mehr, wer ich bin«, nuschelst du und siehst hilfesuchend zu mir hoch. Ich beiße meine Zähne zusammen. Ich weiß auch nicht mehr, wer du warst, bevor ich über dich hinweggefegt bin.

»Ich weiß, Baby«, murmle ich und streiche durch deine wirren Haare, die kühl vom Wind und feucht von den Schneeflocken sind.

»Sag mir, wer ich bin.« Du klingst so verzweifelt und ich höre die Tränen in deiner Stimme.

»Du bist meine Frau und ich liebe dich«, wiederhole ich leise und du keuchst. Ich hasse mich gerade so sehr dafür, wie ich mich jedes Mal verliere. Wie weh ich dir tue. Ich will es wiedergutmachen. Ich will dich wieder aufbauen. Aber dafür war ich noch nie der Typ. Ich habe immer nur zerstört. Zertrampelt. Du warst das Einzige, das ich aufgebaut habe und auch nur, um dich wieder zu zerschmettern, wenn die Zeit reif ist. Ich bin krank, Irina. Das weiß ich jetzt auch.

»Ich kann dich nicht verlieren«, wisperst du zittrig.

»Du wirst mich nicht verlieren.« Ich packe dein Kinn mit einer Hand und hebe deinen Kopf. Tränen hängen in deinen schwarzen Wimpern und du schaust so verloren zu mir hoch. Ich kann förmlich sehen, wie die Flamme von mir auf dich übergeht. Wie ich dich verbrenne, bis nichts mehr von dir übrig bleibt. Du warst mal stark genug, dagegen anzukommen und diese Seite in mir wegzusperren. Aber jetzt ist sie wieder da und du hast keine Kraft mehr. Das ist auch okay.

»Ich liebe dich auch«, stößt du zittrig aus. Ich weiß nicht, ob das nicht dein größter Fluch ist. Ob es nicht besser für dich wäre, einen anderen Mann zu lieben als mich. Aber ich bin kein Samariter und kein Märtyrer. Ich bin kein Mann, der dich wegschickt, damit du ohne ihn glücklich sein kannst. Ich könnte es nicht ertragen. Entweder sind wir beide glücklich oder fucken beide ab.

Ich wische die Tränen von deinen zarten Wangen. Du schluckst hart und atmest zittrig aus, während ich dich nur ansehe. Wie zerbrochen du schon bist. Es fehlt nur noch sehr wenig, bis du völlig auseinanderfällst. Mein Magen verkrampft sich heftig. Du wirst auseinanderfallen und ich werde neben den Scherben stehen und mich an ihnen schneiden.

Wieder geht ein starker Wind.

»Wir machen einfach weiter«, sage ich leise. Du nickst langsam und schwerfällig. »Wir haben ein bisschen den Verstand verloren.« Wieder klemme ich dir ein paar Strähnen hinter dein Ohr, an dem ein Kristall funkelt.

»Ich brauche meinen Verstand nicht, wenn ich dich habe«, meinst du. Ich atme tief die eisige Luft ein, die in mir sticht und mich etwas betäubt, wie ich es gerade brauche.

»Du hast mich«, versichere ich dir nochmal. Denn ich würde auf den Tod nicht gehen und dich freiwillig verlassen. Das könnte ich gar nicht. Wahrscheinlich würde ich dann völlig meinem Rausch verfallen und nur noch schwarz sehen. Es ist nicht gut, wenn ich schwarz sehe. Rot ist in Ordnung. Schwarz ist der Abgrund.

»Ich gehe nicht wegen ihr nach Spanien. Ich will sie nicht. Ich liebe *dich*.«

Du suchst in meinen Augen sofort nach einer Lüge, aber du wirst nichts finden, Irina. Das ist die absolute Wahrheit. Schließlich nickst du und ich streiche mit den Daumen unter deinen Augen entlang. »Wie lange?«, wisperst du erstickt.

»Ich weiß es nicht«, murmle ich und schlucke. »Ich weiß nicht, wie lange es dauern wird. Es können Jahre sein.« Die Worte fallen mir selbst schwer und du verziehst dein Gesicht wieder schmerzerfüllt.

»Ich weiß nicht, wie ich das aushalten soll«, gibst du heiser zu und ich weiß es auch nicht. Ich weiß nicht, wie wir das aushalten sollen. Wir können vielleicht nicht miteinander, aber noch schlechter geht es ohneeinander.

»Ich werde versuchen, so oft es geht, nach Hause zu kommen «, verspreche ich. »Ich werde alles versuchen.«

»Es ist zu dunkel ohne dich«, murmelst du. Ich weiß so gut, was du meinst. Ich weiß so gut, wie tief diese Dunkelheit ist und wie verschlingend. Ich weiß, dass du das Licht brauchst. Aber ich habe kein Licht, Baby, weil ich alles aus dir rausgesaugt und dann absorbiert habe.

»Ich weiß«, wispere ich. »Das ist es. Aber ich werde dich nicht alleine lassen.« Das wäre ja selbstzerstörerisch. Ich kann meine Dunkelheit selbst nicht ertragen. Du bist die Einzige, die sie mir damals genommen hat. Die es geschafft hat. Ohne dich bin ich genauso verloren, wie du ohne mich.

Du nickst wieder. »Rayen und Rowan«, murmelst du dann und ein neuer Stich durchfährt mich, der diesmal nichts mit der Kälte zu tun hat. Wenn ich mir nur vorstelle, dass ich die beiden möglicherweise jahrelang nicht wiedersehen werde und was für wichtige Schritte in ihrem Leben ich verpassen werde, verkrampft es sich noch heftiger in mir. Wobei ich nicht weiß, ob die beiden ohne einen Vater wie mich zurzeit nicht besser dran wären. Mit meinem Dad und meinem Onkel sähe das Ganze anders aus. Ich bin momentan kein guter Vater.

»Ich weiß.« Meine Stimme ist heiser. »Ich kann nur versprechen, so oft herzukommen, wie ich kann. Du bleibst bei meiner Familie. Du hast Unterstützung und ich werde alles versuchen, um euch so oft wie möglich zu sehen. Wie auch immer.«

»Das ist so falsch«, stellst du erschöpft fest. »Jeder sollte sein Licht haben.« Manche können aber nicht mit ihrem Licht umgehen und zerstören es. So wie ich.

Wieder fahre ich dir durch das blonde Haar. Dein Blick, der die letzten Wochen so distanziert war, ist jetzt wieder etwas weicher. Oh, Irina, du hast keine Ahnung, wie wenig ich das verdient habe. Und wie sehr ich es vermisst habe.

»Fahren wir nach Hause«, murmle ich rau.

»Okay«, antwortest du tief ausatmend. »Fahren wir nach Hause.«

Ich küsse dich auf den Kopf, bevor ich mich von dir löse und dir die bereits offen stehende Autotür weiter aufhalte. Du gehst an mir vorbei und lässt dich schwer in den Sitz fallen, bevor du deinen Kopf anlehnst. Du siehst so erschöpft aus und ich betrachte dich noch ein paar Sekunden. Es ist nicht richtig, dass du so aussiehst. Das sagt die eine Seite in mir. Aber diese Seite ist nicht relevant. Ich brauche sie nicht. Sie ist nicht gut für uns, Irina.

Sanft schließe ich die Tür, bevor ich mich neben dich setze. Hier drin ist es genauso kalt wie draußen und wie es in mir ist. Eine Weile schaue ich einfach zur Windschutzscheibe hinaus, ohne den Motor zu starten. Blicklos beobachte ich die fallenden Flocken, während ich mit beiden Händen das Lenkrad umklammere und mein Herz rast.

Du rührst dich auch nicht und mir wird klar, dass wir beide uns völlig zerstören. Mir wird klar, dass mein heißer Vulkan, der immer wieder ausbricht, dich völlig verbrennen wird, und mir wird klar, dass du dem nicht standhalten können wirst. Dass nichts als Asche von dir übrig bleiben wird, wenn ich mit dir fertig bin.

Wir beide führen einen Krieg, Irina. Manchmal herrscht Waffenstillstand. Aber meistens halten wir uns die Waffen direkt an den Kopf und würden sogar abdrücken. Meistens tun wir uns weh. Meistens reizen wir uns und verlieren uns. Wir führen einen Krieg, bei dem es keinen Gewinner geben wird. Du wirst dir immer weiter von mir wehtun lassen und ich werde dir immer weiter wehtun. Du wirst weiter das Monster in mir hervorkitzeln und ich werde es rauslassen, bis irgendwann nichts mehr von uns übrig ist.

Ich weiß das.

Aber es ändert nichts.

Ich starte den Motor und schiebe meine Hand auf deinen Schoß, wo ich deine kalten Finger mit meinen verschränke.

Ich schwanke zwischen der verzweifelten Angst, dich zu verlieren, dem Hass darauf, was wir uns antun, und der Liebe zu dir, die mal so pur und hell war. Jetzt ist alles dunkel, kalt und beschmutzt.

Ich fahre los und die Scheibenwischer bewegen sich konstant auf der Windschutzscheibe. Ich sehe nichts Konkretes, sondern schaue direkt durch alles hindurch.

Wir werden in den Abgrund fallen, wir werden in den Wellen dieses Tsunamis ertrinken. Aber keine Sorge, Babygirl, ich werde deine Hand auch dann nicht loslassen.

Auch nicht, wenn ich dich mit ihr in diese Tiefen reiße.

Auch nicht, wenn du loslassen willst.

Niemals.

Das verspreche dir, denn das ist *meine* Wahrheit, Irina.

50. Mein Zuhause, Rosalie

XX

Sergio

Whisky Nummer sieben ist leer und ich gehe nach draußen zum Rauchen, ohne noch mal zu dir zu sehen. Ich muss mich abregen und abkühlen. Außerdem waren wir jetzt auffällig genug. Das ist mir klar, obwohl ich keinen Blick zu meinem Vater riskiert habe. Zu viele Gefühle überschwemmen mich, zu vieles, was ich hinter meiner Mauer vergraben habe. Doch seit mein Vater zurück ist, bin ich so durcheinander, dass ich den Fokus verliere, ganz zu schweigen von mir selbst. Zumindest das, was ich in all den Jahren sein sollte, sein muss und gewesen bin. Jetzt herrscht in mir das blanke Chaos. So fühlte ich mich nicht mal, als ich dich das erste Mal nach all der Zeit wieder gespürt habe. Das war einfach nur erleichternd und richtig.

Jetzt bin ich verwirrt, weil da noch mehr in mir ist. Noch mehr, von dem ich keine Ahnung hatte und was ich mit dir will.

Die Nacht ist eiskalt. Die einzelnen Schneeflocken tanzen im Licht der Laternen. Ich gehe die Stufen nach unten, vorbei an ein paar Männern, die mich grüßen. Ein Gewitter scheint sich anzubahnen.

Ich lehne mich an das Auto meines Vaters, wir sind zusammen gefahren, und mache mir eine Zigarette an. Der Himmel wird mehr und mehr von dunklen Wolken verdeckt, die die helleren verdrängen. Wie sinnbildlich. Ich ziehe tief an der Zigarette, lasse den Kopf nach hinten fallen und stoße den Rauch nach oben. Ich rieche dich noch und spüre deine feine Haut unter meinen Fingern, deinen Körper an meinem. Ich bin dank dir ein wenig benebelt und nicht mal Koks kann mich so vernebeln wie du. Nichts kann das.

»Was hast du damit gemeint, als du sagtest, dass du dich vielleicht nicht mehr fernhalten willst?«

Ich zucke nach vorn, als ich deine Stimme höre, und öffne meine Augen. Niemand kann sich an mich ranschleichen, niemand, aber du tust es einfach. Das ist Whisky Nummer acht und neun zu verschulden. Außerdem bist du eine kleine Schleicherin, Rosalie. Das hast du von deinem Dad.

Du stehst vor mir, die Arme vor der Brust verschränkt, deine Lippen schimmernd und deine Augen glänzend. Dein Kleid weht leicht im Wind, genau wie ein paar dunkle Strähnen, die du dir aus dem Gesicht streichst. Wir tragen beide keine Jacken, obwohl es wirklich kalt ist. Vielleicht bist du ja auch so überhitzt wie ich. Deine Wangen zumindest sind gerötet.

Ich stütze einen Fuß hinter mir an das Auto. »Willst du das wirklich wissen?«, frage ich dich herausfordernd und ziehe an meiner Zigarette.

»Das ist mein Problem. Ich will alles wissen, wenn es um dich geht.«

Ich sollte es nicht sagen, weil wir in einer echt beschissenen Situation stecken, aber ich tue es trotzdem. »Ich meine damit, dass ich am Rande meiner Selbstbeherrschung bin. Und dass du es irgendwie schaffst, durch jeden kleinen Riss zu kriechen, der in meinen Mauern entsteht. Und die sind verdammt dick«, erkläre ich erstmal nachdenklich.

»Dabei versuche ich das gar nicht«, erwiderst du mit schief gelegtem Kopf und streichst dir wieder die Strähnen aus dem Gesicht, als eine neue Windböe über uns hinwegfegt. Ein paar Schneeflocken glitzern in deinem dunklen Haar.

Ich schnippe die Zigarette fort und schiebe auch meine zweite Hand in meine Hosentasche. »Das musst du auch nicht.« Ich scheine meine Rolle die letzten Jahre und bevor ich dich angefasst habe, perfekt gespielt zu haben, wenn du nicht weißt, wie viel Macht du über mich hast. Was du mir bedeutest. Wie wichtig du für mich bist.

»Ich hab mich die letzten Jahre so weit ferngehalten, wie ich konnte. Ich weiß gar nicht, wieso ich jetzt hier rausgekommen bin«, meinst du selbst etwas irritiert von dir. Ich tippe einfach darauf los und sage, was wir beide sonst immer vermeiden, auszusprechen. Das haben wir nur ein Mal richtig und da war es eigentlich schon fast vorbei. Außerdem ist es ewig her.

»Vielleicht, weil du mich noch liebst?«, mutmaße ich. Mir brennt diese Frage schon so lange auf der Zunge, was ich erst bemerke, als ich sie laut stelle. Natürlich bin ich davon ausgegangen, dass das so ist, weil es mir so geht. Aber es zu hören, ist immer noch etwas anderes. Nur so erlangt man die absolute Gewissheit. Mir war nicht klar, wie wichtig es mir ist, zu erfahren, ob du noch so empfindest. Wirklich so empfindest.

Du bist kurz sprachlos und stockst. Du antwortest nicht, weil du anscheinend zu überrumpelt bist. Alarm blitzt in deinen Augen auf. Die Angst davor, dass ich dich wieder verletze.

Also nehme ich deine Hand und lege sie mir auf die Brust, schaue aber nochmal über deinen Kopf zum Eingang, wo sich niemand Spektakuläres aufhält. Dann sehe ich wieder in deine Augen. »Ich will nur wissen, ob du das auch fühlst. Spürst du nicht dieses Knistern, wenn wir in einem Raum sind? Und …« Ich ziehe dich näher. »Bekommst du kein Herzrasen, wenn ich an dir vorbeigehe?« Ich streiche mit meiner Hand deinen Unterarm entlang und habe keine Ahnung, was ich hier tue. Ich sage dir einfach nur, wie es bei mir ist. Du betrachtest atemlos meine Finger. »Und bekommst du keine Gänsehaut, wenn ich dich zufällig berühre?« Prompt breitet sich eine Gänsehaut auf deinem Arm aus und ich schlucke.

Du siehst wieder hoch in meine Augen. »Was würde das schon ändern?«, wisperst du und dein Blick ist so gequält.

»Ich frage dich jetzt nochmal: Liebst du mich noch?« Ich hebe meine Augenbrauen und starre dir direkt und durchdringend in die Augen. »Weil ich glaube, dass ich jetzt bereit für dich bin. Bereit, für dich und für uns zu kämpfen, egal gegen was.« Das fühlt sich so richtig an, wie nichts, was ich je zuvor gesagt habe. Mit meinen Fingern gleite ich deinen Oberarm hinauf.

Du runzelst die Stirn und siehst mich forschend an, ohne etwas zu erwidern, weil du weißt, dass Schweigen manchmal Gold ist. Aber in deine Augen tritt ein Funkeln.

»Ich weiß selber nicht, wieso ich das gerade tue, aber es fühlt sich richtig an, und wenn du ein Wort sagst, dann kämpfe ich um dich. Und zwar so richtig.«

Ich lasse meine Fingerspitzen über deine Haut tänzeln, wo deine zarte Schulter in den Nacken übergeht. Du atmest mit einem Stoß aus und tausende an Emotionen wirbeln durch deinen Blick. Hoffnung, Angst, Liebe, Zuneigung. Panik. Sehnsucht. Alles. »Weißt du, wie lange ich das von dir hören wollte?«

»Und? Ist es jetzt zu spät?«, frage ich heiser und gebannt von deinen Augen.

Du siehst auf meine Brust und atmest schneller. Aber ich hebe nicht dein Kinn, weil ich will, dass du von dir aus meinen Blick suchst. Dann schnaubst du ungläubig und scheinst, einen Entschluss zu fassen. Ich versteife mich etwas, weil ich nicht weiß, was mich erwartet.

Du schaust wieder hoch in meine Augen, so kämpferisch, so entschlossen, so du. »Ich bin der dümmste Mensch dieses Planeten. Aber ich hab nie damit aufgehört, dich zu lieben. Nicht eine einzige Sekunde. Ich liebe dich.« Deine Worte überwältigen mich kurz. Dann kehren Ruhe und völlige Zufriedenheit ein. Das ist so richtig. Du und ich sind das Richtigste hier, und jetzt, da ich weiß, wie du fühlst; ich spüre, wie sehr und wie heftig ich dich brauche, werde ich auch keinen Rückzieher mehr machen. Mein Herz schlägt etwas schneller. Die Konsequenzen, die meine Entscheidung mit sich bringen werden, sind mir mit einem Mal egal.

Mein Vater. Dieses Büro. Was auch immer mein Erbe sein mag. Wer auch immer sich zwischen uns drängt. All das verliert an Bedeutung. Da bist nur noch du. Immer nur du.

»Ich liebe dich auch«, antworte ich heiser, packe dich am Nacken, ziehe dich mit einem Ruck an mich und presse meine Lippen auf deine, ohne eine Sekunde zu zögern oder nachzudenken. Es ist mir egal, ob das jemand sieht.

Diesmal ist es wie eine kleine Explosion, als unsere Lippen sich berühren, weil es anders ist. Beinahe ehrfürchtig. Ich packe deinen Nacken fester. Dein heißer Atem bricht sich an meinen Wangen und du krallst beide Hände in meinen Hemdkragen. Ich lege den anderen Arm um deine Taille und ziehe dich mit einem Ruck näher an mich. Du keuchst in meinen Mund und ich wirble uns herum und presse dich an das Auto. Eine Hand stütze ich neben deinem Kopf an der Scheibe ab, die andere kralle ich fest in den seidigen Stoff deines Kleides. Ich bin völlig überwältigt von deinem Geschmack. Du schmeckst plötzlich so viel intensiver. Als hätte ich dich seit unserem ersten Kuss gar nicht richtig wahrgenommen. Als hätte ich dich nie ganz an mich rangelassen.

Ich kriege nicht genug, also neige ich etwas den Kopf, beuge mich dir weiter entgegen, was dir ein kleines Stöhnen und ein atemloses »Sergio« entlockt.

Ungehalten dränge ich meine Zunge zwischen deine Lippen und ziehe die Augenbrauen zusammen, weil diese Mauer in mir explodiert und das ein bisschen wehtut.

Du legst deine Hand an meine Wange und ich atme zittrig durch die Nase aus. Ich fühle mich kurz, als würden die ganzen vergrabenen Gefühle mich in die Knie zwingen, und balle meine Faust neben deinem Kopf.

Du kommst mir mit deinen Lippen noch weiter entgegen und ich dränge meinen Körper an deinen, weswegen du wieder aufstöhnst, als wir uns so direkt spüren.

»Fuck«, wispere ich atemlos in den Kuss.

Du bist wie ein Panzer durch meine Mauern gewalzt. Jetzt liegt alles in Trümmern und all die Dinge, die mich im Alltag blockieren könnten, dringen an die Oberfläche. Dinge, über die ich nicht nachdenken darf, weil sie mich schwach machen.

Zayden und ich im Poolhaus, lachend und stoned.

Du in meinem Pullover auf meinem Bett, lächelnd und auf mich wartend.

Du im Pool, wie du mich am Bein packst und reinziehst.

Zayden, du und ich im Sommer am See, wenn ich dir auf den Arsch gestarrt habe, während du dich nichts ahnend gesonnt hast.

Wir lachend und bekifft auf dem Boden des Poolhauses.

Wir am Esstisch blickfickend.

Und dein Lachen, immer dieses Lachen überall im Haus.

Dein Lächeln, jedes Mal, wenn du mich gesehen hast.

Der Schmerz in deinen Augen, als ich dir gesagt habe, dass ich nicht mit dir zusammen sein kann.

Und dieses eine Mal im Poolhaus, als du so zerbrechlich unter mir lagst und ich dich nicht zusammenhalten konnte.

Das erste Mal, als ich dich nach all der Zeit wieder gespürt habe. Als ich wieder losgelassen habe. Als ich dich wieder hatte und für ein paar Minuten ganz war.

Der Verlust meines Vaters. Der Schmerz. Jede Sekunde Hoffnung, dass er noch lebt, die dann immer wieder zerschmettert wurde. Sein Verrat an mir. Mein Verrat an dir. Jede Sekunde Dunkelheit, die von deinem Strahlen vertrieben wurde. Jedes Mal, wenn ich zu dir gesagt habe: *Erzähl mir was,* nur, damit es mir besser geht, und du mir irgendeinen Scheiß erzählt hast, der mich zum Lachen gebracht hat. Die Stunden am Grab meines Vaters mit meiner Mutter. Die Stunden, nachdem ich dich verloren habe, allein in meinem Büro.

Die Stunden auf meinem Balkon, die ich rüber zu dir gestarrt habe. Jede Sekunde, in der ich mir gesagt habe, dass es besser so ist, und jeder Tag, an dem es tief in meinem Inneren nicht besser wurde. Weil es das ohne dich nicht werden kann.

Jedes Frühstück im Sonnenschein am Esstisch. Jedes Blaffen von Carter-Dad. Jedes Mal, wenn Mom gekichert hat. Jeder Schachzug deines Vaters. Jedes Haarestreichen deiner Mutter. Jedes Lachen meiner Schwester oder Sophia. Jedes Augenverdrehen von Ilian. Jedes schlecht gelaunte Aufstehen von Zayden und jedes Starren von Irina in seine Richtung. Jedes Mal, wenn du plötzlich in meinem Zimmer auf meinem Bett saßt.

Ich muss ein bisschen an deinen Lippen lächeln.

Weil ich jetzt zu Hause bin.

Weil du mein Zuhause bist.

Fuck, ich liebe dich.

Ich löse mich langsam von dir und über uns grollt der erste Donner, gefolgt von einem grellen Blitz. Als würde der Himmel explodieren – wie wir –, weil der Wind sich gedreht hat. Weil wir eine Naturgewalt sind.

Dein Atem geht schnell und deine Augen sind noch geschlossen. Ich streiche dir eine Strähne aus dem Gesicht und du öffnest die Lider.

Jetzt ist der Glanz wieder da, so intensiv, wie ich ihn schon ewig nicht gesehen habe, und ich fahre mit dem Daumen über dein Kinn.

Du streichst mit den Fingerspitzen durch meine Haare und ein weiteres Donnergrollen ertönt in einiger Entfernung, während der Wind noch stärker wird und die Schneeflocken um uns herum wirbeln.

Du wirkst völlig überwältigt und ich fahre die Länge einer feuchten Strähne nach, die aus deiner Frisur geglitten ist.

»Passiert das gerade wirklich?«, flüsterst du ungläubig. Ich beuge mich nochmal zu dir runter und streife noch einmal sanft deine Lippen. Mit der Hand gleite ich über deine Kieferlinie.

»Fühlt sich so an«, murmle ich an deinem Mund.

»Ich liebe das«, erwiderst du an meinem. Ich lächle und küsse dich etwas tiefer, immer noch eine Hand neben deinem Kopf am Fenster. Hauchzart gleitest du über meinen Arm sowie mit deiner Zunge über meine. Ich lege eine Hand an deinen nackten, kühlen Rücken und schiebe meine Fingerspitzen seitlich in den Stoff. Du erschauerst und ich fahre an der Innenseite des Saumes herauf, bis ich die Seite deiner Brust spüren kann.

Du seufzt in meinen Mund.

»Jetzt sollten wir aufhören«, flüstere ich heiser, weil ich mich bald nicht mehr beherrschen kann und das nun wirklich zu viel des Guten wäre.

»Okay«, wisperst du. Ich ziehe mit einem Ruck meine Hand aus deinem Kleid und meinen Kopf leicht zurück. »Dann … musst du mich jetzt loslassen«, murmelst du immer noch mit belegter Stimme. Eigentlich will ich es nicht, aber ich muss.

Ich fahre noch einmal mit dem Daumen über deine Unterlippe, dann stoße ich mich vom Auto ab und schaue über meine Schulter zur Tür. Aber da ist niemand, nur zwei Frauen, die eine rauchen.

Du reißt dich sichtbar zusammen, genau wie ich, und richtest deine Haare sowie dein Kleid. Ich lasse meine Augen kurz über deinen Körper und dann wieder in dein Gesicht gleiten.

»Gott, schau mich nicht so an«, meinst du abwehrend und ich muss ein bisschen schmunzeln. Wieder ertönt ein Donnergrollen und ich deute mit einer ausladenden Handbewegung zur Tür. Ich will jetzt nicht darüber reden, was das war oder was das sein wird. Ich muss erst einen Plan schmieden. Aber ich weiß, dass es etwas wird. Dass *wir* etwas werden, was wir schon lange hätten sein sollen.

Du lächelst und schüttelst leicht den Kopf, aber dein Blick ist ganz warm.

Dann machst du einen leichten Knicks und gehst an mir vorbei. Ich folge dir auf den Fuß und sehe jetzt nicht auf deinen Rücken und die sanfte Rundung deines Hinterns unter der Seide, sondern stur über deinen Kopf.

Du straffst dich nochmal und gehst die Treppe hoch. Ich lehne mich am Eingang ans Geländer und du schaust nochmal kurz über die Schulter.

»Heilige Scheiße«, flüsterst du und ich muss ein wenig lachen.

»Ich weiß.«

Du wendest dich ab und betrittst den Saal.

Ich bleibe noch etwas stehen, damit es nicht noch mehr auffällt, dass wir beide zur selben Zeit draußen waren, und mache mir eine Zigarette an, das Steißbein ans Geländer gelehnt und die Knöchel überkreuzt. Ich schiebe das Zippo wieder in meine Hosentasche und ziehe an meiner Kippe.

Ich glaube, was dich betrifft, war ich noch nie so klar. Ich wusste noch nie so genau, was ich will. Du bist es, die ich will, und ich war mir noch nie so sicher, dass ich es schaffen werde. Ich habe keine Ahnung, was passiert ist und wann. Vielleicht war es der Moment, als ich an der Bar stand und du allein am Tisch saßt. Die Erkenntnis, dass du an meine Seite gehörst, als meine Frau, als meine Familie. Und ich werde nicht aufgeben und mich fügen. Dieses Mal nicht, Rosalie.

Ich habe einen guten Blick ins Innere des Saals, weil die Flügeltüren offen stehen. Der Carter-Dad tanzt mit Mom, die kurz zu mir schaut. Ich bemerke die Aufregung und Freude in ihrem Gesicht, bevor sie ihre Stirn an Carter-Dads Brust lehnt, er die Augen verdreht und sie auf den Kopf küsst.

Ilian sitzt bei den Terekovs und seine Finger trommeln langsam auf dem Tisch. Seine Augen liegen auf meiner

Schwester, die immer noch bei unserem Vater ist. Der spricht gerade mit Aarik Wolkov. Ich ziehe tief und runzle die Stirn, nicht wissend, was das wieder soll und was er mit ihm vorhat.

Ich schnippe die Zigarette von mir, gehe zurück in den Saal, schiebe mich an den Tischen vorbei, ohne dich zu lange anzusehen, weil ich jetzt sicher nicht noch mehr Aufmerksamkeit auf uns ziehen sollte. Erst muss ich nachdenken, Rosalie. Dann folgt alles andere. Ich setze mich zu meinem Vater und meiner Schwester. Aarik steht gerade auf und ich nicke ihm zu, so wie er mir. Man soll ja immer höflich sein. Dann sehe ich ihm nach, als er die Veranstaltung verlässt.

»Ich gehe mal auf die Toilette«, murmelt Catalina und erhebt sich. Savio heftet sich an ihre Fersen, als sie über die Tanzfläche zu den Toiletten verschwindet, das dunkelrote Kleid hinter ihr her wallend.

Ich bestelle mir einen Whisky und lasse meinen Rücken knacken.

Mein Vater trinkt einen Schluck Wein und ich sehe kurz an ihm vorbei zu dir. Du unterhältst dich mit deiner Mom. Gut.

Ich wende den Blick wieder ab, als die Kellnerin kommt und mir den Whisky bringt.

»Und, genießt du dein Revival?«, frage ich meinen Vater.

»Mehr oder weniger, der Wein ist grauenhaft«, meint er. Na, wenn das sein größtes Problem ist.

»Tja, hätten sie mehr Zeit gehabt, hätten sie dir vielleicht besseren Wein importiert.« Aus dem Augenwinkel sehe ich, wie Ilian sich Richtung Toiletten bewegt. Mein Mundwinkel zuckt automatisch. Er ist auch so ein Schleicher, Rosalie, weshalb er an Savio vorbeikommen wird.

»Das nächste Mal nehme ich meinen eigenen mit.« Mein Vater kann so arrogant sein, Rosalie. Das habe ich fast vergessen. Denn wenn jemand stirbt, erinnert man sich plötzlich nur noch an das Gute.

Ich stütze meinen Ellbogen auf die Lehne und strecke meine Beine aus, bevor ich noch einen Schluck trinke.

»Das da vorne ist ein Spitzel der de Luzios.«

Ich folge seinem Blick zu einem der Kellner. Scheiße, wieso hast du mein Gehirn so benebelt? Das hätte mir auffallen müssen. Aber ich bin noch total high von dir.

»Aha.« Ich mustere ihn kurz und sehe dann wieder meinen Vater an.

»Ist dir irgendwas aufgefallen?«, fragt er mich.

Oh ja. Mir ist aufgefallen, dass du keinen BH unter dem Kleid trägst. Mein Mundwinkel zuckt erneut. Ich stelle mir jetzt besser nicht vor, wie ich dich später aus dem Kleid schälen werde, wenn ich dich in der Nacht besuchen komme. Während Camillo mit meinem Handy nach Downtown fährt und irgendwelche Dinge für Dad erledigt, von denen er denkt, dass ich mich darum kümmere.

»Nein«, sage ich verzögert und etwas zu laut.

Er runzelt leicht die Stirn. »Gut …«

Ich streiche mir über das Gesicht. Fokus. Dann sehe ich mich kurz im Raum um. Normalerweise weiß ich immer genau, was um mich herum los ist, aber jetzt habe ich gerade keine Ahnung. »Was wolltest du von Aarik?«, frage ich ihn noch leicht zerstreut.

»Ich überlege, ob wir ebenfalls mit ihm Geschäfte machen sollen.«

»Verstehe«, murmle ich.

Aus dem Augenwinkel bemerke ich eine Bewegung. Mason Rush nähert sich uns mit dominanten Schritten. Seine große Hand landet auf meiner Schulter und mein Vater betrachtet sie mit erhobener Augenbraue.

Ich schaue zu Mason hoch. Er sieht nur mich mit seinen undefinierbaren Augen an. »Alles klar?« Er kaut Kaugummi.

Ich tätschle zweimal auf seine Hand. »Alles bestens.«

Er wendet sich schließlich sichtlich widerwillig und genervt an meinen Vater. Der hat sich zurückgelehnt und mustert ihn fragend und ungeduldig.

Mason zieht die schwere Hand mit dem Ehering von meiner Schulter. Alle am Rush-Tisch starren angespannt zu uns.

Es gibt einen kurzen, aber sehr intensiven Blickkontakt zwischen den Männern und Masons Augen blitzen gefährlich. Die meines Vaters bleiben kalt wie immer.

»Donovan.« Mason nickt ihm zu.

»Mason.« Mein Vater nickt zurück und verengt kurz gefährlich die Augen. Er schmunzelt und Mason atmet tief durch.

»Wie schön, dass die Stadt dich zurückhat.«

»Ich hab gehört, ihr habt mich sehr vermisst.«

»Hatte kaum was auf dem Schreibtisch ohne dich.«

»Nicht, dass dir langweilig wird.«

Mason lächelt überheblich. »Na dann: Jagt den Mafioso Part zwei.« Er salutiert lässig in Dads Richtung.

Mein Vater grinst und Mason wendet sich ab und geht zum Carter-Dad, der sich jetzt entspannt, weil niemand gestorben ist.

»Diese Rushs«, murmelt mein Vater fast schon angewidert. Ich ignoriere es, während ich beobachte, wie Mason jeweils deinem Vater und dem Carter-Dad eine Hand auf die Schultern legt. Sie schauen beiden zu ihm hoch, als er leise zu ihnen spricht. Sie wirken auf einmal so klein. Fast süß. Nichts kann meine Meinung über euch ändern. Dads aber auch nicht.

Emilia wartet genervt etwas abseits, lächelt aber, als sie mich bemerkt. Ich zwinkere ihr zu und sie kichert leise.

»Diese Rushs«, wiederhole ich weich und rutsche tiefer in meinen Sitz.

»Was ist dir zwischen Ilian Terekov und Catalina aufgefallen?«, erkundigt sich mein Vater nun und springt damit zum nächsten Thema. Das ist eine Fangfrage, Rosalie, denn das weiß er schon. Ich höre es an dem Ton in seiner Stimme. Mittlerweile ist mir klar, dass ihm nichts von dem verborgen bleibt, was hier los war.

»Das weißt du doch«, meine ich unbekümmert. »Sie haben Sex.« Ich trinke ungerührt einen Schluck.

Mein Vater nickt langsam. »Aha«, meint er alles andere als zufrieden und ich sehe, wie es in seinem Kopf rattert.

»Suchst du nach einer Möglichkeit, sie zu trennen? Stell dich doch einfach wieder tot«, schlage ich beschwingt vor.

»Vielleicht würdest du ja dann endlich aufhören, mich zu provozieren. Zum Beispiel mit solchen Tänzen«, überlegt mein Vater.

»Es ist ziemlich arrogant, davon auszugehen, dass ich alles nur tue, um dich zu provozieren«, lasse ich ihn wissen.

»Oh, nicht ausschließlich. Aber zu einem Teil. Oder etwa nicht?« Er trinkt einen Schluck Wein und deutet der Kellnerin, dass sie ihm noch einen bringen soll.

»Nein, ausnahmsweise habe ich einmal seit drei Jahren gar nicht an dich gedacht«, erwidere ich etwas rau.

»Das hat man gesehen, und zwar nicht nur ich.«

Vertraulich beuge ich mich zu ihm rüber. »Das ist auch gut so«, flüstere ich und er runzelt die Stirn.

»Und aus welchem Grund?«, fragt er hart.

»Ich liebe sie und ich werde sie heiraten«, informiere ich ihn sachlich. »Es ist gut, wenn die Leute sehen, zu wem sie gehört.«

Jetzt erstarrt er, während die Kellnerin ihm ein neues Glas Wein bringt. Ich mustere ihn geduldig. Natürlich muss diese Information erstmal sacken. Das dauert ein paar Sekunden. Dann wendet er mir langsam den Kopf zu. Sein Blick funkelt aufgebracht, wie schon lange nicht mehr.

»Du machst Witze, oder?«, fragt er gefährlich leise.

»Nein, ganz und gar nicht. Ich habe beschlossen, dass sie die Frau meines Lebens ist, egal, was du tust. Und dass ich sie heiraten werde.«

Mit der flachen Hand haut er auf den Tisch. »Mach jetzt keine Dummheiten!«, knurrt er mich durch zusammengebissene Zähne an. Aber ich bin keine siebzehn mehr und er schüchtert mich nicht mehr ein. Das ist vorbei.

Ich neige den Kopf in seine Richtung. »Pass auf, dass du deine Maske vor all diesen Marionetten nicht verlierst«, wispere ich ihm zu, als die Ersten zu uns sehen, aber er starrt nur mich an.

»Du wirst sie nicht heiraten. Ende.« Er steht mit einem Ruck auf.

»Da würde ich nicht drauf wetten«, rufe ich ihm noch nach, während er bereits davonstürmt und durch den Eingang verschwindet.

Schritt eins wäre geschafft, Rosalie.

Mein Vater ist erstmal mit dieser Information beschäftigt und ich kann meinen Plan schmieden. Und mit dir zusammen sein. Ich wusste gar nicht, wie wichtig es für mich ist, eine Zukunft mit dir aufzubauen, aber plötzlich scheint es, als gäbe es nichts Wichtigeres in meinem Leben.

Ich will dich – komme, was wolle.

Ich will das Gesamtpaket mit dir.

Und ich gebe nicht auf, bis ich es habe.

Ich gebe nicht auf, bis ich dich habe.

Weil du mein Zuhause bist.

Sempre, Tesoro.

Danksagung

Also … hmmm was sollen wir da noch groß sagen, außer ES WIRD ALLES GUT. Aber davor wird es noch viel, viel schlimmer. Denn wir lieben Herzschmerz, wir lieben Drama, wir lieben LEID. Je mehr es weh tut, umso besser. Aber wir lieben es auch, wenn sich die Wogen wieder glätten und alles dahin kommt, wo es hingehört. Wir lieben es, wenn jeder merkt, was er zum überleben braucht – egal, was passiert. Wir lieben es, wenn man sich vor Leidenschaft nicht mehr zurückhalten kann und alles explodiert.

Wir haben jetzt bei XX die Hälfte geschafft und wir DANKEN euch so sehr für eure Begeisterung, denn hier hängt wirklich unser ganzes Herz daran.

Wir lieben sie alle! Sogar den bösen Donovan ;)

Wir danken wie immer dem A.P.P. Verlag.

Unserer wunderbaren Lektorin Isabell.

Unserer hamstermäßigen Coverdesignerin Marie Grasshoff.

Unseren Bloggern, die uns jedes Mal aufs Neue wegfegen und natürlich danken wir EUCH. EUCH. EUCH. EUCH.

SO fucking sehr!

Danke, dass ihr unsere Bücher so mitfühlt.

Danke, dass ihr lesen wollt, was wir schreiben.

Danke, dass ihr diese Reise mit uns macht!

Durch diese Bücher haben wir unglaublich viel über uns selber rausgefunden und auch selber unglaublich viel verarbeitet! Wir versuchen unsere Charaktere so authentisch wie möglich zu gestalten. So kommt es, dass wir auch mal selber wen hassen, den wir selber erfunden haben. Wir lieben es, dass wir unsere Leidenschaft zum Beruf machen können und das verdanken wir euch allen da draußen!

ALSO DANKE AN EUCH ALLE!

Wir wissen, dass es nicht immer leicht ist mit unserem Chaoten, aber so, wie ihr euch beim lesen fühlt, haben wir uns auch beim Schreiben gefühlt. Wir versuchen, viele Themen aufzugreifen: Unterdrückung, Missbrauch, Liebe, Hass, Treue, Untreue, Familie und Freundschaft. Natürlich sind die Beziehungen der Charaktere in einer Reihe nicht mit denen von anderen Charakteren in der nächsten Reihe vergleichbar (Beispiel CC und Sergio/Zayden) denn sie sind alle grundverschieden. Wir lieben auf jeden Fall, dass ihr es liebt und hasst und was auch immer! Denn das macht die Bücher lebendig und was will ein Autor mehr? ♡

Und jetzt erstmal atmen wir kurz durch, lehnen uns zurück und und warten gespannt auf eure Rezensionen, as always.

Eure Oberbros

Don und Maria

GLOSSAR

De Luca (XX)

Aktuell wichtig

Donovan Jacob de Luca: Obermafiaboss von Chicago, Teilen Amerikas und Italiens, ältester Sohn von Vito und Maria de Luca (gest.), älterer Bruder von Dorian Matteo de Luca, Vater von Sergio de Luca und Catalina. War verheiratet mit Isabelle Rush.

Dorian Matteo de Luca: Bruder von Donovan de Luca, jüngerer Sohn von Maria und Vito de Luca (gest.), war verheiratet mit Isabelle Rush.

Sergio Vito de Luca: Erbe des de Luca-Imperiums, Sohn von Donovan de Luca und Isabelle Rush, Bruder von Zayden Rush und Catalina de Luca.

Catalina Isabelle de Luca: Tochter von Donovan de Luca und Isabelle Rush, Stieftochter von Carter Rush, Schwester von Zayden Rush und Sergio de Luca.

Ramon Andrej de Luca: Sohn von Andrej und Grazia de Luca, führt das de Luca-Imperium in New Orleans, Bruder von Mariella de Luca.

Restliche Vorfahren

Matteo de Luca: verstorben, Gründer der de Luca-Dynastie in Italien/Sizilien. Vater von Jacob und Francesco de Luca.

Jacob de Luca: verstorben, Ehemann von Amalia de Luca, Bruder von Francesco de Luca, Gründer der de Luca-Dynastie in Chicago, Vater von Vito, Andrej und Pablo de Luca.

Francesco de Luca: verstorben, ehemaliger Oberboss der Familien in Chicago und Italien, Bruder von Jacob de Luca.

Vito de Luca: verstorben, Ehemann von Maria de Luca, Vater von Donovan und Dorian de Luca, ehemaliges Oberhaupt der de Luca-Dynastie in Chicago.

Andrej de Luca: Ehemann von Grazia de Luca, Vater von Mariella und Ramon de Luca, Oberhaupt der de Luca-Dynastie in New Orleans.

Pablo de Luca: Oberhaupt der de Luca-Dynastie in Sizilien.

Marielle de Luca: Exfrau von Carter Rush, verheiratet mit Silas Frotelli, führt mit ihrem Mann das de Luca-Imperium in New Orleans, Schwester von Ramon de Luca, Tochter von Andrej und Grazia de Luca.

Rush (CC)

Aktuell wichtig

Caden Rush: Gründer des Rush-Imperiums und der Rush-Mafia in Chicago, zuständig für die Südstadt, verheiratet mit Alayna Rush, Sohn von Mason und Emilia Rush, Vater von Rosalie und Sophia Rush, Zwillingsbruder von Carter Rush und Bruder von Ava Rush.

Carter Rush: Gründer des Rush-Imperiums und der Rush-Mafia in Chicago, verheiratet mit Isabelle Rush, Sohn von Mason und Emilia Rush, Vater von Zayden Rush, Bruder von Caden und Ava Rush.

Alayna Rush: verheiratet mit Caden Rush. Mutter von Rosalie und Sophia Rush, Tochter von Grace Hastings und Santos Esteban.

Isabelle Lucia Rush: verheiratet mit Carter Rush, Mutter von Zayden Rush mit Carter Rush und Sergio und Catalina de Luca mit Donovan de Luca. Tochter von Massimo und Lucia Marino.

Ava Rush: Spitzenanwältin, Tochter von Mason und Emilia Rush, Mutter von Ilian Terekov, Schwester von Caden und Carter Rush.

Rosalie Emilia Rush: Schwester von Sophia Rush, Tochter von Caden und Alayna Rush.

Sophia Alayna Rush: Schwester von Rosalie Rush, Tochter von Caden und Alayna Rush.

Zayden Mason Rush: Halbbruder von Sergio de Luca und Catalina de Luca, Sohn von Carter und Isabelle Rush, Erbe des Rush-Imperiums. Verheiratet mit Irina Rush (ehemals Terekov). Vater von Rayen und Rowan Rush.

Irina Swetlana Rush: jüngste Tochter von Swetlana und Sergej Terekov, Schwester von Ivan und Ilja. Verheiratet mit Zayden Rush. Mutter von Rayen und Rowan Rush.

Restliche Vorfahren

Keaton John Rush: lebt auf Karibik, Ehemann von Olivia Rush, Vater von Mason Keaton Rush.

Olivia Rush: lebt auf Karibik, Ehefrau von Keaton Rush, Mutter von Mason Rush und Riley Pierson.

Mason Keaton Rush: oberster FBI-Beamter, Ehemann von Emilia Rush, Vater von Caden, Carter und Ava Rush, Sohn von Keaton und Olivia Rush, Halbbruder von Riley Pierson.

Emilia Rush: Ehefrau von Mason Rush, Mutter von Caden, Carter und Ava Rush.

Marino (M in Form von Krone)

Massimo Marino: Oberhaupt der Marinos in Chicago, verheiratet mit Lucia Marino, Vater von Isabelle Rush.

Lucia Marino: Mutter von Isabelle Rush.

Matteo Marino: jüngerer Bruder von Massimo Marino, verheiratet mit Garcia, Vater von Giuliana Marino.

Garcia Marino: Mutter von Giuliana Marino.

Giuliana Marino: Tochter von Matteo und Garcia Marino.

Roberta Marino: Verwitwet, Schwester von Massimo und Matteo Marino.

Alessia Marino: Tochter von Roberta Marino.

Terekov (t)

Sergej Terekov: Mafiaboss der Terekov-Dynastie mit Sitz in Russland/St. Peterburg & Moskau und Chicago/Weststadt, verheiratet mit Swetlana Terekov, Vater von Ivan, Ilja und Irina Terekov.

Swetlana Terekov: verheiratet mit Sergej Terekov, Mutter von Ivan, Ilja und Irina Terekov.

Ivan Terekov: ältester Sohn und Erbe des Terekov-Imperiums, Vater von Ilian Terekov, Bruder von Ilja und Irina Terekov.

Ilja Terekov: Sohn von Swetlana und Sergej Terekov, Bruder von Ivan und Irina Terekov.

Ilian Sergej Terekov: Sohn von Ivan Terekov und Ava Rush, lebt bei seinem Vater, nächster Erbe der Terekov-Dynastie.

Sanchez (S in Schlangenform)

Diego Sanchez: Oberhaupt des kolumbianischen Mafia-Imperiums mit Sitz in Kolumbien/Bogota und Chicago, Ehemann von Valentina Sanchez und Vater von Selina Sanchez.

Valentina Sanchez: Ehefrau von Diego Sanchez, Mutter von Selina Sanchez.

Selina Sanchez: Tochter von Diego und Valentina Sanchez. Verheiratet mit Sancho Esteban.

Bosco Sanchez: Neffe von Diego Sanchez, angehender Erbe des kolumbianischen Imperiums.

Wolkov (Familienwappen = Wolfskopf)

Alexander Wolkov: Oberhaupt der russischen Mafia in Russland/Jekaterinburg und des Ostens Chicagos, Ehemann von Matilda Wolkov, Vater von Aarik, Victor und Natalia Wolkov.

Aarik Alexander Wolkov: Ältester Sohn von Matilda und Alexander, Erbe des Wolkov-Imperiums, Bruder von Victor und Natalia.

Victor Wolkov: Sohn von Matilda und Alexander Wolkov, Bruder von Aarik und Natalia.

Natalia Wolkov: Tochter von Matilda und Alexander, Schwester von Aarik und Victor.

Bianchi (B)

Vincent Bianchi: Oberhaupt der Bianchis in New York.

Luciano Bianchi: Erbe der Bianchis.

Ariana Bianchi: Tochter von Vincent Bianchi, verlobt mit Rocco Destino.

Elisa Bianchi: Tochter von Vincent Bianchi.

Tanja Bianchi: Tochter von Vincent Bianchi.

Maria Bianchi: Tochter von Vincent Bianchi, verheiratet mit David Pellegrino (Detroit, New York).

Estebans (E)

Santos Esteban: Boss einer spanischen Mafia-Familie in Barcelona. Vater von Alayna Rush.

Samuel Esteban: ältester Sohn und Erbe des Esteban-Imperiums.

Sancho Esteban: mittlerer Sohn, verheiratet mit Selina ehemals Sanchez.

Santiago Esteban: jüngster Sohn.

Die Bodyguards

Giovanni Guerra: Treuster Mann von Donovan de Luca.

Jaxon Miller: Treuster Mann von Caden Rush.

Camillo Cattaneo: Treuster Mann von Sergio de Luca

Savio Guerra: Sohn von Giovanni.

Salvatore Castello: Bodyguard von Donovan de Luca.

Über Don Both

Die 30-jährige Tschechin, die in Bayern lebt, fing im Alter von zwölf Jahren an Geschichten zu schreiben, weil sie die beste Kurzgeschichte in der Schule abliefern wollte. Der Plan gelang und sie entdeckte dadurch ihr Talent, Geschichten erzählen zu können. Während ihrer Schulzeit und ihrer Berufsausbildung als Kinderpflegerin ließ sie ihrer Fantasie als Hobbyautorin freien Lauf. Der Schwerpunkt ihrer Erzählungen lag anfangs meist bei Liebesromanen, und humorvollen Komödien. Jedoch kam auch das Drama, die Fantasy und der Horror nicht zu kurz. Im späteren Verlauf floss auch immer mehr Erotik ein und diese Kategorie entwickelte sich schnell zu einer ihrer liebsten.

Im Jahr 2010 wagte sie den großen Schritt und stellte einige ihrer Erzählungen auf einer Fanfiktion- Seite einer breiteren Leserschaft zu Verfügung. Ihre Angst Spott und Häme dafür einzustreichen, war mehr als unbegründet. Sie hatte durch ihre provokanten aber ehrlichen Geschichten schnell eine große, begeisterte Leserschaft und gewann einige Wettbewerbe und Preise.

Durch diese Erfolge ermutigt veröffentlichte sie im Jahr 2013 ihren ersten erfolgreichen Roman »Immer wieder Samstags« und gehört seit dem zu einer der meistgelesenen Autoren auf dem ebook- Markt.

Privat engagiert sie sich für den Tierschutz und lebt mit ihren Katzen, ihrem Mann und ihrem Sohn im kleinsten Kuhkaff der Welt.

Lesetipp

Vorgängerteile – Unter deiner Haut – Reihe!

Unter deiner Haut: http://amzn.to/2kvnPBv

Immerwieder – Reihe (The unholy Book of Tristan Wrangler)

Lesetipp, wenn man mehr über Tristan, Mia und Robbies Vorgeschichte erfahren will.

»Die Geschichte wurde schon tausendmal erzählt - er, jung, sexy, knackig und reich. Sie klug, mollig, unsicher, aus armen Verhältnissen ... Eigentlich habe ich nicht wirklich damit gerechnet, dass es mich packt - aber wir reden hier von Tristan Wrangler ... und der ist wirklich heiß! Und man merkt schnell, dass hinter seiner perfekten äußeren Fassade ein wundervoller Mensch steckt. Ich mag den Schreibstil von Don Both sehr gerne. Sie kann so dreckig schreiben, wie Tristan grinst!«

(The unholy Book of Tristan Wrangler – Sammelband zum Sonderpreis): http://amzn.to/2c3VpKd

(Immer wieder Verführung – Sammelband zum Sonderpreis: https://www.amazon.de/Immer-wieder-Verf%C3%BChrung-Sammelband-ebook/dp/B01C63HCWC/ref=asap_bc?ie=UTF8

(Immer wieder Tristan und Mia: https://www.amazon.de/Immer-wieder-Tristan-Mia-ebook/dp/B012AQ6FPK/ref=asap_bc?ie=UTF8

(Immer wieder ist nicht genug): http://amzn.to/2cq2tT6

(Travel zum Glück): https://www.amazon.de/Tristans-Travel-Gl%C3%BCck-kuschelige-Weihnacht-ebook/dp/B01MYSERYR/ref=pd_sim_351_1?_encoding=UTF8&psc=1&refRID=VDKYHM3BY7S1TJGTR2WW

Wer mehr über Lilian Price und Vladimir Romanov erfahren will:

Mad Love: http://amzn.to/2c3Xt4D

Bad Love: http://amzn.to/2cqdXpl

Und vor allem Ménage à trois: http://amzn.to/2c3XFkr(Hier gehts um Kristovs Eltern)

Die Towerreihe umfasst noch einen Teil von Kera Jung, allerdings nicht mit den euch bekannten Charakteren: https://www.amazon.de/gp/product/B00LGUV7FK/ref=series_rw_dp_sw

Wer mehr über Luca Cavalli und seine Isabella erfahren will:

Isabella Parker ist zweiunddreißig Jahre alt und hat als erfolgreiche Staatsanwältin beruflich alles erreicht, was man erreichen kann. Privat sieht es ganz anders aus – sie braucht keine Liebe, keine Freunde und keine Familie. Sie ist gern Einzelgängerin, bis sich, im (Zwangs)Urlaub ihre und die Wege des charismatischen Luca kreuzen, der ihr zeigt, was es heißt zu leben.

Einerseits hat sie so einen aufmerksamen, charmanten und attraktiven Mann noch nie getroffen, doch andrerseits existiert da eine dunkle Seite – eine, die ihr zum tödlichen Verhängnis werden könnte.

Als sie davon erfährt, ist es bereits zu spät und sie den subtilen Verführungskünsten des mysteriösen Fremden verfallen.

Womit der erste Zug seines Spiels vollbracht wäre.

Der etwas andere Don Both Roman …

Abgeschlossene Romanze/Erotik/Thriller

Corvo – Spiel der Liebe: http://amzn.to/2cqcmzY

Über Maria O'Hara

Maria O'Hara wurde 1991geboren und lebt in Baden-Württemberg. Schreiben ist für sie der Ausgleich zum Alltag, die Balance zwischen Realität und Fantasie. Mit den richtigen Musikern an ihrer Seite, die es ihr ermöglichen, Momente genau vor ihrem inneren Auge zu erfassen, und vielen Tassen Milchkaffee, kommt es auch mal vor, dass die Nacht vorbei und drei neue Kapitel erstellt sind. Im Vordergrund steht in Marias Büchern das Drama; je verworrener und tiefgreifender, desto besser.

Bisher erschienen:

Wild Cherry, Sweet Cherry

Ride or die – Obsession, Ride or die – Black summer, Ride or die – Dark Paradise

Beautiful Mess

Rebels – Band eins, Rebels – Band zwei

Pretty in White – Emily, Pretty in Black – Emma, Pretty in Red – Ami

Pure Sin:

Mit Emily Key:

The Plaza Manhattan:

1. Room 666
2. Diamondheart
3. Game of souls
4. White Satin

Una Palabra

Mit Don Both:

Seducing, Mr. O'Connor

Rejecting Mr. O'Connor

Tempting Mrs. Waldorf

Obsessed

Possessed

Run, Baby, Run

Cry, Baby, Cry

Stay, Baby, Stay

Garden of Sin

Garden of Evil

Garden of Demons

Garden of Eden

XX – My Rose, my Thorn

Mit Kera Jung:

14 Carat

20 Carat

24 Carat

Printed in Germany
by Amazon Distribution
GmbH, Leipzig

18837468R00452